ANGELIN



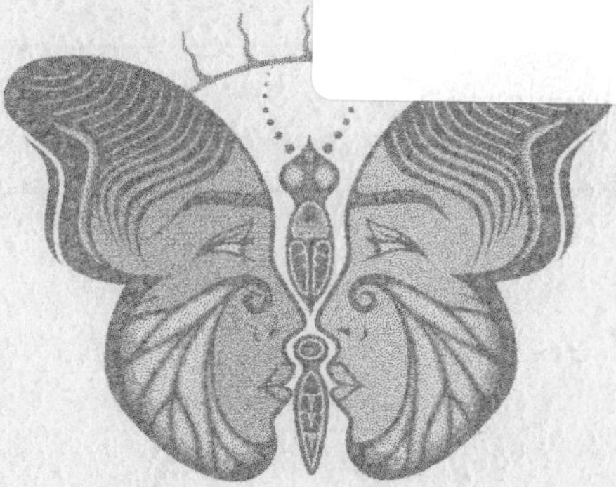

# UN GRAM DE FURIE

**Descrierea CIP a Bibliotecii Naţionale a României**
**BOULLEY, ANGELINE**
**Un gram de furie** / Angeline Boulley ;
trad. din lb. engleză: Diana Morăraşu. - Bucureşti : Bookzone, 2021
ISBN 978-606-9748-52-7

I. Morăraşu, Diana (trad.)

821.111

Grafician copertă: **Maria Stoian**
Redactor: **Mălina Panait**
Corector: **Alina Stoicescu**
Tehnoredactor: **Anca Marisac**



**Editura Bookzone**
Şoseaua Berceni nr. 104, sector 4, Bucureşti
Comenzi şi informații:
Telefon: +40 774 091.579; +40 770 584.429
E-mail: office@bookzone.ro
www.bookzone.ro

ANGELINE BOULLEY

# UN GRAM DE FURIE

Bookzone
BUCUREȘTI, 2021

Pentru părinții mei, Donna și Henry Boulley Sr.,
și pentru dragostea lor față de povești.

*Sunt statuia împietrită a unei fete în pădure. Numai ochii mi se mișcă, cercetând pistolul cu o expresie înnebunită.*

*Pistol. Șoc. Pistol. Neîncredere. Pistol. Frică.*

BUM-BUM-BUM-BUM-BUM

*Revolverul cu țeavă scurtă tremură cu vibrații insesizabile în mâna nervoasă, ațintit spre fața mea.*

*O să mor.*

*Nasul meu tresare la o miasmă dulceagă. Familiară. Vanilie și ulei mineral. WD-40. Cineva l-a folosit ca să curețe arma. Alte mirosuri: pin, mușchi reavăn, transpirație puturoasă și urină de pisică.*

BUM-BUM-BUM-BUM-BUM

*Mâna nervoasă face o mișcare tăioasă cu arma, ca și cum ar ține o macetă. Fiecare milimetru pe diagonală în direcția pământului îmi dă speranță. Mai bine o țintă la întâmplare decât mine.*

*Apoi gheara terorii se încleștează iar în jurul inimii mele. Arma. Din nou ațintită spre fața mea.*

*Mama. Nu va supraviețui morții mele. Cu un glonț ne omoară pe amândouă.*

*O mână curajoasă se întinde după pistol. Cu degetele întinse. Poruncitoare.* Dă-mi-l. Acum.

BUM-BUM-BUM...

*Mă gândesc la mama. Apoi, explozia schimbă totul.*

PARTEA I

# WAABANONG

## (EST)

ÎN ÎNVĂȚĂTURILE OJIBWE,
TOATE CĂLĂTORIILE ÎNCEP SPRE EST.

# CAPITOLUL 1

Îmi încep ziua înainte de răsărit, sărind în hainele de alergare şi presărând puţină *semaa* pe latura de est la baza unui copac, acolo unde lumina va atinge mai întâi firele de tutun. Rugăciunile încep prin a oferi *semaa* şi prin a-mi spune numele întru Spirit, clanul şi locul de unde mă trag. De fiecare dată spun un nume în plus, ca să mă asigur că Creatorul ştie cine sunt. Un nume care mă leagă de tatăl meu, pentru că am început ca un secret, pentru a deveni mai apoi un scandal.

Înalţ mulţumiri Creatorului şi îi cer *zoongidewin*, pentru că voi avea nevoie de curaj pentru ceea ce urmează să fac după alergarea de cinci kilometri. Deja am amânat-o o săptămână.

Cerul începe să se lumineze în timp ce îmi fac întinderile pe alee. De câte ori aleargă cu mine, fratele meu se plânge că rutina mea de încălzire durează prea mult. Îi tot spun lui Levi că muşchii mei mai lungi, mai mari, aşadar cu mult superiori, au nevoie de o pregătire mai intensă pentru a da randamentul maxim. Motivul real – care lui i s-ar fi părut imbecil, dacă l-ar fi ştiut – este că spun în gând denumirea anatomică a fiecărui muşchi pe măsură de îl întind. Nu numai a muşchilor superficiali, ci şi a celor din profunzime. Vreau să am un avantaj în faţa celorlalţi colegi de la cursul de Anatomie Umană pe care-l încep în toamnă.

Când îmi termin încălzirea şi revizuirea noţiunilor de anatomie, soarele e deasupra copacilor. O rază de lumină scânteiază în firele mele de *semaa*. *Niishin!* E de bine!

Primul kilometru e de fiecare dată cel mai greu. O parte din mine vrea să fie în pat cu pisica mea, Herri, al cărei tors este opusul țârâitului ceasului deșteptător. Dar, dacă reușesc să trec peste asta, respirația mea își va găsi ritmul, punctat de fâșâitul cozii mele grele de cal. Picioarele și brațele mele vor intra pe pilot automat. Atunci, mintea mea începe să rătăcească prin împrejurimi, căci sunt o parte a acestei lumi, dar și prin alte locuri, și uite așa kilometrii trec într-o ceață semivigilentă.

Traseul meu mă duce prin campus. Cea mai frumoasă vedere din Sault Ste. Marie, Michigan, este în partea cealaltă. Trimit o bezea în timp ce trec în fugă pe lângă cel mai nou cămin din Lake State, Fontaine Hall, numit după bunicul meu dinspre partea mamei. Bunica Mary – îi spun buna Mary – a insistat să port rochie la ceremonia de dedicare de vara trecută. Am fost tentată să mă încrunt în fotografii, dar știam că sfidarea mea ar durea-o pe mama mai mult decât ar nemulțumi-o pe buna Mary.

O iau de-a curmezișul prin parcarea din spatele casei studenților, spre capătul de nord al campusului. De pe faleză se etalează o vedere panoramică fabuloasă a râului St. Mary, a Podului Internațional spre Canada și a orașului Sault Sainte Marie, Ontario. La estul orașului, ascuns într-un cot al râului, se află locul meu preferat din toată lumea asta: insula Sugar.

Soarele care răsare se ascunde în spatele unui nor jos, întunecat, la orizontul de dincolo de insulă. Mă opresc locului, ca trăsnită. Snopi de raze de lumină ies din nor, ca și cum insula Sugar ar fi sursa sulițelor luminoase. O adiere răcoroasă îmi flutură puțin tricoul, făcându-mi pielea de găină la jumătatea lui august.

*Ziisabaaka Minising*, șoptesc în Anishinaabemowin numele insulei, pe care tata mi l-a spus când eram mică. Sună ca o rugăciune. Familia tatei, dinspre partea Păstrătorului Focului, e o parte a insulei Sugar la fel cum sunt pâraiele ei umflate de primăvară și mestecenii.

Când norul alunecă mai departe pe cer și soarele își recapătă razele, o pală de vânt mă împinge de la spate. Mă întorc la alergare și la sarcina care mă așteaptă după aceea.

Patruzeci și cinci de minute mai târziu, îmi termin alergarea la EverCare, un centru de îngrijire pe termen lung aflat la câteva străzi distanță de casa mea. Alergarea de azi a fost cumva pe dos, primul kilometru a fost lejer și apoi s-a îngreunat progresiv. Am încercat să ajung la finalul traseului, dar a fost dincolo de puterile mele.

— Neața, Daunis, îmi spune doamna Bonasera, asistenta-șefă, care stă la biroul de la recepție. Mary a avut o noapte bună. Mama ta e deja aici.

Încă gâfâind, îi fac obișnuitul semn cu mâna.

Holul pare a se lungi cu fiecare pas. Îmi dau curaj singură în fața posibilelor răspunsuri la anunțul meu. În scenariile mele imaginare, o sprânceană ridicată înseamnă dezamăgire, enervare și retragerea tuturor laudelor anterioare.

Poate ar trebui să aștept până mâine să le anunț decizia pe care am luat-o.

Doamna B. nu trebuia să spună nimic; mirosul greu de trandafiri din hol anunță prezența mamei. Când intru în salonul privat, masează încet brațele subțiri ale bunicii cu o loțiune cu aromă de trandafiri. Un buchet de trandafiri galbeni proaspeți sporește nivelul de saturație florală.

Buna Mary este deja de șase săptămâni la EverCare și, în luna de dinainte, a stat în spital. A avut un atac cerebral în ziua petrecerii mele de absolvire a liceului. Vizitarea ei în fiecare dimineață face parte din Noua Normalitate, așa cum spun eu atunci când universul ți se zdruncină atât de puternic, încât nu-ți mai poți regăsi același centru de greutate ca înainte. Dar, de încercat, încerci oricum.

Ochii bunicii îmi caută privirea. Sprânceana ei stângă se ridică în semn de recunoaștere. Partea ei dreaptă nu mai poate transmite nimic.

— Bună dimineața, buna Mary.

O sărut pe ambii obraji, apoi fac un pas în spate, pentru inspecție.

În perioada de Dinainte, analizarea alegerilor mele vestimentare mă speria ca naiba. Dar acum? Partea ei bună care s-a încruntat la vederea tricoului meu prea mare aduce teribil de mult cu o plesnitură de palmă pe bufet.

— Vezi?

Ridic în glumă poalele tricoului ca să-i arăt pantalonii scurți galbeni, din spandex.

— Nu-s pe jumătate dezbrăcată.

Nu apucă să-și încheie rotirea imperceptibilă a globului ocular, că privirea bunei Mary se și rătăcește. Este ca și cum în spatele ochilor ei ar fi un bec pe care cineva îl stinge și-l aprinde după cum are chef.

— Las-o puțin, spune mama, continuând să ungă încet cu loțiune brațele bunicii.

Încuviințez din cap și o iau spre dormitorul bunicii. Fereastra largă, cu vedere la un teren de joacă din apropiere. Tăblița de scris, cu o propoziție notată în partea de sus: BUNĂ! NUMELE MEU ESTE MARY FONTAINE, și un loc gol, de completat, după cuvintele ASISTENTA MEA. Rândul de după SCOPUL MEU este și el gol. Vaza cu trandafiri străjuită de fotografii înrămate. Buna Mary și bunicul Lorenzo în ziua nunții lor. O ramă dublă, cu mama și unchiul David ca niște mici îngeri îmbrăcați în alb la prima lor comuniune. Fotografia mea de la absolvire e pusă într-o ramă de argint, gravată cu PROMOȚIA 2004.

Ultima fotografie cu noi, cei patru Fontaine – eu, mama, unchiul David și buna Mary – de la ultimul meu joc de hochei îmi pune în gât un nod cât o nucă de mare. Multe seri m-am dus la culcare ciulind urechea la mama și la fratele ei care râdeau, jucau cărți și vorbeau într-o limbă ciudată pe care au inventat-o în copilărie, un amestec de franceză, italiană, engleză prescurtată și cuvinte născocite, lipsite de sens. Dar asta era înainte ca unchiul David să moară în aprilie, iar buna Mary, doborâtă de durere, să aibă un atac intracerebral hemoragic două luni mai târziu.

În Noua Normalitate mama nu mai râde.

Se uită în sus. Ochii ei verzi sunt obosiți și injectați. În loc să doarmă, noaptea trecută mama a făcut curat în casă ca lovită de delir, în timp ce vorbea cu unchiul, ca și cum el ar fi stat pe canapea și s-ar fi uitat la ea cum șterge praful și dă cu mopul. Face asta des. Mă trezesc în orele acelea întunecate, când mama îi mărturisește fratelui mort singurătatea și regretele ei, neștiind că eu stăpânesc la perfecție limbajul lor secret.

În timp ce aștept ca bunica să-și vină în fire, iau un ruj din coșulețul de pe noptieră. Buna Mary crede că trebuie să întâmpini ziua cu un zâmbet perfect rubiniu. Trecând ușor rujul mat rubiniu peste buzele ei subțiri, îmi amintesc cum m-am îmbărbătat mai devreme. A-ți cunoaște *zoongidewin* înseamnă a-ți înfrunta cele mai negre temeri cu o inimă puternică. Îmi tresare mâna; tubul auriu de ruj seamănă cu acul nervos al unui seismograf.

Mama termină cu loțiunea și o pupă pe bunica pe frunte. Am fost și eu atât de des destinatara acestor sărutări, încât ecoul lor îmi încălzește și acum fruntea. Sper că buna Mary poate simți binele pe care-l face această doctorie chiar și atunci când becul e stins.

Când bunica era în spital, țineam o evidență: de câte ori clipea în același interval de un sfert de oră în fiecare zi. Pe mama nu o deranja să țin această evidență până când a remarcat semnele de răboj pentru BEC APRINS și BEC STINS. Numărul total de clipiri nu s-a schimbat, dar procentul celor conștiente (numărul de clipiri împărțit la BEC APRINS) a început să scadă. Mama s-a supărat așa de tare când mi-a văzut răbojul, încât am ascuns carnetul cu evidența clipirilor în salonul bunicii și îl scot numai când nu e mama prin preajmă.

Se întâmplă acum. Buna Mary clipește și ochii i se luminează. BEC APRINS. Dintr-odată, devine concentrată și este din nou o forță atotputernică a naturii, matriarha Fontaine.

— Bună Mary, spun repede, amân intrarea la U din M și mă înscriu la cursurile din Lake State. Numai pentru anul pregătitor. Îmi țin răsuflarea, anticipându-i dezamăgirea pentru această abatere de la Plan: Daunis Lorenza Fontaine, doctor.

La început am fost de acord, sperând să o fac mândră. Am crescut trăgând cu urechea la oamenii care vorbeau în șoaptă cu un fel de bucurie răutăcioasă despre Marele Scandal al Vieții Perfecte a lui Mary și Lorenzo Fontaine. M-am prefăcut atât de bine și atât de multă vreme, încât planul ei a devenit planul meu. Planul nostru. Iubeam planul acela. Dar asta a fost Înainte.

Buna Mary mă fixează cu o privire la fel de tandră ca sărutările mamei. Ceva se petrece între mine și bunica. Înțelege de ce a trebuit să modific planul nostru.

Mă furnică nasul cu înțepături ca înainte de plâns, de ușurare, de tristețe ori și de una, și de alta. Poate există un cuvânt în Anishinaabemowin pentru momentul în care găsești un petic de pământ ferm în moloz după o tragedie.

Mama ocolește patul în grabă, trăgându-mă într-o îmbrățișare care mă lasă fără aer. Suspinele ei de bucurie vibrează în mine. Mi-am făcut mama fericită. Știam că o voi face, dar nu m-am așteptat să mă simt eu însămi atât de ușurată. Mă presa să nu plec la facultate, ba chiar l-a încurajat pe Levi să mă sâcâie cu chestia asta. Mama m-a rugat să completez formularele de admitere la Lake State încă din ianuarie, ca un dar de ziua ei. Am fost de acord, gândindu-mă că nu e nicio șansă să ajung acolo. S-a dovedit că există o șansă.

O pasăre se izbește de fereastră. Mama tresare, dându-mi drumul din îmbrățișare. Nu am apucat să fac decât trei pași spre fereastră când pasărea se ridică, dă din aripi ca să-și recapete echilibrul și își reia călătoria.

Bunica Pearl – *nokomis* Anishinaabe a mea din partea Păstrătorilor Focului – credea că o pasăre care se izbește de geam e un semn rău. Ar fi ieşit fuga afară, cu o mână brună la gură, bombănind „ah-ah-oh" cu gâtul sucit, înainte de a-şi striga surorile, ca să încerce să îşi dea împreună seama ce tragedie aşteaptă după colţ.

Dar buna Mary ar spune că a fost doar o întâmplare nefericită. Nimic mai mult decât o consecinţă neintenţionată a unei ferestre curate. *Superstiţiile indiene nu sunt fapte certe, Daunis.*

Bunicile mele Zhaaganaash şi Anishinaabe nu puteau fi mai diferite. Una vedea lumea la suprafaţă, cealaltă vedea conexiunile şi învăţăturile care ajung mult mai adânc decât lumea pe care o cunoaştem. Toată viaţa au tras de mine ca într-o competiţie, una într-o parte, alta în cealaltă.

Când aveam şapte ani, am stat o săptămână la casa de hârtie gudronată de pe insula Sugar a bunicii Pearl. M-am trezit plângând, cu o durere de ureche, dar feribotul către continent se retrăsese noaptea. M-a pus să fac pipi într-o ulcică, mi-a turnat urina în ureche şi am adormit cu capul în poala ei. Acasă, la masa de duminică de la buna Mary şi bunul Lorenzo, le-am povestit entuziasmată ce deşteaptă era cealaltă bunică a mea. *Bunica Pearl mi-a vindecat urechea cu pipi!* Buna Mary s-a tras îndărăt şi, o clipă mai târziu, s-a uitat urât la mama, ca şi cum ar fi fost vina ei. Ceva s-a frânt în mine când am văzut jena mamei. Am învăţat că sunt momente când trebuie să fiu o Fontaine şi altele când e mai sigur să fiu o Păstrătoare a Focului.

Mama se întoarce la buna Mary şi dă la o parte pătura din caşmir ca să-i maseze cu loţiune un picior subţire, ca de alabastru. Se epuizează având grijă de bunica. E convinsă că-şi va reveni. Mama nu s-a priceput niciodată să accepte adevărurile dureroase.

Acum o săptămână, m-am trezit în timpul uneia dintre curăţeniile nebune ale mamei.

*Am pierdut atâtea, David. Iar acum, şi ea. Când pleacă şi Daunis, j'disparaîtrai..*

A folosit cuvântul francez pentru „a dispărea". A păli sau a se stinge.

Cu optsprezece ani în urmă, venirea mea a schimbat lumea mamei. A năruit viaţa pe care părinţii ei i-o predestinaseră. Sunt tot ce mai are pe lumea asta.

Bunica Pearl mi-a spus mereu: *Lucrurile rele vin în perechi de câte trei.*

Unchiul David a murit în aprilie.

Buna Mary a avut un atac cerebral în iunie.

Dacă rămân acasă, pot opri al treilea lucru rău să se întâmple. Chiar dacă asta înseamnă să aştept puţin mai mult până ce îmi voi îndeplini Planul.

— Ar trebui să plec.

Le sărut pe mama şi pe buna Mary de la revedere. Cum ies din clădire, o iau la goană. De obicei merg la pas cele câteva străzi distanţă până acasă, dar azi sprintez până ce ajung pe aleea noastră. Gâfâind, mă prăbuşesc sub copacul meu de rugăciune. Aşteptând să-mi recapăt răsuflarea.

Aşteptând să înceapă partea normală din Noua Normalitate.

# CAPITOLUL 2

Jeepul lui Lily scrâşneşte pe alee. Îmbrăcată în negru din cap până-n picioare, ca de obicei, cea mai bună prietenă a mea sare din maşină ca să mă pot căţăra pe bancheta din spate. Bunicuţa June stă pe scaunul pasagerului, cu un batic legat sub bărbie, iar ochii ei, de un căprui întunecat, abia se zăresc de după bord. La cât de mărunţele sunt Lily şi străbunica ei, e de mirare că pot vedea şoseaua.

Lily e cea mai bună prietenă a mea încă din clasa a şasea, când a venit aici să stea cu bunicuţa June. Părem total opuse, şi asta nu numai din cauza diferenţei de înălţime. Eu sunt atât de palidă, încât ceilalţi copii Nish îmi spuneau Fantoma, iar odată cineva m-a numit „sora decolorată a lui Levi”. Când Lily locuia cu tatăl ei Zhaaganaash şi cu soţia lui, ei o ţineau departe de soare pentru ca pielea ei de un brun-roşcat să nu se închidă şi mai tare. Amândouă am aflat devreme că există O Nuanţă Acceptabilă a Pielii Anishinaabe, iar cei care se situează la o extremă sau alta trebuiau să înghită versiuni diferite ale aceloraşi rahaturi.

Zâmbetul lui Lily e accentuat de rujul strălucitor, negru. Se face tot mai larg pe măsură ce îmi analizează vestimentaţia: blugi asortaţi cu unul dintre jerseele de hochei ale tatei, care-mi ajunge la jumătatea coapsei.

— Lady Daunis în straie de gală. Plăcerea mea să vă conduc. Face o plecăciune.

Rânjesc, simţindu-mă ca şi cum cineva mi-ar fi luat din spinare un rucsac burduşit cu toate manualele.

— Ar trebui să stau eu în spate. E prea mult chin pentru tine, spune bunicuţa June, uitându-se cum dau la o parte scaunul şoferului ca să-mi înghesui toţi cei o sută optzeci de centimetri înălţime pe bancheta din spate. E ca şi cum m-aş uita la un bebeluş care se târăşte îndărăt în pântecul mamei. Aşa zicea de fiecare dată când Lily ne ducea cu maşina pe amândouă.

— Nicio şansă, bunicuţo June. Eşti cel mai bun copilot.

Nu poţi pune un Bătrân să se deranjeze pentru tine. Nu se face una ca asta.

În drum spre muncă, o ducem adesea pe bunicuţa June la Centrul pentru Seniori din Sault, asta în funcţie de ce se serveşte la prânz. Compară meniurile lunare ale celor două programe pentru seniori, monitorizându-le cu atâta atenţie, de parcă ar fi cartonaşele de bingo când sunt completate. Dacă bunicuţa June consideră că Zhaaganaash primesc mâncare mai bună, apelează la Lily să o ducă la Centrul pentru Seniori din centru. Dacă nu, o camionetă tribală o duce la feribotul cu care merge până la Centrul pentru Bătrâni Nokomis-Mishomis de pe insula Sugar pentru prânz şi alte activităţi sociale.

— Ai făcut-o?

Lily îmi aruncă o privire atotştiutoare în oglinda retrovizoare.

— Mda.

— Ai folosit protecţie? sare bunicuţa June. Râdem toate, iar cum Lily ia o curbă prea repede, până şi cauciucurile scrâşnesc.

— Nu, bunicuţo, îi explică Lily. Daunis le-a spus mamei şi bunicii ei că nu se duce la U din M. Gata, e oficial... Lake Superior State University, *baby*!

Scoate capul pe geam şi trage un chiot ascuţit, care îi sperie pe cei câţiva turişti de pe trotuar. Lily a încercat şi a eşuat să mă înveţe cum să scot şi eu triluri şi chiote, cum fac unele femei Nish când se bucură pentru o realizare.

Bunica June se întoarce să se uite la mine şi se încruntă. Mă aştept să-mi spună să stau dreaptă. Asta mi-ar spune buna Mary.

— Fata mea, unele bărci sunt pentru râu şi altele sunt pentru ocean.

Cred că bunicuţa June are dreptate. Doar că nu ştiu încă de care sunt eu.

Lily îmi aruncă o privire înţelegătoare în oglinda retrovizoare. În ştiinţă, o mixtură este un amestec din două sau mai multe componente care nu se potrivesc din punct de vedere chimic. Ca oţetul cu uleiul. Lily ştie cum mă simt: tristă pentru că nu sunt în Ann Arbor, dar totodată fericită să fac anul pregătitor cu ea. Cele două sentimente există separat, dar sunt strâns împletite înăuntrul meu.

Trecem pe lângă magazinele cu suvenire de pe o parte a şoselei. Partea cealaltă ţine malul râului, unde o mulţime de turişti stau şi cască gura la cargobotul lung de trei sute de metri care trece prin Soo Locks.

Îmi amintesc de toamna trecută, când am fost în oraş la Ann Arbor şi am făcut turul campusului. Entuziasmul bunei Mary contrasta puternic cu întrebările enervante ale mamei despre rata criminalităţii. Unchiul David – care rareori nu-i lua partea mamei – insista că trebuie să-mi iau diploma departe de casă. Dar, pentru mine, Universitatea din Michigan însemna mai mult decât educaţie. Însemna eliberarea din plasa bârfelor care m-au înconjurat toată viaţa.

*Daunis Fontaine? Tatăl ei e jucătorul ăla de hochei, Levi Păstrătorul Focului? A fost unul dintre puţinii indieni cu potenţial de pe insula Sugar.*

*Îmi amintesc când s-a cuplat cu Grace Fontaine. Cea mai bogată şi mai albă fată din oraş.*

*Nu s-a îmbătat la o petrecere pe insula Sugar şi a făcut un accident, cu Grace în maşină?*

*Ce păcat că și-a rupt picioarele în accident! Taman când trebuiau să vină agenții la vizionări. Așa s-a terminat cariera lui de hocheist.*

*Mary și Lorenzo și-au trimis fiica la rude, în Montreal, dar când ea s-a întors cu o fetiță de trei luni, Levi era însurat cu altcineva și îl avea pe Levi Jr.*

*Am auzit că Grace cea timidă și-a înfruntat părinții când au încercat să țină bebelușul la distanță de Levi și de toate rudele indiene.*

*Ah, și după aceea a fost tragedia aia cumplită...*

Trecem pe lângă un panou publicitar care de obicei face reclamă pentru Superior Shores Casino and Resort, dar în ultima lună tribul Ojibwe de pe insula Sugar l-a folosit ca să-i încurajeze pe membrii înregistrați pe liste să voteze la alegerile de astăzi pentru Consiliul Tribal. Peste noapte, cineva l-a mâzgălit și a schimbat o literă, așa că acum se putea citi: VOTEAZĂ! ESTE ERECȚIA[1] TA TRIBALĂ!

— Aș vota pentru asta, zice bunicuța June. Eu și Lily pufnim iar.

Bunicuța începe apoi să peroreze că nu contează cine este ales, oricum vor sfârși toți prin a se servi pe ei mai bine decât pe orice membru al comunității.

— Uite ce-i, trebuie să-mi promiți că, atunci când o fi să mor, îi pui pe cei din Consiliul Tribal să-mi ducă sicriul – și face o pauză, pentru efectul dramatic – ca să mă lase baltă pentru ultima dată.

Râd împreună cu bunicuța June. Ca de obicei, prietena mea doar clatină din cap.

— Teddie ar fi trebuit să candideze, zice Lily. Ar fi făcut ordine, nu credeți?

Mătușa mea Teddie e cea mai deșteaptă persoană pe care o cunoaștem. E o tipă dură. Există în trib câțiva agitatori care vor ca insula Sugar să-și declare indepen-

1 Joc de cuvinte în limba engleză: „election" (alegeri) și „erection" (erecție) (n. tr.).

denţa faţă de Statele Unite. Dacă ar reuşi vreodată să o convingă pe mătuşa să se alăture planului lor încă nepus la punct, Operaţiunea Separarea ar putea avea şanse.

— Mda, dar Mătuşa zice că poate face mai multe ca director al Sănătăţii Tribale, spun eu.

Bunicuţa June intervine:

— N-ar câştiga niciodată, la fel ca mine. Teddie spune lucrurilor pe nume. Votanţii preferă minciunile drăguţe, nu adevărurile urâte, nu?

Lily încuviinţează din cap, chiar dacă niciuna dintre noi nu poate vota la alegerile tribale pentru că nu suntem pe liste.

— Ascultaţi-mă pe mine, fetelor, zice bunicuţa June. Femeile Ojibwe puternice sunt ca mareea, ne amintesc permanent că există forţe mult prea puternice pentru a putea fi controlate. Oamenii slabi se tem de această forţă. Nu vor vota niciodată o *kwe* Nish de care se tem.

De data asta eu sunt cea care încuviinţează din cap la auzul adevărului spus de Bătrână.

Când ajungem la Centrul pentru Seniori Sault, Lily face manevra ei unică de parcare laterală, intrând cu maşina până ce aproape se ciocneşte de bara de protecţie din spate a maşinii din faţă. Sărim amândouă din maşină să o ajutăm pe bunicuţa June. Aceasta se opreşte puţin înainte de a intra în centru.

— Şi eu, şi Teddie avem propriile secrete murdare. Ne-am culcat cu prea mulţi dintre bărbaţii lor.

Ridică bărbia sfidător.

— Ei, asta şi infracţiunile noastre.

Eu şi Lily ne holbăm una la alta, în timp ce bunicuţa June ne face semn cu mâna şi dispare.

Ne urcăm în maşină şi izbucnim amândouă în hohote.

— Măi, să fie, zice Lily. Ştiam că bunicuţa June are un trecut, dar tu chiar crezi că Teddie a făcut ceva infracţiuni la viaţa ei? Dă cu spatele în bara de protecţie a maşinii din spate, apoi intră în traficul din centru.

— Mătuşa zice că toate poveştile alea despre „poznele tinereţii" sunt baliverne.

— Că veni vorba despre pozne, rămâne stabilit pentru mâine? mă întreabă Lily pe când ne îndreptăm spre rezervaţia-satelit a Tribului de pe continent.

— Da. Trebuie să sărbătorim, răspund, concentrându-mă asupra laturii pozitive a deciziei mele.

— Erai aşa de îngrozită la gândul că va trebui să-i spui bunei Mary! Cum a reacţionat?

— Păi... mi-a dat de înţeles că e în regulă.

Mă emoţionez iar la amintirea acelui moment dintre mine şi bunica, atunci când am realizat că ea a văzut situaţia cu claritate şi a înţeles.

— Vezi? Mereu îţi faci griji fără motiv, spune Lily.

Ajungem la Chi Mukwa Arena. Pentru votul de azi au fost amenajate două puncte de votare: unul aici, la Centrul de Recreere al comunităţii, şi altul la Centrul pentru Bătrâni de pe insula Sugar. Maşinile se înşiră deja pe ambele părţi ale Ice Circle Drive. Lily trece peste bordură şi parchează direct pe iarbă.

Mă surprinde uitându-mă în jur după o maşină a poliţiei tribale. Creativitatea lui Lily în materie de manevre de parcare atrage mereu atenţia poliţiei.

— L-ai văzut pe TJ? Chiar trebuie să-i spunem „domnul ofiţer Kewadin"? Lily se cutremură. Nu l-ai invitat la petrecere, nu?

— Nu. Nu am invitat niciun poliţist tribal la petrecerea noastră, răspund iritată. Nu eu sunt cea care se împacă o dată la două săptămâni cu fostul iubit.

Lily mă măsoară cu răceală. Gura îi tresare, dar rămâne tăcută. Exact când ajungem în faţa şirului de maşini, îmi trage o palmă pe spate. Tare.

— Au! Ce naiba? Mă întorc şi o văd pe prietena mea făcând o mutră nevinovată.

— Ce? Aveai pe spate o muscă neagră cât o pasăre colibri de mare. De data asta rânjeşte.

Izbucnim amândouă în râs. Râsul nostru e spumos, aşa cum mă simt şi eu acum, când ştiu că totul va fi bine.

Un grup de membri ai tribului flutură pancarte electorale pentru candidaţii preferaţi în timp ce alegătorii intră în Chi Mukwa să voteze. Când ne vede apropiindu-ne, o doamnă se ridică şi ne oferă prăjiturele făcute în casă.

— Nu sunt pe liste, anunţă cu răceală colega ei.

Doamna cu prăjiturile lasă platoul jos şi ne expediază impasibilă:

— O zi bună!

Noi suntem descendente – mai curând decât membre înregistrate – ale Tribului Ojibwe de pe insula Sugar. Tata nu figurează pe certificatul meu de naştere, iar Lily nu are cantitatea minimă de sânge indian necesară pentru înregistrare. Cu toate astea, noi tot considerăm că Tribul este al nostru, chiar dacă feţele noastre sunt lipite de geam, privind din afară înăuntru.

— De parcă am avea nevoie de prăjiturile lor *moowin*! pufneşte Lily, exact ca bunicuţa June.

Ca să nu spun cum ne lingeam amândouă pe buze la vederea platoului.

Holul e plin. Coada de votanţi străbate tot holul, ajunge pe terenul de volei şi ocoleşte clădirea centrului de votare. Părinţii îşi lasă aici copiii pentru Programul Niibing. Programul recreaţional de vară asigură îngrijire completă pentru copiii care au nevoie de activităţi supravegheate care să-i obosească, dar sunt de departe mult mai eficiente pentru epuizarea noastră, a liderilor de grup.

Chiar înainte de a ne despărţi ca să ne ducem fiecare la grupa noastră, Lily mă înghionteşte:

— Pe curând, *dilule*.

— Pa, *Crocodylus niloticus*.

Facem strângerea noastră specială de mână: palma sus pentru fata înaltă, palma jos pentru fata scundă, atingerea coatelor, ciocnirea picioarelor Hacky Sack şi palma întinsă în faţă cu degetele strânse pentru zborul fluturelui de la final.

— Te iubesc, tocilaro!

Lily trebuie să aibă de fiecare dată ultimul cuvânt.

# CAPITOLUL 3

Când vine vremea ultimei activități din zi, îmi duc grupa de copii de nouă și zece ani la vestiar, ca să ne punem tricourile, căștile și mănușile pentru patinaj de voie. Transform momentul într-o oră de limba Ojibwe, spunând cu voce tare în Anishinaabemowin denumirea fiecărui obiect vestimentar, pe măsură ce îl îmbrac.

— *Naahikawaagan*, spun eu înfășurându-mi eșarfa în jurul gâtului, înainte de a ieși pe gheață.

— Hei, Bubble! mă strigă Levi, cu cea mai nesuferită poreclă a mea, de partea cealaltă a patinoarului.

În după-amiezile de vineri, echipa mare de la Sault Ste. Marie, Superiors, patinează cu copiii. Supes e o echipă de elită din Liga A de Juniori, treapta cea mai importantă pentru cei care speră să joace hochei la facultate sau la nivel profesionist. Buna Mary spune că Supes e un fel de „diplomă de absolvire" pentru jucătorii de hochei.

Fratele meu mai mic, care va fi din toamnă în ultimul an de liceu, a fost făcut căpitan în al doilea an al lui la echipă. În Michigan Upper Peninsula, Supes sunt priviți ca niște zei ai hocheiului, ceea ce-l face pe Levi un fel de Zeus, având ceva special care transcende talentul înnăscut și munca grea.

Nu semănăm deloc. Eu sunt imaginea în oglindă a tatălui nostru. Dar, în vreme ce trăsăturile faciale ale tatei erau proporționale cu statura lui înaltă, ale mele sunt un fel de caricaturi. Levi seamănă cu mama lui, are gropițele ei, pielea bronzată și genele lungi. Tata era un zeu al hocheiului, aşa că Levi a avut noroc şi aici. În plus, fratele meu poate fi fermecător, mai ales când vrea ceva.

Levi şi unul dintre noii lui colegi de la Supes patinează cu copiii de cinci şi şase ani, printre care şi verişoarele mele de şase ani Perry şi Pauline.

— Mătuşă Daunis!

Îmi place când gemenele îmi spun „mătuşă". Mă îndepărtez de grupul meu şi patinez spre ei.

— Mătuşă, ştii că azi e vineri, 13?

Pauline vorbeşte ca o profesoară.

— Unchiul Levi spune că chestia cu ghinionul e o prostie închipuită, se bagă Perry în vorbă.

Imit tonul didactic al lui Pauline:

— Levi, tu nu ştiai că mătuşile şi unchii responsabili nu vorbesc urât în faţa copiilor mici, influenţabili?

Colegul de lângă Levi chicoteşte.

— Vezi, Tipul cel Nou ştie ce vreau să spun.

— Jamie mă cheamă, zice Tipul cel Nou. Jamie Johnson.

— Eh, hai să vedem ce faci la echipă, înainte să-ţi învăţ numele, răspund.

Melodia „Hey Ya!" a celor de la OutKast se revarsă din difuzoarele patinoarului; îmi scot eşarfa superlungă de la gât. Perry şi Pauline se prind fiecare de câte un capăt, iar eu încep să le trag pe gemene în jurul patinoarului.

Tata făcea asta cu mine şi cu Levi: câte un copil la fiecare capăt, iar partea din mijloc a eşarfei, legată în jurul taliei ca un ham. Eşarfa tatei era verde ca jadul, aceeaşi culoare ca ochii mamei. Perry vrea mai repede. Fata asta e fericită numai cu viteza luminii, când părul ei lung, de un negru albăstrui, pluteşte în spatele ei ca nişte dâre de aburi. Impulsivă, mă întorc şi o iau spre Levi, înfigându-mă în patinele de hochei şi făcând patru împingeri laterale rapide. Destul cât s-o fac pe Perry să chicotească, fără să o dobor pe Pauline.

Exact înainte de a ajunge la fratele meu, mă opresc brusc cu un sfert de întoarcere. Patinele scrâşnesc pe gheaţă. Aşchiile de gheaţă îi lovesc pe Levi şi pe Tipul cel Nou. Zâmbesc când cei doi se feresc o secundă prea târziu. Levi e amuzat, dar Tipului Nou îi cade faţa cu o expresie între şoc şi admiraţie.

Verific traiectoria gemenelor. Perry încearcă să-mi copieze oprirea. Cade, dar sare imediat în picioare. Pauline merge mai departe până ricoşează în panoul de pe margine şi aterizează pe spate. Sunt sigură că e bine, dar mă duc totuşi la ea. Tipul cel Nou vine după mine.

Când ajung la ea, Pauline se uită la mine cu un zâmbet până la urechi. Faţa ei frumoasă are culoarea chihlimbarului întunecat, un perfect şi preţios auriu cu tente arămii. Îşi flutură mănuşile spre mine.

— Ridică-mă! se roagă de mine.

Îmi amintesc cum, copil fiind, am căzut odată rău de tot şi m-am izbit cu casca de gheaţă. Tata a fost lângă mine într-o clipă şi vocea lui puternică a răsunat: *N'Daunis, bazigonjisen!* M-am chinuit să mă ridic, deşi încă vedeam stele verzi. *Asta-i fata mea!*

Ori de câte ori cad, vocea tatei e tunetul care vine după străfulgerarea luminoasă, spunându-mi să mă ridic.

— N-ai nimic, zic eu.

Ea chicoteşte încântată când Tipul cel Nou se apleacă s-o ajute.

— Ar fi trebuit s-o laşi să zacă acolo ca un melc până îngheaţă, îi spun eu.

Încerc să nu zâmbesc când el o învârte pe Pauline pe gheaţă şi râd amândoi. Lumea se uită la noi şi nu am de gând să alimentez în niciun fel bârfele.

Mă uit în jur după Lily. E înconjurată de preşcolari care înaintează încet cu ajutătoarele lor de patinaj din plastic colorat. Îmi caută privirea şi îmi face semne lascive cu mâna şi cu limba. E clar, Lily e de acord cu cei care o ţin tot într-o bârfă despre Tipul cel Nou de acum o săptămână, când a fost anunţată echipa pentru sezonul 2004–2005.

*Jamie Johnson e supersexy.*

*Cicatricea lui Jamie Johnson îl face să arate misterios.*

*Nu-i păcat că Jamie Johnson are o prietenă acasă? Mda, oricum n-o să dureze prea mult.*

Şi cea mai rea dintre toate...

*Auzi, Daunis, poţi să vorbeşti cu Levi să mă numească ambasadoarea lui Jamie Johnson pentru Supes?*

Îi arunc o privire. Empiric vorbind, presupun că Jamie arată bine. Are ochi mari, întunecaţi, părul negru, suficient de lung cât să se cârlionţeze în toate părţile. Sunt mai interesată de cicatricea care porneşte din colţul sprâncenei drepte şi se întinde până la maxilar. O studiez. Nu e cheratinizată din cale-afară, ceea ce înseamnă că e o cicatrice hipertrofică.

— Levi mi-a povestit despre tine. Te duci la Universitatea Michigan, spune Jamie, uitându-se după gemenele care patinează înapoi către grupul lor.

— Aăă, eu... mda, schimbare de plan.

Întâlnesc privirea lui Levi, care ni s-a alăturat.

— Mă duc la Lake State. Mama are nevoie de mine.

Îmi dreg vocea.

— Ştii tu... cu tot ce se întâmplă.

Nu suflu o vorbă despre avertismentul bunicii Pearl despre lucrurile rele care vin câte trei.

— Rămâi? strigă Levi. Iuhu-huuuu!

Fratele meu mă ridică în braţe şi începe să mă învârtă până simt că mi se face greaţă. Îl lovesc pe spate, râzând. Bucuria lui e molipsitoare.

Levi mă lasă jos.

— Acum avem ceva de sărbătorit weekendul ăsta. Petrecere la casa mare mâine, la opt, da? Cu bere la gheaţă.

— Eu şi Lily vom fi acolo.

Încă chiuind, Levi se îndepărtează patinând ca Pied Piper, conducând un şir de copii care îi imită mişcările.

— Deci, rămâi prin zonă. Zâmbetul lui Jamie îi cuprinde și ochii, iar ultimele urme de greață îmi bolborosesc în stomac.

Nonempiric vorbind, Jamie Johnson e supersexy când ochii lui scânteiază așa. Vorbește în continuare.

— Mi-ar fi plăcut să fii și tu în ultima clasă de liceu. Dar nu-i nimic, măcar scapi de unchiul Ron ca profesor de științe.

Dau din cap și simt înțepăturile familiare în nas, pe care mă străduiesc să le alung încleștându-mi maxilarul.

— E un lucru rău? Vocea lui Jamie se încarcă ușor de îngrijorare.

— Nu, doar că... Unchiul tău îi ia locul unchiului meu la Sault High.

Imaginea unchiului David ajustând flacăra încălzitorului Bunsen declanșează un val de tristețe în mânie. Și de furie.

Jamie așteaptă să îi spun mai multe.

— A murit acum câteva luni. A fost cumplit. Apoi mă corectez: Încă este cumplit.

Când moare cineva, totul despre acea persoană ajunge la timpul trecut. Cu excepția durerii. Durerea rămâne în prezent.

E chiar mai rău când ești furios pe persoana aceea. Nu numai pentru că a murit. Ci și pentru felul în care a murit.

Mama a leșinat când a auzit vestea despre unchiul David. Mai târziu, când poliția i-a dat detalii, a insistat că era curat de treisprezece ani. Niciun strop de băutură din ziua în care mama s-a întors de la biblioteca din campus și a dat peste o Daunis de cinci ani, stând pe canapea și citindu-i povești unchiului leșinat. Era absolut sigură că fratele ei nu a folosit niciodată alte substanțe. Niciodată.

— Îmi pare foarte rău, Daunis.

Numele meu sună diferit rostit de vocea lui aproape răgușită de preocupare. Mi-l întindea cumva, așa că suna ca *Dawww-ness*, altfel decât îl spuneau rudele mele din partea Păstrătorilor Focului: *Dah-niss*.

Lily mă strigă şi face un semn cu capul spre panouri, unde aşteaptă Teddie. Mătuşa mea îmi face semn să vin la ea. Patinez într-acolo, puţin surprinsă când Jamie mă urmează.

— Salut, am venit să votez şi să iau fetele, dar a intervenit ceva la muncă.

Mătuşa îl observă pe Jamie.

— Bună, eu sunt Teddie Păstrătoarea Focului. Tu trebuie să fii noul membru al echipei despre care vorbeşte toată lumea. E lucru mare ori de câte ori un jucător nativ ajunge în echipă. De unde eşti?

— Jamie Johnson, doamnă. Îi întinde mâna. De peste tot. Ne mutăm des.

Mătuşa arată cât se poate de respectabil, cu pantaloni şi sacou, şi un medalion floral fabulos. Dar se simte în ea amintirea fetei care ar fi fost în stare să pocnească pe oricine ar fi îndrăznit să-i spună Theodora.

— Din ce trib, vreau să zic, precizează ea.

— Cherokee, doamnă. Dar nu am crescut alături de familie.

Îi arunc o privire. Nu-mi pot imagina cum e să creşti fără familie. Eu am atâtea rude, nu toate de sânge, care au fost în jurul meu de când mă ştiu. Plus o mulţime de matriarhe şi mini-matriarhe-în-devenire.

— Vrei să stau eu puţin cu fetele, mătuşă?

— Ai putea? Pare uşurată. Trebuie să mă întorc la muncă. Au venit tricourile pentru evenimentul de vaccinare de săptămâna viitoare şi au pe ele o bufniţă care zice: „Fii înţelept! Imunizează-te!".

Mătuşa clatină din cap:

— Nimeni nu s-a prins înainte de a comanda trei sute de tricouri!

— La naiba! Lily patinează până la noi şi ajunge la timp ca să-şi exprime o opinie succintă.

— Dar care e problema? Nedumerit, Jamie îmi adresează mie întrebarea. Ori indienii Cherokee au alte învățături despre bufnițe, ori Jamie nu-și cunoaște cultura.

— În cultura Ojibwe, bufnița însoțește spiritul omului după moarte, în trecerea către dincolo, îi explic. Nu e tocmai ambasadorul ideal care să spună unor părinți Nish să-și vaccineze copiii.

Mătușa adaugă:

— Nu toată lumea cunoaște învățăturile străvechi. Mă întâlnesc imediat la birou cu asistenta comunitară pentru sănătate și cu șeful ei, ca să comandăm în ultima clipă alte tricouri.

— Vineri seara? Lily e deopotrivă consternată și impresionată.

— Păi, e o problemă pe care ei au creat-o, așa că trebuie să contribuie la găsirea soluției. Mătușa le strigă pe gemene în Anishinaabemowin: *Aambe, jimshin*. Fetele vin în fugă pentru pupături și îmbrățișări.

După ce pleacă mama lor, Pauline îl roagă pe Jamie s-o ia în brațe. El o ridică, iar ea pozează ca și cum ar fi reprezentația lor olimpică. Admir felul în care o ține, cu o tehnică perfectă, pe care o recunosc după anii de antrenamente de patinaj artistic pe care i-am îndurat pentru ca buna Mary să mă lase să joc hochei. Mă întreb cât timp s-a antrenat Jamie la patinajul pe perechi înainte de a ajunge la hochei.

Lily mă surprinde privindu-l.

— Aș spune că e păcat că Tipul cel Nou are prietenă, dar știu și că tu nu ieși cu jucători de hochei din cauza regulilor *moowin* pentru Lumea Hocheiului. Pare aproape supărată din cauza asta.

— Așa-i. Trebuie să ții Lumea Hocheiului separată de Lumea Normală. Cunosc regulile pe gheață. Dar, în afara gheții, regulile se schimbă mereu. Viața mea curge mai lin când cele două lumi nu se amestecă. Ceea ce e valabil și pentru cele două lumi ale mele, Fontaine și cea a Păstrătorilor Focului.

— Dar ce chestii bune se întâmplă când lumile se ciocnesc... combustie prin osmoză, zice Lily.

Zâmbesc.

— Te gândești la teoria coliziunii. Când două lucruri se ciocnesc, fac schimb de energie dacă particulele care reacționează au suficientă energie cinetică.

— Da, sigur. Cum am putut oare să le încurc? Râde. Nu, serios, totuși, regulile tale sunt prea în alb și negru. De ce nu poți să...

— Lily?

Cineva o strigă. Ne întoarcem amândouă și încremenesc când îl văd pe fostul prieten al lui Lily stând lângă ușa patinoarului, la câțiva metri mai departe. Mă încordez când îi văd zâmbetul familiar, plin de speranță, apoi mă uit la Lily și încerc să îmi dau seama cum va reacționa.

În clasa a șasea, eram la cofetărie când primul drăguț al lui Lily, prostovanul de Travis Flint, bâjbâia alfabetul. Ea a râs atât de tare, că i-a ieșit laptele pe nas. A fost cea mai bună reacție de care a avut vreodată parte; Travis s-a îndrăgostit pe loc de Lily. Când a crescut, la liceu, cu pomeții lui perfecți și maxilarul pătrat, fetele au realizat brusc că clovnul clasei era mai mult decât atrăgător. Travis era radios, mai ales când o făcea pe Lily să râdă.

Totul s-a schimbat în decembrie, la jumătatea ultimului an de liceu.

O urmăresc pe Lily cu atenție. Dacă vorbește cu Travis, trebuie să mă pregătesc pentru un nou episod din *Saga lui Lily și Travis*. E un spectacol care se reia permanent, deși repetă aceleași și aceleași replici.

Din fericire, ea se îndepărtează pe gheață, fiind evident că nu vrea să stea de vorbă cu el. Travis nu are patine, dar eu blochez totuși jumătatea din ușa batantă care dă spre gheață, transformându-mi fiecare centimetru din corp într-un zid impenetrabil. Orice echipă de hochei are nevoie de o gorilă, cineva care să înceapă scandalul sau să răzbune greșelile altora. Eu sunt gorila lui Lily.

— Hai, Dauny, nu mai fi așa. Scobiturile de sub pomeții lui sunt aproape bolnăvicios de concave. A dispărut orice moliciune. Parcă e carcasa goală a băiatului simpatic care m-a făcut odată să râd atât de tare, încât era să fac pipi pe mine.

— Jur că sunt curat. Nu vreau decât să vorbesc cu ea.

— Nicio șansă, Trav. Pun mâinile în șolduri, ca să mă fac și mai lată.

— Sunt curat, repetă el. Vreau să rămân curat pentru ea.

— Știu, spun. Cred că așa este, dar asta nu înseamnă că e o idee bună să fie în preajma lui Lily. De obicei, nu cred vrăjelile băieților, dar sinceritatea din vocea lui aproape că mă face să vreau să-l îmbrățișez. E diferită de obișnuitele Minciuni ale Băieților.

Minciunile Băieților sunt chestiile pe care aceștia le debitează în febra momentului și care pălesc cu timpul și distanța. Am auzit destule astfel de minciuni grație lui TJ Kewadin, cel mai nou polițist din poliția tribală Ojibwe de pe insula Sugar. *Numai la tine mă gândesc tot timpul.* Sau *U din M e la numai două ore distanță de Central, relația noastră poate să meargă.* Și preferata mea? *Te iubesc.*

Travis nu minte când vocea lui neliniștită se frânge:

— Mi-e atât de dor de ea. Aș face orice s-o am înapoi.

— Știu că ai face orice. Tocmai de-aia am de gând să te blochez cât de bine pot.

Lily mi-a spus ce a făcut: *Hai, Lily. E o doctorie pentru iubire. O să ne întărească relația. Încearc-o, de dragul meu.*

— Trav, poate ar trebui să rămâi curat pentru tine. Du-te la ceremonii. Fă-te bine.

Ochii lui Travis se luminează și preț de o clipă îmi amintesc cât de amuzant și frumos era. A fost preferatul meu dintre prietenii lui Levi. Am făcut aproape toate orele de științe avansate împreună. Travis Flint era și prietenul meu.

— Şi asta o să fie suficient, nu-i aşa, Dauny? zice el entuziasmat, întorcându-se ca şi cum ar vrea să-o ia la goană spre cea mai apropiată cabină de saună. Promit să apelez la Medicina Tradiţională. Să mă văd cu un tămăduitor.

— Fă-te bine pentru tine, strig după el. Nu pentru ea.

Mă uit după Travis cum fuge şi mă simt stânjenită. Patinez în viteză în jurul ringului, uitându-mă după Lily. Mereu are nevoie de o îmbrăţişare după o întâlnire cu Travis. Ascult ce-mi spune şi ce nu-mi spune şi o susţin indiferent ce decizie ia.

L-am mai văzut până acum pe Travis într-o formă proastă, dar de data asta a fost altfel. Părea disperat, ca şi cum ar fi vrut să facă ceea ce trebuie, dar din motive greşite. Sunt hotărâtă să stau cu ochii pe Travis ca să mă asigur că nu se apropie de Lily până nu-şi revine cât de cât. Îmi fac griji că Lily ar putea fi într-un pericol mai mare decât o inimă frântă.

# CAPITOLUL 4

După cină, iau maşina mamei ca să le duc pe gemene acasă. Am de gând să rămân peste noapte la mătuşa, aşa cum fac o dată la câteva săptămâni. Chiar dacă Pauline şi Perry se hârjonesc pe bancheta din spate, drumul cu feribotul până pe insula Sugar înseamnă cinci minute de meditaţie. Mă întreb dacă era la fel când strămoşii mei traversau apa învolburată în canoe din scoarţă de copac. Dacă inimile lor se luminau pentru că se întorceau acasă.

Arunc o privire către maşina de lângă mine şi o zăresc pe Seeney Nimkee. Mă uit repede în altă parte şi mă fac mică pe scaun. Seeney a împlinit recent şaizeci de ani, ceea ce o face oficial Bătrână. E mentorul mătuşii şi lucrează la Programul de Medicină Tradiţională al Tribului. Odată a ţipat la Consiliul nostru Tribal de Tineret pentru că, la un eveniment al comunităţii, am rămas aşezaţi în prezenţa Bătrânilor, care stăteau în picioare. M-a urmărit din priviri tot timpul, chiar şi după ce m-am ridicat în picioare. După aceea am plâns în baie şi de atunci mă port cu mare atenţie în preajma ei.

Doi câini, Elvis şi Patsy, latră la maşina mamei când intru pe aleea vântoasă a mătuşii şi a lui Art, care ajunge la o casă stil cabană, cu vedere spre Canada la nord. Curtea din faţă se termină cu un garaj din bârne şi o casă în copac foarte elaborată. De îndată ce parchez, gemenele sar din maşină şi mă trag spre casa din copac.

Jocul lor preferat e Castelul, în care ne luptăm cu dragoni imaginari şi troli pe care-i aruncăm jos din fortăreaţa din copac. Strigătul meu de luptă este întotdeauna: „Nu avem nevoie de niciun prinț împuțit!”. Perry e de acord, dar cu Pauline e nevoie de ceva muncă de convingere.

Când mătușa ajunge acasă, o ajut să le facă baie fetelor și să le citească povești la culcare. Când fetele sunt în pat, o ajut pe mătușa să împăturească rufele pe blatul de granit din mijlocul bucătăriei.

— Așa deci, ești încântată de Lake State? întreabă ea.

— Da. M-am înscris cu Lily la cursuri, dar programul meu e complet dat peste cap, mă plâng eu. Cursurile de unsprezece credite nu fac un orar complet. Dacă nu reușesc să intru la seminarul ăla de biologie?

— Îți faci prea multe griji din nimic. Lake State n-o să-ți creeze probleme. Doar numele tău de familie e afișat cât roata carului pe unul dintre căminele lor.

Amuțesc și mă concentrez să împăturesc cu grijă tricourile lui Perry. După câteva clipe, mătușa se ridică și îmi face un ceai de lavandă. Pune cana jos și îmi mângâie părul.

Uneori, când sunt cu rudele din partea Păstrătorilor Focului, vărul meu mai mare, Monk, îmi spune *Waabishmaanishtaanish*, dar numai când nu ne aude mătușa. Dacă l-ar auzi că-mi spune Oaia Albă, cât e el de *giiwashkwebii*, tot ar zbura de acolo cu ambii ochii înnegriți.

Dar, din când în când, chiar mătușa face câte un comentariu cu o nuanță în vocea ei care se scufundă în adâncul stomacului meu Fontaine.

Vine și Art din atelierul lui din garaj și mă salută cu o îmbrățișare de urs, rupând tăcerea ciudată din încăpere. Chiar dacă nu aș fi știut unde a fost, mirosul de gel de mâini cu aromă de portocale, salvie arsă și WD-40 ar fi fost un indiciu al naibii de evident.

Când Art o sărută pe mătușa, ea se transformă într-o versiune mai blândă a lui Teddie Păstrătoarea Focului. Cu mine și cu gemenele, dragostea ei e pe straturi: un miez moale, învelit într-un exoschelet de dragoste dură. Dar, când se lasă cuprinsă de brațele întunecate ale soțului ei, mătușa lasă garda jos.

Telefonul meu bâzâie în buzunarul de la spate. Mă aștept să văd numărul lui Levi, pentru că, de când și-a luat un Nokia cu tastatură completă, fratele meu e mai înclinat să trimită mesaje decât să sune. Dar mesajul e de la un număr necunoscut.

> ###-###-####: Sunt Jamie Johnson. Levi m-a invitat la petrecerea ta. I-am cerut numărul tău ca să mă asigur că nu-l dai afară pe tipul cel nou. E în regulă?

Primul meu gând: *Jamie mi-a trimis un mesaj?* Al doilea: *Ce naiba clocește Levi?* Și ultimul: *Pe cine a mai invitat?*

Petrecerea despre care se pare că Levi i-a povestit lui Jamie nu ar fi trebuit să fie chiar o petrecere. Uneori mai rămân peste noapte cu Lily în casa bunicilor și ne servim din dulăpiorul cu băuturi sau din pivnița cu vinuri. Trebuie, chipurile, să ne asigurăm că totul e în regulă la casa mare, dat fiind că nu locuiește nimeni acolo. Mamei nici prin gând nu-i trece să o vândă, e sigură că buna Mary va vrea să se mute din nou acasă după ce-și va reveni. Încă nu reușesc să-mi fac curaj să-i spun ce cred eu despre asta.

Lily a venit cu ideea să invităm câțiva prieteni ca să sărbătorim decizia mea de a merge la Lake State. Probabil nu a fost cea mai înțeleaptă idee să-l rugăm pe Levi să ne ajute cu berea.

Art chicotește:

— Asta da reacție conflictuală la un mesaj.

Mă urmăresc amândoi. Îmi îndes telefonul în buzunar și simt cum îmi ia fața foc.

— Probabil e tipul cel nou din echipă pe care l-am cunoscut azi, zice mătușa cu o strâmbătură. Cherokee. Îl cheamă Jamie. Eu sunt curioasă ce e cu cicatricea lui. Mătușa i-o descrie lui Art și încheie spunând:

— E o tăietură prea dreaptă ca să fi fost un accident.

— Unchiul lui vine în locul unchiului David la Sault High.

Îmi tremură vocea.

— Viața merge înainte, Daunis, spune mătușa cu blândețe.

— Dar e atât de nedrept, spun eu. Mă încrunt ca să nu plâng, iar Art mă strânge într-o nouă îmbrățișare de urs.

— Nu-mi amintesc ca echitatea să fi fost unul dintre cei Șapte Străbuni, zice mătușa.

Cei Șapte Străbuni ne învață cum să ne ducem viața în felul nostru – *minobimaadiziwin* Anishinaabe – cu dragoste, smerenie, respect, onestitate, curaj, înțelepciune și adevăr. Includ unul în fiecare dimineață în rugăciunile mele, ca să mă ajute să devin o *kwe* Nish puternică, exact ca mătușa mea.

Înțeleg ce vrea să spună. Mătușa are dreptate, ca de obicei. Poate mama nu e singura căreia îi este greu să treacă peste nedreptăți.

Mai stăm de vorbă, până ce mătușa și Art spun noapte bună și se duc sus, ținându-se de mână. Încep să mă pregătesc și eu de culcare, dar, înainte să-mi pun telefonul la încărcat, mai citesc o dată mesajul de la Jamie.

Mă gândesc la ziua de azi de la patinoar, când l-am cunoscut. Înainte să fi apucat să deschidă gura, îl auzisem deja pe Levi pomenind de nenumărate ori despre el, întotdeauna cu un ton admirativ. Levi zice că Jamie a apărut la probele libere exact înainte ca echipa să fie anunțată. Echipa The Superiors ținuse deja aproape toate calificările și probele. Pentru ca un neica nimeni să intre în echipă venind direct din probele libere, chiar că trebuia să fie fantastic.

Trec în revistă puținul pe care-l știu despre Jamie, adunat din zvonuri și din scurta noastră discuție. Mai întâi, îmi reamintesc cu hotărâre că are prietenă. Are şi o cicatrice interesantă pe faţă. A făcut patinaj artistic. E Cherokee, dar nu are legături cu comunitatea lui tribală.

Mă întreb dacă i-a fost greu să se mute tot timpul. Nu am de unde să ştiu. Trăiesc în Sault de când aveam trei luni şi am fost mereu înconjurată de familie. Păstrătorii Focului sunt una dintre cele mai vechi familii de pe insula Sugar. Pe lângă căminul de pe deal care poartă numele bunicului, sunt şi străzi în oraş numite după rudele bunei Mary. Au fost printre primii negustori francezi de blănuri, care au venit în regiune cu secole în urmă, odată cu misionarii catolici.

Sunt categoric o localnică.

Dar, chiar şi cu rădăcini atât de adânci, nu simt întotdeauna că aparţin acestui loc. De pildă, atunci când bunicii Fontaine sau prietenii lor considerau latura mea Ojibwe un fel de defect sau o povară care trebuie depăşită. Şi, mai rar, dar mai dureros, când familia mea din partea Păstrătorilor Focului mă consideră mai întâi o Fontaine şi abia apoi una de-a lor. Când spun diverse lucruri despre Zhaaganaash şi, o clipă mai târziu, îşi dau seama că sunt şi eu în cameră. E greu de explicat cum e să fii legat de toţi şi de toate într-un astfel de loc... şi totuşi să simţi că nimeni nu te percepe complet aşa cum eşti tu.

Oare aşa se simte şi Jamie când se mută într-un loc nou? Nevăzut?

Oftez şi îi răspund la mesaj.

EU: E-n regulă. Ne vedem mâine.

Mă instalez confortabil pe canapeaua supradimensionată din camera mare; stelele umplu cele două rânduri de ferestre. De obicei, trag obloanele repede când sunt pe insulă. În seara asta, însă, nu-mi dau pace gândurile astea ciudate despre Jamie Johnson, amestecate cu îngrijorarea pentru Travis şi pentru felul în care decăderea lui o afectează pe prietena mea cea mai bună. Plus acţiunile lui Levi, faptul că l-a invitat pe Jamie şi i-a dat numărul meu de telefon, par suspecte. Fratele meu are întotdeauna un plan ascuns.

Mă trezesc paşii mătuşii pe trepte. E încă întuneric, sunt chiar mai multe stele decât înainte.

Îmi zboară tot somnul la auzul vocii ei: joasă şi aspră, şoptită printre dinţii încleştaţi.

— Unde? Spune-i să nu plece nicăieri... Da, vin acum... Nu, ţine-o deoparte... Pentru că e o „petrecere cu pătură”, nu scena unei crime. La naiba... Da, vin acum.

Sar în sus, dar mătuşa îmi aruncă o privire severă şi trece pe lângă canapea. Mă ridic repede şi o urmez în antreu. Inima începe să-mi bubuie în piept. O petrecere cu pătură e atunci când un tip îi face ceva rău unei femei, iar apoi verişoarele ei îl duc în pădure, înfăşurat într-o pătură, şi îl bat de-i sare *moowin-ul* din el. Când am auzit prima dată despre asta, am întrebat-o pe mătuşa ce înseamnă; ea mi-a spus că e justiţia femeilor Nish. Eu şi Lily ne-am promis că, dacă vreuna dintre noi ajunge să participe la aşa ceva, îi va povesti totul celeilalte.

— Ia-mă cu tine, o rog eu în timp ce-şi caută cheile.

De obicei, Lily e cea care-mi aduce veşti din rezervaţie. Acum am şi eu şansa să-i împărtăşesc măcar o dată o poveste incitantă. Mătuşa e singura mea intrare la ceremoniile Ojibwe şi uneori mă ia la cele de Lună plină, dar ar fi cu totul altceva să merg cu ea la o petrecere cu pătură. Ar fi şi ăsta un motiv pentru ca restul femeilor Nish din comunitatea mea să mă considere membră a familiei Păstrătorilor Focului. Nu doar o Fontaine.

În plus, dacă petrecerea asta a scăpat de sub control şi mătuşa are nevoie de ajutorul meu?

— Nicio şansă. Îşi îndeasă telefonul în sutien.

— Dar vreau să merg. Sunt surprinsă de mine însămi. Nu i-am răspuns niciodată mătuşii. Cuvântul ei e lege.

Se răsucește pe călcâie și vine spre mine, dar rămân pe poziții. Mătușa se încruntă. Ceva se schimbă în ea, energia face implozie și îi amplifică, și îi concentrează furia în același timp. Mi se ridică părul pe brațe și la ceafă.

— E un rahat urât și încurcat și nu vreau să te apropii de așa ceva.

Practic, îmi scuipă în față:

— Du-te la colegiu. Culcă-te cu Jamie. Vezi-ți de viața ta frumoasă.

Se întoarce și dispare. Rămân acolo, în întuneric, cu mâinile tremurând. Refuzul ei mă ustură ca și cum mi-ar fi tras o palmă.

Verii mei povestesc întotdeauna despre zilele războinice ale mătușii. Povești despre Neînfricata Teddie și boacănele ei legendare, care devin pe zi ce trece tot mai umflate și mai amuzante. Ca atunci când cică a fost la un bar cu prietenii și un tip Zhaaganaash întreba fiecare fată dacă e indiancă și, dacă da, cât de indiancă. A abordat-o pe mătușa și a întrebat-o dacă vrea să-i arate care părți din corpul ei sunt indiene. Mătușa i-a tras un pumn în gât. În timp ce tipu' încerca să-și recapete răsuflarea, mătușa i-a spus că tocmai a avut parte de experiența unui pumn indian adevărat și că mai are unul, dacă vrea să-l vadă și pe ăla.

În seara asta întrevăd pentru prima dată o frântură din versiunea înfricoșătoare a mătușii mele.

Și nu e deloc amuzantă.

# CAPITOLUL 5

A doua zi dimineaţa, mă trezesc cu Perry înghesuită între mine şi spătarul canapelei. Jumătate din fundul meu atârnă peste margine. Mă sucesc pe-o parte şi o iau în braţe. Doarme cu gura deschisă; răsuflarea ei miroase a porumb dulce. Tocmai când aţipesc la loc, un deget mă împunge în umăr. Tresar.

— Ştii că ăsta e cel care mă doare, mormăi eu, răsucindu-mă.

— Faci clătite? Pauline şopteşte aproape strigat. Răsuflarea ei miroase a chipsuri de porumb.

— Vreau clătite, zice şi Perry cu ochii închişi, încă pe jumătate adormită.

Uneori ştii că te confrunţi cu forţe prea puternice ca să le poţi ignora. Cuprind corpul mic şi îndesat al lui Pauline şi o rostogolesc ca s-o prindem şi pe Perry într-o îmbrăţişare.

— *Ninde gidayan.* Aveţi inima mea.

Le pup pe rând.

Mă ridic şi văd maşina mătuşii pe alee. Răsuflu uşurată. Îmi amintesc de refuzul ei de azi-noapte, dar alung durerea, spunându-mi că măcar s-a întors teafără acasă. Până mă aranjez eu la baie, Perry şi Pauline mă aşteaptă la blatul din mijlocul bucătăriei. Le plac clătitele mele. Pun tigaia electrică în faţa lor şi o bag în priză, ca să se încingă, în timp ce fac cafeaua.

— Spuneţi-mi unde aţi fost azi-noapte, le zic eu când filtrul de cafea începe să pârâie. Le place să-mi povestească visele lor. Iar eu le ascult în timp ce pun în blender ingredientele pentru clătite.

Perry a fost într-un seif de bancă plin cu bijuterii elegante. Se laudă:

— Eu eram personajul negativ, mătuşă Daunis. Şi mă pricepeam foarte bine la treaba asta.

— Pearl Mary Păstrătoarea Focului Birch, hoaţă de bijuterii! râd eu. Şi tu, surioară?

Pauline zice că a vizitat-o în vis un băiat misterios, care i-a spus că e o prinţesă.

— Ştii, Pauline, poţi fi prinţesă fără ca un băiat să-ţi spună asta, îi explic eu, sorbind din amestecul fierbinte de cafea cu cacao. Pauline îşi dă ochii peste cap.

— Aho! Perry ciripeşte echivalentul Ojibwe pentru *amin*. Cât pe ce să-mi scuip cafeaua când o aud.

Astăzi, fetele vor clătite-ursuleţ. Când torn aluatul în tigaia fierbinte, cuvintele mătuşii mă izbesc ca un bumerang. *Vezi-ţi de viaţa ta frumoasă*. Cu gândul aiurea, o dau în bară cu urechile ursuleţului. Înjur în sinea mea şi le dreg turnând mai mult aluat, apoi le declar clătite-extratereştri. Pauline se bosumflă, dar Perry îşi îndeasă veselă una în gură.

Când coboară mătuşa şi Art, gemenele sunt deja umflate cu clătite şi sirop de arţar făcut anul trecut de Sugar Bush şi se uită la televizor la *SpongeBob SquarePants*.

— *Miigwech*, Micuţă Soră, spune Art cu căldură. De fiecare dată îmi mulţumeşte când le ofer posibilitatea unei dimineţi numai pentru ei doi.

Mă uit la Teddie, care îmi evită privirea. Nu ştiu la ce oră a ajuns acasă, dar sunt sigură că ceva s-a întâmplat azi-noapte. Ceva mai mult decât o „petrecere cu pătură". Nu ştiu dacă ar trebui să spun eu ceva sau să aştept să deschidă ea subiectul. Oricum, mă îndoiesc că ar spune mare lucru în faţa fetelor.

Am nimerit-o. Mătuşa sporovăieşte fleacuri până ce vine momentul să plec. Gemenele mi se caţără fiecare pe un picior, ca de obicei, şi mă roagă să mai stau, în timp ce eu le târăsc spre uşă. După ce mă scutur de ele, Art mă mai îmbrăţişează o dată. De obicei, mătuşa dă din cap şi îmi spune să stau departe de belele, să fiu stăpână pe mine sau să grăiesc adevărul şi numai adevărul. Obişnuita poezie a femeilor Nish.

Astăzi însă mă îmbrăţişează. Mă ţine strâns multă vreme după ce eu îi dau drumul.

— *Ninde gidayan*, îmi şopteşte la ureche.

Îmi vine să plâng, dar nu ştiu de ce. Astăzi, mătuşa e copleşită de remuşcări. Îmi doresc să nu fi fost nevoită să aibă regrete. Dar poate petrecerea cu pătură nu a rezolvat o problemă, ci a creat o mare încurcătură.

Numai la petrecerea cu pătură mă gândesc toată ziua. După-amiază mă întâlnesc cu Lily la casa mare, ca să mutăm obiectele de artă şi alte lucruri de valoare în biblioteca bunicului, ca măsură de precauţie. Vreau să mă bucur de petrecere, nu să-mi fac griji că s-ar putea distruge ceva.

În timp ce trebăluim, îi spun lui Lily despre petrecerea cu pătură.

— Oare cine o fi fost? mustăceşte ea. Îţi poţi imagina un membru al Consiliului sau pe primar ori un profesor umblând cu ochii vineţi? Zicând că s-a lovit de o uşă sau o tâmpenie de genul ăsta?

— Oricine a încasat-o, sper să fi fost de ajutor şi ca femeia să se simtă mai în siguranţă acum, zic eu.

Levi apare la casa bunicilor mei pe la opt seara, cu berea. Rece ca gheaţa, aşa cum a promis. Lily e vizibil enervată.

Punem butoiaşul în bucătărie. Apoi Levi pleacă să-i aducă pe prietenii lui. Ne strigă peste umăr:

— Să nu beţi toată băutura până mă întorc!

— Nu ştiu de ce eşti supărată, zic eu când ne îndreptăm spre biblioteca din colţul livingului, unde e dulapul cu băutură. Levi ne-a făcut o mare favoare.

Se încruntă frustrată la mine:

— Eşti aşa de naivă câteodată.

— Hei, eu nu am vârsta legală în Canada până în octombrie, iar mătuşa mi-a zis clar să nu o rog niciodată să-mi cumpere alcool. Aşa că eram în rahat până peste cap, asta dacă bunicuţa June nu era ea dispusă să ne cumpere butoiaşul ăsta de bere. Încep să vorbesc în şoaptă, glumind:

— Hai, Lily, ai habar ce umilitor a fost pentru mine să-l rog pe fratele meu cu trei luni mai mic să ne aducă bere?

— Da, doar că... Lily se opreşte, parcă ar încerca să-şi aleagă cu grijă cuvintele. Tu te plângi de Lumea Hocheiului şi tot tu îl inviţi pe regele Lumii Hocheiului la petrecerea noastră. Parcă era vorba să vină doar vreo doi prieteni.

— Dezumflă-ţi sânii, Lily. Sărbătorim. Lake State. Iu-huu! zic eu cu minim entuziasm. Nu vin decât Levi şi lacheii lui. Şi Jamie Johnson. Ce pot să fac să mă revanşez faţă de tine?

— L-ai invitat pe *Jamie*? face ochii mari la mine. Aha, acum înţeleg. Dezumflă-ţi tu sânii şi bagă-ţi limba pe gâtul Tipului Nou, da?

— Nu am ce sâni să-mi dezumflu, zic eu, uitându-mă în jos la pieptul meu plat. Şi n-am de gând să-l sărut pe Jamie. Levi l-a invitat aici. Şi tipu' are prietenă. Anticipând un comentariu din partea ei legat de tonul meu defensiv, decid că e vremea pentru grappa.

O iau spre dulapul cu băuturi. Sistemul infailibil de securitate al bunicilor mei consta în ascunderea cheii în spatele dulapului elegant, agăţată pe perete într-un cui. Echivalentul pentru alcool al scrierii parolei pe un post-it şi lipirea acestuia pe monitor. Aleg o sticlă de grappa de import. Trag o duşcă zdravănă. Brandy-ul italian îmi arde măruntaiele.

— Dacă prietena asta se întâlneşte cu un zeu al hocheiului, care joacă pentru o echipă aflată la mii de kilometri distanță... Chiar așa, de unde naiba e tipul ăsta? Nu contează. Trebuie să știe și ea cum stă treaba, zice Lily.

— Asta i-ai fi spus și mamei mele? Mai trag o dușcă de grappa. Știi bine că nu s-ar fi băgat niciodată între tata și mama lui Levi.

— Știu, știu. Zic doar să-l săruți pentru că nu te-ai mai întâlnit cu nimeni de la TJ, iar asta a fost acum doi ani. Nu se pun combinațiile prostești. Oftează adânc, un oftat prea mare pentru trupul ei micuț. Sunt supărată pentru că Levi transformă seara asta în seara lui. Ar fi trebuit să fie a noastră.

Aici are dreptate. Mai sorb o gură. Numai prima înghițitură arde. Asta împrăștie o căldură plăcută în tot corpul.

— O să avem o noapte minunată. E noaptea noastră. Peste trei săptămâni începem facultatea. Trebuie să-i spui bunicuței June cât costă manualele tale, ca să poți folosi unul dintre cupoanele ei.

Cadoul de absolvire al lui Lily din partea străbunicii ei a fost un cearșaf de opt cupoane scrise de mână: *Acest cupon va fi folosit pentru manualele și proviziile pe un semestru pentru Lily June Chippeway, cu dragoste de la bunicuța June. Netransferabil.*

— Ai dreptate. Când o să fim la Lake State, gata cu Levi, gata cu băieții lui. Lily caută prin dulăpiorul cu băuturi și scoate o sticlă de Frangelico. Ciocnește sticla aia ciudată în formă de preot de sticla mea, în care plutesc cârcei de viță-de-vie.

Înainte să bem, Lily ridică mâna stângă ca să ne începem salutul special:

— Lake State, *baby*, zic eu la zborul fluturelui de la final.

Lily chiuie tare, cât pe ce să-mi spargă timpanele.

Două ore mai târziu, mica mea gorilă îl ceartă zgomotos pe Levi că dă muzica prea tare.

— Vrei să ne trezim cu poliția pe cap?

Lily seamănă leit cu bunicuța June când face zile fripte cuiva. Levi nu o bagă în seamă, până când Lily adaugă:

— Toți polițiștii tribali sunt abilitați să răspundă la apeluri în afara rezervației, așa că poate răspunde TJ la reclamația pentru gălăgie.

Fratele meu dă imediat volumul mai încet. Cântau cei de la Hoobastank.

— Și ți-am spus să pui Amy Winehouse, îi amintește ea.

— Iar eu ți-am spus *ție*, i-o întoarce Levi, fără muzica ta ciudată pe care n-o știe nimeni.

Lily se lansează într-un discurs presărat cu înjurături despre geniul lui Amy Winehouse. Eu număr douăzeci și patru de oameni în casa mare. Trag un gât de grappa pentru fiecare jumătate de duzină de suflete. Butoiul de bere nu va mai rezista mult. Levi și prietenii lui vor pleca. Lily se va calma. Totul va fi bine. Eu deja mă simt bine. Așa de bine, de fapt, încât, când Jamie Johnson vine lângă mine, îi întind sticla de grappa, ca să se simtă și el bine. Ia o sorbitură mică și tușește.

— Ce-i ăsta, alcool contrafăcut? scuipă el.

— Grappa, brandy italian. Făcut din ceea ce rămâne după ce se zdrobesc strugurii pentru vin.

Mai iau o gură și îi propun lui Jamie să-i arăt casa.

Daunis, gazda primitoare, nimic altceva. Nu încerc să rămân singură cu el. O fată ciudată, pe care trebuie să o fi invitat Levi, se înființează după noi când urcăm scările. Al naibii pește undițar care dă probe pentru rolul de următoarea prietenă a lui Jamie Johnson.

Pește undițar. Așa le-am botezat eu pe prietenele hocheiștilor. Un pește de adâncime, care își mușcă partenerul şi se contopeşte cu el. Un apendice parazitar, incapabil să existe separat.

— Aici e dormitorul matrimonial, încă trei dormitoare, două băi şi o uşă secretă spre podul înfricoşător. Îmi arunc într-un mod ciudat mâna spre toate uşile.

Jamie zâmbeşte văzându-mi gesticulaţia sălbatică.

— Stai puţin, vrei să zici că tu ai crescut aici? întreabă fata.

— Până la şase ani. Apoi, mama a terminat facultatea, a început să predea la grădiniţă şi a cumpărat o casă, la patru străzi mai încolo. Mijesc ochii şi mă uit la peştoaica asta care îi dă târcoale lui Jamie ca un rechin.

— Dar, da. Mesele de duminică şi sărbătorile importante aici le-am petrecut.

Îi conduc pe un hol lambrisat, arătând către uşa ascunsă care dă spre pod şi ducând un deget la buze ca să subliniez existenţa ei secretă.

Jamie se opreşte ca să se uite la portretul meu de absolvire de pe perete. Buna Mary m-a pus să-mi ondulez părul. Am o expresie visătoare. Lângă mine se află portretul mamei şi cel al unchiului meu. Nu seamănă aproape deloc cu cei care au devenit.

Mama a absolvit liceul la un an după colegele ei, fiind singura cu copil. Părul ei castaniu închis, cu bretonul dat bine cu fixativ şi ridicat într-un fel de val în creştetul capului, cu cârlionţi după urechi, se revărsa în jos, pe umeri. Era ceva năucitor în eforturile ei de a se aranja, în felul în care zâmbea spre cameră cu ochii aceia verzi plini de speranţă. Îmi vine să îmbrăţişez versiunea asta a mamei mele. Încă nu avea habar de toate pierderile care vor urma.

În portretul ăsta, unchiul David arată ca şi cum abia aşteaptă să o şteargă din Sault. Dornic să-şi ia zborul şi să se ducă undeva unde oamenii sunt mai interesaţi să fie coloraţi decât să coloreze nişte contururi gata trasate. Poartă un costum plictisitor şi e proaspăt tuns, ca să-i facă pe plac mamei lui, dar cravata purpurie şi batistuţa din buzunarul de la piept sunt tributul unchiului meu pentru Prince.

— Nu băgați în seamă ciudățeniile de pe pereți, le zic. În scurtă vreme, oamenii ăștia vor fi de nerecunoscut. Chiar și pentru ei.

— Ești o ciudată, zice fata.

Ridic din umeri și mai trag o dușcă de grappa, apoi îmi conduc oaspeții înapoi pe scări.

— Pot să îți țin eu asta, zice Jamie, întinzând mâna să ia sticla.

— Da. Un zeu al hocheiului cu bune maniere. Bravo ție, Jamie Johnson. Și bun venit la Sault Sainte Marie! Gesticulez ca o gazdă de show televizat. Și nu fi și tu ca turiștii, nu pronunța *Salt*. E *Soo*.

— Am notat, zice el. Știi o groază de chestii fascinante.

Sesizez ironia blândă.

— *Miigwech*, prinț al hocheiului.

Mă uit în jur.

— Hei, unde a dispărut fata aia?

— Cred că ai pierdut-o, zice Jamie.

— *C'est la vie*. Asta-i viața.

— *Qui n'avance pas, recule*, răspunde el. Cine nu merge înainte dă înapoi.

Mă holbez la el. Jamie vorbește franceza? Înainte să apuc să-l întreb despre asta, mă las furată de ochii lui. E suficient de aproape de mine ca să remarc că are irisul mai luminos spre pupilă și o zonă mai întunecată, care practic se topește în porțiunea de un maro-gălbui. Pesemne grappa mi-a sporit acuitatea vizuală, pentru că remarc fiecare detaliu.

— Te holbezi, observă Jamie.

— Ăăă... fetele se țin după tine, trăncănesc eu. De îndată ce mă aud, vorbele mi se par prostești.

— Mulțumesc pentru avertisment. Zâmbetul lui larg ajunge până în capătul cicatricii.

— Hei, Bubb.

Ne întoarcem amândoi și îl vedem pe Levi urcând treptele două câte două până la noi. Fratele meu mă ia pe după umeri.

— Vreau să te rog ceva.

Îmi fac singură curaj. Rugămințile anterioare au presupus să particip ca parteneră a celui mai bun prieten al lui, Stormy, la *Shagala* de anul trecut și să găsesc porecle Anishinaabemowin pentru prietenii și colegii lui din echipă. Un tip mă tot sâcâia pentru un „nume indian mai bun decât al celorlalți", așa că i-am spus că *Gichimeme* înseamnă cea mai mare și mai puternică pasăre. S-a umflat în pene săptămâni la rând cu noul lui nume, până ce un prieten Nishnaab l-a tras până la urmă deoparte și i-a explicat că numele lui înseamnă „ciocănitoare moțată". Cu alte cuvinte, Mare Papagal.

— Vrei să fii ambasadoarea lui Jamie la echipă?

— Eu? Dar... eu nu fac parte din club, spun surprinsă. Iar fetele și-au proclamat deja drepturile asupra noilor membri.

— Corect.

Levi îi aruncă lui Jamie o privire înțelegătoare și adaugă:

— Tocmai de aceea ai fi perfectă. Jamie are deja prietenă. Așa că tu ai să le ții la distanță pe toate târfele care aleargă după puc.

Mă încrunt:

— Știi că nu-mi place cuvântul ăsta.

— Scuze, Bubb, zice repede Levi. Ce vreau să spun e că, dacă ar face pereche cu tine, l-ai putea învăța totul despre oraș.

Se întoarce spre Jamie:

— Știai că Daunis a susținut echipa de hochei a băieților de la liceul Sault în toți cei patru ani? În plus, a fost și șefă de promoție.

— Am remarcat că ştie o groază de chestii amuzante, zice Jamie făcând cu ochiul.

— Hei, asta seamănă cu un aranjament, zic eu când realizez ce se petrece.

— E un aranjament-de-ajutor, Bubb. Cu orice altă tipă ambasadoare a lui Jamie, s-ar ajunge la păruială între fete.

— Nu-ţi face iluzii. Îmi dau ochii peste cap. Dar, dacă chiar crezi că aşa stau lucrurile, nu se vor supăra pe mine?

Levi a inventat cumva o expresie nouă, *aranjament-de-ajutor*?

— Nimeni n-o să se pună cu tine, răspunde el. Eşti dată naibii. Exact ca mătuşa Teddie.

Şi, cu aceste cuvinte magice, pe lângă expresia încântată de pe faţa Tipului Nou şi căldura alcoolului, accept să fiu ambasadoarea lui Jamie.

# CAPITOLUL 6

Două dimineţi mai târziu, Jamie Johnson e pe aleea mea, întinzându-şi braţele deasupra capului în lumina lăptoasă a zorilor. Probabil locuieşte în apropiere, pentru că nu văd nicio maşină. Îi fac un semn de salut, presar *semaa* pe pământ şi îmi şoptesc rugăciunea la copac. Când mă duc spre el pe alee, îl cântăresc din priviri pe noul meu prieten de la Supe.

Tipul e un pachet de muşchi netezi şi ligamente bine întinse peste oase. Nu are niciun strop de grăsime. Avem aceeaşi înălţime, dar eu îl depăşesc în greutate cam cu treisprezece kilograme. Poate chiar mai mult în zilele umflate.

Cum îl măsor eu pe Jamie, îmi imaginez că face şi el acelaşi lucru cu mine: *Tipă înaltă, solidă, cu un fund uriaş, piele albă de fantomă, gură mare, nas mare şi – ce ironie crudă – sâni mici.* Mă lupt din răsputeri cu nevoia de a-i striga că am o apărare puternică, sunt deşteaptă şi nu renunţ niciodată.

Îmi întrerupe dialogul intern:

— Alergi vreodată cu fratele tău?

— Uneori, răspund, începându-mi întinderile laterale. El şi prietenii mei aleargă mult prea repede pentru ritmul meu obişnuit. Nu amintesc nimic despre nerăbdarea lui Levi la rutina mea de încălzire.

— Eşti foarte apropiată de fratele tău. Jamie se ghemuieşte şi întinde un picior spre laterală.

— Păi... da, aşa cred. Uneori e o pacoste.

Mă holbez la muşchiul gracilis încordat de pe coapsa interioară, care formează o linie dreaptă ce se pierde sub şortul lui larg... Mă străduiesc să îl privesc din nou în ochi.

— Tu ai fraţi?

— Niciun frate. Doar pe unchiul meu. Ai mei au divorţat când eram mic. Nu le au cu hocheiul. Unchiul Ron m-a ajutat mereu să-mi plătesc echipamentul şi deplasările cu echipa. Când a primit un post de profesor aici, am profitat de oferta lui şi am venit să fac ultimul an de liceu în Sault. Pare încântat că a pronunţat corect numele oraşului.

Mă surprind întorcându-i zâmbetul mândru în timp ce fac o versiune scurtă a obişnuitei mele încălziri. Jamie îşi sincronizează întinderile cu ale mele.

— Gata, amice? arăt cu bărbia spre şosea.

— Gata, domnişoară ambasadoare. Zâmbetul nu-i părăseşte chipul.

O iau pe ruta mea obişnuită, prin campus.

— Hei, ia te uită, spune Jamie când trecem pe lângă noul cămin. Are numele tău de familie pe el.

— Aha.

Râde.

— E tot ce ai de zis?

— Aha.

Îi arunc cel mai dulce zâmbet din dotare.

Când ajungem la observatorul din spatele casei studenţilor, mă opresc.

— Opreşte-te, zic. Jamie se dă câţiva paşi în spate şi vine lângă mine. Uite, acolo, la câţiva kilometri distanţă, e Lake Superior. Arăt spre vest, apoi spre râu. Se varsă în râul St. Mary, care este graniţa internaţională cu Canada. Oraşul de pe cealaltă parte se numeşte tot Sault Sainte Marie, dar e mult mai mare decât al nostru.

Închei cu alt gest amplu, de gazdă de show televizat. E ceva în Jamie care mă face să simt nevoia să mă dau în spectacol.

— Râul curge spre capătul estic al orașului, iar dealurile astea frumoase fac parte din insula Sugar. De acolo e familia tatălui meu. Adică al meu și al lui Levi.

— Uau! Ce frumos e!

Uluirea din vocea lui mă face să mă simt de parcă am luat punctajul maxim la un test.

— Gata? îl întreb, reintrând încet în ritmul de alergare. Ținem drumul de la faleză spre râu, o distanță de aproape un kilometru.

Jamie se uită la un cargou care se mișcă greoi și tăcut în ecluza din apropiere. În timp ce el privește nava lungă, eu arunc un ochi pieziș la profilul lui, pe partea fără cicatrice. La câteva zeci de metri distanță de noi, sirena cargoului începe să urle. Jamie tresare speriat și începe să înjure tare. Râd.

— Am nevoie ca ambasadoarea mea să îmi explice toate astea, zice.

— Îți amintești când ți-am arătat unde e Lake Superior?

— Vrei să zici acum cinci minute? întreabă el sec.

— Da, deșteptule. Așadar, navele trec pe aici în drumul lor dinspre sau către unul dintre Marile Lacuri pentru a ajunge la Lake Superior, care este la șase metri și ceva mai sus decât partea din aval a râului. Aici au fost cascade. A fost un punct important de adunare pentru Anishinaabeg, cu toate satele astea de pescari de pe ambele maluri ale râului și insula Sugar. Guvernul a pus stăpânire pe teren și a distrus cascadele, ca să construiască Soo Locks, ecluza asta care funcționează ca un lift acvatic pentru a ridica sau a coborî navele.

Jamie se uită la mine, nu la cargoul de peste drum.

— Și ce s-a întâmplat cu oamenii Anishinaabeg și cu satele lor?

Ridic o sprânceană. Nu ştiu dacă Jamie are habar ce întrebare importantă mi-a pus. Turiştii de felul lui Jamie nu se gândesc niciodată la cei care au fost daţi la o parte în numele progresului. Nu ştiu dacă vrea cu adevărat să afle istoria tribului meu sau cum aş putea începe să i-o spun.

— Asta-i o poveste pentru altă dată, zic. Acum e rândul tău. Povesteşte-mi despre tine.

— Asta-i o poveste pentru altă dată, zice el zâmbind. Mai am întrebări.

Îi zâmbesc şi eu.

— Cum se face că m-am ales cu cel mai curios dintre „voţi"?

— Care-i treaba cu „voţi"? întreabă el.

Râd.

— Ei, asta-i cea mai importantă întrebare. „Voţi" e versiunea *Yooper* pentru „voi toţi".

— Şi... *Yopper* înseamnă o persoană din U.P., Upper Peninsula?

— Uau! M-am potcovit cu tipu' deştept. Fac semn că trebuie să virăm la următoarea.

Ne cufundăm uşor într-o tăcere confortabilă preţ de câteva zeci de metri. Când facem cotul la Dairy Queen, arată spre o casă mică:

— Acolo stăm noi, eu cu unchiul, spune el, continuând să alerge alături de mine. A, încă o întrebare. Când lumea zice *Anishinaabe*, se referă la nativi sau la Ojibwe?

— Anishinaabe înseamnă Poporul Originar. Indigenii. Nish. Nishnaab. Shinaab. De obicei, ne referim la Ojibwe, Odawa şi Potawatomi, triburile din zona Marilor Lacuri. Limba Ojibwe se numeşte Anishinaabemowin sau Ojibwemowin. Levi îi zice „Ojiberish[2]". Îmi dau ochii peste cap. Dacă ai să stai suficient de mult cu el, ai să te alegi cu o poreclă Nish.

---

2 Joc de cuvinte în limba engleză: „gibberish" – prostii, bolboroseală (n. tr.).

Jamie îmi aruncă o privire rapidă.

— Levi mi-a zis să te întreb cum se zice *Scarface* în limba tribului.

Izbucnim în râs în același timp. Inhalez puțină salivă și trebuie să ne oprim pentru un acces de tuse. După ce ne recăpătăm răsuflarea, mă îndrept spre EverCare, surprinsă de cât de repede au zburat kilometrii alături de Jamie.

— Eu îmi închei alergarea la căminul ăsta. Bunica mea e aici. A avut un atac cerebral.

— Îmi pare rău, zice el. Ai multe de îndurat, mai ales după ce l-ai pierdut și pe unchiul tău. Dar tu, *tu* cum faci față, Daunis?

Franchețea lui mă uluiește. Ceva din felul în care a pus această întrebare mă face să mă gândesc dacă nu cumva nu e și el familiarizat cu pierderea. În afară de Lily, nimeni nu mă întreabă cum mă descurc. Oamenii întreabă despre mama sau despre ce se va întâmpla cu casa mare. E ciudat că un om care mă cunoaște de atât de puțină vreme mă întreabă cum mă descurc, și asta într-un mod atât de sincer.

— E-n regulă, zice Jamie, în timp ce eu încerc să bâigui câteva vorbe. O să-mi spui când o să fii pregătită.

Când ajungem la parcare, eu tot nu am un răspuns. Mă uit la Jamie. Pielea lui lucește ca o monedă strălucitoare, netedă și nouă. Părul e ud de transpirație și se încrețește în toate direcțiile. Și gândurile mele despre Jamie zboară în toate direcțiile.

Gata, m-am hotărât, Lumea Normală are nevoie de niște reguli din Lumea Hocheiului.

— *Miigwech* pentru alergare, amice, zic. Mâine e rândul tău. Poți să-mi povestești despre ultima ta echipă de hochei, despre ultima ta școală, despre unchiul și prietena ta, da?

Jamie zâmbește, îmi face semn cu degetul mare ridicat și își continuă alergarea.

Pe drumul de la EverCare spre casă, o sun pe Lily. După ce o pun la curent despre alergarea mea cu Jamie, încercăm amândouă să ghicim ce ne-ar putea spune despre prietena lui.

— Accident de maşină, stabileşte Lily. S-au legat unul de altul din cauza cicatricilor.

— Nţ. Mătuşa zice că cicatricea lui e prea dreaptă ca să fi fost un accident.

— Fostul ei prieten l-a tăiat pe Jamie într-o criză de gelozie, spune Lily.

— Doamne! Nu toate relaţiile sunt o melodramă de rahat, Lily.

— Alea pe care le ştiu eu sunt.

Tăcem preţ de o jumătate de stradă. Îl aud pe câinele bunicii ei lătrând la capătul celălalt. Lily nu spune prea multe despre mama ei sau despre viaţa ei de dinainte de a veni să stea cu bunicuţa June, dar uneori îi ia partea mamei când mă plâng de pornirile ei exagerat de protectoare.

În cele din urmă, Lily zice:

— Bine, şmechero, ia să auzim, care e ipotenuza ta?

Zâmbetul din vocea ei e contagios.

— Ipoteza mea e că şi-au pierdut virginitatea împreună, zic eu cu gura până la urechi. Şi, apropo, ipotenuza e latura mare a unui triunghi dreptunghic.

— Cum spui tu, zice ea, încheind conversaţia. Pe mai târziu, dilule.

— Pe curând, *Crocodylus niloticus*.

— Tocilaro!

A doua zi dimineaţa plouă tare, aşa că, înainte de răsărit, îi trimit lui Jamie un mesaj cu un plan alternativ. El apare într-o camionetă neagră şi ne ducem la centrul de fitness Chi Mukwa. Nu îmi place să alerg în sală, dar e mai bine decât să îmi petrec ziua cu sentimentul că ceva lipsește.

Sărim pe benzile de alergare și, în secunda următoare, observ că setările lui Jamie sunt la fel ca ale mele.

— Nu ești obligat să ții ritmul cu mine, zic. Asta-i partea bună la banda de alergare. Tu poți alerga cât de repede vrei.

— Nu, e bine așa. Oricum, mai am antrenament și pregătire fizică mai târziu, cu echipa.

Ridic din umeri și îmi continui alergarea, dar în sinea mea sunt încântată. Am nevoie de câteva sute de metri ca să-mi intru în ritm. Asta-i partea proastă la banda de alergare, ai sentimentul că ești un hamster pe roată.

— Ești tăcută azi, zice Jamie. Toate bune?

— Așteptam să vorbești tu, îți amintești? E rândul tău.

— A, corect, zice el. Păi... ce vrei să știi?

Vreau să știu totul. Totuși, dimineață m-am rugat pentru *manaadendamowin*. Respect. Respect pentru relații: rolul meu de ambasadoare pentru Jamie și relația lui cu prietena lui. Nu voi fi și eu un pește undițar, nu voi încerca să ademenesc un tip care e deja luat.

— Orice vrei să-mi spui, amice.

— Foarte bine, ambasadoareo. M-am născut într-o noapte întunecată, furtunoasă...

Întorc capul și-i văd zâmbetul pieziș în colțul cicatricii.

— Nu-mi place să vorbesc despre mine, spune Jamie. Tata e Cherokee. El și mama au divorțat când eram mic. M-am mutat de colo colo cu mama. El are o nouă familie. Unchiul Ron s-a ocupat de mine mai mult decât tata. Am jucat hochei peste tot. Cam asta e.

Trecutul lui Jamie seamănă cu al meu. Tată nativ. Părinții nu au fost împreună. Și un unchi care a intervenit când tatăl nu a mai fost prin preajmă. Poate așa se explică de ce mă simt atât de bine cu el.

— Şi patinajul artistic, îi amintesc. Pe ăsta l-ai lăsat deoparte.

— De unde ştii asta? Simt cum Jamie mă fixează intens.

— Habar n-am. Poate felul în care ai ridicat-o pe Pauline deunăzi? Ridic din nou din umeri şi simt o înţepătură dureroasă în umărul înţepenit. Bunica mea, cea căreia îi spun buna Mary, m-a pus să fac patinaj câţiva ani. Nu mi-a plăcut deloc. Dar numai aşa s-a înduplecat să mă lase să joc hochei.

— Dar mama ta? Ea nu a avut niciun cuvânt de zis?

— Ha! N-ai cunoscut-o pe buna Mary. Era ca Eta Carinae, iar eu şi mama eram ca nişte planete ameţite, aspirate în câmpul ei gravitaţional.

— Eta Carinae? întreabă Jamie.

— Cea mai mare stea din galaxie, răspund încet.

Ceva se rupe în mine când îmi dau seama că am folosit timpul trecut când am vorbit despre cineva care e încă în viaţă. Măresc viteza. Jamie pare a sesiza schimbarea de dispoziţie, măreşte şi el viteza şi ţine ritmul în tăcere. Ne facem restul de alergare în linişte.

În drum spre casă, îl rog pe Jamie să mă lase la EverCare.

— Dar încă plouă. Arată spre rafalele frenetice de ploaie.

— Lasă, n-o să mă topesc.

Deschid portiera maşinii şi îmi fac curaj să o iau la fugă spre clădire. Mă întorc şi îi arunc o privire.

— Mulţumesc pentru alergare şi pentru drum, amice.

— Cu plăcere, ambasadoareo.

O pup pe buna Mary înainte de a o da cu ruj. Mama nu a ajuns încă, aşa că scot carneţelul cu evidenţa clipirilor din sertarul de sus al dulăpiorului. Mă aşez comod pe scaunul de lângă pat, vorbesc cu bunica, oprindu-mă doar ca să fac semnele cuvenite în cele două coloane: BEC APRINS şi BEC STINS. Pare obosită azi; rămân numai un sfert de oră, timpul necesar pentru o sesiune completă de culegere de date.

Când plec, camioneta lui Jamie e tot în parcare.

— Nu trebuia să aştepţi, îi spun, urcându-mă. Surprinsă, dar recunoscătoare.

— Deh, zice el imitându-mă. Nu trebuia, dar am vrut.

Când Jamie trage pe aleea mea, îmi amintesc de prietenă. Trebuie să fiu conştientă de existenţa ei.

— Nu ai spus nimic despre ultimul oraş sau ultima ta echipă... sau despre prietena ta.

— Pe prietena mea o cheamă Jennifer. Jen, spune el. Încerc să mi-o imaginez, dar tot ce văd e o fată interesantă, cu păr lung, strălucitor şi un breton lung, dat pe-o parte, care-i cade peste ochiul stâng, ca răposatei cântăreţe Aaliyah.

Jamie continuă:

— Suntem împreună de trei ani. Tatăl ei e militar, aşa că şi ea se mută des.

Ar trebui să mă bucur pentru Jamie că are o prietenă care ştie ce înseamnă să fii mereu copilul nou din şcoală.

— E plăcut să ai ceva solid, indiferent cât de mult se schimbă toate celelalte. Ştii ce vreau să zic?

Încuviinţez din cap, deşi nu ştiu ce vrea să zică. De când a murit unchiul David, nimic nu mai pare solid. Unchiul meu a început să se poarte ciudat înainte de a se stinge. Distant. Ulterior am aflat despre recidiva lui.

Ultima dată când viaţa mea a fost solid ancorată a fost... de Crăciun?

— Bun, atunci ne vedem mâine dimineaţă... Şi... Jamie? *Chi miigwech*. Un mare mulţumesc. Spun asta ca să le acopăr pe toate: şi faptul că m-a adus acasă, şi că mi-a povestit despre el, cu toate că îi e greu să dea detalii personale.

— Cu plăcere, Daunis.

Nu înţeleg de ce sunt geloasă pe o fată care are acces la părţile ascunse ale lui Jamie.

Până vineri, linia dintre Lumea Hocheiului şi Lumea Normală s-a estompat, ca şi cum ar fi fost trasată cu un cărbune pe care Jamie îl şterge puţin câte puţin în fiecare dimineaţă în care alergăm împreună. Mă trezesc, mă spăl pe dinţi, îmi prind părul într-o coadă groasă de cal, trag pe mine hainele de alergat şi iau câteva fire de *semaa* din coşuleţul de nuiele al bunicii Pearl, de pe masa de la intrare. Jamie mă aşteaptă de fiecare dată pe alee când îmi şoptesc rugăciunea. Apoi ne facem încălzirea şi ne punem în mişcare.

Când trecem pe lângă şirul de magazine de suvenire de peste drum de Soo Locks, zâmbesc unei amintiri.

— Când era mic, Levi vindea aici iarbă dulce turiştilor, îi spun.

— Ce-i iarba dulce?

— Un leac tradiţional care miroase foarte frumos, un fel de condiment dulce, plăcut. În Ojibwe se numeşte *wingashk*, iar denumirea ştiinţifică e *Hierochloe odorata*. Cred că putem găsi de vânzare la *powwow* al Tribului din weekend.

— Nu am fost niciodată la un *powwow*. Te duci mâine? Poţi să mă iei şi pe mine?

— Sigur, răspund, surprinsă de dorinţa lui de a afla cât mai multe. Îmi amintesc că el nu a crescut în preajma tribului, ca mine. Ce zici de o experiență *powwow* sub îndrumarea unui ambasador?

— Ar fi fantastic, zâmbește el. Trebuie să fac un efort să nu-i zâmbesc și eu. Așa zici, Levi vindea iarbă dulce turiștilor?

— Mda. El și Travis, prietenul nostru, o culegeau și o împleteau. Levi le spunea oamenilor că e descendentul unui mare șef de trib și al unei tămăduitoare. Pretindea că iarba dulce e magică. Știi tu, toate rahaturile de tip hochei pe care turiștii sunt bucuroși să le creadă. Îmi dau ochii peste cap.

— Da, stilul lui Levi. Jamie râde. Om de afaceri înnăscut. Sunt sigur că și Stormy era băgat în asta. Ăștia doi sunt de groază.

Stormy Nodin e cel mai bun prieten al lui Levi încă de la grădinița tribală, Head Start. A intrat în echipă, împreună cu Jamie, după ce a picat anul trecut la probele pentru Supes. E drept că, pe vremea aceea, mama lui Stormy era la închisoare pentru că l-a bătut pe un tip Zhaaganaash într-un bar din centru, dar hocheiul nu dă doi bani pe problemele tale personale.

— Nu, tatăl lui Stormy nu-l lăsa să culeagă ierburi cu oameni din afara familiei. Tatăl lui e cam înspăimântător, nu îi suportă pe mulți, nu numai pe Zhaaganaash. Nici măcar unii membri ai tribului nu se înțeleg bine cu domnul Nodin. Oricum, au vândut numai vreo două veri. După aceea s-a deschis cazinoul și a fost instituit sistemul de indemnizații *per capita*.

— Am auzit câțiva băieți din echipă vorbind despre asta. Membrii tribului iau bani de la cazinou? E o nebunie. Jamie clatină neîncrezător din cap.

Pufnesc.

— Nu e nicio diferență față de modul în care Walmart sau Ford plătesc dividende acționarilor.

Vorbesc pe un ton potolit, așteptând reacția lui Jamie. Sper să nu se dovedească a fi un ticălos.

— Uau, nu am văzut niciodată lucrurile așa, zice el. Mie mi se relaxează umerii.

— Pot să întreb cât? Sau e nepoliticos?

— E-n regulă, zic. L-am auzit pe Levi spunând că membrii adulți iau 36 000 de dolari pe an. Nu știu cu cât rămân după ce plătesc taxele. Copiii care aparțin tribului iau o treime din suma asta.

— Tu nu iei? Jamie pare nedumerit.

— Eu nu sunt înregistrată. Tata nu figurează pe certificatul meu de naștere. Una dintre multele decizii ale bunicilor Fontaine din cauză că mama m-a născut la numai șaisprezece ani.

Jamie trebuie să fi sesizat modificarea tonului meu, pentru că se oprește și mă întreabă:

— Ți-e greu să vorbești despre asta, Daunis?

— E-n regulă, răspund, realizând cu câtă ușurință vorbesc despre mine. Ei, poate nu spun chiar totul. Nu sunt pregătită să admit cât mă înfurie decizia lor care a afectat înregistrarea mea în trib.

— E dificil când a fi nativ înseamnă lucruri diferite, în funcție de persoana care întreabă și de motiv, spune el.

— Și când pentru unii nu ești niciodată suficient de nativ, adaug eu.

— Da. Este identitatea *ta,* dar e definită sau controlată de alții.

Cuvintele lui reflectă întocmai gândurile mele. Ceea ce buna Mary și bunicul Lorenzo mi-au luat atunci când l-au exclus pe tata.

Jamie îmi întâlnește privirea și știu că ne vedem cu adevărat unul pe celălalt.

Rămânem amândoi tăcuți cât mai durează alergarea. Dinspre râu bate un vânt neobosit, dar pe cer nu e niciun nor. Aerul răcoros e foarte plăcut și îmi gâdilă brațele și picioarele. Respirația mea e profundă și constantă. Mă simt foarte bine. Ca și cum razele de soare nu ar coborî asupra mea, ci s-ar revărsa dinăuntrul meu. Jamie se uită la mine şi îi zâmbesc.

Şi atunci se întâmplă. Zona. Corpul meu se simte mai puternic, ca şi cum aş putea alerga aşa o veşnicie. Sunt simultan în trupul meu şi în altă parte. Sunt întreagă. Alergarea este locul în care toate diferitele mele părţi se îmbină perfect, ca dinţii de fierăstrău ai unui puzzle. Zona este locul în care sunt la un pas de a ieşi din puzzle, astfel încât liniile se estompează şi mă pot vedea cu claritate pe mine însămi.

Când ajungem la EverCare, gâfâim amândoi. De obicei, Jamie îmi face un semn cu degetul mare ridicat şi îşi continuă alergarea până la el acasă. Astăzi nu mai face asta. Doar stă lângă mine şi îşi trece mâinile prin părul umed, lăsând în el dâre adânci de la tâmple până spre ceafă.

— Vrei să o cunoşti pe bunica mea? îl întreb dintr-un impuls.

— Da, spune el, părând surprins, dar încântat. Chiar foarte mult.

Trecem pe lângă recepţie, încercând amândoi să ne recăpătăm suflul. Sunt agitată când intru în camera bunicii. Nu ştiu sigur de ce l-am invitat pe Jamie aici. Nici măcar Lily nu a venit să o vadă pe buna Mary.

— Bună Mary, el e prietenul meu, Jamie, spun eu, după ce o pup pe obraz. BEC STINS.

— *Bonjour, madame. C'est un plaisir de vous rencontrer*. Jamie îi sărută mâna cu vinişoare albastre care ies în afară prin pielea subţire, ridată. Mă priveşte peste patul bunicii.

Sunt complet surprinsă. Oricât de mult timp am petrecut săptămâna asta cu Jamie, încă nu ştiu mare lucru despre el. A vorbit în franceză la petrecerea de sâmbăta trecută, şi acum iar, cu bunica. Linia dintre Lumea Hocheiului şi Lumea Normală nu e estompată; a fost ştearsă de tot de tipul ăsta nou din echipa de hochei a fratelui meu. Acum e periculos de inexistentă.

— Cine eşti tu, Jamie Johnson? îl întreb perplexă.

Priveşte în pământ, ca şi cum ar fi jenat sau nu s-ar simţi în largul lui. Când îmi întâlneşte privirea, în expresia lui se citeşte hotărârea. Vorbeşte din nou în franceză, de data asta către mine:

— *Je suis celui qui attend avec impatience demain.* Sunt cel care aşteaptă cu nerăbdare ziua de mâine.

# CAPITOLUL 7

Dimineaţa zilei de sâmbătă e aşteptată cu tot atâta nerăbdare ca pe vremea când jucam. Pentru că azi e *powwow*, echipa Supes are un antrenament dis-de-dimineaţă. Eu alerg singură, într-un ritm mai rapid decât de obicei. În momentele de luciditate ale bunei Mary, îi povestesc despre vizita lui Jamie şi despre planul meu de a-l duce la *powwow*. Nu are cine ştie ce reacţie până când nu îi spun şi de celelalte activităţi ale mele de peste zi. Vestea că voi alege manualele cu Lily primeşte cel mai mare zâmbet pe care îl poate articula bunica. O îmbrăţişez şi o sărut pe obraz. Ne simţim amândouă aşa de fericite încât, înainte de a pleca, mă strecor pe partea cealaltă a patului ca să o sărut şi pe celălalt obraz.

În dimineaţa aceea, mai târziu, mă duc cu Lily la librăria din campus.

— Pasul ăsta săltăreţ al tău nu are nimic de-a face cu un anumit jucător de hochei, nu? comentează ea în timp ce străbatem parcarea.

— Sunt nerăbdătoare să văd manualele şi markerele, zic.

— Mda, vezi să nu, răspunde Lily. Vechea teorie a stiloului magic. Nu îmi împărtăşeşte credinţa că un creion sau un stilou perfect îmi poate îmbunătăţi performanţa academică.

Râdem, binedispuse amândouă, dar veselia se evaporă în clipa în care vedem preţurile la manualele necesare pentru cursul de Literatură Americană.

— Aoleu! Vocea lui Lily răsună până pe culoarul următor.

— Pe bune? îi dă replica o voce străină.

După ce Lily mă lasă acasă, iau un prânz timpuriu. Mama mă sună de la EverCare în timp ce îl aştept pe Jamie.

— Te duci cu Lily la *powwow*? întreabă ea.

Îi răspund cu un *mm-hmm* mormăit, mângâind-o pe Herri.

— Aveţi grijă de voi, fetelor. Să mă suni sau să-mi dai un mesaj dacă stai până mai târziu.

— Te iubesc, zic eu, alungând şi ultima urmă de vinovăţie.

A o proteja pe mama de o dezvăluire completă nu e acelaşi lucru cu a minţi. N-ar conta că Jamie e doar un amic. Odată ce ar afla că e nou în oraş, mama ar dezlănţui inchiziţia: *Cine-i băiatul ăsta? De unde e? Cine sunt părinţii lui? De unde ştim că e un băiat bun?*

E un gest de bunătate faţă de amândouă, sincer, să o scutesc de toate anxietăţile care ar copleşi-o imediat. Superputerea mamei mele este să transforme cele mai banale griji ale mele în monştri atât de uriaşi şi nimicitori, încât supărarea şi durerea ei devin aproape debilitante. O pot proteja de durerea asta.

Camioneta lui Jamie trage pe alee. Îmi vâr telefonul mobil în buzunarul blugilor tăiaţi şi o iau spre scaunul pasagerului.

— Salut, amice, zic eu, urcând în maşină. Mulţam că mă iei.

După ce i-am povestit lui Lily tot ce s-a întâmplat la alergarea de ieri şi în camera bunei Mary, am decis că trebuie să fac un pas în spate şi să pun accentul pe partea de *amiciţie* a acestei noi prietenii.

— Nicio problemă. Eu îţi mulţumesc că mă iei cu tine şi că îmi arăţi locurile, Daunis.

— E datoria mea de ambasadoare. Voiai să ştii ceva despre *powwow*, dar ţi-a fost frică să întrebi? zic. Buzunarul meu din spate bâzâie. Mesaj de la Lily. Rar dă mesaje, pentru că planul ei tarifar o taxează pentru fiecare SMS trimis sau primit.

Lily: TE ROG pot să trimit msg cu chestii sexuale despre jj și tine să nu te superi

Eu: Pare f imp pt tine

Lily: FFFF imp

Eu: ai liber la porcării, dă-i drumul

Jamie o ia pe traseul pitoresc spre locul unde se ţine *powwow*. Superior Shores Casino and Resort ocupă o lungă porţiune din malul râului. Parcă am fi la Las Vegas, nu în orăşelul nostru.

— Bun, am o întrebare. De ce Tribul a dat insulei Sugar denumirea „Tribul Ojibwe", dar cazinoul e pe continent?

— Tribul a revendicat pământurile de pe ambele maluri ale râului, răspund. Au negociat cu guvernul federal problema revendicărilor de terenuri în urmă cu douăzeci de ani şi au folosit banii ca să cumpere o fabrică veche şi docul. Zece ani mai târziu, au deschis cazinoul şi au continuat să se extindă. Au început să acorde indemnizaţiile acum cinci ani.

— S-ar zice că ai ceva cu sistemul ăsta de plăţi *per capita*.

Mă opresc ca să citesc mesajul pe care tocmai l-am primit.

Lily: spune-i lui jj că ambasadorii își răsplătesc jucătorii pt fiecare gol

Eu: perverso

— Scuze, Lily voia ceva, zic eu, îndesând telefonul în buzunar. Mătușa zice că sistemul *per capita* nu e nici bun, nici rău. Doar că amplifică întrucâtva ceea ce se întâmplă cu o persoană sau cu o familie. Îi fac semn lui Jamie să întoarcă spre rezervația-satelit. Oamenii judecă modul în care unii membri își cheltuiesc banii și spun tot felul de meschinării. Dar sunt și multe lucruri bune. Familiile călătoresc. Își cumpără mașini frumoase sau dau avansul pentru o casă. Se duc la facultate.

Cuvintele astea îmi aduc brusc aminte de tonul tăios al mătușii de vinerea trecută, când a plecat la petrecerea cu pătură. *Du-te la facultate. Culcă-te cu Jamie. Vezi-ți de viața ta frumoasă.* Efervescența mea de a-l duce pe Jamie la *powwow* se mai dezumflă puțin.

Weekendul ăsta, mătușa și Art și-au lăsat rulota la marginea terenului de *powwow*, înspre pădure. Vor fi aici cu prieteni din alte comunități tribale, care vizitează astfel de evenimente din toată țara și din Canada. Gemenele se vor juca împreună cu verișorii și cu prietenii de la *powwow*. Ar fi un moment bun să stau cu mătușa și să-i spun ce cred despre noaptea în care a avut loc petrecerea cu pătura.

Jamie deschide gura pentru următoarea întrebare.

— Așa, deci, amice, i-o retez eu. Vorbești și alte limbi străine în afară de franceză?

— Spaniolă. Dar tu? Urmează indicatoarele mici puse la fiecare colț pe măsură ce ne apropiem de zona de *powwow*.

— Franceză, puțin Anishinaabemowin, puțină italiană, dar mai mult înjurături. Observ că acum îmi întoarce întrebările. A, încă un lucru bun despre sistemul *per capita*: mai mulți copii Nish pot juca hochei. Sau pot face patinaj artistic. Când juca tata, Păstrătorii Focului au făcut o colectă pentru patine noi și echipament. El spunea mereu că pe insulă mai sunt tipi care ar fi trebuit să fie cu el în cele mai bune echipe. Alt bâzâit de mesaj.

— Scuze, zic eu din nou, cu explicaţia aferentă. Lily.

Lily: Spune-i că ți-ai pierdut virginitatea într-o baracă. E mișto

Eu: mai mișto decât într-un foișor de observare?

Lily: aveam doisprezece ani am făcut ce am putut

De data asta închid telefonul şi îl pun în suportul pentru pahar dintre scaune.

— Pot să întreb ce s-a întâmplat? zice Jamie. Cu tatăl tău, vreau să zic.

Clipesc surprinsă că Levi nu l-a pus la curent.

— Ăă... s-a cam lăsat cu scandal la vremea aceea. Mama avea şaisprezece ani când a rămas însărcinată, iar tata era un Nish sărac din rezervaţia de pe insula Sugar.

Nu ştiu de ce îi spun toate astea. Poate pentru că prefer să-i spun eu, decât să-i împuie altcineva capul cu bârfe.

— În noaptea în care mama i-a spus că e însărcinată, au fost implicaţi într-un accident de maşină, iar tata şi-a rupt ambele picioare. Nu a avut parte de un tratament medical corect, aşa că nu s-a vindecat bine. Asta a fost înainte de deschiderea cazinoului şi nu a găsit de lucru nicăieri în U.P.

— Probabil era mare rata şomajului pe vremea aia, nu?

Îi arunc o privire. Levi nu i-a spus chiar nimic?

— Tata nu a putut găsi de lucru pentru că bunicul meu Zhaaganaash era primar în Sault Ste. Marie şi proprietarul celei mai mari companii de construcţii din U.P. Iar el şi buna Mary nu se dădeau în vânt după indieni. Mai ales după cei care le-au lăsat însărcinată singura fată.

— Dar... Jamie rămâne în intersecţie chiar şi după ce toate celelalte maşini au virat. Eşti indiancă.

— Mda. Mă uit pe geam în timp ce el pornește din nou. Oricum, avea nevoie de o slujbă, așa că s-a dus la un văr, în Ontario de Nord. Nu am stat prea mult cu el, a murit într-un accident forestier când eu și Levi aveam șapte ani.

— E cumplit, Daunis. Îmi pare foarte rău.

Compasiunea e cea mai bună trăsătură a lui Jamie, îmi spun.

— *Migweech.*

— Tu și Levi aveați șapte ani? Cum s-a întâmplat?

Dau din umeri.

— Am auzit că a fost whisky-ul la mijloc.

Jamie așteaptă să mai spun ceva, dar prefer să rămân tăcută până ce sentimentele mele complicate – care se deșteaptă ori de câte ori lumea Fontaine și cea a Păstrătorilor Focului se ciocnesc – capătă sens. Și nu am de unde să știu cât ar putea dura.

Parcarea de la Chi Mukwa e plină ochi de mașinile venite la *powwow*. Jamie reușește să găsească un loc îngust lângă Ice Circle Drive și își demonstrează talentele la parcarea laterală.

— Ăsta-i jeepul lui Lily. Cu telefonul în mână, arăt spre mașina singuratică dintr-o poieniță din spatele patinoarului.

— De ce a parcat tocmai acolo? Se teme să nu fie blocată?

— Nu. Pur și simplu, nu se descurcă cu parcarea laterală.

— Aș putea s-o învăț, se oferă el.

— Eh. Consideră că metoda ei e suficient de bună. Zâmbesc poznaș. Pariez că, dacă vorbești în franceză când te oferi, ar fi de acord cu orice.

Jamie roşeşte, iar eu simt cum îmi revine entuziasmul.

Ne luăm după un grup mare de oameni care se revarsă de pe trotuar pe şosea. Tobele se aud tot mai tare cu fiecare pas cu care ne apropiem de *powwow*. Un vânt neobosit şi umbra intermitentă a unor nori *cumulus humilis* pufoşi nu ne lasă să ne prăjim sub soarele de august ca nişte furnici sub lupă. O vreme perfectă pentru *powwow*.

Mă trece un fior pe şira spinării când văd o siluetă masivă înghesuită în spatele volanului unei maşini a poliţiei tribale care se apropie. TJ Kewadin.

*Te iubesc, Lorenza*. Singura persoană care foloseşte al doilea prenume al meu. Ne-am întâlnit două luni înainte de a începe să avem relaţii intime. Dar, după ce am făcut-o, s-a gândit că e cam pervers să folosească primul meu prenume, care înseamnă „fiică".

M-a părăsit fără nicio explicaţie după o lună. Nu m-a mai sunat. Nu s-a mai uitat la mine la cursurile pe care le urmam împreună.

Ridic degetul mijlociu cu o mişcare lentă când ofiţerul Kewadin trece pe lângă noi. S-a dus intenţia de a rămâne neobservată.

Jamie chicoteşte.

— Nu te dai în vânt după forţele de ordine, nu?

— Nu. Schimb subiectul: Ai fost vreodată peste râu, în Sault, Ontario?

— Da, am fost cu unchiul la mall. A trebuit să îmi iau un costum nou pentru zilele în care am meci.

— Presupun că aţi fost percheziţionaţi la graniţă când aţi revenit în SUA.

— Da, zice Jamie rar. De ce?

— Am presupus doar că unchiul tău e... vădit Nish.

Jamie încuviinţează nedumerit. Continui:

— Grănicerii din Canada te întreabă dacă aduci arme de foc în ţara lor. În partea asta, nu-i interesează decât ţigările. Asta dacă nu eşti vădit Nish. Dacă da, atunci primeşti interogatoriul complet. Dar dacă eşti Nish şi Negru, ca unchiul meu Art? Atunci te trezeşti cu o armă îndreptată spre tine la graniţă, în timp ce soţia ta Nish şi copiii sunt în maşină.

Jamie mă cercetează din priviri.

— Fir-ar să fie, Daunis. Habar nu aveam că aici se întâmplă rahaturi din astea rasiste. Mă înfurie gândul că unchiul şi mătuşa ta au trebuit să treacă printr-o experienţă aşa de oribilă.

— De *asta* nu mă dau în vânt după forţele de ordine. Printre altele. Privesc în pământ. Acum, mătuşa Teddie rar mai trece graniţa şi, dacă o face, se duce fără unchiul Art şi fără fete. De îndată ce mi-am luat permisul, m-a pus pe mine să-i fac cumpărăturile de peste râu. Nu numai că sunt cea mai albă Nish, dar am şi certificat de naştere canadian, pentru că m-am născut la Montreal, ceea ce uşurează mult formalităţile la trecerea graniţei.

Jamie a fost incredibil de empatic în timpul discuţiei noastre, aşa că mă aştept să reacţioneze la fel şi acum. În schimb, el rămâne tăcut, cu privirea aţintită la mestecenii din apropiere.

— Ţi-ai dorit vreodată să faci ceva cu adevărat important, care să aducă o schimbare? întreabă el într-un sfârşit. Să rezolvi o problemă şi să îmbunătăţeşti vieţile oamenilor? Nu numai ale cunoscuţilor, ci un lucru suficient de măreţ încât să aibă impact asupra oamenilor pe care nu-i cunoşti.

— Sigur că da, răspund. Vreau să mă fac doctoriţă, să ajut oamenii să se vindece. Şi să fac cercetări care să ajute comunităţile tribale. Deocamdată, ajut cu lucruri mici. Cum ar fi să mă duc peste râu şi să-i iau mătuşii pâinea Limpa de secară de la brutăria suedeză, care-i place la nebunie. Mama mă pune să-i aduc de peste graniţă medicamente care sunt mult mai ieftine acolo. Şi cafeaua Tim Hortons pentru Art.

Privesc în pământ şi trag de un fir care atârnă din tăietura blugilor.

— Probabil pare nesemnificativ, dar ştiu că pentru unchiul şi mătuşa mea chiar contează.

— Bunătatea e un lucru ce pare mărunt, Daunis, dar e ca şi cum ai arunca o piatră într-un iaz, iar undele ajung mai departe decât crezi.

Jamie zâmbeşte şi, ca pentru a-i confirma spusele, valurile calde ale bunătăţii lui îmi inundă tot trupul.

Sper că nu am roşit.

— Probabil ţi se pare ciudat, încep eu, dornică să schimb subiectul. Chiar peste drum e o ţară străină şi eu mă duc acolo să iau cafea şi Sudafed. Iar canadienii trec râul după lapte şi benzină. Dar, când trăieşti de-o viaţă undeva, presupun că totul pare normal.

Jamie îmi aruncă o privire ciudată, curioasă şi melancolică în acelaşi timp.

— Nu am locuit niciodată suficient de mult undeva ca să ştiu ce înseamnă normalitatea.

Ezită, ca şi cum ar fi recunoscut ceva ce n-ar fi trebuit. Înainte să apuc să-l mai întreb ceva, ne întrerupe un grup de tineri pe skateboarduri, care trec pe lângă noi. Ca un stol de păsări, se înclină la unison pentru a evita aglomeraţia de pe drumul din faţa lor.

Se aud nişte pocnituri înfricoşătoare. POC! POC! POC!

În secunda următoare, sunt cu faţa în jos pe şosea.

# CAPITOLUL 8

Ceva mă zdrobeşte. Jamie. S-a aruncat peste mine, lipindu-mă de pământ. În secunda următoare se ridică de pe mine, iar absenţa greutăţii lui îmi dilată instantaneu plămânii şi trag câteva guri lacome de aer. Vederea mea începe să-şi revină; realizez că e întuneric. Mâna lui Jamie e pe spatele meu şi mă obligă să rămân jos.

— Ce naiba?

Sar în sus şi-l zgâlţâi. Pocnitori. Aruncate pe şosea de băieţii din zonă, ca să facă un pic de zarvă. Acum câţiva ani, ar fi putut fi Levi şi prietenii lui.

Băieţii râd, îndepărtându-se pe skateboarduri. Majoritatea oamenilor se uită în direcţia lor. Un bătrân strigă după ei. Câţiva oameni se holbează la mine şi la Jamie.

Mă ridic, apoi mă aplec să-mi scutur praful de pe picioare. Observ genunchiul însângerat cu câteva clipe înainte de a începe să mă usture.

— Drace, zic eu, pe măsură ce durerea se înteţeşte şi o şuviţă de sânge se prelinge până jos, în pantoful de alergat.

— Daunis... îmi pare atât de rău... Am intrat în panică.

Jamie îngenunchează să-mi cerceteze rana. Îşi scoate repede tricoul şi, cu toată ameţeala mea, sunt uluită de cât de zvelt poate fi. Bine clădit. Pieptul lui bronzat e o adevărată lecţie de anatomie umană. Fiecare muşchi e clar definit. Mâna lui de pe partea din spate a genunchiului meu e atât de fierbinte, încât am senzaţia că va lăsa o urmă. Cu cealaltă mână, toarnă apă pe tricou dintr-o sticlă pe care i-o întinde cineva şi începe să îmi şteargă rana.

Mă concentrez asupra capului său aplecat. Buclele lui par moi. Câteva şuviţe strălucesc arămii în lumina soarelui.

— Ai crezut că erau împuşcături?

Mâinile lui încremenesc, apoi îşi reiau curăţarea rănii ca şi cum nu aş fi spus nimic.

Continui:

— Ai locuit într-un cartier periculos?

Nici nu se uită la mine. Mă împotrivesc pornirii de a-i urma linia cicatricii cu degetul. Am citit odată despre cicatrici. Cicatricile hipertrofice sunt foarte roşii în primul an. Cu timpul, se estompează. A lui Jamie e proaspătă. *E prea dreaptă ca să fi fost un accident.* Dacă mătuşa are dreptate, înseamnă că l-a tăiat cineva intenţionat. Recent.

— Nu ştii de unde vine pericolul, zice el.

Când ajungem la locul de *powwow*, mă strigă gemenele. Sunt îmbrăcate în hainele de ceremonie cu clopoţei. Fustele cu şiruri de conuri mici, colorate, scot clinchete melodioase când Perry şi Pauline aleargă spre mine. Mătuşa le urmează îndeaproape. Ochii li se îndreaptă către genunchiul meu.

— Doamne! Ce-ai păţit? Ceva sângeros? întreabă Perry, plină de speranţă.

— Cineva a aruncat cu pocnitori. Ne-a luat prin surprindere şi am plonjat ca să ne ferim. Dar Jamie m-a pus pe picioare.

O prezint ca pe o aventură excitantă. Jamie îmi aruncă un zâmbet recunoscător.

Când se apropie mătuşa, o aud înainte de a o vedea. Pe rochia ei galbenă de ceremonie sunt cusute panglici albe şi portocalii, de care sunt prinşi 365 de clopoţei mici aurii. Se apleacă să-mi cerceteze rana.

— Ai curăţat-o destul de bine, îi spune lui Jamie. Am spray antiseptic în kitul de prim ajutor din rulotă, îmi aminteşte ea. Du-te imediat şi dă-ţi pe genunchi.

Lily se apropie în costumaţia ei cu Şal de Gală, care include o rochie simplă neagră, înflorată, cu o panglică neagră la poale. Are un şal cu franjuri lungi, negre şi argintii. Rămâne cu ochii la tricoul lui Jamie, pătat de sângele meu, şi strâmbă din nas la vederea tricoului meu galben pe care scrie FETELE ALEARGĂ, a blugilor rupţi şi a încălţărilor mele vechi de jogging.

— Sfinte Sisoe! Arătaţi de parcă v-aţi fi luptat cu o haită de câini din rezervaţie şi aţi pierdut.

— Da, dar măcar ne-am opus din răsputeri, zice Jamie. Eu pufnesc, iar Lily ridică o sprânceană la mine, cu ochii scăpărând scântei. Tocmai mă îmbărbătam pentru unul dintre comentariile perverse ale lui Lily, când îl auzim pe maestrul de ceremonii, care strigă pentru ultima dată la dansatori să se alinieze pentru Marea Intrare.

Lily o şterge, iar eu şi Jamie alergăm la rulota mătuşii, la capătul terenului de *powwow*. Îmi înec genunchiul în spray antiseptic, înjurând la noul val de usturime.

Cotrobăi după un tricou şi i-l întind lui Jamie.

— Grăbeşte-te, o să întârziem, zic. E al meu, de când am fost ultima dată cu ei într-o excursie cu cortul. E prea mare pentru el, dar măcar e curat.

Jamie se întoarce ca să se schimbe. Nu rezist şi arunc o privire spre muşchii de pe spatele lui. De dragul ştiinţei.

Ne croim drum spre tribunele acoperite care împrejmuiesc ringul de dans. Chiar în mijloc e un foişor mare, unde mai bine de o duzină de grupuri de tobe anunţă Marea Intrare. Fiecare tobă are mărimea unei măsuţe rotunde de cafea. Bărbaţii sunt aşezaţi în jurul lor şi bat în ele cu un băţ care are un capăt învelit în piele. Femeile stau în spatele lor.

Ne ridicăm cu toții pentru Marea Intrare. Veteranul-căpetenie, care are în mână un toiag împodobit cu pene de vultur, conduce ceremonia. Fiecare veteran, în culoarea gărzii respective, duce câte un steag: al SUA, al Canadei, al statului Michigan, al Tribului, precum și steagurile diferitelor clanuri. Urmează conducătorii dansatorilor, un bărbat și o femeie în haine de ceremonie, dansând umăr la umăr. Sunt urmați de doi adolescenți, conducătorii dansatorilor juniori. Apoi intră în arenă un șir nesfârșit de dansatori, după categorie, anunțați fiind de maestrul de ceremonii.

Jamie stă pe marginea scaunului său, urmărind avid totul. Când o femeie de lângă el scoate un sunet ascuțit, un fel de chiot, i se alătură și alte femei.

— Ce-i asta? zice el, făcând ochii mari.

— Astea sunt *lee-lee*. De obicei, femeile Nish scot trilurile astea în onoarea cuiva. Alteori e mai mult decât atât. Altceva. Dar nu sunt sigură ce.

Îmi spun în gând să nu uit să o întreb pe mătușa. Arăt spre bunicuța June, care conduce grupul Dansatoarelor Tradiționale.

— E străbunica lui Lily. Și-a botezat câinele Consiliul Tribal, ca să se poată rățoi la el când și cum vrea. O imit pe bunicuță: Consiliu, adu-mi papucii! Nu, Consiliu! Ce Consiliu Tribal rău!

Jamie lasă capul pe spate și izbucnește în hohote. Mă cert în sinea mea: *Nu fi fata aceea*! Mă gândesc la mama lui Levi, Dana. Cea care a pus mâna pe numele Păstrătorului Focului. *Uneori, fata aceea câștigă.*

Mătușa și fetele trec pe lângă noi, cu grupul de dansatoare în Rochii cu Clopoței. Mătușa e ca o flacără aurie care pâlpâie în jurul ringului. Când gemenele ridică evantaiele micuțe la auzul bătăilor de onoare, mă simt așa de mândră, că mi se taie răsuflarea.

Dansatoarele cu Șaluri sunt ultimele care intră în arenă. Șalul îi acoperă lui Lily brațele întinse. Ciucurii se contopesc când se învârte. Un fluture negru, singur, înconjurat de culori.

Mă aplec spre Jamie şi îi şoptesc la ureche, în timp ce el cercetează panorama caleidoscopică.

— Toţi dansatorii ăştia. Imaginează-ţi că fiecare e un atom, formând molecule de dansatori pentru fiecare categorie: Tradiţie, Gală, Iarbă, Clopoţei. Vezi entitatea în întregul ei.

Fac un semn cu bărbia spre marea de dansatori. Au intrat în arenă pe un singur şir, dar acesta s-a încolăcit de mai multe ori în jurul foişorului cu tobe. Nu se vede niciun fir de iarbă.

— Acum concentrează-te asupra unei singure dansatoare, să zicem o dansatoare în Rochie cu Clopoţei. Jamie, ascultător, ia în vizor o dansatoare. Fiecare atom are părţi subatomice. Ţinuta ei include rochia, centura, mocasinii şi multe alte obiecte. Dansatoarele nu încep cu veşmântul complet; ajung la el bucată cu bucată. Fiecare piesă reprezintă o legătură cu familia ei, cu învăţătorii, ba chiar şi cu generaţiile anterioare, cu străbunii. Dacă ştii povestea veşmântului ei – de la cine, de unde şi de ce a ajuns acolo fiecare obiect –, atunci o cunoşti pe ea.

Rămânem în picioare cu toţii; cântecul e condus de bătăi de tobe atât de puternice, încât mi se pare că reverberează în tribune până la picioarele mele, ca şi cum ar pulsa propria mea inimă. Simt privirea uluită a lui Jamie.

Respir adânc, inspirând cântecele; apoi îi întâlnesc ochii.

— Cunoşti zicala „întregul e mai mult decât suma părţilor”?

Jamie încuviinţează.

— Ei bine, Marea Intrare e întregul, continui eu. E sinergia tuturor învăţăturilor.

S-ar putea ca teoria mea macro despre conectivitatea Nish să nu intereseze pe nimeni în afară de mine, dar, văzând entuziasmul lui Jamie, simt nevoia să i-o împărtăşesc şi lui.

După câteva clipe bune, Jamie zice:

— Îmi place cum vezi tu lumea, Daunis.

Ne uităm în tăcere la spectacol până ce steagurile sunt înfipte şi cântecul de onoare al veteranilor se termină. Când ne aşezăm, Jamie se întoarce brusc spre mine.

— Hei, dar tu de ce nu dansezi? Sper că nu ai renunţat la dans ca să-mi arăţi mie spectacolul, nu?

Îmi privesc mâinile puse în poală.

— Am luat o pauză de un an, face parte din doliul după unchiul meu.

Chiar dacă sunt furioasă pe unchiul David, am crezut că asta mă va ajuta să trec peste ceea ce a făcut.

— Îmi pare rău, spune Jamie jenat. Nu am vrut să fiu indiscret.

— Poţi să mă întrebi orice, Jamie. Suntem prieteni.

Zâmbetul îi luminează şi ochii.

— Nici nu ştii cât de mult înseamnă asta pentru mine.

Nu voi fi Fata Aceea, oricât ar scânteia ochii lui Jamie de o încântare care răspândeşte o căldură plăcută în fiecare celulă a corpului meu.

După aceea, ne ducem la standurile cu produse, care formează un cerc exterior în jurul tribunelor. Mă uit după Lily. Dăm peste ea şi peste bunicuţa June la standul de prim ajutor.

— Hei, am vrea să stăm cu voi când vine rândul gemenelor să intre în ring, zice Lily.

Îi explic lui Jamie că gemenele dansează pentru prima dată la o categorie în competiţie.

— Anul trecut erau încă la Grupa Mică. Sunt aşa de bune... la şase ani sunt dansatoare mai bune decât voi fi eu vreodată.

— Pun pariu că ştii să dansezi, zâmbeşte Jamie. Levi îţi laudă mereu calităţile de atletă.

— Mda. Am rezistenţă. Dar nu şi aripi la picioare. Sau graţie.

Bunicuţa June încuviinţează.

— Fratele tău e dansatorul în familia voastră.

— Da, dar Levi nu a vrut niciodată să danseze Dansul de Gală sau Dansul Ierbii. Doar hip-hop, zic eu.

Lily îl înghionteşte pe Jamie:

— Ai să-l vezi pe Levi în acţiune la *Shagala*. Toată echipa se duce. Ar trebui să o duci şi pe Daunis.

— Sunt sigură că *prietena* lui Jamie, Jennifer, va veni în vizită pentru asta. Îi arunc lui Lily o privire tăioasă.

— *Shagala*, pronunţă rar Jamie, de parcă ar fi fost ceva într-o limbă străină. E ceva Nish...

— Nu, îi explic. SHA vine de la Sault Hockey Association. Şi *gala*, pentru că e o seară de dans de fiţe.

— Shag-ala, *snag*-ala, zice Lily.

Izbucnim toţi în râs, cu excepţia lui Jamie, care s-ar putea să nu ştie ce înseamnă pentru noi *snagging*[3]... Ei, îl las pe Levi să-i explice asta.

— Eşti jucător de hochei? Bunicuţa June mijeşte ochii şi îl măsoară pe Jamie din cap până-n picioare..

— Da, doamnă. Şi se îndreaptă de spate, încercând să pară mai înalt.

— Jucătorii de hochei sunt toţi nişte drogaţi, bombăne ea. Cel mai tare iubit pe care l-am avut a fost contabil. Şi bunicuţa şopteşte conspirativ: Zgaaganaash!

— Bunicuţo, Jamie nu e iubitul meu. E doar un prieten, o lămuresc.

— Şi eu care credeam că eşti fată deşteaptă, şcolită! zice ea. Se uită din nou la Jamie şi face semn cu barba către mine. Ai de gând să te porţi frumos cu ea?

3 Termen argotic, care se referă la o aventură sexuală de o noapte (n. tr.).

Jamie se uită în ochii bunicii înainte de a răspunde.

— Da. Așa voi face.

— Bun. Pentru că lucrurile se termină așa cum încep, adaugă ea și apoi se duce să se tocmească cu vânzătorii ca să facă reduceri pentru seniori.

— Bunicuța June are niște idei... Îmi dau ochii peste cap și sper că nu am roșit.

— Îmi place de ea, zice Jamie.

— Îți place de ea acum, se bagă Lily în vorbă. Așteaptă până o să-ți dai seama că tot ce zice este ori vulgar, ori un citat dintr-un răvaș ascuns într-o prăjitură.

— Nu uita de certurile ei cu Consiliul Tribal, adaug eu.

Jamie zâmbește.

— Câinele sau Consiliul adevărat?

— Ambele, răspundem la unison eu și Lily. Și imediat după aceea: A plesnit un drac!

Înainte ca Lily să apuce să strige „Doi draci", țip repede:

— O infinitate de draci! Și rânjesc cu superioritate: Infinitul câștigă.

Lily îi spune lui Jamie:

— Să nu te pui niciodată cu un tocilar. Ăștia folosesc matematica și știința ca pe niște arme!

Râsul lui reverberează în tot trupul meu și, pentru o clipă, îmi imaginez cum ar fi dacă nu ar fi existat Jennifer. Dar oare nu așa a început și Dana?

Mă trece un fior pe șira spinării, iar Travis apare pe neașteptate lângă Lily. Fără să mă gândesc prea mult, mă interpun între ei. Un amortizor pentru Lily. Un obstacol pentru Travis.

— Liniștește-te, Dauny. Nu vreau decât să vorbim. Travis încearcă să se ivească de după mine. Lily, putem vorbi? Apoi are îndrăzneala să se încrunte la mine: Fără gorilă?

— Nu e o idee prea bună, îl anunţ, ridicând pumnii. Dacă tot m-a făcut gorilă, măcar să mă port ca atare.

Travis se leagănă de pe un picior pe altul, ca şi cum ar încerca să-şi îndulcească atitudinea. Ne aruncă un zâmbet familiar, care dezvăluie un început de carie la baza unui dinte. *Of, Travis.* Tristeţea se strecoară printr-o crăpătură din armura mea de gorilă. Apoi, faţa lui capătă expresia obişnuitei rugăminţi: *Hai, Lily, te rog, mai dă-mi o şansă.* Mâinile îi tremură puternic când ia o sticlă de doi litri de Mountain Dew; în ea pluteşte un filtru de cafea ca într-un glob cu zăpadă. Văd că şi Jamie a remarcat; privirile ni se întâlnesc.

— Nu aici. Nu acum. Lily se uită agitată în direcţia în care a dispărut bunicuţa June.

— Hai, te rog, Lily-mic. L-am auzit pe Travis spunându-i aşa de un milion de ori, dar de data asta a depăşit orice limită. Mi se ridică părul pe ceafă.

— Pleacă, Travis, zic eu încordându-mă.

— Hei, omule, dă-mi voie să te ajut. Jamie întinde mâna, ca să dea noroc.

— Cine eşti tu? latră Travis. Privirea rugătoare de pe faţa lui se evaporă imediat.

— Gata, Travis. Jamie e prietenul lui Daunis. E noul membru al echipei. Lily îl scutură pe Travis de braţ. Doar pleacă, da?

Travis pufneşte şi se schimonoseşte la faţă:

— În sfârşit, Daunis şi-o trage cu un hocheist? Urâţenia satisfacţiei lui răutăcioase dezvăluie un Travis pe care nu-l recunosc. Unde e băiatul care încerca să mă convingă ca, înainte de un test, să pun manualul sub pernă, doar-doar conţinutul va pătrunde prin osmoză în creierul meu?

— Taci, Travis, i-o retează Lily. Te rog, pleacă.

– Plec dacă-mi promiţi că ne vedem mai târziu, Lily. Nu vreau decât să vorbim.

— Bine, dar numai dacă pleci acum.

— OK, vezi că ai promis. Travis zâmbeşte, din nou numai lapte şi miere, şi se face nevăzut.

— Sfinte Sisoe, Lily. Nu vorbi cu el. Arată foarte rău. Şi ştii foarte bine cu ce era îmbibat filtrul ăla de cafea din sticla lui. Nici măcar o zi nu rezistă fără. E dependent rău.

— Ştiu, oftează. Dar ce pot să fac? E Travis. Vorbim mai târziu. Acum trebuie să-l găsesc. Nu trebuie să-l vadă bunica. Altminteri, dezlănţuie iadul.

— Lily, nu te duce. Încerc să o prind de braţ, dar ea se îndepărtează.

— Nu! Pot să am singură grijă de mine. Şi pleacă.

— Hai, Lily!..., strig după ea, apoi realizez că vorbesc exact ca Travis când încearcă să o convingă să facă ce vrea el. Da, Lily poate avea singură grijă de ea, iar Travis nu va încerca nimic cu atâţia oameni în preajmă.

— Deci, ăsta e Travis, zice Jamie, în timp ce ne uităm amândoi după silueta micuţă, în rochie neagră, care se face nevăzută.

— Da. Sunt încă tulburată de schimbarea lui Travis şi de încercarea mea de a o determina pe Lily să facă ce vreau eu. Şi de jena mea că Jamie a asistat la toată scena.

Îmi dreg vocea.

— Travis era aşa de dulce şi de amuzant. La şcoală, când erau anunţuri, făcea chestia aia cu toba pe burta lui. Clatin din cap. Arată tare rău.

— Aşa a fost mereu? întreabă Jamie. Sunt uşurată că nu pare tulburat de comportamentul lui Travis.

— Încă un Băiat Rătăcit.

Ridic din umeri, dar e un gest fără sens, care îmi produce un junghi familiar în umărul stâng. Nu ştiu de ce încerc să tratez lucrurile cu atâta lejeritate; Jamie dă dovadă de o neaşteptată compasiune. Iar şi iar.

— Oamenii le spun Băieţi Rătăciţi, ca şi cum ar trăi pe Tărâmul de Nicăieri, unde nu iau nimic în serios şi par blocaţi acolo. Dar eu cred că e mai mult decât atât.

— Tu ce crezi că se întâmplă? întreabă Jamie. Are o voce joasă, calmă.

— Mătuşa mea a spus odată că o cărare grea în viaţa cuiva seamănă cu automedicaţia pentru durere. Poate asta se întâmplă când băieţi ca Travis se lasă de şcoală şi fac o fixaţie pentru jocuri video sau iarbă. Mă rog, acum e mai mult decât atât... şi toată porcăria cu alcoolul. Literalmente, o porcărie.

Expresia lui Jamie îmi aminteşte de unchiul David la ore, când aştepta răspunsul final.

Iar eu ştiu răspunsul de mai multe luni.

— Travis ia metamfetamină, recunosc.

Lily m-a pus să promit că nu spun nimănui, dar Jamie nu cunoaşte pe nimeni în oraş. În plus, dacă Travis apare la *powwow* bând ceai cu metamfetamină, în scurtă vreme va afla toată lumea. Telegraful mocasinilor e puternic.

Îmi caut telefonul să văd ce face Lily.

Eu: Scuze că te-am prins de mână. Ești bine?

# CAPITOLUL 9

Maestrul de ceremonii de la *powwow* năvălește în gândurile mele.

– Urmează dansul intertribal. Toată lumea să poftească în ring. Să ne învârtim și să ne legănăm în stil Ojibwe!

Îi dau un ghiont lui Jamie:

— Hai să dăm o tură pe aici înainte de a ne duce la locurile noastre. Sunt prea agitată din cauza lui Travis. Ultimul episod din *Saga lui Lily și Travis* m-a adus la limită. Fir-ar să fie de metamfetamină care distruge viețile oamenilor. Pe a lui Travis și...

Nu. Nu vreau să mă gândesc la el.

— Hei, te superi dacă fac o alergare scurtă? îl întreb. Mă simt brusc îngrijorată, ca și cum aș fi spus ceva ce nu trebuia. Te poți învârti pe la standuri și sunt sigură că e și Levi pe undeva pe-aici. Eu... pur și simplu, nu am chef acum de toate astea.

— Daunis. Intensitatea cu care îmi rostește numele îmi atrage atenția. Vin cu tine, zice Jamie. Dacă vrei să vorbești, te ascult. Dacă nu, e-n regulă. Putem alerga împreună și atât.

Jamie o face iar, e înțelegător și empatic. Mă face să-mi fie ușor să mă deschid în fața lui. Îmi dau seama că alergatul cu Jamie a devenit cea mai bună parte a zilei pentru mine, singura parte normală din Noua Normalitate.

Încuviinţez recunoscătoare. Ne croim drum printre oamenii care pleacă de la *powwow*.

— Ştii ce ar ajuta? zic eu când ajungem la Ice Circle Drive. Să stabileşti ritmul. Forţează-mă, ca să scap de furia asta, da?

— S-a făcut.

Zâmbeşte, iar mie mi se strânge stomacul. Ca şi cum aş fi înghiţit un magnet, iar Jamie ar fi făcut din oţel. *Nu fi Fata Aceea.* Mă străduiesc să îi întorc zâmbetul.

— Hai să vedem ce poţi, zice el, lansându-se într-un sprint.

Funcţionează. Facem o buclă rapidă de aproape un kilometru, care îmi solicită toată energia fizică şi mentală. Îi fac un semn de încuviinţare cu degetul mare când ne oprim să ne recăpătăm suflul. Alergarea e un leac foarte bun.

— Acum vrei să vorbeşti despre asta? întreabă Jamie.

— Travis bea la petreceri, îi spun în timp ce ne întoarcem la *powwow*. Nu a intrat în nicio echipă, aşa că nu trebuie să respecte niciun cod al jucătorilor. Acum doi ani, a început să folosească şi alte chestii.

E o uşurare să poţi spune un secret. Scapi de o povară doar împărtăşind-o cuiva. Jamie ascultă cu răbdare. Toamna şi iarna trecută, când am încercat să îi spun lui Levi, el nu a luat în serios îngrijorările mele despre Travis. După aceea, l-am văzut pe fratele meu muştruluindu-l zdravăn pe Travis, ceea ce înseamnă că a ascultat totuşi. Doar că nu a fost atât de empatic ca Jamie atunci când i-am spus.

— Metamfetamina e mai ieftină decât băutura, iar efectul durează mai mult. Mama lui a luat. Oamenii îi ziceau Regina Metamfetaminei. Travis a început să chiulească de la şcoală şi a făcut mai puţine cursuri pregătitoare la liceu. În vacanţa de Crăciun, Lily l-a prins făcând metamfetamină. Adică literalmente pregătind-o, Jamie.

De atunci, se pare că tot mai mulţi oameni din rezervaţie şi din oraş o folosesc.

Inspir adânc şi adaug:

— Uneori, sunt oameni despre care nu ai fi crezut niciodată că ar fi în stare.

Chiar dacă Jamie mă ascultă fără nicio urmă de reproş, mă abţin. Mi se pare o lipsă de loialitate să spun mai mult. Ar însemna să dezvălui cel mai rău lucru despre un om drag. Nu m-am gândit niciodată că secretele ar putea fi precum centrul unei ţinte. Cu cât mai mic e cercul, cu atât mai mare e secretul.

Ajungem la standurile vânzătorilor.

— Mulţumesc că m-ai ascultat, Jamie, dar cred că asta e tot ce pot să spun deocamdată. Hai să ne uităm puţin pe aici, vrei?

— Cum vrei tu, Daunis, spune el cu amabilitate. Vreo recomandare? mă întreabă, oprindu-se la o tarabă cu cărţi.

Scanez rapid titlurile şi arăt spre *Custer Died for Your Sins*[4], de Vine Deloria Jr.

— Mătuşa mi-a luat cartea asta când am împlinit paisprezece ani. A fost anul în care mi-am făcut fusta pentru Rochia cu Clopoţei. Mă punea să cos câte un clopoţel pe fustă în fiecare zi. 365 de zile, 365 de învăţături.

— Eşti foarte norocoasă că o ai în viaţa ta, spune el, plătind cartea.

Îl duc pe Jamie la standul verişoarei mele Eva, care expune nişte obiecte de artizanat fabuloase: cercei în formă de zmeură, medalioane florale, ba chiar un semn de carte frumos brodat. Are şi câteva funii de iarbă dulce. Cum Eva discută aprins cu un client, pun o bancnotă de douăzeci de dolari sub sticla ei de suc şi iau două funii împletite de iarbă dulce, cât braţul meu de lungi. Îi întind una lui Jamie şi ducem iarba parfumată la nas. Jamie închide ochii când inhalează aroma delicată, proaspătă.

---

4 Carte apărută în 1969, despre triburile indiene din SUA (n. tr.).

Îmi vine pe la nas un miros de pâine prăjită și stomacul meu începe să chiorăie.

— Ah, omule, trebuie să încerci asta. Îl trag pe Jamie spre un trailer mic cu o fereastră mare și comand o porție de pâine prăjită, proaspăt scoasă din cuptor, ca s-o împărțim amândoi. Pun peste ea unt și sirop de arțar și ne așezăm în apropiere, la o masă de picnic. Îi întind o jumătate lui Jamie, iar el o ține într-un șervețel până se răcește puțin și o poate mânca. E perfectă, crocantă în exterior și moale în interior.

Sar în sus când Jamie geme:

— Ah, Daunis. E atât de bună, zice el, cu gura încă plină după prima îmbucătură. Trebuie să alergăm doi kilometri în plus mâine. Înghite și ia o îmbucătură mai mare. Dar merită.

— Merită, mormăi eu în deplin acord, îndesându-mi și mai mult în gură.

Când ne despărțim ca să ne ducem la toaletă și să ne spălăm siropul de arțar de pe degete, îi dau un mesaj lui Lily, care tot nu mi-a răspuns la cel de dinainte. Îl va vedea când își va verifica telefonul, după finala intertribalelor. Oricum, probabilitatea e mai mare să răspundă la unul deocheat.

Eu: jj a gemut când a mâncat pâine prăjită. iubita lui ffff norocoasă

În pauza de masă, îl duc pe Jamie înapoi la rulota mătușii și a lui Art. Gemenele sunt acum în tricouri și șorturi; au hotărât să sară peste dansurile serii, ca să se joace cu verii lor și vor pica late devreme. Mătușa termină de despletit părul lui Pauline și i-l prinde într-o coadă de cal, pe care o înfășoară într-un coc. Art îl cheamă pe Jamie la grătar, ca să-și ia ceva de mâncare. Art spune probabil o glumă, pentru că râsul din inimă al lui Jamie mă înfioară din cap până-n picioare.

Când Pauline o şterge, e rândul meu. Mă duc spre masa de picnic la care stă mătuşa. Mă aşez pe băncuţă, cu spatele la ea. Ia peria şi începe să-mi descâlcească coama deasă, pe care o prinde într-o coadă de cal înaltă, la fel ca a lui Pauline. La celălalt capăt al mesei de picnic, Jamie îşi pune farfuria jos.

— Îmi pregăteşti şi mie o farfurie? îl rog cu drăgălăşenie. Jamie zâmbeşte şi se întoarce la masa plină de mâncare.

— Mătuşă, de ce te-ai răstit la mine în noaptea cu petrecerea cu pătură? întreb eu.

— Daunis, te iubesc ca pe fiica mea. *Kwewag* Nish care vin la aceste petreceri cu pătură... cunosc violenţa de la prima mână.

Mâinile mătuşii se mişcă repede, împărţindu-mi coada în trei părţi, pe care le va împleti separat, apoi cele trei codiţe vor fi împletite în una mare, elaborată, pe care o va răsuci într-un coc. E coafura ei preferată pentru mine, una pe care mi-a făcut-o de multe ori, încă din copilărie.

Reia:

— Doar că... în clipa aia eram nervoasă că păreai atât de dornică să mergi. Mie nu-mi place să mă duc, dar de fiecare dată îi mulţumesc Creatorului că nu eşti cu mine. Sper în continuare că privilegiile tale te vor feri şi te vor ţine în siguranţă. Numele tău de familie. Pielea ta albă. Banii tăi. Chiar şi statura ta.

Mătuşa se uită spre Jamie, care se întoarce din zona grătarelor, şi încheie:

— Sunt recunoscătoare că tu ai toate avantajele astea. Dar mă supără şi mă sperie faptul că fiicele mele negre şi Ojibwe nu le au.

Are dreptate. Toate lucrurile cu care nu mă simt prea confortabil, avantaje pentru care nu am dat nimic în schimb, sunt nişte privilegii. Gemenele se vor confrunta cu lupte de care eu nu voi avea niciodată parte. Îmi amintesc cum am insistat să merg la petrecerea aceea cu pătură şi mi-e ruşine de mine.

Mătuşa mă sărută pe creştet şi Jamie îmi întinde un platou cu peşte alb prăjit, cartofi şi mazăre. Îl accept recunoscătoare şi, cu vorbele ei încă răsunându-mi în cap, ne apucăm amândoi de mâncat.

— Aşa deci, Jamie, înţeleg că Daunis ţi-a arătat împrejurimile oraşului nostru. Te-a dus şi la un 49 minor? întreabă mătuşa.

— Un ce minor? Jamie ridică ochii din farfurie.

— Petrecerile *powwow* se numesc 49, îi explic. Când nu e pentru adulţi, se numeşte 49 minor.

— Deci, e o petrecere numai pentru adolescenţi? întreabă el, ca şi cum ar încerca să se lămurească pe sine.

— Mda. Mă strâmb, prefăcându-mă că beau dintr-o sticlă imaginară. Bere şi prostii. Jamie se uită la mătuşa, pândindu-i reacţia.

— E-n regulă să te distrezi şi să nu te ascunzi după deget, zice mătuşa, aruncându-mi o privire înţepată. Adică, să dai o petrecere în casa mare şi elegantă din oraş a bunicilor tăi nu ar fi deloc un lucru înţelept. Dar presupun că a bea o bere sau două în pădure cu prietenii în timp ce o persoană rămâne trează – aici se uită la Jamie – şi a rămâne peste noapte la o rudă de pe insulă mi se pare o opţiune mai inteligentă şi mai sigură. Am dreptate, Daunis?

— Da, mătuşă, răspund docilă. Sigur că mătuşa ştie despre petrecerea mea de săptămâna trecută. Nu pot ascunde nimic de ea. Oricât aş încerca, se pare că are informatori peste tot.

— Nu-ţi face griji din cauza lui Elvis şi a lui Patsy, îmi spune. Câinii stau la Seeney weekendul ăsta.

— Vezi să nu se întoarcă la fel de răi ca ea, bombăn eu.

Mătuşa îmi zâmbeşte ironic.

— Crezi că eşti singura pe care Seeney a făcut-o să plângă?

Când plecăm, Art îi strânge mâna lui Jamie așa cum fac bărbații Nish, adică îi cuprinde palma și îi strânge degetul mare, nu celelalte degete.

Mătușa mă îmbrățișează și îmi șoptește:

— Îmi pare rău că mi-am revărsat temerile asupra ta. O să fiu mai atentă. Te iubesc, Daunis.

— Știu, îi șoptesc, strângând-o tare. Și mie îmi pare rău, mătușico.

Când ne îndepărtăm, mătușa strigă după mine:

— Anunț-o pe mama ta că mergi pe insulă, ca să nu-și facă griji pentru tine.

Pe feribot, în drum spre insula Sugar, îi dau un mesaj mamei. Mătușa știe că trebuie să păstrez o balanță delicată între a-i da mamei suficiente detalii ca să nu își facă griji, dar nu prea multe ca să nu-i stârnesc alte îngrijorări.

Eu: Stau cu Lily și cu niște prieteni pe insulă. Rămân la mătușa. NU FI ÎNGRIJORATĂ. SUNT ÎN SIGURANȚĂ.

Tehnic, nu mint. Eu și Jamie suntem prieteni. Lily va fi la petrecere, după ce va termina cu Travis. Îi trimit un alt mesaj lui Lily. Tot nu mi-a răspuns la cele dinainte.

Eu: În drum spre 49 cu jj. Cum e cu Trav?

— Hei, dacă vrei să-l anunți pe unchiul tău unde ești, dă-i acum un mesaj. Pe insulă nu ai semnal decât în partea de nord, care e suficient de aproape de niște antene canadiene. Restul insulei e zonă moartă. În plus, partea de est e plină de stânci și peșteri, așa că semnalul se pierde.

— Stânci și peșteri?

— Da, e o regiune izolată. Câteva peșteri sunt accesibile numai dinspre apă. Jamie ridică o sprânceană, aşa că intru iar în rolul de ghid şi şoptesc: Ştiai că Al Capone făcea aici contrabandă cu alcool în timpul Prohibiţiei? Cică se ducea prin Waishkey Bay în Brimley. Se zvoneşte că avea un stoc şi pe insula Sugar.

— Ştiai că porecla lui Al Capone era Scarface şi că avea sifilis şi gonoree când a ajuns la închisoare pentru evaziune fiscală? întreabă Jamie. Dar nu avem în comun decât porecla.

Râd şi mă simt obligată să pomenesc de prietena lui.

— Jennifer e o fată norocoasă. Am s-o cunosc la *Shagala*? E în prima sâmbătă din octombrie. Ar trebui să îi spui de pe acum, pentru că nu sunt decât două zboruri pe zi la cel mai apropiat aeroport.

Mă străduiesc să mă opresc din pălăvrăgeala asta. Când ne apropiem de următoarea intersecţie, îi fac semn să întoarcă. Drumul se îngustează până la două benzi; două urme de roţi pe o cărare neasfaltată. Maşinile intră în spaţiile dintre copaci. Intră şi el cu spatele într-un astfel de loc.

— Mulţumesc pentru îndrumare, spune Jamie. Pentru îndrumările de aici şi... de la dans. Da, o să-i spun lui Jen. Auzindu-i numele în gura lui, o face şi mai reală pentru mine. „Jennifer” e prea formal, „Jenny” e prea dulceag. Dar mă pot vedea stând la masă lângă o „Jen”, în sala de bal din Superiors Shores, ajutând-o să se simtă bine-venită. Va trebui să fac rost de un partener pentru *Shagala* înainte ca Levi să mă pună să fiu iar escorta lui Stormy.

Lily. Am s-o rog pe ea să vină cu mine. Putem să ne scoatem încălţările şi să dansăm pe toate melodiile.

Ne luăm după vocile oamenilor care cântă melodiile specifice acestui gen de petrecere, cântece amuzante despre viaţa în rezervaţie, acompaniate de tobe. Pe măsură ce ne apropiem de un fost hambar, cântecele şi râsetele devin tot mai puternice. Câţiva tipi stau în cerc, fiecare cu câte o tobă mică, de mână. Unul cântă şi bate la tobă şi toată lumea ascultă.

*Ai văzut-o pe iubita mea de la powwow,*
*Cea mai frumoasă fată, fără vrăjeală.*
*Dansează desculță în iarbă,*
*Are bluză roșie și cel mai teșit fund.*
*Poate să curețe un pește și să spintece un cerb,*
*Muncește la Biroul de Sănătate, e fată de carieră.*
*M-am lăudat cu ea prin rezervație.*
*Bă, asta e vară-ta, zice kokum.*

Berea e rece-gheață și alunecă pe gât ca apa, așa că mai iau una. Simt o înțepătură de îngrijorare când mă uit prin preajmă și nu o văd pe Lily. Nu-mi bat capul să verific telefonul. Oricum, nu este semnal aici.

Fratele meu mă strigă cu porecla aia absolut îngrozitoare, pe care prietenii și fanii lui o reiau în cor. Fosta mea colegă de echipă Macy Manitou strigă cel mai tare:

— Bubble! Bubble! Bubble!

Traversarea hambarului spre locul unde se află ei e ca și cum am înota împotriva curentului. Părul lui Macy, lung și strălucitor, îi acoperă un ochi, dar celălalt ochi cântărește rapid tricoul meu cu inscripția FETELE ALEARGĂ, blugii rupți, genunchiul rănit și pantofii jerpeliți de alergare. Strâmbă din nas de parcă aș fi intrat în *moowin*. Spre deosebire de mine, Macy poartă un top negru scurt și strâmt, blugi cu talie joasă și tenişi negri Chuck Taylor All Star.

Levi mă cuprinde pe după umeri. Cu cealaltă mână o trage pe Macy spre el.

— Jamie, nu vorbești niciodată despre prietena ta. E ca astea două? îl întreabă Levi pe Jamie. Bune rău la hochei, dar niște prințese desăvârșite când nu sunt pe gheață? Își bălăngănește capul în ambele sensuri. Gagica asta e Macy.

— Ia spune, care-i treaba cu cicatricea aia a ta? Macy trece direct la subiect. Nepoliticoasă, ca de obicei.

— Accident de maşină, zice Jamie. Bubble, deci? De unde vine porecla asta?

Sorb o gură de bere, prefăcându-mă că nu l-am auzit. Macy sare imediat, bucuroasă să-l lămurească.

— Bubble e prescurtarea de la Bubble Butt. Kwe Chi Diiyash. Femeie cu Fundul Mare. Râsul ei e ca un clinchet de clopoţei de vânt, sprinten şi frumos, dar cu colţuri periculoase.

Toţi izbucnesc în râs, cu excepţia lui Jamie, care îmi aruncă un zâmbet scurt. Macy se trage de sub braţul lui Levi şi se duce la toboşari.

— Vinovată, spun eu, ridicând din umeri, dar cu obrajii în flăcări. *O omor pe Macy. Şi după aia pe Levi.* Mă uit iar după Lily în mulţime; ea mă va ajuta să-i ucid. Şi va fi alibiul meu. Sau Thelma pentru Louisa în care mă voi transforma.

— La gimnaziu, purtam ochelari foarte mari şi creşteam foarte repede, aşa că pantalonii îmi erau mereu scurţi şi toată lumea îmi spunea „Urkel”. Chiar şi colegii de echipă, spune Jamie înainte de a se duce să-mi umple cana. Îi arunc un zâmbet recunoscător. Încerc să mi-l imaginez ca personaj de desene animate, dar nu se potriveşte cu tipul încrezător, atletic pe care-l am în faţa ochilor. Poate din hărţuiala asta timpurie vine compasiunea de care dă dovadă azi.

Când Jamie se întoarce cu berea mea, ne alăturăm mulţimii care o priveşte pe Macy dansând în jurul grupului de toboşari. Oricât de supărată aş fi pe ea, trebuie să recunosc că e fascinant să o priveşti dansând. Face paşii unui dans de gală cu Şalul pe o versiune adaptată pentru un 49 a melodiei *SpongeBob Square Pants*. Alta care are mişcarea mlădioasă în sânge. Desface braţele, ca şi cum ar ţine un şal imaginar. Tenişii ei negri abia dacă ating pământul când dansează.

Termin a treia cană cu bere la fel de repede ca pe primele şi o iau din nou spre butoi. Mă ofer să-i aduc şi lui Jamie ceva de băut, dar el clatină din cap că nu. Observ că soarbe din aceeaşi sticlă cu suc de când am ajuns. Mulţi jucători de hochei nu beau deloc în timpul sezonului. O fi şi el dintre cei care respectă regulile.

La butoiul cu bere, când îmi reumplu cana, Levi răsare lângă mine. Mi-o fură şi o dă pe toată peste cap.

— Eşti o bună ambasadoare pentru „pielea” cea nouă?

Mă strâmb. Levi ştie că nu-mi place când foloseşte cuvântul „piele” ca să se refere la nativii Nish. Ca şi cum ar fi în regulă să ne jignim pe noi înşine numindu-ne „piei roşii”.

— Mda, bombăn şi îmi înhaţ cana înapoi.

— Ai de gând să treci la fapte în seara asta? întreabă el cu un zâmbet insidios.

— Ce naiba, Levi? Nu, are prietenă.

— Eh, zice el nepăsător, urmărindu-mă cum umplu din nou cana.

— Eu nu fur iubiţii altor fete, zic eu apăsat. Noi doi am crescut înconjuraţi de zvonuri despre ceea ce a făcut mama lui. În plus, ştii foarte bine că nu ies cu jucători de hochei. Nu sunt genul de lipitoare, zic cutremurându-mă exagerat, teatral.

— Să nu-mi spui că încă te mai gândeşti la Toivo Jon, mormăie Levi.

Fratele meu le dă porecle tuturor, cu excepţia lui TJ. Levi foloseşte întotdeauna numele lui adevărat, numele finlandez pe care TJ îl împarte cu tatăl şi bunicul lui, deşi au versiuni diferite.

— Hei, mă răstesc eu. Nu facem chestia asta, da? Nu ne băgăm nasul unul în relaţiile altuia. Dacă vrei s-o facem, pot mânca şi eu o grămadă de rahat despre toate fetele pe care le foloseşti şi le arunci ca pe şerveţele.

Levi ridică o sprânceană.

— Da' ce-ar trebui să fac, dacă ele se lasă aşa de uşor?

— Ăăă... să le tratezi cu respect?

— Întotdeauna spun *miigwech* după, zice el.

Niciodată nu mi-am dorit mai mult decât acum să șterg rânjetul ăla satisfăcut de pe mutra fratelui meu.

— Levi, sper ca într-o bună zi să te părăsească fata pe care chiar o iubești. Și să știi că a fost în întregime vina ta.

— De ce? Da, sigur... Cum le spui tu... Minciunile Tipilor? Levi plescăie din limbă și clatină batjocoritor din cap: Toivo Jon chiar te-a tâmpit.

— Du-te naibii, Levi. Simt cum stomacul începe să-mi fiarbă ca magma. Muzica, râsetele, conversațiile care umplu hambarul mă copleșesc dintr-odată. Îmi croiesc drum către o ieșire laterală.

Învârtindu-mă prin marea de mașini parcate, încerc să alung din minte imaginea lui TJ. Fața lui luminată de flăcările din șemineul mic din baracă. Îmbrățișați într-un sac mare de dormit pe o saltea de camping. El șoptindu-mi, printre gâfâieli, cât de mult mă iubește.

Toivo Jon Kewadin. Mincinos nenorocit. Introducerea mea în Minciunile Tipilor.

*Nu-i adevărat. Nu a fost primul care te-a mințit.*

Sunt amețită și mi-e rău. Când mă îndrept împleticindu-mă spre camioneta lui Jamie, mă împiedic de toate pietrele și rădăcinile de copaci ieșite în afară. Deasupra capului meu fâlfâie o pereche de aripi mari. Fac câțiva pași în pădure și răul țâșnește afară din mine.

Mă prăbușesc în genunchi, unul încă dureros după ceea ce s-a întâmplat mai devreme. Când mă șterg la gură, aud niște sunete ciudate. Mă opresc. Ascult. Ceartă. Plânset.

Sar în sus și îi văd pe Lily și pe Travis mergând pe potecă, la zece metri distanță de mine. Lily pare supărată și începe să grăbească pasul. *Nemernicul ăsta.*

Deschid gura să o strig pe Lily, să o întreb dacă are nevoie de ajutor, când Travis se oprește brusc. O înșfacă pe Lily de braț, încercând să o oprească. Când ea se smulge din mâna lui, el scoate un pistol din spatele blugilor.

Țipătul mi se blochează în gât; nu îmi iese decât un gângurit. Lily întoarce capul în direcția mea și văd teama din ochii ei. Știu că aceeași teamă se reflectă și în privirea mea.

Încremenesc când Travis se răsucește și ațintește pistolul cu țeavă scurtă spre mine. Nu mi se mișcă decât ochii, care pendulează înnebuniți între armă și expresia îngrozită a lui Lily. Pistol. Șoc. Pistol. Neîncredere. Pistol. Frică.

Inima îmi bubuie în urechi. Alt sunet nu există.

BUM-BUM-BUM-BUM-BUM

Mâna lui Travis tremură cu vibrații insesizabile. Am stat alături la toate cursurile pregătitoare. L-am ajutat să treacă prin școală.

O să mor. Lily o să mă vadă murind.

Mirosul dulceag îmi e familiar. Garajul lui Art. Cineva a folosit WD-40 ca să-și curețe arma. Mai multe mirosuri: pin, mușchi reavăn, transpirație puturoasă și încă ceva. Urină de pisică?

BUM-BUM-BUM-BUM-BUM

Pe neașteptate, Travis reacționează ca și cum pistolul ar fi o macetă. Face o mișcare ciudată, lentă, pe diagonală, spre pământ, către ținte invizibile care îl înconjoară.

Poate uită de mine. O rup la fugă împreună cu Lily și sărim în camioneta lui Jamie.

Gheara terorii îmi strânge inima. Pistolul. Travis îl îndreaptă iar spre fața mea.

Mama. Nu va supraviețui. Cu un glonț ne omoară pe amândouă.

O mână curajoasă se întinde după pistol. Degetele lui Lily sunt întinse. Poruncitoare. *Dă-mi-l. Acum.*

BUM-BUM-BUM...

Mă gândesc la mama. Apoi, explozia schimbă totul.

# CAPITOLUL 10

Lily cade pe spate, cu brațele desfăcute, ca și cum ar pluti într-o piscină. Doar că nu se mișcă.

Clipa asta durează o eternitate. Sau o secundă. Și una, și alta, dar nu știu cum.

Travis se uită la ea, apoi se întoarce spre mine. Gura lui se mișcă, dar nu-l aud. Nu aud decât ecoul exploziei. Își ridică arma la tâmplă. Închid ochii, îi strâng tare, apoi îi deschid și văd cum capul îi zboară într-o parte. Trupul lui se prăbușește la picioarele lui Lily, ca și cum ar cerși încă o șansă.

Nu e real. Nu s-a întâmplat asta. Probabil am leșinat când căutam camioneta lui Jamie. Mă voi trezi și mă voi întoarce la hambar. O voi găsi pe Lily, o voi îmbrățișa. Îi voi spune lui Levi că nu mă mai interesează TJ. Îi voi dezvălui lui Jamie secretul pe care îl păstrez. Adevărul despre moartea unchiului David. De ce nu mai joc hochei. Ce a făcut mama după ce l-a găsit pe tata în pat cu Dana la o petrecere de pe insula Sugar în noaptea în care avea de gând să îi spună despre mine. Cum încep Minciunile Tipilor.

E doar un vis urât. O să mă trezesc imediat.

În spatele unei mașini se mișcă o siluetă. Jamie. Aici, în visul meu. Merge aplecat. Învârte capul în toate părțile, uitându-se după oameni, dar restul corpului se mișcă de parcă ar fi pe patine. Îngenunchează lângă Lily. Îi dă ușor părul de pe frunte.

*De ce nu e panicat? De ce e aşa de calm?* Cu toată ameţeala mea, observ felul în care îngenunchează. Atent şi concentrat, ca atunci când mi-a curăţat genunchiul de sânge. Buclele încâlcite au luciri arămii. Singura persoană care a reacţionat la artificii de parcă ar fi fost împuşcături.

Jamie îi verifică pulsul la gât. Arătătorul şi degetul mijlociu se duc direct la baza gâtului ei, unde se află artera carotidă. Exact cum m-a învăţat mătuşa Teddie la lecţiile de prim ajutor.

Capul îi cade în faţă, ca şi cum gâtul nu ar mai suporta greutatea. Apoi se lasă pe spate şi oftează adânc, înspre copacii de deasupra.

În agonia mea, scot un geamăt. Se întoarce şi se uită la mine. Cu nişte ochi uriaşi, surprinşi.

— Daunis! aleargă spre mine. Eşti rănită?

Vreau să scutur din cap, dar tremur din tot corpul. Când vreau să fac un pas spre el, mi se înmoaie picioarele. El mă ridică şi mă duce câţiva paşi, la camioneta lui. Mă aşază repede pe scaunul pasagerului. Cu delicateţe. Să nu mă sparg.

— S-s-secrete. Parcă nu sunt eu, vocea e prea ascuţită, dar am simţit cuvântul pornindu-mi din burtă. Mă uit pe geam după o cărare pe care să pot fugi. Îngaim încă un cuvânt când mă întind după portieră: S-s-străin. Secretele de care vreau să fug nu sunt ale mele.

— Şşşşt, zice el, răsuflându-mi în ureche. Trebuie să plecăm de aici, Daunis. Acum.

Lily e moartă.

Jamie Johnson nu e cine spune că este.

Şi ăsta nu e un vis.

Jamie reface drumul de mai devreme. Potecile şi drumurile neasfaltate sunt ca nişte capilare care şerpuiesc prin insula Sugar, ducând la venele care ne vor purta înapoi la feribot. Venele merg spre inimă; arterele pleacă dinspre inimă. Totul începe de la inimă.

— Mi se face rău.

Duc o palmă la gură, mâna cealaltă e pe mânerul portierei. Jamie o ia pe primul drum lateral. Sar din maşină înainte să apuce să parcheze. Nu mai am ce voma, dar corpul meu încă icneşte.

— Daunis. Îmi pare tare rău. Dar trebuie să plecăm. Trebuie să te duc acasă.

— E moartă?

Nu se poate. Trebuie să spună că el a inventat toate astea. Că s-a prefăcut. Că ea încă respiră acolo, în pădure. Trebuie să o salvăm. Cum am putut s-o lăsăm acolo?

— Nu inventez nimic, spune el. Nu mai puteam face nimic pentru ea.

Îmi dau seama că trebuie să fi gândit cu voce tare. Ca să mă asigur că n-o mai fac, duc palma la gură. Praf şi bucăţele de pietriş se lipesc de buzele mele. Mă doare genunchiul, aşa că mă las pe spate. Jamie stă pe drum, ca şi cum m-ar păzi. Dar de ce?

Se uită la mine. Mă uit la el şi mintea mea goneşte. Vocea unchiului David îmi răsună în cap, spunându-mi să pun cap la cap tot ce ştiu. Respir adânc, mă concentrez.

**Lucruri care nu au sens:**

1. Lily e moartă.
2. Jamie i-a spus lui Macy că are cicatricea dintr-un accident de maşină. Mătuşa spune că e prea dreaptă ca să fi fost un accident.
3. Jamie are o mulţime de întrebări, dar nu-i place să dea răspunsuri.
4. Jamie a intrat în echipă aşa, de nicăieri. E total necunoscut.
5. Jamie a verificat pulsul lui Lily ca un specialist, nu ca un elev de liceu. Mi-a curăţat genunchiul suficient de bine ca să câştige respectul mătuşii, iar ea e asistentă.
6. Jamie a reacţionat la artificii ca la împuşcături. Soldaţii şi poliţiştii se antrenează permanent,

așa că au memorie musculară și reacțiile lor sunt automate.

Îmi dau seama.

Jamie Johnson e polițist.

Fac ochii mari. Clipește. BEC APRINS. Știe că îi știu secretul. Iau mâna de pe gură și stau în fața lui, tremurând. Repet întrebarea pe care i-am pus-o ieri, când stăteam de o parte și de cealaltă a patului bunei Mary.

— Cine ești tu, Jamie Johnson?

Se ciupește de vârful nasului și își ferește privirea.

Continui:

— Lasă-mă să ghicesc. N-o să-mi răspunzi sau o să-mi dai un răspuns evaziv, poate o jumătate de adevăr sau – și asta e varianta mea preferată – o să transformi răspunsul într-o întrebare pentru mine. Ca asta, de pildă: cum ți-ai dat seama că sunt polițist, Daunis?

Mă privește fără să clipească. Fără nicio tresărire. De data asta eu îmi feresc privirea și mă uit de-a lungul drumului prăfuit care duce spre capătul nordic al insulei.

Mătușa. Ea va ști să le lămurească pe toate. Sar în picioare și o iau la fugă. Nu cu el. De el. Îmi iau zborul într-un acces de panică. Fug cât de repede pot, fiecare respirație îmi sfâșie plămânii. Nu mă voi opri până ce nu voi ajunge la autostrada marcată cu borne luminoase, ca niște gherete cu paznici, la un indicator din lemn pe care scrie:

MESTEACĂNUL PĂSTRĂTORULUI FOCULUI
BIGHWEN ENJI ZAAGIGOOYIN
(VINO ACASĂ, ACOLO UNDE EȘTI IUBIT)

Pașii lui se apropie. M-ar încetini dacă m-aș uita în urmă. Îmi forțez picioarele să se întindă, măresc pasul mai mult decât aș fi crezut vreodată că sunt în stare. Cum m-ar putea întrece? O să mă prindă. Nu sunt case în jur. Nu o să audă nimeni dacă țip. Am junghiuri în coapse, cvadricepșii mei sunt epuizați; el accelerează ritmul. Își controlează respirația și rămâne calm chiar și când se întoarce și aleargă cu spatele, sprinten și iute ca fulgerul... s-a ferit să îmi arate întregul lui potențial de viteză, agilitate și rezistență.

— Daunis, ascultă-mă. Știu că ești speriată, dar nu ne putem duce la mătușa ta acasă. Crede-mă, nu vrei să o implici în asta.

Mă străbate o undă de teamă când îmi dau seama că știe unde locuiește mătușa. Eu nu i-am spus niciodată. Oricum, weekendul ăsta e la *powwow*, nu?

Mă opresc, mă împiedic de o piatră din mijlocul drumului. Are dreptate; nu e pe insulă.

Cuvintele mele sunt ca niște gâfâieli stridente.

— Ce vrei să spui prin „ asta”? De ce mătușa nu poate fi implicată? Mă proțăpesc în fața lui ca un adevărat bătăuș. Vorbește sau te las acum în pădurile astea pe care eu le cunosc, iar tu, nu.

Dar, chiar când spun asta, îmi dau seama că s-ar putea să fie familiarizat cu pădurile noastre. Deja a demonstrat că știe lucruri pe care nu ar fi trebuit să le știe. Nu știu dacă pot să am încredere în tot ce mi-a spus.

— Trebuie să te duc acasă. Vei fi în siguranță cu mama ta, spune Jamie cu blândețe.

Mă uit la mesteceni, apoi inspir adânc, ca și cum m-aș pregăti să fug de vocea aceea blândă.

— Bine. Daunis, urcă în mașină și îți promit că răspund la toate întrebările. Pare prea lipsit de vlagă ca să se mai certe cu mine. Dar nu e obosit. Respirația lui e regulată, în vreme ce a mea e în continuare incontrolabilă. Trebuie să îmi recapăt controlul. Când mă întorc și o iau spre mașină, vreau ca furia mea să devină mai aprigă cu fiecare pas. Furia e mai bună decât frica.

Mă urc în mașină și trântesc zdravăn portiera. Îl privesc, așteptând.

— Răspunde sau o iau la fugă şi te fac să regreţi că ai venit aici.

— Ai dreptate. Sunt ofiţer de poliţie sub acoperire. Porneşte maşina şi întoarce, ca să intre din nou pe şoseaua principală.

— Nu e cine ştie ce informaţie, subliniez eu.

— Îmi pare rău, nu pot spune mai multe până ce nu vorbesc cu şeful meu.

— Şeful tău? Altă piesă din puzzle îşi găseşte locul. Unchiul tău nu e tocmai unchiul tău, nu?

Ne apropiem de şirul de maşini care aşteaptă să vină feribotul. Copiii trec de la o maşină la alta, îmbrăţişându-se. Unii plâng. Alţii par năuciţi. Probabil cineva i-a găsit pe Lily şi pe Travis. Au auzit împuşcăturile şi şi-au dat seama că nu erau artificii.

Mă simt amorţită. În afara corpului. Nu într-un sens bun, ca în zonă. Ar trebui să fiu acolo, cu Lily, dar iată că plec cu un străin care m-a minţit din clipa în care m-a cunoscut.

Ajunge feribotul, înţesat de maşini ale forţelor de ordine. De toate felurile: tribale, statale, ale ţinutului. Chiar şi Patrula de Graniţă. Practic, zboară de pe rampă, o caravană de semnale luminoase.

Jamie urmează semnul unui lucrător care îi indică o bandă ce duce spre vas. Suntem doar o maşină printre multe altele. E o parcare plină de puşti traumatizaţi după acest 49. Căpitanul trage sirena şi părăsim insula Sugar.

*Iartă-mă, Lily.* Mă uit în spate cum creşte distanţa dintre mine şi prietena mea.

Peste râu, în parcare, luminează farurile mai multor maşini de poliţie. E o barieră exact pe banda pe care maşinile ies de pe feribot.

Nu am mai pomenit aşa ceva vreodată.

Jamie sună pe cineva. Probabil pe „unchiul" Ron.

— Sunt cu ea. O duc acum acasă, spune.

Scot telefonul din buzunar, îl deschid. Nouăsprezece apeluri ratate şi opt mesaje. Îmi stă inima când îl văd pe primul.

Lily: Mă duc la petrecere. Spus T că e gata. Trebuia să îmi vadă fața & să-mi audă vocea ca să înțeleagă că e gata. apropo jj te urmărește când nu te uiți la el. e aprins rău după tine.

Levi: unde ești

Levi: ești cu Jamie

Levi: ??????

Levi: răspunde la telef ăla nenorocit

Mătușa: E adevărată povestea despre Lily?

Levi: la Teddie cu băieții sună când primești msg

Mama: sună imediat

Recitesc mesajul lui Lily. Iar şi iar. Apoi derulez şirul de apeluri ratate: Levi, Teddie, mama. Niciunul de la bunicuţa.

— Trebuie să-i spun bunicuţei June. Nu ştie încă. Mi se frânge vocea.

— Daunis, ascultă-mă cu atenţie. E foarte important să nu vorbeşti cu nimeni acum, spune Jamie, în timp ce maşina înaintează câţiva centimetri. Cu Lily s-a petrecut totul instantaneu. Nu a suferit. Ai fost acolo, cu ea, nu a fost singură când a murit. Te rog să nu uiţi asta.

Cu toate că sunt menite să mă aline, cuvintele lui Jamie mă înfurie. Mă gândesc să smucesc portiera şi să o iau la goană, dar era rândul nostru. Un poliţist tribal uriaş vorbeşte cu şoferul din faţă.

TJ Kewadin.

— Ai permisul de conducere la tine? Jamie îşi scoate portofelul din buzunarul din spate. Lasă-mă pe mine să vorbesc. Dacă poliţistul întreabă, am plecat devreme de la petrecere şi ne-am plimbat cu maşina, povestind despre *powwow*. Apoi ai găsit mesajele și apelurile ratate. Erai prea supărată ca să răspunzi, așa că acum te duc acasă.

Îi dau permisul de conducere străinului de lângă mine. Polițistul secret este un mincinos foarte abil. Și eu, care credeam că TJ Kewadin e rău; dar iată că Jamie Johnson duce Minciunile Tipilor la un alt nivel.

— Actele de identitate, ordonă ofițerul Kewadin, chiar dacă Jamie i-a întins deja permisele.

Când TJ îmi vede permisul, se apleacă repede și mă cercetează din priviri.

— Ești bine? Vocea lui profundă e îngrijorată, precipitată. Aș putea să-i spun totul lui TJ chiar acum. Despre Lily și Travis. Despre Jamie.

*Mai am puțin, Lorenza. Doamne! Da! Ah, te iubesc.*

Încuviințez din cap și rămân tăcută. Mi se contractă stomacul. N-a mai rămas nimic de vărsat.

La o săptămână după ce TJ a început să mă trateze cu o totală indiferență, Lily s-a ținut după el în parcarea școlii. A stat ascunsă în spatele camionetei lui până când a venit și a descuiat portiera. I-a sărit în spate ca un păianjen-lup. Când, în sfârșit, a dat-o jos de pe el, i-a imobilizat pumnii cu mâinile lui mătăhăloase, așa că Lily a încercat să îl lovească cu picioarele. Mica mea bătăușă a jurat că-l învinețește și i-a spus lui TJ că Harry Pajog al lui ar face bine să spere că nu va învăța cine știe ce descântec malefic.

TJ spune numele noastre într-un walkie-talkie.

— Unde ați fost în noaptea asta? întreabă.

Jamie răspunde:

— Am fost la petrecere și am plecat devreme...

— Nu te-am întrebat pe tine, se răstește el la Jamie. Vocea lui se îmblânzește într-o clipă și capătă sunetul acela inconfundabil: Lorenza, ai vorbit cu mama ta sau cu Teddie?

Scutur din cap.

— Du-o direct acasă, îi ordonă lui Jamie. O așteaptă mama ei.

Jamie își încleștează maxilarul, dar încuviințează. Probabil, TJ a spus ceva prin stație, pentru că o mașină de poliție ne escortează până ce Jamie trage pe aleea noastră. Ofițerul lasă geamul jos și îl urmărește pe Jamie, care mă conduce la treptele din față.

— Nu uita, Daunis, șoptește el înainte de a bate la ușă. Te rog să nu scoți o vorbă despre ceea ce ai văzut sau ai auzit. Îmi pare rău că nu îți pot spune mai multe acum. Îți voi explica totul de îndată ce voi putea. Acum lasă-te în grija mamei tale, da?

Refuz să mă uit la el sau să fiu de acord fie și cu un singur cuvânt din ceea ce spune. Ușa se deschide larg, iar mama mă cuprinde în brațe și mă strânge tare, mai tare ca niciodată. Fiecare mușchi din trupul ei tremură. Vorbește întretăiat, printre suspine înspăimântate.

— Levi a spus că nu reușește să dea de tine. Am crezut că Travis te-a împușcat și pe tine.

— Îmi pare rău, mamă, șoptesc în părul ei. Nu am vrut să te necăjesc.

Jamie stă în prag. Mormăie ceva spre mama. Se prezintă. Coleg de echipă cu Levi. La Sault High, ultimul an. Prieten cu mine. M-a condus acasă.

Mama mă lasă și se precipită spre el. Îl îmbrățișează.

— Mulțumesc că ai adus-o acasă. Mulțumesc. Mulțumesc. Se îneacă cu vorbele.

Privirile ni se întâlnesc și ceva se petrece între mine și Jamie. De acum vom fi amândoi mincinoși iscusiți. A înțeles dintr-o privire că nu voi spune nimic, nimănui, despre ceea ce s-a întâmplat.

Până ce nu vom sta din nou de vorbă.

Am nevoie de răspunsuri; de pildă, ce caută un polițist în liceul Sault Ste. Marie, Michigan, dându-se drept elev în ultimul an? În echipa de hochei a fratelui meu. Pentru că cea mai bună prietenă a mea e moartă, iar Jamie Johnson are ceva de-a face cu asta.

# CAPITOLUL 11

Mama îmi dă o pastilă și un pahar cu apă. Mă urmărește cum beau. Mă ajută să mă bag în pat; încep să tremur și îmi clănțănesc dinții. Ea e cea puternică acum.

Îmi amintesc vag că la fel am tremurat la ritualul de inițiere de pe insula Sugar, când am împlinit paisprezece ani. Două zile și două nopți, într-un octombrie ploios, am tremurat în pădure sub o pătură din lână și o foaie de cort. M-am rugat și am așteptat să îmi vină viziunea. Apoi a trebuit să mai aștept o lună până să îi pot povesti mătușii despre experiența mea. Cum că nu m-a vizitat nicio viziune, dar că, în tot acest răstimp, fiecare mușchi din corpul meu a tremurat permanent.

*Frigul și tremuratul sunt bune, Daunis. Abia când se opresc ai dat de necaz.*

Clipesc și... e dimineață. Razele de soare se joacă în genele mele. La un moment dat adorm. Mama se foiește în jurul meu. De ce e...

*Lily.*

Mă străbate ca un curent electric prin tot corpul. Lily e moartă. Revăd totul: cea mai bună prietenă a mea căzând pe spate. Amintirea e dureroasă: mă doare fiecare părticică din corp.

Mă ridic din pat, tot în tricoul lălâu și blugii rupți, și mă îndrept spre baia mamei. Știu că pastilele sunt în dulăpiorul cu medicamente. Trebuie să mai dorm. Să uit toate astea. Să uit noaptea trecută. Lily. Travis. Jamie. TJ. Lily. Lily. Lily.

Mâna îmi încremenește pe sticluța portocalie cu pastile eliberate pe rețetă.

Lily e... undeva. Până acum, mătușa și Seeney Nimkee îi vor fi spălat trupul cu apă de cedru. Chiar dacă Seeney nu lucrează în cadrul programului de Medicină Tradițională, bunicuța June sigur a rugat-o să o pregătească pe Lily pentru călătoria de patru zile spre următoarea lume. Nu e treaba mătușii, ca directoare a Departamentului pentru Sănătatea Tribală, dar știu sigur că o va ajuta pe Seeney.

Fiecare zi are un scop. Astăzi, în prima zi a lui Lily, își va jeli familia. Pe cei dragi.

Pe mine. Mă va jeli pe mine. Nu pot dormi tocmai acum.

Închid dulăpiorul cu medicamente și mă duc la măsuța de lângă ușa de la intrare. Coșul de nuiele al bunicii Pearl, în formă de afină. Câte un con de pin atârnă de fiecare nod al mânerului lat. Bag mâna în el și scot câteva fire de frunze de tutun.

Cu picioarele goale, abia dacă ating cimentul rece al treptelor, apoi pășesc pe iarba umedă de rouă. Movilițele și găurelele de pe peluză îmi amintesc cum am dansat în mocasini. Bătăi de tobe care reverberează dinspre un teren neregulat și îmi pătrund în picioare urcă până la inimă. Am simțit același leac miraculos ieri, când stăteam în tribună.

Țin *semaa* în palma stângă, cea apropiată de inimă. O presar la rădăcina plopului, de unde îmi încep de fiecare dată ziua. După ce mă prezint, enumăr cei Șapte Străbuni: dragostea, respectul, onestitatea, smerenia, curajul, înțelepciunea și adevărul.

Care dintre ei mă va ajuta cu durerea asta de neimaginat? Nu am răspunsul.

Când mă întorc în casă, mama toarnă apă fierbinte într-o ceașcă elegantă de ceai.

— Vrei să îți pregătesc baia? mă întreabă cu blândețe.

Dacă spun da, mama va pune ceainicul jos și se va ocupa de mine. Va sări peste vizita la buna Mary, ca să stea cu mine. Pentru ea, nevoile mele au fost mereu pe primul loc. Chiar înainte de ale ei. De câte ori mă plângeam de mama care mă sufocă iar și iar cu nesfârșitele ei întrebări și insistențe, Lily spunea: *Fii mai îngăduitoare cu ea.* Odată chiar s-a răstit la mine: *Unora dintre noi ne-ar plăcea să avem o mamă care pune nevoile copilului pe primul loc.*

Lily o adoră pe mama. O adora pe mama.

— Mulțumesc, dar fac un duș rapid și mă duc să stau cu bunicuța June la capelă. Mă poți lăsa acolo în drum spre EverCare?

Mama dă să deschidă gura. Știu că va sugera cu blândețe să stau acasă.

— Mamă, trebuie să fiu cu Lily și cu bunicuța June. Trebuie să ajut.

Mama înțelege perfect.

Când bunicuța June mă ia în brațe, îmi sprijin bărbia de creștetul ei. Mă înțeapă nasul. Îmi imaginez cum îmi îngheață cavitatea nazală, la fel cum se formează o rețea de cristale de gheață pe o fereastră. Pune stăpânire pe cornetul inferior, aproape de vârful nasului, se extinde spre cornetul mediu și, în sfârșit, îl cuprinde și pe cel superior. Sunt recunoscătoare: frigul ține înțepăturile și acele la distanță.

Bunicuța June mă ia de mână. Mergem la sicriul simplu din pin. Incrustațiile în lemn sunt modele florale tradiționale Ojibwe, care includ fluturi. Inspir adânc, gheaţa paralizantă se răspândeşte, îmi cuprinde plămânii; privesc în jos spre Lily.

Cea mai bună prietenă a mea pare că doarme. Poartă veşmântul ei negru de gală. Negrul e culoarea spiritului ei. Odată, Macy Manitou a luat-o peste picior, comentând că stilul gotic e de anii 1990. Lily a glumit: *Hei, negrul mă face să par mai slabă.* Avea în jur de patruzeci şi trei de kilograme.

Cu cât mă uit mai mult la Lily, cu atât mai puţin reală pare. Un manechin cu obrajii şi buzele roz ca guma de mestecat. Nu tu ruj negru, nu tu dermatograf negru la greu. Nimic din toate astea nu pare real.

Mă uit în jur după mătuşa. Dacă nu e aici, la capelă, trebuie să fie la focul ceremonial pe care Art îl întreţine în pădurea din spatele şopronului lor. Familia tatălui meu a fost numită după rolul pe care l-a avut de generaţii în comunitatea tribală: Păstrătorii Focului. Întâmplarea face ca mătuşa să se fi măritat cu un bărbat din altă comunitate Ojibwe, care a fost instruit tot pentru îndeplinirea îndatoririlor de păstrător al focului.

Păstrătorii Focului aprind focul pentru ceremonii, înmormântări, saune şi alte evenimente culturale în care vracii noştri sunt purtaţi de fum către Creator. Un foc ceremonial e un foc aparte: nu prăjeşti la el bezele, nu cânţi cântecele deocheate de la 49. Păstrătorii Focului se asigură că ritualurile sunt respectate atâta vreme cât focul rămâne aprins: nu se face politică lângă el, nu se bea, nu se bârfeşte. Numai gânduri bune pentru a hrăni focul şi a duce mai departe rugăciunile noastre.

Art trebuie să fi aprins focul încă de azi-noapte, de când a auzit vestea. Va avea grijă de foc patru zile şi patru nopţi, cât va dura călătoria lui Lily. La sfârşitul celei de-a patra zile, când focul iese din lumea asta, este aprins în lumea următoare, unde va arde veşnic pentru Lily.

Sunt mândră că mă trag din oameni care şi-au slujit în acest fel comunitatea. Mătuşa s-a măritat cu un bărbat bun, care duce mai departe aceste responsabilităţi. Partea pe care nu mi-o pot imagina este că Art aprinde un foc ceremonial pentru Lily, pentru priveghiul şi înmormântarea ei. Are optsprezece ani. Avea numai optsprezece ani.

Bunicuţa June mă duce la masa cu mâncare din celălalt capăt al încăperii. Va mai fi una la atelierul lui Art. Oale pline cu diferite soiuri de terci, porc şi fasole, şi supă cu macaroane. Un vas din cupru, cu orez sălbatic amestecat cu bucăţi moi de friptură de vânat. Felii subţiri de pâine prăjită. Tăvi cu peşte afumat, măruntaie prăjite şi cârnaţi de vânat. O roată de caşcaval tăiată felii mici, de mărimea unor biscuiţei. Ouă picante cu paprică. Tăvi cu legume. Pungi cu chipsuri. Tartă cu afine. Prăjituri de casă şi o mare varietate de plăcinte cumpărate. Boluri cu căpşuni şi boabe mici de afine sălbatice.

Ne aşezăm cu farfuriile pline dinainte şi mâncăm. Cu fiecare îmbucătură, cercetez o altă persoană prezentă la capelă. *Tu ştii ce se întâmplă? Eşti implicat?* Avertismentul straniu al lui Jamie mă face să mă uit la oameni cu alţi ochi.

Mama lui Lily, Maggie, ajunge a doua zi. Le repetă la nesfârşit tuturor celor care o îmbrăţişează: „A trebuit să pregătesc copiii. Să le cumpăr haine de biserică."

Dacă aş fi fost eu în sicriul ăla, mama ar fi fost lipită de el ca un peşte undiţar.

Îmi amintesc că, odată, Lily mi-a spus că ea a fost copilul pe care mama ei a făcut practică. La fel şi următorul, o soră vitregă în Lansing. Mătuşa a auzit ce vorbeam, a venit şi s-a aşezat cu noi. A povestit despre internatul la care fetele bunicii June au fost obligate să se ducă. Despre anii petrecuţi mărşăluind ca soldaţii şi învăţând să fie servitoare perfecte. Au fost bătute până au fost scoase din ele toate învăţăturile culturale şi Anishinaabemowin. Când s-au întors pe insula Sugar, una dintre fete avea cicatrici pe palme, de parcă ar fi fost plastic topit, şi fugea în pădure cum auzea un şuierat de ceainic. Mătuşa ne-a spus: *Când o criticaţi pe Maggie, amintiţi-vă că a fost crescută de una dintre fetele astea, cea care nu s-a sinucis.*

O văd pe mătuşa, care o ţine pe Maggie de mână şi plâng amândouă. M-am repezit să o judec pe mama lui Lily, chiar şi astăzi. După aceea mi-am amintit de cuvintele mătuşii.

Micuţii lui Maggie stau cu rudele, lângă mesele cu mâncare. Mezina, într-o rochiţă galbenă drăguţă, are un râs contagios mai mare decât ea. Băiatul, cu un papion asortat, e cu un an mai mic decât gemenele. Are un zâmbet timid, care seamănă cu al bunicuţei June, adică o parte a feţei arată mai multă fericire decât cealaltă. O urmăresc în continuare pe Maggie, care se îndreaptă spre locul unde stau copiii. Mezina se duce la mama ei, care o sărută încet pe frunte. Adevărate leacuri vindecătoare, aceste sărutări.

Când mătuşa varsă cafea pe ea, mă ofer să mă duc cu maşina ei acasă, ca să-i aduc o bluză curată. Pe feribot, în drum spre insulă, mă gândesc la a doua zi a călătoriei spirituale a lui Lily. E ziua ispăşirii. Va avea dinainte toate creaturile pe care le-a rănit de-a lungul vieţii ei.

Arunc o privire la maşina de alături şi îl recunosc pe unul dintre verii lui Travis. Maşina din dreapta mea e plină cu rudele lui. Familia Flint va aprinde un foc pentru el la cabana din spatele Centrului pentru Bătrâni. Membrii tribului pot folosi salonul mare pentru priveghiuri şi înmormântări. Mă străbate un val de furie când îmi dau seama că e a doua zi şi pentru Travis. Nu va putea merge mai departe până ce nu va da socoteală pentru răul de care e răspunzător. Inclusiv pentru că a răpit-o pe Lily dintre noi.

Timpul e un concept născocit de mintea noastră pământeană. În lumea spirituală, ziua a doua va dura o veşnicie pentru el. Aşa ar şi trebui. Îmi înfig unghiile în palme. Vreau ca Travis să sufere. Să simtă durerea noastră. Vreau ca ispăşirea lui să fie un miraj pe care să nu-l poată atinge.

Nu pot sta în preajma focului așa, încărcată de atâta furie.

Numai gânduri bune pentru Lily.

Îmi privesc palmele, așteptându-mă să văd sânge. Urmele în semicerc seamănă cu niște cicatrici micuțe.

# CAPITOLUL 12

A treia zi Lily urmează să învețe despre lumea următoare. Stau lângă sicriul ei și trec în revistă iar și iar tot ce știu despre identitatea lui Jamie și motivul pentru care se află aici.

*Ce știu sigur despre Jamie:* a făcut patinaj artistic.

*Ce știu sigur despre motivul pentru care se află aici:* doi polițiști sub acoperire sunt în Sault și lucrează la un caz. Unul se dă drept profesor de științe la liceu; celălalt pretinde că e elev în ultimul an de liceu și jucător de hochei într-o echipă de Liga A Juniori.

*Ce altceva mai știu sigur*: Lily nu ar fi trebuit să fie aici.

Jamie și „unchiul" lui își fac apariția la capelă. Când Jamie mă cheamă afară să vorbim, sunt deopotrivă curioasă și iritată. Îi urmez până la podul din apropiere, care trece peste canalul hidrocentralei.

Ron Johnson – sau cum l-o fi chemând – pare cu câțiva ani mai în vârstă decât mama. Are o umbră vagă de mustață, așa cum au nativii ale căror fire de păr facial se prezintă ca niște lupi singuratici, hotărâți să nu se apropie prea mult unul de celălalt. Se situează undeva pe la mijlocul scalei Nuanței Acceptabile a Pielii Anishinaabe. Pariez pe toți banii mei că nimeni nu i-a spus vreodată: *Serios, ești indian? Dar nu arăți deloc a indian!*

— Ron Johnson, spune el, strângându-mi mâna. Agent senior la FBI.

— Pe bune? Ron Johnson? Pufnesc.

— E mai bine să nu folosim numele reale în acest moment.

Îl măsor pe Jamie:

— Lasă-mă să ghicesc. Jamie Johnson.

— Pentru protecţia ta, Daunis, zice Jamie. Dar sunt ofiţer al Biroului pentru Problemele Indienilor, detaşat la FBI.

FBI şi BIA... Două agenţii federale care au prostul obicei să înrăutăţească lucrurile pentru triburi, nu să le îmbunătăţească.

Ron întreabă:

— Ai putea să vii cu noi, ca să discutăm în linişte despre investigaţie?

Asta îmi doream. Răspunsuri. Adevărul. Dar cum aş putea să o las acum pe Lily?

Scopul acestei a treia zile îmi devine dintr-odată limpede: găsirea unor căi noi. Aşa cum Lily îşi găseşte acum calea, şi pe mine mă aşteaptă o lume nouă de descoperit. Lily ar vrea să fac asta.

— Să o anunţ pe mătuşa că plec cu voi.

Plecăm de la capelă spre... unde mă duce Ron şi trecem pe lângă cinematograful din centru. Denzel Washington în *Candidatul manciurian* şi Hilary Duff în *Povestea Cenuşăresei*.

— Ia te uită, le arăt eu. Două filme despre oameni cu identităţi false. Cum Ron şi Jamie nu au spus încă nimic, mă hotărăsc să nu fiu fata naivă care acceptă poveşti imbecile.

Colţul gurii lui Ron tresare. De pe bancheta din spate, Jamie se ciupeşte de vârful nasului.

— Identităţile false sunt necesare pentru protecţie, spune Ron. O acoperire operativă este ca un scut cu două fețe. Pe de o parte, îi protejează pe oamenii cu care agentul intră în contact, iar pe de altă parte, pe el însuși.

La intersecția cu Dairy Queen o ia la stânga, spre gimnaziu și liceu. Îmi amintesc că anul trecut, în aprilie, stăteam cu Lily în viscol, când s-a deschis DQ pentru noul sezon. Am comandat obișnuitul meu Buster Bar, iar Lily a luat un Blizzard cu combinația aia ridicolă de chestii.

Acum câteva minute stăteam lângă Lily, îmi dădeam seama cât de puține știu despre identitatea reală a lui Jamie și mă întrebam despre ce-o fi investigația lui. Acum sunt în mașină cu Jamie și cu Ron și nu mă pot gândi decât la Lily. E ca și cum Jamie și investigația lui ar fi găzduite în emisfera stângă a creierului meu, cu fapte concrete, logică și analize. Lily e în creierul meu din dreapta, partea cu imaginația, intuiția și sentimentele mele. Între cele două emisfere e o prăpastie mai adâncă și mai lată decât Marele Canion.

Mă străduiesc să fiu atentă la Ron, care vorbește despre alt caz la care a lucrat:

— Ultima mea investigație a implicat BIA, poliția tribală locală și Poliția Regală Călare din Canada. Caz important. Era deschis de aproape douăzeci de ani, dar anul trecut i-am identificat pe ucigașii unei femei native. Familia ei a primit răspunsurile.

Trage în parcarea liceului, se întoarce și se uită la mine.

— Răspunsurile nu pot aduce un om înapoi, dar o investigație reușită poate aduce celor dragi alinare și puterea de a merge mai departe.

Când coborâm din mașină, simt că vorbele lui au pătruns adânc în mine. Aș putea face ceva? Să vin în ajutorul familiei lui Lily acum, dacă tot nu am putut să o ajut sâmbătă seara, pe insula Sugar?

Mi se pare ciudat să mă întorc la liceu. Suprarealist. Ca și cum aș fi fost aici ieri. Iar la pasul următor, ca și cum aș fi lipsit ani la rândul, nu doar câteva luni. Când trec prin fața recepției, secretara liceului vine spre noi cu brațele întinse pentru o îmbrățișare.

— Daunis, îmi pare tare rău pentru Lily Chippeway, spune domnişoara Hammond, îmbrăţişându-mă. Mai ales după toate prin care ai trecut. Mai întâi, povestea aia cumplită cu unchiul tău, apoi boala bunicii.

Domnişoara H îmi dă drumul. Rămân pe loc. Avertismentul bunicii Pearl îmi sună în cap. Uciderea lui Lily este al treilea lucru rău. Ar fi trebuit să stau de pază. Să mă uit după semne. Dar nu am putut să o opresc. Am dezamăgit-o pe Lily. S-a dus, iar eu ar fi trebuit să o protejez.

— Bună ziua, domnişoară Hammond. Sunt Ron Johnson, spune Ron, făcând un pas spre noi ca să-i strângă mâna. Am vorbit mai devreme la telefon.

— A, da. Domnişoara H se uită la Ron. Presupun că sunteţi noul profesor indian de ştiinţe.

— Sunt noul profesor de ştiinţe. Şi, da, sunt american nativ, spune Ron amabil. Ron Johnson. Acesta este nepotul meu, Jamie. E prieten cu Daunis. Jamie e în echipa Superiors cu fratele ei, Levi.

— A, bun atunci. Vocea femeii se încălzeşte. Orice prieten al lor e bine-venit aici.

Jamie întreabă:

— Nu vă supăraţi, doamnă, e vreun automat de băuturi prin preajmă? Suntem morţi de sete.

Domnişoara H îl îndrumă, apoi se întoarce spre Ron şi discută despre apropiata conferinţă districtuală pregătitoare pentru toate materiile. Mama nu va fi aici anul acesta. Şi-a luat concediu pe perioadă nedeterminată ca să aibă grijă de bunica. Partea suprarealistă e că Ron vorbeşte ca orice alt profesor care poartă o conversaţie cu cineva. E ca un aisberg: o cantitate mică de vorbărie goală la suprafaţă şi o masă densă şi grea de informaţii secrete care se află dedesubt.

Un minut mai târziu, Jamie se întoarce cu o sticlă cu apă, pe care o desface şi mi-o întinde.

— Mulţumesc. Iau o gură, apoi îmi lipesc plasticul rece de fruntea transpirată. Jamie stă lângă mine, un ecou al dimineţilor în care am alergat împreună. Îmi spun că încurajările acelea nu au fost reale. Erau dinainte stabilite, o parte a muncii sub acoperire.

Mă îndepărtez de Jamie și mă îndrept spre Ron. Rămân lângă el când străbate holul slab luminat; linoleumul amplifică scârțâitul pantofilor lui Ron de fiecare dată când pune tocul drept în pământ. E opusul discreției. Îmi înăbuș un chicotit care vine de nicăieri și mă gâdilă ca bulele apei gazoase pe cerul gurii.

E normal să am emoții atât de împrăștiate și haotice? Acum, o durere sfâșietoare, în minutul următor, o veselie prostească? Și, alteori, un abandon complet?

Când ajungem la fosta clasă a unchiului David, momentul vesel dispare la fel de repede precum a venit. Ron aprinde lumina și îmi face semn să iau loc la catedra veche din oțel a unchiului, din fața sălii. El se așază lângă mine pe un taburet înalt de la masa de laborator. Jamie rămâne în ușă: nici înăuntru, nici afară. Mă urmărește.

Stăteam la masa asta în fiecare zi, după școală. Unchiul David ținea gustări în sertarul de jos. Îl deschid, sperând să văd batoane proteice și pungi cu snackuri acoperind fundul fals pe care mi l-a arătat odată; dar Ron umpluse deja sertarul de dedesubt cu dosare și agende.

— De ce suntem aici? întreb. Încep să-mi tremure picioarele. Nu am mai fost aici de când am venit să luăm obiectele personale ale unchiului, după ce a murit. Iar acum, tristețea mea persistentă combinată cu suferința încă proaspătă a morții lui Lily e aproape imposibil de îndurat.

— Eu și Jamie lucrăm la o investigație care implică numeroase agenții canadiene și federale. S-a înregistrat o creștere semnificativă a traficului de droguri în regiune: Michigan, Wisconsin, Minnesota și Ontario. Ron e calm și la obiect, dar ratează sensul întrebării mele.

Am vrut să zic *aici*. În clasa unchiului David.

— Bun, atunci de ce e *el* aici? Și fac semn cu capul spre Jamie. În echipa de hochei, îi lămuresc, pentru ca Ron să nu îmi explice că Jamie stă de pază și pândește sunetele inexistente din școala pustie.

— Substanța care ne interesează cel mai mult este metamfetamina, zice Ron.

*Met*. Un fior rece mă trece pe șira spinării.

Lily, pe spate, cu brațele larg desfăcute. Căderea ei o ia în sens invers, ca și cum aș derula înapoi ultimele amintiri cu ea din mintea mea. E în picioare, cu ochii deschiși. Speriată. Glonțul iese din pieptul ei și intră în pistolul lui Travis. Acțiunea inversă se accelerează, Travis apare acum la *powwow*. Înapoi la patinoar. Anii se comprimă. Când totul se oprește, Travis e un băiețel poznaș, care bolborosește alfabetul și o face pe Lily să râdă până ce îi iese laptele pe nas.

— E un tipar de distribuție, spune Ron. Loturi similare de *met* apar în orașele cu echipe de hochei și în rezervațiile din zona Marilor Lacuri. Încercăm să identificăm producătorii, pe cei care o prepară.

*Travis*. În clasa a opta, mergeam zilnic cu Travis de la gimnaziu la liceu pentru ora de chimie. Când am ajuns oficial elevi de liceu, am fost împreună la toate orele de știință pentru avansați: biologie, fizică, geologie. Unchiul David a pledat cauza copiilor ca noi, care au trecut prin cursurile standard la școală.

Picioarele îmi zvâcnesc puternic. Fiorul rece îmi dă și mâncărimi.

— Credeți că persoana care prepară metamfetamina e din Sault? Mă uit de la Ron la Jamie, care mă fixează în continuare din prag. Dar cum ați îngustat aria de interes? Mătușa mea participă la întrunirile pentru Sănătatea Tribală din Minnesota. Metamfetamina nu e doar aici. E peste tot.

— Am identificat aditivi halucinogeni în mostrele de metamfetamină, explică Ron. Ciuperci. *Psilocybe caerulipes* de lângă Tahquamenon Falls.

Mă uit de două ori mai atentă la Ron, uimită de ușurința cu care vorbește limbajul clasificărilor științifice.

El dă din umeri:

— Am studiat chimia.

Dar cealaltă parte a afirmaţiei lui mi se întipăreşte în minte. Tahquamenon Falls e la numai 120 de kilometri distanţă. Mătuşa şi Art s-au căsătorit acolo, lângă cascada cea mai mare şi mai înaltă.

Străduindu-mă să ţin pasul cu ceea ce-mi spune Ron, simt privirea lui Jamie aţintită asupra mea, continuându-şi evaluarea tăcută.

Ron vorbeşte în continuare.

— Alt lot include o varietate de *Pluteus* din Pictured Rocks National Lakeshore.

Consiliul Tribal pentru Tineri a făcut odată un *powwow* acolo. Toate triburile din Michigan şi-au trimis grupuri de tineri acolo. Eu şi Lily am participat la dansul special în doi paşi, cu un tip din sudul statului. *Hai! E o şansă să săruţi un Nishnaab cu care nu eşti rudă!*

— Un alt lot conţinea o ciupercă din capul sudic al insulei Sugar.

Travis provine dintr-o familie numeroasă, care a avut mereu membri în Consiliul Tribal. În anii grei, aceştia au avut slujbe guvernamentale la nivelul tribului foarte bine plătite. Practic, toată jumătatea estică a insulei e deţinută fie de Trib, fie de familia Flint.

Ron şi Jamie sigur îl suspectau pe Travis că prepară drogul de care este interesat FBI-ul. Numai că el a intrat până peste cap în povestea cu metamfetamina numai în timpul ultimei vacanţe de iarnă, iar metamfetamina a fost o problemă cu mult înainte de Crăciun. Aşadar, cine altcineva ar mai putea fi implicat?

Inspir adânc. Clasa asta miroase altfel decât altele. Nu ştiu dacă e mirosul real sau sunt amintirile mele despre numeroasele experimente. Flăcările becurilor Bunsen. Sulful.

— Bun, dar nu mi-aţi explicat de ce suntem aici. În clasa unchiului meu.

Dar, chiar în clipa în care rostesc aceste vorbe, încremenesc. Fiecare părticică din mine amorţeşte. De ce m-au adus în camera asta pe care o cunosc atât de bine ca să îmi vorbească despre investigaţie?

Unchiul David nu a apărut la cina din duminica Paştelui. Nimeni nu a putut da de el. Buna Mary a bănuit imediat că a recidivat şi că e la o băută, pe undeva. Mama nu a crezut. Aş fi susţinut-o pe mama dacă unchiul nu ar fi avut un comportament aşa de ciudat cu săptămâni bune – ba nu, luni bune – înainte de a dispărea.

Două săptămâni mai târziu, cineva i-a găsit maşina pe un drum sezonier privat, lângă graniţa ţinutului. Lângă el, o cinzeacă de whisky. Raportul toxicologic a venit peste o lună şi bârfele au înflorit. David Fontaine, profesorul de chimie, a murit de o supradoză de metamfetamină.

Ştiu de ce suntem aici.

— Credeţi că unchiul producea metamfetamină? Încerc să par indignată, dar nu e urmă de fierbinţeală în cuvintele mele.

Lui Ron îi cade faţa. Are nevoie de un minut ca să-şi revină.

— Nu, Daunis. Unchiul tău ne ajuta. Era IC, informator confidenţial.

Mă holbez la Ron, complet şocată.

— Moartea lui a fost suspectă, continuă. David credea că cineva cunoscut prepara metamfetamină. Un elev. A refuzat să dea nume sau dovezi înainte de a fi sigur. Apoi a fost găsit mort. Iar după ce s-a eliberat raportul toxicologic, FBI a aprobat o operaţiune sub acoperire.

— Dumnezeule!

Îmi ascund faţa în palme şi plâng cu sughiţuri. Sunt lacrimi de ruşine. Mama a avut dreptate. A avut încredere în fratele ei, nu a dat o clipă înapoi. Eu am crezut ce putea fi mai rău. Unchiul meu nu m-a dezamăgit. Eu l-am dezamăgit pe el.

Suspin până când palmele mele sunt lucioase de la muci, fără să-mi pese dacă Ron şi Jamie se simt stânjeniţi.

Când las palmele jos, Ron pusese deja o cutie cu șervețele în fața mea. Îmi suflu nasul, îmi șterg ochii și mâinile.

— Spuneți-mi mai multe despre investigație. Acum chiar trebuie să știu totul.

— Anul trecut, în februarie, mai mulți puști s-au îmbolnăvit grav, spune Ron. Într-o rezervație din nordul Minnesota, la câteva zile după un turneu de hochei al echipei Superiors la Minneapolis. Copiii nu puteau mânca, nu puteau dormi; nu voiau decât mai multă metamfetamină. Nu numai că aveau halucinații... copiii aceia aveau halucinații de grup. Ceva era diferit la lotul ăsta. L-am numit *Met*-X.

Unchiul David a încercat să-i ajute pe copiii Nish. *Îmi pare atât de rău, unchiule.*

Ron continuă:

— Ne concentrăm asupra distribuției. De aici, putem reface drumul invers, către producători. Credem că Travis Flint era unul dintre elevii din cauza căruia David Fontaine își făcea griji.

Expresia lui s-a îmblânzit.

— Daunis, și tu ai fost o persoană de interes.

— Serios? Eu? Stați puțin... o să mă aresteze? Mă las pe spate în scaun.

— Ascultă-mă bine, zice Ron, ridicând palmele în semn de *Stai calmă*. Persoana care a preparat drogul a făcut experimente cu diversele loturi. Adăugând diferite lucruri, mai ales ciuperci halucinogene. Credem că există o conexiune culturală. E foarte posibil ca persoana să fie Ojibwe și să cunoască plantele din zonă.

— Crezi că *eu* am făcut drogul care l-a ucis pe unchiul meu?

Jamie își drege vocea:

— Daunis, am citit despre proiectul tău pentru concursul de științe. Primul an. Mențiune de onoare în competiția statală. Apropo, ar fi trebuit să câștigi.

Stai puțin, cum? De cât timp durează investigația asta? Simt furnicături la ceafă.

Continuă:

— Ai demonstrat că budinca de cireșe sălbatice are proprietăți anticancerigene. Semințele – zdrobite în stilul tradițional, nu eliminate – sunt cele care aduc valoarea medicinală. Ești pricepută la științe și îți cunoști cultura.

Cum îndrăznește Jamie, el, dintre toți oamenii, să mă suspecteze că sunt producător secret de *met*? Sau orice altă chestie secretă?

— Nu eu sunt cea care pretinde că e altcineva. Vocea mea e înmuiată în acid. Și, apropo, tu ai câștigat. Diploma de merit în Minciunile Tipilor. Nu ai competitor, prefăcut nenoro...

Ron intervine abrupt:

— Daunis, știm că nu ești implicată. Se ridică și se apropie cu o jumătate de pas. Ai mijloacele și ocazia, dar nu ai motivul. Cu economiile tale, nu ai nicio motivație financiară să riști atât de mult. Și, cu toate că ești extrem de competitivă, nu cauți lumina rampei, deci nu ești motivată de ego.

Ron întâmpină expresia mea înmărmurită cu o ridicare din umeri:

— Licență în psihologie.

— Și atunci, de ce m-ați adus aici și mi-ați spus toate astea?

M-au adus în clasa unchiului David. Mi-au povestit despre investigație. Au făcut legătura între Travis și drogurile care au apărut în orașele cu echipe de hochei și în rezervații. Metamfetamina care l-a transformat pe Travis într-un dependent incontrolabil, care a sfârșit prin a o ucide pe Lily. Care e preparată de cineva care ar putea avea o legătură cu cultura Ojibwe. Metamfetamina despre care unchiul meu făcea investigații ca informator confidențial.

*Ești pricepută la științe și îți cunoști cultura*, răsună vocea lui Jamie în mintea mea.

— Vreți să îl înlocuiesc pe unchiul meu în investigație.

— Da, spune Ron.

# CAPITOLUL 13

Sar în picioare. Jamie m-a jucat pe degete. Cu fiecare metru pe care-l alergam împreună, eram cu un pas mai aproape de capcana planului lor. Şi eu, care chiar am crezut... *am simţit* ceva pentru persoana care era aşa de blândă, de amuzantă, de empatică. Ce fraieră sunt.

— Nu, la dracu, nu, zic eu răstindu-mă. Nu vreau să am de-a face în niciun fel cu voi. Din trei paşi mari ajung la uşă, la Jamie. Duceţi-mă înapoi la capelă. Acum. Şi staţi naibii departe de mine. Dacă mă mai contactaţi, sparg toate economiile pe avocaţi şi vă pun la zid pentru hărţuire. O să...

Mă aşteptam ca Jamie să-mi blocheze calea. În schimb, el se dă la o parte şi îmi aruncă o privire, ceva între milă şi dezamăgire. Cum îndrăzneşte? Năvălesc pe hol, iar Jamie şi Ron mă urmează îndcaproape.

Ron conduce în tăcere şi mă lasă la capelă. Când îmi desfac centura, Ron prinde în sfârşit glas:

— Investigaţia va oferi răspunsuri comunităţii tale. Le va aduce vindecarea celor care jelesc. Cunoaşterea, celor care vor să ştie adevărul despre moartea unchiului tău şi despre uciderea celei mai bune prietene ale tale. Îi va pedepsi pe cei responsabili de toate astea. Daunis, ai posibilitatea să-ţi ajuţi familia, pe cei dragi şi comunitatea. Te rog, gândeşte-te la asta şi anunţă-ne dacă eşti alături de noi.

Izbesc portiera şi nu mă uit în urmă.

A doua zi încă tremur de furie când stau lângă bunicuța June, la înmormântarea lui Lily. Își lasă capul pe mine, de parcă aș fi un stejar solid. Pot fi asta pentru ea.

Astăzi, în ultima zi, Lily se va întoarce pentru a-și lua rămas-bun, apoi va trece dincolo. Diseară, după cină, Art va lăsa focul ceremonial să se stingă. Când se duc ultimele pâlpâiri, focul se aprinde în cealaltă lume, unde va arde veșnic pentru ea.

Nu am mai alergat de când am fost la *powwow*. Corpul meu protestează în fața acestei Noi Normalități Noi. Sunt epuizată și nu pot gândi limpede. Nu fac altceva decât să mănânc. Mereu mestec câte ceva. Nu mă mai cuprind pantalonii, așa că port singurul obiect de îmbrăcăminte care mă mai încape. O rochie portocalie, fără nicio formă.

Mama și mătușa sunt în rândul al doilea, chiar în spatele nostru. Ne bat pe umeri din când în când. Maggie e de cealaltă parte a bunicuței June, cu cei doi frați mai mici ai lui Lily. Fratele celălalt al lui Lily știe măcar ce s-a întâmplat?

În ultimele patru zile, mama îmi tot dă târcoale, și la capelă, și la mica biserică catolică. De câte ori mă duc să mănânc ceva sau chiar să fac pipi, e la doi pași în spatele meu. Întrebându-mă dacă vreau ceva. Întrebându-mă cum mă simt.

M-am surprins încropind un mesaj pentru Lily.

Eu: jur că mama mă scoate rău din sărite

Nu-mi va răspunde niciodată.

Unul dintre membrii Consiliului Tribal pășește în altar și face semnul crucii lângă sicriul deschis al lui Lily. Mă uit în jur, după alți membri din consiliu. Doi din zece. Două femei. Una e o verișoară îndepărtată a bunicuței June. Cealaltă e o femeie care călătorește frecvent la Washington DC, reprezentând Tribul.

Nu mă surprinde absența Consiliului. Lily este – a fost – descendentă, nu cetățean înregistrat al tribului, ca Travis. Ambele înmormântări au loc astăzi, în ziua a patra, conform învățăturilor Ojibwe. Travis e un ucigaș, dar și membru al uneia dintre cele mai mari familii de pe insula Sugar. Pentru familia de votanți Flint, membrii Consiliului își aduc omagiile la Centrul pentru Bătrâni.

Mătușa mă strânge de umăr, apoi se apropie de pupitrul de lângă sicriul deschis. Bunicuța m-a rugat să îi dau *semaa* lui Teddie, apoi a rugat-o să vorbească la slujba de înmormântare.

— Bună ziua. Numele meu este Teddie Păstrătoarea Focului. Clanul Ursului. Din Ținutul Pâraielor. Ne rugăm pentru Lily June Chippeway. Creatorul o cunoaște după numele ei întru Spirit: Pasărea Tunet. Suntem recunoscători pentru timpul pe care l-am petrecut cu ea. Îi cinstim harurile. Îi urăm o călătorie lină. Dragostea ei rămâne în inimile noastre. Îți mulțumim, măreț Creator. Atât.

După rugăciune, adaugă:

— Înmormântarea de la cimitirul de pe insula Sugar va avea loc imediat după slujbă. Biletele de feribot sunt achitate. În numele lui June și al lui Maggie, invit pe toată lumea la mine acasă pentru masa de după înmormântare. Și vocea i se frânge: Toți cei care o iubesc pe Liliban sunt bine-veniți.

Mi se taie răsuflarea la auzul noului nume al lui Lily, care înseamnă că acum se află în alt loc, în alt timp. Când cineva schimbă lumile, noi adăugăm în mod tradițional sufixul „iban".

Slujba începe cu „Amazing Grace" în Anishinaabemowin. E frumos. Un acoperământ de durere și mântuire.

Mulți membri ai tribului, inclusiv Maggie, sunt catolici. Alții, ca bunicuța June și mătușa Teddie, se țin departe de biserică, pentru că bisericile gestionează o parte din școlile-internat indiene, împreună cu guvernul federal. Bunicuța June ne-a spus odată mie și lui Lily: *Mai întâi ne iau ceremoniile, apoi ne iau copiii.* Nu a spus: *Îmi iau copiii*. De ce nu ne-a spus nimic despre fiicele ei? Voia să ne protejeze?

Când spunem Tatăl Nostru în Anishinaabemowin, cuvintele mi se opresc în gât.

MIINSHINAANG NOONGOM GIZHIGAK INBAKWEZHIGANINAAN MINIK WAAYAANG ENDASO GIZHIGAG, OONIGIDETAWISHINAANG GAAWIIN EZHI-NISHKIIGOOSII'AAN, EZHI-BONIGEDETAWANGIDWAA GAA ZHI-NISHKINAWIYANGIDWAA. GEGO GAYE EZHI-WIJISHIKANGEN GAGWEDIBENINGWEWINING, MIIDASH MIIDAAWENIMIYAANG DASH MAJI-INAKAMIGAG. AHOW.

Îmi vin în gând cuvintele lui Ron despre alinare și dreptate. Oare alinarea vine din iertarea celorlalți și iertarea de sine, pentru propriile noastre eșecuri? Rezistăm cu adevărat ispitei răului crezând în justețea dreptății? Gândurile mele și cuvintele rugăciunii se învârt în jurul meu și își iau zborul.

Ca și cum m-aș uita după ele, întorc capul în spate și îl văd pe Jamie stând lângă Levi. Fratele meu îmi prinde privirea și îmi zâmbește cu bunătate. Emoțiile mă copleșesc. A ales să fie aici, să îi aducă un omagiu lui Lily, nu la Centrul pentru Bătrâni de pe insulă. Travis a fost prietenul lui de-o viață. Levi m-a ales pe mine.

O mie de ace mărunțele îmi înțeapă nasul.

Abia când maestrul de ceremonii închide capacul sicriului, îmi dau seama. E ultima dată când o văd pe Lily. Mai vreau. Nu e drept. Vreau să strig la el să se oprească. Încă o privire, una singură.

Am dezamăgit-o. Pasărea care s-a izbit de geam a fost un avertisment. Șansa mea de a opri al treilea lucru rău. În loc de asta, am pierdut vremea arătându-i orașul tipului nou. De fiecare dată când ochii lui Jamie scânteiau și zâmbetul îi deforma cicatricea, mă încercau dorința și vinovăția.

*Îmi pare atât de rău, Lily*. Îmi șterg lacrimile fierbinți, de furie, cu mâneca rochiei mele umflate.

Spre sfârşit, preotul dă ocol sicriului lui Lily zăngănind dintr-un vas strălucitor, auriu, prins de un lanţ. Se ridică un fum parfumat. *Fumurile bisericii*, spunea de fiecare dată bunicuţa June.

Ne ridicăm cu toţii când se apropie de sicriu şase bărbaţi în costume întunecate. Fratele meu e unul dintre ei. Şi TJ. Costumul lui negru pare enorm. TJ a fost mereu un tip robust, dar acum parcă s-a făcut şi mai mătăhălos. Probabil din cauza celor doi ani de fotbal la facultate. I-a luat pe toţi prin surprindere când a părăsit Central Michigan University şi s-a înscris la academia de poliţie. Şi, din nou, când a venit acasă astă-vară şi şi-a luat o slujbă la Poliţia Tribală.

Cum îndrăzneşte să vină la înmormântarea lui Lily? Să pretindă că e băiat bun. Că dă o mână de ajutor la dusul sicriului. De ce îşi croiesc drum spre mine toţi mincinoşii ăştia? Pentru că toţi bărbaţii sunt nişte mincinoşi.

Cu excepţia unchiului David. El a fost bun şi a încercat să ajute FBI-ul. Nu a minţit, doar că nu a dezvăluit tot adevărul. A încercat să ne protejeze pe mine şi pe mama.

Şi pe el l-am dezamăgit.

Poartă sicriul din lemn lăcuit pe lângă noi. Bunicuţa June mă strânge aşa de tare de mână, că îmi vine să plâng de durere. Familia lui Lily conduce procesiunea, dar eu şi bunica rămânem în spate. Tremură din tot corpul. O îmbrăţişez, absorbindu-i durerea.

Sunt stejarul ei.

Câţiva oameni se apropie de noi să îşi prezinte condoleanţele, să o aline pe bunicuţa June, dar ea e în continuare în sanctuarul meu. Mătuşa acceptă îmbrăţişările în locul ei.

O ajut pe bunicuţa June să urce în maşina mamei. Mama suspină înfundat la volan. Închid portiera şi cercetez mulţimea.

Apoi *o* văd şi începe să-mi clocotească sângele.

Angie Flint. Mama lui Travis are îndrăzneala să fie aici. Stă lângă camioneta ruginită a lui Travis, la capătul îndepărtat al parcării capelei, cu un aer rătăcit.

Îi spun mamei că vin cu Levi, apoi traversez cu pași grei marea de mașini negre. Sunt aproape de camioneta lui Travis, când fratele meu mă ajunge din urmă.

— Daunis, spune Levi precaut. Să nu faci vreo prostie.

Angie face ochii mari când mă vede apropiindu-mă, dar își ferește imediat privirea, ațintind-o spre orice altceva în afară de mine.

— Ce cauți aici? mă răstesc. Înmormântarea lui Travis trebuie să fie mai târziu sau poate mâine. Țigara dintre degetele ei se rostogolește pe pământ.

— Am venit să prezint condoleanțe.

Regina Metamfetaminei plânge cu lacrimi scremute de *Crocodylus niloticus*.

Majoritatea mașinilor au urmat convoiul funerar, în spatele mamei și al mătușii, dar câteva au rămas în urmă; o ceartă bună – fie ea la petrecere sau la înmormântare – e de neratat.

— Prezintă-le cum știi tu, dar să nu cumva să te prind pe-aici.

— A fost ca o fiică pentru mine, zice Angie, încercând să-și facă curaj să-mi înfrunte privirea.

— Păcat, pentru că fiul tău e cel care a ucis-o, strig eu și dau să mă reped la ea, dar o mână mă prinde de braț. Ferm, dar nu dureros.

— Asta nu ajută cu nimic, șoptește Jamie la urechea mea și mă trage ceva mai încolo.

Vreau să mă reped la mama lui Travis, s-o văd speriată, îngenuncheată. Știu că nu ea a apăsat pe trăgaci. Dar ea e cea care se află acum în fața mea. Și furia e mult mai bună decât durerea.

Levi o cuprinde pe Angie pe după umeri, încurajând-o, iar ea îl privește recunoscătoare. TJ stă lângă enorma lui camionetă roșie. Urmărind întregul spectacol.

— Te mai holbezi mult? strig la el. N-ar fi trebuit să vii acasă. Apără și slujește? Ce rahat! Nu avem nevoie de tine.

— Daunis, povestea asta îl depăşeşte pe TJ, îmi spune Jamie cu o voce joasă. E mai presus de Travis şi de mama lui. Nu-ţi dai seama că asta se va întâmpla în continuare? Iar şi iar. Mai multe înmormântări. Mai multă suferinţă.

Chiar dacă inima îmi bubuie în piept, ştiu că are dreptate. Nu vreau să mai simtă nimeni durerea care mă încearcă.

Îmi vine cel mai cumplit gând. *Dacă povestea asta le va afecta la un moment dat şi pe gemene?*

N-aş putea trăi cu mine însămi.

Trag aer în piept, adânc, şi adulmec un miros de cedru dinspre pâlcul aflat câţiva metri mai încolo. *Giizhik*. Unul dintre leacurile noastre tradiţionale. Cel pe care-l folosim pentru apărare.

— Daunis, spune blând Jamie. Hai să mergem la cimitir. La Lily. Eşti gata?

— Mai lasă-mă puţin. Mai întâi trebuie să fac ceva. Îmi scot pantofii stiletto din piele neagră. Strălucitori ca un onix şlefuit. Jamie se încruntă, nedumerit.

Lily m-a pus să-i cumpăr de la mallul de peste râu. Le spunea pantofi „trage-mi-o". La început am protestat, spunându-i că tocurile mă vor face să par şi mai înaltă decât sunt. Îi sclipeau ochii când mi-a întins cutia.

*Crede-mă. Ai nevoie de asta.*

*De ce? De tocuri sau de o tăvăleală bună?*

*De amândouă!*

I-am purtat astăzi pentru că tot ceea ce mă conecta cu Lily mi se părea un lucru bun de purtat la înmormântarea ei.

Prietenii mătuşii au făcut punguţe cu tutun pentru priveghiul şi înmormântarea lui Lily, ca să le folosim la rugăciunile noastre. O scot pe a mea din buzunarul rochiei burduf, dezleg şnurul, presar puţină *semaa* pentru rugăciunea mea. Înalţ mulţumiri pentru *giizhik,* apoi rup două mlădiţe mici. Pun câte una în tocul fiecărui pantof, după care mă încalţ la loc.

Mătuşa face aşa înainte de a se întâlni cu Consiliul. *Giizhik* ne apără de intenţiile necurate.

Şi eu am nevoie de tot ajutorul pe care-l pot primi, căci am luat o decizie.

O să fiu informatorul lor confidenţial.

Voi afla ce l-a făcut pe Travis să o ucidă pe Lily.

Ce a aflat unchiul David şi cine l-a omorât şi pe el.

Mă ridic şi mă îndrept de spate, cât sunt eu de înaltă. Spatele meu e ca un drug de oţel. Sunt mai înaltă decât Jamie. Mai arunc o privire încruntată peste parcare, spre TJ. Îmi voi proteja comunitatea. Eu.

Stiletto nu sunt pantofi „trage-mi-o".

Sunt pantofi „să ţi-o trag".

— Da, îi spun lui Jamie. Sunt gata.

PARTEA a II-a

# ZHAAWANONG

(SUD)

## CĂLĂTORIA CONTINUĂ SPRE SUD – O VREME A PEREGRINĂRII ȘI A ULUIRII

# CAPITOLUL 14

A doua zi dimineață, ies afară îmbrăcată în echipamentul pentru alergat. O ceață groasă acoperă soarele la răsărit. Îmi spun rugăciunea de dimineață și cer *gwekowaadiziwin*. Onestitate. Să mergi prin viață cu integritate înseamnă să nu te amăgești pe tine însuți sau pe ceilalți. Rugăciunea îmi stă în gât. În această Nouă Normalitate Nouă, trăiesc practic într-o minciună, ca informator confidențial în investigația despre metamfetamină, care este legată de moartea unchiului meu și a celei mai bune prietene.

Nu-mi pot găsi ritmul. Ceva lipsește. E aceeași rută. Aceeași viteză. Abia când trec de Dairy Queen îmi dau seama ce lipsește.

Jamie. Nu ar fi trebuit să mă obișnuiesc să alerg cu el. Sau să-mi placă atât de mult.

Doamna B. mă salută de la recepție. Îi fac semn cu mâna. Norul invizibil de trandafiri îmi gâdilă nasul. Îmi rotesc spatele până ce aud câte o trosnitură mulțumitoare pe fiecare parte. Toată rutina normală.

Mama stă lângă buna Mary și îi citește cu voce tare *Mândrie și Prejudecată*. Jane Austen a mediat relația lor tumultuoasă de când mă știu. Buna Mary a găsit întotdeauna căi pasiv-agresive de a-și exprima dezamăgirea față de mama: comentarii sarcastice despre neputința mamei de a slăbi după naștere, refuzând să ia rochii cu câteva numere mai mari de la magazin. Discuțiile docte despre englezoaicele din secolul al XIX-lea erau singurele momente când se aflau pe picior de egalitate.

Am refuzat întotdeauna solicitările lor repetate de a mă alătura conversaţiei, propunând-o pe Lily în locul meu. Cea mai bună prietenă a mea o iubea pe Jane Austen. Îi plăcea să citească şi se cufunda adesea în clasicii literaturii. Pe Lily o bucura atenţia mamei, în timp ce eu nu ştiam ce să mai fac ca să scap. Mă întreb dacă mama i-a spus bunei Mary despre Lily sau dacă îi va spune vreodată.

— Transpirată rău, spun eu când mama se ridică să mă îmbrăţişeze. Dar mă cuprinde oricum în braţe.

— Fac ceva special pentru Lily la Programul Niibing? Vocea ei blândă susură lângă obrazul meu.

Încuviinţez.

— Au consilieri care fac activităţi cu copiii toată săptămâna. Când am vorbit cu domnul Vasques şi i-am spus că vreau să-mi iau liber, el mi-a propus să socotească vinerea trecută ca fiind ultima zi de lucru. M-a rugat să trec înainte de weekendul de Ziua Muncii să-mi iau la revedere de la copii.

Înghit în sec.

— Garth, vărul lui TJ, face practică la Departamentul de Sănătate Comportamentală şi îmi poate ţine locul. Domnul Vasques a zis că una dintre consiliere i-a luat locul lui Lily, ca să-i ajute pe copiii din grupa ei să treacă prin doliu.

— Mă bucur că programele tribale colaborează aşa între ele ca să ajute copiii, zice mama. Şi că domnul Vasques înţelege care sunt nevoile tale în perioada asta. Mă freacă pe spate, apoi mă slăbeşte din îmbrăţişare.

— Am nişte drumuri de făcut astăzi. Să văd ce face bunicuţa. Să-mi cumpăr cărţi pentru cursuri. Să încerc să adaug şi seminarul acela de biologie, zic.

Ridurile de pe fruntea mamei se adâncesc din cauza surprinderii. Înmoi vocea.

— Lily s-ar supăra dacă nu continui cu cursurile noastre.

Trec sub tăcere cel mai important drum pe ziua de azi: o excursie lungă cu Ron și Jamie la Marquette, unde se află biroul Procurorului Statelor Unite pentru Districtul de Vest al statului Michigan.

Mașina lui Ron trage în față pe când eu încă îmi pieptăn părul ud. Iau o sticlă cu apă pentru drum și bag repede pieptănul și un elastic de păr în buzunarul salopetei scurte, fără mâneci. Materialul îl cumpărase unchiul David – bumbac roșu, cu flori de hibiscus – dintr-o excursie în Hawaii, iar buna Mary mi-a făcut din el o salopetă adaptată pentru pieptul meu plat, talia groasă și picioarele lungi. Nu m-am putut gândi la nicio ocazie pentru care să o port, dar o întâlnire cu oficialii federali necesita o altă ținută decât un tricou și o pereche de pantaloni scurți din blugi. Și sandale în locul pantofilor de alergare.

Deschid portiera, iar aerul condiționat e o ușurare față de umiditatea grea a lunii august. Salopeta mi se lipise deja de spinare. Îmi prind părul într-o coadă pe-o parte, care îmi cade pe un umăr.

Jamie stă exact în spatele meu. Oftatul lui sonor mă scoate din sărite. Sunt singura persoană din mașina asta care are dreptul să fie iritată. Îl vreau pe Jamie cât mai departe cu putință de mine.

E o scenă în *Nașul*, filmul preferat al fratelui meu, când un personaj, Clemenza, se așază în mașină în spatele tipului pe care intenționează să îl sugrume.

— Hei, Clemenza, stai în spatele lui Ron, îi zic lui Jamie.

— Lasă pistolul. Mai bine ia *cannoli*, zice Ron, prinzându-se rapid.

Râd. Scutul meu de protecție împotriva lui Jamie, mincinosul iscusit.

Jamie se ciupeşte de vârful nasului, de parcă l-ar durea să se mute câteva palme mai încolo.

— Antrenamentul Veveriţei Secrete începe acum, zic eu, intrând direct în subiect. Ce trebuie să ştiu?

— Veveriţa Secretă? întreabă Jamie.

Ron răspunde:

— Veveriţa Secretă... un desen animat. Veveriţa poartă pălărie de fetru şi trenci.

— Era agent secret în Serviciul Internaţional de Tras cu Urechea, adaug. Îmi cunosc lecţia.

— Maşina a fost căutată de dispozitive de ascultare şi e curată, zice Ron. Dar ar trebui să presupui că peste tot sunt microfoane şi să vorbeşti despre investigaţie numai când ţi se spune că poţi să o faci în siguranţă.

Fac o notă mentală.

*Lecţia #1 a Veveriţei Secrete:* nu sunt paranoică, dar bărbaţii care mă ascultă sunt.

— Să-ţi arăt un loc de livrare, zice Ron, virând pe autostradă spre Dafter.

— Livrare? Îmi imaginez serviete pline cu *met*, bani, poate bucăţi de cadavre dezmembrate.

— Îţi voi explica, dar mai întâi dă-mi voie să îţi spun că avem nevoie ca informatorii noştri să obţină informaţii credibile şi folositoare, care să ne ajute în investigarea activităţilor criminale. Informaţiile pe care ni le transmiţi ar putea fi incluse în viitoare solicitări de mandate, dar identitatea ta nu va figura pe ele. Asta e partea confidenţială a statutului de informator confidenţial. Dar asta nu înseamnă că îţi vom furniza informaţii confidenţiale despre investigaţie. Numai ceea ce se consideră că e necesar şi potrivit să ştii.

Mai face un viraj şi o ia pe un drum neasfaltat. Continuă:

— E important să înţelegi aceste limitări, Daunis. Dacă un ofiţer de poliţie te îndrumă pe tine, ca informator, să faci ceva – să zicem, să cauţi telefoane cu cartelă în genţile cu echipament ale echipei de hochei –, atunci devii agent al legii. Iar dacă tu, ca agent al legii, obţii în mod ilegal o dovadă, atunci informaţia nu este admisă în instanţă în conformitate cu Al Patrulea Amendament. I se spune „fructul arborelui otrăvitor". Cel mai bine e ca tu să ne predai în mod voluntar informaţia şi să ne laşi pe noi să cerem clarificări.

*Lecţia #2 a Veveriţei Secrete:* Păzeşte-te de fructul arborelui otrăvitor.

Ron opreşte pe o alee pietruită, lângă un trailer dărăpănat. Cărarea şerpuieşte pe sub pini şi duce la un garaj pentru trei maşini. Deschide una dintre cele două şi uşi şi mă aflu în faţa unui atelier modern.

— Aici poţi lăsa sacii de gunoi de la casele jucătorilor de hochei. Inclusiv pe cei ai fratelui tău, spune el.

Mă înec şi stropesc tot parbrizul cu gura de apă pe care tocmai o sorbisem din sticlă.

— Luarea gunoiului e ilegală, spune Jamie. Dar odată ce e în tomberonul de afară, nu mai avem nevoie de mandat.

— Nu, ce naiba, scuip eu. N-am de gând să-i duc fratelui meu gunoiul. Doar nu vorbiţi serios.

— Ar fi de ajutor. Ron apasă pe mica telecomandă ca să închidă uşa. Îmi înmânează o a doua telecomandă. Dar nu e obligatoriu, Daunis. Tu ai un acces pe care noi nu-l avem. Doar spune-ne despre lucrurile pe care le vezi şi le auzi. O să ne gândim noi cum facem cu gunoiul.

*Lecţia #3 a Veveriţei Secrete:* Nu sunt paznicul... gunoiului fratelui meu.

Îi ajut să investigheze cazul lui Travis şi al celorlalţi traficanţi de metamfetamină din Sault. Dar nu îl voi spiona pe Levi sau pe oricare dintre prietenii mei. *FBI-ul nu mă va schimba*, îmi promit în sinea mea.

Pe la jumătatea drumului spre Marquette, Ron spune în treacăt că va trebui să învăţ să prepar metamfetamina.

— Pe bune? sar eu, înainte de realiza că, logic vorbind, are sens.

Ron zâmbeşte.

— Da. Trebuie să înveţi diferitele metode de preparare, ca să poţi identifica orice dovadă cu care te-ai putea întâlni. Am vrea să îţi dai seama cum a fabricat Travis *Met*-X. Trebuie să cunoşti reţetele înainte de a începe să le adaptezi.

— Vrei să prepar metamfetamină şi să fac experienţe cu ea? zic cu voce tare, ca să mă asigur că am auzit bine.

— Păi, cu cât ştii mai multe, cu atât mai bună vei fi ca informatoare. Înainte de deschiderea sezonului, tu şi Jamie veţi face o excursie de weekend la un laborator federal de lângă Marquette.

— Stai aşa... Ce?

Mă uit în spate, la Jamie, care îşi sprijină capul de geam, pe un tricou. Are ochii închişi. Probabil trage un pui de somn. Cobor vocea.

— Nu e normal ca doi oameni care abia s-au împrietenit să facă o astfel de excursie împreună. În plus, el are o pri... Mă uit la Ron. Nu există nicio prietenă, nu?

— E mai uşor să ţii fetele la distanţă dacă îi e fidel cuiva care a rămas acasă, explică Ron.

— Dar... toată lumea o să creadă că i-l fur prietenei lui.

Nu ştiu ce mă tulbură mai tare: să fiu Fata Aceea Care Fură Iubiţii Altora sau să petrec un weekend cu Jamie.

În schimb, ştiu că gândul la weekendul cu Jamie mă perturbă mai mult decât acela de a învăţa să fac metamfetamină.

*Lecţia #4 a Veveriţei Secrete:* Totul e permis în dragoste, hochei şi metamfetamină.

— E alegerea ta, Daunis. Puteţi poza în amici sau în ceva mai mult de atât.

Îmi dau seama unde bate. Alegerea logică e să ne prefacem iubiţi. Dar, după o viaţă întreagă de urmat reguli, m-am săturat de logică. M-am simţit bine când m-am înfipt în Angie Flint şi am văzut-o cum dă înapoi. Şi când i-am spus lui TJ să dispară. Vreau să fiu mai mult ca Lily: să tai curbele şi să parchez în iarbă.

— Nu găsim o poveste mai bună pentru acoperire? bombăn eu, căci logica refuză să se ducă pe bancheta din spate, ca să pot tăia curba. Adică, toată şarada asta romantică pare... Caut cuvântul potrivit: *Prostească. Chinuitoare*. Simplistă?

— Briciul lui Occam, zice Ron. Soluţia cea mai simplă e cel mai uşor de crezut.

— Nu la asta se referă briciul lui Occam. E un principiu de rezolvare a problemelor, care se referă la posibilele ipoteze şi începe cu cea care are cele mai puţine prezumţii.

Ron se uită la mine cu gura căscată. Apoi chicoteşte.

— Bine. Nu am vrut să spun decât că ăsta e cel mai credibil scenariu.

— Dar de ce nu se poate să vii şi tu în weekendul cu metamfetamina, ca astăzi?

Am nevoie de Ron ca de un tampon între Jamie şi mine. Simpla vedere a mincinosului ăstuia mă scoate din sărite.

— Pentru că putem să ne scoatem o dată, poate de două ori, cu o falsă vizită la colegiu, dar, dacă noi trei apărem în continuare împreună, o să înceapă să devină dubios. Oamenii acceptă tiparele normale. Când apare o perturbare în tipar, oamenii observă. Simţurile lor intră în alertă, chiar dacă ei nu sunt conştienţi de asta. Tu şi Jamie trebuie să stabiliţi nişte tipare de relaţie, pe care oamenii să le poată observa. El trebuie să fie contactul tău principal.

— Da, bun, şi cu Legea lui Murphy cum rămâne? mormăi eu, foindu-mă în scaun.

*Lecţia #5 a Veveriţei Secrete:* Ceea ce se poate întâmpla se va întâmpla.

— Daunis, am sentimentul că o să ne ţii pe toţi în stare de alertă. Ron se uită în oglinda retrovizoare. Mai ales pe el.

Ajungem la clădirea de birouri din Marquette. Îi urmez pe Ron şi pe Jamie înăuntru. Lângă lifturi, pe o plăcuţă scrie: PROCURATURA STATELOR UNITE, DISTRICTUL DE VEST, MICHIGAN. Ron ne conduce într-un birou unde numele unui mare mahăr e gravat pe o plăcuţă din alamă.

Marele mahăr se prezintă şi îl prezintă şi pe celălalt procuror. Explică fără grabă că, de obicei, agenţii de teren îi prezintă informatorului confidenţial toată documentaţia necesară. Dar, dată fiind vârsta mea, Marele Mahăr va citi chiar el instrucţiunile oficiale. Micul Mahăr va sluji drept martor.

Detaliază ceea ce mi-a spus Ron dimineaţă, pe drum. Sarcina mea e să furnizez informaţii adevărate. Îmi ofer ajutorul voluntar. Guvernul se angajează să îmi protejeze identitatea, dar nu poate garanta asta dacă vor exista motive întemeiate sau legale. Orice promisiune sau răsplată în schimbul cooperării mele rămâne la latitudinea agenţilor federali, alţii decât agentul de legătură. A accepta să lucrez ca informator confidenţial nu îmi conferă imunitate în faţa legii şi risc să fiu arestată şi acuzată pentru orice activitate ilegală aş săvârşi la un moment dat.

Dar nu a spus Ron că voi învăţa să fac metamfetamină?

Ron îmi sesizează nedumerirea.

— Dacă ai dubii în privinţa legalităţii, întreabă înainte de a acţiona.

Şi dacă el nu e în preajmă? Dacă nu am timp să aştept răspunsul? Nu ştiu încă prea multe despre ceea ce voi face, ca să-mi dau seama dacă acestea sunt întrebări de pus acum sau mai târziu.

Marele Mahăr termină de citit documentul. Aud un cuvânt din două: nu angajată. Guvernul nu este obligat. Plăţi impozitate.

— Oamenii sunt plătiți? mă încrunt. Nu vreau nimic. Ar fi ciudat să fiu plătită pentru asta. Nu vreau decât să înțeleg ce s-a întâmplat cu Lily și să-mi ajut comunitatea.

Ron spune că vor să le furnizez informații despre echipă, despre Trib și despre oraș. Orice informație care ar putea dezvălui cine lucra cu Travis Flint și ce leacuri tradiționale a folosit pentru a fabrica ultimul lot, care dă o dependență mai mare decât cea mai pură metamfetamină.

Când vine vremea să semnez acordul, primesc un stilou elegant, ca acela pe care l-am primit în dar la absolvire de la unul dintre partenerii de afaceri ai bunicului Lorenzo. Cântărește mai mult decât un stilou obișnuit. Poate Procuratura face intenționat chestia asta. Sarcinile grele încep cu semnătura.

Pare ceva greșit. Am mai cercetat și înainte leacurile tradiționale, dar pentru proiecte științifice, cum a fost budinca de cireșe sălbatice. Voiam să le arăt oamenilor că vracii noștri sunt – și au fost dintotdeauna – oameni de știință care folosesc plantele ca medicamente. Dar... asta? Să cercetez leacuri tradiționale pentru a face experimente cu ele în combinație cu metamfetamina, la cererea FBI ului? Nu e corect. În sufletul meu știu asta.

Ce ar face Lily? Ultimul gest al curajoasei mele prietene a fost să încerce să ia pistolul ca să mă protejeze pe mine.

Ce ar face mătușa? Bătăioasa mea mătușă ar trage mai întâi un pumn și după aia ar pune o întrebare.

Mă gândesc și la bunica Pearl. Părinții ei le ascundeau, pe ea și pe sora ei, ori de câte ori lătrau câinii. În copilăria ei, lătratul câinilor însemna că s-ar putea să vină niște bărbați să ia copiii la internat. Odată eram cu ea când a auzit lătrăturile. Chiar dacă ultima școală-internat din Michigan păstorită de biserica catolică s-a închis cu doi ani înainte de nașterea mea, *nokomis* a înșfăcat pușca bunicului Ted și m-a băgat într-o ascunzătoare construită sub o trapă, sub pat. Mi-a spus să stau nemișcată, altminteri *Zhaaganaash* vor pune mâna pe mine. Bunica Pearl ar fi făcut moarte de om ca să mă apere.

Poate nu despre a ajuta FBI-ul este vorba, ci despre a-mi apăra comunitatea. O pot face pe una fără cealaltă? Dacă nu semnez cu ei, vor găsi pe altcineva care să fie informatorul lor confidențial.

Jamie are dreptate: mă pricep la științe și cunosc cultura Ojibwe. Mai știu și că sunt suficient de puternică să fac asta. Și mai știu ceva... Definiția mea pentru o bună Veveriță Secretă nu e aceeași cu a lor.

Poate nu se desfășoară o singură investigație, ci două.

A lor. Și a mea.

Semnez acordul.

În mașină, pe drumul înapoi spre casă, e liniște. Clipesc până când copacii se estompează. Nu am mai jucat de multă vreme jocul meu cu reveria diurnă. Când clipesc ca să schimb scena din fața mea.

În copilărie, la jocurile de hochei, mi-l imaginam pe tata urmărindu-mă din tribune alături de ceilalți părinți, primind semne de încurajare de la toți cei din jur. La începutul acestei veri, când Levi a fost numit căpitan de echipă, cel mai tânăr din Liga de Hochei din America de Nord, am clipit până ce tata s-a așezat lângă mine. Îmbrățișându-mă și spunându-mi ce mândru e de mine și de fratele meu.

*Numele meu este Daunis Lorenza Fontaine și cea mai bună prietenă a mea e Lily June Chippeway. Facem cumpărături la librăria din campus. Lily trebuie să vadă cât costă cărțile, ca să poată folosi unul dintre cupoanele bunicuței June. Eu sunt încântată să cumpăr stilouri mecanice și markere. Lily spune că toate creioanele și stilourile scriu exact la fel, dar nu e adevărat. Eu mă simt mai deșteaptă cu unele. Calculele merg mai ușor, cuvintele curg mai lin pe pagină. Mă ia peste picior cu teoria mea despre stiloul magic. Sunt tocilara ei preferată.*

*Mă duc cu Lily și la băcănie, pentru că pielea ei de un cafeniu închis atrage personalul de securitate, care se ține după ea în cele mai multe dintre magazine. Nu are nevoie de mine să-i fiu gorilă – Lily e perfect capabilă să le facă scandal pentru profilul-robot de rahat al hoțului de magazin –, dar e mereu util să ai un martor la îndemână. Librăria facultății ar trebui să fie altfel. Mai luminată. Suntem două proaspete studente oarecare într-o mare de oameni.*

*Ron și Jamie apar în capătul culoarului, lângă echere. De ce sunt...?*

*Pericolul poate apărea de oriunde, zice Jamie.*

*Mă întorc să o avertizez pe Lily, dar ea a dispărut. Au apărut ei. Iar ea s-a dus.*

Când îmi șterg lacrimile de pe obraji, surprind privirea lui Jamie ațintită asupra mea. Se uită repede în partea cealaltă.

Mai avem o oră de mers. În față e intersecția care duce spre Tahquamenon Falls State Park.

— Ia-te după indicatoarele astea, îi spun lui Ron. Trebuie să vezi asta.

La câteva sute de metri distanță sunt două intrări. Preferăm să ne ducem la Upper Falls, nu la una din șirul de cascade mai mici de la Lower Falls. Temperatura a scăzut. Asta e treaba cu viața în zona Lake Superior: vânturile se pot schimba fără să bagi de seamă.

Jamie îmi dă tricoul lui, pe care-l iau fără tragere de inimă. Mă mir că-mi vine, lui trebuie să-i fie cu două numere mai mare.

Îi conduc de la parcare la cărarea prin pădure. Mugetul cascadei se întețește pe măsură ce ne apropiem. Zărim Tahquamenon River printre copaci înainte de a ajunge la un șir de o sută de trepte care coboară spre o platformă de observație.

E o zi splendidă. Frunzele încep să treacă de la verde intens la nuanțe pale de roșu, portocaliu, galben. Nu culorile toamnei în plenitudinea lor, doar promisiunea unei schimbări memorabile.

Apa maro, spumoasă a râului lat seamănă cu berea efervescentă când se prăvălește peste un prag de cincisprezece metri, pentru a-și continua drumul spre Lower Falls, din josul râului. Ron și Jamie sunt absolut uluiți.

După ce pleacă un grup mare de turiști, rămânem singuri pe platformă.

— De ce are apa culoarea asta? strigă Ron spre mine.

— Din cauza taninului care se scurge din mlaștinile cu cedri din susul râului.

Mă încearcă un sentiment de mândrie pentru frumusețea spectaculoasă a acestui loc. Jamie și Ron sunt aici ca să investigheze ceva oribil. Să arunc o rază de lumină asupra atâtor lucruri urâte. Asta nu e povestea noastră în întregul ei.

— *Giizhik* este unul dintre leacurile noastre tradiționale. Cedrul. Unul dintre cei patru mari, spun eu, hotărându-mă să le ofer de bunăvoie informații. E un leac purificator, care curăță.

— L-ai pus în pantofi, zice Jamie.

Nu e nevoie să adauge *la înmormântarea lui Lily*.

— Oferi *semaa*, tutun, pentru a mulțumi înainte de a lua ceva. *Giizhik* înseamnă protecție. Când mergi pe lemn de cedru, te rogi să fii înconjurat de ajutor și bunătate.

Mai rămânem acolo câteva minute. Sau poate ore. Aici, timpul parcă stă în loc.

Trebuie să le spun ceva ce ar fi trebuit să le mărturisesc în drum spre Marquette.

— Ron, nu știu dacă Jamie ți-a spus ceva despre asta, dar eu îmi cinstesc tradițiile, îmi jelesc unchiul și pe Lily. Nu pot aduna leacuri vreme de un an, pentru că durerea mea îi afectează. Asta înseamnă că nu pot participa la culesul plantelor, atunci când se transmit multe învățături. Inspir adânc. Trebuie să găsesc o altă cale de a aduna informații, dar promit că o să-mi vină mie o idee.

Ron încuviințează.

— Înțeleg. Dar asta îmi amintește de un alt subiect pe care voiam să-l discutăm.

Mă încordez și simt junghiul familiar în umărul stâng.

— Știu că nu ești înregistrată, continuă el. Dar în tribul tău e permis să depui cerere pentru apartenență până la vârsta de nouăsprezece ani. Asta înseamnă 1 octombrie, da? Te-ai putea gândi să depui această cerere din considerente speciale? Dacă ți-ai strânge legăturile cu Tribul ar putea ajuta mult investigația.

— În niciun caz.

Investigația și statutul meu sunt două dimensiuni ale vieții mele pe care vreau să le păstrez complet separate. Jamie Gură Slobodă trebuie să-i fi raportat ceea ce i-am spus despre certificatul meu de naștere. Sau poate Ron a memorat datele când a cercetat.

— A fost doar o sugestie, Daunis. Nu am vrut să par lipsit de respect, zice Ron.

— Ce cuprinde dosarul despre ajutorul oferit de unchiul meu?

Sunt dornică să schimb subiectul.

Păstrez o față impasibilă în timp ce Ron recită din memorie. Mă ciupesc de coapsă când ajunge la partea despre ciuperci și insula Sugar.

— David Fontaine nu a vrut să ne spună locul exact, dar noi știm că era la capătul sudic al insulei, lângă Duck Lake. A adunat mostre de ciuperci și fungi.

De ce unchiul David nu le-a spus locația exactă? Și, dacă nu a făcut-o el, de unde știa FBI în care loc de pe insulă se afla el? Îl urmăreau? De ce ar fi făcut asta?

Stai puțin... oare mă vor urmări și pe mine?

*Presupune că sunt microfoane peste tot.* Ron a vrut să spună că FBI avea de gând să mă verifice? Sarcina lui Jamie era să stea cu ochii pe mine?

Ron arată spre scări.

— Haideți să ne întoarcem.

— E vremea Veveriței Secrete, zic eu cu un zâmbet gol.

Și încep să urc muntele de trepte cu pas normal. Jamie grăbește ritmul, ca și cum ar fi o competiție. Nemernicul ăsta! Sar treptele două câte două, ca să i-o iau înainte. Mă prinde din urmă. Ajungem în vârf amândoi în același timp, gâfâind.

— Ce-i cu prostiile astea din desene animate? exclamă Jamie între gâfâieli. Asta e o treabă serioasă!

— Și crezi că eu nu știu asta?

Mă înțeapă așa de tare într-o parte, de parcă m-ar fi străpuns cineva cu un pumnal. Îmi trag tricoul peste cap și îl arunc în el.

— Ține. Mi-e bine acum.

Îl prinde cu un reflex ultrarapid și o încruntătură care mă scoate de tot din sărite.

— I-ai spus lui Ron ce ți-am zis despre tata, care nu e trecut pe certificatul meu de naștere? Și toate chestiile despre bunicii mei, care l-au împiedicat să își găsească o slujbă? Pentru că eu nu ți-am spun toate astea ca să ai ce să scrii în raport!

— Vorbește mai încet, zice Jamie, uitându-se în jur, în parcare.

— Uite ceva pentru următorul tău raport, șuier eu, fluturându-i pe sub nas amândouă degetele mijlocii. Nu suntem prieteni. Nici măcar amic și ambasadoare. În afara investigației, nu exiști pentru mine.

Ochii maro-roșcat ai lui Jamie aruncă scântei: furie, exasperare, sfidare.

Îi întorc imediat căutătura aprigă. Parcă e un concurs de privit unul în ochii celuilalt. Ba nu... de săgetat din priviri.

— Nu înțeleg de ce vă grăbiți amândoi așa, zice Ron, care își face în sfârșit apariția. Pășește între noi ca un cuțit care despică tensiunea. Doar cheile mașinii sunt la mine!

# CAPITOLUL 15

A doua zi, mă sună bunicuța June să o duc la prânz la Centrul pentru Bătrâni de pe insula Sugar.

— Sigur, răspund fără ezitare. O anunț pe mama că am nevoie de mașină.

— Nu-ți bate capul cu asta. Ne vedem la 11, da?

Îmi stă inima-n loc când pe aleea mea intră jeepul. Bunicuța June e silueta măruntă din spatele volanului. Coboară și îmi face semn cu mâna, apoi ocolește mașina și se duce la locul ei obișnuit, cel al pasagerului.

Dacă poate conduce, ce nevoie are de mine?

Mă simt ciudat să stau pe scaunul lui Lily. Ajung cu capul la plafon. Genunchii îmi ajung, inconfortabil, la volan. Las scaunul mai jos și îl dau cât de mult pot în spate.

Când întorc prea repede în parcarea feribotului, cauciucurile scrâșnesc ca și cum ar striga-o pe Lily. Bunicuța zâmbește printre lacrimi. În clipa aceea îmi vine să-i spun totul despre investigație. Dreptate pentru Lily.

Rămân tăcută.

Pe feribot, scoate un pumn de *semaa* din punguța ei și îmi dă câteva fire.

— Legănarea asta permanentă înseamnă că e un râu nou de câte ori traversăm, așa că ar trebui să onorăm călătoria, îmi spune bunicuța. Astea sunt învățăminte străvechi. Nu le-am urmat întotdeauna, nu?

Mă alătur ei în timp ce aruncă pe geam câteva fire de *semaa*, care vor fi purtate de briză, alături de rugăciunile noastre, în josul râului.

Când intrăm în sala Centrului, bunicuţa June îmi zdrobeşte efectiv mâinile într-ale ei. De asta avea nevoie de mine. Ideea nu era să o ajut cu drumul.

Se aşază lângă Minnie Mustang. Numele de familie al lui Minnie este, de fapt, Manitou, dar, când şi-a cumpărat un Ford Mustang de culoarea roşiilor coapte, s-a ales cu o poreclă nouă. Şi-a cumpărat-o pe la şaptezeci şi cinci de ani şi le spunea tuturor că, pentru ea, e maşina crizei vârstei a doua.

Bunicuţa mă bate uşor pe mână când îi aduc o cană cu cafea.

— *Miigwech*, fata mea. Mmmm... neagră şi amară, exact ca primul meu soţ.

— Şi te şi înfierbântă. Tare chestie, nu glumă, adaugă Minnie. Râd amândouă.

Mă aşez la coadă în spatele lui Jonsy Kewadin, bunicul lui TJ. Pe vremuri, era aproape la fel de înalt ca TJ, acum e mai curând de înălţimea mea.

— Tu numeşti ăsta pateu? bombăne Jonsy când doamna cu prânzul îi întinde o tavă cu plăcintă cu carne, împăturită în două şi cu marginile prinse una de alta, umplută cu felii de ou şi rădăcinoase.

— Da' ce are? întreabă ea cu o indignare prefăcută.

— Nu mi-au rămas destui ani de viaţă ca să-ţi zic eu toate câte-s în neregulă cu mâncarea asta! strigă el.

Ea îmi face semn cu ochiul în timp ce Jonsy se îndepărtează. Pregătesc un platou pentru bunicuţa. Bătrânii sunt întotdeauna serviţi cu prioritate. Mă voi întoarce după ceva pentru mine când nu va mai fi coadă.

Îi aduc bunicuţei June salată, o porţie de pateu şi o sticlă cu ketchup. Minnie face semnul crucii pentru păcatul de a glazura un pateu cu nimic altceva decât un sos de carne.

Minnie mă întreabă despre cursurile mele. I le înşir pe toate.

— Literatură americană? Mai bine l-ar include pe Michener[5]. Bunicuţa spune asta ca pe o ameninţare.

Eu şi Lily le duceam pe bunica şi pe Minnie la vânzările din garaj, fiind mereu în căutarea unor ediţii cartonate ale cărţilor lui James Michener, cu coperţi imaculate. Am încercat o dată să citesc *Hawaii*, dar nu am reuşit niciodată să trec de primul capitol, în care sunt descrise originile insulelor, cu milioane de ani în urmă: erupţiile de lavă din adâncurile oceanului şi găinaţul de păsări care conţinea seminţe de pe tărâmuri îndepărtate.

Iau pentru mine iaurt şi salată, mulţumită că obiceiurile mele alimentare au revenit la normal.

În sală intră mătuşa şi o secundă mai târziu sunt în braţele ei. Totul se linişteşte în jurul meu când îi inspir mireasma: parfum bun, ţigări de contrabandă şi o aromă care îmi aminteşte de mirosul pădurii după ploaie.

Mi se blochează gâtul în clipa în care îmi dă prin gând să îi spun ce s-a întâmplat. Bunicuţa June a spus că mătuşa a făcut destule fărădelegi la viaţa ei. De aceea niciuna dintre ele nu poate candida pentru Consiliu. Dacă e adevărat, nu aş pune-o în pericol când i-aş spune despre investigaţia în curs?

Mătuşa are o viaţă liniştită cu Art şi cu fetele. Înainte, s-a întâlnit cu mulţi zurbagii. *Tipi răi*, cum le spunea ea. Art a învăţat-o că dragostea nu trebuie să fie un *roller-coaster*; poate fi ca o plimbare prin pădure. Teddie mi-a spus odată că în limba noastră există un cuvânt frumos, care descrie momentul în care nu mai mergi singur pe calea ta, ci sunt doi oameni care fac împreună călătoria pe acest pământ: *wiijiindiwin*.

Rămân tăcută.

5 James Albert Michener a fost un scriitor american, autorul a peste 40 de cărţi, majoritatea istorii familiale fictive (n. tr.).

Din partea cealaltă a încăperii, Jonsy îi strigă salutul obişnuit. Cel pe care-l foloseşte cu toţi membrii Consiliului Tribal şi cu directorii de programe care trec pe acolo pentru prânz.

— Hei, Mare Mahăr, cu cât te plătesc ăştia?

Mătuşa răspunde:

— Nu cu cât aş merita, Jonsy, dar suficient cât să rămân prin preajmă.

După masă, rămân cu bunicuţa June la activităţi de socializare. Câţiva Bătrâni vorbesc Anishinaabemowin în timp ce fac împreună un puzzle. Alţii vorbesc într-o engleză presărată cu câteva cuvinte în Ojibwe, adăugate intenţionat, ca sarea în bucate. E un club de carte şi un grup de Tai Chi. De obicei, bunicuţa discută aprins despre politica tribală cu un grup de prieteni disidenţi, cărora nu le pasă de cele mai multe decizii ale Consiliului Tribal, dar se ceartă zgomotos în privinţa alternativelor.

Cum azi e vineri – ziua de joc de cărţi – bunicuţa şi Minnie se aşază la masă una în faţa celeilalte, clipind coduri secrete ca să se anunţe reciproc ce cărţi are fiecare şi ce carte i-ar fi de folos uneia sau celeilalte. Ar fi un avantaj total nedrept dacă oponenţii lor nu ar face exact aceeaşi blestemăţie.

Jonsy vine şi întreabă dacă e cineva dispus să meargă să adune sticle cu el. Îmi amintesc de obsesia lui de a aduna tot felul de lucruri de la fosta groapă de gunoi din sudul oraşului.

La o masă din apropiere, Seeney o întreabă pe mătuşa despre recolta de *giizhik aniibiishan*, frunze de cedru, de pe insulă. Un grup de femei Nish se va duce la cules în acest weekend.

— *Gaawiin*. Mătuşa scutură din cap. *Nu*. Vorbeşte repede, în limba nativilor. Reuşesc să prind două cuvinte: *inigaazi* şi *kwezan*. „Doliu” şi „fetiţă”.

Mă împotrivesc cu greu nevoii de a mă repezi iar în braţele ei şi de a plânge ca un copil.

Mătuşa ni se alătură mie şi bunicuţei June; ţine şi ea doliu pentru Lily. Pe lângă alte protocoale, nu se culeg plante medicinale vreme de un an. Tradiţiile despre care le-am spus lui Ron şi lui Jamie ieri, la cascade.

L-am asigurat pe Ron că voi găsi o altă cale de a culege informaţii despre leacurile tradiţionale, mai ales despre cele care ar putea induce halucinaţii.

Ar fi trebuit să mă rog dimineaţă pentru *manaadendamowin*, căci a acţiona fără a face rău înseamnă a şti ce înseamnă respectul. Există putere în situaţia prin care trec acum; e responsabilitatea mea să urmez protocoalele şi să-i protejez pe ceilalţi în timpul acestei perioade tradiţionale de doliu.

Jonsy trece de la un jucător la altul, uitându-se din spatele lor la cărţile pe care le au în mâini. Se strâmbă când vede mâna lui Minnie.

În cele trei luni cât am fost prietena lui TJ, am petrecut multă vreme cu neamul Kewadin. Întotdeauna mi-a plăcut familia lui TJ. Mai ales bunicul lui. Jonsy spunea mereu poveşti. Uneori, trebuia să mă ţin tare şi să rezist până la sfârşit ca să aflu morala istorisirilor lui stufoase, dar foarte însufleţite.

Stai aşa... Jonsy e vorbăreţ. Plin de învăţăminte.

Lui TJ nu-i plăcea ca bunicul lui să se ducă singur la fosta groapă de gunoi în căutarea îndrăgitelor vechituri.

— Hei, bunicule Jonsy, îl strig eu. Mai ai nevoie de cineva care să meargă la adunat sticle cu tine?

# CAPITOLUL 16

Jonsy traversează ţanţoş sala, de parcă aş fi extras bietul lui la tombolă.

— Mi-ai plăcut întotdeauna, zice el. Hai să mergem, surioară. Să prindem lumina zilei.

— Poţi să te ţii după mine până la bunicuţa June acasă? După aceea vin cu tine, îi spun.

Ajungem la casa bunicuţei June din rezervaţia-satelit din capătul sudic al oraşului. Jumătate din casele din rezervaţie sunt locuinţe-standard, parte a unui proiect federal pentru locuinţe, finanţat de Housing and Urban Development în 1970. Cealaltă jumătate sunt ceea ce toată lumea numeşte „vile *per capita*". Case obişnuite, dar drăguţe, care contrastează cu monotonele case HUD şi care fac ca strada să arate mai curând ca o suburbie, unde mamele găzduiesc cu rândul petreceri Tupperware, Mary Kay şi Longaberger. Cele două cartiere sunt împărţite în funcţie de momentul dezvoltării lor: Înainte şi După prosperitatea economică tribală. Bunicuţa June trăieşte în cartierul Înainte.

Frânez pe alee suficient de brusc încât cauciucurile să strige din nou după Lily. Schimb un zâmbet dulce-amar cu bunicuţa June. Îi întind cheile jeepului. Cu punga de tutun în mână, îmi cuprinde amândouă palmele. Inelul cu cheia maşinii devine ca perla într-o scoică.

— M-am dus să achit factura pentru înmormântarea lui Binesikwe şi mi s-a spus că a fost deja achitată.

Auzind numele întru Spirit al lui Lily, mă uit în jos la tivul blugilor.

Continuă cu cea mai blândă voce pe care am auzit-o vreodată la ea.

— Nu trebuia să îți folosești *zhooniyaa* pentru asta. *Miigwech*. Și pentru că ai fost prietena ei, *chi migwech*. Îmi strânge mâinile în palmele ei ca o îmbrățișare. Vreau să văd jeepul ăsta învârtindu-se prin oraș. În campus. La mallul de peste drum. Pe feribot. Poți face asta pentru mine, fata mea?

Încuviințez. Nodul din gâtul meu se mișcă și el.

Vocea lui Jonsy mă face să tresar:

— Hai, surioară. Am o femeie de muștruluit și pariuri de făcut. Bate teatral în ceas spre geamul meu deschis.

Râd. E însurat cu aceeași femeie de peste cincizeci de ani și joacă pocher pe bani.

Bunicuța îmi face semn cu mâna după ce o conduc pe alee până la ușa din față.

— Ai grijă în locul ăla urât! strigă după mine.

Mă iau după Lincolnul bleu al lui Jonsy, care are un abțibild FRYBREAD POWER! lipit pe lunetă. Fosta groapă de gunoi, la câțiva kilometri către sudul orașului, e mărginită de o mică parcare, un pârâu și o pădure de mesteceni și frasini negri.

Deschide portbagajul și scoate la iveală un miniatelier, cu coșuri din plastic aranjate ca niște piese de Jenga. Fiecare capac albastru are o etichetă cu scrisul distinctiv lăbărțat al lui TJ.

Jonsy scoate coșul pentru aventurile lui de colecționar:

**Vânătoare De Comori**

Sac-Bandulieră - Lupă - Pungi De Depozitare –
Rucsac - Șervețele Dezinfectante -
Șervete De Hârtie -

## Mănuşi & Mască -
## Spray Antiseptic - Apă Îmbuteliată

Îşi pune pe umăr cureaua maro din piele roasă a sacului-bandulieră, apoi le vâră pe toate celelalte în rucsacul uriaş. Trebuie să ajustez curelele rucsacului ca să mi se potrivească. Cred că TJ e de obicei tovarăşul de colectare al bunicului lui.

Jonsy se uită în toate părţile în timp ce îmi întinde o pereche de mănuşi din latex şi o mască de faţă. Probabil TJ trebuie să-l fi dăscălit bine pe încăpăţânatul lui bunic în privinţa măsurilor de siguranţă.

— Tu rămâi aici, căluţule. Şi bate încetişor pe capota maşinii lui înainte de a porni în aventura noastră.

Groapa de gunoi e alimentată la întâmplare, în ordine cronologică inversă, cu gunoiul cel mai proaspăt în apropierea drumului. Încă se zăresc puţin petele de pe saltele. Sacii negri de gunoi sunt strălucitori. Furnirul consolelor TV se jupoaie. O casă de păpuşi cu mobilă în interior. De ce ar da la gunoi cineva... Nu. N-o să merg cu gândul ăsta mai departe.

Jonsy nu e interesat de lucrurile uşor accesibile. Probabil cunoaşte fiecare palmă de teren, pentru că mă conduce pe urme numai de el văzute. Poate că timpul face aici o buclă, fiindcă traversează terenul accidentat cu un pas sprinten, parcă desprins din poveştile despre zilele lui de boxer. Între timp, eu mă împiedic ca un copil mic de mormanele de gunoaie.

Tăcerea ar trebui să aducă uşurare, dat fiind că suntem departe de oraş şi de autostradă. În schimb, e neliniştitoare. A veni aici cu Jonsy a fost o decizie atât de impulsivă, încât nu m-am gândit să îmi pun *giizhik*, cedru, în tenişi. De-acum înainte, trebuie să fiu o Veveriţă Secretă ceva mai deşteaptă.

Poate nici lui Jonsy nu-i pasă de neclintirea asta, pentru că începe să fredoneze. Odată ce ajungem la destinaţia dorită de el, îmi dă instrucţiuni.

— Acum, căutăm sticle vechi, care au pe ele inscripţii sau desene. Să nu fie sparte. Sunt bune şi sticlele colorate. Dacă au pălărie, e şi mai bine.

— Pălărie?

— Dop! zice el pe un asemenea ton încât, dacă ar fi zis-o Perry, sigur ar fi urmat un *Îihh*.

Jonsy îşi reia fredonatul şi scormoneşte în mormanele de gunoaie. În scurtă vreme fredonatul lui capătă şi versuri. Muzică populară finlandeză, dinspre latura maternă a familiei lui. Geme în timp ce ridică o bucată imensă de metal ruginit şi o pune mai încolo.

— Bunicule, te puteam ajuta eu cu asta. Şi nu ar fi trebuit să verifici mai întâi dacă nu sunt păianjeni?

Privirea lui seamănă cu *ÎÎhh-ul* din răspunsul cu dopul sticlei.

— Surioară, tu crezi că există ceva viu pe-aici?

De aceea e atât de înfricoşător de tăcut locul ăsta. Nu tu păsări în copaci. Nu tu insecte. Nu am plesnit nicio muscă. Niciun ţânţar.

Frunzele mestecenilor ăstora, cu cicatricile lor negre de fungi care seamănă cu cărbunele ars, nu vor fi niciodată culese pentru leac în *Chaga*. Frasinii nu vor fi niciodată bătuţi încet cu un ciocan pentru a elibera straturile care ţin câte o poveste pentru fiecare an. Nimeni nu le va tăia scoarţa în fâşii subţiri, pe care nu le va înmuia nimeni în apă de flori sau de mure, şi nimeni nu le va împleti mai apoi în coşuri minunate.

Nu, pentru că aceşti copaci absorb apa contaminată din pământ şi respiră fumul toxic.

— Sault e un oraş vechi, nu glumă.

Îşi reia căutarea de comori de sticlă.

— Fabricile şi fermierii şi-au aruncat *moowin* aici înainte ca EPA şi OSHA să înceapă cu ciorba lor alfabet de legi şi să le spună că nu mai este voie. Oamenii care nu au gândit cu şapte generaţii înainte au distrus acest pământ. Nicio gâză. Păsările nu stau aici dacă nu găsesc mâncare.

Nici păianjenii. Iar făpturile cu patru picioare ocolesc şi ele locul ăsta.

— Păi... dacă făpturile vii nu stau pe aici, poate nici noi n-ar trebui, nu? zic eu.

Despică aerul cu mâna în direcţia mea.

— Parcă eşti TJ. Se ridică, întinzându-şi braţele încă formidabile. Ce pereche mai eraţi şi voi! Dar n-a durat prea mult, nu?

N-aveam de gând să mă plâng că mândria şi bucuria vieţii lui m-a părăsit. Merg mai departe.

— Nu zici nimic, da? Clatină din cap. Ce mai, exact ca el.

Fundul unei sticle maro iese din pământ ca un aisberg. Folosesc o plăcuţă veche de înmatriculare ca să o scot cu grijă din pământ. Când o şterg cu şerveţele umede, umflăturile se transformă în litere.

— Hei, bunicule Jonsy, pe asta scrie TRATAMENTUL WARNER PENTRU FICAT ŞI RINICHI. Când mă îndrept spre el să îi arăt descoperirea, arunc o privire rapidă spre norul cenuşiu dinspre sud-vest. Cerul de sub stratul de nori e de un negru albăstrui.

— Trebuie să ne întoarcem repede la maşini, zic. Vine furtuna.

Se ridică şi adulmecă aerul. Încuviinţează.

— Hai să ne îndepărtăm de copaci. Să mergem pe lângă pârâu, zice el, punând sticla în sacul-bandulieră.

Mă simt ca o bufniţă, întorcând mereu capul să verific dacă pasul nostru e suficient de rapid şi nu ne prinde norul din urmă. Mersul agil al lui Jonsy îmi aminteşte de TJ pe terenul de fotbal. Sare peste un singur sac negru de gunoi de la marginea pârâului. Îmi atrage atenţia.

Parcă gunoiul recent trebuia să fie la marginea drumului, nu? Sacul ăsta, încă lucios, e recent.

Brusc, mi se ridică părul de pe ceafă când pe la nas îmi ajunge un damf de...

*Mâna lui Travis tremură, revolverul se zgâlţâie. Urmăresc vârful ţevii îndreptate spre faţa mea. Duhneşte. Metamfetamina l-a măcinat din interior spre exterior. Îmi arde nasul.*

— Ce faci acolo?

Vocea lui Jonsy e ca un telefon cu semnal slab. Mâna lui uriaşă se odihneşte pe umărul care mă doare; durerea ascuţită mă scoate din vâltoarea amintirilor.

— Ce se întâmplă? Se uită în jos, la sac, dând să se aplece ca să-l cerceteze îndeaproape.

— Nu-l atinge. Îl împing aşa de repede, încât cade pe spate. Iartă-mă. Iartă-mă. Îmi pare rău, tare rău. Mă înec în cuvinte şi alerg spre el. Doar că... sunt nişte chestii rele în sacul ăla.

— Nu miroase a cadavru, zice el, ştergându-şi de praf turul pantalonilor. Nu ar trebui să-l chemăm pe TJ?

— Nu! latru eu. Nu ştiu dacă FBI lucrează cu Poliţia Tribală. Ron nu mi-a spus. Eu nu m-am gândit să întreb. Încerc să încropesc un plan. Hai să-l lăsăm aici şi să ne ducem la maşini înainte să se pornească furtuna. Trebuie să ajungem acasă.

Odată ce sunt în jeep, îi fac semn cu mâna lui Jonsy şi mă pun în mişcare în spatele Lincolnului. Când e rândul meu să intru pe şosea, aştept să prindă el viteză. După ce ia curba, dau înapoi şi întorc spre groapa de gunoi.

Vreau sacul acela.

# CAPITOLUL 17

Lily ţinea două pături în jeep. *Cârpe de tăvăleală.* Pe una dintre ele, cea matlasată, o întind pe jos. Pun sacul lucios în mijloc şi îl înfăşor în ea. Strâns. Ridic „gunoiul metamfetaminic" ca pe un prunc înfășat și îl pun cu băgare de seamă în portbagaj.

Mă duc repede acasă după cartela de la uşa garajului, pe care mi-a dat-o ieri Ron. Sunt pe şosea când ploaia începe să lovească maşina din toate părţile cu nişte rafale de mitralieră. Trag în parcarea de lângă centrul comercial. Vântul clatină vehiculul dintr-o parte în alta. E mai întuneric decât credeam că e posibil ziua în amiaza mare.

Antrenamentul de după-masă al echipei de hochei trebuie să se fi terminat, aşa că îl sun pe Jamie, care îmi răspunde cu un „Hei".

— Hei, îl imit, în timp ce un fulger luminează cerul, urmat imediat de un tunet care zgâlţâie jeepul.

— Unde eşti? Trebuie să se fi auzit ca şi cum aş fi fost pe un câmp de luptă.

— Parcarea de la Kmart, strig eu, ca să acopăr zgomotul. Mă duc să arunc nişte gunoi.

Tace puţin. Jamie s-o fi prins ce am vrut să spun cu gunoiul?

— Eşti cu maşina mamei tale?

— Nu. Cu jeepul lui Lily.

— Aşteaptă-mă acolo. Să nu conduci pe furtuna asta, zice Jamie.

— Nici nu aveam de gând, colega, îi răspund sarcastic. Mă crede idioată?

— Nu-mi spune așa. Încheie convorbirea înainte de a apuca să îl înjur.

Douăzeci de minute mai târziu, ploaia se potolește suficient cât să îl văd pe Jamie intrând în parcare și trecând pe lângă jeep. Sunt pe punctul de a claxona când îmi dau seama că a parcat lângă magazin, astfel încât cei care îi recunosc mașina să își imagineze că e la cumpărături. Bun... isteață mișcare.

Conduc până la el și chicotesc când îmi imaginez o interceptare demnă de spioni, cu Jamie făcând un salt din alergare, filmat cu încetinitorul. Mă întind după telefon ca să-i spun lui Lily, apoi lovesc pedala de frână.

Nu mai e aici, ca să-mi răspundă la telefoane sau la mesaje.

Jamie aleargă restul distanței până la jeep. E ud leoarcă când deschide portiera.

— Ce dra..., începe el pe un ton ridicat, apoi schimbă macazul: Ce s-a întâmplat?

Deschid gura, dar nu iese nimic. Pare sincer îngrijorat. Mă concentrez asupra ochilor lui căprui.

— Schimbăm locurile, zice Jamie. Conduc eu.

Mă cațăr pe scaunul pasagerului, iar Jamie urcă în locul meu. Stăm acolo înconjurați de fulgere, de tunete bubuitoare și de ploaia torențială. Bunicii Pearl îi plăcea o *nichiiwad* puternică, așa, ca asta.

Clipesc până ce capul mi se odihnește în poala bunicii și ea mă mângâie pe păr, cum făcea ori de câte ori nu mă simțeam bine. Așa m-a alinat și după ce mi-a turnat urină în ureche ca să îmi vindece durerea. După câțiva ani am făcut niște cercetări și am descoperit ce a făcut de fapt. Urina e sterilă și e un înlocuitor pentru peroxidul de hidrogen.

Ce ar crede *nokomis* Păstrătoarea Focului despre situația asta ireală în care mă aflu? Cum i-aș putea explica vreodată că ajut același guvern care a încercat să o ia și să o ducă la internat? Dacă i-aș spune despre Lily și unchiul David, despre copiii bolnavi din rezervația din Minnesota... ar înțelege că încerc să ajut comunitatea noastră și alte comunități?

După ce se mai potolește furtuna, Jamie conduce către garajul din Dafter. Pune bebelușul metamfetaminic pe o masă de lucru aflată de-a lungul unui perete al garajului. Iau cealaltă pătură de tăvăleală, una jerpelită, și stau în fața ușii.

Este cam cu 10 grade Celsius mai rece decât era acum o oră. Jamie e lângă mine și își trece mâna prin părul ud. E complet murat. Stau jos, înfășurându-mă în partea dreaptă a păturii; îi fac semn lui Jamie să stea jos lângă mine și îi întind colțul stâng. Pătura moale miroase frumos, a foc de tabără. Privim împreună ultimele răbufniri ale furtunii. Într-un sfârșit, când vorbesc, vocea mea sună strident.

— Bunicii Pearl îi plăceau furtunile. Stătea într-un garaj ca ăsta și vorbea cu tunetele, care îi aduc pe cei dragi, pe străbunii noștri din lumea de dincolo, ca să vadă ce facem. Mă îndemna: „Spune-le ce faci, fata mea!" Tunetele urmau după fulgere, așa că, de câte ori fulgera, făceam cu mâna și strigam: „Suntem bine!" Pe păsările uriașe pe care mi le imaginam stăteau șiruri de străbuni, ca într-un avion, care îmi făceau și ei semn cu mâna.

Îmi șterg lacrimile și întâlnesc ochii luminoși ai lui Jamie.

— Crezi că Lily a fost cu ei azi?

Se apleacă până ce umărul lui îl atinge pe al meu. Mă concentrez asupra tricoului lui ud, asupra pielii calde și a respirației domoale.

Jamie nu mai trebuie să fie amabil cu mine; acum sunt și eu implicată în investigație. Am stabilit asta ieri, în parcare. Suntem parteneri, nimic altceva.

Dar... Îmi relaxez umerii și nu mă mut mai încolo. Stau lângă el. Până se oprește ploaia.

Ron ajunge când soarele de pe cer se apropie de asfințit. Căutând diverse lucruri prin sertarele din atelier, mă laudă pentru rapiditatea cu care m-am mișcat cu sacul de gunoi.

— Nu știam sigur dacă lucrați cu polițiștii tribali. Sau dacă informația asta e confidențială, zic eu. Ron rămâne tăcut; într-unul dintre sertare găsește măști de gaz și mănuși din latex. Nu spune nimic până ce nu ne înmânează fiecăruia echipamentul de protecție.

— Ar trebui să pornești de la presupunerea că nimeni nu știe despre această investigație, spune. Nici poliția comunitară. Nici patrulele tribale, statale, municipale, nici măcar patrulele de graniță. Nu vorbești decât cu Jamie și cu mine.

Ron deschide alt dulap și scoate o rolă mare de bandă transparentă. Văzând că ridic nedumerită din sprâncene, răspunde cu promptitudine:

— Ca să ridicăm amprentele.

Jamie întinde o mică folie de plastic pe masa de picnic din spatele garajului, ca și cum am lua masa afară. Ridică sacul cu gunoi pe masă și scoate pe rând fiecare lucru din el, de parcă ar fi Moșul la o petrecere de Crăciun.

Masa se umple cu recipiente îndoite de lichid de frână; sticle de suc cu un reziduu cenușiu, opac; baterii de litiu tăiate în două ca să li se scoată măruntaiele; soluție pentru desfundat țevi; mănunchiuri de tuburi subțiri, albe, adunate ca niște spaghete, și o duzină de cutii de pastile pentru răceală și gripă, cu toate pastilele scoase din foliile de plastic.

— Cum ar putea cineva să cumpere atâtea medicamente fără să fie luat la ochi? întreb.

— În Michigan, vânzarea pseudoefedrinei e restricționată. În Canada, nu, îmi explică Ron.

Îmi amintesc cum râdea Jamie când i-am povestit despre cumpărăturile de peste râu. S-a prefăcut surprins, dar nu făcea decât să caute informații. Eu nu cumpăr cutii de medicamente pentru gripă... dar aș putea. Nu e ilegal și nu trebuie să faci dovada identității și să completezi tot felul de formulare la farmacist.

— M-am gândit să te duci cu Jamie la laboratorul din Marquette peste vreo două săptămâni, eventual să stați câteva zile acolo, dar acum cred că nu ar trebui să mai așteptăm. Ron croiește planul pe măsură ce vorbește: Dacă pot aranja cu tehnicienii de la laborator să lucreze weekendul viitor, crezi că ai putea găsi o scuză ca să pleci de acasă? Weekendul de Ziua Muncii ar putea fi cel mai bun moment de petrecut în laborator.

Ce ar face bunica Pearl?

Inspir adânc, încerc să îmi țin cât mai mult respirația, amintindu-mi cum a fost când au lătrat câinii, iar ea m-a ascuns. O urmăream cum stă pe un scaun îndreptat spre ușă. Mâinile ei nu se clinteau, astfel încât nu avea cum să rateze ținta.

Era deșteaptă, descurcăreață și incredibil de curajoasă.

Când expir, eliberez aerul lent, controlat.

— Aș putea avea un weekend romantic în Marquette cu noul meu iubit.

# CAPITOLUL 18

La Michigan Tech s-a eliberat în ultima clipă un loc la seminarul de weekend de geologie, care mai apoi se va transfera la Lake State. Cel puţin asta i-am spus mamei luni. Mi-a acceptat minciuna fără să pună nicio întrebare.

Minciuna e o acoperire pentru weekendul romantic cu Jamie la Marquette, care e o acoperire pentru lecţia Veveriţei Secrete despre metamfetamină, ca să pot fi informator confidenţial şi să ajut FBI-ul.

Fiecare minciună e ca un peşte, cu un peşte mai mare care îl înghite pe cel dinainte.

O sun pe mătuşa şi îi spun despre weekendul romantic. Mama nu mă va verifica, dar mătuşa o va face. Nu e prea încântată de partea cu minciuna, dar nu e prima dată când o păcălim pe mama.

— Eşti sigură că eşti pregătită? Uneori, durerea ne poate determina să facem lucruri pe care în mod normal nu le-am face.

— În mod normal, aş fi părăsit oraşul cu multă vreme în urmă. Îmi fac curaj pentru jumătatea de adevăr pe care urmează să o spun: Singurul lucru care are sens acum este să stau câteva zile cu Jamie. Poţi să mă înţelegi?

*Te rog să mă înţelegi, mătuşă. Investigaţia asta va ajuta pe toată lumea.*

— Da. Mătuşa oftează, ca şi cum ea ar fi fost cea care şi-a ţinut respiraţia. Promiţi că o să fii atentă? Anticoncepţionalele nu te protejează împotriva bolilor venerice.

— Ce, crezi că Jamie e taurul hocheiştilor? chicotesc.

— Fetiţo, nu ştii nimic despre viaţa lui.

*Fetiţo, mare adevăr ai grăit.*

Încheie convorbirea:

– Fii o *kwe* deşteaptă. Dorinţa nu durează, dar herpesul e pentru totdeauna.

Marţi, reuşesc să ajung la parcarea de lângă librăria din campus. Stau în jeep. „Intru după următorul cântec", spun cu voce tare. O oră mai târziu, renunţ. „Mâine", hotărăsc.

Conduc până la Chi Mukwa Arena, ca să stau puţin cu copiii din programul Niibing, aşa cum a sugerat domnul Vasques. Când aruncăm la coş, analizez cum interacţionează cu cei mici Garth, vărul lui TJ. Vorbeşte cu uşurinţă cu ei, îi încurajează.

Ratez coş după coş, chiar mai mult decât de obicei. Copiilor li se pare amuzant că o persoană atât de înaltă poate fi aşa de nepricepută la baschet. Nu mă supăr; cea mai mare bucurie a lor era să mă întreacă pe mine.

Când plec de la Chi Mukwa, îmi surprind zâmbetul în oglinda retrovizoare. Mă agăţ de buna dispoziţie şi trag de ea tot drumul până la librăria campusului. De data asta hotărăsc să mă prefac că joc un joc în care mă iau la întrecere cu ceilalţi cumpărători şi încerc să îmi termin misiunea cât mai repede. Uneori, e bine să te prefaci.

Îmi găsesc tot felul de treburi de făcut toată ziua, ca să nu am timp să mă gândesc la weekendul cu Jamie. Dar întrebările enervante tot îşi croiesc drum în mintea mea: *Cu ce mă pot îmbrăca la un laborator federal de droguri? Voi sta tot timpul cu Jamie? Dacă nu sunt bună la preparat metamfetamină şi mă scot din investigaţie?*

Ron mă sună miercuri ca să îmi dea detaliile şi mă întreabă dacă sunt de acord să stau în aceeaşi cameră de hotel cu Jamie.

— Paturi separate, desigur, mă asigură el. Jamie îi va spune despre excursie fratelui tău. A sta în aceeaşi cameră e o măsură de precauţie, în caz că Levi şi prietenii lui vă fac o vizită neaşteptată.

Levi va şti despre excursie? Adică toată lumea va crede că Jamie e iubitul meu?

Sâmbătă, parchez jeepul în garajul Veveriţei Secrete şi urc în camioneta lui Jamie ca să plecăm la Marquette. Pe la jumătatea drumului, îl întreb cum a mers discuţia cu fratele meu.

— I-am spus că m-am despărţit de prietena mea de acasă şi că te plac, dă el din umeri. S-a bucurat şi a zis să am grijă cum mă port cu tine.

Mă surprinde reacţia lui Levi. Probabil *chiar* îl place pe Jamie. Levi e excesiv de protector şi, de câte ori încep să mă întâlnesc cu cineva, se poartă ciudat. Adică, el poate fi jucător, dar eu trebuie să fiu castă. Doar dacă nu e vorba despre un zeu al hocheiului, presupun.

— I-ai spus că ne vom petrece weekendul la Marquette?

— Da... mi-a recomandat un restaurant italian. A spus să ne întoarcem până luni, să nu cumva să lipsim de la nu ştiu ce picnic la lac.

— Antrenorul Bobby organizează un foc de tabără de Ziua Muncii. E antrenorul echipei universităţii la Sault High.

Clatin din cap. Tot nu-mi vine să cred că Levi ne-a dat undă verde pentru weekendul ăsta. Chiar aşa de dornic e să mă vadă intrată până peste cap în Lumea Hocheiului?

Ajungem la hotel, o clădire istorică elegantă pe un deal care dă spre centrul oraşului Marquette şi spre Lower Harbour, de-a lungul Lacului Superior. În timp ce Jamie se ocupă de cazare, arunc o privire spre permisul lui de conducere şi cardul de credit, ambele cu un nume fals: James Brian Johnson. Adresa e cea a casei închiriate din Sault, unde stă cu unchiul lui fals. Nu sunt suficient de rapidă ca să-i văd şi data naşterii, dar presupun că trebuie să fie falsă, de vreme ce a zis că are optsprezece ani.

— Câţi ani ai, de fapt?

— Nu ai acces la informaţia asta, zice el, dându-se la o parte ca să mă lase să intru prima.

— Nu crezi că, dacă aş şti mai multe adevăruri despre tine, aş putea să mint mai bine? Arunc geanta cu schimburi pe patul mare, cel mai apropiat de geam.

— Nu.

Mă duce la laboratorul criminalistic federal din afara oraşului. Sper că mă va lăsa acolo, dar stă cu mine. Jamie e herpesul din viaţa mea de Veveriţă Secretă.

Începem cu un documentar despre istoria metamfetaminei. Aştept să se aşeze Jamie, apoi aleg un scaun în partea cealaltă a camerei. Filmul e o cronică încrucişată, detaşată, narată de ceva ce sună ca o combinaţie între robot, om de ştiinţă şi reporter.

„Planta *Ephedra* este folosită în medicina chineză de peste 5 000 de ani, sub formă de ceai pentru a curăţa plămânii şi a uşura respiraţia. În 1919, un chimist japonez şi-a dat seama cum ar putea reduce esenţa plantei *Ephedra*, cunoscută sub numele de efedrină, într-o formă cristalizată, creând astfel primul cristal de metamfetamină."

*Nu istoria şi datele contează. Chestia asta face rău comunităţii mele,* îi spun robotului.

„Metamfetamina a fost pe vremuri un produs medicinal, legal. În anii 1930, se puteau cumpăra inhalatoare cu amfetamină pentru a trata astmul. Oamenilor le plăceau efectele secundare – mai multă energie şi euforie –, aşa că multe companii farmaceutice au dezvoltat o variantă sub formă de comprimate."

*Angie Flint a fost întotdeauna o femeie frumoasă. Dar săptămâna trecută, la înmormântare, în parcare, arăta la fel de distrusă ca şi fiul ei. La powwow, Travis era aproape de nerecunoscut. Efectele fizice vizibile ale metamfetaminei. Dar vătămările din interior? Dar răul făcut consumatorilor şi celor apropiaţi lor?*

„În al Doilea Război Mondial, trupele primeau pastile de *met*, pentru ca soldaţii să devină mai buni: capabili să stea treji mai multă vreme, cu simţurile hiperalerte şi o disponibilitate crescută de a-şi asuma riscuri."

*Aşa a început, domnule Robot? Băieţii Rătăciţi care încearcă met ca să joace jocuri video mai multă vreme? Petrecăreţii care îşi doreau să bea cât e noaptea de mare? Cei aflaţi la cură de slăbire, care credeau că pierderea kilogramelor e răspunsul la îndelungatele lor rugăciuni?*

„Au început să fie cunoscute şi efectele negative: paranoia, halucinaţii, vedenii, ritm cardiac neregulat, inclusiv infarct."

*Sunt locuri în oraş pe care toată lumea ştie să le evite: aleea din spatele celui mai sordid bar, câteva cocioabe de pe marginea unui drum de ţară, cărora oamenii le spun Dogtown. Chiar şi o zonă din spatele centrului de fitness de la Chi Mukwa şi ultima cabină din baia de la etajul al doilea, de lângă dulapurile elevilor de clasa a X-a.*

„Metamfetamina a devenit cel mai utilizat drog tare din lume. În ultimii trei ani, din 2000 în 2003, industria metamfetaminei a crescut de la opt miliarde la şaptesprezece miliarde de dolari. Se preconizează că cifra va fi depăşită în 2004."

*De ce nu-mi pot lua gândul de la copiii aceia Nish din Minnesota?*

Când se termină filmuleţul, tipul de la laborator sare de pe scaun.

— Aşa, ia să vedem, cine vrea să facă nişte metamfetamină? El pare dornic, cam prea ameţit de dornic, după gustul meu.

— Asta nu e o joacă amuzantă, i-o trântesc eu, amintindu-mi de mâinile tremurătoare ale lui Travis.

Tipul îşi recompune ţinuta, admiţând seriozitatea situaţiei. Bla, bla, bla.

Lecţia începe cu îmbrăcarea salopetelor de protecţie, cu o glugă închisă în jurul capului, măşti şi ochelari. Sunt foarte concentrată în timp ce tipul ne trece în revistă paharele de laborator, scalele digitale, retortele şi condensatoarele. Începem cu cel mai complicat proces pentru producerea metamfetaminei, pentru că durează mai mult şi trebuie să se usuce peste noapte.

De îndată ce iau balonul Kjeldahl în mână, sunt teleportată într-un loc familiar. Lumea Ştiinţei are legi, standarde, ordine şi metode. Vorbesc fluent limba aceasta. Mă scufund în ea, recunoscătoare că locuitorii Lumii Ştiinţei preferă ca atenţia să se concentreze într-un singur loc.

✳

În drum spre hotel, Jamie aruncă o privire spre picioarele mele, care se leagănă neliniştite.

— Unde vrei să mergem să mâncăm? întreabă.

Ridic din umeri şi mă uit pe geam. Picioarele mele îşi continuă dansul.

În laborator, după ce ne-am terminat treaba pe ziua de azi, ne-am scos măştile. Nasul meu e impregnat de mirosuri de gaze, care seamănă cu acetona, cu o baracă unde se curăţă peşte şi cu urina de pisică. Nu pot scăpa de mirosurile astea şi am uitat să iau cu mine ceva arome, nu am decât *semaa*.

— Jamie, ce poţi să-mi spui despre copiii aceia din rezervaţia din Minnesota? Când văd că răspunsul lui se lasă aşteptat, reformulez întrebarea: Ce ştii despre halucinaţia de grup pe care au avut-o?

— Copiii tocmai ieşiseră din ea când au fost aduşi la camera de urgenţe. Erau agresivi şi păreau paranoici. Voiau mai mult substanţă din aceea pe care o consumaseră. Testul de droguri a ieşit pozitiv la metamfetamină. Puştii se distrau în pădure şi au inhalat *met* împreună. Analizele medicale şi observatorii au remarcat că adolescenţii pendulau între mai multe stări: implorau să li se mai dea droguri, spaimă şi o confuzie totală. Toţi au avut aceeaşi halucinaţie: nişte bărbaţi veneau după ei.

— Bărbaţi care îi vânau prin pădure? întreb. Şi toţi au văzut acelaşi lucru?

— Da. Ceea ce a fost adăugat în lotul ăla de *met* a dus la halucinaţia de grup. După ce părinţii au ajuns la spital, copiii nu au vrut să mai spună nimic personalului medical.

Jamie trage în parcarea hotelului. Rămâne în maşină, aşa că rămân şi eu.

— FBI-ul a investigat activităţile care implică metamfetamină. Incidentul din Minnesota era suficient de neobişnuit pentru ca FBI-ul să încerce să afle ce substanţă a fost adăugată în procesul de producţie.

— Şi ştii ce fac copiii acum? Sper că are comunitatea lor resurse suficiente ca să-i ajute.

Când Jamie recunoaşte că nu ştie, realizez încă o dată ce diferiţi suntem. FBI-ul este interesat să afle cauzele halucinaţiei de grup. Eu vreau să ştiu dacă acei copii sunt sănătoşi.

Înapoi în camera de hotel, fac un duş lung, fierbinte. Mă frec bine ca să mă şterg; pielea mea e de un roz aprins şi mă ustură. Mama îmi pune mereu în trusa de călătorie o sticlă de loţiune de corp. Liliacul e favoritul mamei, aşa cum trandafirii sunt florile bunei Mary. În seara asta mă desfăt cu mireasma dulce, destul de grea.

Mirosind ca o tufă de liliac după o ploaie blândă de iunie, ies din baie îmbrăcată în pantaloni scurţi împletiţi, strâmţi, şi un tricou larg de-al tatei. Stomacul meu prinde viaţă cu o secundă înainte de a înregistra pizza cu de toate de pe masă.

Jamie a comandat cina şi a cerut să fie adusă în cameră.

— Nu ştiam cum îţi place pizza, dar m-am gândit că e mai bine să ai de unde da la o parte decât să îţi lipsească ceva ce-ţi place, zise el, butonând şi schimbând canalele TV.

Când pe ecran apare o scenă de început din *Naşul*, fac semn cu degetul mare. Dă volumul mai tare. Ne uităm la filmul preferat al lui Levi, timp în care dau gata jumătate de pizza, plus o salată.

Cât timp Jamie e în baie, o sun pe mama şi după aceea îi dau un mesaj mătuşii.

Eu: în mrq. toate bune

Mătușa: PLĂCEREA TA E EGALĂ SAU MAI MARE DECÂT A LUI. ASIGURĂ-TE CĂ ȘTIE ȘI EL ASTA.

Clatin din cap la mesajul cu majuscule al mătuşii şi închid telefonul.

După ce Jamie iese din baie, mă întorc să mă spăl pe dinţi. Aburul din încăpere miroase a săpunul lui. Când am fost de acord să fiu Veveriţa Secretă, aveam o idee mult prea vagă despre ce presupunea chestia asta. Nu mi-am imaginat niciodată că va trebui să inhalez în mod repetat aroma săpunului care îl făcea pe Jamie să miroasă ca un surfer pe o plajă tropicală.

*Sunt statuia îngheţată a unei fete, stând în pădure. Incapabilă să mă mişc. Cioplită în piatră, cu ochii larg deschişi. Pădurea miroase a pământ, scoarţă de copac, viaţă şi putreziciune deopotrivă.*

*Lily se îndepărtează de Travis, dar el o prinde de braţ. Ea îl împinge.*

*Simt mirosul de chimicale pe care îl degajă pielea lui.*

*Scoate un pistol din spatele blugilor. Se învârte şi îl îndreaptă spre mine.*

*WD-40. Cineva a folosit WD-40 ca să cureţe arma.*

*Lily e uluită când mă vede la marginea pădurii. Gura ei se mişcă atunci când Travis face mişcări dezlânate, aţintind arma la întâmplare în diferite puncte.*

*Ţinteşte din nou spre faţa mea.*

*Lily se repede după armă. O mână curajoasă, poruncitoare. El trage, ea cade pe spate.*

*Miros înţepător de praf de puşcă. Gura lui se mişcă, dar nu aud niciun sunet. Numai miasme care nu aparţin pădurii.*

*Cupru. Acetonă. Urină.*

*Îşi ridică arma la tâmplă.*

Mă trezesc ca un iepure fugărit, explozii de respiraţii precipitate, superficiale, inima care, în graba ei, mai sare câte o bătaie. Mirosurile chimice mi-au intrat în piele. Sunt până şi pe limbă. Înghit în sec, gustul mă arde ca un whisky ieftin.

E prima dată când visez mirosurile din noaptea aceea.

Jamie sforăie încetişor. Număr buclele ciclurilor lui respiratorii. Huruitul scăzut are loc pe expiraţie, urmat fiind de o inspiraţie uşoară. Îmi adaptez respiraţia după a lui. Sună ca nişte valuri calme care lovesc ţărmul.

Devin nisipul, iar răsuflarea lui mă mângâie şi mă duce înapoi la somn.

Când mă trezesc a doua zi dimineață, mă doare capul, am crampe menstruale și sunt umedă între picioare. Punctul forte al implanturilor contraceptive e că nu ai de ce să-ți faci griji că ai ratat o pastilă. Partea proastă sunt menstruațiile neregulate.

Jamie se trezește exact când termin eu de spălat pata de pe cearșaf. Avem un pact nerostit: eu nu voi scoate o vorbă despre erecția lui matinală, el nu va zice nimic despre cearșafurile mele însângerate.

— Pot să alerg cu tine? întreabă el când mă vede în echipamentul de alergare.

Nu, la naiba. Nu mă pot obișnui să alerg iar cu el. Lumea Veveriței Secrete trebuie să fie în alb-negru.

— Jamie, simt nevoia să fiu singură. O să fim împreună la laborator toată ziua.

Îmi feresc privirea în fața expresiei lui abătute.

Cum sunt în perioada Lunii, nu presar *semaa* la rugăciunea de dimineață. Femeile sunt la apogeul puterilor lor în timpul menstruației, fiind conectate la forțele dătătoare de viață. Mătușa m-a învățat: motivul pentru care nu folosim leacuri tradiționale și nu stăm în jurul focurilor ceremoniale în această perioadă este acela că ne purtăm leacul și focul înăuntrul nostru. Unii ar putea spune că e ceva enervant sau murdar, dar până și felul în care ne referim la menstruație este respectuos. Mătușa zice: *Nu spunem „sunt ciufută" sau „blestemul roșu". Luna ta e un timp al puterii, Kwe.*

Mă simt mai bine după ce alerg opt kilometri pe o cărare de-a lungul Lacului Superior. Ba chiar și mai bine, după un duș și un mic dejun rapid cu Jamie. Luăm un taxi până la clădirea federală, lăsând camioneta lui în parcarea hotelului, în caz că Levi și gașca lui se hotărăsc să ne facă o vizită neașteptată. Dacă vor vedea camioneta, își vor închipui că avem un maraton de tăvăleală.

Începem prin a ne pune echipamentele de protecţie şi a verifica metamfetamina de ieri. Tehnicianul laboratorului setează dezumidificatoarele ca să grăbească uscarea. Apoi învăţ patru metode mai simple de a face *met*. Mai rapide şi mai puţin complicate, acestea sunt variantele peste care e cel mai probabil să dau.

În cursul zilei, tipul de la laborator mă învaţă argoul *met*, ca să mă prind despre ce e vorba dacă aud o conversaţie. Cataloghez mental argoul în trei categorii: familiar, nefamiliar şi camuflaj. Cuvintele familiare sunt cele evidente pentru oricine, cum ar fi *speed, crank* şi *ice*. Cele nefamiliare sunt cele ciudate, precum *pookie, gak, yaba*, care în mod sigur mi-ar atrage atenţia. Cele mai dificile sunt cele de camuflaj, care sunt termeni comuni, cum ar fi „cretă", „prăjiturele", „ager".

— De unde ştii când „vată de zahăr" înseamnă *met* sau..., ştii tu, vată de zahăr pe bune? îl întreb pe tipul de la laborator.

— Context.

Răspunsul succint mă face să mă simt ca şi cum ar exista o excepţie de la vorba *Nu există întrebări idioate*.

Jamie întreabă despre găşti.

— Singurele găşti pe care le ştiu conduc snowmobile şi trăiesc din vânătoare şi pescuit, zic.

Jamie râde. Sunetul îmi aminteşte de scurta perioadă în care am crezut că totul ar putea fi bine. Când eram amic şi ambasadoare. Înainte ca Lily să apuce pistolul lui Travis.

Nu pot retrăi acest Înainte. E prea complicat.

Specialistul ne arată accesorii specifice pentru *met* după care să ne uităm. Mă concentrez asupra lor, le iau în mână, le miros, mă familiarizez cu ele. Ne uităm la poze cu ascunzători pentru *met*: closete, adăposturi, remorci de maşini, camere de motel, cabane părăsite, o cadă şi o toaletă, o tobă înaltă din plastic, corturi.

La sfârşitul zilei, tipul de la laborator verifică rezultatele din diferitele noastre loturi şi ne spune cu cât s-ar vine un *teener* din metamfetamina noastră. *Teener* e prescurtarea pentru *teenager*[6], în preajma vârstei de șaisprezece ani, deci a șaisprezecea parte dintr-o uncie[7]. Nu e prea mare diferența dintre loturile noastre de astăzi, dar, când tipul verifică rezultatele de ieri, produsul meu arată ca sticla limpede și ar obține un preț mai mare decât al lui Jamie, care e decent, dar ușor încețoșat. E meschin să mă simt satisfăcută de această comparație, dar încalec șaua meschinăriei tot drumul de întoarcere la hotel.

În cameră, fac un alt duș-maraton, mă îmbib cu loțiune de liliac. Când ies din duș, Jamie face ochii mari la tricoul tatălui meu, pe care îl port pe post de pijama.

— Ar trebui să mergem la cină. La restaurantul recomandat de Levi.

Oftez. Comportamentul fratelui meu e deconcertant. Bănuiesc că există un motiv ascuns pentru care e așa de amabil cu Jamie.

Jamie explică:

— Se numește barieră: atunci când te asiguri că povestea ta se verifică. În caz că cineva pune întrebări, ai ceva solid ca dovadă.

— Cum ar fi actele tale false de identitate? E o urmă de răutate în vocea mea.

Acum e rândul lui să ofteze. Adaugă și gestul lui emblematic: își ciupește vârful nasului. Nu făcea asta înainte. Trebuie să fie adevăratul Jamie, cel pe care l-a ascuns de mine.

Las un Jamie exasperat în cameră și mă duc să mă schimb în baie.

Anii de călătorii în turneele de hochei m-au făcut expertă în pregătirea unui bagaj pentru weekend. De fiecare dată trebuia să ne îmbrăcăm frumos pentru activitățile de după meci. Pentru weekendul ăsta mi-am luat o pereche de pantaloni negri, saboți negri și una dintre

---

6 Adolescent, în limba engleză (n. tr.).

7 1 uncie = 28,34 grame (n. tr.).

multele bluze elegante de la butic pe care mi le-a dăruit buna Mary. Topul din seara asta e un jerseu roşu strâmt, cu imprimeu.

Când ies eu din baie, Jamie e îmbrăcat pentru cină. Poartă o cămaşă descheiată la gât, pantaloni negri, cizme elegante din piele neagră, moale. Cămaşa crem contrastează plăcut cu pielea lui arămie. Are părul pieptănat pe spate, ceea ce îl face să arate mai în vârstă. Mai sofisticat.

Asta e imaginea normală a lui Jamie când nu pozează în elev de liceu în ultimul an? Ar trebui să-i spun că arată prea lustruit? Că părul ciufulit i se potriveşte?

Nu spun nimic.

Restaurantul italian are un decor rustic clasic: feţe de masă în carouri şi lumânări înalte, care se topesc peste sticle *vintage* de Chianti din frapiere învelite în răchită. Un cuplu în vârstă de la masa de alături se ţine de mână. Mâna stângă a lui Jamie se odihneşte pe masă, exact la fel ca braţul domnului în vârstă.

Nu ştiu prea bine cât de departe trebuie să mergem cu precauţiile astea barieră. Să-l ţin de mână? Sau să mă ţin în continuare de coapse pe sub masă?

Jamie se uită la cuplul de lângă noi, apoi îmi caută privirea.

— Am douăzeci şi doi, spune.

Ce simplu ar fi dacă m-aş lăsa dusă de val şi aş intra în pielea prietenei. Am fost în stare să fiu o bună Veveriţă Secretă la laborator, să învăţ despre metamfetamină şi să o pregătesc.

De ce nu pot să-mi joc rolul şi acum?

Pentru că am simţit ceva pentru Jamie în perioada în care începusem să-l cunosc. Pentru mine, a fost ceva real, iar pentru el, nu. Şi-a jucat rolul prea bine.

— Cred că ai avut dreptate prima dată, spun eu, ferindu-mi privirea de ochii lui arzători. Probabil e mai bine să nu ştiu lucruri adevărate despre tine.

*Scuturile au două feţe cu un motiv.*

— Bine, spune Jamie în şoaptă. Un chelner ne aduce pâine prăjită, încă fierbinte din cuptor, o farfurie cu parmezan ras cu ulei de măsline şi oţet balsamic. Rup o bucată de pâine, o înmoi în ulei şi o îndes în gură.

Mâncăm în tăcere. Oricine s-ar uita la noi ar putea jura că avem o primă întâlnire care merge prost. Nu avem nicio conexiune. Ron spunea că trebuie să stabilim tipare de relaţie pentru ca oamenii să creadă povestea noastră de acoperire.

Eşuăm amândoi jalnic.

# CAPITOLUL 19

Când faci o excursie, drumul până acolo pare de obicei de două ori mai lung decât drumul înapoi spre casă. Pentru noi doi e invers. Drumul de la Marquette e agonizant de lung.

Vocea lui Lily îmi răsună în cap atât de limpede, încât pot să jur că e pe bancheta din spate și se întinde spre mine să-mi șoptească ceva. *Scutul tău alb-negru împiedică producerea combustiei osmotice.*

— Povestește-mi despre antrenorul Bobby, zice Jamie când trecem prin Au Train.

— Antrenorul Bobby? E de-o veșnicie antrenor la Sault High. Predă cursuri de afaceri. M-a apărat mereu când ceilalți antrenori ziceau că n-am ce căuta în echipa băieților.

— Ai avut parte de multe rahaturi?

Ridic din umeri.

— Mă rog. Levi m-a învățat câteva vorbe de dulce, ca să le trântesc celor care mă sâcâie.

Ridică iar din sprâncene, de data asta curios.

— Nu-ți spun, zic eu cu un chicotit care dezlipește un colț din scutul meu de Veveriță Secretă.

Undeva, pe Seney Stretch, o porțiune dreaptă de patruzeci de kilometri din M-28, care trece prin terenurile mlăștinoase ale unui refugiu pentru fauna din sălbăticie, decid să preiau controlul asupra situației:

— Bun. Trebuie să venim cu nişte... tipare de relaţie, cum le zice Ron.

Jamie încuviinţează aprobator din cap.

— Putem să ne ţinem de mână, zic. Şi să ne pupăm pe obraz. Nu pe gură.

— Fără limbă? Îmi aruncă un zâmbet care-i face ochii să scânteieze.

— În niciun caz.

Îmi feresc privirea. Mă concentrez asupra pinilor pipernicíţi pe lângă care trecem. Inspir adânc, până ce vocea mea sună cât mai firesc cu putinţă:

— Vreau să-ţi ating părul. Să ţi-l netezesc sau să-ţi ciufulesc buclele.

— De acord. Atunci pot să-l ating şi eu pe al tău.

— Nu! sar eu, ca şi cum fantoma mâinii masive a lui TJ m-ar mângâia chiar acum pe cap. Nu vreau nimic care să-mi amintească de mincinosul ăla.

— Nu pare echitabil, zice Jamie.

— Echitatea nu e unul dintre cei Şapte Străbuni. Sau nu ştiai asta?

— Şi cei Şapte Străbuni sunt...?

— Învăţături pentru a duce o viaţă bună. Calea Nishnaab. Smerenie. Respect. Onestitate. Curaj. Înţelepciune. Iubire. Adevăr. Chicotesc uşor: Levi le spune Cei Şapte Naşi.

Jamie zâmbeşte şi el pe jumătate, dar nu spune nimic până ce nu ajungem la benzinăria de la capătul orăşelului Seney, atât de mic că, dacă clipeşti, îl ratezi.

— Ar fi în regulă să te iau pe după umeri când suntem unul lângă altul? mă întreabă.

— Da. Pare logic. Şi adaug: Toate regulile astea sunt pentru momentele când suntem în public. Când suntem singuri, ca acum, suntem colegi de muncă, nimic altceva.

Se întoarce şi îmi aruncă o privire cu sprâncenele ridicate, de parcă ar spune: *Îîhh!*

— În regulă, nu am vrut decât să fie foarte clar. Ca să nu apară nicio neînţelegere.

Când ajungem la stopul de la intersecţia cu M-123, îi fac semn să o ia spre nord.

În timp ce trecem prin cătunul Paradise, Jamie face cuvenitul comentariu despre trecerea prin Paradis. Îmi dau ochii peste cap. Zâmbeşte, iar capătul cicatricii roşii se încreţeşte.

— Cum te-ai ales cu cicatricea? Şi să nu spui că a fost accident de maşină.

Rămâne tăcut; drumul ne duce de-a lungul Lacului Superior, pe lângă cabane rustice şi o casă de vacanţă nefiresc de nouă, de modernă.

— Am fost pus la pământ şi tăiat cu cuţitul. Se cutremură, înfiorat. Şi dacă vrei să ştii, da, rănile de cuţit dor ca naiba.

Pe ultimul kilometru până la cabana antrenorului Bobby, în maşină domneşte o atmosferă sumbră. Gândurile mele au luat-o razna. Jamie a fost tăiat la serviciu? Cât de des se lasă investigaţiile cu răni?

Nu vreau să apărem aşa la petrecere. Amândoi mohorâţi. Îi fac semn să o ia pe următoarea alee pietruită.

— Mda, bun... măcar scula mea e mai mare ca a ta, zic eu spre completa uluire a lui Jamie. Adaug repede: Jur că asta mi-a zis Levi să le spun celor care mă necăjesc pe gheaţă.

Dă capul pe spate şi râde. Sunetul e adânc şi îmi reverberează în tot corpul, din cap până-n picioare.

*Lucrurile bune se întâmplă când lumile se ciocnesc.*

Întorc ochii la ecoul vocii lui Lily, apoi cedez şi râd alături de Jamie.

Încă râzând, ne luăm după muzica pe care o auzim din josul treptelor din lemn. Petrecerea de pe plajă. Nickelback cântă „Someday".

Când ajungem, treizeci de oameni se opresc din ceea ce fac şi se uită la noi.

— Porumbeilor! strigă tare Levi, acoperind muzica.

Macy Manitou se oprește din acrobația pe spate pe care tocmai o făcea. Cască gura ca un pește pe uscat.

Jamie mă ia de mână și mi-o strânge într-o înțelegere tacită. Începe spectacolul.

E o Zi a Muncii perfectă: una dintre ultimele zile superbe, fără urmă de nor. Ca și cum zilele de vară în care ploaia îți îngheață oasele ar fi o răsplată pentru această zi.

Lake Superior e calm, numai câteva valuri minuscule încrețesc luciul la țărm. Câțiva dintre foștii mei colegi de echipă prăjesc hotdogi la un foc mare de tabără. Alții joacă fotbal pe plaja cu nisip alb. Levi e înconjurat de fete fermecate de poveștile pe care le spune.

Îl duc pe Jamie la un foișor unde Bobby prăjește hamburgeri la un uriaș grătar pe gaz. Când mă vede, fostul meu antrenor lasă jos spatula și ridică pumnul, ca să ne putem ciocni încheieturile. Bănuiesc că ne vom saluta toată viața așa.

— Salut, Bobby. El e Jamie Johnson. Unul dintre noii membri ai echipei Supes.

Jamie dă drumul mâinii mele ca să i-o strângă pe a lui Bobby.

— Robert LaFleur. Lumea îmi zice Bobby Antrenorul.

Își reia îndatoririle de șef de ceremonii în fața grătarului și pune felii de cașcaval peste jumătate din hamburgeri. Clatină din cap în direcția mea:

— Cea mai bună defensivă stânga pe care am antrenat-o vreodată. Ai o fată grozavă lângă tine, fiule.

— Da, domnule... antrenor Bobby, răspunde Jamie.

— Ar fi trebuit să se ducă la Michigan să joace în D, zice antrenorul cu o seriozitate exagerată.

Îl cunosc suficient de bine încât să sesizez grăuntele de dezamăgire reală din fanfaronada lui.

— E vremea să încerc lucruri noi, zic eu, luându-l pe Jamie de mână.

Sună aproape adevărat. Poate şi antrenorul aude dincolo de fanfaronada mea.

Ne aşezăm la o masă veche de picnic ca să mâncăm cheeseburgeri. Aduc două ceşti cu limonadă dintr-o geantă frigorifică mare. Farfuria lui Jamie e plină cu castraveciori mici, muraţi. Mă întreb dacă chiar îi plac murăturile... sau dacă joacă rolul cuiva căruia îi plac murăturile.

Levi vine şi se aşază lângă noi împreună cu Stormy Nodin, care şi-a pus trei cheeseburgeri pe farfurie. Cu toată pofta lui nepotolită de mâncare, e slăbănog: nu neapărat mlădios, dar suplu, ca Jamie. Stormy şi-a scos tricoul, deloc conştient de pieptul lui practic concav. Pielea de culoarea scorţişoarei luceşte sub strălucirea soarelui. Are părul prins la spate, într-o coadă groasă.

— Aşa deci, cum a fost la Marquette? se interesează Levi.

Stormy se bagă şi răspunde în locul nostru:

— Bow-chika-wow-wow.

— Mulţumesc pentru pontul cu restaurantul, Levi, zice Jamie. A fost excelent.

Mike Edwards se înfiinţează defilând ţanţoş, cu precizie militară. Părul lui blond e aranjat şi dat recent cu gel, ceea ce face ca ţeasta lui uriaşă să arate ca un porc spinos pătrat. Nu şi-a scos tricoul, ca să se ferească de arsurile solare, dar braţele lui musculoase de Zhaaganaash sunt deja roz.

— Aşadar, zvonurile sunt adevărate. Daunis Defensiva joacă şi în ofensivă, zice Mike.

— Unde e prietena ta? îl întreb eu, fiind la curent cu legământul lui de castitate pe perioada sezonului de hochei.

— Trebuie să păstrez templul hocheiului neîntinat, zice.

— Aha... păi fetele nu sunt întinate, iar tu nu ești Samson. Nu ai de ce să te temi că vreo puicuță o să-ți fure puterea, ca Dalila.

— Care Dolores? Mike mănâncă cheeseburgerul de jur-împrejur, de la margine spre centru, până ce îi rămâne o ultimă bucățică, mijlocul perfect rotund.

— Sfinte Sisoe! Pune mâna și citește și tu altceva decât revistele de hochei și manualele de informatică, zic.

— Hei, Bubble, zice Levi pe un ton amabil, nefamiliar. Am auzit că bunicuța June ți-a dat jeepul lui Lily. Când încuviințez, adaugă: Un gest foarte frumos din partea ei. Și zâmbește cu bunătate.

Mi se relaxează umerii. Nici nu am realizat că eram atât de încordată.

Zâmbește:

— Începând de mâine, eu și Stormy suntem seniori. Mike e junior, iar tu ești proaspăt boboc.

— Facultate, zic eu, arătând mai întâi spre mine, apoi spre băieți: Liceu.

— Vreau să alerg cu tine. Levi se uită la Stormy și la Mike, cei mai buni prieteni ai lui, și se corectează: Noi, cei mărunți, vrem să alergăm cu tine mâine-dimineață. De acord? Și cu Jamie.

Vocea e jucăușă, dar în ochii lui se citește seriozitatea.

Uneori, fratele meu mă înnebunește. Alteori, ca acum, se dovedește sensibil și dulce. Tatăl nostru ar fi fost mândru de Levi. Mă susține când am cea mai mare nevoie.

Zâmbesc.

— Mi-ar plăcea.

Îi explic lui Jamie cum o să facem:

— Vii la mine înainte de șapte. Facem încălzirea, apoi ne abatem pe la Levi și îl luăm și pe Mike pe drum.

— Bun venit în Lumea Hocheiului, îmi zice Levi.

Așadar, de aceea l-a acceptat pe Jamie. Pentru că am șters granițele dintre Lumea Normală și Lumea Hocheiului.

Mă încearcă un sentiment de vinovăţie. Fratele meu nu ştie că mă prefac că sunt iubita unui hocheist. Nu m-am gândit niciodată la ce voi avea de reconciliat când Ron şi Jamie vor pleca. La tot ce va fi după. O fi investigaţia lor, dar asta e viaţa mea.

Restul după-amiezii zboară pe nesimţite. Jucăm fotbal cu băieţii. Când trimit un şut perfect către Levi, Stormy face un comentariu tâmpit despre toate lucrurile pe care le-am învăţat de la TJ Kewadin. Am crampe la stomac din cauza cheeseburgerilor, care au fost puţin cruzi în mijloc. Sau poate din cauza Lunii mele. O rog pe Macy să intre în locul meu, ca să mă pot duce la toaletă în cabana lui Bobby.

A trecut un an de la ultima petrecere a antrenorului. Şi-a renovat bucătăria. Sunt impresionată de finisajele elegante; are aceeaşi marcă de electrocasnice cum are şi buna Mary, în casa mare.

Asfinţitul vine cu o scădere rapidă a temperaturii. Mă duc cu Jamie la camionetă: e mai uşor să te schimbi în spatele ei decât în cabina micuţă din baie. Când e rândul lui să treacă în spatele maşinii, trag cu ochiul în oglinda laterală în timp ce Jamie îşi trage blugii. Întorc privirea, dar nu înainte ca muşchii posteriori ai coapsei, cei trei muşchi bine definiţi – semitendinosul, bicepsul femural şi semimembranosul – să mi se întipărească în creier.

Stai aşa... oare m-a văzut şi el când mă schimbam?

Sporovăim cu băieţii, când observ că s-au eliberat două scaune lângă focul de tabără. Mă duc repede să le ocup pentru noi doi.

Îl privesc pe Bobby, care supraveghează pregătirea artificiilor. Fratele meu aduce de fiecare dată numai chestii de calitate, care nu pot fi cumpărate decât din rezervaţie. O pată întunecată se mişcă lângă mine, iar Macy se aşază pe scaunul gol.

— E locul lui Jamie, îi zic.

— Au... îl ţinem pentru Jamie. Mă ia peste picior. Se apleacă mai aproape: Nu ştiam că ai vână de rechin în tine. Prietena lui de acasă nu a avut nicio şansă în faţa ta.

Superputerea lui Macy este abilitatea de a-ţi face complimente prefăcute.

— Totul e permis în dragoste şi-n hochei, zic eu, adăugând în gând: *Şi-n met.*

Heather Nodin, una din multele verişoare ale lui Stormy, se apleacă spre mine. Ierburile ei alimentează flăcările focului.

— Eşti supărată că Daunis a pus mâna pe el înaintea ta. Acum şterge-o, înainte să-ţi arunce careva o casă-n cap, îi spune ea pizmaşei de lângă mine.

— Lua-te-ar dracu', Heather, zice Macy placid. Şi pleacă să vorbească cu alte fete. Se uită toate la Heather şi încep să chicotească printre şuşoteli.

Heather e îmbrăcată ciudat pentru un foc de tabără. Hanoracul roşu cu glugă marca Roots e normal, dar blugii ei ultramulaţi sunt despicaţi pe cusăturile laterale din şolduri până la jumătatea pulpei, iar părţile fiecărui crac sunt prinse cu ace de siguranţă supradimensionate. Pantofii ei negri sunt genul acela de platforme de nepurtat, cu care mi-am sucit odată o gleznă.

— Mulţumesc, îi zic lui Heather. Sau, cum se zice în satul meu, *miigwech*.

Râde ceva cam tare de felul în care redau cuvintele pe care le spun întotdeauna Bătrânii.

Heather are ochii pe jumătate închişi. Râsul ei e găunos. Subţire ca hârtia, gol pe dinăuntru.

Când tipii nu fac nimic altceva decât să joace jocuri video şi să fumeze iarbă, îi numim Băieţii Pierduţi. Ca gaşca lui Peter Pan din Neverland. Nu se maturizează niciodată. Nu părăsesc niciodată casa părintească. Nu reuşesc să păstreze o slujbă. Presupun că există şi Fete Pierdute.

— Ascultă..., zice Heather, scoţând o pungă mică din plastic din buzunarul hanoracului. Pastilele seamănă cu nişte cuburi de zahăr. Uite, am nişte Molly V. Tu şi noul tău iubit o puteţi ţine toată noaptea. Mai am şi alte chestii. Scoate o altă pungă, de data asta cu o jumătate de duzină de jointuri rulate.

Fac ochii mari.

— Heather, tocmai am îngropat-o pe Lily. Îţi aminteşti, cea mai bună prietenă a mea, împuşcată în inimă de fostul ei prieten cu capul plin de metamfetamină? Aşa că... nu. Nu am nevoie de ecstasy pentru erecţie.

Îmi susţine privirea, cu nişte ochi dintr-odată tăioşi.

— Bun, dar să ştii că ai un stil aparte de a ţine doliu, Daunis. Să apari aşa, cu noul tău iubit la o petrecere?

Heather Nodin se ridică şi mă lasă în faţa focului de tabără, clocotind de furie din cauza unor adevăruri pe care nu le pot spune.

După artificii, mulţimea se răreşte. Acum încăpem toţi cei care am rămas în jurul focului de tabără.

— Spune-ne o poveste, fiică a Păstrătorului Focului, îmi strigă Levi din partea cealaltă a focului.

Scutur din cap.

— Nu e zăpadă pe jos.

Mătuşa spune că ne cinstim tradiţiile păstrându-ne poveştile pentru perioada iernii.

Macy pufneşte.

— Asta-i ca să nu audă şerpii poveştile. Face ochii roată: Ne-am lămurit, zice ea şi zâmbeşte, apucându-se să spună o poveste. Creatorul a adunat toate animalele şi păsările, împreună cu Primul Bărbat şi Prima Femeie.

Coboară vocea ca să semene cu cea a tatălui ei, Şeful Manitou.

— „Eu sunt Creatorul şi am un dar pentru fiecare dintre voi."

Toată lumea râde.

— Deci, Creatorul a numit un dar și a așteptat să-l reclame cineva: „Cine vrea să zboare mai sus decât orice altă pasăre și să-mi înalțe rugăciuni direct mie?"

Macy face semn cu mâna spre cer.

— Migizi zice: „Eu, eu. Alege-mă pe mine." „Bine. Atunci, al tău să fie."

Lumea râde și mai tare. Ea așteaptă câteva clipe, apoi continuă:

— „Ce ziceți de o pereche de dinți mari, ca să puteți tăia copacii pentru o casă care poate purifica un râu?" Amik îl înghiontește pe Primul Bărbat, șoptindu-i „Nu aștepta până la sfârșit, că ai să te alegi cu cele mai rele daruri." Apoi Amik sare în picioare și strigă: „Creatorule, darul ăsta e perfect. Te rog, alege-mă pe mine.". „Atunci, al tău să fie."

Macy se uită roată în jurul focului, făcând o pauză pentru efectul dramatic, întocmai ca tatăl ei, când ține câte un discurs important.

— Acum, Primul Bărbat începe să fie îngrijorat când vede că toate păsările și toate creaturile cu patru picioare și-au revendicat darurile. A încercat să ridice și el mâna de câteva ori, dar alții au fost mai rapizi. În cele din urmă, nu au mai rămas decât Primul Bărbat și Prima Femeie. Creatorul a anunțat penultimul dar: „Cine vrea să facă pipi din picioare?"

Lumea se zguduie de râs.

— Primul Bărbat o împinge pe Prima Femeie și se bagă în fața ei: „Eu, Creatorule. Eu. Alege-mă pe mine." „Atunci, al tău să fie."

Ochii lui Macy aruncă scântei asemenea tăciunilor care ard la baza focului.

— Primul Bărbat îl întreabă pe Creator: „Ah, dar chiar așa, care era ultimul dar?" „Orgasme multiple."

# CAPITOLUL 20

A doua zi dimineață, Jamie e pe aleea mea și își întinde picioarele în zorii lăptoși. Dau din cap în semn de salut și mă duc la copac, ca să-mi fac rugăciunile. Nu presar *semaa*, din cauza menstruației. Când îmi încep rutina de încălzire, Jamie își aliniază mișcările cu ale mele. Ca și cum nu am fi făcut nicio pauză de la ultima noastră alergare. De dinainte ca Lily să-și ia zborul, iar eu să devin o Veveriță Secretă.

— Seara trecută Levi ți-a spus Fiica Păstrătorului Focului. Despre ce-i vorba? întreabă el.

Duc un picior în față ca să-mi întind cvadricepsul și tendoanele în poziție de fandare.

— Există o învățătură despre fiica primului Păstrător al Focului, zic. Se spune că își începe fiecare zi ridicând soarele pe cer și cântând.

Facem fandări pe celălalt picior. Se uită întrebător la mine, așteptând mai multe informații.

— Fratele meu îmi spune uneori așa... după numele tatălui nostru. Se crede șmecher și ironic, pentru că eu cânt extrem de prost.

Dau ochii peste cap și continui întinderile până ce se luminează cerul.

— Mie nu îmi place povestea ei, pentru că nu-i menționează nici măcar numele. Identitatea ei se definește în relație cu tatăl ei, Păstrătorul Focului, și cu soțul ei, Primul Bărbat, numit Anishinaabe, iar apoi cu fiii ei, botezați după cele patru puncte cardinale. E blocată în responsabilitatea ei de a ridica soarele pe cer în fiecare zi. Fac câteva sărituri pe loc. Și dacă într-o bună zi n-avea chef și zicea „La naiba... mă duc înapoi la culcare"? Fac semn cu mâna spre stradă și încep să alerg. Pare o afacere păguboasă: atâta răspundere și ăștia nici măcar nu-ți amintesc numele în poveste.

Jamie intră în ritmul meu liniștit pentru următoarele câteva sute de metri până la casa fratelui meu. Pe măsură ce ne apropiem, casele devin tot mai mari.

Mă gândesc la numele suplimentar pe care îl adaug în rugăciunile mele de dimineață, ca să știe Creatorul cine sunt. Dar dacă Creatorul știe exact cine sunt? Am fost mereu cea care a încercat să se identifice prin tatăl ei. Faptul că-i spun lui Jamie această poveste scoate la iveală contradicția din propriile mele rugăciuni, atunci când mă prezint.

*Ishkode-genawendan Odaanisan.* Fiica Păstrătorului Focului.

Hotărăsc ca de acum înainte să las deoparte acest nume. Numele meu întru Spirit e de ajuns.

Ar trebui să o întreb pe mătușa cum se numesc în Anishinaabemowin razele de lumină pe care le poți vedea când soarele se ascunde după nori. Știința le numește raze crepusculare. Cred că *zaagaso* e cuvântul. Dacă am dreptate, atunci așa o voi numi pe Fiica Păstrătorului Focului de acum înainte. Propria ei identitate: *Zaagaasikwe.*

Zăresc umbrele a doi tipi care fac încălzirea pe o alee.

— Levi locuiește într-o garsonieră deasupra garajului mamei lui, zic. La fel și Stormy, de cele mai multe ori.

Jamie ridică o sprânceană.

— Ei, familia lui Stormy e cam dată peste cap.

Stormy își făcuse obiceiul să o șteargă de pe insula Sugar ori de câte ori ai lui se certau. Arunca pietricele în geamul lui Levi până ce fratele meu se trezea și-i dădea drumul în casă. Se întâmpla așa de des, încât Dana a pus o cheie sub gnomul care stătea de strajă la ușa din spate special pentru el.

Tot ceea ce făcea pentru Levi, făcea și pentru Stormy. Când se ducea să cumpere haine de școală sau echipament de hochei, îi cumpăra și lui Stormy. Și nu lucruri de mâna a doua.

Asta îmi place cel mai mult la Dana Păstrătoarea Focului.

A crescut în sărăcie și vrea să se asigure că Stormy nu trece prin ce a trecut ea. Levi mi-a spus că, în copilărie, mama lui a împărțit patul cu surorile ei, iar când ningea se trezeau cu pătura plină de zăpadă din cauza găurilor din acoperiș.

Levi și Stormy răsar lângă noi.

— Ce zici, Bubble, vrei să facem un ocol pe la conac? mă necăjește Stormy.

Îl fulger din priviri, dar el trăncănește în continuare.

— Ai fost la petrecerea de la casa mare, Jamie? Ce părere ai de ea? Noi, indienii care beneficiem de *per cap*, suntem proaspăt îmbogățiți. La Bubble sunt bani moșteniți. Bani din fondul fiduciar. Scoate un sunet pe jumătate râs, pe jumătate pufnitură: Ți-ai fi putut cumpăra o mașină oricând ți-ai fi dorit.

— Ce naiba, Stormy? A făcut cineva pipi în cerealele tale de dimineață? Sau care-i treaba? zic.

Levi îmi ia apărarea.

— E-n regulă, Stormy. Vrea să-i câștige, nu să-i spargă aiurea. O respect pentru asta.

Am gânduri încâlcite în legătură cu fondul meu fiduciar. Buna Mary mi-a explicat că e pentru educația mea, o mașină, „un început bun în viață". A spus că e o plasă de siguranță, ca să nu fiu prinsă într-o „situație nefericită". Sunt confuză în ceea ce privește folosirea lui, dat fiind că eu însămi am fost „situația nefericită " a mamei. Ce alegeri ar fi făcut dacă atunci ar fi avut acces la un astfel de fond?

Ca și mine, Stormy are problemele lui cu *zhooniyaa*. Îmi dau seama de ce. Înainte ca Levi să împlinească optsprezece ani, Dana a depus banii care i se cuveneau lui ca minor – un cec lunar cu o treime din suma primită *per capita* de membrii adulţi – într-un cont comun, la care avea şi el acces. Mama lui Stormy nu a făcut asta.

Shawna Nodin e Ojibwe, dar dintr-un clan din Wisconsin. Odată, a închiriat apartamentul Ogimaa de la Superior Shores şi a dat o petrecere uriaşă, care a durat tot weekendul. Lunea următoare, a făcut o cerere la Serviciile Sociale Tribale, la Programul pentru Nevoi Urgente, ca să-i plătească furnizorii care ameninţau cu debranşarea. De atunci i se spune Shauna Debranşata.

Pe când ne apropiem de casa din oţel şi sticlă a familiei Edwards, Mike apare de nicăieri, ca un ninja. Îşi potriveşte imediat ritmul cu cel al grupului.

Băieţii sporovăiesc, dar eu nu reuşesc să vorbesc. Ritmul lor e undeva între viteza mea normală şi sprint.

Mike trage un pârţ zgomotos şi izbucnim cu toţii în hohote.

— Ce naiba, Boogid, asta a părut umedă, zice Stormy.

Levi îi explică lui Jamie:

— Boogid e numele indian pe care i l-am dat lui Mike. Înseamnă „băşină", dar probabil ar fi trebuit să îi spunem Moowin, pentru că am impresia că tocmai a făcut caca pe el.

— De unde ştii că nu a fost Bubble? zice Stormy.

– Pentru că bunica Mary ar dezmoşteni-o imediat dacă ar fâsâi una de genul ăsta.

Alte râsete.

Partea proastă în compania băieţilor e că sunt super-vulgari. Dacă aş avea un dolar pentru toate pârţurile pe care le-am îndurat de la ei, n-aş mai avea nevoie de fondul de la bunica.

Încerc să îi ignor, concentrându-mă asupra respiraţiei.

Traseul ne duce de-a lungul râului, unde coturile lui lasă în urmă cheiul feribotului şi clubul. Prind un fragment din povestea pe care Levi i-o spune lui Jamie. Despre mine.

— Şi mă sui eu, ca un şmecher, în vârful chestiei ăleia de căţărat. Câţiva stropi de ploaie o făcuseră alunecoasă, iar următorul lucru pe care-l ştiu e că zăceam pe spate şi mă uitam în sus. Atunci vine în goană Daunis, care urlă să nu mă mişc.

Tăiem colţul sudic al terenului de golf ca să ajungem la o cărare care duce la terenul de *powwow*. Levi trăncăneşte în continuare.

— Sora mea a adunat toate paravanele ca să ţină ploaia departe de capul meu. A strigat la supraveghetorul terenului de joacă să cheme ambulanţa. Levi se uită spre mine. Şi cât aveam, unsprezece ani?

— Nouă. Şi a fost imediat după ce actorul ăla din Superman a căzut de pe cal şi a paralizat, zic eu, fiind în stare să articulez câteva cuvinte numai pentru că au mai încetinit pasul pe cărare.

Nu suflu o vorbă despre cât de speriată am fost în ziua aceea. Aproape că am făcut pipi pe mine la gândul că fratele meu ar putea fi grav rănit. Până în ziua aceea, Dana m-a tratat politicos, dar nu cu căldură. Ba chiar am crezut că l-a ţinut intenţionat pe Levi un an acasă, ca să nu fim în aceeaşi clasă. Dar, când am ajuns la spital cu mătuşa ca să vedem ce face Levi, Dana m-a îmbrăţişat pentru prima dată. Printre suspine, a repetat *miigwech* la urechea mea timp de o oră. Sau cel puţin aşa mi s-a părut. Relaţia noastră s-a schimbat, legate fiind de iubirea noastră pentru Levi.

Alergăm în şir indian, iar eu mă uit la spatele fratelui meu. Pentru toate momentele când mă enervează, există mult mai multe când îi sunt profund recunoscătoare.

— Întrecere! strigă Levi peste umăr.

Băieţii sprintează pe ultimele sute de metri, traversează terenul de *powwow* şi o iau pe lângă Ice Circle Drive, către Chi Mukwa. Ar fi trebuit să-mi dau seama că pentru ei asta e doar o încălzire şi că abia acum urmează antrenamentul adevărat, cu ridicări de greutăţi la centrul de fitness.

Până să-i ajung eu din urmă, ei își termină deja întinderile de după alergare. Mă prăbușesc cu fața-n jos și cu brațele desfăcute pe iarba moale, rece. Îmi vine să ling roua de pe fiecare fir.

După ce își termină exercițiile, băieții își iau la revedere. Jamie se duce după Levi, dar în ultima clipă îi spune ceva fratelui meu și aleargă la mine. Mă rostogolesc și mă întorc pe spate. Jamie se apleacă în poziție de flotare, apoi se ridică în scândură, astfel încât fața lui e puțin mai sus decât capul meu ridicat.

Jamie așterne o pupătură rapidă pe obrazul meu.

— Levi se uită? șoptește.

Arunc o privire către locul unde stă fratele meu, care ne zâmbește din fața unei intrări.

— Da.

Merg încet și destul de țeapănă spre EverCare. Mirosul de trandafiri umple holul din fața salonului bunei Mary. Mă opresc în prag și mă uit la mama, care masează cu loțiune picioarele subțiri ca niște bețe ale bunicii. Se epuizează având grijă de buna Mary, care nu a fost mereu bună cu ea.

Dar dacă această capacitate de a iubi și a îngriji o persoană pe care nu o agreezi întotdeauna e o putere?

Mama a fost mereu fermă pe poziție când a susținut că unchiul David nu a recidivat. Acum știu că a avut dreptate, dar, chiar dacă ar fi recidivat, ea ar fi continuat să îl iubească și să îl susțină.

Dacă în realitate mama mea e o persoană puternică, deghizată într-o creatură fragilă?

Mă duc direct spre ea, în loc să mă trântesc pe patul bunicii, așa cum fac de obicei. Mă aplec și o sărut pe mama pe obraz. Inspir mireasma de parfum de liliac de pe gâtul ei, ca o șoaptă într-o cameră în care trandafirii strigă unii la alții. O sărut încă o dată. Așa am eu chef.

— E prima mea zi la Lake State, îi spun bunicii, după ce o clipire o aduce înapoi la noi. Afişează un zâmbet uriaş. Am curs la nouă, aşa că nu pot sta mai mult. Te iubesc.

După un duş rapid şi un mic dejun compus dintr-un iaurt, sar în jeep şi gonesc până la parcarea din spatele casei studenţilor. Traversez în fugă curtea, trec pe lângă Fontaine Hall şi ajung în clasă, îngrijorată şi fără suflu. Singurele locuri rămase libere sunt în rândul din faţă. Mă aşez şi rămân cu ochii la scaunul gol de lângă mine.

*Ar trebui să fii aici, Lily.*

Profesorul trece în revistă programa Principiilor Macroeconomiei. O propoziţie din două e un avertisment:

— Aici nu e liceu!

— Nu ţin prezenţa.

— Nu verific temele întârziate şi nu reprogramez examenele.

— Voi şi numai voi sunteţi responsabili pentru performanţele voastre academice.

— Dacă nu la asta v-aţi angajat, plecaţi acum sau tăceţi pentru totdeauna.

Nu vreau să fiu aici fără cea mai bună prietenă a mea.

Mă ridic şi plec.

*Şi acum, Lily?*

Simt furnicături în nas, iar în gât mi se pune un nod cât un pumn de mare. Mă lupt să trag aer în piept. Apă. Poate apa m-ar ajuta. Caut în rucsac, dar nu găsesc nimic.

Când ajung în faţa uşii casei studenţilor, tocmai iese TJ Kewadin. Expresia de surprindere de pe faţa lui e înlocuită repede de o mască liniştită, impersonală. Trece pe lângă mine îmbrăcat într-un tricou alb, blugi şi ghete grele, de lucru. Miroase a curat şi a pădure.

Nemernicul ăsta încă se dă cu parfumul pe care i l-am cumpărat eu.

Iau primul obiect din rucsac. *Macroeconomie: Introducere în bogăţia popoarelor* aterizează cu o bufnitură la doi paşi de TJ. Se întoarce, pe faţa lui flutură o flacără de mânie, apoi revine la mască. Nu ştiu ce mă înfurie mai tare: că e nervos sau că îşi ascunde enervarea ca un mare prefăcut ce este.

Chiar în clipa aceea Robin Bailey trece pe lângă TJ. Ridică manualul meu de jos. Cu o mână îmi întinde cartea, iar cu cealaltă mă împinge în clădire.

— Fată, trebuie să uiţi de TJ, spune ea în timp ce-mi întinde o sticlă cu apă pe care o scoate din rucsacul ei. Niciun tip nu ar trebui să aibă puterea asta asupra ta. Indiferent cine e şi cât de mult îl iubeşte toată lumea. Sau cât de mult s-ar putea să-l doreşti tu.

— Nu-l doresc pe TJ, şuier eu.

Se uită la mine aproape cu milă.

Robin a absolvit acum doi ani, odată cu TJ. Promoţia 2002. În clasa a X-a, a fost prima fată din Sault care a intrat în echipa de hochei a băieţilor. În anul următor am intrat şi eu. Ea a jucat un an la Cornell, iar anul trecut s-a transferat la Salt Lake.

— Doar că... m-a prins într-un moment prost, zic.

— Da, ştiu cum e, spune ea cu simpatie. Nu trebuie să fii supererou, Dauny. E OK să nu fii OK. Mă mir că eşti aici.

— M-am gândit că asta ar fi vrut Lily să fac, şoptesc, ştergându-mi o lacrimă.

Robin e drăguţă, stă cu mine la cafenea şi îmi dă voie să fiu tristă.

— Ce-ar fi dacă ai alege două cursuri şi ai renunţa la celelalte? Ce curs o interesa cel mai mult pe Lily? Îmi întinde şerveţele ca să-mi şterg nasul.

Zâmbesc.

— Literatura americană din secolul al XX-lea.

— Şi ce curs te pasionează pe tine cel mai tare?

— Morfologia plantelor.

— Normal. Clatină amuzată din cap. Când ai următorul curs?

— La 10. Literatura americană.

— Încearcă la ăsta. Fără obligații. Vezi cum merge. Dacă îți place, rămâi. La fel și cu cel despre plante.

Îmi ia telefonul, se sună, apoi mi-l înapoiază.

— Sună-mă dacă vrei să vin cu tine vineri la secretariat să renunți la tot ceea ce nu te pasionează.

— *Miigwech*, răspund.

Stă în stânga și ridică brațul drept în fața mea. Zâmbesc și fac același gest cu brațul stâng, apoi le încrucișăm în X. Făceam asta cu bețele de hochei când ieșeam pe gheață, înainte de fiecare meci. A fost ideea ei. Pentru toate fetițele ca noi care au ales hocheiul în detrimentul patinajului artistic.

Mă duc la următorul curs, Literatură Americană. Stau în spatele sălii, aproape de ușă. Cercetez lecturile din programă, căutând ceva anume.

Hopa!... Fără Michener.

În ziua aceea, bombăneala bunicuței June despre subestimarea valorii literare a lui James A. Michener a durat de când am scos-o la prânz până când am dus-o acasă, după-amiază târziu.

A doua zi, când o ajut să urce în jeep, bunica reia perorația de unde o lăsase.

— Ai face bine să-i spui deșteptului ăluia de Zhaaganaash că James A. Michener e cel mai mare romancier american din viața mea, strigă ea.

— Profesorul e de fapt negru, zic. Și, da, fii sigură că am să-i comunic opinia ta.

— Nu e o opinie. E un fapt.

După ce îi duc tava cu *taco* indian cu pâine din grâu integral bunicuței June, mă așez la rând pentru mine. Jonsy

Kewadin mă izbeşte cu cana de cafea proaspăt umplută în mână. Iau repede şerveţele ca să şterg mizeria. Când îi ofer o altă cană, se întinde după zahăr.

— Şi cu diabetul tău? zic.

— Nu sunt diabetic, strigă el. Sunt prezbiterian.

Râd. De două ori pe săptămână, Jonsy e catolic.

— Hei! Tonul lui se schimbă într-o şoaptă conspirativă. Deunăzi, după furtună, l-am dus pe TJ la groapa de gunoi, dar sacul acela dispăruse... Nu l-ai luat tu, nu?

— Manevrarea de deşeuri toxice nu e tocmai îndeletnicirea preferată a unui om raţional, bunicule Jonsy, răspund eu, conducându-l înapoi la masa prietenilor lui.

Mă strigă fratele lui Jonsy, Jimmer:

— Hei, Păstrătoare a Focului. Nepotul meu mi-a luat un card iTunes. Ce naiba ar trebui să fac eu cu chestia asta?

— Poţi cumpăra orice cântec online cu nouăzeci şi nouă de cenţi şi să-ţi faci un CD, îi explic. Ca şi cum ţi-ai face un mic album cu cântecele preferate.

— Cu Jimmie Rodgers şi Ernest Tubb?

— Da, dacă muzica lor e în cataloagele iTunes. Îmi iau laptopul după ce mâncăm. Putem folosi cardul tău astăzi şi îţi aduc mâine CD-ul.

Îi spun bunicuţei că după masă o să-l ajut pe Jimmer Kewadin să cumpere cântece online.

— Gangsterul ăla bătrân? zice ea.

Directorul Centrului de Bătrâni face câteva anunţuri înainte de începerea tombolei. Consiliul Tribal pentru Tineret va veni aici joi după-amiază ca să-i ajute pe toţi să-şi configureze telefoanele mobile.

— Puteţi primi alerte de urgenţă. Sau le puteţi trimite prietenilor mesaje de grup cu programul feribotului.

— Sfinte *wah*, exclamă Jonsy tare. Mocasinul telegraf din zilele noastre!

— A, mai trebuie să ştiţi că o tânără a fost dată dispărută. Heather Nodin, cetăţean tribal, a fost văzută ultima dată luni noaptea, plimbându-se prin Paradise. Dacă are cineva informaţii, este rugat să contacteze Poliţia Tribală.

Heather a dispărut? Nu-mi amintesc să o fi văzut la focul de tabără când Macy a spus povestea cu Creatorul. Poate a plecat imediat după ce s-a răstit la Macy şi mi-a oferit mie droguri. Îmi propun să nu uit să-i spun lui Jamie că s-ar putea să fiu una dintre ultimele persoane are au interacţionat cu Heather Nodin.

Până vineri, am chiulit de la două cursuri şi am devenit maestru în mixaje iTunes. Împreună cu bunicuţa, petrec cea mai mare parte a după-amiezii pe insulă. Ea şi Minnie au dezgropat nişte dispute vechi. Nu-mi pot imagina cum ar fi să mă ciondănesc aşa decenii de-a rândul cu cineva. Cu Macy, de pildă.

În calitate de Veveriţă Secretă, am decis că, în timp ce ajut un Bătrân să cumpere cântece de pe iTunes, aş putea să întreb despre leacuri şi chestii de genul ăsta. Un târg bun, cum ar spune Jonsy cu o fluturare din mână, imitând o scenă din *Dansând cu lupii*.

Jimmer Kewadin îmi spune că e adevărat că Al Capone a ascuns băutură într-o peşteră de pe ţărmul Lacului George. În partea de est a insulei Sugar.

– Mai umblă oamenii şi acum prin peşteri, căutând chestiile ascunse de el?

— Din când în când iese la iveală câte un cadavru. Asta îi sperie pe cei care mai au o urmă de bun-simţ.

Leonard Manitou – fiul lui Minnie, tatăl Şefului Manitou şi bunicul lui Macy – ne mărturiseşte că, pe când avea cinci ani, a dispărut două zile şi, în afară de mama şi de bunica lui, nimeni nu l-a crezut că Oamenii Mici au avut grijă de el.

Bucky Nodin – căruia toată lumea îi spune Buck Naked – mă strigă. Este străunchiul lui Heather şi îmi imaginez că vrea să ştie când am văzut-o ultima dată. În loc de asta, pare destul de împrăştiat şi vrea să ştie cât ar costa toate cântecele pe care le-a înregistrat vreodată Patsy Cline. Înainte să apuc să răspund, Buck începe să povestească despre cum şi-a prins din greşeală pisica în cursă în locul unui şoarece. Apoi îmi spune că se ducea de multe ori să culeagă ciuperci cu străbunica lui pe insula Duck.

— Ciuperci? Pe Duck? întreb eu, înainte să apuce să sară la cine ştie ce alt subiect. Inima îmi bate aşa de repede, că sunt aproape sigură că Buck o poate vedea prin tricoul meu Red Wings.

Când Ron m-a adus în fosta clasă a unchiului David, a vorbit despre trei locuri în care s-au găsit ciuperci halucinogene: Tahquamenon Falls, Pictured Rocks şi insula Sugar. Pe drumul de la Marquette, Ron a amintit un detaliu important legat de locul unde a fost unchiul David: Lacul Duke, pe insula Sugar. Insula Duck se învecinează într-o parte cu Lacul Duke.

— Da, zice Buck. Insula aia mică e plină de ciuperci. Ceva legat de sol şi umezeală. Copacii ăia bătrâni nu au fost tăiaţi niciodată.

Privesc în jur, roşie toată de entuziasm la gândul că pot relua cercetarea unchiului David despre ciuperci. Seeney Nimkee se încruntă la mine din partea cealaltă a camerei, de parcă ar fi ştiut la ce mă gândesc.

Veveriţa Secretă este în căutarea unei alune. O alună cât o ciupercă halucinogenă.

# CAPITOLUL 21

Sâmbătă, trecând prin centru, mă uit la panoul Tribului. Disperarea se cuibărește în stomacul meu. Pe partea stângă scrie NU VOM UITA NICIODATĂ, cu litere albe pe fond negru. Pe partea dreaptă e o fotografie recentă a lui Heather, descrierea ei și numărul de telefon al Poliției Tribale.

Abia după ce trec de panou îmi dau seama că în spatele literelor mari sunt conturate siluetele Turnurilor Gemene. Asta înseamnă că nu vom uita niciodată de 11 septembrie. Două anunțuri diferite.

Seara trecută, la televizor, mama lui Heather arăta destul de rău. O viață grea și mai multe popasuri în închisoarea ținutului. A susținut că poliția nu face suficient pentru a-i căuta fiica. Mi-am propus să nu uit să îi întreb pe Ron și pe Jamie dacă se poate face ceva pentru a intensifica eforturile poliției.

Ajunsă pe Sugar, o iau spre sud, apoi spre est, până se termină asfaltul. Jeepul se leagănă dintr-o parte în alta pe drumul desfundat. „Bravo, căluț bun", zic mângâind bordul când parchez.

Inspirându-mă din organizarea magistrală a lui Jonsy, mi-am pregătit un rucsac cu saci curați de depozitare, o rolă de bandă pentru a face etichete, un marker negru. Am luat și o hartă a insulei, împăturită astfel încât partea de deasupra să arate numai insula

Duck, sticle cu apă, mănuşi, soluţie împotriva insectelor, fire roşii din bumbac, foarfece, o cameră foto digitală şi o agendă cu spirală, cu un pix îndesat în ea.

Când păşesc pe bucata îngustă de pământ care face din insula Duck mai curând o peninsulă, dau peste ghereta îngrijitorului domeniului.

Mă opresc. Mă copleşeşte o amintire ca o ploaie caldă de vară.

Tata ducându-mă pe umeri şi urcând pe lângă cabină, spre locul lui secret de pescuit de pe Lacul Duck.

Aş vrea să stau aici şi să clipesc până când tata apare lângă mine. În schimb, aud vocea lui Jonsy.

*Treci la treabă, surioară, că iroseşti lumina bună a zilei.*

Undeva pe insula asta, unchiul David a găsit un soi unic de ciuperci.

Pentru a explora metodic toată zona, hotărăsc să o abordez ca pe un corp omenesc analizat la un computer tomograf. Mă aflu în partea de sud-est a peninsulei, la marginea lacului George şi leg un fir de lână roşie de un mesteacăn pentru a marca punctul de pornire. Fac zece paşi spre nord, de-a lungul liniei ţărmului, şi marchez alt copac.

Pasul mediu al unui om este de aproximativ şaptezeci şi cinci de centimetri, dar, cum eu am picioarele atât de lungi, probabil pasul meu se apropie de nouăzeci de centimetri. Aşadar, secţiunea mea va avea cam nouă metri adâncime pe lăţimea insulei de la est la vest.

Luând-o spre mijlocul insulei Duck, ajung la Lacul Duck spre vest. Mă îndrept spre sud până ce ajung la punctul îngust de început al peninsulei şi marchez primul copac. Fac zece paşi la nord, de-a lungul ţărmului Lacului Duck, stabilindu-mi astfel graniţa nord-vestică.

Cercetez perimetrul, căutând locurile umede – sol sau lemn moale – unde cresc ciupercile. Când găsesc ceva, fac poze, notez în agendă şi colectez o mostră într-o punguţă de sendviş. Mai târziu, voi căuta fiecare mostră în cele trei enciclopedii ale ciupercilor care erau printre cărţile din biblioteca unchiului David. Mama m-a pus să duc toate cărţile lui în biblioteca din casa mare după ce i-am golit apartamentul. Pe lângă cărţile de referinţă ale unchiului, am găsit un site web despre ciuperci, unde poţi face căutări după locaţie sau specie.

Scopul meu e să găsesc ceva ce nu a fost catalogat. Nu mă uit după o potrivire, ci mai curând după absenţa acesteia.

*Daunis, noi nu demonstrăm că o ipoteză e adevărată; noi căutăm dovezi pentru a infirma o ipoteză nulă.* Vocea unchiului David e aşa de clară, că parcă ar merge în spatele meu.

M-a învăţat aşa de multe. Pot să-i urmez paşii, să fac ceea ce ar fi făcut el.

E greşit să fiu entuziasmată de un proiect de cercetare care are o miză atât de mare?

Pădurile sunt adevărate leacuri. Îmi solicită toate simţurile şi mă conectează cu ceva nepieritor. E ca şi cum aş fi în zonă, doar că nu alerg. Frunzele se învârt în aer şi se aştern pe pământ. În apropiere foşnesc insecte. Mirosurile de pin, cedru şi muşchi se amestecă.

Când termin prima secţiune, încep iar cu cei zece paşi la nord, de-a lungul lacului George. Tot restul dimineţii explorez Insula Duck în secţiuni încrucişate.

Fac o pauză de după-amiază şi mănânc puţină brânză, nişte biscuiţi şi un măr zemos. Mama crede că învăţ toată ziua la biblioteca universităţii. Planul meu e să mai fac încă două secţiuni înainte de a mă duce acasă să studiez mostrele. Mâine, imediat ce pleacă mama la slujba de duminică, mă voi întoarce aici şi voi mai sta câteva ceasuri.

Fac zece paşi spre nord şi marchez un copac. E un pâlc de panseluţe chiar după graniţa marcată de mine. Galbene cu margini purpurii sau în culori amestecate.

Bunica Pearl culegea florile astea aprinse. Le amesteca apoi cu grăsime de urs, pentru eczema tatei. Eu beam ceai din petale uscate pe care le ţinea într-o cutie de cafea. Fierbea petalele purpurii şi vopsea fâşiile de scoarţă de frasin care urmau să fie împletite, pentru a da un accent de culoare coşurilor ei.

Mereu mi-au plăcut panseluţele. Când am ajuns la adolescenţă şi am avut prima menstruaţie, a plouat tot timpul. S-a oprit numai o dată. Suficient pentru mine cât să mă duc în pădurea care înconjura bolovanul mare sub care mă ghemuisem şi care semăna cu fundul unei bărci răsturnate. Am dat peste un pâlc de panseluţe colorate, iar desenul petalelor lor semăna cu nişte feţe micuţe. Când a început iar ploaia şi m-am întors sub prelata mea, mi le-am imaginat ca pe nişte spirite ajutătoare care îmi ţineau companie.

Pe deasupra trece ceva negru. Un corb, care se opreşte să se odihnească pe o lespede de pe marginea apei, dincolo de panseluţe.

Îmi amintesc de povestea lui Macy de la focul de tabără. Din povestea istorisită de bunica Pearl, eu ştiam că Gaagaagi lipsea, pentru că se ţinea de boacăne când Creatorul a împărţit darurile.

*Ce să fac? De ce-oi fi fost aşa de neastâmpărat? Cum îmi voi mai găsi scopul?*

*Gaagaagi a vizitat-o pe Makwa, ca să vadă dacă poate învăţa câte ceva de la ea, dar s-a plictisit. Tot ce făcea ea era să umble prin pădure în căutare de ierburi de leac.*

*A zburat mai departe, urmărindu-şi prietenii cum îşi foloseau darurile. S-a dojenit iar pentru că a fost neastâmpărat şi a lipsit de la primirea propriilor daruri.*

*Într-o zi, pe când zbura de colo colo, l-a auzit pe Ajidamoo plângând într-o scorbură de stejar, înconjurat de ghinda pe care o adunase.*

*Ce s-a întâmplat, Ajidamoo?*

*Sunt trist pentru că nu mă mai bucură nimic din ceea ce-mi plăcea odinioară.*

*Poate ar trebui să mergi la Makwa. Ea ştie totul despre leacuri. Poate îţi dă un ceai. Hai cu mine. Te duc acolo.*

*Gaagaagi l-a dus pe Ajudamoo la Makwa. Iar Makwa avea leacul potrivit pentru el.*

*Gaagaagi a fost copleşit de un sentiment plăcut.*

*Şi-a continuat apoi zborul, până ce a dat peste Waabooz, care plângea.*

*Ce s-a întâmplat, Waabooz?*

*Nu mă pot odihni când ştiu că vicleana Waagosh încearcă să mă mănânce.*

*Waabooz, Creatorul ţi-a dăruit urechi lungi şi picioare iuţi. Poţi auzi lucruri pe care nimeni nu le poate auzi. Nimeni nu se mişcă mai repede decât tine. Dacă ar fi să-ţi valorifici darurile, atunci eşti cu un pas înaintea lui Waagosh.*

*E adevărat, zice Waabooz. Miigwech, niijii.*

*Când şi-a luat zborul, Gaagaagi a fost încercat iar de senzaţia aceea plăcută. A petrecut atâta vreme zburând de colo colo, urmărindu-şi prietenii cum îşi folosesc darurile, încât a ajuns să cunoască punctele tari ale fiecăruia şi să ştie cum i-ar putea ajuta în vremuri de restrişte.*

*Şi aşa, Gaagaagi a descoperit că darul lui special era să rezolve probleme.*

Zâmbesc când mă apropii de pasărea neagră de pe lespedea mică, la fel de întunecată:

— Pe mine cum o să mă ajuţi, Gaagaagi? şoptesc.

Mă izbeşte o duhoare şi îmi dau seama că pe ţărm, imediat după bolovan, e ceva.

Un cadavru.

Îmi trag tricoul ca să îmi acopăr nasul şi fac câţiva paşi ezitanţi, respirând superficial, precipitat. Ajung la bolovan şi arunc o privire.

Pleoapele pe jumătate deschise. Ochii dispăruţi din orbite. Ciuguliţi sau muşcaţi.

Cad pe spate.

*Nu miroase ca un cadavru.*

De unde ştia Jonsy cum miroase un cadavru? Carnea putrezită nu se aseamănă cu nimic altceva.

Acum ştiu şi eu asta, pentru că nu voi uita niciodată mirosul cadavrului lui Heather Nodin.

# CAPITOLUL 22

Doar când mă apropii de casa mătușii telefonul meu se conectează cu o antenă de peste râu. Năvălesc în casă, vorbind cu operatorul de la 911.

— Nu, nu are puls. V-am spus că e moartă.

Mătușa năvălește din spălătorie, cu ochii mari de îngrijorare.

— Heather Nodin... adusă de apă... Lacul George, lângă insula Duck. Urlu în telefon: NU AVEAM DE CE SĂ-I IAU PULSUL, ERA DEJA MOARTĂ.

Mătușa îmi ia telefonul. Cu cealaltă mână mă trage la piept și mă îmbrățișează.

— Așteptăm la ghereta paznicului, zice ea la telefon, apoi închide și aruncă aparatul pe blatul din bucătărie.

Mătușa mă îmbrățișează strâns cu ambele brațe.

Se face asta pentru a calma vacile, la abator. În primul an în care am jucat hochei, antrenorul Bobby mă aducea acasă de la un meci din alt oraș. Ascultam la radio interviul cu Temple Grandin, un om de știință care avea autism. Ea a inventat o „mașină de presat" pentru procesarea cărnii de vită, dar care îi domolea și ei propria suprastimulare senzorială. Mama a ieșit afară ca să vadă ce-i cu mine când mașina antrenorului a rămas parcată pe alee și eu nu mai coboram. Voiam să ascult interviul până la sfârșit. Antrenorul a coborât geamul când s-a apropiat mama.

*Fii fără grijă, Grace. E în siguranță cu mine.*

*

Cele patru maşini de poliţie sunt urmate de o ambulanţă. Mătuşa mă prinde de mână şi ghidăm o jumătate de duzină de poliţişti şi doi paramedici de-a lungul ţărmului. TJ e şi el printre poliţişti.

Când recunosc bolovanul pe care mi l-a indicat corbul, mă opresc şi arăt cu degetul într-acolo.

— Acolo. Nu vreau să mai simt o dată duhoarea aia.

Mă întorc cu mătuşa la poieniţa de lângă ghereta paznicului, unde sunt parcate maşinile. Stăm sprijinite de botul SUV-ului ei. Mă concentrez asupra soarelui de după-amiază târzie care luceşte deasupra coamei copacilor şi încerc să îl ignor pe TJ, care se apropie de noi.

— Ce căutai aici? mă întreabă ofiţerul Kewadin.

Mă aplec şi vomit pe cizmele lui de poliţist.

Mătuşa toarnă apă pe un prosop de hârtie şi îmi şterge fruntea transpirată. Îmi mai dă un prosop. Mă şterg la gură. Inspir adânc, iar ea îi dă câteva prosoape îmbibate cu apă şi lui TJ.

— Temă la şcoală, zic într-un sfârşit. Morfologia plantelor.

— Poţi vorbi prin staţie cu cineva să o sune pe mama ei? întreabă mătuşa.

Rahat. Mama o să înnebunească.

Rahat la pătrat. Am uitat să îl anunţ pe Ron sau pe Jamie despre asta. Dar... poate Heather nu are legătură cu investigaţia.

*Am nişte Molly V. Poţi să te tăvăleşti toată noaptea cu prietenul tău. Am şi alte chestii... dacă vrei.*

— Trebuie să-l sun pe... prietenul meu, zic eu scuipând cuvântul între două accese de tuse.

— Colegul de echipă al fratelui tău? TJ încleştează maxilarele.

Încuviinţez din cap şi râgâi, ca şi cum aş fi pe punctul de a voma iar.

Ofiţerul Kewadin nu mai riscă. Se întoarce şi se îndepărtează.

*

Măcar o dată, nu mă opun când mama insistă să aibă grijă de mine. Ştiu că e la fel de serioasă ca un atac de cord atunci când ratează slujba de duminică şi vizita zilnică la buna Mary ca să stea toată dimineaţa să se uite la filme cu mine. E destul de enervant, totuşi, pentru că tot sare de pe şezlong ca să îmi umple cana elegantă cu nesfârşitul ceai de muşeţel. De fiecare dată când face asta, valul meu de iritare faţă de ea e repede înlocuit de un sentiment de vinovăţie pentru că sunt atât de egoistă şi nerecunoscătoare.

Nu sunt singura răsfăţată din casă. Herri doarme pe pieptul meu plat. Blăniţa ei albă cu câteva pete negre o face să arate tare drăgălaş. E o deghizare eficientă, pentru că e o mică pacoste foarte solicitantă. Dacă mă opresc din mângâiat, imediat mă muşcă de degete.

Telefonul meu mobil bâzâie o dată. Herri se supără când mă opresc din mângâiat ca să mă întind să-l iau.

Jamie: Te sun?

Eu: Nu. Vino aici.

Seara trecută l-am sunat. Am vorbit suficient de mult ca să-i pot face un rezumat al găsirii lui Heather, înainte ca mama să ne întrerupă cu propunerea de a-mi pregăti o baie. De atunci nu m-a mai scăpat din ochi.

Când se termină filmul, mama întreabă ce vreau să văd în continuare.

— *Hocus Pocus*, zic.

— E o alegere bună? Nu are – şi aici vocea i se stinge într-o şoaptă – oameni morţi?

— Nu-i nimic, mamă. Dau ochii peste cap şi regret imediat când o văd cum clipeşte, rănită.

O împing pe Herri de pe mine și mă ridic repede. O cuprind în brațe pe mama așa cum m-a cuprins ieri mătușa pe mine. Mi se frânge inima când umerii ei încordați încep să tremure.

Așa a fost mereu.

Buna Mary era ca Herri. Mă îmboldea, eu ripostam, încrezătoare că știu exact care sunt limitele. La fel ca și cu Herri, eu și formidabila mea bunică ne mușcam reciproc, nu suficient cât să ne sfâșiem pielea, dar destul cât să ne impunem poziția.

Dar cu mama limitele sunt mereu în mișcare, astfel încât nu am știut niciodată ce o face să se prăbușească. Tot ce știu este că emoțiile ei fragile sunt ca gheața de pe un lac în timpul dezghețului de primăvară.

Când se oprește din plâns, o sărut pe obraz.

— Vine un prieten pe la mine. E-n regulă? L-ai cunoscut. Jamie. Suntem... mai mult decât prieteni, mă bâlbâi eu.

Emoțiile contradictorii ale mamei sunt ușor de citit: surpriză, fericire, îngrijorare.

Răspund întrebării ei nerostite:

— E un om bun, mamă. E foarte respectuos cu mine și știe prin câte am trecut în ultima vreme.

Îi dau drumul din brațe și îmi duc cana în chiuvetă, la bucătărie. O clătesc și o pun cu gura-n jos în uscătorul de vase. Trebuie să vorbesc cu Jamie, iar asta nu va fi posibil dacă mama umple continuu cănile cu ceai și pregătește o tavă cu prăjituri pentru prietenul meu.

— Te superi dacă aș vrea să avem puțină intimitate? o întreb cât mai delicat posibil.

Din nou fața ei anxioasă e ca o carte deschisă: *nu, da, nu, în regulă.*

— Am niște rufe de împăturit și trebuie să fac niște exerciții la bicicletă, zice ea fără tragere de inimă.

Când ajunge Jamie, mama îl întâmpină cu o îmbrăţişare. Îl întreabă dacă are emoţii pentru deschiderea sezonului weekendul următor şi el recunoaşte că da, e foarte agitat.

Mama se retrage politicos la subsol. Imediat ce aud televizorul în camera de zi, mă uit la Jamie şi duc un deget la buze.

Mă priveşte cu o expresie uluită cum mă duc la raftul cu cărţi şi scot senzorul pentru monitorizarea bebeluşilor, care va acoperi toate sunetele de sus cât mama e la subsol. Îl pun pe comoda veche care a fost recondiţionată pentru a susţine un televizor şi un DVD-player. Mama ori va asculta *Hocus Pocus*, ori va închide monitorul pentru bebeluş de jos.

Daunis, extraordinara Veveriţă Secretă, e o *ajidamoo* vicleană.

Îi fac semn lui Jamie să mă urmeze şi păşesc pe vârfuri în hol. Când ajung în camera mea, nu e în spatele meu. A fost atras de nenumăratele fotografii în rame supradimensionate presărate pe drum. Povestea vieţii lui Daunis Lorenza Fontaine. Îl ating pe braţ aşa cum face Herri când vrea să îi acord atenţie. Jamie pare absorbit de o fotografie în care o Daunis de șapte ani arată jalnic într-un costum roz de patinaj, strâmt ca o pieliţă de cârnat.

Până la urmă, îl trag în dormitorul meu.

Jamie îmi cercetează camera cu ochi mari. Se opreşte în faţa bufetului. Într-o fotografie înrămată, zâmbesc împreună cu Lily, îmbrăcate pentru Halloween ca două dintre surorile vrăjitoare din *Hocus Pocus*. Ea s-a gândit că ar fi amuzant dacă eu aş fi sora elegantă, aşa că eu purtam peruca blondă. Herri sare pe bufet şi loveşte cu lăbuţa mâna lui Jamie, ca s-o mângâie.

— Cine-i asta? întreabă el, scărpinând-o după urechi.

— Herri... De fapt Herrington. Am botezat-o după astronautul NASA John Herrington, membru al Naţiunii Chicksaw şi primul nativ american care a zburat în spaţiu. Trăncănesc în continuare: Ştiai că John Herrington a dus o pană de vultur pe Staţia Spaţială Internaţională?

— N-am ştiut. Dar e tare, zice el. Herri toarce, aprobând tehnica de scărpinat aplicată de Jamie. Cât pe ce să uit de ce l-am chemat.

— Nu ţi-am spus încă, şoptesc eu, dar Heather mi-a oferit ecstasy amestecat cu Viagra la focul de tabără. Şi iarbă.

— Ar fi trebuit să îmi spui imediat, o admonestează în şoaptă Jamie pe Daunis din oglinda de deasupra bufetului. Nu după o săptămână.

— Nu am crezut că e mare lucru. Dar acum cred.

— Ron nu crede că moartea ei e suspectă.

— Înecată în septembrie? Adusă de ape pe insula Duck? Cum să nu fie suspectă?

Oglinda cu ramă aurie ne face să arătăm ca o fotografie. Mă întorc cu spatele la bufet.

— Înainte, o chema Heather Swanson, zic. Toată lumea ştia că tatăl ei e Joey Nodin, dar el a negat. Se spune că ar fi ameninţat-o pe mama lui Heather când i-a cerut ajutorul pentru creşterea copilului. Dar după ce s-a deschis cazinoul şi Tribul a început să plătească oamenii, Joey a revendicat paternitatea şi a înregistrat-o pe Heather în Trib. Oamenii spun că Joey l-a plătit pe iubitul dubios al mamei lui Heather ca să-i înscenze o arestare pentru posesie de droguri, pentru ca ea să piardă custodia. Tutorele legal ia banii copilului minor.

Jamie ridică sprânceana de pe jumătatea perfectă a feţei. Vorbesc în continuare în şoaptă.

— Ţi-am spus şi înainte, *per cap* poate fi ceva bun sau rău, în funcţie de cum este folosit. Sistemul aduce multe lucruri bune. De pildă, mătuşa răscumpără pământul de pe insula Sugar care a fost vândut Zhaaganash în vremuri de restrişte. Dar când vine vorba despre aspectele urâte ale acestor plăţi, toată lumea aminteşte de Heather. După mătuşa Teddie, cazul ei a determinat Consiliul Tribal să modifice codul înregistrării tribale. Acum e un proces prin care trebuie să treacă cei care nu sunt membri ai tribului şi pretind că progeniturile lor sunt tribale. Din capul locului se face un test ADN pentru a se stabili paternitatea.

Jamie mă întrerupe:

— Testele ADN îţi pot spune din ce trib eşti?

— Şşşt. Duc din nou degetul la gură.

Se întoarce spre mine. Cumplit de aproape. Mă dau un pas mai încolo şi vorbesc în continuare cu voce scăzută:

— Tu te referi la rahaturile alea de teste de stabilire a arborelui genealogic în care îţi trimiţi saliva într-o eprubetă şi ei îţi spun că eşti 18% nativ american. Testele astea sunt imperfecte. Generalizează rezultatul la regiunea geografică, nu la ţinuturi specifice, triburi sau clanuri. Oamenii fac testele astea şi îşi imaginează că se pot înregistra într-un trib. Nu aşa merg lucrurile.

Se încruntă. Jamie lucrează sub acoperire, intră în comunităţile tribale şi joacă un rol. *Nu am trăit niciodată suficient de mult undeva ca să ştiu ce înseamnă normalitatea*. E posibil oare ca, indiferent cine va fi fiind, să nu aibă o comunitate a lui?

Aş putea să îi spun ceea ce ştiu. Să îi împărtăşesc informaţii care nu au legătură cu ancheta, dar poate sunt de interes pentru cel care este el în realitate, cel din spatele scutului.

— Testele de paternitate folosesc orice tip de fluid corporal ca să extragă ADN pentru a compara copilul cu tatăl sau cu fraţii lui. Tribul cere test de sânge. Voiau să ceară un fir de păr, dar unul dintre purtătorii tradiţionali de pipă ne-a amintit tuturor de istoria violentă a părului care ne-a fost luat... scalpurile care erau vândute precum blănurile de animale şi internatele unde copiii erau tunşi de îndată ce le păşeau pragul. Când Consiliul a dezbătut problema folosirii sângelui pentru teste, spiritele s-au încins din nou. Unii au spus că s-a vărsat deja destul sânge. Dar alții au vorbit despre memoria sângelui. Nu numai trauma generațională e depozitată în sângele nostru și transmisă mai departe, ci și rezistența, și limba noastră. Așa că Tribul a votat ca sângele să fie calea de a ajuta copiii să își refacă legăturile de sânge. Iar adulții care au fost adoptați să își găsească drumul înapoi la familiile lor.

Jamie nu mă mai privește. E la biroul meu, se uită pe fereastră și o mângâie absent pe Herri. E cu gândul în altă parte; l-am plictisit cu discursul meu improvizat: Tot Ceea Ce Ai Vrut Mereu Să Știi Despre ADN Dar Ți-a Fost Teamă Să Întrebi. Poate nu era chiar așa de curios.

— Oricum, Consiliul a încercat să reglementeze problema astfel încât nimeni să nu mai treacă prin ceea ce a trecut Heather.

— Ai cunoscut-o, așa că n-am să spun nimic rău, zice Jamie. Se întoarce cu spatele la fereastră. Dar, desigur, a dispărea fără să anunți pe nimeni, cu o pungă de iarbă și alta cu pastile și cristale de metamfetamină în buzunarul hanoracului nu mi se pare o mișcare prea deșteaptă.

— Nu-mi pasă. Merită să îi pese cuiva de ea.

Acum el e cel care duce degetul la buze.

Dar ceva mă îndepărtează de flacăra fierbinte a furiei.

Ceea ce a spus adineauri despre conținutul buzunarului ei. Ar putea fi un indiciu?

— Jamie, nu era niciun cristal de metamfetamină în punguța pe care mi-a arătat-o. Doar pastile.

Vreau să merg cu Jamie și să vorbim cu Ron despre drogurile găsite asupra lui Heather.

— Ai avut o experiență traumatizantă ieri, Daunis. Ia-o încetișor astăzi, îmi șoptește la ureche când iau monitorul pentru bebeluși ca să-l duc la loc pe raft.

Acopăr microfonul, în caz că ascultă mama.

— Nu-mi spune tu mie ce să fac.

Se ciupeşte de nas şi se îndreaptă spre uşa de la intrare.

Mă împotrivesc cu greu pornirii de a arunca cu drăcia asta de monitor pentru copii după el. Îl urmez şi îl ajung din urmă când e deja la camionetă. Exact în aceeaşi clipă intră pe strada mea maşina albastră Corvette a lui Macy.

*Voi doi trebuie să stabiliţi tipare de relaţie pe care oamenii să le poată observa*, a zis Ron.

M-am gândit să mă rog azi pentru *zoongidewin*? Nu, pentru că de ce-aş avea nevoie de curaj ca să stau acasă cu mama şi cu Herri? În dimineaţa asta am adus o ofrandă de *semaa* şi m-am rugat pentru *zaagidiwin,* pentru Heather Nodin. A cunoaşte iubirea înseamnă a cunoaşte pacea. Asta îi doresc în lumea următoare, pentru că mi se pare că a ocolit-o în lumea asta.

Îl îmbrăţişez pe Jamie de la spate. Corpul lui se face rigid. Braţele mele îi înlănţuie talia şi îl prind într-o menghină neaşteptată.

— Vine maşina lui Macy. Ai grijă, trebuie să fim credibili, zic eu precipitată.

Miroase a soare şi a plajă.

Jamie face un semn degajat cu mâna spre maşina lui Macy.

Eu îl sărut pe gât, într-o parte. Artera lui carotidă pulsează sub buzele mele.

*Asta, Macy Manitou, se numeşte actorie.*

Jamie pleacă. Mama stă în pragul uşii şi se smiorcăie. Suspină. Mă întorc în casă ca să încerc să-i descifrez lacrimile și să îmi dau seama cum pot să o alin.

Interpretarea reacţiei oamenilor era un talent pe care îl aveam în comun cu Lily.

Cea mai bună prietenă a mea spunea că, atunci când stătea cu mama ei, putea zice în trei secunde dacă ultima relaţie a lui Maggie era bună sau rea. Evalua situaţia ca să îşi dea seama dacă trebuia să fie Lily cea Amuzantă sau Lily cea Invizibilă. M-am gândit că la mine e cumva la fel. Mama se purta diferit în Zilele Triste, când încă își jelea relația cu tata. Trebuia să am grijă de ea, să o încurajez, să îi fac ceai, s-o îmbrățișez, să ne uităm împreună la un film vesel.

*E cam același lucru*, i-am spus lui Lily.

*Ba nu. Nu este*, a zis ea. *Mama ta nu s-a răzbunat niciodată pe tine când a încheiat o relație.*

Nu am nevoie decât de cinci secunde, de pe alee până la ușa din față, ca să intuiesc care e dispoziția mamei.

*Observație:* Lacrimi, dar fără ținuta dărâmată din Zilele Triste și o jumătate de zâmbet melancolic.

*Diagnostic*: Cresc, iar mama și-ar dori ca unchiul David să fie aici să mă vadă.

*Rețetă:* Îmbrățișări. Simpatie. O sugestie să se întindă puțin în pat. Și ceai.

— David n-o să fie aici ca să te ducă la altar, zice mama.

Îmi mușc limba să nu-i spun *Sfinte wah, nici nu am împlinit optsprezece ani*. În schimb, o țin în brațe până termină de plâns.

— Mamă, nu vrei să te întinzi puțin și îți aduc eu o cană de ceai? Mușețel.

Cât doarme mama, eu încerc să termin filmul. Degeaba. Sunt prea agitată. Herri mă mușcă de degete pentru că îi stric planul de a trage un pui de somn pe pieptul meu.

Mintea mea aleargă în toate părțile.

Jamie și Ron discută cu cei de la FBI pentru a afla ce avea Heather asupra ei, inventarul complet. În acest timp eu trebuie să stau acasă. Să fiu o Veveriță Secretă complet nefolositoare.

*Rezolvă problema, Daunis.*

Unchiul David m-a învăţat să gândesc ca un om de ştiinţă. Ne e suficient să faci liste la nimereală; trebuie să le ordonezi după sarcini.

Mi-e dor de el. Nu numai pentru că mama era lipsită de griji în preajma fratelui ei mai mic, ci pentru că era bun şi blând. Mă iubea, cu tot cu curiozitatea mea nestăvilită.

Odată, buna Mary s-a declarat sătulă de nesfârşitele mele întrebări de la cina de duminică.

*Curiozitatea a omorât pisica, Daunis*, a spus bunica.

*Da, dar satisfacţia a readus-o la viaţă.* Unchiul David a marcat echivalentul unui punct fulgerător la hochei. Rapid. Mai mult surpriză, decât forţă.

Nu pot vorbi despre investigaţie cu mătuşa sau cu bunicuţa June. Unchiul David m-ar fi înţeles. M-ar fi ajutat să rezolv problema.

El m-a învăţat cei şapte paşi ai metodei ştiinţifice: observă, întreabă, cercetează, construieşte ipoteze, experimentează, analizează, trage concluzii. Ordine în haos.

*Organizează şi documentează totul, Daunis.*

Asta e. Mă ridic atât de repede, că Herri zboară cât colo din cauza momentului meu Evrika.

Unchiul meu înregistra fiecare experiment, fiecare pas al îndrăgitei sale metode ştiinţifice. Umplea agende cu scrisul lui dezordonat, singura latură a lui care nu era meticuloasă.

Unchiul David a dispărut înainte de a putea furniza dovezi. A descoperit ceva ce n-ar fi trebuit să ştie. De aceea nu mai e aici.

Voi reface paşii lui, dar cu grijă. Curiozitatea a omorât pisica. Dar satisfacţia a readus-o la viaţă.

# CAPITOLUL 23

După ce a murit unchiul, împreună cu buna Mary și cu mama am împachetat toate lucrurile lui. Cum mama nu s-a îndurat să renunțe la nimic, toate au mers în pivnița bunicii.

Îi scriu mamei un bilet și îl pun pe ceainic, să-l vadă când se trezește:

*M-am dus să alerg. Nu am vrut să te deranjez.*

*Nu-ți face griji pentru cină.*

*S-ar putea să trec pe la buna Mary sau pe la mătușa.*

*Te iubesc.*

În drum spre locuința bunicilor, trec pe lângă casa Danei. Oamenii încă mai clatină din cap când vorbesc despre păcatul ei de neiertat de a-și vărui casa din cărămidă întunecată în culoarea ivoar, și pe deasupra de a-i pune și jaluzele indigo. Levi mi-a spus că mama lui a văzut o casă ca asta în Ann Arbor, când făcea facultatea de drept, și și-a dorit să aibă într-o bună zi una la fel. Dana Păstrătoarea Focului, judecător-șef al tribului, este o femeie perseverentă.

Pe de altă parte, casa bunicilor mei arată ca și cum ar fi fost reconstruită cărămidă cu cărămidă după modelul unei zone rurale din Franța. O vilă impunătoare care se înalță la capătul unui drum înfundat și care domină Sault Sainte Marie și insula Sugar pe partea de est.

Mă apropii în alergare de intrarea de la bucătărie și îmi folosesc cheia ca să intru în casă. Miroase a spray de mobilă cu lămâie, probabil doamna care face curățenie trebuie să fi fost aici ieri sau vineri. Vine în continuare de două ori pe săptămână pentru a menține casa lună, poate în speranța că buna Mary își va reveni și se va întoarce acasă.

Aprind toate luminile pe care le întâlnesc în drum spre pivniță. Trec prin spălătorie și prin pivnița de vinuri și ajung la o ușă dublă, mare, din lemn masiv, care duce la o uriașă zonă de depozitare. Menajera nu intră aici, așa că miroase a mucegai. Bunicul a pus bufete cu rafturi din lemn de jur-împrejurul încăperii. Pe rafturi sunt aliniate cutii prăfuite din carton, coșuri de depozitare din plastic, cutii din lemn. Majoritatea, nu toate, sunt etichetate.

Lucrurile unchiului David umplu o întreagă porțiune din perete, iar mobila lui ocupă cea mai mare parte a spațiului din centrul încăperii. Mama a plâns când mi-a spus că el ar fi vrut să iau eu mobilierul lui de living când va fi să mă așez la casa mea într-o bună zi. Oricum, plânge ori de câte ori vorbește despre el, ca astăzi, când s-a blocat când m-a văzut îmbrățișându-l pe Jamie și a îngăimat cum că unchiului David i-ar fi plăcut să îl cunoască.

Caut cutiile cu eticheta BIROU și ridic capacele să le găsesc pe cele cu agendele lui. Eu și buna Mary am adunat lucrurile din birou, în vreme ce mama a insistat să împacheteze lucrurile din dormitor. Bunica mea, care era convinsă că unchiul va trece de etapa în care se considera gay, a fost bucuroasă să o lase pe mama să împacheteze părți din viața lui pe care ea, una, nu le înțelegea întru totul.

Dacă aș fi murit eu, oare bunica ar fi simțit la fel despre coșurile mele din nuiele de la bunica Pearl și veșmântul meu de ceremonie, Rochia cu Clopoței?

Mi-e rușine de mine însămi pentru gândul ăsta.

Când iubești pe cineva, dar nu-ți plac anumite laturi ale acelei persoane, asta îți complică foarte mult amintirile tale despre acea persoană după dispariția ei.

Agendele au fost înghesuite la întâmplare în coşuri. Răstorn conţinutul primului coş, ca să verific datele de la începutul şi sfârşitul fiecărei agende cu spirală. Tot ce este de dinainte de 2004 sau 2003 se duce înapoi în coş. Una după alta, acolo se întorc toate. Coş cu coş, trec prin experimentele şi momentele de inspiraţie ştiinţifică ale unchiului meu. Tot ceea ce citesc ajunge în creierul meu prin vocea lui.

Sunt aici agende de dinainte de naşterea mea. Sunt tentată să mă las furată de lectură. La ce lucra când eu nu eram decât un zigot tainic? Când materialul genetic al mamei şi cel al tatălui meu se combinaseră deja şi decretaseră că voi avea statura tatei şi posteriorul mamei? Nasul lui şi superputerea ei de a le cumpăni exagerat de mult pe toate. Că voi fi ca mama, ca buna Mary şi ca bunicul Lorenzo şi voi putea bea azi grappa şi vin, iar mâine să nu am nimic, nu ca unchiul David, care decisese că lipsa totală a alcoolului e calea potrivită pentru el.

Când a murit, mama a susţinut cu tărie că nu recidivase. Avea dreptate, dar la vremea aceea am remarcat comportamentul lui nefiresc şi am tras concluzii greşite.

Mă uit lung la coşurile care s-au întors, toate, pe rafturi. Ceva greu mă apasă şi mă trage în jos, ca şi cum nu aş mai fi pe planeta asta, ci pe Jupiter, unde atracţia gravitaţională este de 2,4 ori mai mare decât pe Terra.

David nu are nicio însemnare de anul acesta, pentru că era ocupat cu activitatea lui de informator confidenţial al FBI-ului. Se ascundea.

Nu am avut nici cea mai vagă idee. Pentru că nu am văzut ceea ce se petrecea, ceea ce era sub ochii mei, am lăsat sămânţa îndoielii să prindă rădăcini în sufletul meu. Eram atât de convinsă că încă un om drag m-a dezamăgit cu eşecurile lui.

Săptămâna trece pe nesimţite. Unchiul David rămâne în gândurile mele toată ziua, zi de zi, ca şi cum ar fi aplecat peste umărul meu ca un papagal care îmi ţine mini-prelegeri ştiinţifice. E cu mine în Noua Nouă Normalitate, la alergările de dimineaţă cu Jamie şi cu băieţii. La cursul de Morfologia Plantelor. Mă întâmpină la biblioteca din campus, unde îmi fac temele pentru a doua zi. Chiar şi când o duc pe bunicuţa June la prânz. Şi când mă duc la înmormântarea lui Heather Nodin.

Vineri, ajut un Bătrân să îşi facă un CD cu muzică de pe iTunes. Numai şi numai Dolly Parton. Când termin, mă opresc la masa cu jocul de cărţi, ca să îmi iau la revedere de la bunicuţa June.

— Du-te la ore, fata mea, zice ea.

Bunicuţa crede că am cursuri după-amiaza, aşa că va veni acasă cu microbuzul pentru Bătrâni.

— Tot nu înţeleg de ce nu vrei să te întorci cu Minnie, zic eu, clătinând din cap.

— Ai văzut-o cum conduce? Bunicuţa arată cu capul spre partenera ei de joc. Nu-şi lasă niciodată afurisitul ăla de Mustang la galop.

Minnie ţine cărţile într-o mână, iar cu cealaltă îi arată bunicuţei semnul cu degetul mijlociu.

Plec de la Centrul pentru Bătrâni, dar o iau spre sud, spre insula Duck. Parchez la capătul drumului de ţară, îmi iau rucsacul şi urc pe lângă ghereta îngrijitorului. Mă duc spre nord de-a lungul peninsulei, spre locul unde m-am oprit ieri.

În fiecare după-amiază caut ciuperci sălbatice şi documentez fiecare soi pe care îl găsesc. Mă opresc numai ca să beau apă, să mă bucur de o napolitană cu miere sau să fac pipi după un copac. Săptămâna asta am progresat zilnic, susţinut şi ordonat.

Totuşi, astăzi sunt distrasă de uluitoarele frunze de toamnă. Nuanţe pe care nu le-am mai observat până acum: şofran, vişiniu, muştar, corai, ruginiu, galben, stacojiu. Toată după-amiaza fotografiez frunze, nu ciuperci.

Diseară e deschiderea sezonului pentru Supes. Ar trebui să aştept cu nerăbdare primul meci al lui Levi în postura de căpitan al echipei, dar este şi primul meu meci în calitate de „undiţar". Aşa că mai fotografiez câteva frunze.

Toată săptămâna am evitat locul în care corbul mi-a arătat cadavrul lui Heather Nodin. Astăzi, mă trezesc stând pe cărarea cu panseluţe galbene şi purpurii, de-a lungul lacului George. Las rucsacul jos şi mă aşez direct pe pământ, cu genunchii la piept.

Cu fiecare clipire apare altă amintire despre Heather.

Faţa ei luminată de focul de tabără. Pleoapele pe jumătate deschise. Pastile pestriţe. Blugi pe sub care se vedea o bună bucată de piele prin acele de siguranţă mari care prindeau părţile fiecărui crac. Şlapi-platformă, ridicoli, cu care Heather, oricât de drogată părea, mergea mai înfiptă decât aş fi putut merge eu vreodată.

Un test la engleză, în primul an. Toată lumea scrie grăbită, doar Heather stă în banca ei şi se uită pe geam. Pe vremea aceea locuia deja cu tatăl ei. Mama ei era în închisoarea regională.

Dodgeball în clasa a VII-a, în sala de gimnastică. La începutul fiecărei partide păşea peste linie, era scoasă imediat din teren şi trimisă pe bancă. Era anul în care Tribul a început să distribuie plăţile membrilor.

O fetiţă într-o rochie purpurie la Ziua Dansului Tată-Fiică, la şcoală. În afară de mine, Heather era singura fată care venea fără tată. Singura fată pe care nu eram invidioasă. Heather a venit cu ultimul prieten al mamei ei, un bărbat căruia îi spunea Unchiul. Eu am apărut cu unchiul David, el m-a dus acolo în primul an după moartea tatei.

Mătuşa mi-a spus odată că orice fată are nevoie în viaţa ei de cel puţin un bărbat adult care să-i recunoască valoarea intrinsecă. Să o preţuiască aşa cum este ea, nu pentru înfăţişarea sau realizările ei.

Oare Fetele Pierdute sunt cele care au primit alte mesaje despre valoarea lor?

Ajung la meciul de deschidere împotriva celor de la Shreveport Midbugs în timpul primei pauze. Exact la timp ca să le văd pe „undiţare" patinând pe gheaţă. Poartă tricouri identice cu cele ale băieţilor, bleumarin cu o creastă mare de val, evidenţiată cu argintiu. Fiecare „undiţară" are scris pe spate numele iubitului. Le aruncă fanilor pucuri cu sigle şi tricouri împăturite.

Oamenii fac ochii mari când mă văd păşind în secţiunea „undiţarelor". Daunis Fontaine, iubita Lumii Hocheiului. Ar fi trebuit să mă aştept la genul ăsta de atenţie, dar tot nu sunt pregătită. Nu am făcut niciodată parte din gaşca de „undiţare". Nu asist la antrenamentele băieţilor. Probabil se vor uita urât la mine. Nu sunt una dintre ele; sunt doar o prefăcută.

Spre surprinderea mea, se luminează la faţă când se întorc în secţiunea lor şi mă văd învârtindu-mă pe acolo. Strâng rândurile ca să îmi facă loc. Îşi debitează numele prea repede ca să le pot procesa. Cea de lângă mine mă îmbrăţişează din laterală; parcă o cheamă Megan, dar mi-e prea jenă să recunosc că nu ştiu sigur.

Entuziasmul lor se învârte în jurul meu ca un vârtej de praf de stele. Când băieţii se întorc pe teren pentru repriza a doua, încep şi eu să râd alături de ele. Doar puţin.

Urmăresc fiecare mişcare a lui Jamie, analizându-i tehnica cum numai un alt jucător o poate face.

E un jucător talentat, dar liniştit. Probabil a jucat ca junior, poate chiar în facultate. E ceva care-ţi taie răsuflarea în felul în care patinează, o graţie care aminteşte de balet. Nu e nevoie să admită că în viaţa reală a făcut patinaj artistic; pur şi simplu ştiu.

Gaşca de iubite mă felicită, ca şi cum aş avea vreo contribuţie la măiestria lui Jamie. Mă laudă şi pentru Levi.

Fratele meu e un cu totul alt tip de patinator decât Jamie. Pe gheaţă, Levi e impozant. La viteză maximă, nu cade niciodată, e născut să joace la centru. Nu seamănă deloc cu tatăl nostru şi nici nu joacă în aceeaşi poziţie, dar talentul tatei e în ADN-ul lui Levi.

Şi el, şi eu am crescut pe gheaţă. La început am fost noi trei: tata, Levi şi cu mine. Apoi, doar eu şi fratele meu. După aceea ni s-au alăturat Travis şi Stormy şi, ceva mai târziu, Mike.

Deşi Levi este cu trei luni mai mic decât mine, eu eram protejata lui. În timpul meciurilor mele din liga fetelor, pe care le-am jucat înainte de liceu, respingeam toate sunetele, cu excepţia vocii fratelui meu. Când mă lăuda Levi, chiar credem în cuvintele lui.

Inima mi se umple de mândrie când Levi patinează pe lângă noi. Emblema de căpitan, litera C, e cusută în stânga sus, pe piept, pe tricoul albastru. Deasupra inimii.

Am multe motive pentru care am devenit Veveriţă Secretă: Lily, unchiul David, Tribul, oraşul meu, copiii aceia Nish din Minnesota de Nord. Uitându-mă la Supes pe gheaţă, îi adaug la lista mea de motive pe Levi şi echipa lui.

— Vreau să-ţi arăt ultimul meu tatuaj, îmi zice Poate-Megan la baie, după meci. Apropo, tu şi Jamie sunteţi un cuplu foarte tare.

Înainte, făceam mişto de iubitele „undiţare" fiindcă nu pot face pipi singure. Acum am şi eu parte de propria mea conversaţie din cabina alăturată.

— Ah, mulţumesc. Şi tu cu Tanner.

Probabil nu e înţelept să menţionez cum o mănâncă Tanner din priviri pe ultima cucerire a lui Levi când crede că nu se uită nimeni.

Poziţia de Veveriţă Secretă mi-a deschis ochii la toate înşelătoriile. Nu filtrez semnificativul de nesemnificativ. E ca atunci când verişoara Josette a făcut implant cohlear şi a început să audă totul din jur, iar mintea i-a fost inundată de un amalgam de sunete. A trebuit să înveţe cum să închidă sonorul zgomotelor de fond.

Când ies din cabina de toaletă, Poate Megan are fermoarul de la pantaloni desfăcut și își etalează cu mândrie tatuajul de sub buric, un talisman de vise. O pânză imperfectă de păianjen, din care atârnă câteva pene spre locul unde părul ei pubian a fost epilat ca să-i lase pielea mătăsoasă.

— Mișto, nu? zice.

— Pisicuța ta trebuie protejată de coșmaruri? ridic eu o sprânceană.

Râde și își trage fermoarul.

— Talismanul de vise e foarte sexy.

Când eram cu Lily în Consiliul Tribal de Tineret, jucam toți un joc care se numea Bingo Habotnic. Când auzeam un comentariu care ațâța stereotipurile, îl sancționam. Talismanele de vise erau zonă liberă. Prea ușoare. Dar existau multe altele, totuși.

*Nu arăți a nativă.*

*Probabil e mișto să mergi gratuit la facultate.*

*Poți să-mi sugerezi un nume indian pentru câinele meu?*

Tatuajul lui Poate Megan ar fi fost bun pentru alt pătrat: nativii ca fetiș sexual. Cu cât vorbește mai mult, cu atât mai multe pătrate marchez pe cartonul meu imaginar de bingo, cu markerul meu imaginar.

— Le aduc un omagiu indienilor, zice ea ca răspuns la încruntarea mea persistentă.

— În plus, sunt parțial indiancă, așa că e în regulă.

— Străbunica mea a fost o prințesă indiană.

*Lily, avem un câștigător!*

— Bingo! șoptesc eu când ieșim din baie.

Aștept în holul aglomerat să felicit echipa victorioasă. Ron mă găsește. Când părinții lui Mike ne fac semn cu mâna, îi furnizez pe drum informațiile necesare.

— Mike Edwards e în primul an de liceu şi a intrat acum în echipă, adică din primul an în care a fost eligibil. Tatăl lui e avocat, unul dintre cei mai buni din U.P. Domnul Edwards finanţează Autobuzul Susţinătorilor pentru superfanii care vor să vadă meciurile din deplasare. Îmi amintesc o bârfă suculentă: Se pare că toată lumea semnează un acord să nu vorbească niciodată despre prostiile din Autobuz.

— Aşadar... vrem să fim în autobuz, zice Ron.

— Păi... mult succes. E o listă uriaşă de aşteptare şi se plătesc cotizaţii anuale.

Ron clatină descumpănit din cap auzind de atâta implicare a fanilor.

În sfârşit, ajungem la ei. Domnul Edwards e cufundat într-o discuţie cu antrenorul Bobby.

— Ce face bunica ta? mă întreabă doamna Edwards. Mereu miroase a Channel No. 5 femeia asta.

— La fel, zic. El este unchiul lui Jamie Johnson. Ron Johnson. Mă întorc spre Ron: Doamna Edwards a cumpărat magazinul de haine al bunicii acum doi ani.

Îşi strâng mâinile.

— Helene Edwards. Nu cred că ne-am cunoscut când a fost anunţată echipa. Fiul meu, Michael, joacă portar. Mă bucur să vă cunosc.

Antrenorul Bobby îmi face cu ochiul în timp ce domnul Edwards nu mai conteneşte să laude jocul fiului său. Antrenorul ridică pumnul pentru salutul nostru obişnuit cu ciocnirea pumnilor.

Fac prezentările:

— Ron, el este antrenorul Bobby.

— Bobby LaFleur. Am antrenat-o patru ani pe fata asta, zice el zâmbindu-mi. Cel mai bun apărător hibrid. Un incredibil simţ al hocheiului. Chiar mai bun decât al fratelui ei.

Jenată, mă concentrez asupra lui Macy, care vorbeşte cu un tip lângă automatele cu diverse produse. El încearcă să o ia de mână, ea se fereşte ca şi cum ar fi ars-o. Ochii ei negri aruncă flăcări. El o urmăreşte din priviri cum se îndepărtează, apoi îşi aţinteşte privirea în pantofi şi rămâne aşa multă vreme.

Orice ar fi avut cu Macy s-a terminat acum.

Sunt atrasă înapoi în conversaţie când domnul Edwards îl întrerupe pe antrenorul Bobby ca să i se prezinte lui Ron şi să-i strângă mâna într-un stil care pare aproape combativ. Probabil a venit direct de la birou, pentru că poartă cravată şi costum. Mike are ochii de un albastru spălăcit, ca ai tatălui său. Mă întreb dacă se va rade în cap, ca tatăl lui, dacă va cheli înainte de vreme.

— Fiul tău a avut o lovitură grozavă, îi zice domnul Edwards lui Ron.

— Nepot, clarifică Ron. Da, a avut ceva emoţii pentru acest prim meci.

Zâmbesc.

— Domnule Edwards..., încep.

— Spune-mi Grant. Eşti adultă acum. Şi în ochii lui joacă scântei.

— Grant, zic eu ca şi cum acum aş învăţa engleza, iar ăsta ar fi primul meu cuvânt. Eu şi Ron voiam să te întrebăm despre Autobuz. Există vreo şansă să intrăm şi noi pe lista de aşteptare? Pe mine mă interesează toate jocurile din deplasare. Ron poate veni în zilele de vineri, când îl poate suplini cineva. Predă la Sault High.

Spune-mi-Grant zâmbeşte.

— Să văd ce pot să fac. Aţi vrea să încercaţi weekendul următor? Să vedeţi cum vi se pare? Se uită întrebător de la mine la Ron.

— Serios? Ar fi fantastic! sar eu.

Jucătorii ies din vestiar în haine de stradă, jilavi după duş, ca o haită de căţeluşi uzi. Nerăbdători să-şi vadă apropiaţii.

Când Jamie şi Mike îşi croiesc drum prin mulţime, eu mă uit cum Levi şi Stormy sunt înghiţiţi de masa de fani înflăcăraţi. E ca şi cum aş urmări versiunea umanoidă a fagocitozei, cu fratele meu şi cel mai bun prieten al lui în rol de bacterie, fiind înghiţiţi de mulţimea care seamănă cu o uriaşă amibă flămândă.

Levi scapă de fani şi vine să mă îmbrăţişeze. Stormy se ţine după coada lui. Noi doi am fost colegi de echipă anul trecut la Sault High. Părinţii lui Stormy asistă la meciuri numai dacă nu sunt la vreo băută pe undeva. În seara asta, la primul lui meci în Supes, niciunul nu e aici; dureros.

— Grozav joc, Stormy, zic. El se luminează la faţă.

Apoi îmi întorc atenţia spre Mike. El e ţinta mea. Voi fi o Veveriţă Secretă care preia conducerea, nu voi aştepta indicii ca să-şi frece capul de piciorul meu şi să toarcă să-l mângâi pe cap.

În timpul sezonului de hochei, familia Edwards găzduia duminica mese la care se diseca meciul. Am participat întotdeauna. Ne uitam la înregistrări video ale meciului şi analizam greşelile.

Biroul de acasă al lui Spune-mi-Grant ar putea ascunde câteva indicii. Reprezintă o mulţime de clienţi dubioşi. Dacă păstrează câteva dosare acasă? Scopul meu de Veveriţă Secretă e să fac rost de o invitaţie, pentru că Levi zicea că părinţii lui Mike au de gând să dea o astfel de petrecere după meci pentru echipa Supes.

I-am dat un ghiont lui Mike cu mâna liberă:

— Ai fost fantastic.

E adevărat. O fi părând el greoi şi metodic, dar în realitate Mike este uluitor de rapid. Are un simţ înnăscut, ştie ce se va întâmpla în secunda următoare şi poate reacţiona instantaneu. Asta face din el un portar fenomenal.

— Da, dar a ratat o dată, zice Spune-mi-Grant cu o voce degajată, care sună însă găunos.

Mike se uită într-o parte. Doamna Edwards caută ceva în geanta ei Dooney & Bourke.

Am asistat de nenumărate ori la scene în care tatăl lui Mike îl trăgea într-un colţ al holului arenei ca să-l muştruluiască, mârâind în şoaptă şi zâmbind fals oamenilor care treceau pe lângă el.

— Nu era o strategie să laşi un mesager în viaţă? întreb.

Spune-mi-Grant se uită la mine cu surprindere.

— E hochei, nu *Arta Războiului*, zice Mike cu un zâmbet pierit.

— Fiule, hocheiul este *Arta Războiului*, spune tatăl lui, măsurându-mă cu coada ochiului. Sprânceana stângă şi colţul gurii se ridică simultan: Ai citit Sun Tzu?

Zâmbesc cu modestie. Nu e cazul să afle cineva că am învăţat strategie militară urmărind filmul Disney *Mulan* de o sută de ori, cu gemenele mătuşii. Personajul negativ lasă un cercetaş în viaţă ca să-l anunţe pe împărat că hunii se îndreptau spre el.

— Mike, mă ajuţi să-mi setez BlackBerry-ul cel nou? îl întreb, încercând să intru în graţiile prietenului înnebunit după tehnică al fratelui meu.

— De ce nu ţi-ai luat un Razr? intervine Levi. Arată drăguţ.

— Drăguţ, reia Stormy ca un ecou.

— Sigur, Dauny Apărare. Mâine? propune Mike.

— Mâine e ziua meciului, îi aminteşte Spune-mi-Grant fiului său. Dar de ce nu vii la noi duminică, la un bufet suedez şi ceva jocuri video? Aruncă o privire spre mâna mea în mâna lui Jamie, apoi ridică ochii. Privirea lui intensă e ca un laser care scormoneşte după adevăr. Mereu m-am simţit vinovată de ceva când m-am aflat în preajma lui.

— Daunis, te rog să îl aduci şi pe Jamie. Şi pe unchiul lui, spune doamna Edwards.

Încuviinţez din cap, apoi o iau spre automate. E singura scuză care-mi vine în minte ca să scap de privirea de laser albastru a lui Spune-mi-Grant. Ce cuvânt a folosit Ron pentru a descrie momentul când simţurile tale de Spiderman sunt blocate?

*Dubios.*

# CAPITOLUL 24

Duminică mergem toţi trei cu maşina lui Ron acasă la Mike. Ţinând cu grijă un vas din cristal cu tiramisu făcut în casă, răspund la întrebările lui Ron despre cei care vor fi prezenţi la cină.

— Levi, ceea ce înseamnă şi Stormy. Unul sau doi dintre cei mai buni jucători. Antrenorul principal al echipei Supes şi ambii secunzi. Probabil şi antrenorul Bobby o să fie acolo. El şi Edwards s-au împrietenit de când antrenorul i-a ajutat pe Levi, Mike, Stormy şi Travis după un incident cu împuşcătura care a avut loc acum trei ani.

— Incident cu împuşcătură? Daunis, ăsta e genul de lucruri pe care ar trebui să ni le spui. Jamie se ciupeşte de nas.

— Travis se dădea mare cu un pistol cu aer comprimat după antrenament, zic eu. Levi, Stormy şi Mike erau cu el. Un proiectil a lovit o maşină care trecea pe acolo şi a spart un geam. Sticla a zburat în toate părţile pe şoferiţă, mama unui coleg de echipă, care a sfârşit prin a-şi pierde vederea la un ochi. Băieţii nu au vrut să spună cine a făcut-o. Antrenorul i-a convins să spună, pentru ca vinovatul să îşi asume responsabilitatea. Travis a făcut un pas în faţă. După aceea, toată lumea din oraş l-a evitat şi nu a mai jucat în nicio echipă.

— Asta e o informaţie importantă de context, pe care ar fi trebuit să ne-o spui mai devreme, zice Jamie. Mai ai şi altele pe care ai uitat în mod convenabil să ni le relatezi? Ce ştii despre Grant Edwards?

Îmi sare muştarul la auzul tonului lui Jamie.

— Ar fi trebuit să o luaţi pe bunicuţa June sau pe Minnie Mustang să vă fie informatoare. Ele ştiu toate mizeriile.

— Ne ajuţi să ne facem o imagine de ansamblu despre oraş, intervine Ron.

— Voiaţi un turnător, da? Îmi tresar picioarele aşa de puternic, încât desertul din poala mea începe să se clatine. Părinţii Danei au fost omorâţi de un şofer beat când era mică. A absolvit dreptul şi a fost primul membru al tribului numit judecător la Curtea Tribală. Înaintea ei, nu a fost niciun judecător nativ sau judecătorii erau din alte triburi.

Mă întorc şi mă uit urât la Jamie, care stă în spatele lui Ron.

— Mama lui Mike a fost Miss Michigan şi era talentată la gimnastică ritmică. Se spune că provine dintr-o familie de mafioţi din sudul statului. Tatăl lui Mike a fost mare sportiv la Sault High. A primit o bursă sportivă completă pentru două sporturi. A ales hocheiul în dauna wrestlingului.

Ron beneficiază de următoarea mea căutătură de Turnătoare Furioasă.

— Mama lui Stormy a fost răpită pentru răscumpărare când a acumulat datorii prea mari la mahării drogurilor din oraş, care au apărut când a început sistemul *per capita*. Tatăl şi unchii ei şi-au încasat cecurile şi au răscumpărat-o.

Bârfele ţâşnesc din mine ca dintr-un robinet deschis la maximum.

— Bunicuţa June a fost măritată de cinci ori. De două ori cu acelaşi bărbat şi o dată cu fratele lui.

Jamie e obiectul privirii mele de Turnătoare Foarte Furioasă:

— Focul de tabără de Ziua Muncii pe care-l găzduieşte anual antrenorul Bobby? Aţi observat vreo bere? Nu. Pentru că vrea să le ofere jucătorilor o petrecere distractivă şi sigură înainte de începerea şcolii. Nu e de acord cu băutura şi cu drogurile. Mă ducea acasă după fiecare meci pentru ca mama să nu fie obligată să aştepte în frig, în parcarea şcolii. M-a apărat şi, înainte de mine, a apărat-o pe Robin Bailey, când ceilalţi antrenori din liceu nu ne-au vrut în echipă.

Îmi aţintesc privirea în faţă, prea frământată ca să mă mai uit la vreunul dintre ei.

— Ştiu de ce aţi venit aici. Dar ăştia sunt oameni buni. Doamna Edwards a început un program de donaţii la magazinul bunicii pentru ca fetele care nu îşi pot permite o rochie pentru *Shagala* sau pentru balul de absolvire să poată beneficia de una. La ultimul viscol mare, poliţia tribală a organizat echipe de snowmobile care să treacă pe la fiecare Bătrân cu mâncare. Când feribotul a fost prins în gheaţă, Tribul le-a oferit camere la hotel localnicilor de pe insula Sugar care au fost blocaţi pe continent. Nu îmi place felul în care năvăliţi în oraşul nostru, aprindeţi o lumină şi vă aşteptaţi să vedeţi numai gândaci fojgăind în toate părţile.

Mă macină faptul că vor numai chestiile urâte, fără să le cunoască şi pe cele bune.

— E ca şi cum... ca şi cum nu v-aţi fi câştigat poveştile, le spun.

— Corect, spune Ron. Jamie păstrează tăcerea, se uită la mine doar câteva secunde, apoi întoarce capul spre geam.

Dacă o comunitate ar fi o persoană rănită sau bolnavă, FBI-ul extirpă infecţia sau repară oasele. În caz că e necesar, amputează. Problemă rezolvată.

Sunt singura care vede persoana în întregul ei, nu numai rana.

Sedanul albastru al lui Ron nu se asortează deloc cu maşinile de lux parcate în faţa casei din sticlă şi oţel. Sprâncenele lui Jamie se ridică tot mai sus cu fiecare model scump pe lângă care trecem.

Oftând dramatic, arăt către fiecare maşină în parte:

— Mercedesul Danei. Hummerul lui Levi. Jaguarul lui Mike. Şi BMW-ul antrenorului Bobby. Observ expresia lui Ron, care o oglindeşte pe cea a lui Jamie. Nu e nimic dubios în a avea maşini frumoase, zic. Toţi au bani, cu excepţia antrenorului Bobby. Iar el şi-a câştigat maşina la un turneu de pocher, anul trecut.

Doamna Edwards ne întâmpină la uşă. Ţin desertul ca pe o bombă pe care ea o ia cu graţie. Jamie duce punga cu noul meu Black Berry. Când Ron contribuie şi el cu o pungă de chipsuri, nu pot să nu zâmbesc, deşi sunt supărată pe el. Îmi aminteşte de un văr care apărea la petreceri cu câte o pungă de jeleuri.

Dana mă îmbrăţişează scurt în drum spre ieşire. De fiecare dată aduce o tavă de lasagna pentru bufetul de duminică.

Au trecut numai şase luni de când am fost ultima dată aici, la bufetul duminical al lui Edwards. Am urmărit la video meciul echipei noastre, Sault Blue Devils, pe o plasmă uriaşă prinsă pe perete, analizând fiecare mişcare şi căutând modalităţi de a ne îmbunătăţi jocul. Antrenorul Bobby şi domnul Edwards reproduceau mişcările ca nişte adevăraţi actori. Asta era Înainte, adică acum o viaţă.

În Prezentul acestei Noi Normalităţi Noi, mă ţin de mână cu Jamie. Jocul de hochei de pe ecranul mare nu e al meu. Nu sunt aici ca jucătoare, ci ca „undiţara” iubitului meu care joacă la Supes. Probabil că Jamie îi priveşte pe toţi ca pe nişte suspecţi. Pe fratele meu şi pe prietenii lui. Rectific: prietenii *mei*. Părinţii lui Mike. Antrenorul Bobby. Şi, lângă Levi, antrenorul Alberts, cel care a antrenat Supes în ultimii doi ani.

Unii oameni au fost împotriva angajării lui Alberts pentru că e negru. *Să ne păstrăm mândra moştenire a hocheiului,* ceea ce e un cod pentru *Hocheiul e pentru băieţii Zhaaganaash bogaţi*. Tata a trecut prin acelaşi rahat. Chiar dacă hocheiul nu dă doi bani pe culoarea pielii, unii fani categoric dau.

Doamna Edwards ne invită pe toţi să ne umplem câte o farfurie şi să luăm loc la masă. Îmi aminteşte de buna Mary. Nimeni nu s-a mirat când mama lui Mike a cumpărat buticul. Fusese managerul magazinului şi, înainte de asta, cea mai bună clientă. Doamna Edwards chiar aduce cu buna Mary: zveltă, bob franţuzesc, impecabil îmbrăcată şi niciodată fără un şirag splendid de perle.

Mă enervam când buna Mary o lăuda pe doamna Edwards în faţa mamei. Bunica aprecia stilul nemuritor şi meritul „de a avea grijă de tine însuţi". Îmi amintesc că acum câţiva ani, când mă duceam la magazin să probez rochii, am auzit-o pe buna Mary spunând că există riscul să cresc prea mult şi să nu mai găsesc rochii pe măsura mea. Mama i-a interzis categoric să îmi spună vreodată ceva despre corpul meu, despre greutatea sau despre înfăţişarea mea. *O iau pe Daunis, plecăm din oraş şi nu ne mai uităm în urmă dacă depăşeşti vreodată linia asta.* Nu am auzit-o niciodată pe mama vorbind pe tonul ăsta. Dar buna Mary trebuie să o mai fi auzit cel puţin o dată; de pildă, când mătuşa Teddie a apărut prima dată în casa mare să mă vadă pe când aveam trei luni; atunci, mama a insistat în faţa bunicii şi a bunicului Lorenzo ca eu să nu fiu ţinută departe de familia Păstrătorilor Focului.

Îmi doresc ca mama să-i fi înfruntat aşa şi pentru propria ei persoană.

Când îl văd pe Mike îndreptându-se spre zona din bucătărie unde este amenajat bufetul, am grijă ca eu şi Jamie să ne luăm repede după el. Mă înfig lângă Mike la masa mare din mahon, luminată toată, sub un candelabru dreptunghiular, cu mii de cuburi din cristal. Stăm foarte inconfortabil, scaunele de masă fiind din plastic transparent. Geamul mare, din tavan până-n podea, oferă o imagine spectaculoasă a luminilor albe, roşii şi albastre de pe International Bridge şi a peisajului urban de peste râu. Parcă am fi într-o dioramă sau pe o scenă. În seara asta îmi extind rolul de la Prietena lui Jamie la Fata Interesată de Tot ce Spune Mike Edwards.

— *Shagala* n-o să mai fie la fel fără bunica ta, zice Spune-mi-Grant, care păstrează o expresie întunecată câteva secunde, în semn de respect. E cea mai frumoasă seară a orașului, le spune lui Jamie și lui Ron. Cină, dans, doamnele noastre, care sunt mai încântătoare ca niciodată. Privirea lui zăbovește asupra mea o secundă mai mult.

Mijesc ochii. Probabil așa îi convinge pe jurați să îi achite clienții: o cantitate suficientă de atenție acordată fiecăruia. Înainte de prostia cu Spune-mi-Grant, nu m-am gândit niciodată altfel la el decât ca tatăl lui Mike.

— Nu ți se pare că e o prostie? Încerc să păstrez o voce detașată. Tot timpul și toți banii ăștia risipiți pe o strângere de fonduri? Nu ar fi mai simplu să donăm ceea ce cheltuim pe bilete și rochii și să stăm liniștiți pe la casele noastre? zâmbesc eu dulce.

— E cea mai bună lună a noastră la magazin, amintește doamna Edwards.

— Ajută echipa, intervine Levi. Oamenii sunt mai loiali dacă sunt implicați și ei.

— Apropo de rochii, îmi spune doamna Edwards. Ți-am luat-o înainte și am comandat ceva pentru tine, dat fiind că *Shagala* e peste două săptămâni. Se întoarce spre Mike: A venit rochia lui Macy, a făcut deja o probă. O să comand corsajul în numele tău.

Mă îndrept de umeri.

— Te duci cu Macy? îl întreb pe Mike, încercând să îmi ascund iritarea. Macy Manitou e ca o infecție urinară, înflorește în cele mai nepotrivite momente.

Răspunde Levi în locul lui.

— Fata e între iubiți și Mike avea nevoie de o parteneră. Eu și Stormy ne ducem cu niște gemene din St. Ignace, Carla și Casey. Sau Colleen, ceva...

— Sunt sigură că sunt onorate de entuziasmul tău, zic.

Levi zâmbește. S-ar putea să fiu singurul om din lume care poate să-l ia peste picior și să scape nevătămat.

Conversaţia îşi urmează cursul, iar Bobby laudă o fată de peste râu care a intrat în echipa naţională de fete a Canadei. Nu sunt surprinsă: e cel mai bun înaintaş central împotriva căruia am jucat.

— Nu e prea târziu, îmi spune Bobby cu o voce cântătoare, plină de speranţă. Îi explică lui Jamie: Daunis ar putea lua dublă cetăţenie şi ar putea fi eligibilă pentru echipele naţionale ale ambelor ţări.

Mă încordez din cauza atenţiei bruşte. Încă mă doare. Să devin medic nu a fost singurul meu vis mare. Medicină şi hochei. Să joc la o echipă naţională de femei a fost un ţel pe termen lung. Antrenorul nu ştie că visul ăsta s-a năruit şi a ars cu un an în urmă. Mătuşa e singura care ştie ce am făcut. Acum două veri, am luat o hotărâre uriaşă, care m-a schimbat.

— Ea ar trebui să joace în apărare şi să se pregătească pentru Torino, zice antrenorul Bobby încruntat, referindu-se la următoarele Jocuri Olimpice de Iarnă.

— Nu, am înţeles, intervine Levi. Familia e aici. E greu de plecat. Eu mă bucur că ai rămas, Daunis. Face un semn spre Jamie: Pun pariu că şi tu.

— Da. Jamie se uită în ochii mei ca şi cum aş fi singura persoană din încăperea dintr-o dată prea încinsă.

Îmi tresare stomacul la sinceritatea din vocea lui. Mă ciupesc tare de picior pe sub masă, ca să ies din visul ăsta de-un minut. Pentru o clipă am uitat că Jamie joacă un rol.

Schimb subiectul:

— Aşa deci... ce credeţi că se va întâmpla cu excluderea?

Orice referire la excluderea NHL e ca şi cum ai arunca un prieten într-o mare cu rechini.

Antrenorul Alberts şi Grant prezic că excluderea va închide tot sezonul. Levi şi băieţii iau partea antrenorului Bobby, care e sigur că nu se va ajunge aici. Ron e Elveţia, îşi declară neutralitatea. La un moment dat, când eu şi Jamie intrăm şi noi veseli în joc, realizez că Ron ne observă în tăcere.

Când dezbaterea se stinge, încep să spun câteva povești despre cele mai bune momente ale lui Mike.

— Vă amintiți când a respins pucul? Venea în viteză și el... Și imit o mișcare perfectă de volei. Sau când a căzut pe spate, dar tot l-a blocat cu piciorul?

Părinții lui Mike se uită cu drag la fiul lor, care s-a făcut roșu la față.

— Bun, gata. Hai, Dauny, hai să-ți aranjăm telefonul, zice Mike ca să-mi închidă gura.

Vremea Veveriței Secrete. Îl urmez pe Mike, care ia punga cu telefonul meu cel nou.

— Noi vorbim în continuare despre tine, strigă Levi după noi când coborâm scările.

Planul meu e să las ceva în dormitorul lui ca să am o scuză să mă întorc după câteva minute. Biroul lui Spune-mi-Grant e lângă vizuina de la subsol a lui Mike. Inima îmi bate cu putere la gândul că voi vedea mobilierul de birou pe care l-a folosit bunicul Lorenzo. Când buna Mary i-a vândut doamnei Edwards afacerea și imobilul din oraș, a inclus și mobilierul din biroul bunicului de la etajul al doilea. Îmi imaginez că picioarele mele sunt grele ca plumbul, ca să evit să încep un dans al Focului, un staccato cu pași mici și repezi ca bătăile de aripi ale unei păsări colibri.

Am mai fost în camera lui Mike în serile de duminică când așteptau prea mulți la rând la baia mare. Între camera lui și biroul lui Grant e o baie de serviciu. Poate trece lesne neobservată pentru că nu are acces prin camera de zi.

Dormitorul lui Mike mă distrează la culme, mai ales altarul lui închinat lui Gordie Howe. Un tricou cu numărul 9 e cocoțat pe un cadru mare pe perete, atârnând deasupra unei măsuțe elegante, pe care arde o lumânare în fața unei poze înrămate cu autograf de la legenda Red Wings. Arunc un ochi pe furiș spre computerul iMac ultimul răcnet de pe biroul lui Mike. Un pat mare, cu un poster deasupra capului: Red Wings 2002, pozând cu trofeul de la Cupa

Stanley. Rafturi de cărţi se înşiră pe toţi pereţii care sunt plini cu trofee de hochei, multe cărţi şi suvenire Red Wings.

Ne aşezăm pe marginea patului lui şi scot telefonul nou. Mike mă îndrumă pas cu pas. Deşi îmi place cum se simte în mână telefonul ăsta, mă prefac că nu înţeleg mare lucru, ca să-i dau impresia că am mare nevoie de el.

— De ce îi zice BlackBerry dacă e albastru? Şi rotiţa asta de pe laterală mi se pare ciudată, mă smiorcăi eu, învârtind cu degetul bumbişorul de pe laterala dispozitivului.

Mike se uită la mine şi chicotim amândoi copilăreşte. Când termină lecţia de BlackBerry, fac scăpat telefonul vechi în partea îndepărtată a patului lui. Cuvertura groasă înăbuşă zgomotul căderii. Ne întoarcem sus.

Antrenorul Bobby şi Spune-mi-Grant reproduc momente din jocul de aseară. Au aceeaşi înălţime şi constituţie, iar în blugii şi tricourile lor roşii Red Wings juri că-s gemeni.

În timp ce toată lumea le urmăreşte spectacolul, profit de ocazie şi mă duc jos să-mi „caut" telefonul vechi. Din camera lui Mike intru repede în baie. Planul meu încropit pe genunchi e următorul: încui uşa băii lui Mike, deschid lumina şi ventilatorul zgomotos de evacuare, apăs pe clanţa biroului lui Spune-mi-Grant şi răsuflu uşurată când se deschide.

Am intrat.

**Operaţiunea Veveriţa Secretă:**

1. Să cercetez din priviri încăperea, folosind lumina de la baie.
2. Să iau pătura Red Wings de pe fotoliu şi să o îndes în partea de jos a uşii care dă spre camera de zi.
3. Să aprind lumina din plafon.

Mi se taie răsuflarea la vederea mobilierului de birou: masa, bufetul scund, corpurile de bibliotecă asortate. Lemnul de trandafiri, de un maro roşcat intens, are linii simple, spre deosebire de mobilierul din mahon sculptat de mână care este în biblioteca bunicului Lorenzo din casa mare. Îmi trec degetele peste blatul biroului.

O înţepătură care prevesteşte plânsul se instalează în nasul meu, ca şi cum cineva mi-ar fi pus dinainte o sticluţă cu săruri de amoniu ca să mă readucă la luciditate.

*Hai, surioară, iroseşti lumina zilei.*

4. Să scot camera digitală minusculă din bustieră şi să fac poze cu conţinutul fiecărui raft cu documente: cărţi care ar putea include titluri relevante, poate legate de chimie, fotografii înrămate cu tatăl lui Mike la evenimente de hochei, care ar putea să dea indicii despre locuri ce au legătură cu drogurile din zona Marilor Lacuri sau să dezvăluie relaţiile lui cu persoane considerate suspecte de FBI.

Ori de câte ori mătuşa îşi vâră telefonul şi rujul în sutien, îi spune geantă Nish sau „buzunarul de sus". Buzunarul meu de sus e un spaţiu infim, în care abia dacă încape o cameră foto micuţă fără a crea impresia unui sân unic.

5. Să verific sertarele din bufet şi să pozez etichetele tuturor dosarelor.

Încuiat. Obstacol minor. Nu-i nimic. Am un plan de rezervă.

6. Să trag sertarul de sus al biroului până la capăt şi să iau cheia care ar trebui să fie în cuierul micuţ din capătul acestuia.

Nu-i acolo. Obstacol major. Înjur înăbuşit, mă uit în jur, căutând idei pentru un plan de rezervă la planul meu de rezervă. Ceea ce văd îmi taie răsuflarea.

Urmele paşilor mei. Întipărite în covorul gros de culoarea fildeşului, ca o potecă prin zăpadă.

Vocea unchiului David mă grăbeşte. *Intră în miezul problemei, Daunis. Identifică-ţi nevoia. Evaluează-ţi resursele. Dezvoltă un plan. Eşalonează-ţi paşii.*

Paşii – urma lor – sunt problema mea. Dar nu am resurse, numai trofee, diplome înrămate şi cărţi. O mulţime de cărţi.

Cărţi.

Mă duc repede la rafturi şi scot un album de artă care pare a avea lungimea şi lăţimea unui aspirator. Îl apuc de cotor şi îl târăsc pe covor ca să creez impresia unor urme de aspirator. Rezultatul nu este chiar ideal, dar suficient de aproape. Sting lumina şi arunc pătura pe fotoliu. Merg cu spatele spre baie; simt cum transpiraţia mi se prelinge de pe frunte, de-a lungul obrajilor, în jos pe gât. Înapoi în baie, ascund albumul după masa de machiaj. Fata din oglindă respiră adânc. O privesc lung, fata asta pare separată de mine. Clipesc până redevin eu însămi. Trag apa la toaletă, mă spăl pe mâini şi mă stropesc pe faţă cu apă rece. Ultimul pas e să dau cu spray dezodorizant, ca şi cum aş fi avut cea mai glorioasă defecare din viaţa mea.

Deschid uşa de la baie şi sar speriată.

Mike. În faţa mea. Pe jumătate rânjind. Cu scântei în ochii spălăciţi.

— N-are rost, Daunis. Ştiu ce pui la cale, zice Mike.

# CAPITOLUL 25

Mâncarea din stomacul meu se acreşte brusc. Mike ştie. Îmi blochează accesul spre uşa dormitorului. Are mâinile în buzunarele din faţă ale blugilor. E... amuzat.

— Te-ai întors.

Postulează un lucru evident. Mike Edwards ştie.

— Baie, zic eu, postulând propria mea evidenţă. În plus, mi-am uitat telefonul. Trăgându-mă înapoi spre partea îndepărtată a patului lui, scotocesc după telefon. Îl flutur spre Mike şi îl îndes în buzunar.

— Nţ... ştiu care-i treaba de fapt. Închide spaţiul dintre noi. Cu lejeritate, chiar. Plin de sine.

Rahat. Cum scap din asta? Ţip? Un şut în boaşe? Ambele?

Mike se opreşte în faţa mea. Închid ochii, aşteptând să îmi spună că sunt o spioană nenorocită, care caută să afle mizerii despre tatăl lui...

Buze umede se lipesc de gura mea.

— Ce mama naibii? Îl împing.

— Cum? Mike pare la fel de surprins ca şi mine. Ai încercat să mă agăţi toată seara.

— Eu... eu... Recapitulez rapid cuvintele şi acţiunile, dar nu din motivul pe care-l crede el.

— Ţi-am văzut faţa. Eşti geloasă că mă duc cu Macy la *Shagala*, zice Mike. Pare sincer nedumerit. Şi... nu mai suntem colegi de echipă.

— Dar suntem prieteni, zic eu. De când a făcut cea mai bună echipă de călătorie cu Levi.

— Şi cu TJ ai fost prietenă înainte să vă combinaţi.

— TJ nu a făcut niciodată parte din Lumea Hocheiului, subliniez eu.

— E o problemă că sunt mai mic decât tine?

— Cum? Nu. Da. Nu. Încerc să înţeleg sensul discuţiei ăsteia. Te ştiu de-o viaţă. Eşti ca un frate pentru mine.

— Nu sunt fratele tău, zice el tăios.

— Dar, Levi...

— Crede-mă când îţi spun că nu îmi este frică de Levi. Ar putea fi micul nostru secret. Rânjetul ăsta. Îmi dau brusc seama cum trebuie să fi arătat Spune-mi-Grant la şaptesprezece ani.

Jamie. Abia acum îmi amintesc că am un prieten.

— Dar sunt cu Jamie, zic pe nerăsuflate.

— Ei, nu prea văd cum o să meargă treaba la distanţă. Pare genul care stă un sezon, două pe aici şi pleacă.

— Poate nu vreau să rămân nici eu aici.

— Serios? Râde de parcă aş fi spus ceva ridicol. Presupun că nu o să pleci niciodată, pentru că aici eşti ca o regină. Eşti legată de toată lumea. Afară – face un semn vag cu mâna – eşti un nimeni.

Are dreptate oare? Aşa mă văd ceilalţi oameni? Mereu m-am simţit cu un pas în afara centrului, atât în oraş, cât şi în rezervaţie.

— Nu... nu mă atragi. Nu aşa. Caut o replică salvatoare. Dar sunt o mulţime de fete care... se gândesc aşa la tine.

— Te crezi cumva prea bună pentru mine? Vocea lui coboară ameninţător. Pentru că nu eşti, să ştii. Mai bună decât mine.

Mike ăsta – brusc agresiv – mă sperie. Caut cuvintele potrivite ca să îi potolesc furia crescândă. Nu-mi vine nimic în gând. Mi-aş dori să mă caute Jamie. Acum.

— Tata are dreptate, şuieră el. Fetele sunt doar o distracţie. Am crezut că tu eşti altfel. Dar nu eşti. Îmi aruncă o privire dezgustată, se răsuceşte pe călcâie şi pleacă.

Nu aşa mi-am imaginat că va decurge seara.

Credeam că îl cunosc pe Mike Edwards. Prietenul poznaş al fratelui meu, colegul lui de echipă. Fostul *meu* coleg de echipă. Cel pasionat de calculatoare, care mi-a setat telefonul în seara asta. Pe tipul ăsta îl cunosc.

Dar pe cel care m-a sărutat şi n-a vrut să-mi audă refuzurile? Nu ştiu cine e omul ăla.

Asta se va întâmpla în cursul acestei investigaţii? Voi afla lucruri noi despre oamenii pe care credeam că îi cunosc?

Când mă întorc sus, mă duc spre blatul de bucătărie, din capătul livingului. Aparatul video merge şi acum; toată lumea aplaudă când Mike blochează o lovitură de ultim moment a celor de la Mudbugs.

Jamie se apropie. Are sprâncenele ridicate, ca nişte antene de detectiv.

— Toate bune? îmi şopteşte la ureche. Încuviinţez, iar el continuă: Pot să te ţin de talie?

Încuviinţez, iar de data asta pe bune. Braţul lui mă înconjoară şi palma se odihneşte firesc pe şoldul meu.

Mă las pe el, brusc epuizată.

Când vine momentul să plecăm, doamna Edwards îmi aduce vasul de cristal al mamei, spălat. Îi mulţumesc pentru seara minunată. Evit să mă uit spre Mike când băieţii se salută ciocnindu-şi pumnii.

— Ne vedem în zori, zice Levi.

Nu vreau să fiu în preajma lui Mike, mai ales la alergarea de dimineaţă.

— Hei, zic eu. Vreau să măresc distanţa, aşa că va trebui să reduc ritmul. Nu vreau să vă încetinesc. Mă duc singură.

— Pot să vin cu tine? întreabă Jamie.

— Ne părăseşti pentru o fată? Hai, omule, zice Levi cu un zâmbet larg.

— Mi-ar plăcea, zic eu.

Pe drumul spre casă stau în spate, cu Jamie. Se apleacă şi mă ia de mână. Nu mă retrag.

— Părinţii lui Mike fac asta în fiecare duminică? întreabă el.

— Mda. În fiecare duminică în timpul sezonului de hochei. Anul trecut se dădeau petreceri pentru echipa universitară. După-amiaza luam cina de duminică acasă, în casa mare, şi o a doua cină seara, acasă la familia Edwards.

— Tatăl lui Mike şi antrenorul Bobby îşi urmează de fiecare dată rutina?

— Da. Cină şi show.

Jamie îşi împleteşte degetele cu ale mele. Corpul meu ripostează cu opusul încordării; se topeşte şi trece din stare solidă în stare lichidă.

— Desertul făcut de mama ta a fost preferatul meu, te rog să-i spui.

— Adevăratul tău favorit? îl necăjesc eu.

— Adevăratul meu favorit. Mă strânge de mână. Ce mişto e să analizezi aşa meciurile tocmai jucate. Iar casa lor... N-am mai fost niciodată într-un astfel de loc. Zici că e din reviste. Crezi că mă mai invită?

Nu pot să nu zâmbesc. Jamie e la fel de entuziasmat ca un copil care se duce prima dată la Disney World. Sunt sigură că a jucat în multe echipe de hochei, a fost la multe cine de echipă. Ce-or fi având cei de la Sault Superiors în plus, de-l fascinează aşa?

Când Ron trage pe aleea mea, îl întreb dacă a încercat noua spălătorie de maşini de la centrul comercial. E codul nostru pentru a întreba dacă pot să vorbesc în siguranţă despre investigaţie în maşină.

Încuviinţează.

— Am fotografiat toate rafturile din biroul lui Edwards, de la subsol. Bag mâna în sutien şi îl simt pe Jamie foindu-se stânjenit lângă mine. Îmi dau ochii peste cap şi scot camera. Din păcate, nu am putut să văd şi dosarele pe care s-ar putea să le ţină acasă, nu la birou. Biroul lui a fost al bunicului meu. Am crezut că cheia sertarelor cu dosare e acolo unde ştiam eu că era, dar nu am găsit-o.

Ron îmi aruncă o privire lungă, apoi zice:

— E de mare ajutor, zice. Mulţumesc.

Le spun noapte bună şi iau vasul mamei. Coboară şi Jamie şi mergem împreună spre uşa din faţă.

— Nu ar trebui să te sărut, în caz că se uită mama ta? şopteşte.

Se aprinde lumina de la intrarea din faţă. Izbucnim în râs.

Jamie se apleacă. În loc de obraz, sărutul lui aterizează pe maxilarul meu.

— Doamneee, lungesc eu intenţionat cuvântul. Credeam că hocheiştii ţintesc mai bine.

E cu spatele la maşina lui Ron. Numai eu îi văd zâmbetul care îi cuprinde ochii şi îi încreţeşte cicatricea. Vreau s-o sărut. În loc să analizez impulsul, îi cedez. *Combustie prin osmoză.*

Buzele mele îi ating obrazul, simţind mica umflătură pe pielea netedă. Respiraţia lui se precipită, ceea ce îmi trimite fiori din cap până-n picioare. Îl sărut. Un sărut perfect, delicat, care se încheie repede; cicatricea lui e trasă în sus de un zâmbet pe care-l pot simţi, dar nu-l pot vedea.

Îl las pe Jamie pe alee şi urc toate cele trei trepte dintr-o săritură.

A doua zi dimineaţă, Jamie nu e pe aleea mea. Nu e stilul lui să întârzie. Abia aşteptam să alerg cu el, mai ales după ce l-am sărutat aseară.

Şi dacă nu i-a plăcut? Dar i-am simţit zâmbetul la jumătatea sărutului. I-a plăcut.

Mă concentrez asupra rugăciunii. În dimineaţa asta cer *gwekowaadiziwin*. Nu m-a părăsit ironia. Cer onestitate, dar eu acum nu fac decât să înşel oamenii. Firele de *semaa* aterizează pe frunzele galbene de la baza plopului.

Frunze. Cădere.

Săptămâna asta e prima zi de toamnă. Culorile toamnei se instalează timpuriu în U.P. În general, prima zăpadă cade undeva între începutul lui octombrie şi sfârşitul lui noiembrie. La 1 octombrie e ziua mea. În nici două săptămâni.

Rahat. Vremea mi-ar putea întrerupe oricând vânătoarea de ciuperci.

Tocmai termin încălzirea pe alee când apare Jamie.

— Ai întârziat, îi zic, întâmpinându-l.

Îndrugă o scuză, dar nu dă detalii.

O luăm în direcţia opusă rutei noastre obişnuite. Cu cât îl văd mai puţin pe Mike Edwards, cu atât mai bine. Ritmul meu se apropie de cel pe care l-am menţinut cu băieţii de când alergăm împreună, de la începutul şcolii.

— Am crezut că vrei o distanţă mai mare, zice Jamie.

Ţine uşor pasul cu mine, abia dacă gâfâie uşor.

— Schimbare de planuri... Trebuie să mă întorc... pe insula Duck... să caut ciuperci... înainte ca totul să fie acoperit... de frunze.

— Lipseşti de la cursuri?

– Consideră-l un studiu... independent... despre fungi.

Alergăm în susul râului, spre Sherman Park. Îmi face bine să mă forțez așa. Cu cât terminăm mai repede, cu atât mai curând mă pot întoarce pe insulă.

— Nu cred că ar trebui să lipsești de la cursuri, zice el, în timp ce ocolim parcarea de lângă un teren de joacă aflat pe chei.

— De ce... îți bați capul... cu chestia asta?

— Pentru că, Daunis, când se va termina ancheta, va trebui să te întorci la viața ta. Să scoți povestea asta – și pe toți cei implicați – din mintea ta. Să joci hochei la Michigan. Sau să te duci în altă parte. Nu lăsa ca această investigație să îți schimbe viața.

Mă opresc. Ce tupeu pe Jamie, să îmi dea mie lecții despre schimbare, când el e cel care s-a schimbat. De aseară până acum. Furia mea include o undă de jenă pentru că îmi amintesc cum i-am sărutat aseară cicatricea, din impuls.

— Ce-i? întreabă el, alergând înapoi la mine.

Expresia lui total nedumerită mă scoate din fire.

— Totul *s-a schimbat*. Mă bucur să-l văd pe Jamie clătinându-se sub cuvintele mele. S-a schimbat din clipa în care Travis a împușcat-o pe Lily, reușesc să articulez între două răsuflări greoaie. Ba nu, înainte de asta, când a scos pistolul din blugi. Ba nu. Când a murit unchiul... sau când a început să se poarte ciudat pentru că vă ajuta pe voi.

Îl fixez cu răceală.

— Și nu există hochei la facultate pentru mine.

Jamie crede că ar trebui să joc la Universitatea din Michigan. Ca și cum viața mea s-ar putea întoarce Înainte.

— De ce?

— Informația asta nu-ți este accesibilă, repet eu cuvintele lui din weekendul din Marquette.

Nu știe despre decizia mea stupidă, care mi-a schimbat viitorul. La urma urmelor, Jamie e aici temporar.

După ce se va termina ancheta, se va întoarce şi el la viaţa lui.

Grăbesc ritmul pe restul drumului până acasă. Spre deosebire de seara în care a fugit după mine pe drumul întunecat de pe insula Sugar, de data asta Jamie nu mă ajunge din urmă.

De data asta îmi dă drumul.

Când termin alergarea, mama tocmai se duce spre maşina ei. Îmi trimite o bezea, ca să nu o ud cu transpiraţia mea. Când dă înapoi pe alee, coboară geamul şi îi face semn cu mâna lui Jamie, care îi răspunde în acelaşi fel.

— Fata mea te-a întrecut azi, zice ea cu mândrie.

— Aşa e. Zâmbetul lui e plăcut, dar nu îi încreţeşte cicatricea.

Jamie nu face exerciţiile de final cu mine, dar nici nu pleacă.

— Daunis, cred că ar trebui să alerg cu băieţii de acum înainte.

— Ah.

Alte schimbări. *Nu-l lăsa pe prefăcut să îşi dea seama că ţi-a intrat pe sub piele*, îmi spun.

— Încep să mă trateze ca pe un coleg de echipă, zice el precipitat. Ar fi mai bine să stau cu ei, să le ascult poveştile. Să adun mai multe informaţii care ar putea ajuta la anchetă.

— Sigur, zic eu cu o voce relaxată. Nicio problemă.

O iau spre casă, destul de stingherită.

— Bun. Trebuie să fac un duş şi să prind feribotul. Ciupercile halucinogene mă aşteaptă.

Nu mă uit înapoi în timp ce urc şchiopătând treptele din faţă.

*Ciupercile halucinogene aşteaptă? Eşti o tocilară.*

*Lily, cred că relația mea falsă s-a terminat cu adevărat.*

Fac progrese semnificative până spre sfârșitul dimineții de vineri. Nu că aș fi găsit o ciupercă necunoscută, dar sunt aproape de capătul nordic. Aș fi putut termina astăzi, dacă nu m-ar fi împiedicat trei lucruri.

Mai întâi, m-au încetinit frunzele. Săptămâna asta, în fiecare zi au fost frunze pe jos. Cu acest covor în culori magnifice, a durat mult mai mult să periez temeinic fiecare bucată.

În al doilea rând, în fiecare zi a trebuit să mă opresc la 11, să fug la feribot, să o iau pe bunicuța June de pe continent și să o aduc la masă, ca de obicei. Pauza asta mă costă trei ore de lumină bună de zi.

Dar merită fiecare minut.

Fac un târg cu mine însămi. Chiar dacă mint în privința locurilor pe unde umblu, chiar dacă le spun oamenilor că sunt la cursuri sau la bibliotecă, măcar să am grijă de bunica și să-i ajut pe Bătrâni.

Pe mătușa o evit, pentru că nu sunt o actriță suficient de bună ca să o mint și pe ea. Îmi dă mesaje și mă sună zilnic, invitându-mă la ea. De fiecare dată îi trimit un mesaj cu o scuză inventată. Învăț. Sunt cu Jamie. Fac ceva pentru bunicuța June sau pentru mama. E greu și îmi este și mie dor să dorm cu Pauline și cu Perry, dar știu că mătușa ar mirosi imediat că ceva nu se leagă. Lui Teddie nu-i scapă nimic.

Astăzi apare și al treilea motiv pentru care nu-mi termin căutarea ciupercilor. Trebuie să prind feribotul imediat după ce se servește prânzul, ca să mă pot întâlni cu Ron la punctul de îmbarcare pentru Autobuzul Suporterilor. E un drum de cinci ore până la Green Bay, Wisconsin, unde toate echipele din ligă participă la un weekend de prezentare a meciurilor.

Veverița Secretă pornește la drum.

Intru cu bunicuţa June în sala de mese, care pare mai aglomerată decât de obicei. Probabil servesc ficat cu ceapă azi. N-o să înţeleg niciodată de ce un organ spongios de vacă aduce atâţia *nokomis* şi *mishomis* din toate colţurile comitatului Chippewa. Pur şi simplu, aşa stau lucrurile.

Încremenesc când o văd pe mătuşa stând lângă Minnie Mustang. În sală se face linişte. Toată lumea se uită la mine. Până şi Seeney Nimkee mă fixează din partea cealaltă a încăperii. Mătuşa vine spre mine.

Rahat. Asta seamănă a intervenţie.

Ce naiba am făcut?

# CAPITOLUL 26

După o îmbrăţişare scurtă, mătuşa îmi face semn să iau loc.

— Trebuie să-i aduc prânzul şi cafeaua bunicii, zic.

— Nu, fata mea, zice bunicuţa June. Trebuie să stai jos.

Bunicuţa face parte din intervenţie? De un infinit de ori rahat. *Chi moo.*

Dacă e vorba despre investigaţie? Cât de multe ştiu? Care e cea mai mică bucată de adevăr pe care aş putea s-o spun şi care să nu semene a minciună?

Mătuşa pune un plic mare, galben, în faţa mea. Ce?

— Ce-i asta, mătuşă?

— Deschide-l, zice. Nu am vrut să fac asta aici, dar m-ai tot evitat.

Vinovăţia îmi arde obrajii. Deschid plicul şi din el cad două fotografii. Inima îmi stă în loc când văd doi copii patinând cu un bărbat masiv.

O fotografie color cu tata, Levi şi cu mine. Mă uit după eşarfa lui verde, dar nu e acolo. Cealaltă e o poză alb-negru, cu tata care mă ţine în poală. Sunt bebeluş, dar părul meu negru iese în evidenţă. Ochi mari. Pielea albă, în contrast cu a lui. Se uită la mine şi zâmbeşte.

Rămasă fără cuvinte, întâlnesc privirea mătuşii.

— Întoarce-o, spune.

E scrisul deosebit al tatei. A scris un singur cuvânt pe spate: N'Daunis. Un *n* pus în fața unui cuvânt reprezintă adăugarea pronumelui posesiv *al meu/ a mea. Fiica mea.*

— Josette le-a găsit, când făcea curat în podul mamei ei. Strămătușa Nancy avea câteva cutii rotunde pline cu fotografii vechi. Continuă, mă îmboldește mătușa.

Scot din plic un teanc de acte. Cel de deasupra mă face să tresar.

CERERE PENTRU ÎNREGISTRAREA TRIBALĂ – CIRCUMSTANȚE SPECIALE

Mătușa încuviințează din cap și îmi face semn să citesc mai departe.

O scrisoare legalizată la notariat, prin care mama arată că era minoră când a născut, iar părinții ei au refuzat să treacă numele tatălui meu pe certificatul de naștere. Afidavit[8] de la Theodora Sarah Păstrătoarea Focului Birch, Josette Elaine Păstrătoarea Focului și Norman Marshall Păstrătorul Focului, care trecuse în paranteză porecla, Monk, căci nimeni nu a mai folosit vreodată prenumele oficial după ce l-a botezat preotul. E și un arbore genealogic al familiei Păstrătorii Focului, cu numele a trei rude subliniate. Mătușa a trecut în dreptul fiecăruia relația oficială de rudenie. Nu am știut niciodată că verișoara Josette îmi este vară de-a doua. Sau că Monk este străunchiul meu, cu toate că e cu un an mai mic decât mătușa Teddie. Toți trei atestau că Daunis Lorenza Fontaine este fiica biologică a lui Levi Joseph Păstrătorul Focului Sr.

— Ai timp până în ziua în care împlinești nouăsprezece ani să completezi cererea, împreună cu testul de paternitate pe care o să-l facem noi două pentru certificarea genealogiei, zice mătușa.

Ziua mea e la 1 octombrie. Peste șapte zile.

Asta.

---

8 Declarație dată în fața unui notar sau a unei instanțe judecătorești (n. tr.).

Mi-am dorit asta din ziua în care am înţeles că a fi Anishinaabe şi a fi cetăţean înregistrat nu sunt neapărat unul şi acelaşi lucru.

Mintea mea îşi ia zborul, amintindu-mi de eforturile lipsite de succes ale bunicuţei June de a face asta pentru Lily.

Pot deveni membru. Doar că... pentru mine, asta nu schimbă cu nimic lucrurile.

Sunt Anishinaabe. De la prima respiraţie. Chiar şi dinainte, când spiritul meu călătorea încoace. Şi voi fi Anishinaabe şi după ce inima mea va înceta să bată şi voi călători spre următoarea lume.

Toată viaţa mi-am dorit validarea identităţii mele din partea celorlalţi. Acum, că e aici, la îndemână, îmi dau seama că nu am *nevoie* de ea.

— *Miigwech*. Respir adânc. Dar nu am nevoie de un act care să mă definească.

— Ştiu că nu ai nevoie, Daunis, zice mătuşa. Dar acesta este un dar de la tatăl tău.

Mă gândesc la asta. Am trăsăturile lui. Înălţimea. Graţia lui pe gheaţă. Mama spune că am râsul lui. Tata mi-a dăruit multe. Tot ce mi-am dorit a fost mai mult timp cu el.

Odată, în cele trei luni cât am fost iubita lui TJ, am fost la el acasă să vedem meciul Packers-Lions. Sora mai mică a lui TJ, Teela, se cuibărise lângă tatăl lor pe canapea, cu capul pe pieptul lui. Toată lumea aplauda zgomotos, dar ea a adormit acolo, ascultând bătăile regulate ale inimii tatălui ei. Mi-aş fi dorit enorm să am şi eu parte de aşa ceva.

Bunicuţa zice:

— Decizia ta nu te priveşte numai pentru tine. Îi priveşte şi pe copiii tăi. Pe nepoţi.

Oamenii zic că e bine să gândeşti cu şapte generaţii înainte când iei decizii mari, pentru că viaţa viitorilor noştri străbuni – cei care vor veni într-o zi, cei care vor fi odată Bătrâni – va depinde de alegerile pe care le facem noi azi.

Investigaţia. Îmi amintesc de sugestia lui Ron, care zicea că înregistrarea ar putea să mă ajute în eforturile mele. Aşa să fie? Mi-e ruşine că am îngăduit acestui gând să răsară, fie şi pentru câteva secunde.

Un alt gând îşi face loc în mintea mea: aşa cum mi-a amintit azi-dimineaţă, Jamie e aici temporar. Cei de la FBI sunt interesaţi numai de ceea ce se întâmplă acum. Ei nu îşi pot imagina că acţiunile lor ar putea avea efecte mult mai îndepărtate.

Poate tocmai de aceea e mai important ca eu să fiu implicată în investigaţie, dat fiind că sunt singura care gândeşte cu şapte generaţii înainte.

— Bine, încuviinţez eu. Vreau să mă înregistrez.

Mătuşa zâmbeşte. Îmi era dor de zâmbetul ei.

— Mai e o cerinţă, zice ea. Ai nevoie de trei depoziţii de la Bătrâni din trib care nu sunt înrudiţi cu tine sau nu sunt rude mai apropiate de gradul al treilea.

Mintea mea caută cu febrilitate oameni care m-ar ajuta. Bunicuţa June, desigur. Şi Minnie. Şi dacă l-aş ruga pe Jonsy Kewadin?

Seeney Nimkee se apropie de masă. Pune o foaie de hârtie în faţa mea. E un afidavit care atestă paternitatea mea, cu semnătura ei. Certificat de judecătoarea Dana Păstrătoarea Focului.

Încerc să vorbesc, dar cuvintele mi se opresc în gât. Mă ridic şi o îmbrăţişez. Ea mă bate pe spate ursuză.

Când Seeny mă lasă din braţe, bunicuţa îmi înmânează al doilea afidavit. Clipesc repetat. Nu ca să îl chem pe tata, ci pentru că, printre lacrimi, abia dacă văd coada care s-a format în spatele bunicii June şi al lui Minnie.

Solicitarea mea pentru înregistrarea tribală va include douăzeci şi şase de depoziţii de la Bătrâni.

---

În drum spre Chi Mukwa Arena, alternez între râs şi plâns. Uşile compartimentului de bagaje sunt deja închise, aşa că sar în Autobuzul Suporterilor cu rucsacul în mână. Trezoriera îmi ia cecul pentru transport, gustări şi două nopţi de cazare. Aştept puţin, întrebându-mă dacă zvonurile sunt pe punctul de a se adeveri şi îmi va da să semnez un acord de confidenţialitate.

— Gata, eşti în regulă. Du-te şi găseşte-ţi un loc. Desface o bere şi mi-o întinde.

Nepotul ei a absolvit odată cu mine; ştie că nu am douăzeci şi unu de ani. O accept.

Cineva mă strigă din spatele autobuzului. Spune-mi-Grant face semn către un scaun liber alături de el. Scanez autobuzul ca să găsesc o altă variantă şi observ cu încântare că Ron mi-a ţinut un loc.

Echipa a plecat ieri. Jucătorii care sunt la liceu au program special, iar programarea meciurilor are prioritate în faţa orelor de şcoală. Cererea lui Ron pentru un suplinitor pentru o jumătate de zi a fost acceptată fără tam-tam, pentru că, atunci când vine vorba de hochei, mereu se fac învoiri.

Cei mai mulţi suporteri sunt Zhaaganaash; nu văd decât doi nativi. Îi spun lui Ron că autobuzul e urmat de o caravană de rulote, multe dintre acestea fiind pline cu Nishnaab care preferă rulotele şi trailerele personale.

— De ce? întreabă Ron, cercetându-i atent pe cei cincizeci şi ceva de oameni care beau şi discută amical.

Când difuzoarele autobuzului explodează în acordurile de pian din deschiderea imnului călătoriei, *Don't Stop Believin'*, patru şiruri de femei îşi pierd cumpătul şi încep să ţipe şi să ţopăie.

— De-asta. Şi fac semn cu capul spre ele. Multe dintre ele sunt deja *giishkwebii* şi nici măcar nu am ieşit bine din oraş. Am auzit suficiente poveşti despre asta.

Ron râde pe înfundate şi aruncă o privire discretă în jur.

Şoptesc:

— Printre ele sunt şi cele care spun că indienii nu rezistă la băutură sau că plăţile *per capita* nu pot cumpăra clasa.

Una dintre dudui e aşa de înflăcărată de vocea magică a lui Steve Perry, încât îşi ridică scurt tricoul în faţa unui şofer de camion care trece pe lângă autobuzul ce se îndreaptă spre sud, pe I-75. Lumea izbucneşte în urale când şoferul claxonează în semn de apreciere. Mă apucă râsul la vederea expresiei uluite a lui Ron.

Sunt încă năucită, copleşită de bucurie când rememorez momentul în care fiecare Bătrân mi-a înmânat afidavitul şi m-a îmbrăţişat. E un sentiment atât de profund, trebuie să existe un cuvânt în Anishinaabemowin pentru el. În limba nativilor, substantivele sunt fie animate, vii, fie inanimate. Am s-o întreb pe mătuşa dacă şi sentimentele sunt animate, pentru că acesta are o energie foarte bună.

Călătoria îşi urmează cursul, iar eu scot o carte din rucsac. Conform orarului, săptămâna viitoare e programat un eseu despre *Zgomotul şi Furia* la cursul de Literatură Americană.

Îmi petrec următoarele două ceasuri încercând să citesc. Cu colţul ochiului, îl surprind pe Ron observându-mă.

— Ce e? întreb eu, închizând cartea.

— Nu ai dat nicio pagină în douăzeci de minute, zice el.

— Ei bine, e cumplit de greu de citit! Urmăreşte fluxul de conştiinţă al cuiva, gândurile îi umblă în toate părţile, timpul sare de colo colo. E foarte greu de urmărit.

Lily ar fi trebuit să mă ajute să merg dincolo de suprafaţă şi să găsesc semnificaţiile profunde.

— Benjy, îl numeşte Ron pe naratorul din prima parte a cărţii.

Îmi cade faţa.

— Ai citit Faulkner?

— Timpul e o temă, Daunis. Gândurile lui Benjy nu sunt constrânse de timp, dar fratele lui, Quentin, e legat de el.

Uau. Iată: semnificația profundă de dincolo de priceperea mea. Mai înțelege cineva în afară de mine?

— Poveștile ar trebui să curgă de la A la B la C, zic eu.

— Poate vorbește omul de știință din tine. Care vrea ca totul să urmeze o secvență precisă.

— Îhî. Dar și tu ești om de știință, Ron. În plus, de când ordinea e un lucru rău? Taxonomia, de pildă: clasificarea organismelor vii și dispărute, după un sistem de clasificare cu opt paliere: domeniu, regn, încrengătură, clasă, ordin, familie, gen, specie. La fel și cu tabelul periodic al elementelor. Regulile sunt un lucru bun. Cum poți avea încredere în necunoscut?

Ron zâmbește:

— Gândirea neliniară poate fi confuză, ca gândurile lui Benjy, dar, dacă faci un pas în spate sau o urmărești până la capăt, uneori cercul se închide.

— Hmm, fac eu, nu prea convinsă.

— Poate cheia e răbdarea. Încrederea că răspunsurile ți se vor dezvălui când vei fi pregătită.

Surprinsă, mă întorc și mă prefac că mă cufund din nou în cartea mea, reținându-mi lacrimile când autobuzul ajunge în Wisconsin.

Am avut o conversație care nu are nimic de-a face cu ancheta.

Ron îmi amintește de unchiul David, care îmi explica răbdător lucrurile pe care nu le înțelegeam. Nu-mi amintesc să mă fi gândit la unchiul meu astăzi. Asta înseamnă că durerea se diminuează?

Oare va veni o zi când Lily nu va mai fi zi de zi în gândurile mele? Durerea e o nemernică perversă și crudă. Iubești o persoană, apoi ea dispare. Trecut. Uiți de ea o oră, o zi, o săptămână. Cum se poate una ca asta? Se poate, pentru că amintirile sunt inconstante; pălesc. Am vrut să ajut investigaţia pentru Lily. Acum, motivele mele nu mai sunt aşa de clare. Mă îngrozeşte gândul că lumea – şi eu – îşi va urma cursul fără Lily.

Restul călătoriei cu autobuzul e ca o ceaţă. Nu se ridică până ce nu ajung la meci, în tribune, când Spune-mi-Grant se înfige lângă mine. Doamna Edwards nu vine la meciurile din deplasare în preajma petrecerii *Shagala*, care se apropie rapid: e perioada ei preferată şi cea mai aglomerată din an. Ştiu că nu va încerca nimic cât timp Ron e în partea cealaltă, dar tot mă străduiesc din răsputeri să îl ignor.

Mă concentrez în schimb la conversaţiile din jur. Când aud pe cineva din spatele meu amintind de indemnizaţii, ciulesc urechile. Se întâmplă mereu; aud nişte Zhaagaanaash vorbind despre Trib în general sau despre câţiva Nish în particular. Ce spun despre comunitatea mea tribală când cred că nu-i aude nimeni? Nimic bun. Acum e momentul să mă îndepărtez înainte de a auzi efectiv ceva.

Mă pregătesc să plec, dar îmi dau seama că ar trebui să sar peste Ron şi peste o grămadă de alţi oameni din stânga sau peste Spune-mi Grant, care e în dreapta mea. Rahat.

— Băiatul Tinei Cheneaux, zice unul dintre tipi.

Îl recunosc, e avocatul care şi-a oferit serviciile ca să mă asigur că primesc „ceea ce mi se cuvine" din averea bunicului Lorenzo. I-am zis să se ducă dracului.

Probabil se referea la Ryan Cheneaux, un coleg de promoţie.

Ryan e un nemernic servil, mereu spune numai tâmpenii despre Nishnaab. Care vrea să îi explici de ce membrii Tribului pot vâna în alte perioade decât cele stabilite prin legile statale. Sau de ce plătesc un preţ redus la benzină, care nu include taxe. Am asistat la încercări din partea unor puşti Nish de a-i explica despre drepturi statuate prin tratate, pe care el le declara concepte legale învechite, la fel de antice ca feudele şi feudalismul. Cu cât mai frustraţi şi mai nervoşi deveneau interlocutorii, cu atât mai îngâmfat era Ryan. Ca şi cum scopul lui nu era să se lămurească, ci să te facă să-ţi pierzi timpul şi energia.

— Serios acum, chicoteşte cineva. Când are audierea?

— În 4 octombrie. Comisia de înregistrare a trimis-o Consiliului Tribal în vederea acţiunii. Trebuie să îşi depună dosarul înainte de a împlini nouăsprezece ani.

Ryan Cheneaux face cerere pentru înregistrare în Trib? Acum chiar că pândesc fiecare cuvânt, chiar dacă mă răscolesc profund.

— Nu ştiam că tatăl lui Ryan e Joey Nodin, zice unul dintre tipi.

— Mda, cică Tina Cheneaux nu a vrut să afle lumea. Apoi, Joey ar fi luptat pentru custodie de dragul acelui cec *per capita*.

— Poţi s-o condamni?

Râd cu toţii.

— Puştiul a tras lozul câştigător. Alte râsete.

— Tu te alegi cu ceva de pe urma acestui câştig? întreabă cineva.

Avocatul răspunde:

— Un procent din indemnizaţia lui timp de zece ani.

Urale. Cineva îl bate pe spate.

Doar când Ron mă atinge pe braţ îmi dau seama că mi s-au încleştat mâinile. Îmi aruncă o privire înţelegătoare; a auzit şi el. Descleştez pumnii. Încerc să mă concentrez la meci. Dar mintea îmi zboară la Lily.

Fiecare trib are dreptul suveran de a decide cine este membru. Cea mai bună prietenă a mea nu a putut fi înregistrată din cauza felului în care Tribul Ojibwe de pe insula Sugar calculează procentul de sânge indian pe baza genealogiei. Primul soţ al bunicii June era din grupul indigenilor canadieni, aşa că pedigriul lui Lily nu îndeplinea standardul. Prea mulţi străbuni de peste râu, prea mult sânge indian nepotrivit. Bunicuţa a completat o cerere către

Consiliul Tribal, spunând: *Nimeni nu mi-a atras atenţia că nu trebuie să mă culc cu bărbaţi de pe celălalt mal. Noi am fost acolo dinainte ca această graniţă să existe. Toţi avem veri peste râu.* Dar Consiliul i-a respins cererea pentru înregistrarea lui Lily.

Dacă îmi depun cererea înainte de 1 octombrie, Consiliul Tribal va vota cererea mea şi a lui Ryan la următoarea întrunire oficială.

Identitatea lui nu e problema mea, îmi spun în gând.

Îmi amintesc, în schimb, de bucuria care creştea înlăuntrul meu cu fiecare Bătrân care mă îmbrăţişa. Îmi doresc ca Lily să fi avut parte de un moment ca ăsta.

Când mă îndrept, împreună cu Ron, spre autobuzul care urmează să ne ducă la hotel, el încetineşte intenţionat, ca să luăm distanţă de grupul Suporterilor.

— Daunis, sper că înţelegi de ce a trebuit să îi spun lui Jamie să o lase mai moale cu farsa asta de relaţie, zice Ron în şoaptă.

Cum? Din cauza asta s-a purtat Jamie aşa de ciudat luni şi a fost distant toată săptămâna asta?

Îmi cântăresc bine cuvintele când îi răspund lui Ron. Gândesc ca o Veveriţă Secretă. Vreau informaţii fără să dau nimic în schimb.

— Cred că va trebui să îmi explici, îi spun imitându-l cât mai bine pe Ryan Cheneaux.

— Agenţii sub acoperire, mai ales cei tineri, sunt uneori prea entuziaşti în sarcinile lor. Dezvoltă legături emoţionale cu suspecţii sau cu informatorii. Se întâmplă suficient de des, aşa că agenţii seniori, ca mine, ştiu exact la ce anume să fie atenţi.

Ron aşteaptă să spun ceva. Cum eu rămân tăcută, se opreşte din mers:

— Ce am văzut duminică seara? Cel puţin unul dintre voi nu a jucat teatru.

# CAPITOLUL 27

Holul hotelului este considerat „ape internaţionale", pentru că e singurul loc unde jucătorii şi fanii pot petrece puţin timp împreună după meci. Jucătorii nu au voie la etajul suporterilor; iubitele nu au voie la etajul jucătorilor. În apele internaţionale patrulează rechinii: membrii echipei tehnice şi dădace vigilente şi bine intenţionate.

Antrenorul Alberts îşi anunţă jucătorii că pot petrece fix o oră în apele internaţionale. Mâine li se va permite să se culce mai târziu. Până una-alta, mâine-dimineaţă devreme au antrenament pe gheaţă.

Când mă aşez lângă Jamie, el se uită în jur.

— Ron e sus, petrece cu suporterii, îi zic, luându-l de mână. Acum, că ştiu că Jamie s-a retras la recomandarea lui Ron, mă întreb ce va face când supraveghetorul lui nu e aici. Simt o căldură plăcută în piept când nu-şi trage mâna din mâna mea. Vreau ca lucrurile să fie din nou ca în seara în care l-am sărutat şi i-am simţit zâmbetul. O schimbare bună, pentru început.

Jamie rămâne nemişcat când toată lumea râde de Levi, care îl imită pe Mike apărând loviturile. Fratele meu arată ca şi cum ar face o partidă solo de Twister.

Îndreptându-se spre Stormy, Levi ridică pumnii:

— Hai! Hai! Hai!

Strigă aşa până ce cuvintele se topesc în „Haai". Fratele meu bate palma cu cel mai bun prieten al lui şi îl blagosloveşte:

— Stormy Nodin, cel mai rău bătăuş pe care l-a văzut vreodată insula Sugar!

Nu-i adevărat. Tata a fost bătăuşul suprem.

Uneori mă tem că Levi uită lucruri despre tata. De câte ori vorbesc despre eşarfa de care ne ţineam când tata ne trăgea pe gheaţă – verde intens, moale şi foarte lungă – fratele meu se jură că avea culoarea albastră a cerului. Se mai jură şi că e în casa lui, pe undeva, dar nu a găsit-o niciodată.

Levi începe să se agite în faţa mea şi a lui Jamie. Fratele meu îşi afişează zâmbetul perfect în timp ce se leagănă de pe un picior pe altul, imitând fineţea lui Jamie. Adaugă şi cea mai bună versiune a lui Patrick Swayze, din *Dirty Dancing*.

Jamie îi aruncă un zâmbet jenat, care nu-i atinge ochii şi nu-i încreţeşte cicatricea.

— Iubiţelul ăsta are nişte mişcări foarte elegante, zice Levi.

Mă aplec şi îl sărut pe Jamie pe obraz. Încleştează maxilarul. Mă cutremur când îmi dau seama că, deşi era pentru spectacol, sărutul meu nu a fost bine primit. Durerea respingerii se intensifică în clipa în care realizez că mâna lui din mâna mea are o rigiditate de manechin.

*Încetează, Daunis.* Încep dialogul meu interior. *Nu-l lăsa pe Jamie să îţi umbrească concentrarea. Ancheta asta are ca scop protejarea comunităţii. Trebuie obţinute răspunsuri.*

În timp ce fratele meu îşi vede în continuare de spectacolul lui în care îi imită pe jucători, îi fac semn lui Jamie să mă urmeze. Îl duc spre cel mai îndepărtat colţ al apelor internaţionale.

— Ascultă, încep. Nu-mi pasă ce zice Ron despre legăturile emoţionale. Nu te mai sărut dacă asta te face să te simţi inconfortabil, dar ar trebui să ne ţinem de mână în faţa oamenilor. Pentru bunul mers al anchetei. Dacă pozăm în cuplu, ai cele mai mari şanse să fii acceptat în oraş.

Altă ironie. Aceiași oameni care s-ar putea să nu mă accepte pe mine îl vor primi cu brațele deschise pe tipul nou venit în oraș pentru că e în echipa Supes și e falsul meu iubit.

Jamie nu spune nimic. Se uită în jos, la pantofi. Ghetele negre elegante și lustruite sunt complet diferite de cele uzate, cu care sunt obișnuită. Astea sunt din piele lucioasă. Stilate. Urbane.

— Trebuie să ai încredere în mine. Mă descurc. Îi dau un ghiont: Sunt aici ca să dau o mână de ajutor.

— Știu, spune el, privindu-mă în ochi. Mărul lui Adam i se mișcă puternic când respiră adânc. Ce se întâmplă când cineva află din ce trib provine?

Ce legătură are asta cu investigația?

— Sunt aproape 500 de triburi recunoscute de autoritățile federale, Jamie. Fiecare e diferit.

Remarc expresia lui rugătoare. E posibil să existe și alt motiv pentru care lucrează ca agent sub acoperire într-o comunitate tribală?

— Eu pot vorbi numai despre insula Sugar. Mai întâi, persoana e adult sau copil?

— Adult. Contează?

— E mai puțin complicat să înregistrezi un copil eligibil. Dacă părinții sunt înregistrați și figurează amândoi pe certificatul de naștere, e un proces ușor câtă vreme copilul îndeplinește regula procentului minim de sânge. Pentru adulți e diferit. După ce Tribul a construit cazinoul, a crescut masiv numărul cererilor de înregistrare. Așa că nu te mai poți înregistra decât până la nouăsprezece ani. Dar, cu sistemul de indemnizații, rar se întâmplă să aștepte cineva așa de mult.

Mă uit cercetător la el, căutând un indiciu ca să înțeleg de ce a deschis subiectul ăsta. Am crezut că e gânditor din cauza avertismentului lui Ron. Dar poate că pe Jamie îl frământa și altceva.

— Aşadar, dacă nu te înregistrezi până ce ajungi la maturitate, gata, ai ratat?

Mă gândesc la mine şi la Ryan, amândoi încercând să ne înscriem în termen.

— Nu neapărat. Pe insula Sugar se fac excepţii pentru cei care au fost adoptaţi în exterior şi...

Face ochii mari la cuvântul *adoptat*.

— Asta s-a întâmplat cu tine, nu?

Şi până acum am vorbit încet, dar în clipa asta abia şoptesc.

Jamie nu răspunde. Se uită iar în zare.

— Familiile caută copii care au fost adoptaţi în exterior înainte de ICWA. Pronunţ Indian Child Welfare Act după cum sună acronimul: ick-wah. Ştii la ce mă refer? Legea federală de prevenire a îndepărtării copiilor nativi din familiile şi comunităţile lor tribale. Unii oameni chiar pun câte un tacâm pentru ei la petreceri.

Am văzut farfuriile alea, dar nu m-am gândit niciodată cum ar trebui să se simtă oamenii cărora le sunt destinate.

— Hei! Îi ating mâneca tricoului maro, apoi trag repede mâna, ca nu cumva să se simtă inconfortabil dacă îl tot ating. Avem ceremonii când cineva se întoarce acasă, după ce Consiliul Tribal votează în favoarea înregistrării. Mă apropii cât de mult pot de el, fără să existe un contact fizic între noi. Sunt ceremonii puternice. Vindecătoare. E posibil ca şi alte triburi să procedeze aşa. Şi tribul tău ar putea face la fel. Noi nu îi uităm pe cei rătăciţi.

Clipeşte repede şi îşi drege gâtul. Când deschide gura, nu îi aud vocea. Dar o simt ca o pătură călduroasă într-o noapte rece.

*Miigwech*.

Antrenorul Alberts anunţă stingerea peste cinci minute.

Trecem pe lângă cupluri care se sărută de parcă ar urma să fie despărţite de o catastrofă. Ne înghesuim în liftul aglomerat. Jamie mă ia de mână. Nu e pentru spectacol, oricum nu vede nimeni.

Înainte ca liftul să oprească la etajul meu, degetul mare al lui Jamie îmi mângâie încet mâna, de-a lungul degetelor. O mângâiere simplă, dar tandră, care îmi taie răsuflarea. Îmi mut gândul de la ea, recitând în gând mușchii pe care-i atinge. *Primul interosos dorsal, al doilea interosos dorsal...*

Când se aude soneria liftului, întâlnesc privirea lui Jamie. În vreme ce „undițarele" se dezlipesc de iubiții lor, Jamie se apleacă, oprindu-se când buzele lui sunt la un centimetru de ale mele.

— Pot? șoptește.

— Da, răspund. Buzele lui sunt moi, ca o pană. Perfecte și plăcute.

Nimeni nu face niciun comentariu. La urma urmelor, de ce-ar face? Un sărut printre multe altele la coborârea din lift. Nu au de unde să știe că a fost primul nostru sărut pe buze.

Când ies din lift, petrecerea de după meci e în toi. Oamenii umblă dintr-o cameră în alta. Toate ușile sunt larg deschise. Muzica răsună până jos, pe hol: Big & Rich ne îndeamnă: „Salvați un cal, călăriți un cowboy".

Dau peste Ron. Zâmbetul lui hâtru îmi spune că nu e la prima bere.

— Jamie e bine? întreabă.

— Da, zic eu, trecând mai departe. Mă retrag la somn. Ai grijă ce faci aici.

— Da, șefa, strigă după mine.

Mă uit în urmă și chicotesc, în timp ce Ron intră în altă cameră, ca să își continue munca de recunoaștere.

La capătul holului, se deschide ușa de lângă ușa mea și iese exhibiționista din autobuz. E măritată cu un tip mai în vârstă, a cărui familie a cumpărat teren pe insula Sugar de la nativii care traversau o perioadă grea. Casa lor e în capătul sudic al insulei. În clipa asta, părul ei arată ca și cum o familie de veverițe și-ar aranja în el bârlogul pentru iarnă.

Spune-mi-Grant stă în prag cu un prosop în jurul șoldurilor, urmărind-o din priviri cum se îndepărtează. Apoi își întoarce privirea spre mine.

Privirea lui e atât de nerușinat de mândră, încât mă întreb dacă nu va țâșni în jos, pe hol, să primească felicitările celorlalți. În Lumea Suporterilor există reguli diferite sau, mai degrabă, o suspendare a regulilor. Sau poate cei de teapa lui știu că regulile nu li se aplică și lor.

Mă șterg de el, încercând să nu mă uit la pieptul lui gol. E un nume științific pentru pătrățelele alea, dar îmi scapă.

— Bună, Daunis Fontaine. Vocea lui are ecouri adânci, ca un motor de înaltă clasă la prima cursă.

Introduc greșit cardul în fanta ușii și începe să pâlpâie un bec roșu. Îl întorc și mă aleg cu alt bec roșu. Chicotește și trage zăvorul de la ușa lui, ca să nu se închidă. Cu picioarele goale, e în pragul meu din trei pași.

— Îl zgâlțâi prea tare.

Îmi ia cardul din mână fără să mă întrebe și îl introduce ușor în fantă. Beculețul clipește verde.

— Mișcarea potrivită face diferența, Daunis Fontaine.

— Mulțumesc, răspund pe tonul formal și dichisit al bunei Mary.

El râde:

— Cu mare plăcere.

Închid ușa înainte să îmi ofere și alte sugestii. E abia săptămâna a doua dintr-un sezon de șase luni. Mai am douăzeci și două de săptămâni în care să-l evit pe Spune-mi-Grant.

A doua zi, antrenorul Bobby se îngrijorează când vede că iau una dintre cutiile cu pucuri din spatele tribunei ca să o duc pe teren.

— Nu ar trebui s-o ridici, cu umărul tău, mă ceartă el.

— M-am vindecat.

Văd că vrea să protesteze, dar are mâinile pline şi nu mă poate opri să iau cutia şi să-l urmez.

Când ajung în secţiunea oaspeţilor, pun cutia cu pucuri lângă cealaltă. Mă hotărăsc să ajut mai mult şi îmi folosesc cheile ca să rup banda adezivă care înveleşte cutia. Prietenele vor trece printre rânduri şi vor împărţi fanilor aceste pucuri ca suvenire. Mă hotărăsc să mă duc şi eu cu ele în seara asta, dat fiind că nu trebuie să intru pe gheaţă.

Cutia pe care o deschid e plină de pucuri.

— Bobby, astea sunt pucurile bune? Că nu au logoul echipei.

— A, fiindcă sunt donate.

Vine repede şi îmi arată că unele au desenat pe ele un talisman de vise. Se uită în jur şi face semn din cap spre Spune-mi-Grant, care stă lângă exhibiţionista lui.

— Grant Edwards le-a donat unui program pentru tineretul tribal, zice antrenorul. Dar nu spune nimic, nu-i place să se vorbească despre asta.

— Stai puţin, deci copiii Nish primesc pucuri defecte?

Mă enervez brusc, pentru că jumătate din talismanele de vise par mânjite.

— Fontaine, facem şi noi tot ce putem, zice el.

Când vine momentul să ne aşezăm, arunc o privire spre locul liber dintre Ron şi Spune-mi-Grant şi mă aşez lângă Poate-Megan.

— Hei, toată lumea, ea e Daunis! Cu o îmbrăţişare laterală scurtă, fătuca îmi dă o sacoşă mare de cadouri. Asta e din partea noastră. Am vrut să ţi-l dăm ieri, dar cineva a rătăcit punga. Se uită urât la şirul de camarade „undiţare".

Când bag mâna în pungă, simt materialul rigid al unui tricou nou de hochei. Țin în mână un tricou Supes superlung, albastru, cu logoul cu valuri alb-argintii pe piept.

— Am vrut să punem numele de familie al lui Jamie pe el, dar cineva a zis că s-ar putea să vrei să îl treci și pe Levi, a explicat una dintre fete. Și Megan ne-a povestit că ai fost colegă de echipă cu Mike și Stormy. Și că ești un fel de ambasadoare a echipei. Numai că toate numele astea ar fi fost... foarte multe.

— Așa că ne-am gândit că doar numele tău ar fi perfect, rostește Megan.

Întorc bluza: pe spate e scris DAUNIS cu litere albe, cu margini argintii.

— E perfect, reușesc să îngaim înainte să mi se stingă vocea din cauza emoțiilor. Șoc și uluire în fața generozității lor. Smerenie și recunoștință pentru atenția grijulie pe care mi-au arătat-o, când eu nu am avut aceeași atitudine față de ele. Dar, mai presus de orice, sunt copleșită de bucurie.

În timpul primei pauze, îmi port cu mândrie tricoul cel nou și împart pucuri cu logoul echipei în tribuna oaspeților. Îi recunosc pe mulți dintre fanii noștri. Doamna care a preluat departamentul de asistență de la War Memorial Hospital după atacul cerebral al bunei Mary mă mângâie pe braț.

— Mă rog pentru bunica ta, îmi spune.

Telefonul BlackBerry vibrează în buzunarul din spate. Îl ignor și continui să împart pucuri. Când scot unul și i-l întind unei fete care a absolvit cu un an înaintea mea, ea tocmai citește ceva pe telefonul ei și izbucnește în plâns. Altă vibrație.

Îmi stă inima-n loc. Altcineva se uită la telefon. Oamenii au expresii șocate, văd o fată care duce mâna la gură. Scot telefonul să citesc vestea rea care s-a răspândit deja prin tribune.

MĂTUȘA: Robin moartă. TJ spune SD *met*.

# CAPITOLUL 28

Vestea se răspândeşte repede. Toată secţiunea noastră bâzâie. Trebuie să plec de aici. Prind frânturi de conversaţie când alerg pe trepte către ieşirea de la nivelul superior. Mulţi sunt necăjiţi şi nedumeriţi, dar urechile mele captează câteva voci care se ridică deasupra murmurului mulţimii.

— Robin Bailey? Nu se poate.

— Credeam că se numără printre indienii buni.

— Cu asta te alegi când iei bani nemunciţi prin sistemul *per capita*. Ţi-am spus că nu ştiu să-şi administreze banii şi băutura.

— Dumnezeule, până şi cei deştepţi sunt imbecili.

Vulturii sfâşie deja cadavrul lui Robin.

O furie fierbinte, explozivă îmi clocoteşte prin vene. Îmi frec nasul în timp ce alerg spre baie. Amestecul de mirosuri nu dispare. Fum înţepător, carne putredă, WD-40, chimicale şi sudoare. Simt în gât mirosul şi gustul metalic puternic de sânge. Soluţii chimice de laborator şi gaze. Urină. Vezica lui Lily, care se goleşte când se prăbuşeşte pe spate. Corpul face asta când mori. Toţi muşchii cedează.

Nu mai pot suporta. Iar simt mirosul acela.

Când ajung la ultima cabină şi pun mâna pe clanţă, mă lasă picioarele. Mă bag într-un colţ şi îmi trag peste cap tricoul cel nou. Ca o broască. Respir până ce singurul miros pe care-l mai simt e cel al transpiraţiei mele amestecat cu deodorant; mă legăn în continuare înainte, înapoi. În stare de şoc: încă o fată s-a stins prea repede.

Prietenele se adună în faţa cabinei. Le aud şoptind, apoi Megan încearcă să se strecoare pe sub uşă. Lovesc cu piciorul în direcţia ei. Nu e loc pentru amabilităţile lor în bula mea de durere.

— Daunis, meciul s-a terminat. Trebuie să ne întoarcem la hotel, îmi spun ele pe rând.

Una dintre ele se gândeşte să-l cheme pe Ron. Îl aud cum le spune fetelor să plece; le aşteaptă microbuzul. E-n regulă. Stă el şi mă aşteaptă aici şi ne vom întoarce la hotel cu un taxi.

După ce pleacă fetele, pur şi simplu stă în faţa cabinei. Tace, cu excepţia momentelor când îi spune uneia sau alteia să-şi vadă de treaba ei când comentează despre prezenţa unui bărbat în baia doamnelor.

— Dă-i drumul, zice el. Nu te deranjează nimeni.

Tot ce văd e jumătate din fundul lui, cu genunchii ridicaţi la piept, ca mine. Are aceiaşi pantofi ca în ziua în care m-a dus în clasa lui David. Cei care scârţâie.

Probabil cineva a chemat paza, pentru că aud nişte paşi grei care se apropie.

— Domnule, am primit nişte plângeri despre prezenţa unui bărbat în baia femeilor.

— Eu sunt acela, zice Ron. Am grijă de prietena nepotului meu. Joacă la Superiors. A primit nişte veşti rele în seara asta. Nu vreau decât să mă asigur că e bine.

Vocea lui Ron e fermă. Nu pleacă de acolo fără mine.

Nu vreau ca personalul de la pază să ne creeze probleme.

— Ies imediat, zic.

Am vocea răguşită, cu toate că nu am plâns.

Pantoful drept al lui Ron scârţâie când ne îndreptăm spre ieşire ca să aşteptăm taxiul pe care l-a chemat. Oricât de ciudat ar părea, pantoful lui gălăgios mă ajută să fac pas după pas.

Ron mă duce la hotel şi, când îl vede pe Jamie aşteptându-mă în apele internaţionale, ne lasă singuri. Probabil s-a gândit să îi dea lui Jamie puţină libertate.

Ne aşezăm pe o canapea lângă şemineu. Jamie mă cuprinde pe după umeri fără să mă întrebe. Mă las pe el şi suspin.

Dispoziţia din seara asta e diferită. Toată lumea e dărâmată. Probabil că jucătorii au aflat despre Robin în timpul meciului, căci au jucat extrem de prost în a treia repriză.

Levi e singur şi se uită pe fereastră. Nu îmi dau seama la ce se gândeşte. Fratele meu a fost partenerul lui Robin la *Shagala* în primul ei an de liceu, când el era în clasa a VIII-a. Încerc să mă mobilizez să mă duc la cl, dar nu găsesc puterea să mă mişc.

Levi se ridică şi se uită de jur-împrejurul încăperii.

— Am jucat de rahat în seara asta pentru că nu ştim încă să ne intuim unii pe alţii, zice el.

Stai puţin... Nu la Robin se gândeşte el?

Levi continuă:

— Trebuie să fim ca fraţii. Trebuie să ştim ce gândeşte celălalt înainte de a o spune. Trebuie să jucăm mai inteligent.

Jucătorii încuviinţează din cap, chiar şi localnicii care au cunoscut-o pe Robin. Nimeni nu spune o vorbă despre ea sau despre faptul că, iată, drogurile au mai luat o viaţă din comunitatea noastră.

Nimănui nu-i pasă.

Jamie mă strânge mai aproape. Observă că piciorul drept îmi tremură, ca şi cum toată furia din mine s-ar fi scurs în el. Îmi caută privirea: *Cum pot să te ajut*?

Ne citim unul pe altul.

Mă ridic, îmi întind picioarele; dintr-odată, mi se pare că toate se strâng în jurul meu.

— Ce e? Ai vreo idee cum ne-am putea suda echipa? întreabă Levi. Împărtăşeşte-ne din înţelepciunea ta, Daunis Defensivă!

Mă legăn pe vârful degetelor, ca şi cum aş fi pe punctul de a începe o cursă, dar, când văd că toţi ochii sunt aţintiţi asupra mea, îngheţ. Expresia lui Jamie e acum un avertisment tăcut: *Fii foarte atentă la ceea ce spui!* Mă înspăimântă faptul că încep să vorbesc fluent limba Jamie. Dacă Ron s-a înşelat şi Jamie e un actor mai bun decât mine? Un mincinos mai abil? Cu mişcări abile pe ici, pe colo.

Acum, în fiecare dimineaţă mă rog pentru *gwekowaadiziwin*. Să fiu onestă, măcar cu mine însămi.

— Robin Bailey tocmai a murit! Aşa îşi jelesc jucătorii din Sault o fostă colegă de echipă? Mă uit de jur-împrejurul încăperii: jumătate dintre cei prezenţi îşi analizează pantofii, iar cealaltă jumătate se uită la mine ca şi cum aş face o criză. Îl fixez pe Levi: Dar tu, dă-i înainte, concentrează-te la hochei, pentru că înfrângerea ta din seara asta este adevărata tragedie, nu?

Mă reped spre cel mai îndepărtat colţ al apelor internaţionale. Levi mă prinde din urmă. Mă ia în braţe într-o îmbrăţişare strânsă.

Îmi şopteşte la ureche:

— E-n regulă, e-n regulă.

— Ba nu. Nu e în regulă. Câţi oameni trebuie să mai moară înainte ca noi, comunitatea noastră, să facem ceva? Mă sufoc. Robin a fost şi prietena ta. Şi tu te porţi de parcă nu s-ar fi întâmplat nimic!

Rămânem acolo câteva minute, în timp ce în cameră oamenii își reiau discuțiile. Numele lui Robin răzbate din câteva frânturi de conversații care îmi ajung la urechi.

Levi oftează, apoi îmi dă drumul din îmbrățișare.

— Hei, fiți atenți! strigă el. Daunis are dreptate. Trebuie să facem ceva. Toată lumea se uită la Levi. Robin a fost una dintre noi.

— La ce te gândești? Un fel de strângere de fonduri? zice Mike, care ni se alătură.

Am uitat că Mike a fost partenerul lui Robin la *Shagala* în ultimul ei an. Râdea când oamenii o luau peste picior fiindcă, în ultimii doi ani la Sault High, și-a luat parteneri din clasa a VIII-a.

— Da! exclamă Levi. Asta e!

— Hei, ascultați aici! anunță Mike. Levi are o idee grozavă. Un meci caritabil. Se uită la Levi: Te gândești să jucăm un meci în afara ligii?

— Putem să strângem donații și să facem ceva în numele lui Robin. Levi mă îmbrățișează. Putem dona și populariza programele pentru prevenirea consumului de droguri.

— Hei, Levi, ce zici de Sault High? întreabă Mike. Se uită la mine, pentru prima dată după ceea ce s-a întâmplat în dormitorul lui. Zâmbește absolut firesc. Hai, Dauny Defensiva. Mereu am spus că i-am putea bate pe cei din Supes dacă am avea ocazia. Acum sunt în Supes și zic: Hai să facem asta ! Supes împotriva Sault High Blue Devils, actuali și foști jucători. Strângere de fonduri și tăbăceală.

Camera începe să zumzăie. Oamenii dau din cap a încuviințare. Meciul caritabil e stabilit pentru următorul weekend, în seara de dinaintea *Shagala*.

Mă uit cum se aliază foștii mei colegi de echipă; lacrimile care mă ardeau pe dinăuntru în cabina de toaletă rup acum zăgazul. Un val de lacrimi. Băieților chiar le pasă. Lacrimi de mândrie. Pentru fratele meu, care face un lucru bun. Poate chiar lacrimi de ușurare pentru că relația cu

Mike ar putea reveni la ceea ce a fost. Eu, în gașca băieților. Dauny Defensivă. Bubble.

Dintr-odată, asta e tot ce îmi doresc. Ca lucrurile să revină la normal. La Înainte, când Bubble trăia într-o bulă. Înainte de investigație, de haosul de a nu ști ce e real și ce nu.

Fiica Păstrătorului Focului s-a săturat de sarcina zilnică de a ridica soarele pe cer. Stau foarte bine și în întuneric.

Jamie se apropie. Mă îmbrățișează și nu îmi mai dă drumul.

— Ce faci? îmi șoptește el la ureche, scăzut și profund. Asta nu face parte din plan.

Holul hotelului pare diferit. Oamenii sunt entuziasmați. Plini de speranță. Băieții, câțiva jucători și iubite se adună în cerc și formează un comitet ad-hoc de planificare.

— Dar... Ăsta e un lucru bun, nu? Comunitatea mea. Să facem ceva pozitiv?

Folosesc mâneca tricoului Supes ca să-mi șterg ultimele lacrimi de pe obraji. Jamie mă strânge lângă umărul lui și, având grijă să nu ne audă nimeni, șoptește:

— Trebuie să ne ținem de plan, insistă el. Își încrucișează brațele la piept. Se foiește stânjenit, apoi își pune mâinile în șold.

Fac un pas în spate și îl măsor cu privirea. Postura lui s-a schimbat, a devenit neclintită. Un polițist care își face meseria.

În sfârșit, înțeleg.

— Stai puțin... Când zici „noi", nu te referi la noi doi. Te referi la FBI, zic eu, silabisind cuvântul în timp ce mă scarpin, chipurile, la nas și îmi acopăr gura, ca să nu îmi citească nimeni pe buze. Jamie, îți amintești că mătușa ne-a povestit cum a pus niște oameni să stea peste program ca să rezolve problema cu tricourile cu bufnițe? Au aflat care e problema și au stabilit soluția. Comunitatea, nu – ridic mâinile la gură, ca să nu se observe dinspre cameră – FBI.

Își încleștează maxilarele, ca și cum aș fi spus ceva neplăcut.

— Mi se pare că nu ați rezolvat încă problema, subliniază el.

— Tu nu vezi ce aiurea e să crezi că nu o putem rezolva fără ajutorul...? De data asta nu mă mai ostenesc cu inițialele.

— Sincer să fiu, nu, spune el, chiar mai șoptit decât până acum.

Nu-l cunosc pe omul ăsta și sunt sigură că nici el nu mă cunoaște pe mine. Sau comunitatea mea.

Jamie Johnson nu ne vede.

— Dai năvală aici, vrei să ne salvezi și după aia pleci, zic eu. N-o să fii aici ca să vezi consecințele. Nu te gândești deloc la comunitate. Nu înțelegi asta?

Fața lui Jamie e golită de orice emoție. E o mască pentru a se proteja de... mine.

Înțepătura din nas mă enervează. Îmi fuge gândul la Robin.

*Niciun tip nu ar trebui să aibă o astfel de putere asupra ta. Nu contează cine e...*

Poate am și eu nevoie de un scut care să mă protejeze de Jamie. Arunc o privire în jur, ca să văd dacă ne dă cineva atenție. Fac un pas spre el. Nemernicul ăsta o să vadă cum Dauny Defensiva joacă în atac.

— Poate ai înțelege dacă ai avea într-adevăr o comunitate.

Face un pas în spate. Clipește precipitat.

L-am lovit până la sânge. A fost mai adânc decât am avut de gând.

James Brian Johnson – sau oricine o fi – se întoarce și pleacă.

În loc să mă simt victorioasă, sunt goală pe dinăuntru.

*Sunt în genunchi, aplecată înainte, și mă șterg la gură când aud ceartă și țipete. Lily și Travis coboară pe potecă.*

*— Ți-am spus, Travis. Ai nevoie de ajutor. E mai mult decât poți duce singur. Ai nevoie de ajutor pe bune.*

*El o apucă de braț când sunt la nici zece metri de mine.*

*— Spune-mi cum, Lil. Spune-mi cum să fac asta și o fac.*

*Ea se smucește.*

*— Mai întâi trebuie să mă lași în pace. Nu îmi mai da târcoale când nu e bunica prin preajmă. Trebuie să mă concentrez asupra școlii. Trebuie să stăm pe picioarele noastre. Separat. Nu îți dai seama? Nu pot sta pe propriile mele picioare dacă trebuie să te ridic și pe tine tot timpul.*

*— Nu, nu pot face asta singur. Am nevoie de tine. Te iubesc. Îi tremură vocea.*

*— Nevoia și iubirea nu sunt același lucru. Nevoia ta distruge partea cu iubirea, Travis. Am terminat-o. Chiar am terminat-o.*

*Travis scoate un revolver vechi din blugi, de la spate.*

Mă trezesc înecată de mirosul emanat de corpul lui Travis. Substanțe chimice și o transpirație mai puturoasă decât duhoarea obișnuită a unui tip.

De ce nu mi-am amintit până acum dialogul lor de atunci?

Să fi avut dreptate Ron când a spus să am încredere, că răspunsurile vor apărea când voi fi pregătită? Îmi va reveni și restul memoriei? Sau pur și simplu inventez ceva din nimic?

Telefonul de pe noptieră vibrează.

JAMIE: Îmi pare rău.

Nu ştiu de ce îi pare rău. Pentru că nu s-a gândit deloc la comunitatea mea? Pentru că mi-a întors spatele când m-am luat de FBI? Pentru că mi-a dezvăluit un indiciu despre el, cum că a fost probabil adoptat din cine ştie ce trib? Pentru că m-a sărutat în lift?

Înainte de toate, poate că îi pare rău că a acceptat sarcina asta.

EU: Și mie.

Poate că şi mie îmi pare rău pentru tot. Pentru că am acceptat să ajut la anchetă. Pentru că uneori comunitatea mea mă dezamăgeşte în feluri prea complicat de procesat, dar asta nu înseamnă că FBI-ul e soluţia. Pentru că nu mi-a trebuit prea mult ca să mă apropii de Jamie. Sau poate că îmi pare rău că m-am luat de el fiindcă îl plac mai mult decât ar trebui. Văzându-i masca de poliţist cum i se lipeşte de faţă, mi-a amintit că va pleca de aici de îndată ce îşi va termina misiunea.

A fi părăsit nu devine mai uşor cu cât ţi se întâmplă mai des.

JAMIE: În ce cameră stai?

EU: 740

Pândesc în întuneric ca uşa dinspre scări, aflată lângă uşa mea, să se deschidă şi să se închidă cu mişcările precaute ale cuiva care se strecoară acolo unde nu ar trebui să fie.

Inima mea o ia razna când deschid uşa camerei de hotel şi intră el. Jamie, în pantaloni de trening şi tricou, cu părul zburlit în toate părţile. Închid uşa după el. Suntem faţă în faţă. Timpul stă în loc, aşa cum se întâmplă pe gheaţă, când toate se opresc preţ de o respiraţie lungă, decisivă.

Îl sărut pe Jamie cu gingăşie, aşa cum am făcut în lift. Numai că nu mă opresc. Gândurile care îmi alergau prin minte acum câteva minute, când făceam schimb de mesaje, se învârt în continuare în jurul nostru. Doar că în clipa asta nu vreau să pierd vremea cu grijile mele. În noaptea asta, măcar în noaptea asta vreau să fiu parte integrantă din ceva bun. Iar în prezentul acestei Noi Normalităţi Noi, asta înseamnă a fi cu Jamie.

Îi inspir mirosul, săpunul lui îmi aminteşte de locuri îndepărtate, însorite. Are un gust vag de mentă. Degetele mele se strecoară printre buclele lui, care sunt mai moi decât mă aşteptam.

Mă sărută şi el. Ca şi cum ar vrea să savureze fiecare secundă. Îşi înnoadă braţele în jurul meu. Muşchi zvelţi, puternici.

Buzele noastre se deschid, limba mea o găseşte pe a lui. Rămânem în îmbrăţişarea asta la fel de alinătoare ca valurile uşoare care mângâie ţărmul pentru ore întregi, cel puţin aşa mi se pare mie.

Când Jamie face un pas în spate, mă aplec spre el, nedorind să se termine. Simt vibraţia unui chicotit înfundat în trupul lui lipit de al meu.

— Nu ar trebui, Daunis, şopteşte. Nu înainte de a termina cu povestea asta. Nu ştim ce se va întâmpla. Să aşteptăm până în Ziua de După.

— Dar e deja duminică, zic eu, prefăcându-mă că nu am auzit bine.

Râdem amândoi, mai tare decât ar fi trebuit.

Jamie deschide cu atenţie uşa şi iese pe hol; îmi aruncă o privire lungă, care e cât pe ce să mă facă să fug după el. Îl urmăresc cum intră pe casa scării şi închide uşa după el. Cum stau acolo în hol, singură, zgomotul uşii închizându-se pătrunde prin bula mea de fericire.

Ce-am făcut? L-am sărutat pe tipul care îmi anchetează comunitatea. Pe tipul pentru care am sentimente reale. Situaţia s-a complicat şi mai rău în seara asta şi nu ştiu sigur ce să cred despre felul în care Jamie abordează investigaţia.

Uşa de alături se deschide; Spune-mi-Grant scoate capul pe hol ca o broască. Face cute adormite în jurul ochilor când mă vede şi ridică sprâncenele. Duce un deget la buze.

— Şşt. Secretul tău e în siguranţă la mine, Daunis Fontaine.

De un infinit de ori rahat. Complicaţiile tocmai ce au atins nivelul suprem.

# CAPITOLUL 29

A doua zi dimineaţă sunt prima care urcă în Autobuzul Suporterilor. Mă strecor pe scaunul de la geam şi ţin locul de alături pentru Ron. Mă uit pe fereastră, retrăind fiecare secundă cu Jamie. Dacă voi reuşi să mă conving că seara trecută a fost un vis, poate Ron nu o să-şi dea seama.

Cineva se aşază lângă mine. Mă întorc să-l salut pe Ron, pregătită s-o fac pe nevinovata. Mi se strânge stomacul când în locul lui îl văd pe Spune-mi-Grant.

— Şi eu care credeam că eşti fată cuminte, zice el conspirativ. Dar eşti o fată rea care nu respectă regulile.

— Nu am sesizat că ar fi o situaţie sau-sau.

— De fiecare dată există o alegere. Admir oamenii care fac alegeri interesante. Se uită pieziş, cântărindu-mă de parcă aş fi fost unul dintre colierele bunicii.

— Venitul tău de avocat nu depinde de cei care fac alegeri proaste?

— Aşa este, Daunis Fontaine. Aşa este. Se ridică când Ron urcă în autobuz şi se îndreaptă către noi. Dar uneori alegerile proaste şi partea interesantă merg mână-n mână.

Cu cât ne apropiem de Sault, cu atât inima mi se face tot mai grea. Îmi doresc ca tot ceea ce s-a întâmplat cu Robin Bailey să fie un vis urât, ca ea să se trezească şi să o ia de la capăt.

Cum de-a ajuns Robin la metamfetamină? E o fată cu capul pe umeri. Era.

Ce secrete avea?

Era o fată din rezervaţie. Mama ei e o Nodin. Stormy şi Robin sunt veri îndepărtaţi. Tatăl ei e din alt trib. Locuiau în cartierul de După din rezervaţia-satelit. Toată lumea o plăcea.

Nu pot îngădui să mai moară cineva. Trebuie să devin o Veveriţă Secretă mai bună. Poate ar trebui să trag de firele vieţii lui Robin, ca să văd unde mă duc?

Eforturile mele de preluare a iniţiativei cu Mike au sfârşit dezastruos. Ar trebui să încerc din nou, poate cu Stormy? E rudă cu Robin. Şi cu Heather. Poate ar trebui să îl întreb pe el despre ele? Să fiu un ascultător înţelegător, dar nu să mă apropii prea mult de el, cum am făcut cu Mike, pentru ca nu cumva să îmi interpreteze greşit atenţia. Nu voi face aceeaşi greşeală de două ori.

Mai întâi însă, va trebui să termin cercetarea ciupercilor de pe insula Duck. Unchiul David a găsit o specie unică de ciupercă halucinogenă pe care bănuia că Travis a adăugat-o într-un lot de *met.*

Ron tuşeşte încet şi strecoară o hârtie împăturită în cartea din poala mea. Aştept câteva minute înainte de a mă uita la ea.

Inventarul a tot ceea ce s-a găsit asupra lui Heather Nodin: blugii cu ace de siguranţă; un top scurt; un hanorac. Nicio menţiune despre sutien, chiloţi, şlapii-platformă. Avea un portofel mic cu fermoar, din material textil, cu permisul de conducere, cardul laminat de înregistrare tribală, un pachet de prezervative şi 174 de dolari. În buzunarele hanoracului roşu cu glugă avea două punguţe din plastic cu fermoar: una cu două jointuri, iar cealaltă, cu resturi de cristale de *met* şi pastile care erau un amestec reconstituit de metilendioximetamfetamină şi citrat de sildenafil.

Când exhibiţionista noastră începe să facă striptease pe *Naughty Girl* a lui Beyoncé, profit de diversiune. Arăt spre hârtia despăturită, la rândul care consemna cele două jointuri.

— În punga pe care mi-a arătat-o mie erau şase, zic.

Uralele se înteţesc. Arăt spre următorul rând, a doua pungă din buzunarul hanoracului.

— Mi-a oferit pastile de ecstasy. Erau deschise la culoare, cu punctuleţe întunecate.

Îi împărtăşesc lui Ron gândurile mele filtrate, şoptind cât de încet pot:

— Nu se jena să vândă chestiile astea la focul de tabără. Dacă ar fi avut *met* la ea, aş fi văzut punguţa. Probabil a luat-o de la cineva după ce a vorbit cu mine. Oamenii spun că au văzut-o mergând prin Paradise. Vorbesc ceva mai tare, furată de entuziasm. Nu ai putea afla de unde vine informaţia asta? Poate îşi aminteşte cineva ceva. O maşină sau poate cine a plecat în acelaşi timp cu ea. Orice persoană cu care a intrat în contact şi care ar fi putut să îi facă asta.

El ridică un deget. *Şşşt.*

Cobor vocea şi zâmbesc:

— Avem nevoie de un limbaj secret, ca mama şi unchiul David.

Rahat. Mă întorc repede şi privesc pe fereastră, pentru ca Ron să nu îmi vadă expresia.

Dacă unchiul David ţinea un jurnal? Dar voia să se asigure că nimeni nu-l va putea citi?

Îmi cunosc unchiul. Când a dispărut, am avut îndoieli fiindcă îi observasem comportamentul şi trăsesem concluzii greşite. Ceea ce ştiu sigur este că aduna dovezi şi documenta totul. Trebuie să fie un ultim jurnal pe undeva. Şi pariez că a fost scris în cod, în limba pe care numai el şi mama o puteau vorbi.

Dacă l-aş găsi şi aş putea dovedi ce a încercat să facă unchiul David, toată lumea va şti adevărul despre el şi de ce a murit. Vor afla toţi şi că încrederea mamei în fratele ei nu era naivă sau prostească.

Gândurile mele o iau razna. Nu am uitat opinia lui Jamie despre rolul jucat de FBI şi despre rolul comunităţii. Ajut FBI-ul sau îmi ajut comunitatea? Încă de la început am avut dubii că ar fi unul şi acelaşi lucru. Cu cât mai implicată sunt, cu atât investigaţia mea se îndepărtează mai mult de a lor. Nu mai sunt două piste paralele. Restul drumului cu autobuzul îmi programez paşii pe care îi voi face de îndată ce vom ajunge:

1. Termin cercetarea insulei Duck.
2. O întreb pe mama despre ultimul jurnal al unchiului David, unde l-ar fi putut păstra separat de agende.
3. O întreb pe mama dacă bunicul Lorenzo avea un al doilea set de chei la birou.
4. Să găsesc o ocazie de a-l aborda pe Stormy în legătură cu Heather şi Robin.
5. Să vorbesc cu cei care au cunoscut-o pe Robin şi să caut orice detaliu despre ceea ce făcea în afara cursurilor de la Lake State.

Deocamdată, nu îi voi spune despre jurnal lui Ron. Sau lui Jamie. După ce aflu exact ce caut, o să văd eu ce fac, dacă va fi cazul. Probabil, va trebui să le spun şi lor.

Ajungem în Sault la începutul după-amiezii. Traversez oraşul în fugă ca să prind feribotul pentru insula Sugar. Când ajung în locul în care m-am oprit vineri, mai am cam cinci ore de lumină.

Adun trei probe. Două sunt cunoscute. Una nu seamănă cu nimic din tot ce am văzut până acum. E posibil ca insula Duck să-şi păstreze tainele până la sfârşit? Abia aştept să ajung acasă şi să verific în cărţile mele despre ciuperci şi fungi şi în baza de date de pe internet.

E însorit şi răcoare, dar se răceşte considerabil când soarele se apropie de vârfurile copacilor de pe partea cealaltă a lacului Duck. Toamna e un anotimp schimbător. Uneori se lungeşte, alteori îşi face numai o scurtă apariţie.

Pe potecă, la plecare, telefonul vibrează în mod repetat, de la mesaje şi apeluri ratate. Aştept până ajung la rând la feribot ca să îl verific.

JAMIE: Înapoi în oraș. Ești liberă

JAMIE: Ce pui la cale

JAMIE: E un moment nepotrivit

JAMIE: De ce nu răspunzi

JAMIE: Sună-mă ca să știu că ești bine

Doamne. E la fel de rău ca maică-mea.

Sun. Jamie răspunde înainte să apuc să aud tonul de apel.

— Sunt bine, zic eu în loc de salut. Am terminat cercetarea pe insulă. Ţi-am spus că nu am semnal decât dacă sunt în capătul din nord sau în apropierea feribotului.

— Nu ştiam că eşti acolo.

— Ăăă... Jamie.... eşti cumva iritat? Nu sunt genul care dă raportul unui tip.

— Nu e o situaţie obişnuită, Daunis. Cercetezi o regiune îndepărtată a insulei. Singură. Unde ai găsit un cadavru. Vocea i se îmblânzeşte. Îmi promiţi că îmi dai mesaj dacă te mai duci pe undeva? Cum nu răspund imediat, adaugă: Din raţiuni de siguranţă. În regulă?

— În regulă. Dar trebuie să îmi promiţi şi tu. Pentru siguranţă. Şi echitate.

Râde.

— În regulă. Promit.

— Trebuie să închid. Mi se fac semne să urc pe feribot.

După ce parchez în rând, opresc jeepul şi mă uit în jur. Mama lui Robin e pe scaunul pasagerului, în maşina de alături.

Privirile ni se întâlnesc. Îmi surâde cu tristețe. Corpul meu reacționează înainte ca creierul să proceseze următoarea acțiune. Ies din mașină. În loc să coboare geamul, iese și ea din mașină.

Ne îmbrățișăm.

— Îmi pare atât de rău, doamnă Bailey.

Mama lui Robin plânge în timp ce feribotul se clatină dintr-o parte în alta în apele tulburi. Nu știu ce aș putea să-i spun ca s-o îmbărbătez, dar încerc.

— Robin m-a ajutat foarte mult acum două săptămâni. În campus. M-am bucurat foarte mult când am văzut-o. Speram să ajungem să facem niște cursuri împreună. Vreți să le spun ceva profesorilor?

Doamna Bailey pare complet nedumerită.

— Robin nu urma niciun fel de cursuri, îngaimă ea.

Acum sunt și eu la fel de nedumerită.

— Cum adică? Dar am văzut-o la cursuri, la Lake State.

— Nu se poate. Robin era dependentă de analgezice de anul trecut, de când și-a fracturat a doua oară clavicula.

Doamna Bailey izbucnește în suspine răgușite. După aceea a recunoscut că lua metamfetamină.

Domnul Bailey coboară și el din mașină și vine să-și cuprindă soția în brațe. Feribotul andochează.

— Noi încercam să o ducem la dezintoxicare, nu la cursuri, îmi spune el cu o voce frântă.

# CAPITOLUL 30

Conduc spre casă complet uluită. În ziua în care m-a ajutat, Robin avea un rucsac şi am intrat împreună în casa studenţilor. Eram două colege de facultate care stăteau de vorbă la cafenea.

Doar că... Robin Bailey nu era în campus pentru cursuri. Îmi dau seama că nu am văzut-o efectiv intrând într-o sală de curs. Atunci, ce căuta acolo?

Când intru în casă şi trag uşa după mine, îmi dau târcoale gânduri rele. De ce o fată dependentă de analgezice şi *met* umbla prin campus cu un rucsac după ea?...

Mă îneacă ruşinea. Nu sunt cu nimic mai bună decât nemernicii ăia care au început să mănânce rahat despre Robin la meciul de hochei de îndată ce au aflat că a luat o supradoză.

Două fete care e posibil să fi vândut *met*. Moarte amândouă.

Oare ar trebui să le spun lui Ron şi lui Jamie ce am aflat? Şi despre suspiciunea mea că s-ar fi putut să vândă droguri în campus? Sau mai bine aştept până ce sunt sigură?

*Hai, Daunis. Concentrează-te. Ceva trebuie să aibă sens.*

Aud foşnetul punguţelor din plastic în rucsac. Ciupercile.

Mă aşez la birou şi caut cele trei probe pe care le-am ridicat azi. Le verific după fotografiile din trei ghiduri diferite şi site-urile de identificare a ciupercilor, pe care am ajuns să le cunosc la fel de bine precum creatorii și administratorii lor.

Primele două se dovedesc a fi soiuri bine documentate.

Ultima e neagră, cu un fel de negi albi pe pălăria neregulată. Pute prea tare ca s-o scot din pungă. Când o privesc mai îndeaproape, constat că petele albe nu sunt negi. Sunt fungi albi minusculi care cresc pe ciuperca neagră. Un fel de echivalent pentru peștele undițar în lumea ciupercilor, complet dependent de gazdă ca să-și obțină nutrimentele.

Asta ar putea fi. Un soi nou. Anticiparea mă înflăcărează.

În clipa următoare, mă prăbușesc și mă dezumflu.

E în baza de date. *Asterophora parasitica.* Un soi rar, dar nu nedescoperit.

Arunc punga cu ciuperca „undițară" pe pat. Tot timpul ăsta pierdut alergând după cai verzi pe pereți.

*Nu e timp pierdut, Daunis. Excluderea lucrurilor face parte din proces*, îmi amintește unchiul David.

Frustrarea clocotește în mine ca o magmă. Trebuie să fi ratat ceva. Undeva.

Rahat. Triplu. Cvadruplu. De o infinitate de ori. Rahat.

Mirosul prăjiturilor proaspăt scoase din cuptor pătrunde pe sub ușa camerei mele. La fel și lăbuța lui Herri, care se întinde prin crăpătură după punguță. Sar să o iau de acolo înainte să apuce să o găurească cu ghearele.

Trebuie să fiu mai atentă. Ciupercile ar putea fi toxice pentru Herri. Acțiunile mele precipitate ar putea fi periculoase pentru ceilalți.

Mă duc în bucătărie, la mama, și iau o prăjitură caldă cu nucă de macadamia de pe hârtia de copt de pe bufet. Mi se topește în gură. Gustul dulce îmi săgetează molarii. Bun, cu ciupercile nu am obținut niciun răspuns, așa că trecem la următorul pas al planului.

— Mamă, unchiul David își ținea jurnalele în altă parte în afară de biroul de acasă?

Îmi aruncă o privire întrebătoare, apoi ochii ei se întorc în interior, spre baza ei de date mentală.

— A început un jurnal, știi, când eram copii. Mereu scria tot ce făcea peste zi. Zâmbește amintirii. Îl păstra în casa noastră din copac. Nu se compară cu ce au gemenele, dar pentru noi era destul. Citeam, jucam cărți. Scria în jurnal, apoi îl lăsa într-o scorbură în care odată fusese casa unei veverițe. Ia o prăjitură și mănâncă jumătate, oftând mulțumită. Au dărâmat-o când eram adolescenți, ca să facă loc pentru pavilion. Au tăiat și copacul. Clatină din cap. De ce întrebi?

— Mi-e dor de el și mă gândesc mult la el. Mai ales la ultimele două săptămâni, spun cu grijă. Mă întreb ce-l frământa.

Mama se încordează. Eu și buna Mary nu am crezut-o. O cuprind pe după umeri, dorindu-mi să-i pot oferi mai mult decât o scuză tăcută. Dar nu știu ce aș putea spune fără să dezvălui prea multe. Reticența mea e o minciună prin omisiune. Una care o rănește pe mama.

Când se va termina investigația, îi voi putea spune mamei adevărul. A avut dreptate în tot acest timp.

— Din câte știu eu, își petrecea tot timpul la școală, zice. L-ai văzut mai mult decât mine în ultimele două săptămâni.

— Îmi amintesc că și-a făcut ordine în debaraua cu substanțe, îi spun. Ordinea alfabetică, cea mai ușoară metodă, nu era de el. Zâmbesc și o strâng mai tare lângă mine. Trebuia să le pună în ordinea inversă a numărului grupei și apoi în ordinea descendentă a masei lor atomice.

Oricine ar fi deschis cămăruța lui de depozitare ar fi văzut niște borcane etichetate la întâmplare. Numai cei care cunoșteau tabelul periodic al elementelor de la dreapta la stânga și de la stânga la dreapta ar fi putut vedea ordinea. Uneori îi spunea câte unui elev de la clasa avansată de chimie: *Du-te și adu-mi un metaloid cu al doilea cel mai mic număr atomic din grupa lui.* Şi îl aştepta să revină cu borcanul pe a cărui etichetă scria SILICIU.

Părea o altă excentricitate a ciudatului meu unchi David. Numai că acum îmi dau seama că s-ar putea să fi procedat astfel ca să îşi dea lesne seama dacă i-a umblat cineva printre chimicale.

Ron probabil că a cercetat depozitul de substanţe chimice şi a prelevat amprente. Ale elevilor, poate. Nimic care să indice că cineva ar fi putut fura din substanţe. În plus, unchiul David nu păstra ceva toxic sau instabil. Doar câteva substanţe chimice de bază, pe care dorea să le folosim noi la lecţii sau pentru propriile cercetări.

Bun. Mama nu mi-a dat un răspuns imediat. Mă regrupez şi încerc mai târziu. Deocamdată trec la următorul punct de pe lista mea.

— Auzi, mamă, nu crezi că bunei Mary i-a fost greu să includă mobilierul de birou al bunicului Lorenzo când i-a vândut imobilul doamnei Edwards?

— Asta de unde ţi-a mai venit? întreabă ea uluită.

Ridic din umeri.

— Mă întrebam dacă nu s-a consultat cu tine.

— Nu, zice mama scurt. Nu s-a consultat.

Schimbările au fost mereu grele pentru mama. Aşa a fost întotdeauna? Chiar şi Înainte, o parte din mama era blocată în 1985. Accidentul de pe insula Sugar, când i-a spus tatei despre mine.

— Mă întreb dacă buna Mary şi-a amintit să îi spună doamnei Edwards despre sertarul biroului care se blochează când e umed şi despre cârligul de chei din spatele sertarului de sus, continui eu.

— Sunt sigură că a trecut prin toate detaliile când le-a dat mobilierul lui Helene şi lui Grant. David nu ar fi recunoscut în ruptul capului, dar a moştenit calitatea asta de la mama noastră.

— I-a amintit chiar şi de cheia de rezervă de la birou? întreb cu cel mai degajat glas posibil.

— Da, sunt sigură. Bunica ta era foarte atentă.

Simt din nou o greutate pe inimă. Niciun răspuns aşteptat.

Şi un alt gând, chiar mai tulburător...

Mama tocmai a folosit timpul trecut când a vorbit despre buna Mary. O scăpare mică, subconştientă. Schimbarea vine chiar şi atunci când încercăm în mod conştient să o evităm.

Luni, am întâlnire cu mătuşa la laboratorul spitalului. A făcut acolo programarea, nu la Departamentul de Sănătate Tribală, unde e directoare, ca să nu poată fi acuzată că şi-a folosit poziţia ca să influenţeze rezultatul.

— Ar fi cineva în stare de aşa ceva? întreb.

— Nu mă mai surprinde nimic, zice ea istovită.

Rezultatele testelor de sânge, care arată o legătură de înrudire dintre mine şi mătuşa mea din partea tatălui, vor fi trimise direct la funcţionarul de la înregistrarea tribală, pentru a fi adăugate la dosarul meu cu cererea de înregistrare.

Conduc de la spital la biroul de înregistrare tribală pentru a-mi depune cererea şi declaraţiile de susţinere. Stormy e şi el acolo, întrebând-o pe recepţioneră dacă actul de identitate e suficient ca să treacă peste International Bridge. Nu-şi găseşte paşaportul.

— Ştii ce atitudine au grănicerii canadieni faţă de membrii tribului. Depinde de noroc şi dacă ofiţerii cu care te întâlneşti au auzit sau nu de Tratatul Jay.

Tratatul Jay reglementează, chipurile, trecerea graniţei absolut liber pentru toţi Nishnaab; dar oamenii se plâng mereu că de fiecare dată grănicerii canadieni le cer tot felul de acte. Uneori, te lasă să treci, dar alteori cer actul de identitate, certificatul de naştere, ba chiar un act legalizat care atestă procentul de sânge indian, ba chiar şi pe cel al părinţilor.

Când se întoarce, pare foarte demoralizat. Stormy e un mare măgar câteodată, dar alteori ți se face milă că e mereu așa de ghinionist.

— Ce e peste pod? întreb.

— Ei, zice el, încercând să pară degajat. Joacă Greyhounds în seara asta. Alberts ne-a luat bilete. Toată echipa. Mergem mai întâi la mall și mâncăm.

— Unde crezi că ar putea fi pașaportul?

Ridică din umeri.

— Probabil la mama.

Mă uit în jur.

— Nu te așteaptă Levi?

— Nu. Am venit aici după a cincea oră.

Vântul bate tare și deasupra Lacului Superior se adună nori de furtună.

— Haide, zic. Te duc eu pe insulă să-l cauți.

— Serios? E atâta speranță în vocea lui, încât uit pentru o clipă ce ticălos poate fi uneori.

Pe feribot, Stormy ia puțină *semaa* din săculețul pe care-l țin în suportul pentru pahar și aduce o ofrandă tăcută râului. Inițial, sunt surprinsă să-l văd că știe tradițiile vechi, dar, dacă mă gândesc mai bine, îmi dau seama că părinții lui participau la ceremonii și se descurcau foarte bine. *Cu ochii limpezi și inimile deschise*, zice mătușa când se referă la cei care nu sunt sub influența drogurilor sau a alcoolului.

Cu cât ne apropiam mai mult de casa mamei lui din rezervația principală, cu atât mai nesigur devine.

— Mda. Probabil n-o să-l găsesc. Oricum, nu contează, zice.

— Eu cred în tine Stormy, zic eu cu o voce șăgalnică, ca să-și dea seama că glumesc.

Râde și intră în casă. Eu aștept în mașină până ce mama lui deschide ușa și îmi face semn să vin. Probabil că zilele astea Shawna Nodin are ochii limpezi și inima deschisă.

Îmi oferă o cafea și, cu toate că nu prea beau, îi accept ospitalitatea. Mica ei casă e imaculat de curată.

Fotografiile de la școală ale lui Stormy tapetează tot peretele. Sunt singurele decorațiuni, cu excepția unui poster de la o conferință Anishinaabemowin de anul trecut. Imaginea imprimată înfățișează în fundal o clădire care seamănă cu un internat; în prim-plan sunt corturi ridicate dincolo de gardul care înconjoară școala. Nu am mai văzut până acum fotografia asta veche, dar e ceva provocator și încurajator în ea. Dovada că, și atunci când copiii le-au fost smulși de lângă ei, mulți părinți i-au urmat. Poate au bătut tobele și s-au rugat, și au cântat în vreme ce, de partea cealaltă a gardului, copiilor lor le era interzis să vorbească în limba lor natală. Poate, doar poate, un copil a auzit cântecele familiare din depărtare. Poate chiar a mirosit fumul care ducea rugăciunile părinților lui la Creator.

Pe aragaz fierbe o oală cu supă sau cam așa ceva. Miroase bine.

Mă bucur pentru Shawna.

Dar mai mult mă bucur pentru Stormy.

Mi se încordează umerii când pe hol apare tatăl lui Stormy. În familia Nodin, mulți mă cred mai mult Zhaaganaash decât Nish. Porecla mea din copilărie, Fantoma, a fost născocită de un băiat Nodin cu un an mai mare decât mine.

Tatăl lui Stormy stă în partea opusă și își aprinde o țigară. Suflă un nor de fum spre mine. Îmi face o evaluare rece, tăcută, în timp ce soția lui îi toarnă o cană cu cafea.

Stormy face o gălăgie cumplită în dormitorul lui. Trântește sertare și înjură de zor.

Când țigara devine un chiștoc în scrumieră, tatăl lui Stormy vorbește.

— Bunica ta găzduia chestiile alea cu Cards'n'Crafts. Binefăcători de rahat pentru spital.

Încuviințez din cap. Buna Mary și corpul de voluntari de la spital. Tatăl lui Stormy continuă, ca și cum ar fi clocit-o de ani în şir, aşteptând să apar în sufrageria lui şi să-mi spună exact ce crede despre familia mea.

— Doamne bogate şi bătrâne Zhaaganaash jucau cărţi în mijlocul încăperii. Când făceau o pauză, se plimbau pe la mesele pe care noi ne expuneam marfa pentru vânzare. Împletituri din nuiele, piele, sculpturi din lemn. Fumul următoarei ţigări pluteşte spre mine. Cucoanele alea ar fi putut cumpăra de zece ori tot ce era pe mesele noastre. Dar ele tot se tocmeau şi umblau după chilipiruri.

Ostilitatea mocnită mă face să mă simt stingherită.

Din josul holului răzbat nişte sunete de parcă Stormy şi-ar demola dormitorul până la ultimul şurub.

Shawna vine lângă noi la masă. Pune o mână pe mâneca soţului ei, frecând-o încet, în timp ce el continuă să vorbească.

— Am fost cu bunicul. Bunica ta a strâmbat din nas la coşurile lui din nuiele. La preţurile lui.

Nu ştiam ce să-i răspund. Tot ceea ce vede în mine tatăl lui Stormy e familia mea Zhaaganaash. Buna Mary mă iubeşte, dar nu se dă în vânt după indieni. Nici măcar înainte de apariţia tatei. E greu să te împaci cu laturile care nu îţi plac, pe care chiar le dispreţuieşti, ale unei persoane pe care o iubeşti.

Poate oare o inimă să se extindă într-atât încât să cuprindă şi dragostea, şi toate emoţiile complicate?

— Coşurile bunicului tău sunt minunate, zic. Şi valorează mai mult decât a cerut vreodată pentru ele.

Scoate un sunet dispreţuitor.

— Pffuuuiii, şi zdrobeşte mucul ţigării în scrumieră.

Stormy dă năvală cu un paşaport bleumarin, pe care îl flutură victorios.

— Hei, mamă, zice el. Ai ceva bani să-mi dai, ca să ies la masă cu echipa?

Shawna scutură din cap:

— Abia am plătit chiria pe octombrie.

Tatăl lui se ridică şi scoate un portofel. Numără bancnotele. Stormy şi tatăl lui primesc lunar cecurile *per capita*. Dar pe al tatălui său sunt nişte popriri, ceva, din cauza unor probleme cu legea şi pentru plata avocaţilor. Cred că cecul lui Stormy e singurul lor venit.

— Nouă dolari, zice el, dându-i fiului său tot ce are.

Chiar la un curs de schimb bun, cu banii ăştia nu îşi ia mai mult de un hotdog şi un suc.

Eu, Stormy şi Macy ne-am făcut iniţierea cam în acelaşi timp, deşi eu eram cu un an mai mare. Îl auzeam adesea pe tatăl lui Stormy, care bătea la tobă şi cânta dintr-un chioşc dintre copaci, la o oarecare distanţă. Aşa, pur şi simplu, pentru ca Stormy să ştie că e în apropiere.

— *Miigwech* pentru cafea, îi spun Shawnei.

— *Makade-mashkikiwaboo. Niishin*, răspunde ea. Licoare neagră de leac. E bună.

— *Aho*, încuviinţez. Gata.

În jeep, suntem amândoi tăcuţi. Stormy se uită pe geam, în timp ce eu conduc spre feribot. Nori negri de furtună se văd în zare. În jurul nostru zboară vârtejuri de frunze.

Lista mea ordonată pe puncte mă trage de mânecă, dar... nu pot. Nu mi se pare corect să mă folosesc de drumul ăsta ca să storc de la Stormy informaţii despre două fete moarte, care, întâmplător, îi erau verişoare. O Veveriţă Secretă perfectă şi-ar fi urmărit sarcina. Dar eu nu mai am chef să joc după reguli.

Când ajungem pe feribot, încep să vorbesc, pentru că tăcerea devine tot mai ciudată cu fiecare minut:

— Părinţii tăi arată foarte bine.

— Pffuuii, zice Stormy, exact ca tatăl lui. Săptămâna asta.

Mai aduce o ofrandă râului. La urma urmei, de fiecare dată e un alt râu.

Telefonul meu bâzâie. Mesaj nou.

LEVI: Ai cardul de debit pt Canada

EU: da

LEVI: Nu-l găsesc pe al meu. Împrumuți?

EU: da. Rugăminte, fără întrebări. Stai cu stormy mike jamie la masă. Spune că faci cinste ÎNAINTE să comande.

Când ieşim de pe rampa feribotului, depăşim coada de maşini care aşteaptă să urce la bord ca să ajungă pe insulă. În mijlocul convoiului e o maşină a poliţiei tribale. Stormy arată spre silueta masivă de la volan.

— Fantoma Crăciunului Trecut, zice el despre ofiţerul Kewadin.

— Pffuuuiii. Nu mi-e frică de fantome, zic eu, imitându-l pe tatăl lui şi filmul *Ghostbusters*.

Stormy râde.

Îl las la Chi Mukwa, la autobuzul pentru meciul Greyhounds. Levi mă prinde din urmă înainte de a pleca. Vine să îi dau cardul exact când Jamie intră în parcare. Fratele meu se salută cu Jamie ciocnindu-şi pumnii.

— Distracţie plăcută la meci, zic. Şi, Jamie, nu uita să îmi dai mesaj dacă te duci în altă parte în afară de mall şi meci. Pentru corectitudine.

Jamie zâmbeşte scurt şi apleacă puţin capul pe geam, pentru o sărutare. Pupicul pe obraz e... dezamăgitor. Îmi ascund părerea de rău sub un zâmbet extra-dulceag.

— Hai, amorezule, îi spune Levi lui Jamie. Întârziem la Naughty Nickel.

— Levi Păstrătorul Focului, să nu îndrăzneşti să îl duci acolo, o fac eu pe indignata.

Băieţii râd.

— Vreau să ştiu despre ce e vorba, zice Jamie.

Îmi dau ochii peste cap:

— Club de striptease. Antrenorul nu vrea să vă ducă acolo, oricât l-ar bate Levi la cap.

Cerul se întunecă și o perdea deasă de ploaie rece biciuiește pieziș mașinile din parcare. Băieții aleargă spre autobuzul echipei.

Rafalele de vânt îmi zgâlțâie jeepul tot drumul spre casă. Încerc să mă concentrez asupra drumului, în timp ce frânturi de gând îmi dau târcoale din toate părțile: *Insula Duck e un eșec. Stânjenită la întâlnirea cu tatăl cu Stormy. Încă niciun jurnal. De ce stânjenită? Nu tu cheie de rezervă pentru birou. Poveste deloc măgulitoare despre buna Mary. Când să-l întreb pe Stormy despre verișoarele lui? Foarte plauzibil ca buna Mary să se fi purtat așa. Ai grijă ca Levi să aibă suficienți bani pentru cină pe card. Pupicul lui Jamie pe obraz n-a fost grozav. Cine mai are informații despre Robin?*

Când ajung acasă, mă uit la ceas. Trebuie să verific contul. Să mă asigur că sunt suficienți bani ca să plătească cina. Levi poate fi neatent cu cheltuielile și cine știe ce mai au de gând să facă în seara asta...

Mă uit în coșul Longaberger în care mama pune toate facturile și declarațiile de venit de la bancă. Declarația mea de la contul fiduciar e acolo, la fel și cea a contului meu de economii din oraș.

Nimic din Canada... asta e ciudat.

Abia după ce caut prin documentele financiare din ultimul an, aflate în dulapul metalic de la subsol, găsesc o declarație veche de venit a unui cont comun. Fug sus pe scări și sun de pe telefonul fix, dându-mi numele, numărul contului, data nașterii și adresa.

— În cont figurează altă adresă, zice doamna de la Serviciul Relații cu Clienții și îmi spune adresa lui Levi. E vreo problemă? Să blochez contul?

— Nu, zic repede. E adresa fratelui meu. E și el inclus în cont. Oricum îl folosește mai mult decât mine.

Ar trebui să îi dau un mesaj lui Levi și să-i spun cât mai are în cont. În caz că vrea să facă niște cumpărături înainte sau după cină.

— Care e suma curentă? întreb.

De obicei ţinem în cont în jur de 400 de dolari americani. La rata de schimb, ar trebui să fie în jur de 500 de dolari canadieni.

— 4 856,75 de dolari.

Măiculiţă!

— Aţi spus patru *mii*?

— Da. Peste două secunde revine: Mă scuzaţi, am făcut o greşeală.

Dau drumul unui enorm oftat de uşurare.

Doamna de la bancă reia:

— V-am dat suma din declaraţia de venit pe august. Suma curentă este 10 856,75 de dolari.

# CAPITOLUL 31

Sunt mai mulți bani decât am avut vreodată în contul nostru comun.

Simt că mi se face rău.

Levi e implicat?

E ridicol.

Trebuie să existe o explicație plauzibilă pentru care Levi ține atâția bani în contul nostru comun. Sunt sigură de asta.

Doamna de la bancă mă întreabă dacă mai sunt pe fir.

— Ăăă.... îîhîî..., îngaim eu.

— Declarația pe septembrie va fi expediată luni. Doriți să reveniți la adresa anterioară?

— Nu, lăsați totul așa cum este. O să iau declarația de la Levi, împreună cu explicația pentru activitatea neobișnuită. Întreb: E posibil să treceți două adrese în cont?

— Nu. Politica noastră e să trimitem un singur exemplar printat al declarației. Și peste câteva secunde adaugă: Dar ne puteți da adresa de e-mail și vă trimitem lunar și dumneavoastră declarația.

Îi urmez sugestia și închei convorbirea, dar rămân stană de piatră în bucătărie. Herri se freacă de piciorul meu.

Fac în minte socotelile plăților *per capita* ale lui Levi. A împlinit optsprezece ani în ianuarie, ceea ce înseamnă că primește deja suma întreagă de nouă luni. 36 000 de dolari pe an înseamnă 3 000 pe lună, minus taxele. Anul trecut, ca minor, a primit 12 000 de dolari, ceea ce probabil înseamnă 900 de dolari pe lună net. În plus, îi restituie mamei sale banii pentru Hummerul pe care i l-a finanțat.

Când doamna de la bancă mi-a comunicat soldul curent, primul meu gând a fost să mă întreb dacă Levi este într-un fel sau altul implicat. Mi-a fost rușine de mine însămi. Și despre unchiul David am crezut ce e mai rău. Oare nu am învățat nimic despre graba asta de a trage concluzii greșite despre cei dragi? Pe de altă parte, trebuie să urmăresc indiciile, oriunde m-ar duce. Nu-i așa?

Am senzația că se dă o luptă între creierul și inima mea. În Lumea de Dinainte, mă bazam de obicei pe știință și pe matematică. Gândire liniară. Asta înseamnă că ar trebui să-mi ignor instinctele? E ca la tăierea unui tort. Dacă tai o felie mai mare, le micșorezi pe celelalte.

Herri mă ciupește de bărbie, enervată că tot dau din picioare pe sub cuvertură. O împing.

— Du-te și necăjește-o pe mama, fiară ce ești.

O duc pe hol și închid ușa dormitorului, dar nu reușesc decât să mă învârt și să mă foiesc. Încerc să alung toate frământările de azi gândindu-mă la Jamie. La sărutul lui din lift și, mai târziu, din camera mea de hotel. Îmi imaginez cum ar putea arăta zilele de după investigație alături de el și îmi strecor mâna pe sub pătură.

Dar... de ce sărutul lui Jamie a fost altfel azi după-amiază? Exact înainte să înceapă furtuna. Furtuna[9]. Stormy. Trebuie să mă gândesc cum să-l abordez pe Stormy. Tatăl lui Stormy... Cunosc privirea acră pe care buna Mary i-a aruncat-o bunicului domnului Nodin. La fel m-a privit și pe mine când i-am spus că bunica Pearl mi-a lecuit durerea de ureche cu urină.

Pfffuuuiii. Momentul e ruinat.

---

9 *Storm* (în limba engleză) înseamnă „furtună" (n. tr.).

Nu-mi rămâne decât să recit tabelul periodic al elementelor: hidrogen, heliu, litiu, beriliu, bor, carbon, azot, oxigen, fluor, neon...

*

*— Ai măcar idee câte am făcut ca să-ți dovedesc că te iubesc?*

*Travis scoate un pistol vechi din spatele blugilor.*

*Urmărește sunetul respirației mele gâfâite, de la nici zece metri distanță. Ațintește pistolul tremurător spre nasul meu. Obrazul. Gura. Fruntea.*

*— Nu trage. E Daunis. Lily se răstește la mine: Ce cauți aici?*

*Simt toate mirosurile: WD-40, pin, duhoarea lui Travis, licheni, scoarță putrezită, amoniac.*

*O să mor. Lily mă va vedea murind.*

*— E adevărată? întreabă Travis. Pentru că Oamenii Mici nu mă lasă în pace. Sunt acolo. Peste tot în jurul meu.*

*Lovește în diagonală, către dușmanii invizibili, ca și cum pistolul ar fi devenit o macetă. Nu îmi dă atenție. O pot apuca pe Lily de mână. Putem fugi de el. Sau ne putem urca în camioneta lui Jamie.*

*Travis țintește din nou spre fața mea. Sunt îngrozită. Nu vreau să mor. Vreau la mama. Asta o va ucide și pe ea.*

*— Travis, Oamenii Mici nu încearcă să te prindă. Dă-mi pistolul, zice Lily.*

*Se întinde să ia arma. Insistent. O palmă fermă, cu degetele desfăcute.*

*— Dă-mi-o. Acum.*

*El mișcă mâna, pentru ca ea să nu poată ajunge la pistol. Mâinile lui zvâcnesc aproape spasmodic.*

*— Travis, dă-mi arma înainte să o rănești pe Dau...*

*— Nu pot face asta fără tine. Mâinile lui devin ferme. Te iubesc.*

*POC!*

*Lily se prăbuşeşte pe spate, cu braţele desfăcute.*

*Travis o priveşte lung, apoi se întoarce spre mine.*

*— Sunt aşa de supăraţi pe mine, şopteşte. Oamenii Mici. Nu am vrut decât să mă iubească din nou. E singurul om care m-a iubit vreodată. Care m-a crezut când toţi ceilalţi mi-au întors spatele. Dacă ar fi vrut să încerce, Dauny. Dar nu a vrut. Aşa că am pus-o în prăjituri. Dar nu le-a vrut nici pe alea. Asta a fost singura cale.*

*Îşi ridică pistolul la tâmplă.*

Sar direct în picioare. Recunoscătoare pentru zgomotul de sub podeaua dormitorului meu, care m-a scos din visul ăsta. Nu, nu e numai un vis, e o amintire. Momentul cumplit când Travis şi-a fixat ţinta şi a împuşcat-o pe Lily.

Îl cunoşteam pe Travis de-o viaţă. Cum i-a putut face asta lui Lily? Travis a ucis-o în timp ce îi spunea cât de mult o iubeşte.

Stai puţin. Am visat cuvintele. Ultimele cuvinte ale lui Lily au fost rostite ca să mă apere pe mine.

Travis a zis ceva despre... Oamenii Mici.

Încep să-mi revină amintirile? Sau inventez?

Unul dintre Bătrâni a zis odată ceva despre Oamenii Mici. Am nevoie de un minut să mi-l amintesc: Leonard Manitou. Bunicul lui Macy. Nu ia zilnic prânzul la Centrul pentru Bătrâni. Vreau să-l întreb despre Oamenii Mici. A-l întreba aşa cum se cuvine presupune să îi aduc *semaa*. Trebuie să iau mai mult tutun de pipă azi, înainte să trec pe la bunicuţa June. În caz că e acolo.

Zgomotele din casă încep iar: smiorcăitul unui storcător de mop. Apa care clipoceşte în găleată. Pe sub uşă intră mirosul familiar de pin. Criza curăţeniei de la miezul nopţii a mamei.

— M-a iubit. Ştiu asta, David. Chiar şi după tot ce am făcut.

Creierul meu traduce automat păsărească alcătuită din franceza bunei Mary, italiana bunicului Lorenzo și cuvintele inventate de mama și de fratele ei.

— Ar fi trebuit să spun adevărul. Oricât de supărată aș fi fost pe el. Totul ar fi fost diferit. Copilul meu ar fi avut un tată.

Mama trebuie să fi băgat mopul în găleată, împrăștiind apa cu mișcări dezordonate.

— David, a promis că vom avea tot ce ne trebuie după ce va intra în echipă. A crezut că mama și tata îl vor accepta. „Ai răbdare, Grace. Urmăm timpul indian, atât."

Râsul mamei e un chicotit delicat; stoarce mopul și își continuă curățenia.

— Iar eu l-am întrebat: „Asta nu înseamnă că e de fiecare dată prea târziu?". Dar Levi a zis: „Timpul indian înseamnă, de fapt, că lucrurile se întâmplă atunci când trebuie să se întâmple."

Începe să plângă.

De obicei, când ajunge la partea asta, îmi trag pătura peste cap. Acum însă mă ridic din pat, deschid ușa și mă strecor pe vârfuri în josul holului.

— De ce timpul indian nu îți permite să te întorci în timp? Să schimbi lucrurile care nu ar fi trebuit să se întâmple? Nu ar fi trebuit să ne ducem pe insulă. Ar fi trebuit să am grijă de el. Nu ar fi trebuit să deschid ușa acelui dormitor. A spus că ea l-a îmbătat. Dar am fost și eu la petrecere și nu l-a forțat nimeni să dea peste cap toate păhărelele alea.

În timp ce trec prin living, cuvintele pe care le bolborosește între două suspine adânci, înăbușite, sunt neinteligibile. Umplu golurile în minte. Nu e prima dată când îi aud lamentațiile.

— De ce a sărit în camion în ultima clipă? Ar fi trebuit să mă lase să plec. De ce nu am lovit căprioara aia nenorocită, în loc să virez? De ce am mințit și am spus că Levi conducea? De ce?

Răspund eu, din pragul bucătăriei. Nu e prima dată când îi întrerup confesiunile.

— Pentru că în noaptea aceea voiai să îi spui tatei despre mine și, în loc de asta, l-ai găsit în pat cu Dana, am spus cât mai blând cu putință.

Se prăbușește în brațele mele, plângând.

Continui:

— Pentru că erai șocată și furioasă că te-a înșelat și și-a încălcat promisiunile pe care ți le-a făcut. Pentru că erai o copilă de șaisprezece ani, speriată de ceea ce ar putea face părinții tăi când vor afla că ești însărcinată de trei luni.

Mă aplec și o sărut pe frunte, așa cum făcea ea când eram mică și mă culca după ce îmi citea o poveste. Așa cum face și acum ori de câte ori am febră. Sărutările astea sunt un adevărat leac.

— Pentru că erai speriată când a venit poliția; mai târziu, la spital, ai încercat să spui adevărul, dar nu te-a crezut nimeni. Apoi, ai tăi te-au trimis să stai cu familiile lor, la Montreal. Până să te întorci tu aici cu mine, tata era deja însurat cu Dana. Care îl născuse pe Levi.

Vocea ei e o șoaptă resemnată.

— E atât de nedrept. Dana a primit tot ceea ce mi-a promis mie.

Mi se rupe inima pentru ea, pentru viața ei marcată de secrete și scandaluri. De răni atât de adânci, încât se mai cicatrizează și în ziua de azi. Straturi de piele umflată, cheratinizată și roșie o tot înconjoară și o cuprind până ce nu se mai poate mișca. O lasă blocată undeva, în trecut.

Cicatrici făcute din promisiunile încălcate ale lui Levi Joseph Păstrătorul Focului Senior.

Regele Minciunilor Tipilor.

Poate și prima mea rană este atât de adâncă, încât nu se va vindeca niciodată.

Mama nu a fost singura persoană căreia i-a făcut promisiuni.

Tata a fost primul bărbat care m-a mințit.

Aveam șapte ani.

Și încă mă doare.

# CAPITOLUL 32

La trei zile după ce inima ei s-a oprit din cauza unei supradoze de metamfetamină, familia şi prietenii lui Robin Bailey se adună la biserica St. Mary. Părinţii ei sunt catolici care nu urmează tradiţiile Ojibwe legate de călătoria de patru zile.

Unii Nishnaab amestecă credinţa religioasă cu spiritualitatea Ojibwe tradiţională; de pildă, adaugă *semaa* în tămâie în timpul slujbei religioase. Alţii, ca familia Bailey, păstrează o separare clară.

Stau în banca din apropierea vitraliului cu o placă gravată cu numele părinţilor bunei Mary şi ai bunicului Lorenzo. Bunicii mei au reclamat în mod neoficial strana aceea ca fiind a lor. Acum, mama stă singură aici duminica.

Eu am încetat să mai frecventez slujba de duminică de când eram în clasa a X-a. Într-o duminică, buna Mary i-a comparat pe indienii catolici cu catolicii convertiţi, susţinând că religia organizată le-a fost oferită indienilor de către misionarii francezi, aşa că cei convertiţi la creştinism sunt cumva inferiori catolicilor „originari".

— Şi eu unde mă situez în ierarhia asta? am întrebat-o.

— Nu fi încăpăţânată, Daunis Lorenza. Tu eşti o Fontaine, nu una dintre *ei*.

Din ziua aceea, în fiecare duminică mă duceam cu unchiul David într-un separeu neoficial reclamat ca fiind al nostru, la restaurantul preferat. El însuşi a realizat cu multă vreme în urmă că, în calitate de fiu gay al bunei Mary, nu va fi niciodată admis în secțiunea VIP a raiului ei.

*Dumnezeul la care mă rog eu e aici cu noi, Daunis. Cu tine, cu mine și cu clătitele noastre.*

Sunt surprinsă să constat că îmi vin atât de ușor pe buze rugăciunile catolice și răspunsurile. Și sunt și mai surprinsă să constat că într-adevăr mă alină.

Mintea mea se întoarce la momentul când stăteam cu Robin la masa aceea din casa studenților, după ce am aruncat cu agenda după TJ Kewadin.

*Nu trebuie să fii supererou, Dauny. E OK să nu fii OK.*

Îmi doresc să își fi urmat propriul sfat. Știam despre clavicula ei ruptă, s-a întâmplat în același timp cu prima mea accidentare la umăr. La ultimul meci acasă din clasa a X-a – când Robin era în ultimul an de liceu –, un adversar a intrat în noi ca în niște popice și ne-a lovit. A fost exclus din joc, dar nu înainte de a primi felicitări din partea colegilor de echipă. Eu și Robin am ajuns la War Memorial Hospital.

Mătușa a venit cu mine, pentru că mama nu suporta să mă vadă suferind. Când mătușa s-a uitat la rețeta pe care mi-a dat-o doctorul cel nou, i-a întins-o înapoi. *N-o să-i dau oxicodonă nepoatei mele de șaisprezece ani.* Doctorul a pufnit indignat. *Vă asigur că e sigură pentru o utilizare pe termen scurt.* Mătușa nu a cedat și mi-a zis: *Fată, rămâi la Tylenol și la ceaiul de ginigiinige.*

Așa o fi început pentru Robin? O rețetă de zece zile pentru *oxi* și nicio mătușă supervigilentă? Poate părinții ei l-au crezut pe doctor că nu există niciun risc.

Poate nu s-a gândit că e posibil să ceară ajutor.

E greu să dezamăgești oamenii, și e și mai greu atunci când așteptările tale de la tine însuți sunt chiar mai mari. Mai ales când știi că mulți sunt cei care abia așteaptă să faci niște pași greșiți.

*Niciun tip nu ar trebui să aibă o asemenea putere asupra ta. Indiferent cine e sau cât de mult îl îndrăgesc toți. Sau cât de mult încă îl dorești tu însăți.*

Cui i-a dat Robin putere asupra ei? Se vedea o lipsă de vlagă în privirea ei în ziua aceea, în campus. Ce tip a făcut-o să se simtă opusul unei fete puternice? O fi simțit că nu are pe nimeni de partea ei? Nici măcar pe omul pe care încă îl dorea?

Oare Jamie și Ron o vor considera pe Robin dependentă sau – dacă bănuielile mele sunt corecte – dealer de droguri? Ei nu-i cunosc povestea. Nici eu nu-i cunosc povestea, dar știu că are una. *Avea* una. Pot încerca să aflu și mai apoi să le împărtășesc poveștile care pot ajuta investigația.

Trebuie să fiu parte din investigația asta.

Comunitatea trebuie să facă parte din soluție.

Omul de la pompe funebre închide capacul sicriului. Mama lui Robin scoate un sunet care este o versiune amplificată a celui pe care l-am scos eu când am văzut cadavrul lui Lily. Răgetul oribil care nici măcar nu am realizat că vine dinăuntrul meu.

Câți oameni dragi vor trebui să cunoască această durere înainte ca ancheta să se încheie?

După slujba religioasă, unchiul lui Robin îi invită pe toți cei prezenți în biserică la mormânt, pentru ritual, care va fi urmat de o masă la Chi Mukwa. Tot el anunță și meciul caritabil de hochei de vineri, adică peste trei zile, în beneficiul Fundației Memoriale Robin Joy Bailey.

Doamna Bailey se uită spre mine și îmi zâmbește printre lacrimi.

Am acceptat să joc în echipa Sault High. Antrenorul Bobby i-a rugat mai întâi pe cei care au fost colegi în echipa de băieți de la facultate în care a jucat și Robin să participe, apoi a completat restul locurilor cu jucătorii obișnuiți ai echipei.

Tot orașul s-a implicat. Spune-mi-Grant și-a donat serviciile pentru a înființa fundația. Dana a promis o donație uriașă în numele familiei Păstrătorii Focului. Tribul Ojibwe de pe insula Sugar a donat tot panoul publicitar din oraș, făcând reclamă pentru evenimentul de strângere de fonduri, cu poza lui Robin în tricou albastru de hochei, sprijinită de crosă.

Trebuia ca meciul să aibă loc cât mai repede, pentru că săptămâna asta era singura în care echipa Supes nu avea meciuri până la vacanța de Ziua Recunoștinței. Supes își luau mereu liber în primul weekend din octombrie pentru sâmbăta în care se ține *Shagala*. E cel mai important weekend de peste an pentru tot orașul. Nu numai pentru oraș, ci și pentru mine. Vineri e ziua mea.

Sar peste praznic, ca s-o pot duce pe bunicuța June la Centrul pentru Bătrâni. Când trec pe lângă magazinul de cartier în drum spre feribot, îmi amintesc de *semaa* pentru Leonard Manitou. Răsuflu ușurată când constat că au o varietate decentă de tutun. Mătușa spune că cel pentru rularea țigărilor e prea aspru pentru plămâni și că mai bine iei un tutun de pipă bun. Cumpăr doi săculeți.

Când ajungem la masă, cercetez nerăbdătoare încăperea. Cu două săptămâni în urmă, Leonard amintise de Oamenii Mici. La fel ca Travis, în noaptea aceea teribilă. Povestea lui Leonard era, parcă, legată de rătăcirea lui în pădure. Poate a avut halucinații din cauza frigului năprasnic.

După câteva secunde mă dezumflu. Leonard nu e aici astăzi.

Minnie face semnul crucii când o vede pe bunicuța June care toarnă un strat gros de ketchup peste pateu. Îmi înfulec masa în timp ce încropesc în gând un plan de rezervă. Minnie s-ar putea să știe ce face fiul ei astăzi, dar... cum s-o întreb? Nu am nicio idee.

Bunicuța June și Minnie au o dezbatere: cum poți să stabilești dacă cineva vorbește Anishinaabemowin fluent.

— Când poate spune: „Uite un bărbat călare pe un cal, care mănâncă o plăcintă cu mere”. Dacă poate spune asta, vorbește fluent, decide bunica.

— Ba nu, se împotrivește Minnie. Mai degrabă, atunci când știi care cuvinte sunt animate sau inanimate, pentru că abia atunci știi cine e viu.

Jonsy și Jimmer se opresc când trec pe lângă noi și se bagă-n vorbă.

— Vorbești fluent când poți spune care e diferența dintre dialecte, zice Jimmer.

— Ba atunci când îți zice profesorul că ai trecut testul, chicotește Jonsy în cea mai fluentă limbă de șmecher.

Seeney strigă de la masa de alături:

— Vorbești fluent o limbă când visezi în limba aia.

Peste încăpere se lasă liniștea; toți dau aprobator din cap și plescăie din buze.

Exact în clipa aceea intră Leonard Manitou. Mă ridic și clipesc des, ca să mă asigur că nu visez. Vine direct la masa noastră și pune dinaintea lui Minnie medicamentele prescrise. După ce o sărută pe obraz, Leonard își ia o cafea, dar nimic de mâncare. Se așază la masa la care stau câțiva prieteni de-ai lui. Dacă Leonard a mâncat în altă parte, s-ar putea să nu stea prea mult.

De îndată ce bunica și Minnie termină masa, mă grăbesc să le iau tăvile și să le duc la mașina de spălat vase.

— Ce-i cu graba asta? întreabă bunicuța. Minnie nu a devenit mai bună la cărți peste noapte.

— Pot să scriu o carte cu tot ce nu știi tu despre jocul de cărți, i-o trântește Minnie.

După ce las tăvile, traversez încăperea. Sunt aproape de masa lui Leonard când intră mătușa. Jonsy strigă din partea cealaltă:

— Hei, Mare Mahăr, cu cât te plătesc ăștia?

Ignorându-l, mă ia de braț și mă trage afară.

Sfinte Sisoe! Mătușa e nervoasă.

— E adevărat că joci hochei vineri?

— Da. Pentru Robin. Arunc o privire în parcare.

— Rahat. Robin nu ar fi vrut să riști...

— Dar ea nu e aici, izbucnesc. Și de-asta jucăm un meci.

Mătușa mijește ochii.

— Nu știu ce se întâmplă cu tine, dar o să aflu eu. Poți fi sigură de asta. Mă împunge cu un deget în piept.

Mă aștept să plece, dar mătușa abia s-a încălzit.

— Iei decizii prostești. Te învârți în alte grupuri. Pe la noi nu ai mai venit deloc să te joci cu fetele.

Are dreptate. Sunt o mătușă rea. Dar ea nu înțelege că fac asta pentru comunitate. Pentru ca gemenele să nu ajungă să piardă un prieten sau... una pe cealaltă. Mă cutremur la gândul ăsta.

*Nu îți pot spune, mătușă. Știu că te rănesc, dar e pentru binele tău.*

— Îmi răspunzi la un mesaj din patru. Mama ta zice că nu stai deloc pe acasă.

— Cursurile sunt...

— Daunis Păstrătoarea Focului, să nu îndrăznești să mă minți! strigă mătușa. E de vină jucătorul ăla de la Supes cu care te culci? Chiar ai de gând să fii și tu una dintre fetele alea care își pierd capul imediat ce se văd în patul unui tip?

O părere așa de proastă are mătușa despre mine? Că sunt în stare să uit de mine din cauza unui tip?

— Nu sunt...

— TJ spune că nu are încredere în Jamie.

Cum? Sunt prea uluită ca să răspund imediat, așa că doar ne încruntăm una la alta.

— Ai vorbit cu el? După tot ce mi-a făcut? Urăsc stridența din vocea mea.

Mătuşa respiră adânc, dar, înainte să apuce să spună ceva, i-o retez:

— TJ Kewadin nu are dreptul să vorbească despre sau cu mine nici acum, nici oricând altcândva.

— E mai mult decât atât..., încearcă ea să intervină.

— Ba nu, nu este. Fac câţiva paşi în spate. Înainte de a mă răsuci pe călcâie, îi arunc: Ştii, mătuşă, credeam că pot avea încredere în tine că vei fi mereu de partea mea.

Aştept ca SUV-ul mătuşii să plece înainte de a mă întoarce în sala de mese. Bătrânii se încăpăţânează să nu se uite la mine. Tot ce ştiu e că mătuşa a strigat la mine şi, cunoscând-o pe Teddie, probabil am meritat-o.

Dar am strigat şi eu. Ceva se schimbă între mine şi mătuşa mea. Nu ştiu dacă e bine sau rău. Poate şi una, şi alta. Nu îmi spunea Lily că gândesc în alb şi negru?

Îşi văd de activităţile lor obişnuite. Bunicuţa June şi Minnie joacă acum cărţi cu Jonsy şi Jimmer. Seeney lucrează la un puzzle, dar se uită des la noi.

Când Leonard Manitou se întoarce după ce şi-a umplut *makade-mashkikiwabii*, mă aşez lângă scaunul lui. Strecor săculeţul de *semaa* pe masă, lângă cana lui de cafea.

— *Mishomis*, vrei să-mi povesteşti, te rog, despre Oamenii Mici? Dacă nu e un moment potrivit, ne putem întâlni oricând doreşti.

Mătuşa m-a învăţat că, atunci când dăruieşti *semaa* şi adresezi o rugăminte cuiva, e bine să îi oferi respectivei persoane o variantă, în cazul în care trebuie să se gândească la cererea ta.

*Te rog să fii pregătit acum*, îl implor în gând. Dau din picioare pe sub masă.

Leonardo pune palma peste săculeţul de tutun şi încuviinţează scurt. Uşurarea mea se transformă în nerăbdare.

— Spuneai că te-ai rătăcit în pădure? De îndată ce îi ofer acest punct de început, mi se face ruşine că i-am răpit acest drept. Parcă o aud pe mătuşa mustrându-mă: *Poţi mai mult decât atât, Daunis!*

Ridică ochii şi priveşte într-o parte. Accesează dosarele din memorie.

— Aveam cinci ani. Fugăream un iepure cu praştia. Erau tare buni pe masă. Încă sunt. Ce n-aş fi dat pentru un *waabooz-naboob*.

Înghite în sec la amintirea supei de iepure, iar eu mă rog scurt în gând ca savoarea şi căldura ei să îl călăuzească prin amintiri.

— Ninsese zdravăn. Fulgi cât degetul meu mare. M-am tot învârtit în cerc, dar am mers în continuare. Mi-am imaginat că voi ajunge la casa mea, poate la următoarea casă. Eram un puştan foarte iute de picior. Sunt sigur că mama m-a strigat, dar eram prea departe.

Aruncă o privire pe fereastră. Cufundat în gânduri.

— Nu m-am speriat până nu s-a întunecat. Mi-am vârât braţele în cămaşă, pe sub haină, uite-aşa – îşi încrucişează braţele şi îşi vâră palmele la subsuori. Am căutat apoi un pin, ca să mă târăsc sub el şi să mă întind lângă trunchi. Dar era aşa de frig. Ai avut parte vreodată de un asemenea ger?

Mă gândesc cum am tremurat sub bolovan, la iniţiere, cu tot cu pătura groasă de lână şi folia din plastic. Tatăl lui Stormy bătea din tobă la distanţă. Dacă aş fi avut nevoie, aş fi putut să îl strig. Ar fi venit cineva la mine. Experienţa mea nu a fost ca a lui Leonard Manitou. Am clătinat din cap că nu.

— În scurtă vreme au apărut Oamenii Mici. Mai mici decât mine, dar nu la fel de tineri ca mine. Poveştile pe care le auzisem despre ei nu erau înspăimântătoare. Erau nişte mici poznaşi, care se distrau făcând boacăne. Înnodau rufele mamei, puse la uscat pe sfoară. Mereu mi-a plăcut o boacănă bună, aşa că i-am urmat. Am ajuns la un bolovan. Un pietroi bătrân, care era acolo dintotdeauna. Eram în faţa pietrei şi apoi am trecut prin ea. Am călătorit pe un fir de apă, pe sub insulă. Ca o autostradă. Care nu ştiu încotro ducea.

Se luminează la faţă.

— Am dus-o pe Macy la parcul acvatic când era *kwezan*. A alunecat prin tunele. Neînfricată. Râzând de fiecare dată când se trezea într-un bazin, unde o aştepta tatăl ei. Asta m-a făcut să îmi amintesc de izvoarele alea subterane. Nepoata mea e ca mine. Nici mie nu-mi era frică.

Aştept să spună mai multe, dar fără să îl presez. E suficient că stau aici, cu Leonard Manitou, şi ascult ce vrea el să îmi împărtăşească, oricând e gata. Funcţionăm după timpul indian.

— M-au adus înapoi prin bolovan. L-am auzit pe tata chemându-mă. L-am strigat şi m-a găsit. Am lipsit două nopţi şi două zile. Le-am spus părinţilor unde am fost. Tata a zis că nu se poate. Dar mama şi *nokomis* au lăsat mereu mici daruri pentru Oamenii Mici. Degetare de tinichea. Căciuliţe împletite. *Semaa*. Unsoare din grăsime de urs.

Şi bunica Pearl lăsa daruri afară. Când Art avea grijă de focul ceremonial, mătuşa pregătea mici platouri cu mâncare şi le lăsa la marginea pădurii. Am auzit adesea despre Oamenii Mici, dar nu am dat prea multă atenţie poveştilor.

*Ţi-ai lăsat ghetele afară şi le-ai găsit la latrină? Oamenii Mici.*

*Şireturile sunt înnodate? Oamenii Mici îţi joacă o farsă.*

*Lemnele de foc sunt împrăştiate pe jos, deşi erau stivuite? Trebuie să fi fost Oamenii Mici.*

Până la Travis, nu am auzit pe nimeni spunând lucruri rele despre Oamenii Mici.

— Crezi că ar putea deveni răutăcioşi sau s-ar putea înfuria?

Încerc să am o curiozitate normală, nu ca o cercetătoare sub formă de Veveriţă Secretă, de genul Travis-mi-a-dat-sau-nu-un-indiciu.

Rămâne o vreme pe gânduri. Destul de mult încât să mă întreb dacă a uitat de întrebarea mea.

— Am avut un văr care trăgea pe nas vapori de benzină. L-am găsit leşinat lângă maşină. Odată, a zis că Oamenii Mici au ţipat la el. Dar şi-a continuat obiceiul. L-am întrebat dacă au mai venit să-l certe. Nu era întotdeauna prezent, înţelegi ce vreau să spun. Leonard Manitou îşi ciocăneşte tâmpla cu degetul. Mi-a spus că, ultima dată când au venit, au plâns pentru el. Nu i-a mai văzut niciodată.

— Şi era vărul tău? întreb.

El încuviinţează.

— Da, Skinny Manitou. Numai bunica îi zicea Elmer. Desena aşa de frumos, jurai că ai în faţă o fotografie. Mare păcat. Şi-a dat foc: a turnat benzină pe el şi a aprins o ţigară. Clatină din cap.

— *Chi miigwech*, zic.

— Ai vreo cunoştinţă care trage pe nas vapori de benzină?

Încuviinţez.

— Cam aşa ceva.

# CAPITOLUL 33

Povestea lui Leonard Manitou mă lasă cu mai multe întrebări decât răspunsuri, la fel ca tot ceea ce e legat de investigația asta. A doua zi dimineață, când mă trezesc, nu sunt mai aproape de rezolvarea niciuneia dintre întrebările de ieri. Ce făcea Travis, de ce credea că Oamenii Mici sunt așa de supărați pe el? Chiar văzuse ceva sau avea halucinații? Oare mai erau Bătrâni care știau povești despre ciuperci și Oamenii Mici, pe care le-aș putea afla cumva?

Oare e posibil să dezleg o ghicitoare fără să dau peste alte zece?

Mă îndrept spre feribot cu gândurile vraiște. Leonard Manitou avea aproape aceeași vârstă ca gemenele. Oamenii Mici l-au dus prin bolovan? Neînfricata Macy râzând când se prăvălea în bazin. Cunoscând-o, parcă o văd adoptând poziția de atac, cu pumnul ridicat, ca Buttercup din desenul animat *The Powerpuff Girls*, la care mă uitam cu gemenele.

Cuvintele mătușii încă mă ustură. Cum poate crede că acționez prostește din cauza unui tip? Că renunț la ea și la fete din cauza unuia proaspăt venit în oraș. Să-mi spună că TJ Kewadin susține că Jamie nu e bun. Nu e treaba ei și categoric nu e treaba lui. Dacă TJ vrea să caute băieți răi, am o oglindă în care se poate uita.

Când trec râul, aduc o ofrandă de *semaa* din săculețul cel nou. Mulțumesc mai întâi pentru povestea lui Leonard Manitou și apoi cer ajutor.

— Chiar mi-ar prinde bine o victorie azi, zic cu voce tare.

Mă uit cât e ceasul. E ultima oră de curs la Sault High. Probabil, băieții se vor duce la Chi Mukwa pentru antrenamentul Supes. E momentul perfect să îl întreb pe Levi despre contul bancar comun și sper că va putea lămuri totul.

Holul liniștit de la Chi Mukwa pare nefiresc. E calmul dinaintea furtunii: antrenamentul de hochei, liga municipală de volei, aruncări la coș pentru baschet, orele de dans, programele de după cursuri, mamele care împing cărucioare pe culoarele marcate din interior, precum și cursurile pentru Colegiul Tribal.

Lângă fereastră e un panou cu anunțul SUPES: STRÂNGERE DE FONDURI. Ziarul de azi îi acordă cea mai mare parte a spațiului, cu fotografii mici ale lui Robin împrăștiate pe prima pagină. Titlul anunță: VINERI – SAULT SUPERIOR vs BLUE DEVILS ALL STARS! Nicio referire la Robin. În fotografia principală e Levi, căpitanul echipei, alături de cei doi antrenori, Spune-mi-Grant, Dana și alți mahări care au donat mult. Scanez articolul și dau peste numele lui Robin abia în al patrulea paragraf.

E deja doar o adăugire.

Mă îndepărtez de avizier și merg cu spatele până ce ajung în holul care duce spre terenurile de volei.

Ușile holului se deschid. Băieții râd. Voci familiare, cele mai multe. Se laudă cu fetele cu care se culcă sau au de gând să o facă. Oftez și decid să rămân ascunsă. Încă nu am chef să intru în Lumea Hocheiului.

— Cine-i indianca aia drăguță cu sâni mișto? întreabă o voce pe care nu o recunosc.

— Macy Mâncătoarea de Bărbați? zice Mike, la care ei râd.

— Așteptați-mă, îi strigă Levi. Se aud pași care se apropie în grabă ca să-i prindă din urmă.

Vocea necunoscută întreabă:

— Și cine-i Incredibila Bulk cu care și-o trage Johnson? Are un fund mișto.

Încleștez pumnii.

— Îți bați joc de mine, bă? urlă Levi și peste o secundă se aude zgomotul unui pumn care zdrobește un os. Să nu te prind că mai vorbești vreodată așa despre ea. Face cât zece ca tine.

— Tipule, e soră-sa, îi șoptește Mike colegului care nu avea nicio idee.

Pândesc de după colț, împărțită între recunoștința față de Levi și supărarea că a recurs la violență. Stormy și Mike îl trag pe fratele meu de pe tipul care își ține palma peste nasul plin de sânge.

— Numai să îndrăznești să te mai uiți o dată la ea, și ai terminat-o definitiv cu hocheiul, spumegă Levi, îndoindu-și degetele ca să verifice dacă s-a vătămat cumva.

Reacționez ca și cum m-ar străbate un curent electric. Nu l-am văzut niciodată pe fratele meu așa de furios. Vocea și atitudinea lui dură sunt de nerecunoscut.

Mike mă observă și îl înghiontește repede pe Levi.

— Hei, Daunis, zice Mike exagerat de prietenos.

— Duceți-vă înainte, le spune Levi. Tu, nu. Se proțăpește în fața tipului însângerat. Tu cere-i scuze.

Colegul lui de echipă mă privește scurt. Suficient cât să citesc teamă și rușine în ochii lui.

— Scuze, zice cu vocea înăbușită de palma de la nas.

Levi se uită după tipul care dispare în grabă; la rândul meu, îmi analizez fratele. Nu îmi place lucirea din ochii lui. Pentru că nu e furie, ci mai degrabă satisfacție. Dar se șterge de pe fața lui când mă ia în brațe și mă strânge.

— Ai văzut ce gorilă credincioasă am fost? Levi îndulcește tonul, înghiontindu-mă ușor înainte de a-mi da drumul din îmbrățișare. Tata ar fi mândru de mine, doar ți-am apărat onoarea, nu?

— Levi, ai fost mai mult decât gorilă. A fost... deranjant, ca să fiu sinceră, recunosc eu.

— Nimeni nu-mi umilește sora.

— Dar băieții spun tot timpul chestii de genul ăsta despre fete. *Tu* vorbești așa despre fete. În sfârșit, șocul meu se cristalizează în gânduri coerente. Dacă te-ai simţit aşa de provocat de comentariile lui despre mine, poate ar trebui să te gândeşti la comentariile pe care tu şi prietenii tăi le faceţi despre orice altă fată.

Levi mă priveşte năucit. E nevoie de aproape o jumătate de minut pentru ca fratele meu să aibă un moment de REVELAŢIE.

— Nu m-am gândit niciodată la asta, zice el.

Când Levi mă îmbrăţişează din nou, sunt plină de speranţă. Nu e un bătăuş violent, e fratele meu. Nu e perfect, dar se poate maturiza. Îl îmbrăţişez şi eu, chiar mai strâns decât el.

După aceea, fără un motiv anume, izbucnim amândoi în râs, ca nişte copii care împărtăşesc o glumă secretă, iar Levi mă împinge în glumă.

— Ce cauţi aici? întreabă. Îţi aştepţi amorezul?

Ca la comandă, chiar în clipa aceea Jamie intră în hol. Zâmbetul îi luminează şi ochii. Cu un gest fluid, mă cuprinde de talie, mă învârte şi îşi continuă drumul.

Sfinte *wah*. A fost fierbinte.

— Mişcări suave, strigă fratele meu după Jamie, care se îndreaptă spre vestiar. Apoi Levi se uită întrebător la mine, aşteptând un răspuns la întrebarea lui.

Ce m-a întrebat? Pentru că, preţ de câteva secunde, nu mă pot gândi decât la imaginea mea şi a lui Jamie dansând pe ringul de dans, la *Shagala*. Şi la întâlnirea de azi de la magazinul doamnei Edwards, de care mi-e groază. Nu am mai fost acolo de pe vremea când era buticul bunei Mary. Poate nu o să fie aşa de rău. O probă pentru o rochie care nu am habar cum arată. Sau cât va costa.

*Bani. Bancă. Evrica*. Râd.

— Am sunat la banca de peste râu să mă asigur că sunt suficienţi bani ca să plăteşti cina. De ce ţii o sumă aşa de mare în contul comun?

Levi pare confuz câteva secunde, apoi are propriul lui moment Evrica.

— A, asta era. Râde şi el. Cumpăr pământ lângă Searchment. Fac investiţii pentru zile negre. M-am gândit că ar fi mai uşor să folosesc contul canadian.

— Sfinte Sisoe! exclam eu, zâmbind uşurată. Mi-am căpătat răspunsul, şi gata. De ce Ontario? Antrenorul Bobby a căutat mereu terenuri aici.

— Niciuna dintre afacerile antrenorului Bobby nu s-a bucurat de vreun succes răsunător, nu? zice Levi. Clatină din cap. Pot să te întreb ceva şi să-mi promiţi că nu te superi?

— Bine, ezit eu.

— Buna Mary nu se face... mai bine, nu?

Mă uit în jos.

— Dacă ea se duce, te transferi la U din M? Sau rămâi prin preajmă, mai ales acum, că e ceva între tine şi Jamie?

Ce bine e să îţi manifeşti în mod sincer surprinderea.

— Chiar nu ştiu. Aveam un plan de viaţă, dar totul s-a schimbat.

— Poate ai nevoie de planuri noi, zice Levi. Aminteşte-ţi, antrenorul Bobby zice mereu „Eşecul planificării înseamnă planificarea eşecului”.

Zâmbesc.

— Cum se face că ai petrecut alături de Bobby jumătate din timpul pe care l-am petrecut eu cu el, dar citezi din înţelepciunea lui Bobby LaFleur mai mult decât oricine altcineva?

El ridică din umeri şi îmi aruncă un zâmbet perfect.

— Nu vrei să te gândeşti să investeşti cu mine? întreabă Levi, revenind brusc la o sinceritate copilărească. O oportunitate de afaceri la care am putea lucra împreună? Creierul tău genial, plus al meu? Am fi de neoprit.

— Ăăă... Buna Mary a zis mereu să nu amesteci afacerile cu familia şi prietenii, zic.

El ridică o sprânceană:

— De ce nu?

— Poate că lumea crede că e democrație, dar o afacere de succes are nevoie de un lider care să fie în stare să ia decizii dure și să fie nemernic din când în când.

— Bunica Mary chiar a zis *nemernic*?

— Am tradus eu, răspund.

Râdem.

— Nu, serios acum, reia el. Ar putea fi un sfat bun pentru oricine altcineva, dar noi suntem diferiți, nu? Am avea grijă unul de celălalt și am rămâne cu picioarele pe pământ.

Levi are dreptate. Când lucrurile au luat-o razna, mereu am avut grijă unul de celălalt.

— Că tot veni vorba despre eșecul planificării, ce faci de ziua ta? întreabă.

Imit în mod exagerat felul în care a ridicat el din umeri adineauri.

— Să joc hochei pentru Robin. Și a doua zi să merg la *Shagala* cu Jamie.

— Părinții lui Mike fac obișnuita lor petrecere de după *Shagala* în Ogimaa Suite. Am putea face propria noastră petrecere la ei acasă, toată noaptea. Vrei ceva anume?

Îmi vine imediat în gând ceva ce-mi doresc. Nu, ceva ce am nevoie.

— Eșarfa tatei. Mereu ai spus că e acasă la voi, pe undeva. Poți să o cauți pentru mine?

A opta mea aniversare a fost prima fără tata. Levi a încercat să mă înveselească, dar nimic nu a funcționat. Până când fratele meu mi-a adus o fotografie cu noi și cu tata. Ne luptam cu el și încercam să-l doborâm la pământ. Eu tocmai aruncasem scaunul pliant al bunicului în spinarea tatei. Levi ar fi trebuit să preia de acolo, dar el continua să-l atace din față. Camera a surprins zâmbetul pe jumătate al tatei. Până ce am văzut fotografia aia, mi-a fost teamă că voi uita lucruri despre el. Ăsta a fost darul lui Levi când am împlinit opt ani: râsul profund, cald al tatei.

Aşa râdea şi când ne trăgea pe patinoar cu eşarfa lungă. Deşi acum ştiu cât de dureros trebuie să fi fost pentru el să patineze cu picioarele sucite. Tata se bucura tare mult să fie cu noi pe gheaţă.

Levi mă îmbrăţişează.

— Pentru tine, orice.

Ajung devreme la proba pentru rochie.

— Ce să vezi! exclamă doamna Edwards. Mai că mă aşteptam să nu apari şi mă gândeam că trebuie să organizez o căutare ca să te aduc aici.

O urmez în fostul birou al bunicului Lorenzo, cu vedere spre Ashmun Street. Acum, la ferestre sunt draperii brodate care ajung la podea. Biroul ei e un fel de masă elegantă din sticlă aflată în faţa unei table uriaşe încadrate de o ramă, plină de mostre de materiale. În partea opusă, pe peretele din cărămidă expusă, a pus trei oglinzi imense. Cele două din exterior sunt cu balamale, ca să creeze o cabină de probă, cu o platformă uşor înălţată.

— Vai, doamnă Edwards, e foarte frumos, exclam eu sincer uluită.

— Da, chiar aşa, nici tu, nici Grace nu aţi fost aici de când am renovat. Mă extind şi la rochiile de mireasă. Aş vrea să încerc şi cu modele proprii. Se opreşte puţin, apoi întreabă: Mama ta va fi de acord cu noul aspect?

— Mama nu tolerează bine schimbările, zic eu, făcând gafa anului. Dar nu contează, pentru că e minunat. Bunei Mary i-ar plăcea mult.

Doamna Edwards se încruntă puţin, apoi îşi revine şi îi face semn croitoresei moştenite de la bunica să intre. Croitoreasa îmi arată o ţinută roşie cu nişte flori. Încerc să zâmbesc, pentru că amândouă mă privesc. Rochiile nu au fost niciodată punctul meu forte.

Prima surpriză este că trebuie să intru în haină, nu să o trag peste cap, fiindcă rochia e pantalon. Pantalon foarte larg, cu ceva transparent care flutură deasupra. Când urc pe platformă, pantalonii eleganți se unduiesc ca o fustă. La ambele cusături de pe laterale e câte un buzunar adânc.

— Jos sutienul! zice croitoreasa.

— Nu zău? Mă uit în jur. Dar topul?

— Îl ai pe tine.

Stau cu bustul gol pe platformă și mă învârt ca să mă privesc din mai multe unghiuri cum arăt în pantaloni roșii. Apoi observ o trenă ciudată care atârnă în talie.

Zâmbind, croitoreasa se apleacă, ia o pulpană a trenei și mi-o aranjează pe un umăr. La fel face cu cealaltă, apoi îmi prinde în talie capetele din mătase roșie.

Topul fără mâneci lasă la vedere pielea până chiar deasupra buricului.

— Măiculiță! exclam eu.

Doamna Edwards râde.

— E de bine sau de rău?

— Nu știu. Se vede... tot.

— Ascultă-mă, ești singura care poate purta asta, spune ea, lăudându-mă în oglindă. Orice fată cu un bust generos ar fi prea expusă. Hai, nu te uita așa la mine. Îți facem niște întărituri din material, ca să nu apară niciun accident vestimentar.

Nimeni nu poate uita sânul lui Janet Jackson, care a ieșit din bluză în timpul spectacolului de anul acesta de la SuperBowl.

— Bigudiuri calde ai?

— Ăăăă... nu?

Doamna Edwards plescăie din buze.

— Treci în seara asta pe la noi și ți le dau pe ale mele. Îți usuci părul, te dai cu fixativ și rulezi șuvițe mici pe bigudiuri, până ce tot capul e o cască de bigudiuri. Când le scoți, prinzi jumătate din păr, partea din față, într-o coadă în vârful capului și înfășori în jurul ei șiragul de perle al bunicii tale. Nu pe alea adevărate, ci falsul ăla de calitate. Și cere-i lui Grace cerceii cu rubine și perle ai bunicii.

Am găuri în urechi numai pentru că Lily m-a pus să mi le fac. Mi-a zis că ori mergem la mallul de peste râu să mi le fac, ori mă îmbată cu grappa până nu mai știu de mine și mi le face cu mâna ei.

Doamna Edwards strâmbă din nas:

— Nicio șansă să pun ceva machiaj pe tine, nu?

Scutur din cap, deja copleșită de lecția ei despre păr.

— Fă-mi și mie pe plac cu un strop de ruj roșu. Pentru bunica ta.

Oftez și încuviințez.

Când plătesc pentru rochie și pentru tubul auriu de ruj roșu despre care doamna Edwards a insistat că e perfect pentru mine, vibrează telefonul.

MĂTUȘA: Treci diseară pe la noi. 8 pm. Important.

Clocesc un răspuns, încă rănită că l-a ascultat pe TJ, nu pe mine. Dar nu mă simt bine când sunt supărată pe mătușa.

Când mama s-a întors în Sault cu mine bebeluș, mătușa a fost cea care i-a spus despre tata, Dana și Levi Jr. Mătușa a fost cea care m-a luat pe insula Sugar să stau cu tata și cu bunicii Păstrătorii Focului. Ea a fost cea care ne-a adus cumplita veste a morții tatei.

Mereu am fost o Păstrătoare a Focului. Mătușa mi-a oferit mai mult decât un nume. Mi-a dăruit o familie.

EU. OK. 8

Doamna Edwards încearcă să deschidă sertarul de sus al comodei antice care servește drept tejghea și casă. Acolo ține cele mai mici pungi din hârtie.

— Daunis, mobila asta e fabuloasă, numai că fiecare sertar are ideile lui. Ori se blochează când e umed afară, ori încep să se deschidă singure.

Am petrecut multe ore aici, cu buna Mary, în spatele tejghelei ăsteia. Cunosc fiecare centimetru din ea. Râd:

— Știu, când eram mică stăteam aici și căutam comori ascunse. Eram sigură că voi găsi un sertar secret în comodă, dar din păcate nu l-am găsit niciodată.

— Câte amintiri frumoase din copilărie sunt în locul ăsta, spune zâmbind doamna Edwards. Modificările le vom face în seara asta sau mâine-dimineață. Poți trece când vrei mâine, după prânz, spune ea. Avem deschis până târziu mâine, la fel și vineri, dar o să fie o nebunie.

Practic, plutesc până la mașină. Niciodată nu am fost așa de entuziasmată să merg la *Shagala*. Dar felul în care m-a condus Jamie în piruеta aia la Chi Mukwa...

*Of, Lily, mi-aș dori să fii aici.* Cum pot fi simultan atât de veselă și atât de tristă?

Buna Mary... Ar trebui să mă opresc pe la ea cu Jamie, în drum spre *Shagala*. Poate o prind într-un moment de REVELAȚIE. N-o să fie de acord cu topul despicat până la buric, totuși.

Aș vrea ca tata să mă poată vedea.

Și unchiul David. Unchiul ar fi ajutat-o pe mama să treacă peste problema suprafeței de piele pe care urma să o expun sâmbătă. Mereu a ajutat-o cu toate secretele și scandalurile.

Secrete.

Catedra de la școală a unchiului David avea un sertar secret.

Îmi stă inima-n loc.

# CAPITOLUL 34

Sunt uşurată când nu văd maşina lui Ron în parcarea liceului Sault. Dacă nu e nimic de descoperit, nu aş vrea să asiste la dezamăgirea şi stânjeneala mea. Dar dacă bănuiala mea e corectă? Înseamnă că unchiul a vrut să-l găsesc.

După ce îi voi citi cercetările, voi şti ce ar fi dorit să le spun celor de la FBI.

O parte din mine îşi doreşte să îl roage pe Jamie să mă însoţească. Vreau să fie cu mine, indiferent dacă există sau nu o agendă ascunsă. Dar... dacă e acolo, unchiul David ar fi vrut să o citesc eu, eu singură.

Secretara mă pune să semnez, chiar dacă e la sfârşitul zilei de şcoală. Când fac asta, mă întreabă ce fac mama şi buna Mary.

— Bunica e la fel. Mulţumesc de întrebare, doamnă Hammond. Într-o fracţiune de secundă îmi vine în cap o minciună: Dar mama nu s-a simţit prea bine în ultima vreme. Încă suferă. Aş putea să mă duc în clasa unchiului David? Am lăsat acolo câteva dintre lucrurile lui. Postere înrămate şi alte chestii. Ar ajuta-o să le aibă acum.

În ziua în care am pus lucrurile lui David în cutii, m-au încercat sentimente amestecate. Durere copleşitoare. O neîncredere ireală. O urmă de îndoială când rememoram comportamentul lui haotic din săptămânile şi lunile de dinaintea dispariţiei. Era suficient cât să aprindă scânteia furiei, apoi, imediat, ruşinea profundă pentru că eram furioasă că unchiul m-a lăsat singură să o ţin pe mama pe linia de plutire, fără ajutorul lui.

— Sigur, drăguța mea. Ia-o înainte. Vin și eu în cinci minute.

Pășesc grăbită spre laborator.

Cu răsuflarea tăiată, mă așez la catedra care seamănă cu un tanc militar cenușiu. Mama ar fi trebuit să aranjeze cu niște oameni să o aducă în casa mare, dar era și astăzi în laborator. Trei sertare pe partea stângă; două pe cealaltă. În sertarul din dreapta sus ținea gustări pentru mine, ca să prind putere pentru antrenamentele de hochei. Uneori, Levi se oprea aici după școală să șutească snackuri pentru el și gașca lui. Unchiul David nu se supăra niciodată. Spunea: „Sunt destule pentru toată lumea. De aia umplu cu astea cel mai mare sertar." Îmi amintesc a treia zi a călătoriei spre dincolo a lui Lily: ziua în care se învață despre lumea cea nouă. Când Ron și pantoful lui scârțâitor m-au adus aici, am tras sertarul cu dulciuri, dezamăgită la vederea teancului de dosare care ascundea fundul metalic fals.

Unchiul David mi l-a arătat odată. Aveam zece ani. Era tare entuziasmat de noua lui slujbă.

Kiturile de disecție sunt în partea cealaltă a sălii, în dulapul de lângă microscoape. Ținea kiturile mai specializate pe raftul de sus. Am scos două instrumente identice dintr-un etui cu fermoar. O sondă e o tijă metalică de aproximativ șaisprezece centimetri, îndoită la un capăt. E ca un instrument stomatologic, dar mai puțin delicată.

Trag sertarul de sus până la capăt și îngenunchez lângă el ca să-mi încep lucrarea. Dosarele sunt aranjate în ordine alfabetică, așa că trebuie să le scot în teancuri ordonate pe podea. Ating cu degetele găurile abia vizibile din fiecare colț al fundului metalic. Concentrându-mă asupra a două găuri în diagonală, strecor vârfurile curbate în deschizăturile minuscule, apoi îndrept ambele sonde. Cu inima bubuindu-mi în piept, trag de mânerele sondelor și ridic o foaie metalică ce acoperă un fund ascuns adânc de două degete și doar cu câțiva milimetri mai mic ca lărgime și lățime decât sertarul propriu-zis.

Asta ar putea fi. Cel mai important indiciu de până acum.

Nu mă pot uita. Trebuie. Dar dacă...

Privesc în jos și văd o agendă banală albastră, cu spirală. Asta e. Chiar acolo.

Știam eu. Unchiul David documenta totul. Da, mi-am cunoscut bine unchiul.

Sprijin fundul metalic fals de perete. Alunecă și cade cu un zgomot puternic.

— Daunis? Mai ești acolo, draga mea? Doamna Hammond mă strigă de pe hol.

— Da. Îndes repede agenda în spatele blugilor.

Pașii ei se apropie. Pun fundul fals la loc și bag repede dosarele în sertar. Cât pe ce să scap un teanc.

Închid sertarul cu trei secunde înainte să ajungă la ușă. Suficient cât să văd sondele de pe podea. Mă sprijin de perete și le acopăr cu piciorul.

— E mai greu decât mi-am imaginat să mă întorc aici, îi zic.

Mă aplec discret și culeg instrumentele de pe jos când mă ridic. Doamna H. se apropie de mine și mă tem că are de gând să mă îmbrățișeze. Ridic mâna stângă s-o țin la distanță.

— Sunt bine, zic eu și mă așez pe marginea catedrei. Mă prefac că încerc să mă adun, ceea ce necesită o performanță fabuloasă, căci tremur cu adevărat din toate încheieturile. E posibil ca secretul pe care unchiul David l-a luat cu el în mormânt să fie în agenda lipită de spinarea mea transpirată. Blochez vederea doamnei H. cu corpul meu, strecor instrumentele în kitul de disecție și îl închid la loc.

Mă uit prin sală după lucrurile unchiului. Văd vitrina cu colecția lui de pietre și minerale de la Lake Superior.

— Asta a fost a unchiului David.

Arăt spre ea și mă duc să o scot cu grijă din multele cârlige care o țin agățată de perete.

— Vitrina asta și kitul de disecție de pe catedră e tot ce a mai rămas. În afară de catedră. Mulțumesc mult, doamnă Hammond. Știu că mama și-ar dori să le aibă. O să am grijă să aranjăm să vină cineva să ia catedra în vacanța de Crăciun. Și am să-i transmit mamei salutările dumneavoastră.

Se oferă să ducă kitul și accept. Plutesc pe valul de satisfacție al Veveriței Secrete, alimentat de nervii încordați și de secretul îndesat la spate.

Mergem la jeep. Îi mulțumesc din nou și pun lucrurile în mașină. Se apropie să mă îmbrățișeze. Mă prefac că nu înțeleg ce vrea și îi prind repede palmele într-ale mele. Le strâng ușor, un gest de prețuire când cuvintele sunt de prisos.

— După ce mama se va simți mai bine, sper că ai să te mai gândești dacă rămâi aici. Copiii indieni se luptă în facultate, știu asta, pentru că nu sunt pregătiți academic și social. Dar tu nu ești ca ei, Daunis.

Chiar că sunt de prisos cuvintele. Tot ce sunt în stare să fac e să mă holbez cu neîncredere la ea.

— N-am vrut să spun nimic rău despre indieni. Doamna H. se uită îngrijorată în jur. Doar știi că nu am prejudecăți.

*

În vreme ce încerc să îmi scot din minte jocul de Bingo Habotnic al doamnei Hammond, mă gândesc în ce loc aș putea citi netulburată agenda unchiului. Categoric nu acasă, unde mama probabil pregătește cina. Nu în campus, unde cunosc prea mulți oameni. Poate la casa mare? Sau la EverCare?

Asta e. O să stau cu buna Mary și o să le spun asistentelor că învăț.

Trimit două mesaje identice, unul mamei și altul lui Jamie.

EU: Învăț pt examen. Închid telefon. Întârzii. Vb mâine.

Când traversez holul, îmi îndrept spatele din obişnuinţă. Muşchii cefei şi ai umcrilor parcă ar fi nişte corzi de chitară strânse mai mult decât ar trebui.

Intru în camera bunicii şi dau peste mama plângând în şezlong. Lângă un pat gol.

— Ce s-a întâmplat? Gura e singura parte din mine care se mişcă. Restul e încremenit de frică.

Mama se uită în sus, surprinsă.

— Bunica e bine, zice ea şi se ridică repede. E o problemă cu ţevile. Au trebuit să mute câţiva pacienţi.

Mă uit la ea, nu-mi evită privirea. Are ochii umflaţi şi injectaţi de plâns. Faţa ei e sinceră, neprotejată şi... secătuită.

— Ai avut o zi grea? o întreb cu blândeţe.

— Nu, scumpa mea, am avut o zi bună. Şi bunica la fel. Doar că m-au ajuns toate din urmă. Lângă şezlong, pe noptieră, e agenda cu evidenţa clipirilor. Dulapul e gol. A găsit-o când a mutat lucrurile în cealaltă cameră.

–Nu am vrut să te supăr cu asta, zic eu, luând agenda.

Când am vârât-o în spatele blugilor, am simţit agenda unchiului. Secretul lui.

— Ştiu, zice ea. Dar chiar am avut o zi bună. Am dat peste una dintre elevele mele la magazin. O fetiţă aşa de veselă. Mama străluceşte. Apoi a fost ca un *roller-coaster* când m-am uitat în agendă. Îşi cumpăneşte bine cuvintele înainte de a întreba: Ţi s-a întâmplat vreodată să ai zile când toate emoţiile, de toate felurile, se agaţă de tine şi e... pur şi simplu prea mult?

Ca pentru a-i demonstra că da, am astfel de zile, zâmbesc şi în acelaşi timp sunt pe punctul de a izbucni în plâns.

— Las jeepul aici şi merg cu tine. Hai să închiriem un film şi să comandăm ceva de mâncare, zic eu, mulţumită să o văd pe mama încuviinţând bucuroasă.

Cele două agende de la spate vor trebui să aştepte. Pentru că a fost una dintre zilele acelea.

Joi îmi termin alergarea, o vizitez pe buna Mary în noua ei cameră şi duc jeepul acasă. În rest, cele obişnuite: duş, cursuri, bunicuţa June, feribot, insula Sugar, prânz şi tirada zilei a bunicuţei. Astăzi e supărată pe membrii cubului de lectură. Au respins propunerea ei, o carte a lui James A. Michener. Dar ce a înfuriat-o cel mai tare pe bunica a fost comentariul lui Seeney: „Dacă tot e să citim un roman despre Hawaii, prefer să-i susţin pe autorii nativi de acolo."

Ca de obicei, Seeney e concisă şi la obiect.

Credeam că voi fi entuziasmată de planurile mele de după-amiază: să-mi iau ţinuta pentru *Shagala*, apoi să mă duc la casa mare să citesc agenda. La asta sper de atâtea zile: informaţii care să mă ajute cu investigaţia. Ultimele mesaje ale unchiului meu.

În schimb, o iau pe drumul pitoresc spre casa bunicuţei June. Mă ofer să fac cumpărături cu ea. Când refuză, mă duc la buticul doamnei Edwards. Ea îmi face semn să intru repede peste rând şi să iau hainele, dar eu insist să se ocupe de ceilalţi clienţi. După ceva vreme, sunt pe bancheta jeepului, cu motorul oprit, în garajul casei mari, şi un sentiment de groază începe să își facă loc în inima mea.

Dacă ultimele gânduri ale unchiului David dezvăluie ce s-a întâmplat cu el? Dacă era speriat sau rănit? Dacă agenda lui oferă mai multe întrebări decât răspunsuri?

Dacă? Dacă? Dacă?

Scutur din cap. Dacă ajută pe cineva? Dacă îi aduce alinare mamei?

Repet aceste ultime două „dacă" în drum spre bibliotecă şi mă aşez la biroul bunicului Lorenzo, pe scaunul din piele. Tremur toată. Mă uit ţintă la agenda albastră.

Să încep de la ultima pagină? Mângâi coperta din spate, tentată să sar direct la sfârşit.

Nu. Întorc agenda şi încep de acolo de unde a început el. În lumea de Dinainte.

Trebuie să îmi câştig povestea unchiului David.

Prima însemnare era din 2 septembrie 2003, prima mea zi din ultimul an de liceu. Unchiul meu scria de obicei în engleză. Aproape fiecare zi de şcoală avea o însemnare. Îi plăcea să noteze cele mai interesante întrebări puse de elevi, lăsând loc sub ele pentru note, care de obicei erau scrise cu alte culori.

În loc de numele studenţilor, folosea iniţiale şi clasa. Câtorva elevi le era alocat un simbol. L-am ghicit imediat pe al meu: o inimă. Când unchiul David vorbea cu mama despre mine în codul lor, eram *N'Coeur*. Cuvântul francez pentru inimă, plus *N'*-ul din faţă, din Anishinaabemowin, care marca posesiunea: *Inima mea.*

Unchiul m-a iubit şi a avut încredere că voi găsi indiciile pe care mi le-a lăsat. Când începe să mă înţepe nasul şi să mi se pună un nod în gât, hotărăsc să nu mă opun cerinţelor corpului. Iau batistele de hârtie aproape şi mă las în voia sentimentelor.

În agendă erau şi ideile pe care le-am discutat pentru proiectul meu la ştiinţe din ultimul an. Uitasem de planul meu de a compara ritmul cardiac în repaus înainte şi după ce s-a folosit salvie şi iarbă dulce. Doream să aflu dacă exista o diferenţă semnificativă între Nishnaab care foloseau leacurile tradiţionale comparativ cu grupul de control al celor care nu le-au utilizat. Notele lui de pe margine: *Reducerea variabilelor?* şi *Scala Likert pentru identitate culturală?*

Am avut o dezbatere aprinsă despre încercarea de a cuantifica identitatea culturală. Nu mă simţeam în largul meu să le cer oamenilor să îmi răspundă cu un număr la o întrebare de genul *Cât de Nish eşti*? Unchiul David m-a provocat să vin cu o întrebare de sondare care să meargă cu scala Likert.

> Cred că inhalarea (practica culturală a arderii și inhalării fumului) leacurilor tradiționale, cum ar fi *mashkkodewashk* (salvie) și *wiingashk* (iarbă dulce), îmi va îmbunătăți confortul fizic și psihic.
>
> ☐ categoric de acord
>
> ☐ de acord
>
> ☐ nici de acord, nici în dezacord
>
> ☐ nu sunt de acord
>
> ☐ categoric în dezacord

În cele din urmă, nu am mai făcut niciun proiect pentru ultimul an. La momentul acela mâncam, respiram şi visam hochei. Când unchiul David nu a pus la îndoială decizia mea de a renunţa, m-am gândit că se comportă ciudat.

În octombrie, David a început să scrie mai mult despre un elev anume. Simbolul era un bec pe care erau desenate o faţă şi un zâmbet, ca o felie de pepene. Elevul – Becul – punea multe întrebări isteţe.

Ryan Cheneaux era cunoscut în toată şcoala ca un elev care pune mereu întrebări. Dar „întrebările" lui nu se terminau de obicei cu un semn de întrebare real. Erau mai mult nişte exerciţii de conştiinţă sau monologuri cu o construcţie amplă care se încheiau cu: „Nu-i aşa?". Asta nu era o întrebare, ci mai curând o căutare a validării.

Întrebare: Ryan Cheneaux ar putea fi Becul?

Răspuns: Nu, Ryan Cheneaux nu trece pragul „isteţimii".

Când vine vorba de isteţime, Macy Manitou se înscrie cum nu se poate mai bine. Probabil chiar mai mult decât Levi. Îmi amintesc că, odată, unchiul m-a întrebat despre diferenţa dintre isteţime şi inteligenţă. M-am gândit că o persoană poate fi inteligentă fără a fi isteaţă, dar nu poate fi isteață fără a fi inteligentă. Nicio îndoială că Macy ar fi putut pune întrebări istețe, îndrăznețe, viclene... dacă ar fi vrut. Dar am fost la câteva ore cu ea și nu ridica niciodată mâna. Dacă era întrebată, dădea răspunsul corect. Macy joacă în ofensivă peste tot, mai puțin în sala de clasă.

Întrebare: Ar putea Macy Manitou să fie Becul?

Răspuns: Fără întrebări = fără Bec.

Mi-l amintesc pe Travis, care punea întrebări la nesfârșit, chiar și în gimnaziu. Trăncănea non-stop pe drumul spre laboratorul de chimie de la liceu. Uneori, intra cu Levi în nesfârșite dezbateri despre una sau alta, care începeau de obicei cu „Dezleagă-mi următoarea...". Travis a venit la toate cursurile pregătitoare până ce a început să chiulească și apoi a abandonat cu un trimestru înainte de absolvire. Travis făcea orele amuzante. Chiar dacă Mike, Levi sau prietenii lor erau prezenți, eu tot lângă Travis mă așezam. Era isteț, era inteligent și punea întrebări istețe.

Nu-mi pot imagina că sclipitorul și zâmbitorul Bec ar putea fi altcineva decât Travis.

O lună mai târziu, în jurul vacanței de Ziua Recunoștinței, unchiul David a notat mot-a-mot o întrebare a Becului:

> Dacă amesteci în compost o plantă otrăvitoare, va otrăvi tot lotul de compost? Va omorî recolta obținută cu compostul acela sau recolta ar putea supraviețui otrăvirii? Și, dacă va supraviețui, otrava ar putea rămâne în rădăcini sau pe frunze?

Îmi întind picioarele și încerc să rumeg ceea ce tocmai am citit. Întrebarea Becului se referea efectiv la originea *Met*-X? Fac câteva fandări de la bibliotecă până la bucătărie și mă întorc cu o sticlă de apă rece din frigider. Așa să fi început totul? Cu curiozitatea unui elev precoce?

Îmi reiau lectura și mă așez pe marginea scaunului. Picioarele îmi zvâcnesc din cauza tensiunii, pe măsură ce datele însemnărilor se apropie de vacanța de Sărbători.

La începutul lui decembrie, unchiul David îl ajuta pe Bec să dezvolte o metodologie de cercetare pentru testarea toxicității plantelor și răspândirea acesteia în materialul organic înconjurător. Becul devine nerăbdător. În loc să facă un plan meticulos, cu pași bine gândiți și structurați, Becul vrea să ardă etapele. La scurtă vreme după aceea, însemnările referitoare la Bec sunt barate și de fiecare dată pe margine apare același comentariu: *Nu a apărut.*

Îmi amintesc de numeroasele dăți când Travis a lipsit de la ore, pentru ca să apară a doua zi și să arunce pe neașteptate o întrebare năucitoare.

În 8 decembrie, unchiul David a notat un cuvânt: *Champignons.*

Ciuperci, în franceză.

Din acest moment, însemnările unchiului sunt codate, adică sunt în limba pe care a inventat-o cu mama, în copilărie. Durează mai mult să citesc însemnările, pentru că trebuie să traduc. Sunt obișnuită mai degrabă să aud decât să văd amestecul de franceză, italiană și cuvinte ciudate, inventate.

Una dintre însemnările următoare se referă la *canard isola*. *Canard* înseamnă „rață" în franceză, iar *isola*, „insulă" în italiană. *Canard isola* înseamnă insula Duck[10]. Nu o abreviază ca ID, ci folosește IC, ceea ce mă încurcă puțin, pentru că mă tot gândesc că înseamnă „informator confidențial".

Trebuie să fi fost decembrie când și-a dat seama despre consumul crescut de droguri al lui Travis. A scris codificat că e îngrijorat că Becul se bagă în treburi care îl depășesc.

Asta se întâmpla cam în perioada în care am remarcat și eu absențele lui Travis de la școală și alura lui complet rătăcită când era prezent. Lily și Travis au început să se certe, și nu erau tachinările lor nostime, gen „Zamboni e un nume mai mișto pentru fete sau pentru băieți".

---

10 *Rață*, în limba engleză în original (n. tr.).

În vacanța de iarnă, Lily a aflat că Travis prepara *met*. A încercat să vorbească cu Angie Flint, ca să apeleze la ajutor pentru el. Lily a făcut spume de furie în fața mea, referindu-se la mamele care le inventează scuze fiilor. *E o tâmpenie ca o mamă să își încurajeze băiețelul, în loc să crească un bărbat.*

Reiau lectura. În ianuarie, o însemnare menționează *Cheelegge*. Nu recunosc cuvântul ca fiind una dintre vorbele stranii inventate de mama și de fratele ei. Încerc să-l rostesc pe bucăți, ca Lily, care zicea SHAG[11]-ala în loc de Sha-GAH-la.

*Cheel-egge. Chee-leggy. Chee-geg. Chee-leh-jeh.*

Asta este.

*C-h-e-e* e rostirea fonetică a cuvântului Anishinaabemowin *chi*. Mare. *Legge* se spune în italiană la „lege". Lege mare.

*Cheelegge* era cuvântul lui David pentru FBI.

11 Termen argotic, *a face sex* (n. tr.).

# CAPITOLUL 35

Unchiul David a început să lucreze cu FBI-ul în ianuarie. I-au spus despre ciupercile halucinogene din metamfetamina care apărea în diferitele orașe unde se țineau meciuri de hochei și în rezervațiile indienilor. Poate atunci și-a dat seama unchiul că întrebările Becului despre cercetarea plantelor otrăvitoare se refereau de fapt la fungi.

Primăvara a venit devreme și unchiul David putea începe să caute ciuperci. A făcut o însemnare pentru el, ca să își amintească să cerceteze perioada de creștere și să facă un plan de revenire în fiecare lună. Puteau apărea recolte noi, pentru că vremea se încălzea și zilele erau tot mai lungi. Ploaia era o altă variabilă; o ploaie puternică ar putea produce ceva ce luna anterioară nu era acolo.

A început cu pământul deținut de familia lui Travis pe insula Sugar. Însemnările lui au devenit o evidență a explorărilor pe insula Duck. A căutat ciuperci în secțiuni încrucișate, așa cum am făcut și eu, numai că el a început de la nord și s-a îndreptat spre sud. A folosit ghivece portocalii biodegradabile pentru încolțire ca să-și marcheze limitele, nu fire de lână.

Zâmbesc. Lecțiile lui sunt o parte din mine. Chiar sunt cea mai potrivită persoană pentru a relua investigația de acolo de unde a lăsat-o unchiul.

A documentat fiecare specie de ciupercă sau fungi peste care a dat în primăvara aceea neobișnuit de timpurie. A lăsat loc pe margine ca să treacă denumirea științifică, de îndată ce identifica proba în atlase. Nu erau margini albe, fiecare specie avea numele trecut în dreptul ei.

Cu o excepţie.

La 4 aprilie 2004, unchiul a descoperit un soi de ciupercă parazită care nu apărea în atlase sau în baza online. A desenat-o el. Arată la fel cu *Asterophora parasitica*. Conform notelor lui, aceasta creştea pe un soi de ciupercă halucinogenă atestată. Ciuperca parazită se hrănea prin descompunerea sau fertilizarea gazdei halucinogene, fiind probabil ea însăşi halucinogenă. Un undiţar al unei ciuperci. Urma un şir de semne de întrebare care alternau cu cele de exclamaţie, adică felul lui specific prin care îşi manifesta entuziasmul în faţa unei specii noi.

Inima începe să-mi bată mai repede în faţa posibilităţii de a descoperi descoperirea unchiului. S-ar putea ca asta să fie ciuperca până acum necunoscută adăugată în lotul de metamfetamină şi care a ajuns cumva în mâinile a treisprezece copii din rezervaţia din Minnesota de Nord.

Dau pagina.

Îmi piere tot elanul când citesc rezultatele unchiului David: parazitul nu împărtăşea proprietăţile halucinogene ale gazdei.

A scris: *Nu există nicio legătură între ciuperci şi cattiva medicina*. A folosit traducerea italiană pentru *met*, *cattiva medicina*. Leacul rău.

M-am gândit la ceea ce mi-a transmis. Ciupercile sunt o fundătură. Unchiul David ştia asta şi a ascuns informaţia de FBI. Şi a vrut ca eu – şi numai eu – să cunosc aceste detalii.

Ultima însemnare a unchiului era din 9 aprilie 2004. Voia să discute cu mama Becului.

A ascuns agenda în fundul fals al sertarului.

Două zile mai târziu, mama a anunţat dispariţia lui când nu a apărut la cina din Duminica Paştelui. Acum aveam impresia că durerea mi s-a cuibărit în plămâni: respiraţii gâfâite, rapide, superficiale. Îmi pare foarte rău că am alungat durerea ca să fac loc furiei. Aş vrea să-mi pot aminti ultima mea conversaţie cu unchiul, dincolo de salutul obişnuit şi scotocitul după gustări în sertarul catedrei.

Dacă ai şti că e ultima dată când vezi pe cineva, ai fi în stare să spui ceva profund? I-ai mărturisi cât de mult înseamnă pentru tine? Ai pune vreo întrebare care te arde? I-ai cere iertare? I-ai mulţumi?

E deja întuneric în bibliotecă, mă ridic de la birou şi mă duc în sufragerie. Mă aşez pe scaunul meu obişnuit şi încerc să îmi amintesc ultima masă de Paşte. Buna Mary e în capul mesei. Mama e lângă mine. Scaunul unchiului David e gol. Clipesc ca să îmi alung lacrimile, până ce îl aud aievea intrând în casă și cerându-i scuze bunicii înainte de a se aşeza. Traficul pe International Bridge, până în Canada, a fost blocat. Mi-au trebuit două ore până să trec înapoi în State. Îmi face semn cu ochiul.

— Unchiule David, vorbesc eu către partea cealaltă a mesei. Îţi mulţumesc pentru indiciile pe care mi le-ai lăsat. Şi pentru că mi-ai dăruit talentul de a le descifra. Sunt tare recunoscătoare că te-am avut alături.

Conduc către casa închiriată a lui Ron şi Jamie. Jamie deschide uşa. Lucrările elevilor lui Ron sunt pe masa de la bucătărie. La televizor e *JAG*.

— Vreţi să facem o plimbare? întreb.

Vor.

Ne plimbăm câteva cvartale mai încolo, spre Project Playground, pe lângă terenurile de sport.

E o structură uriaşă din lemn, la fel ca aceea pe care Art a construit-o pentru gemene. Numai că asta a fost înălţată de voluntari din comunitate, iar Tribul a oferit cea mai mare parte a materialelor.

Am nevoie de mai multe informaţii înainte de a decide ce fac cu agenda.

— Am terminat cu cercetarea ciupercilor de pe insula Duck. În noaptea rece, cuvintele mele sunt nişte vălătuci mici de abur, care se risipesc în câteva secunde, ca şi cum s-ar ascunde sub mantia secretului.

Feţele lor se luminează.

— Nu am găsit nimic, mă grăbesc să adaug. Dar mă întreb când a început FBI-ul să lucreze cu unchiul David, adică în ce lună?

Ştiu deja, dar am nevoie ca ei să susţină cea mai mare parte a conversaţiei.

— Ianuarie, zice Ron. Puştii din Minnesota s-au îmbolnăvit în ultima săptămână din februarie. Dar de ce e important timpul?

— Ar putea fi. Sunt multe soiuri diferite de ciuperci şi perioade de creştere. A fost o iarnă blândă; poate ciuperca respectivă a crescut numai atunci, o fi fost o întâmplare norocoasă graţie primăverii timpurii. Dacă nu putem reproduce condiţiile din februarie, nu colectăm aceleași mostre pe care le-a recoltat Travis.

Oftatul frustrat al lui Ron zăboveşte în aer.

Bun. Ce alte informaţii pot scoate de la ei?

— M-ar ajuta să ştiu mai multe despre dosarul copiilor. Ce comunitate? Și cum se simt acum?

Ron nu poate spune numele rezervaţiei şi nu ştie ce fac acum. Încerc să îmi păstrez masca imperturbabilă şi să-mi ascund enervarea că mă izbesc de un zid.

— Jamie mi-a spus că aveau halucinaţii cu bărbaţii care-i urmăreau în pădure. Au amintit şi alte detalii? Erau numai vizuale halucinaţiile sau implicau şi alte simţuri... poate chiar depășeau bariera simţurilor? Nu se întâmplă uneori chestia asta? Am uitat cum se numeşte, dar e atunci când oamenii văd muzica sau gustă culorile.

*Vorbeşte mai puţin și ascultă mai mult*, mă muştruluiesc în sinea mea.

Ron ridică din umeri.

— Nu are niciun sens. Puştii erau când speriaţi, când implorau să li se dea metamfetamină. Le-au spus celor de la Urgenţe că sunt urmăriţi de nişte bărbaţi. Majoritatea copiilor nu au mai vrut să vorbească, mai ales după ce au venit părinţii lor. Poate chestia asta s-a întâmplat – ceea ce ai spus tu despre simţurile amestecate – pentru că vederea lor era distorsionată. Un băiat a spus că bărbaţii care îi urmăreau erau mici.

*Oamenii Mici.*

Oamenii Mici i-au găsit pe copii în pădure şi i-au certat.

FBI-ul a presupus că ceea ce a fost adăugat în metamfetamină era o ciupercă halucinogenă pentru că acei copii Anishinaabe care au încercat lotul acela de *met* au văzut ceva ce nu avea niciun sens. Echipa care lucra la investigaţie a fost alarmată de ceea ce părea a fi o halucinaţie de grup şi a crezut că aceasta e un efect secundar rar al unei ciuperci halucinogene. Dar orice ar fi fost adăugat în lotul de metamfetamină, nu a provocat halucinaţii.

Pentru că Oamenii Mici sunt reali.

Travis a spus că Oamenii Mici erau supăraţi pe el. Dar dacă ei de fapt l-au avertizat pe Travis, aşa cum au făcut cu vărul lui Leonard Manitou, Skinny?

Ce era aşa de rău că Oamenii Mici s-au dus în pădure după copii, să-i avertizeze?

Dacă aditivul din *Met-X* nu era o ciupercă halucinogenă, atunci ce era?

Trebuie să mă duc undeva să mă gândesc ce trebuie să cercetez în continuare. Sunt pe punctul de a face nişte legături, dar trebuie să trec din nou prin toate informaţiile, neîntreruptă şi fără alte diversiuni.

*Pasul 1:* Nu arăta nicio reacţie care le-ar putea sugera că eşti pe punctul de a face o descoperire.

*Pasul 2:* Gândeşte-te la o scuză ca să-ţi faci ieşirea.

*Pasul 3:* Du-te acasă şi gândeşte-te.

Oftez şi eu, cum a făcut Ron adineauri.

— Bun. Atunci, eu ce ar trebui să fac în continuare? Pentru că nu mai am nicio idee.

Ron începe să zică ceva, dar eu vorbesc în continuare:

— Știu, știu. Fructul arborelui otrăvit. Nu ai voie să mă îndrumi.

Îi zâmbesc lui Jamie, care se sprijină de tunelul toboganului. Până acum, l-a lăsat pe Ron să vorbească. Dar nu ai putea să fii viclean și să scapi un indiciu, ceva de genul „Orice ai face, Daunis, nu cumpăra droguri de la Suporteri?"

Mă întorc fulgerător spre Ron.

— Stai așa... Ai făcut-o. În mașină, în drum spre Marquette, ai zis „Nu-ți putem spune să cauți în bagajele echipei de hochei telefoane de unică folosință".

Clatin din cap și îi zâmbesc plină de invidie lui Ron:

— Acum înțeleg ce făceai acolo. Ești deștept, recunosc.

Ne întoarcem spre casa lor. Ron spune noapte bună și intră. Jamie mă duce în spatele jeepului. Îl cuprind în brațe, flămândă de sărutările lui.

În loc de asta, Jamie mă sărută cast pe frunte, cum face mama.

Mă trag în spate, nedumerită. Se apleacă să mă pupe pe obraz.

Numai că nu o face.

— M-am prins ce ai făcut acolo. Tu ești cea deșteaptă, îmi șoptește el la ureche.

Conduc spre casă, cu un vârtej de gânduri în cap. Ce-a vrut să spună? Ce bănuiește că am făcut?

Când întorc pe strada mea, văd mașina mătușii pe alee.

Rahat. Am uitat că am promis să mă duc la ea în seara asta. E deja ora zece și eu am promis că mă duc la opt.

Parchez lângă maşina ei. Înainte să scot cheia din contact, ea trânteşte deja portiera şi se proţăpeşte în faţa jeepului.

— Mătuşă... încep eu, intenţionând să îi explic că sunt epuizată. Dar propoziţia îmi stă în gât.

Mătuşa are aceeaşi privire *Nu te pune cu mine* din noaptea în care a avut loc petrecerea cu pătura.

— Ai două variante: ori urci în maşina mea, ori îţi muţi fundul în jeepul ăla şi vii pe insulă, zice ea. Dar să nu existe nicio îndoială, Daunis Păstrătoarea Focului: în seara asta vii cu mine.

# CAPITOLUL 36

M-am hotărât să merg cu mașina mea. Pe feribot, vehiculele noastre sunt unul lângă celălalt. Privesc drept înainte și nu întorc capul nici măcar un centimetru. Mă întind după săculețul cu *semaa* din suportul pentru pahar, iau un pumn de tutun și îl arunc în râu.

— Ajută-mă cu ce mă așteaptă, zic.

Momentul ales de mătușa e cum nu se poate mai nepotrivit: am nevoie de timp să pun cap la cap toate indiciile, și nu să-l petrec cu muștruluielile mătușii. În plus, cuvintele pe care mi le-a spus Jamie la plecare nu-mi dau pace. Ce crede că știe?

Mătușa merge după mine în drum spre casa ei. În pădurea din spatele hambarului se văd licăririle unui foc. În seara asta nu e Lună plină, deci nu poate fi un foc ceremonial. Poate a murit cineva și încă nu am auzit eu.

Când trag în fața casei, văd mașina lui Josette. Probabil stă cu fetele cât se ocupă Art de foc. Parchez mașina lângă a ei.

Mătușa merge alături de mine spre poienița cu vedere spre rezervația First Nations, de peste canalul de nord al râului. Răsuflările noastre apar și dispar laolaltă.

Art e lângă foc și îl ațâță cu o lopată. În groapă sunt mai mulți bolovani mari. Le spunem „bunici", pentru că sunt aici dintotdeauna, le-au văzut și le-au auzit pe toate.

Arunc o privire spre *madoodiswan*. Vârful rotunjit al saunei e acoperit cu pături vechi și prelate. Pătura de la intrare e dată la o parte la deschiderea dinspre est.

— Ce se întâmplă, mătușă?

— Intervenție prin asudare, mă anunță.

— Poți face asta? Nu am auzit în viața mea de așa ceva.

— Sunt o *kwe* Nish modernă și tocmai am inventat-o. În regulă?

Scoate o fustă înflorată din bumbac și mi-o întinde. Mâinile ei ferme sunt ca ale lui Lily când i-a cerut pistolul lui Travis.

Iau fusta. Intru în ea și o trag peste blugi, după care îmi dau jos tot ce am pe dedesubt. Îmi scot fesul, haina, hanoracul Red Wings, șosetele și pantofii. Deși sunt cu picioarele goale și numai în fustă și tricou, nu mi-e frig deloc. Focul e puternic.

Așa ar și trebui. Doar a avut două ceasuri în plus să se întețească.

Mătușa ține un mănunchi de *mashkwadewashk*. Există diferite soiuri de salvie, atât pentru variantele feminine, cât și pentru cele masculine. *Mashkwadewashk* ajută la purificarea de energii negative. Aprinde capătul unei crenguțe de la un tăciune pe care i-l întinde Art în lopata veche. Ne afumăm și inhalăm fumul pentru a ne pregăti să asudăm.

Mătușa intră târâș în *madoodiswan*. Vindecare. Restabilirea echilibrului. *Madoodiswan* înseamnă „pântecele Mamei Pământ”. Intri în mama ta și ieși renăscut.

Mă las jos pe blănuri și urmez îndrumarea mătușii. Mă rog. Nu cer ajutorul unuia dintre cei șapte Străbuni, ci sunt recunoscătoare Străbunului. *Dabaadendiziwin*.

Smerenie: accept că sunt parte din ceva mult mai vast decât existența mea.

Renunț la mine însămi.

După aceea, stau cu mătușa lângă foc, îmbrăcate la loc. Nu-mi găsesc fesul, așa că îmi dă un fes împletit ca să-l trag peste părul jilav.

Bem cu lăcomie apă rece, apoi gustăm din terciul de porumb și prăjitura cu afine pe care ni le-a adus Art înainte de a se retrage la culcare. Ne bucurăm de micul nostru ospăț, privind tăciunii încinși. Fiertura sărată și boabele moi din supă hrănesc ceva profund din ființa mea. Când mușc din prăjitură, aroma afinelor sălbatice se împletește cu dulceața vagă a blatului, un fel de biscuit-prăjitură, care mă poartă cu gândul înapoi la ospățul meu cu fructe de pădure.

Prima Lună am avut-o la treisprezece ani. Mama a anunțat-o pe mătușa. Dacă aleg să țin postul fără fructe de pădure, atunci – i-a explicat mătușa – nu voi putea mânca niciun fel de fructe de pădure un an întreg. Nu tu fragi proaspeți la începutul verii. Nu tu căpșuni și mure care să-ți umple gura. Și, ce era mai rău, nu tu afine, preferatele mele.

Mătușa m-a luat chiar și la cules de afine sălbatice, ca să-mi testeze hotărârea. În pădurile dese de la nord de Paradis, parcă eram într-un loc secret, ascuns de soarele arzător de august. S-a dus să se plimbe prin pădure, lăsându-mă singură cu o găleată, ca să adun boabele mici și coapte de afine. A trebuit să îmi reamintesc permanent ce nu am voie să fac, temându-mă că din nebăgare de seamă aș putea băga o boabă în gură. La sfârșitul zilei, mătușa m-a cercetat din priviri de parcă ar fi avut raze X în ochi. I-am susținut privirea puternică, răspunzându-i pe măsură. Am rezistat ispitei, știind că nu voi putea ascunde de radarul ei nicio abatere, nicio incorectitudine.

Din nefericire, acum îmi dau seama că pot.

Postul meu foarte lung s-a încheiat cu un ospăț. Mătușa, mama, bunica Pearl și verișoarele mele Nish s-au adunat să sărbătorească intrarea mea în rândul femeilor. Mama mi-a întins o căpșună rotundă. A trebuit să o refuz de trei ori. A patra oară m-am aplecat și am luat-o în gură. Aroma ei m-a străbătut toată, până în vârful degetelor de la picioare. Când am luat o mână plină din iubitele mele afine, m-am minunat îndelung la fiecare fruct, preţuind grămăjoara colorată de bobiţe atât de dulci. Era ca şi cum le-aş fi descoperit pentru prima oară. Intrarea mea în rândul femeilor a fost plină de mândrie, bucurie, un sentiment de apartenenţă şi capacitatea de a vedea lucrurile obişnuite cu alţi ochi.

Sunt copleşită de recunoştinţă că pot sta aici, cu mătuşa, lângă foc. Ea m-a învăţat cum să fiu o *kwe* Nish puternică, plină de dragoste, bucurie, durere, umor, mânie. Nu perfectă. Ea e o femeie complexă, uneori lipsită de vlagă, dar de cele mai multe ori e curajoasă. Iubeşte aprig oamenii imperfecţi.

Cu ochii deschişi, îmi zâmbeşte obosită.

Acum ar trebui să-i spun ce se întâmplă. Dar ştiu că nu e sigur să o implic. Pentru ea, mizele sunt diferite. Nu e vorba numai despre ea. Nu e singură în călătoria ei. *Wiiji-indiwin.*

În schimb, mă uit insistent la o farfurie cu mâncare, pe care Art a pus-o la marginea pădurii. Lângă farfurie e un mănunchi de salvie femelă, o linguriţă de cupru şi căciula mea.

— Ofrande pentru Oamenii Mici, explică mătuşa. Îndes repede încă o bucată de prăjitură în gură, ca să-mi ascund uimirea.

— Art i-a auzit în păduri cât eram noi la saună, zice mătuşa. Vor să vadă ce facem, aşa cum face *Animikiig* în timpul furtunilor cu tunete şi fulgere. Speră să ne vadă trăind *minobimaadiziwin* Anishinaabe.

— Şi poate se înfurie când văd că ne băgăm nasul unde nu ne fierbe oala? Îmi ţin răsuflarea şi urmăresc chipul mătuşii, numai lumini şi umbre de la tăciunii din focul care stă să se stingă.

— Presupun că da. Dar cei care cunosc leacurile rele nu le lasă pe te miri unde, expuse. În mâini nepotrivite. Oamenii pot face rău dacă nu ştiu cu ce au de-a face. Îmi susţine privirea. Cei care cunosc învăţăturile străvechi, leacurile pentru opusul vindecării, le respectă puterile.

Rămânem tăcute destul de multă vreme. Unchiul David şi mătuşa au folosit expresia *leac rău*. La fel şi Lily în ziua în care s-a dat mare bătăuşă cu TJ, după ce m-a părăsit. Unchiul a notat clar în agendă că nu există nicio legătură între ciuperci şi leacul rău, cum numea el metamfetamina X. Mătuşa a zis că leacurile rele erau opusul celor vindecătoare.

— Daunis, trebuie să fii atentă când pui întrebări despre căile străvechi. Mă priveşte în felul în care o face uneori Seeney Nimkee la Centrul pentru Bătrâni. Despre leacurile rele se spune: „Cunoaşte-ţi şi înţelege-ţi fratele, dar nu-l căuta."

Mătuşa se întinde după un coş din răchită plin cu *semaa*. Ia puţină în mâna stângă şi rosteşte o rugăciune.

Mă ridic, îi reproduc gesturile. Presar câteva fire de *semaa* în ultimele pâlpâiri ale focului.

Vocea mătuşii mă învăluie ca o pătură.

— Te rog să fii atentă. Nu toţi Bătrânii sunt dascăli culturali şi nu toţi dascălii culturali sunt Bătrâni. E bine să asculţi oamenii, dar păstrează numai acele părţi care rezonează cu fiinţa ta. E în regulă să le laşi pe celelalte în urmă. Ai încredere în tine că poţi observa diferenţa.

Mătuşa nu a mai fost în preajma mea în ultima vreme pentru că m-am învârtit eu de aşa natură. Dar se pare că acceptă ca investigaţiile mele să îşi urmeze calea fără ea. Ceva se schimbă între noi când privim cum focul se stinge în cenuşă. Ca şi cum aş fi plecat dintr-un loc unde eram copil, iar acum sunt femeie în toată firea.

— Am încredere în tine că vei şti să alegi cui să te destăinui şi cui nu, zice ea. Îmi place că ai înţeles asta mult mai devreme decât mine. Eu am făcut multe alegeri prosteşti. Am făcut o sumedenie de tâmpenii mari la viaţa mea. Am dat prea mult din mine unor bărbaţi care nu mă meritau.

Cum o ascultam în liniște pe mătușa, a început să ningă: fulgi mari, frumoși. Pluteau ușor în jurul nostru ca niște mici pene.

— L-am cunoscut pe Art cu multă vreme în urmă. La ceremonii. La început nu m-a interesat din punct de vedere romantic. Era prea moale. Nu era genul meu.

Zâmbește ca pentru sine, apoi oftează.

— Eram cu un tip pe atunci. Aveam impresia că soarele răsare doar ca să-l lumineze pe el. Era isteț, chipeș, sufletul petrecerii. Dar când ne certam... era rău de tot. Se cutremură și strânge mai bine haina în jurul ei. Consuma tot oxigenul din cameră, nu mai aveam ce aer să respir. Dacă soarele îndrăznea să mă lumineze pe mine, nu pe el, era vina mea. Singura cale de a-l face fericit, de a vedea acea personalitate a lui care apărea în preajma celorlalți, era să mă fac eu cât mai mică.

Vocea i se frânge.

— E greu când cineva spune că te iubește, dar simte nevoia să controleze și să restrângă acele lucruri care te fac pe tine *tu însăți*.

Se oprește și presară *semaa* în cenușă.

— Așa că l-am părăsit. Am intrat în saună. Nu am mai băut deloc în timpul ceremoniilor. Și mi s-a părut că Creatorul suflă din nou aer înspre mine. Am dat iar peste Art. Și de data asta l-am văzut limpede.

Mătușa închide ochii. Fulgii de zăpadă poposesc pe obrajii ei.

— Ah, tot am reușit s-o dau în bară regește. Inventam tot felul de certuri cu Art ca să văd cum reacționează. Îi spuneam chestii dureroase și după aceea plecam repede. El m-a întrebat de ce mă port așa. Asta nu e dragoste, mi-a zis. Iubirea îți cinstește spiritul. Nu numai pe al celuilalt, ci și propriul tău spirit.

Când m-a privit, mătușa mea părea împăcată.

— Mi-am găsit calea înapoi spre *minobimaadiziwin*, calea noastră cea bună de viață. Iubesc și sunt iubită.

Adevăr grăiesc în fața Creatorului și a *wiijiindiwin*. Apoi face un semn cu capul spre casa ei, unde dorm soțul și copiii ei. Cinstește-ți spiritul, Daunis. Iubește-te pe tine însăți.

*Trebuie să mă concentrez asupra școlii. Tu ai grijă de tine. Trebuie să stăm pe picioarele noastre separat. Nu înțelegi? Nu pot sta pe picioarele mele când trebuie să te ridic mereu și pe tine.*

Când Lily i-a spus lui Travis că a terminat-o definitiv cu el, el a scos pistolul. Iubirea nu e control. Dacă ar fi iubit-o cu adevărat, și-ar fi dorit o viață bună pentru ea. Chiar dacă el nu ar fi făcut parte din ea. El însă a dovedit opusul iubirii. Travis a ținut ferm pistolul în mână și s-a gândit numai la el.

Când ne ridicăm de lângă foc, mătușa mă invită să dorm pe canapeaua ei. Mă hotărăsc să iau ultimul feribot spre continent. Conduc prin ninsoarea care se întețește.

La rampă, parchez sub felinar. Mașina mea e singura care așteaptă. Mă învelesc în pătura lui Lily și dau paginile agendei.

Feribotul anunță plecarea spre continent în cinci minute.

Deschid agenda unchiului David la însemnarea din 4 aprilie, unde a făcut adnotări despre cercetarea ciupercilor de pe insula Duck. Pe pagina aceea și pe următoarele patru descrie când și unde a găsit ciuperca parazitară nedocumentată și îi analizează proprietățile halucinogene. Tot aici apar și întrebările lui despre o eventuală legătură între ciupercile halucinogene și *Met-X*.

Rup cele cinci pagini, ca să nu existe nicio urmă a acestei fundături. Oricine ar citi agenda ar fi tentat să creadă că eforturile unchiului au fost incomplete, și nu lipsite de succes.

Copiii Nish din Minnesota nu au avut o halucinație în grup. Au avut o întâlnire cu Oamenii Mici, care i-au avertizat să nu se atingă de leacul cel rău.

Câtă vreme FBI-ul continuă să alerge după cai verzi pe pereți și ciuperci halucinogene, ne vor lăsa în pace celelalte leacuri.

Adun toate bucățelele de hârtie rămase printre spiralele agendei și le ard, alături de cele cinci foi, cu chibriturile lăsate de Lily în compartimentul pentru mănuși. Toate dovezile despre cercetările suplimentare ale unchiului se fac scrum pe un bolovan plat de pe marginea drumului. Ard repede, iar când docherul îmi face semn să urc la bord, sunt deja înapoi în jeep.

Feribotul îmi aparține în întregime în acest drum în noapte. Cobor din mașină la jumătatea traversării. Arunc câteva fire de *semaa* peste balustradă. Ele duc rugăciunile mele de mulțumire. „*Miigwech* pentru că ai avut încredere în mine cu informația despre ciuperci. Și *chi miigwech* pentru responsabilitatea de a-mi proteja comunitatea prin faptul că nu ai împărtășit informația FBI-ului."

Cred că știu cum a preparat Travis *Met-X*.

# CAPITOLUL 37

După ce Lily l-a părăsit pe Travis în timpul vacanței de Crăciun, el a tot încercat să o recâştige cu gesturi romantice. I-a trimis pizza în formă de inimă în timpul orei de engleză. A scris numele ei în zăpadă cu spray colorat, în faţa dormitorului ei. A aşteptat în parcarea şcolii, la terminarea cursurilor, cu o boxă pe umăr, din care răsuna cântecul lor oficial de dragoste, de parcă ar fi fost John Cusack din *Say Anything*.

Uneori, eforturile lui dădeau roade, iar *Saga lui Lily şi a lui Travis* mai adăuga un episod, dar se termina de fiecare dată la fel ca în sezonul anterior.

Travis nu mai era clovnul clasei. Farmecul lui dispăruse odată cu nenumăratele kilograme pe care le dăduse jos. Şi totuşi, chiar aşa rătăcit cum era, tot se mai găseau fete care îi atrăgeau atenţia lui Lily că are un iubit romantic când făcea câte unul dintre obişnuitele lui gesturi din seria *Mai dă-ne o şansă*.

Ne întrebam amândouă ce gest grandios va face Travis de Ziua Îndrăgostiţilor. Punea la cale ceva ce promitea să fie epic. Apoi au urmat livrările de buchete de flori. Dulapul ei umplut cu bomboanele preferate. Când a nins odată toată ziua, jeepul lui Lily era singura maşină din parcarea şcolii curăţată şi fără zăpadă în jurul ei. O vedeam pe Lily cum se înmoaie faţă de Travis cu fiecare gest grandios.

Ziua Îndrăgostiţilor pica într-o sâmbătă. Credeam că îşi va face marea declaraţie vineri, pentru că nu era bine-venit în casa bunicuţei June şi, oricum, toate declaraţiile lui romantice se petreceau în preajma şcolii.

Vineri, într-o zi de 13, Travis a urmărit-o pe Lily pe feribot după ce m-a lăsat pe mine la mătuşa peste weekend. A sărit din camioneta lui direct pe scaunul din faţă al jeepului, profitând de portiera deschisă, înainte ca Lily să apuce să-şi dea seama ce se întâmplă. Şi atunci a făcut gestul lui măreţ: i-a oferit elixirul dragostei. Nu i-a spus cum sau de unde a ajuns în posesia lui. I-a propus să-l ia împreună de Ziua Îndrăgostiţilor.

Lily a sărit din jeep, l-a lăsat în maşină şi s-a dus sus, în sala de aşteptare de pe feribot. M-a sunat şi mi-a zis să vin să o iau. Când feribotul a ajuns la ţărm, prietena mea cu inima frântă mi-a povestit ce s-a întâmplat.

Peste câteva săptămâni, într-o zi în care făceam câteva comisioane cu maşina mamei, l-am văzut pe Travis la benzinăria din rezervaţie. Mi s-a frânt inima. Arăta groaznic. Era la fundul prăpastiei dependenţei de *met*.

La acea dată, Travis Flint crease deja *Met-X* şi fusese primul client.

În noaptea în care a ucis-o pe Lily, Travis mi-a spus că Oamenii Mici erau supăraţi pe el. *Nu am vrut decât să mă iubească iar*.

Travis a dat cumva peste acel elixir al dragostei. Genul de leac rău despre care mătuşa m-a avertizat de atâtea ori.

Când Lily a refuzat să îl încerce, Travis trebuie să-l fi adăugat în lotul de *met*, „prăjiturile" lui. Ceea ce a crezut el că e un leac pentru iubire s-a dovedit a fi opusul iubirii. Dragostea adevărată îţi cinsteşte spiritul. Nu ai nevoie de un leac ca să o creezi sau ca să o întreţii, asta înseamnă deja posesiune şi control. Nu iubire.

Două săptămâni mai târziu, într-o rezervaţie din Minnesota, un grup de copii încearcă drogul în timp ce hoinăresc prin pădure. Toţi, până la unul, se îmbolnăvesc. Dar nu de dragoste pentru o fată pe care nu au întâlnit-o niciodată, ci de poftă neostoită de mai multă metamfetamină.

Eu îmi pot îndeplini sarcina de a ne proteja leacurile, atâta vreme cât şi cei din comunitate îşi îndeplinesc sarcina de a păstra şi a proteja nenumăratele şi feluritele noastre învăţături despre leacuri.

În drum spre casă, mă opresc pe la Ron şi Jamie. De data asta, strecor agenda prin fanta pentru scrisori a uşii din faţă. Când mă întorc la jeep, paşii mei sunt tot mai uşori. Mi s-a ridicat o greutate imensă de pe umeri. Am transmis numai ceea ce Ron şi Jamie trebuie să ştie.

În dimineaţa următoare, îmi fac repede rutina la baie, trag pe mine hainele de alergare şi dau efectiv buzna pe uşă. Fiecare răsărit e cu un minut, două mai târziu decât cel din ziua precedentă. Chiar şi în întuneric văd o siluetă familiară care face încălzirea lângă jeepul meu.

— La mulţi ani, Daunis, strigă Jamie.

Chiar dacă nu cred că poate vedea, îi arunc cel mai strălucitor zâmbet al meu, abia stăpânindu-mi nerăbdarea. Mă bucur totuşi că primele lui cuvinte nu sunt despre investigaţie. Azi e o zi specială.

Mă rog în şoaptă pentru *zaagidiwin*. Iubirea e prima dintre învăţăturile Străbunilor, pe care o primim încă din fragedă pruncie, poate chiar înainte de naştere, ca noi spirite care călătoresc, în timp ce trupurile noastre se formează după cadenţa bătăilor inimilor mamelor noastre. Dragostea părinţilor, a familiei şi a Creatorului este alături de noi de la prima respiraţie în această lume.

Mă întreb dacă tata a simţit-o şi s-a gândit la ea când m-a luat prima dată în braţe. Mama a spus că mătuşa a apărut la două săptămâni după ce s-a întors de la Montreal. A întrebat dacă ne poate duce, pe mama şi pe mine, pe insulă. Familia Păstrătorului Focului voia să mă cunoască. Tata voia să mă ţină în braţe.

După ce ne facem încălzirea, eu şi Jamie alergăm spre Sherman Park. Ritmul nostru alert ne constrânge la tăcere.

Când ajungem în parc, Jamie se oprește, nu se întoarce ca de obicei.

— Chemarea naturii, zice el și se duce după cel mai apropiat copac.

Îmi întind picioarele și privesc peste râu. Mă minunez de felul în care soarele ce răsare în spatele meu aprinde orizontul canadian.

— Ron nu vine la meciul de caritate din seara asta, zice Jamie, apărând lângă mine. Se duce la Marquette, ca să înregistreze agenda printre dovezi și să o analizeze împreună cu alt agent.

Încuviințez, dar nu spun nimic. Investigația continuă. Cei de la FBI au munca lor, eu o am pe a mea. Adevărul despre *Met-X* e o parte a anchetei. Tot mai trebuie să aflu cine o distribuie și cine a preluat producția acum, când Travis nu mai e.

— Ce faci azi, de ziua ta? întreabă el, schimbând subiectul.

— Alerg. EverCare, cursuri, prânz cu bunicuța June, restul după-amiezii cu mama, apoi mă duc la meci.

— Pot să te invit la cină după meci? Ca să-ți serbăm ziua.

— Mi-ar plăcea, zic.

— Nu mi-ai spus ce culoare are rochia ta. Aș fi vrut să îți iau și eu o floare de prins la mână, cum i-a luat mama lui Mike lui Macy.

— E roșie, dar nu-mi plac florile de prins la mână. Mi se par niște ciudățenii. Oricum, nu-i mare lucru. Și mă hotărăsc să abordez subiectul arzător. De ce ai spus că sunt deșteaptă seara trecută?

— Pentru că ai schimbat rolurile la interogatoriu, zice el. Ai stors informații fără să dai ceva semnificativ în schimb. Și apoi a mai fost și chestia cu limbajul tău corporal.

Se pare că încercarea mea de seara trecută de a-mi compune o față de pocher perfectă a eșuat.

— Şi ce ai aflat? întreb, deopotrivă nerăbdătoare şi ezitantă în faţa analizei lui.

— Eşti o persoană pătimaşă. Iubeşti profund. Ai izbucniri de furie şi de tristeţe. Poţi fi prostuţă. Proastă de-a dreptul uneori.

Aud zâmbetul din vocea lui.

După câţiva paşi, continuă:

— Seara trecută, Ron ţi-a dat detalii despre investigaţia care l-a ucis pe unchiul tău. Iar tu ai fost prea calmă, Daunis. Ai întrebat ce s-a întâmplat cu copiii Nish din Minnesota iar când Ron nu a ştiut, nu ai fost iritată, ca atunci când m-ai întrebat pe mine, în Marquette. Îţi pasă foarte mult de ei şi te interesează ce s-a întâmplat cu ei după halucinaţia aceea în grup. Singura dată când ai reacţionat a fost când ţi-ai amintit ce a zis Ron despre telefoanele cu cartelă preplătită.

E posibil să fiu mai uşor de citit decât atât? Probabil că sunt ca pantoful care scârţâie al spionilor.

— Ai devenit nesăbuită. Ascunzi lucruri, zice Jamie.

— Nu...

— Era o agendă de o sută cincizeci de pagini cu o sută patruzeci şi cinci de pagini.

Rahat. Asta e.

— Ron ştie?

— Am numărat paginile cât era la duş. Jamie se uită la mine. Cred că îşi va da seama destul de repede. Probabil azi.

Nu spun nimic până ce nu îmi termin exerciţiile de final de alergare pe aleea mea.

— Poţi să ai încredere în mine că ceea ce am rupt nu era pentru FBI?

Îmi răspunde tot cu o întrebare:

— Dar tu poţi să ai încredere în mine?

Jamie pleacă și mă lasă întrebându-mă dacă nu cumva ambele întrebări au același răspuns: *Nu știu, iar mizele sunt prea mari pentru incertitudini.*

# CAPITOLUL 38

După-amiază târziu păşesc în Chi Mukwa cu sacul meu mare cu echipamentul de hochei atârnat pe umărul bun. Când intru în vestiarul fetelor, mirosul pătrunzător îmi deşteaptă fiorul tuturor meciurilor mari pe care le-am jucat. Din damful înţepător al produselor de curăţenie amestecat cu duhoarea grea de transpiraţie reiese un miros puternic.

— La mulţi ani mie, şoptesc înainte de a mă duce la fostul meu dulap. O privire aruncată către dulapul lui Robin, aflat lângă al meu, îmi şterge zâmbetul de pe faţă. Mi-am imaginat că azi va fi o alternanţă de suişuri şi coborâşuri. Să mai joc hochei încă o dată... dar pentru cele mai proaste motive cu putinţă.

Telefonul bâzâie în timp ce mă schimb.

Mătușa: Nu sunt sigură că mă pot uita la tine cum joci. Înțeleg de ce, dar tot o prostie este.

Înghit în sec. Mătuşa nu a ratat niciunul dintre meciurile mele de acasă.

— Mai ştii să joci? A trecut ceva vreme. Macy îşi leagă şireturile patinelor negre de hochei, împodobite cu flori pictate.

— Mda. Începătorii au memorie bună, i-o trântesc eu. Doar aşa, cât să-i amintesc că una dintre noi era pe gheaţă când cealaltă privea meciul de pe bancă.

După ce suntem gata, ies cu Macy din vestiar. Tribunele sunt deja pline, oamenii vor să ne vadă şi încălzirea. Intrăm umăr la umăr pe gheaţă şi ne încrucişăm automat crosele pentru toţi *kwezanswag* pe care i-am simţit vii din clipa în care patinele lor au atins gheaţa.

Când începe meciul, mă străbate fiorul plăcut al luptei. Mi se strânge stomacul, picioarele îmi zvâcnesc, simt că îmi vine să vomit. Clasica creştere a adrenalinei. Gheaţa e muzică pentru urechile mele, îmi hrăneşte foamea. Antrenorul Bobby mă pune în apărare pe stânga, ceea ce-mi vine mănuşă. Inspir, mă transform şi orice nu seamănă cu o fiară încăpăţânată dispare.

Ajung în mijlocul patinoarului, aştept ca arbitrul să îi arunce pucul lui Levi şi colegii mei să lupte pentru el. Levi i-l va trimite lui Stormy, în dreapta mea. Uneori funcţionează amândoi ca o entitate, ca şi cum creierul lui Levi ar controla şi setul de mâini şi picioare al lui Stormy. Levi, ca gazdă, iar Stormy făcându-şi treaba fără să gândească independent.

Tocmai când am impresia că o să explodez din cauza excesului de adrenalină, arbitrul dă drumul pucului şi se întâmplă ceva magic, dar totodată familiar. Timpul se opreşte o secundă, suficient pentru ca un calm profund să mă pătrundă din cap până-n picioare. Privesc pucul care cade, ca într-o filmare cu încetinitorul. Nici nu apucă să atingă gheaţa, că Levi, cu reflexele lui supraumane, răspunde, iar crosa lui îl trimite spre Stormy. Îl interceptez şi i-l pasez lui Quinton, colegul meu de la liceu, care goneşte spre poarta celor de la Supes.

Acum timpul aleargă din nou, iar eu sunt Terminator. Concentrată ca o rază laser, calculez instantaneu acţiunile în mişcări de contracarare şi agresiuni proactive pentru a-i forţa pe adversari să schimbe cursul.

Echipa mea îşi găseşte repede ritmul, apărând pucul şi stabilind ritmul jocului. Ştim că Quinton va fi în apropierea porţii, aşteptând pasa. Am câştigat campionatul statal în primul meu an, iar primăvara trecută am ajuns în sferturile de finală. Ştim să jucăm ca o unitate sudată.

Individual, cei de la Superiors sunt jucători mai buni. Dar nu s-au sudat încă, nu sunt o echipă unită. Sau, cum ar spune fratele meu, nu se citesc încă unul pe altul. Levi îşi pierde cumpătul, îl înjură pe un coleg că nu s-a gândit la acelaşi lucru ca Stormy şi Mike. Deşi amândoi sunt noi la Supes, sunt cu Levi pe gheaţă de zece ani.

La sfârşitul secvenţei de joc, mă aleg cu un ghiont în şold de la Stormy, dar continui. Bătăuşul ăsta n-o să mă oprească. Verific în spate şi fur pucul. Macy, care a intrat acum câteva minute, aşteaptă la periferie. Am mai făcut numărul ăsta. Stormy se pregăteşte de încă o intrare în mine, dar eu i-l pasez lui Macy, care i-l trimite lui Quinton. Se îndreaptă în viteză spre poartă, iar trei secunde mai târziu îl primeşte înapoi şi îl expediază. Braţele lui Mike par elastice, se întind şi ajung în colţul de sus al plasei, ca să blocheze lovitura lui Macy.

Drace. Aproape reuşise.

Stormy se izbeşte în mine. Sunt proiectată în panouri şi plexiglas, mă clatin şi aterizez într-un salt pe umăr. Mi se taie răsuflarea de durere.

*N'Daunis, bazigonjisen!*

Mă ridic şi îmi rotesc umărul ca să evaluez durerea.

Înţeapă. Nu. Nu. Nu. Poate nu trebuie decât să scutur un nerv afectat.

Antrenorul Bobby mă scoate de pe teren. Mă salut ciocnind pumnii şi încrucişând crosa cu înlocuitorul meu, apoi mă duc şi mă aşez pe bancă. Îmi mişc umărul stâng în cercuri. Doare ca naiba.

Un minut mai târziu, Macy e lângă mine.

— Te-a buşit bine Stormy, zice ea.

— Mda, răspund eu, în timp ce durerea iradiază din umărul meu beteag. Cu ochii la puc, mă împotrivesc tentaţiei de a privi în orice altă parte. Dacă mătuşa e în sală pe undeva, sunt sigură că e cu ochii pe mine, oriunde ar sta. Dau din picioare, fiindu-mi groază de o confruntare inevitabilă.

— Tipul tău e destul de abil, zice Macy. Am nevoie de câteva secunde ca să realizez că se referă la Jamie.

— Îhî.

Sinceră să fiu, nu i-am dat nicio atenție.

Râde.

— Doamne, halal susținătoare mai ești!

— Dă-l naibii. Nu-i în echipa mea, zic.

— Totul e permis în dragoste și-n hochei, nu?

— În afara patinoarului, e al meu. Pe patinoar e al lor. Fac semn cu capul spre Levi.

Partea cu Jamie care nu e în echipa mea... nu cred că mai e adevărată.

*Poți să ai încredere în mine?* Vocea lui îmi răsună în minte.

Urmăresc jocul jalnic în apărare al tipului care a m-a înlocuit pe teren. Rezerva de rahat e cu un an mai mare decât Robin, așa că nu a jucat niciodată cu Levi. Fratele meu sesizează orice oportunitate, orice slăbiciune. Singura modalitate de a-l bate pe Levi e să stai lângă el și să-ți construiești strategia de contraatac când îl vezi că lasă garda jos.

Dacă eu am intuit mișcările rezervei de rahat în nici două minute, la fel a făcut și Levi.

— Bagă-mă la loc, îi strig antrenorului Bobby, ridicându-mă în picioare ca să pot sări peste panou.

— Stai jos și taci din gură, Fontaine, îmi strigă el.

Mormăi și fierb în suc propriu din cauza durerii ascuțite.

Macy râde:

— Ai numai un braț bun. Ce-ai putea să faci? Cu brațele lipite de laterale și fluturând din mâna dinspre mine, Macy imită un pinguin.

Rezerva de rahat îi lasă culoar deschis lui Levi, care patinează, primește o pasă de la Jamie și înscrie. Explozia sirenei celor de la Superiors – care provine de la un cargou adevărat – confirmă lovitura bine țintită a fratelui meu.

— Aș fi intrat în Levi. M-aș fi ales cu un penalti, dar ar fi fost un sacrificiu pentru un bine mai mare, îi strig lui Macy, încercând să acopăr vacarmul din jur.

Am pierdut, dar la limită. Cu toate că echipa mea a jucat mai bine, nu am putut trece de Mike. O privire spre fratele meu la strângerea de mână de după meci și mi-e clar: e enervat. Levi știe că le-am făcut praf fundurile leneșe.

Jamie se luminează la față când ne întâlnim în șir, la strângerea de mână. Tresar la atingerea lui.

*Ai încredere în mine?*

La vestiar, mă asigur mai întâi că nu mă așteaptă mătușa, ca să îmi tragă un perdaf zdravăn. După ce mă liniștesc că am cale liberă, îi trimit un mesaj doctorului meu. Apoi îmi trag tricoul de pe umăr, tresărind de durere.

— Vrei să-l chem pe antrenor? propune Macy, în timp ce mă ajută să-mi dau jos echipamentul.

— Nu, i-am trimis un mesaj doctorului B., mă așteaptă la War Mem după ce fac un duș.

— Mda, bună idee cu dușul ăla, pentru că duhnești de-a dreptul. Strâmbă din nas de parcă ar fi încuiată într-o latrină de pe insula Sugar în plină vară.

— Cățea, îi zic, fără urmă de resentiment. Mă îndrept spre dușuri.

— Cățea și mai mare, mi-o trântește, urmându-mă.

— Cu cât mai mare, cu atât mai bine. Deschid apa și mă spăl cu o mână, ținându-mi brațul stâng lipit de laterală.

— Dacă zici tu, râde Macy.

Cățeaua asta meschină vrea să aibă de fiecare dată ultimul cuvânt.

— Nu zic, știu, îi arunc eu, bucuroasă că tachinarea asta îmi mai abate gândul de la durere. Mă șterg cu băgare de seamă și mă îmbrac. Când încerc să îmi trag fermoarul de la blugi, Macy pufnește și mă ajută.

Ajungem în hol, unde mulțimea înghesuită ovaționează. Vuietul pare familiar, ca la un meci real din liceu. Am uitat ce minunat e acest moment: toată dragostea comunității.

Hocheiul unește comunitatea asta. Nativi și non-nativi. De toate vârstele. Din toate cartierele. Aici, în Chi Mukwa, un centru comunitar de distracții finanțat de Tribul Ojibwe de pe insula Sugar, toată lumea ne susține la unison echipele. Nu sper decât să își aducă aminte că meciul de astăzi a fost pentru Robin Bailey.

Cu sacul atârnat pe umărul zdravăn și jacheta peste el, ca o pătură peste șa, îmi croiesc drum prin mulțime. Jamie e la câțiva metri mai încolo, în spatele celorlalți băieți. Când îl ating pe braț, se uită la mine uluit.

— Ce e?

Verific să văd dacă nu cumva mi-am pus tricoul pe dos.

— Mi-am închipuit că ești o jucătoare decentă. Vocea lui joasă ajunge la mine cu tot haosul din jur. Dar tu ești incredibilă, Daunis!

Nu știu ce să fac cu admirația lui, așa că ridic din umeri, tresărind de durere.

Îmi ia sacul de pe umăr înainte să apuc să protestez.

— Ești bine?

— Ei, am luat o trântă, zic, mimând nonșalanța.

— Uite-o, strigă Mike. Dauny Defensiva.

— V-am bătut măr, râde Stormy.

— Eu nu asta am văzut. Ignor privirea lui Stormy.

— Toate bune, spune Levi, izbindu-se suficient de zdravăn în Jamie încât să-i cadă sacul meu de pe umăr. Ideea era să începem să jucăm mai bine ca echipă.

*Ideea era să facem ceva pentru Robin.* Mă încrunt la fratele meu, care îl ajută pe Jamie cu sacul de echipament.

Cum e cu putință ca ăsta să fie un meci ca toate celelalte? Levi a fost partenerul lui Robin la *Shagala* în primul ei an.

Vorbele lui Robin îmi răsună în urechi. S-o fi referit la Levi? E drept, el are reputația că iubește și lasă. Sau, cum spun băieții, *se tăvălește și se fălește.*

— Ce-i cu fața asta? mă întreabă Levi. Ți-ai bușit umărul când s-a băgat Stormy în tine? Și îi spune lui Jamie: Are un umăr schilod. Mereu îi sare din articulație.

— Serios? Și de câtă vreme are problema asta? îl întreabă Jamie pe Levi, privindu-mă fix.

Ni se alătură părinții lui Mike. Evit privirea lui Spune-mi-Grant; nu am mai fost în preajma lui de la drumul acela cu autobuzul de la Green Bay.

— La mulți ani, Daunis, zice doamna Edwards. Cum a fost să joci încă o dată pentru Blue Devils?

— Grozav, zic.

Ce bine e când îmi pot manifesta adevăratele sentimente. În seara asta, Veverița Secretă face o pauză.

— Halal aniversare, zice Spune-mi-Grant. Să joci hochei și să devii membru al tribului!

Rămân cu gura căscată în timp ce el duce un deget la buze, ca în seara aceea, în pragul camerei lui de hotel.

*Șșșt. Secretul tău e în siguranță la mine, Daunis Fontaine.*

Continuă:

— Nu știai? Consiliul Tribal s-a întrunit astăzi, nu lunea viitoare, dat fiind că Șeful Manitou și alți câțiva membri ai Consiliului au treabă la Washington DC în perioada aceea.

— Iuu-huuu! chiuie Levi, luându-mă în brațe și învârtindu-mă. Îmi țin ambele brațe lipite pe laterale, ca Macy adineauri, când imita pinguinul.

Parcă sunt într-o centrifugă. Când se oprește, mi-e greață, dar numai parțial din cauza învârtitului. Celălalt motiv e Spune-mi-Grant, care e ciudat de interesat de treburile Consiliului Tribal.

Îmi tresaltă inima de bucurie când le aud pe gemene strigându-mă din partea cealaltă a holului. Mătuşa şi Art le duc pe umeri. Pauline îşi roade vârful cozii. Mama e şi ea cu ei. Cercetez chipul mătuşii, ca să văd dacă e cumva supărată pe mine. Dar tot ce observ e un mare zâmbet.

Le fac semn cu mâna cea bună şi mă îndrept spre ei. Jamie rămâne lângă mine.

— Te rog să nu spui nimic despre umărul meu, îi şoptesc înainte de a ajunge la familia mea.

Îl ţin de mână pe Jamie şi îl trag aproape de mine, pe partea stângă, ca să nu fiu nevoită să o mişc. Gemenele, care acum ţopăie în jurul nostru, capătă îmbrăţişări strânse din partea mea, dar numai cu braţul drept. Mama mă sărută şi-mi şopteşte că e tare mândră de mine.

— La mulţi ani celei mai noi membre a tribului nostru! bubuie vocea mătuşii, care se apleacă să mă îmbrăţişeze. Îmi ascund tresărirea de durere şi mă prefac că Spune-mi-Grant nu a furat acest moment special.

— Ah, mătuşă, înseamnă foarte mult pentru mine. *Miigwech* pentru tot ajutorul.

Mama îşi şterge lacrimile de bucurie. Ştiu că întotdeauna şi-a dorit asta pentru mine.

— Jamie vrea să mă scoată la cină ca să sărbătorim, îi anunţ eu.

— Sărbătorita trebuie răsfăţată puţin, nu? zice el.

Mama îl îmbrăţişează strâns pe Jamie şi se vede că o face din tot sufletul. Jamie râde la glumele lui Art, dă afirmativ din cap când mătuşa îi spune ceva ce nu pot auzi. Gemenele vor să bată simultan palma cu el. Jamie le încurajează la fiecare încercare de a-şi sincroniza săriturile pentru a ajunge la palmele lui ridicate. Râde când fetele se ciocnesc intenţionat şi, din nou, când în cele din urmă reuşesc să bată în acelaşi timp palma cu el.

Ochii ni se întâlnesc. În ai lui licăresc scântei de bucurie curată şi un zâmbet incandescent îi încreţeşte cicatricea. Am impresia că suntem amândoi într-o stare de graţie, pe un tărâm imaginar. Suntem aici, cu toată lumea din jur, dar și altundeva, într-un loc care este în întregime al nostru.

În locul acela, James Brian Johnson are optsprezece ani și speră să fie ales de Universitatea din Michigan sau de Michigan Tech. Orice universitate care să aibă pentru mine un program pregătitor pentru medicină. Plănuim să stăm la cămin în primul an și după aceea să ne mutăm din campus. Programul lui de hochei pică bine, pentru că oricum eu trebuie să merg des acasă, ca să văd ce face mama. Când ne trezim îmbrățișați e cel mai bun început de zi pentru noi. Dimineața, vine cu mine și facem ofranda de *semaa*, aducând mulțumiri pentru că ne trăim fiecare zi ca pe un dar.

E un vis frumos.

*Vorbești fluent o limbă când ajungi să visezi în ea.* Am presupus că Seeney s-a referit la visele nocturne. Nu m-am gândit la cele care se furișează în mintea ta în timpul zilei.

O lacrimă mi se scurge pe obraz fără niciun avertisment.

Nu are optsprezece ani; are douăzeci și doi.

Are un alt nume. Un trecut. O viață dincolo de misiunea asta.

Încerc să îmi imaginez un loc pentru noi, în care să fim împreună, într un După al investigației. Dar visul acesta, cel bazat pe realitate, e prea tulbure și prea îndepărtat ca să-l pot vedea.

Mergem spre jeepul meu. Îmi aruncă sacul cu echipamentul în spate.

— Unde vrei să mergem la cină? întreabă.

Întind brațul teafăr și îi ating buclele jilave. Cu vârful degetelor urmăresc linia cicatricii, cobor spre artera carotidă. Fiecare pulsație e o confirmare că este o persoană reală. Aici, cu mine, în acest Acum al Noii Noi Normalități.

Sărut pulsația de pe gâtul lui. Fiecare bătaie de inimă zvâcnește sub buzele mele. Inspir adânc și-mi țin respirația, ca şi cum aşa le-aş păstra cu mine. Săpunul lui familiar şi mirosul natural îmi umplu plămânii.

*Poţi să ai încredere în mine?*

— Jamie, vrei să mă duci la Urgenţă?

Asistenta îmi spune să mă schimb în cămaşa de spital şi că doctorul Bonasera vine imediat. Îl instruieşte pe Jamie să îmi lege cămaşa la spate şi să lase umărul beteag liber.

Cum închide uşa, mă întorc cu spatele la el şi încep să mă lupt să îmi dau jos tricoul lălâu, scoţându-mi braţul bun prin mânecă. Jamie îmi trage tricoul peste cap. Îmi mută părul pe umărul drept, expunându-mi spatele gol.

Nu mi-am bătut capul să-mi pun sutienul după meci. Ar fi trebuit să o rog pe Macy să mă ajute, şi oricum mi-e mai la îndemână fără.

Îmi sărută umărul vătămat cu buze uşoare, ca o şoaptă.

Din spate, întinde cămaşa în faţa mea, cu braţele peste umerii mei, iar eu bag mâna bună prin mânecă. El aranjează cu grijă partea cealaltă în jurul umărului dureros şi o leagă lejer la spate.

— Miroşi a căpşuni, zice el, adulmecând lângă capul meu.

Se aude o bătaie în uşă şi în secunda următoare intră doctorul B.

La vederea lui Jamie, doctorul meu îl salută cu amabilitate. Îşi strâng mâinile. Jamie se recomandă ca fiind prietenul meu. Îi spun lui Jamie că soţia doctorului e asistenta-şefă de la EverCare.

— Bună, Daunis, hai să vedem ce s-a întâmplat aici, zice doctorul cu o voce liniştitoare.

Îmi fac curaj când îmi atinge umărul. Mă doare, dar am avut şi momente mai rele.

— Nu e dislocat, spune, spre marea mea uşurare. Dar ai încasat o izbitură zdravănă.

— Aşadar, fără faşă. Doar să am grijă cu el? îmi prescriu eu singură tratamentul.

— Stai aşa. Nu te grăbi prea tare, Daunis. Scoate un stilou din buzunarul halatului alb şi apasă cu un capăt pe partea de sus a braţului meu.

— Chiar trebuie să facem asta acum? îl întreb pe doctorul B., privind-mi mâinile împreunate în poală.

— Nu ştie?

— Ce să ştiu? sare Jamie, brusc alarmat. Mă uit fascinată la artera cubitală care se întinde de-a lungul palmei mele, un râu albastru abia vizibil sub piele.

— Nu i-ai spus prietenului tău? Vocea doctorului e blândă, dar dezamăgită.

Vreau să-i aduc aminte de confidenţialitatea doctor-pacient, dar când mă uit în sus, ochii lui sunt blânzi şi plini de îngrijorare. Ridic pe jumătate din umeri, adică din umărul bun şi mă hotărăsc.

— E-n regulă, poate vedea, zic. Acum sunt cu ochii pe Jamie. Doctorul mişcă uşor stiloul pe braţul meu. Ştiu că face asta doar pentru că sunt familiarizată cu testul senzorial. Abia când stiloul ajunge deasupra cotului, zic:

— Acolo.

Îi traduc lui Jamie:

— Acolo simt stiloul pe piele. Toată partea de deasupra e moartă.

# CAPITOLUL 39

Doctorul Bonasera scoate o ruletă din buzunar. Măsoară de la osul proeminent al cotului în sus și notează în fișa mea.

— Mare noroc ai avut azi, domnișoară. Riști să-ți distrugi și mai tare nervii de câte ori te rănești la umăr. Doctorul se uită la Jamie. O complicație de la operația pe care a făcut-o vara trecută ca să-și trateze instabilitatea cronică a umărului.

În vara de dinaintea ultimului meu an de liceu, când toată lumea credea că sunt la campusul Marie Curie de la Michigan Tech, m-am dus la Ann Arbor cu mătușa. Operația trebuia să-mi repare umărul. Nu voiam să risc alte accidentări în ultimul an de hochei. Aveam șansa să fim a doua oară campioni statali. Universitatea din Michigan voia să joc în echipa lor de hochei feminin. Mătușa a plătit operația, ca să nu apară pe asigurarea medicală a mamei, folosind împuternicirea legală pe care mama a semnat-o cu câțiva ani în urmă, în caz că mi se întâmpla ceva când mergeam undeva cu mătușa.

Chirurgul a explicat riscurile, dar eu eram sigură că operația va rezolva toate problemele. Eram fiica lui Levi Păstrătorul Focului. Aveam hocheiul în sânge.

— Serios? Jamie se uită la mine. Și de ce ai jucat în seara asta? Părea supărat.

Mă simțeam ca o furnică sub lupă.

— Echipa mea a pierdut din cauza rezervei mele de rahat, zic.

Doctorul B. mă priveşte peste ochelari, apoi îi zice lui Jamie:

— Fata asta e o figură, nu?

— Aşa e, răspunde Jamie, ciupindu-se de nas.

Întorşi la maşină, Jamie mă întreabă din nou unde vreau să luăm cina de ziua mea.

— Ce zici de nişte cheeseburgeri la drive-in?

Râde.

— Mă gândeam la ceva mai... festiv?

— Ai mâncat vreodată la ei cheeseburgeri cu bacon?

După ce ne luăm mâncarea la pachet şi milkshake-ul meu aniversar de căpşuni, îl îndrum pe Jamie să treacă de terenul de golf şi să urmeze râul.

— Întoarce aici, zic, la câţiva kilometri în josul râului.

— E o potecă spre pădure, remarcă el.

— Ştiu. Intră pe ea. Crengile foşnesc pe acoperişul jeepului. Mătuşa şi Art au fost cât pe ce să cumpere terenul ăsta în locul proprietăţii de pe insulă. E încă de vânzare.

— Uau! Jamie rămâne uimit când poteca se termină într-o poieniţă cu vedere spre insula Sugar, de peste râu.

— Nu-i aşa? Ziua e şi mai frumos. Îi dau lui Jamie punga cu burgeri, ceaiul lui cu gheaţă şi milkshake-ul meu. Iau păturile lui Lily din spate, mulţumită că am spălat-o pe cea în care am învelit sacul cu deşeuri de metamfetamină pe care l-am dus la garaj şi am scăpat de miros. Hai, vino. Cină şi spectacol.

Trecem pe lângă un cămin din piatră şi un şemineu năruit, tot ce a mai rămas din casa care a fost odinioară aici. Spre capătul parcelei, întind pătura matlasată pe iarbă, după un baraj metalic, cu un petic de plajă dincolo de el. În continuare atentă la braţul rănit, mă las pe pătură. Îmi scot pantofii şi mă aşez cu picioarele încrucişate. La fel ca în ziua vijeliei, când am stat împreună în golful de lângă garaj, mă învelesc în jumătate din pătura moale şi îi întind lui Jamie celălalt capăt. Pătura încă miroase a foc de tabără. Se aşază lângă mine şi despachetăm cina aniversară.

— Prima înghiţitură de milkshake de căpşuni e cea mai bună, declar eu, întinzându-i lui Jamie paharul mare. El soarbe cu paiul.

— Ai dreptate, zice el şi se apleacă să mă sărute. A fost aşa de neaşteptat, că zâmbetul meu s-a trezit captiv sub buzele lui.

Cina mea aniversară continuă într-o alternanţă de sărutări cu îmbucături de cheeseburgeri şi înghiţituri din milkshake-ul de căpşuni, ascultând valurile domoale care mătură ţărmul.

La câteva sute de metri distanţă, un cargou trece în tăcere pe râu.

— Şi acum urmează spectacolul, îi zic lui Jamie. Ştii că, atunci când traversează un iaz, raţele lasă în urmă o dâră în formă de V, care se răspândeşte pe luciul apei? La fel fac şi navele. Se numeşte dâra lui Kelvin. În câteva minute, valurile provocate de cargoul acela vor lovi ţărmul.

— Ei, atunci ar trebui să profităm de timpul rămas.

Sărutul ăsta e pătimaş, limbile noastre se întâlnesc şi se retrag. Când Jamie își plimbă buzele pe gâtul meu, privesc în sus, la stele. Ridic braţul bun ca să-i pot răsfira buclele cu degetele.

— Daunis, pot să fac şi eu asta? Cu părul tău? şopteşte el din gâtul meu.

Jamie se referă la regulile pe care le-am stabilit în drum spre focul de tabără al antrenorului Bobby.

Mângâierea părului era gestul lui TJ şi nu am crezut că voi mai suporta vreodată ca altcineva să se apropie aşa de mine. Mai ales cineva care mimează apropierea.

Dar rugămintea lui Jamie e reală.

— Da, le răspund eu stelelor.

Mă ridic în genunchi, mă sprijin pe vârfuri și îl privesc. Îmi urmează sugestia. Pătura alunecă de pe noi în vreme ce valurile se întețesc.

Jamie mă sărută încet, mâinile lui îmi alintă tâmplele. Sărutările lui devin tot mai aprinse, în timp ce degetele i se încurcă în părul meu.

Mișc mâna stângă, ca să-mi testez umărul rănit. E mai degrabă țeapăn decât dureros. Îmi odihnesc palma stângă pe pieptul lui, îl cuprind de mijloc cu dreapta. O strecor pe sub haină, pe sub cămașă, ca să simt mușchii netezi de pe spatele lui Jamie.

Intensitatea valurilor crește, acum sunt suficient de puternice ca să ajungă aproape de dig. Succesiunea de valuri zdrobite se sincronizează cu sărutările tot mai imperioase ale lui Jamie, care îmi urmărește cu vârful degetelor pletele pe toată lungimea lor, din creștet până la jumătatea spatelui.

Valurile se retrag. Împing cu palma în pieptul lui Jamie.

— Întinde-te pe spate, te rog, îi spun.

— Merită, zice el, trăgându-mă mai aproape.

Râdem.

— Pot să te întreb ceva, Daunis? Vocea lui e blândă, deși nu mai e jucăușă.

E un sentiment ciudat pentru mine, să-mi fie groază de întrebarea lui, dar în același timp să vreau să mă deschid. Poate m-am priceput așa de bine să țin garda sus încât asta e reacția mea standard?

Încuviințez.

— De ce ai riscat să-ți fie și mai grav afectat nervul, doar ca să joci în meciul de azi?

Aștept ca primul meu impuls de a-i răspunde – adică să-i spun că nu e treaba lui – să se stingă. Pauza îmi permite să mă gândesc mai profund și să îi cântăresc cu grijă întrebarea, precum și ceea ce aveam să îi împărtășesc.

— Pe gheață mă simt cel mai aproape de tatăl meu, zic, începând cu cel mai ușor adevăr. Mă prefac că asistă și el la meci. Ceva legat de mirosul patinoarului şi de faptul că ţin o crosă în mână... deschide un fel de portal al timpului, cred.

Tăcem amândoi. Deasupra noastră, luminile intermitente ale unui avion traversează cerul. Îmi place că Jamie nu se grăbeşte să umple tăcerea, aşa că mă pot gândi mai bine la ce urmează să spun.

— Operaţia ar fi trebuit să rezolve problema. În loc de asta, partea de sus a braţului meu a paralizat. Era o porţiune mică, aşa că am jucat în continuare. M-am accidentat din nou la umăr în sezonul obişnuit, apoi în *play-off*. De fiecare dată, zona desensibilizată s-a extins tot mai mult pe braţ în jos.

Mă ridic şi mă uit la Jamie.

— Înţelegi cât de greu mi-a fost să renunţ la ceva ce iubesc atât de mult? Înţelegi de ce am cedat tentaţiei – doar de data asta – de dragul bucuriei de a-mi imagina că tata mă încurajează din tribună?

Urmăresc cu degetul cicatricea de pe obrazul lui. Jamie urmăreşte şi el conturul feţei mele, ca şi cum aş avea şi eu cicatrici.

— Vreau să fiu cu tine, zic.

— Şi eu te doresc. Dar trebuie să ne gândim bine. Suntem în mijlocul unor evenimente despre care nu ştim cum se vor termina.

Comentariul lui Jamie mă pătrunde ca un fier roşu. E o amintire dureroasă că, oricât de bine s-ar potrivi el în lumea mea, nu poate rămâne în ea.

Am mai fost părăsită, dar de fiecare dată a fost o surpriză pentru mine. Am crezut mereu că nu mă va durea atât de tare dacă voi fi în stare să prevăd acest moment. Dar acum îmi dau seama că, dacă ştii, nu ţi se atenuează durerea, doar îi dai un avans.

În seara asta aş alege să nu ştiu.

— Măcar în seara asta, Jamie, se poate să nu fie vorba despre asta? Nu putem fi decât noi doi, în ochiul uraganului?

Mâine ne întoarcem în furtună. Dar în seara asta să fim numai noi doi.

Stelele pălesc în fața sclipirilor din ochii băiatului din fața mea.

Îi spun detaliile necesare.

— Nu am BTS[12] și am un implant contraceptiv. Dar tot ai nevoie de un prezervativ.

— Nici eu nu am BTS, zice Jamie. Dar, da, ar trebui să ajungem la un magazin.

Îl sărut pe obraz.

— Avem o cutie de prezervative în cutia de mănuși, prin amabilitatea lui Lily.

— Mi-a plăcut de ea, Daunis. A fost o prietenă bună pentru tine. Mă sărută și el.

Încuviințez.

— Cea mai bună.

Aleargă la jeep și e înapoi lângă mine cât ai clipi. E nevoie de manevre atletice ca să reușim să ne debarasăm de haine și să rămânem sub pătură. Râdem de fiecare dată când pătura se mișcă și aerul rece ne înfioară pielea. Buzele noastre rămân lipite, chiar dacă așa trebuie să ne înghițim hohotele de râs.

Mâinile lui calde se strecoară pe sub tricoul meu. Mă cutremur sub degetele lui, care mă mângâie la unison.

Se uită la mine.

— Ești sigură că asta vrei, Daunis? Ne putem opri oricând.

— Știu, spun. Asta vreau.

Mă învârt până găsesc unghiul potrivit. În afară de noi doi nu mai contează nimic altceva.

Când Jamie geme, îl opresc lipindu-mi degetele de gura lui. Chicotește încet și îmi sărută degetele cu o nesfârșită tandrețe. Încearcă să mă țină în loc, dar eu mă mișc până

12 Boli cu transmitere sexuală (n. tr.).

ajung să țip și, măcar o dată, Noua Normalitate Nouă are cu adevărat sens.

— Te iubesc, șoptește.

Nu. Nu. Nu. Te rog. Nu asta.

Mă târăsc de sub coconul păturii, inspirând aerul rece. Îmi trag blugii pe mine și mă încurc cu fermoarul. Strecor picioarele la loc în pantofi.

Jamie sare și el. Mă imită, își trage fermoarul pantalonilor. Cămașa lui maro e descheiată. Pe pieptul lui și pe abdomen dansează umbre: din cauza respirației precipitate, mușchii îi joacă sub piele.

— Daunis, te simți bine? Ce s-a întâmplat?

Mă aplec de parcă mi-ar fi tras cineva un pumn în abdomen. Inspir adânc, apoi sar în picioare.

— A trebuit să strici totul când ai zis asta.

— Stai puțin... ești supărată că am spus că te iubesc?

Mă gâdilă nasul și mi se pune un nod în gât.

— Faptul că ți-am spus că te iubesc a stricat totul? repetă el. În gura lui sună ca și cum aș fi dusă cu pluta.

— Știu totul despre Minciunile Tipilor, zic eu, ridicând fața spre el. E-n regulă. Ne putem preface că nu s-a întâmplat niciodată. Înșfac ambele pături și o iau spre jeep.

— Minciunile Tipilor... așa cum le zici tu. Vocea i se asprește. Polițistul ăla tribal te-a mințit?

— Taci. Nu-i vorba despre el. Mă așez pe scaunul pasagerului și dau drumul la căldură.

— Cine te-a mai mințit? zice el, ocolind mașina și urcând pe scaunul șoferului.

— Toată lumea.

*Pescuiesc cu tata. Locul lui preferat, pe insula Duck. Mă joc cu picioarele în apă.*

*O lipitoare pe degetul meu mare. Tata presară sare ca s-o facă să se desprindă. Se preface că o mănâncă.*

*Râdem, eu și tata. Se schimbă la față când se uită peste lac.*

— Prin urmare, trebuie să fi minţit şi eu când ţi-am spus că te iubesc? Jamie scutură din cap, ca şi cum i-ar fi milă de mine. Şi mila lui mă scoate din sărite.

— Tu eşti cel mai mare mincinos dintre toţi, zic. O voce mică de undeva, din străfunduri, îmi aminteşte: *Nu-i adevărat. Ştii cine e cel mai mare mincinos.* Minciunile tale sună aşa de real pentru că nici tu nu ştii ce e adevărat şi ce nu. Nici măcar nu ştii ce părţi din tine sunt reale şi ce părţi şi bucăţi sunt inventate pentru misiunea asta.

E linişte, nu se aud decât motorul şi radiatorul.

— Daunis, nu înţeleg ce s-a întâmplat. Vocea lui e blândă. De ce mă îndepărtezi?

— Retrage, şoptesc. Retrage ce ai spus, că mă iubeşti.

— Te rog să-mi spui de ce.

— M-a dus la pescuit pe lacul Duck, zic. Am băgat piciorul în apă şi o lipitoare m-a ciupit de degetul mare. El ţinea sare în cutia cu unelte de pescuit. A presărat sare pe ea şi mi-a zis că o asezonează. S-a aplecat, a desprins lipitoarea de pe degetul meu şi s-a prefăcut că o mănâncă. Am râs amândoi. Apoi s-a uitat peste lac, la soarele ce era la apus, şi s-a întristat.

Când îi repet aceste cuvinte lui Jamie, nu vocea mea e cea pe care o aud.

*Trebuie să plec, N'Daunis. Numai pentru o vreme. Când mă întorc, totul va fi diferit. O să avem o viaţă foarte frumoasă împreună. Nide gidayan, N'Daunis.*

— „Inima mea îţi aparţine, fiica mea." Ăsta a fost ultimul lucru pe care mi l-a spus tata.

Nu-mi place tremurul din vocea mea. Încerc să compensez vorbind mai tare.

— Nu ştiai, Jamie? Iubirea e o promisiune. Iar promisiunile pe care nu le ţii sunt cele mai rele minciuni cu putinţă.

# CAPITOLUL 40

În jeep, când ne întoarcem la Chi Mukwa, unde şi-a lăsat maşina, tăcem amândoi. Când dau să trec pe scaunul şoferului, Jamie mă prinde în braţe.

— Daunis, e în regulă dacă tu nu o spui sau nu o simţi, ori eşti prea speriată ca să te gândeşti la asta. Pe de o parte, e investigaţia, pe de altă parte, suntem noi doi. Te iubesc şi nu am de gând să plec nicăieri. Poate doar la dans cu tine, mâine-seară.

Închid ochii. Cum poate spune că nu pleacă nicăieri? Poate o fi adevărat pentru ziua de mâine, dar dincolo de asta nu poate promite nimic.

— Ori de câte ori te simţi tristă sau îngrijorată, strânge-mă de mână. O să te strâng şi eu, ca să nu te simţi singură.

Îmi dă drumul din braţe şi îmi ia mâna. O strânge o dată la fiecare cuvânt.

— Eu. Te. Iubesc.

În seara următoare, sunt în mijlocul livingului când Jamie bate la uşă şi îi deschide mama. În clipa în care dă cu ochii de mine, îi cade faţa. Stă acolo, în costumul lui negru şi cu părul pieptănat pe spate, şi nu se clinteşte. Parcă am fi din nou amândoi în starea de graţie, pe acel tărâm imaginar, numai că de data asta e şi mama acolo, care îmi șterge lacrimile dulci-amare. Jamie nu trebuie să spună nimic: i se citește totul în ochi.

Îi mulțumesc în gând doamnei Edwards și croitoresei ei. Scandalosul meu costum-pantalon îmi vine perfect. Dublarea fâșiilor de pe piept a fost bine-venită. Rujul e în buzunar, așa că îl pot împrospăta ori de câte ori e nevoie. Cerceii lungi ai bunei Mary, cei cu perle și rubine, au înlocuit butonii mei copilărești. Singura instrucțiune pe care nu am urmat-o a fost coafatul. Mi-am lăsat părul liber, natural, pentru ca măcar ceva să arate la fel când mă voi uita în oglindă în seara asta.

Mama râde și îl îmbrățișează pe Jamie, iar el încă își caută cuvintele când ne pregătim să ieșim din casă. Abia când urcăm în mașină izbutește să articuleze coerent:

— Arăți incredibil.

Și îmi întinde un mic dar.

În cutiuță e o brățară din mărgele roșii ca niște căpșuni, lipite pe o fâșie din catifea neagră, întărită cu piele. Îmi dau imediat seama că e făcută de verișoara Eva. Ea alternează nuanțele roșii ale mărgelelor din sticlă, astfel încât fiecare să arate ca și cum ar avea gust de căpșună dulce. E superbă.

— Știu că investigația poate schimba totul cât ai clipi din ochi, Daunis. Dar în lumea asta există și lucruri certe. Ceea ce simt eu pentru tine. Ceea ce s-a întâmplat aseară.

Jamie îmi ia mâna și, la încheietură, acolo unde venele albastre se zăresc prin pielea ca fildeșul, îmi prinde brățara. Ridic brațul, admirându-i darul.

Mă agăț de amintirea ultimei nopți. De realitatea atingerii lui. Și de felul în care inima mea se întredeschide și permite încrederii să intre și să prindă rădăcini.

Ne plimbăm prin Superiors Shores Resort ca și cum ar fi o paradă și fiecare cuplu e un car alegoric. Mulțimea ovaționează de la intrarea în hotel și până în sala cea mare de bal.

Levi și partenera lui sunt în fața noastră. Stormy și amica lui, în spate, urmați de Mike și Macy.

Oamenii scot tot felul de exclamații de admirație în fața rochiilor. Rochia de bal fără bretele a lui Macy, o explozie de diamante artificiale, e preferata publicului, fură ochii tuturor. Lumea se holbează la costumul meu mortal și cască gura ca peștele pe uscat. Râd și le fac tuturor semn cu mâna cu care nu-l țin strâns pe Jamie.

Mătușa și gemenele ne ovaționează iar grupul nostru, toate cele patru cupluri, se separă întrucâtva de paradă. Când intru alături de Jamie, dăm peste un cuplu care se mișcă mai încet; Jamie mă strânge de două ori de mână și mă conduce în jurul obstacolului.

— Bun, știu că dacă strângi de trei ori înseamnă „eu te iubesc". Presupun că dacă strângi de două ori vrei să zici „mai repede"?

Mă strânge o dată și se oprește. Râd când mă trage spre el și mă sărută. Apoi mă strânge iar de două ori, și o ține tot așa.

Ne oprim pentru fotografii pe scara mare, care duce la al doilea etaj, la sala de conferințe. Treptele acoperite cu o mochetă frumoasă, decorată cu flori, și balustrada din mahon alcătuiesc un fundal frumos. Teddie coordonează ședința foto de parcă am fi la *America's Next Top Model.* Mă concentrez asupra chipurilor entuziasmate pe care le au Pauline și Perry. Într-un sfârșit, mătușa zice:

— Ultima, promit. Daunis și băieții, haideți.

Gemenele îl apucă pe Jamie de mâini, așa că el iese din cadru și se duce mai încolo să le învârtă ca pe niște mici balerine.

— Hai, Bubble, zice Levi.

Fratele meu e în vârful lumii, stă câteva trepte mai sus și supraveghează mulțimea de jos. Familia, prietenii, echipa, orașul. Strălucește.

— Pozează ca un supererou, mătușă Daunis, strigă Perry.

— Da! strigă și Jamie, ridicând-o pe Pauline, de parcă ar fi prim-balerina din Lacul Lebedelor.

Pun mâinile în șolduri și încerc să nu râd. Levi, Stormy și Mike se prefac că îngenunchează la picioarele mele. Din nou, Jamie se uită la mine cu un amestec de uluire și venerație.

După ce toată lumea s-a instalat în sala de bal, încep festivitățile. Spune-mi-Grant le urează tuturor bun venit la *Shagala* 2004. Șeful Manitou își dă binecuvântarea în limba nativilor. Macy chiuie pentru tatăl ei.

Antrenorul Alberts îl prezintă pe fratele meu și îi laudă performanțele în calitate de căpitan al echipei, apoi îl cheamă pe scenă ca să țină cuvântarea principală. În drum spre podium, Levi se oprește să mă îmbrățișeze.

— Sunt atât de mândră de tine, șoptesc. Și eu, și tata. Știu că e și el aici.

Când Levi trece printre oameni, se aud comentarii despre cât de chipeș e în frac. Toată lumea zâmbește când zeul hocheiului pășește pe scenă. Începe prin a-și cere iertare străbunilor dacă va pronunța greșit vreunul dintre cuvintele în Ojibwe. Se prezintă în Anishinaabemowin, apoi traduce ceea ce a spus. Levi își continuă discursul, iar eu ridic o sprânceană. Vocea pe care o aud nu e vocea lui obișnuită.

Fratele meu vorbește cu inflexiuni exagerate și pauze dramatice. Pe măsură ce vorbește, cade tot mai mult în platitudinea aia forțată de genul *Sunt un biet indian*. O doamnă Zhaaganaash din apropiere își șterge o lacrimă, impresionată de vorbele fratelui meu, de povestea cu „hocheiul e viața mea". Când spune că e o speranță pentru neamul lui, tresar destul de violent. Nu lipsește decât fluierul magic în fundal și un vultur care să-i poposească pe umăr.

Levi vorbește ca unii lideri culturali care fac un adevărat circ din a fi tradiționali cu T mare. Se grăbesc să îi judece pe alții, dar le sare muștarul și devin răutăcioși când cineva îndrăzneşte să-i tragă de mânecă pentru propriile lor abateri.

Fratele meu încheie în vuietul admirativ al mulţimii. În drum spre scaunul lui, dă mâna cu oamenii şi bate palma cu colegii de echipă.

Levi îmi aruncă un zâmbet:

— Ei, cum am fost?

— Ăăăă.... cam... fals. De parcă ai fi jucat teatru pentru Zhaaganaash.

Levi hohoteşte, ca şi cum reacţia mea uluită ar fi fost pentru el distracţia majoră a serii.

— Trebuie să le dai oamenilor ceea ce vor. Şi începe să-şi mănânce salata.

— Dumnezeule! Dar cine te crezi, de contrazici pe toată lumea? râde Macy de peste masă. Ai intrat la un vot diferenţă.

Mă fac roşie la faţă de furie şi jenă. Cu tot testul de paternitate şi cele douăzeci şi şase de declaraţii ale Bătrânilor şi toate celelalte acte puse la punct, tot nu a fost suficient de bine pentru unii membri ai Consiliului. Tot mi-au dat de înţeles că pentru ei voi fi mereu o străină care va privi înăuntru.

Superputerile lui Macy sunt insultele scârboase şi comentariile batjocoritoare, care conţin suficient de mult adevăr cât să mă rănească. Unele femei Nish au abilitatea de a-ţi arăta că nu râd cu tine, ci de tine. Mă sâcâie enorm când Macy Manitou marchează un astfel de punct.

Fratele meu flutură şervetul alb, un îndemn la încetarea ostilităţilor.

— Hai, Mace. Asta fac fraţii. Îmi zâmbeşte cu căldură. Spun adevărul. Dauny mă ţine cu picioarele pe pământ. Oricum, e momentul pentru cadoul ei.

Levi scoate de sub masă o cutie de pantofi frumos împachetată.

Inima mea o ia razna. Trebuie să fi găsit eşarfa.

Desfac darul, dau la o parte straturile de hârtie albă şi scot la iveală... nu o eşarfă. E un colier bărbătesc, cu mărgele sculptate din os, solid şi nemuritor.

Îl privesc pe Levi cu o întrebare nerostită în priviri. Zâmbeşte şi dă din cap.

— E colierul tatei de la ţinuta lui de ceremonie. L-am găsit când căutam eşarfa. Levi se uită în farfurie, la felia de tort din faţa lui. Îmi pare rău, nu am găsit-o, dar am vrut să ai tu colierul.

Nu sunt în stare să scot niciun cuvânt, căci sigur aş izbucni în plâns. L-a purtat când dansa.

Când îmi îmbrăţişez fratele, îmi şopteşte la ureche.

— Ţi-am lăsat o surpriză acasă la tine.

Cu voce tremurată, îi spun:

— *Chi miigwech.*

După cină, Spune-mi-Grant şi doamna Edwards prezintă alternativ câte un jucător şi pe partenera acestuia. Încep cu căpitanul echipei, Levi, şi prietena lui, care se îndreaptă spre ring. Apoi, jucătorii sunt anunţaţi în ordinea cronologică a intrării în echipă. Durează ceva vreme până ajung la nou-veniţii de la Supes.

— Din Rockville, Maryland, Jamie Johnson şi Daunis Fontaine a noastră.

Aplauze, oamenii îmi strigă numele şi diversele mele porecle.

Îl iau pe Jamie de mână şi el mă conduce la un loc liber, lângă Levi şi partenera lui. Mă strânge de trei ori de mână. Respiraţia mi se accelerează şi stomacul îmi tresaltă plăcut. Nu sunt pregătită să îl strâng şi eu, dar sunt pregătită să mă bucur de seara asta.

Când începe muzica, îl cuprind pe după talie, admirându-mi minunata brăţară de la el. Ne legănăm în ritmul unei melodii lente. Jamie îmi adulmecă părul şi mă bucur că nu am folosit niciun fel de produs de coafat, care ar fi îndepărtat, poate, mirosul şamponului cu aromă de căpşuni.

— *Chi miigwach, Ojiishiingwe,* îi şoptesc la ureche.

Mă priveşte nedumerit.

— *Ojiishiingwe* înseamnă „cel care are o cicatrice pe faţă".

— O-JEE-sheeng-weh, zice el rar. Şi repetă până ce numele începe să curgă firesc. Apoi adaugă: *Miigwech*... Tu ai un nume indian?

— Un nume întru Spirit, da.

Aşteaptă să i-l spun.

*Am dat prea mult din mine unor bărbaţi care nu mă meritau,* a spus mătuşa.

Mie şi lui Jamie ne e bine aşa cum suntem. Mai avem multe de aflat unul despre celălalt. Nu îi ştiu numele real. Până nu i-l voi afla – alături de multe, multe altele –, cred că e suficient ceea ce i-am împărtăşit până acum. Dar nimic mai mult.

— Nu încă, *Ojiishiingwe,* zic. După ce vom trece de partea cealaltă a poveştii ăsteia. După aceea.

— Mâine e duminică, zice.

Zâmbim amândoi.

Următoarea melodie e plină de energie şi aduce un val de oameni pe ring. Dansatorii formează două şiruri, cuplurile se află faţă în faţă, la suficientă distanţă unul de altul pentru ca, pe culoarul din mijloc, cuplul de la un capăt al şirului să danseze până la celălalt capăt. Mă uit la Jamie în timp ce ne apropiem de extremitatea şirului. Sunt curioasă dacă e un dansator pe atât de bun pe cât bănuiesc.

Levi e în faţa mea. Când îi vine rândul, încearcă să mă tragă să dansez cu el.

Îmi trag mâna şi râd.

— Hei, ce faci? Dansează cu partenera ta, deşteptule.

Râde şi el şi o trage pe fata cu zâmbet îngheţat care îl aşteaptă.

Levi se dă mare cu mişcări retro, gen *Electric Slide* şi *Running Man*. Bunicuţa June avea dreptate. Fratele meu e dansatorul familiei.

Când ne vine rândul, îl regăsesc pe Jamie la începutul şirului de dansatori.

— Îmi cer scuze dinainte pentru felul în care dansez. Ai grijă cu umărul meu.

— Stai liniştită, zice el.

Jamie mă învârte şi toată lumea aplaudă. Stă în spatele meu, ţinându-mi braţul rănit lipit de corp, îndoit de la cot, în timp ce mâna lui o acoperă pe a mea, cu palma peste stomac. Întinde celălalt braţ şi mă prinde ferm. Mă conduce în celălalt capăt al şirului de dansatori. Jamie dansează la fel cum patinează: un amestec firesc de graţie şi talent.

Când Levi l-a imitat în apele internaţionale, a fost un fel de exagerare comică a lui Patrick Swayze. Mişcările lui Jamie sunt netede ca lama patinelor proaspăt ieşite din maşina de ascuţit, tăind gheaţa cu lejeritate. Din doi în doi paşi mă învârte folosind braţul bun, protejându-mi de fiecare dată aripa rănită. Terminăm în ropot de aplauze şi urale.

Am fost fantastici. A fost în întregime meritul lui Jamie.

Mike şi Macy sunt următorii. Mişcările lui robotice contrastează cu graţia ei de dansatoare din buric. Urmează părinţii ei şi lumea îşi iese din minţi când Şeful Manitou şi soţia lui fac o adaptare după dansul în doi paşi de la *powwow*.

Apoi TJ dansează cu Olivia Huang. Ea a absolvit cu un an după mine şi cu un an înaintea lui TJ. El e surprinzător de uşor pentru un tip aşa de mare. Îi zâmbeşte în timp ce dansează spre capătul şirului. Îi luceşte fruntea, iar pe tâmple i se văd broboane de sudoare.

Nu simt nicio ardere lăuntrică. E mai mult ceva de genul *Îl știam pe tipul ăla, acum nu-l mai știu.*

Eu și Jamie ne zâmbim. Îmi face semn să ne întoarcem spre masa noastră.

— Te simți bine? întreabă.

— Da. Îl sărut pe obraz. Și o să mă simt și mai bine după ce mă duc la toaletă.

Șirul iese acum din sala de bal, se întinde până la cea mai apropiată toaletă. Așa că urc treptele împodobite cu flori ca să mă duc la baia de lângă sala de conferințe. La jumătatea scărilor, mă strigă Ron.

Îl aștept să urce.

— Trebuie să vorbim. Acum, zice.

Asta nu e bine.

Găsim o sală de ședință liberă lângă o petrecere privată zgomotoasă. Nu vreau să stau prea aproape de el, dar nu ne putem permite să audă cineva o conversație care promite să fie neplăcută.

— Ce s-a întâmplat ieri? Așteaptă răspunsul meu, fără să se grăbească să umple spațiul gol cu o conversație măruntă.

— Ce vrei să spui?

— Lasă prostiile. Nu-mi răspunde la o întrebare cu altă întrebare. Ce s-a întâmplat azi-noapte?

N-am de gând să fac ca tipii care se tăvălesc și se fălesc. Nu e treaba...

— Și înainte de a-mi spune că nu e treaba mea, îți aduc aminte că tot ce face el e treaba mea.

— Știi despre meciul de caritate de seara trecută. Ei bine, m-am accidentat la umăr și Jamie m-a dus la urgențe, unde am avut întâlnire cu doctorul meu, care s-a asigurat că nu mi-am rupt nimic. Și acum suntem aici.

— Şi acum suntem aici. Unde faceţi ce, mai precis? V-am văzut cum aţi dansat jos. Ce-a fost aia?

Nu spun nimic.

— Ţi-a spus cum s-a ales cu cicatricea? Prima lui misiune sub acoperire. O arestare pentru droguri a mers prost şi cineva l-a tăiat. Dacă nu ar fi venit întăriri, ar fi continuat să taie.

Împietrită, încerc să leg ceea ce îmi spune Ron despre dansatorul graţios care mă aşteaptă jos. Ce altceva mi-a mai ascuns Jamie?

— Iar acum, misiunea asta, continuă Ron. Se încurcă emoţional cu un informator şi periclitează toată ancheta.

— Nu e vorba că se încurcă emoţional, zic. Noi doi putem participa la anchetă şi putem avea totodată o relaţie care încă nu e clar definită.

Ron scutură din cap. E frustrat, cred, dar ce altceva ar mai putea spune:

— Daunis, tu realizezi că el nu e, de fapt, Jamie Johnson, da? E un ofiţer la început de drum, care încearcă să îşi răscumpere greşeala după ce prima lui misiune sub acoperire s-a dus naibii. Şi face asta inclusiv folosindu-te pe tine.

— Ce vrei să spui?

— Jamie a fost cel care a propus să se apropie de tine.

Mă uit fix la imaginea mea din oglinda din baia pentru femei. Cuvintele lui Ron îmi răsună în urechi.

A fost ideea lui Jamie să înceapă ceva cu mine. Cum ar putea să fie adevărat acest lucru şi la fel de adevărată să fie şi noaptea trecută?

Telefonul piuie şi sunt recunoscătoare că mă scoate din transă.

############ TJ. În faţa băii. Intru acum.

Abia apuc să intru în ultima cabină, că uşa se deschide.

— Daunis? Numele meu sună ciudat de impersonal în gura lui TJ.

Oftez.

— Ce e?

Se uită prin cabine, ca să se asigure că suntem singuri. Picioarele lui mari se proţăpesc în faţa cabinei mele.

— Tipul cu care eşti nu e bun.

Uau. Categoric, în seara asta oamenii nu-l plac pe Jamie.

— Întoarce-te la prietena ta, îi zic obosită.

— Mă duc. Dar să ştii că asta nu e gelozie. Ai trecut mai departe, am trecut mai departe. Doar că tipul ăsta nu e bun.

— Şi de unde ştii? Vocea mea e plată.

TJ tace cinci minute bune, sau aşa mi se pare mie, apoi inspiră adânc şi explodează:

— E prieten cu fratele tău, aşa că nu e bun.

Până aici. Deschid uşa cu o bufnitură şi mă înfig în el:

— Cum îndrăzneşti să spui asta? Tu, dintre toţi oamenii, să îndrăzneşti să critici pe cineva!

— Eram sigur că la un moment dat o să ajungem aici, zice el. Uite. Te-am părăsit pentru că Levi şi bătăuşii lui m-au ameninţat.

Scutur din cap.

— Nu are sens. Erai în ultimul an. Cel mai barosan tip din liceu. Ei erau boboci, nu? Mike era în clasa a VIII-a!

— Au spus că o să găsească o cale de a ajunge la mine.

— Să fim serioşi! Pentru că am început să ne vedem? Scutur din cap.

— Pentru că am început să facem sex.

— E o nebunie.

— I-am zis lui Levi s-o şteargă. A înnebunit când a văzut că nu mă tem de el. A înnebunit de tot. A spus că găseşte el nişte băieţi care să-mi taie tendonul lui Ahile şi n-o să mai pot juca fotbal niciodată.

*Dacă te mai uiţi la ea, ai terminat-o cu hocheiul.*

Mi se învârte capul. Îl împing pe TJ şi mă duc clătinându-mă la chiuvetă. Baia are un coş cu prosopele din bumbac, nu de hârtie. Stropesc unul cu apă rece şi mă şterg pe faţă.

TJ continuă.

— M-am dus la Poliţia Tribală. Ofiţerul mi-a urat succes să găsesc pe cineva care să mă creadă pe mine, nu pe Băiatul de Aur.

Încearcă să-mi surprindă privirea în oglindă.

— Oi fi eu aşa cum sunt, zice el. Cel mai rău lucru pe care l-am făcut a fost să mă despart de tine fără o vorbă. Dar nu sunt mincinos.

Mă uit în toate colţurile oglinzii, dar nu-i găsesc faţa.

— Te înşeli, TJ.

— Nu mă înşel în privinţa fratelui tău. Am simţit că am datoria să-ţi spun cu cine eşti şi de ce e în stare fratele tău. Am crezut că meriţi să ştii, că vrei să ştii.

TJ clatină din cap:

— Se pare că singura persoană asupra căreia m-am înşelat eşti... tu.

Când mă întorc în sala de bal, încerc să îmi recompun înfăţişarea lângă o boxă din care se revarsă muzică de dans. Recunoscătoare că basul bubuitor alungă toate revelaţiile de la baie din creierul meu care vibrează.

Melodia se termină cu cineva care se strecoară lângă mine.

— Ia te uită, Daunis Fontaine.

Bunica Pearl spunea că lucrurile rele vin câte trei la rând.

Încerc să mă îmbărbătez.

— Ai luat o bușitură urâtă ieri, pe gheață, zice Spune-mi-Grant. Ce-ți face umărul?

— Mult mai bine.

— A, grozav. Pare prea ușurat. Dă-mi de știre dacă ai nevoie de ceva.

— Mulțumesc, sunt bine. Îmi păstrez masca politicoasă.

— Minunat. Vocea lui e acum un tors ușurel. Am un filmuleț interesant. Vino în camera mea, îți povestesc despre el.

Sunt pe punctul să-i zic să se ducă să și-o frece singur, când el continuă:

— Un filmuleț de pe camera de supraveghere de la biroul meu de acasă.

Îmi îngheață sângele în vene când zâmbetul lui Spune-mi-Grant se lărgește.

— Ești o pisică foarte curioasă, Daunis Fontaine.

# CAPITOLUL 41

Mă uit peste umăr când ne îndreptăm spre hotel. Spune-mi-Grant e cu zece paşi în faţa mea, salutând pe cineva. Îmi tremură picioarele. Sunt ca o furnică pe un bulevard; privirea lui tăioasă ca laserul e lupa.

*Gândeşte-te la o explicaţie plauzibilă, Daunis. Eşti şi tu o mincinoasă abilă. Te iei de toţi bărbaţii care te-au minţit, dar niciodată nu ţi-ai pus o oglindă dinainte.*

Spune-mi-Grant mă îndrumă; centrul de conferinţe comunică cu hotelul. Îl urmez când coteşte şi o ia în jos, pe un hol îngust. Alt cot şi ajungem la un lift de serviciu. Îmi îngheaţă inima în mine când îmi dau seama că Spune-mi-Grant a evitat lifturile principale pentru că nu vrea să fim văzuţi împreună.

Apasă pe buton şi uşa liftului se deschide. Îmi face loc să intru prima, cu un zâmbet amabil. Normal. Cel pe care-l foloseşte cu ceilalţi părinţi.

Dau drumul respiraţiei pe care mi-o ţinusem şi păşesc înainte cu picioare ferme.

*Te descurci. Îi place să vorbească. Lasă-l să-ţi spună ce ştie. Dacă dă cel mai mic semn că ştie ceva despre o investigaţie sub acoperire, trebuie să-i anunţi imediat pe Ron şi pe Jamie.*

Jamie. Nu a pomenit niciodată că relaţia falsă a fost dintru început ideea lui.

*Poţi să ai încredere în mine?*

Simt o căldură în locul în care buzele lui moi mi-au sărutat umărul gol, accidentat, la spital. Un tatuaj ca amintire. Noaptea trecută, când am fost cu el.

*Ding.*

Liftul se oprește la ultimul etaj. Când a și ajuns?

Uită de Jamie. Concentrează-te. Fii ca Gaagaagi, corbul care rezolvă probleme.

Îmi vine o idee în timp ce mă îndrept spre Ogimaa Suit, unde familia Edwards găzduiește petrecerea anuală de după *Shagala.* Capătă forță cu fiecare pas. Pentru că are un sâmbure de adevăr.

*Ai fost în biroul lui să faci poze pentru că ai avut șansa să mai vezi o dată mobilierul din biroul bunicului Lorenzo. În buticul bunei Mary, mama își găsea mereu refugiu în biroul tatălui ei de la etaj. Unde el ascundea comori pe rafturi: cărți pentru ea, pentru unchiul David, pentru tine.*

*Poate te va lăsa să răscumperi mobilierul pentru ea. Pentru că atunci când cineva drag moare, găsești alinare în amintirile tale cu acea persoană.*

Când pășesc în cameră, clipesc surprinsă. Nu e un apartament. E o cameră obișnuită de hotel.

— De ce...

Aterizez cu fața în jos pe pat. Întrebarea mi se oprește în gât.

Grant. El m-a împins. Simt greutatea cuiva așezat peste mine, dar de data asta nu e Jamie. Nu aud artificii.

Nu se poate.

— De ce ești așa de curioasă în legătură cu mine, Daunis Fontaine? Răsuflarea lui fierbinte pe gâtul meu. Îți spun tot ce vrei să știi. Nu trebuie decât să mă întrebi frumos.

Dau bezmetic din mâini și din picioare, încercând să-l apuc sau să-l zgârii. Incapabilă să-l dau jos de pe mine, țip frustrată, dar sunetul meu e înăbușit de așternuturile de pe pat.

— Voi, hocheistele, sunteţi slăbiciunea mea.

*Hocheiste*. A avut de-a face şi cu Robin? El e bărbatul despre care vorbea ea?

Îmi adun furia incandescentă şi mă împotrivesc şi mai tare. Încerc să mă ridic pe coate şi în genunchi ca să mă pot răsuci, dar nu pot obţine niciun avantaj sub apăsarea şi strânsoarea de luptător de wrestling ale lui Grant.

— Toată vigoarea şi talentul ăsta. Praf şi pulbere, zice el.

Mâinile lui găsesc fermoarul de la spatele meu. Îngheţ. Mâinile lui îşi continuă drumul.

Nu ar trebui să mi se întâmple una ca asta.

Aşternuturile miros a curat. Lavandă.

O clipă mai târziu, privesc scena de sus. Mă uit la ce-i face ei.

În lift, singură, îmi surprind imaginea în pereţii din sticlă. Fata din oglindă are respiraţia precipitată. Îşi aranjează părul încâlcit cu degete tremurătoare. Clipeşte repetat.

*Clipeşte.*

*Clipeşte.*

*Clipeşte.*

*Ding.*

Când uşile se deschid, părul ei nu mai arată ca o vizuină vraişte de veveriţă.

*Vezi? Nu s-a întâmplat nimic.*

Mă întorc în sala de bal; muzica e tot mai tare. Jamie stă la masă cu Stormy şi cu amica lui plictisită. *Shagala* e la apogeu.

— Sfinte Sisoe! exclamă Stormy. Nu ştiam că eşti una dintre fetele alea care stau cu orele la toaletă.

Ignorându-l pe Stormy, îi arunc cel mai larg zâmbet din dotare partenerului meu:

— Hai să dansăm.

Suntem complet nepotriviți. Jamie face numai mișcări elegante. Barîșnikov și Denzel în costum negru și pantofi lustruiți. Jamie Johnson, dansator și actor.

*Nu te mai gândi la asta, Daunis. Nu s-a întâmplat nimic. Doar dansează.*

Așa că dansez.

Melodia se termină, urmează o pauză ciudată și DJ-ul o anunță pe următoarea. Când din boxe se revarsă bubuit de tobe, sala se umple de urale și chiuituri. Toți participanții Nish se bulucesc pe ringul de dans pentru cântecul de onoare. Majoritatea Zhaaganaash dispar; unii par chiar speriați. Râd și mai tare.

Cu mâinile în șolduri, stau pe loc și mă legăn pe vârfuri în ritmul tobelor. E tot ce pot face în materie de dans, respectându-mi în același timp doliul.

Jamie stă lângă mine, mai la o parte, privind partea mea preferată din *Shagala* ca și cum nu ar fi văzut în viața lui ceva mai minunat.

Stormy dansează lângă mine. Mereu uit că el e un dansator-lup, la fel ca tatăl lui. Veșmintele lor de ceremonie includ un cap de lup, pe care îl poartă ca pe un fel de mantie cu glugă. Se arcuiește și sare în față cu brațele îndoite de la coate, ca și cum într-o mână ar avea un evantai din pene, iar în cealaltă, un tomahawk. Învârtind capul dintr-o parte în alta, Stormy ridică tomahawkul în direcția celei mai apropiate mese rotunde. Un bărbat Zhaaganaash de la masă își manifestă exagerat surprinderea, apoi imită mișcarea spre prietenii lui, adăugând un strigăt războinic.

Oamenii de la masa aceea nu înțeleg că dansul lui Stormy îl cinstește pe Ma'iingan. Lupul face parte din Clanul Ursului. Noi suntem apărători și vindecători.

Bag mâna în buzunar după cadoul de la Levi înainte ca tobele să bată pentru a patra oară, în semn de cinstire. Când încep, ridic colierul tatei ca să aduc mulțumiri. Îmi folosesc mâna stângă și țin colierul cât de sus pot. Durerea îmi străpunge umărul. Când las brațul jos, spasmul reverberează în tot corpul.

Levi își croiește drum spre mine. Își sincronizează mișcările de hip-hop cu răpăitul tobelor. Când privirile ni se întâlnesc, sărut colierul și îl ridic încă o dată, ofrandă Creatorului. Zâmbetul fratelui meu radiază mai luminos ca niciodată.

Sunt cea mai norocoasă *kwe* că am un frate grozav.

☼

După o altă melodie alertă, DJ-ul ne dă un răgaz. Chitara acustică se tânguiește lent. Keith Urban cântă despre cum e să-ți faci amintiri.

Jamie mă sărută pe umăr. Sar înapoi.

— Tot te doare? Frumoșii lui ochi căprui sunt plini de îngrijorare.

— Nu, nu-i asta... Îmi feresc privirea. Scot colierul din buzunar și i-l întind lui Jamie. Mă ajuți să-l pun?

Îmi ridică părul, lăsându-l să curgă pe un umăr. Îmi țin cu mâinile benzile bluzei, ca să nu încerce să mă sărute acolo. Cu vârful degetelor, îmi atinge ceafa când leagă capetele din piele și fac eforturi să nu sar cât colo.

Ne legănăm fără să ne vorbim, iar eu, cu capul pe umărul lui Jamie. Nu vreau să mă vadă clipind și alungându-l departe pe Spune-mi-Grant.

Funcționează.

Am șase ani. O mică *kwezan* veselă, îmbrăcată cu o rochiță aleasă de buna Mary. Tata mă saltă cu picioarele pe pantofii lui, pentru ca astfel pasul nostru să fie unul și același. Mă uit în sus speriată, amintindu-mi că picioarele îl dor și mai tare în nopțile ploioase ca aceea. Zâmbește. Plin de dragoste.

*Gizaagi'in, Daunis.*

Îi spun lui Jamie că vreau să merg acasă.

— Ești sigură? Levi a spus ceva despre o petrecere după aceea.

— Nu, i-o trântesc, înainte să apuc să mă controlez. Scuze, dar sunt obosită. M-a ajuns din urmă oboseala din ultimele zile.

Plecăm ținându-ne de mână. Mă strânge de trei ori.

Trecem pe lângă Macy, care iese din toaletă, frumoasă și îmbujorată după ce a dansat toată noaptea. Îi dau drumul lui Jamie, alerg la Macy, o împing înăuntru. Ea se smucește din mâinile mele.

— Ce naiba faci? strigă.

Îi șuier la ureche:

— Niciodată, dar *niciodată* să nu rămâi singură cu Grant Edwards.

Îmi continui drumul cu Jamie în tăcere: cuvintele noastre sunt pentru alții. Îi ofer un bacșiș doamnei de la garderobă și îi mulțumesc când îmi dă șalul din lână al mamei. El face la fel cu valetul care îi aduce mașina. Numai după ce părăsim Superiors Shores Resort vorbește Jamie cu mine.

— Ce s-a întâmplat acolo cu Macy?

— Nimic. Șalul ascunde strânsoarea îmbrățișării pe care mi-o ofer singură.

— Mi s-a părut că ai de gând ori s-o bați, ori s-o săruți, zice el cu lejeritate.

Ridic din umărul bun.

— A trebuit să-i spun ceva ce nu mai putea aștepta.

— E totul în regulă, Daunis? Păreai așa de fericită pe ring. Se uită la mine. Dar parcă după ce-ai văzut-o pe Macy te-ai prăbușit.

— Jamie, ți-am spus, a fost o zi grea. Nu mimez epuizarea.

O ia de-a lungul râului înapoi spre oraș. Mă concentrez asupra unui cargou care intră în Soo Locks.

*Voi, hocheistele, sunteți slăbiciunea mea.*

O undă întârziată de șoc îmi străbate șira spinării.

Grant Edwards a avut de-a face cu Robin. Robin era dependentă de analgezice, dar a murit de o supradoză de metamfetamină.

Vocea spartă a domnului Bailey. *Încercam s-o ducem la reabilitare, nu la facultate.*

Remarca lui Grant Edwards despre umărul meu rănit. *Să-mi spui dacă ai nevoie de ceva pentru asta.*

Drumul spre casă ales de Jamie trece prin campus.

*Ar trebui să ne dai tu informații, nu să aștepți să fii întrebată,* s-a răstit Jamie.

— Parchează în spatele casei studenților, zic repede, înainte să mă răzgândesc. Vreau să vorbesc.

Jamie îmi aruncă o privire, dar traversează parcarea goală până în capătul cu vedere spre International Bridge. Dacă ar călca accelerația, mașina ar tăia curba și și-ar lua zborul.

*Poți să ai încredere în mine?*

*Ah, cât aș vrea să pot, Ojiishiingwe.*

Îmi imaginez cum ar fi.

EU: Grant Edwards s-ar putea să fie implicat în rețeaua de droguri. În mod sigur are ceva de-a face cu analgezicele lui Robin.

JAMIE: De unde știi?

EU: Azi m-a întrebat despre umărul meu rănit. A zis că mă poate ajuta dacă am nevoie de ceva.

JAMIE: Asta nu e o dovadă suficientă.

EU: Ei bine, uite-ți dovada. Grant Edwards m-a violat în seara asta în camera lui de hotel. M-a țintuit jos și, când a terminat, m-a strâns de umărul dureros. A spus că mă poate ajuta să-mi alin durerea. Fiindcă nu am răspuns, a râs și a zis că o să mă întorc după mai mult... exact ca Robin. E destul pentru ca FBI-ul să-l salte?

JAMIE: Cine te-a pus să te duci într-o cameră de hotel cu tatăl lui Mike? Cum ai putut face o asemenea greșeală prostească? Chipurile, ești așa de inteligentă, dar tot ce văd e un munte de rahaturi citite și nici urmă de bun-simț. De ce nu ai strigat după ajutor? Și de ce naiba te-ai înmuiat în halul ăsta?

Ciudat, vocea răstită a lui Jamie sună exact ca a mea.

Mergem spre stâncă. Mă opresc, ameţită şi îngreţoşată; toată bravura mea se duce de-a dura în prăpastie. Departe.

Nu-i pot spune lui Jamie.

Îmi sună în urechi replicile de agent federal ale lui Ron. *Daunis, tu realizezi că nu există niciun Jamie Johnson, da?*

Mă întorc către el:

— Care e adevăratul tău nume?

Blocat, Jamie încearcă să se adune înainte de a-mi răspunde:

– Mi-aş dori din tot sufletul să îţi spun. Dar nu îţi voi spune.

Priveşte îndelung în zare, spre International Bridge. Probabil încearcă să câştige timp numărând luminile arcului dublu de pe partea americană.

— Daunis, dacă se întâmplă ceva rău cu ancheta, e mai sigur pentru tine să ştii cât mai puţin posibil despre mine. După ce aflăm cine conduce reţeaua, dacă ajung să creadă că deţii informaţii folositoare pentru ei... ai fi în pericol. Dacă-ţi spun, ai putea avea de suferit din cauza asta.

— Pentru că informatorii confidenţiali riscă să fie răniţi. Sau omorâţi. Corect?

— Mda... zice el precaut. Conştient de terenul minat al discuţiei.

— Aşadar, ştiai că un IC, unchiul meu, a murit în circumstanţe suspecte. Iau expresia lui încruntată drept un răspuns afirmativ. Şi ai făcut cercetări în ceea ce mă priveşte. Ai aflat despre proiectul meu pentru concursul de ştiinţe. Ai aflat că am un tată nativ şi o mamă albă, aşadar ceva ce ne-ar fi putut lega.

Jamie face un pas spre mine, încercând să mă cuprindă în braţe.

Ridic mâna să-l ţin la distanţă.

— Cine a venit cu ideea ca un poliţist sub acoperire să se apropie de mine? A cui a fost ideea să recruteze o localnică aflată în doliu ca informator?

Surprinderea şi vina se oglindesc pe faţa lui Jamie. Aştept să se ciupească de nas, dar pur şi simplu stă ca bolovanul şi se uită fix la mine. Un adevărat concurs. El clipeşte primul.

— Ceea ce trebuie să înţelegi..., începe el, făcând încă un pas spre mine.

Pumnul meu îi întâlneşte faţa. Îmi răsună simultan în urechi trosnitura nasului lui şi sfatul de bătăuş al lui Stormy, pe care mi l-a dat cu multă vreme în urmă: *Ţinteşte mai sus de cap. Toată puterea e în curgerea mişcării.*

— Ce dracu! urlă el, ridicând mâinile ca să-şi apere nasul.

*Asta-i fata mea!* Vocea profundă a tatei e atât de clară şi puternică, de parcă ar fi lângă mine. Mândria îmi eclipsează temporar furia. Levi Joseph Păstrătorul Focului Sr. a fost mai mult decât un zeu al hocheiului, a fost cel mai tare bătăuş de pe ambele părţi ale International Bridge.

O maşină traversează în viteză parcarea. Farurile ne luminează cu faza lungă.

— Ăsta e pentru că tu ai fost cel care a venit cu ideea, strig eu.

Mă reped iar la el cu pumnul ridicat.

— Şi pentru că ai pus-o în aplicare, ştiind că aş putea fi rănită. Chiar şi după ce m-ai cunoscut.

Mă dau în spate şi lovesc, dar ratez, pentru că el se dă la o parte din traiectoria pumnului meu.

Cum elanul meu nu întâlneşte nimic în cale, mă clatin şi cad cu faţa în jos. În loc de iarbă, nările mele se umplu de un miros de lavandă. Îngrozită, mă întorc pe spate. Încep să dau din mâini şi din picioare. Toţi pumnii şi toate şuturile pe care nu le-am putut da mai devreme.

Ron sare din maşină. În câteva secunde e îngenuncheat lângă mine.

— Eşti bine? Mă ajută să mă ridic.

Mă ustură plămânii din cauza aerului rece de octombrie pe care îl înghit hulpav.

Ron se uită la Jamie:

— Ce mama naibii se întâmplă aici?

Jamie încremeneşte, înspăimântat.

— Ron, s-a întâmplat ceva..., începe el speriat.

— Eşti terminat, îl întrerupe Ron. Te retrag din anchetă. Poţi să te consideri norocos dacă o să te lase să scrii amenzi în parcare.

Probabil Jamie nu l-a auzit pe partenerul lui care practic l-a concediat, pentru că se uită în continuare fix la mine.

— Ce ţi s-a întâmplat, Daunis? Vocea i se frânge.

*Chiar aş vrea să-ţi spun... dar nu-ţi voi spune.*

Ron mă conduce la maşina lui. Deschide portiera din dreptul pasagerului.

Mă uit peste umăr. Jamie a rămas la zece metri mai încolo, împietrit. Braţele îi atârnă pe lângă corp. Din nas îi picură sânge pe cămaşa albă. Încă îmi aşteaptă răspunsul.

Şi i-l dau.

— Ce mi s-a întâmplat, Jamie? Tu mi te-ai întâmplat.

# CAPITOLUL 42

Ron presupune că tremur din cauza frigului. Ia o pătură din portbagaj și mă înfășoară în ea ca pe un *burrito*. Mă așază comod în mașină și îmi prinde centura de siguranță.

Accelerează.

— Te duc unde vrei, spune el. Acasă? Pe insula Sugar? La June Chippeway?

— Acasă, răspund fără ezitare. Măcar o dată, nu vreau să fiu în altă parte.

— Dacă poți să vorbești, aș vrea să știu ce s-a întâmplat între tine și Jamie în seara asta, zice Ron când întoarce pe aleea mea. Mama a lăsat lumina de la intrare aprinsă.

Nu-mi desfac centura. Rămân cu el după ce închide motorul. Mi se pare familiar. Confortabil, chiar. Ca atunci când antrenorul Bobby mă aducea acasă după meciuri. Aproape că aștept să iasă mama să vadă ce facem.

Oare de ce sunt supărată pe Jamie, dar nu și pe agentul senior Ron, pentru că m-a pus în pericol? Unul ipotetic, care în seara asta a devenit foarte real?

Atenția lui Ron a fost îndreptată permanent asupra anchetei. E amabil cu mine, sunt un IC folositor. Dar când această investigație se va termina, Ron Johnson se va trezi a doua zi și va deschide dosarul următorului caz. Busola lui profesională arată mereu nordul. La primul semn că există o problemă, se recalibrează ca să rămână concentrat asupra misiunii.

Jamie m-a făcut să simt că pentru el sunt mai importantă decât misiunea.

Există o poveste despre Omul Primordial, căruia i s-a dat numele de Anishinaabe. A pornit într-o călătorie ca să-şi găsească părinţii şi fratele geamăn, dar a fost abătut din drum de un cântec minunat care răsuna dinspre est.

Poate asta a observat Ron. Motivul pentru care e posibil ca Jamie să nu fie făcut pentru munca sub acoperire este că Jamie nu e bun la recalibrare.

— L-am întrebat pe Jamie despre relaţia falsă, dacă a fost ideea lui de la bun început şi... s-ar putea să-i fi spart nasul. Am ratat complet al doilea pumn şi în clipa aia ai apărut tu. Adaug pentru clarificare: Pumnii au venit dintr-o singură parte.

Ron îşi ia un răgaz ca să-şi adune gândurile.

— A avut două sarcini sub acoperire. Prima l-a lăsat cu o cicatrice. Acum are nasul spart. Faţa lui e literalmente o hartă a unor decizii proaste. Clatină încet din cap şi adaugă: Băiatul ăsta ar face bine să îşi schimbe cariera până nu ajunge să arate ca Quasimodo.

Mă surprind râzând, apoi fornăi când încerc să mă abţin. Ron mi se alătură şi îmi dau complet drumul. Hohotele noastre puternice umplu maşina şi râdem până ce îmi şterg lacrimile.

În cele din urmă, ne urăm noapte bună. Ron aşteaptă până ce descui uşa din faţă şi îi fac semn cu mâna înainte de a ieşi în marşarier de pe alee. Îmi fac curaj pentru întâlnirea cu mama, care va dori să îi povestesc cum a fost la *Shagala*. Dar casa e tăcută. A lăsat un bilet pe coşuleţul pentru chei.

*Dorm în casa mare în seara asta.*

*Sper că ai avut o seară frumoasă cu Jamie.*

*Ne vedem mâine după slujbă.*

*Te iubesc. Mama*

Nu a mai stat peste noapte în casa mare de când a făcut buna Mary atacul cerebral. De ce în seara asta? Doar dacă nu cumva... mama îmi lasă intimitate? O fi crezut că am de gând să-l invit pe Jamie înăuntru?

Poate mama – care a trebuit să se ascundă pe unde a putut cu tata – vrea să mă susțină în felul în care părinții ei nu au făcut-o niciodată.

Mă pregătesc de culcare și mă întind sub pătură, epuizată, dar incapabilă să mă liniștesc. În loc să recit tabelul periodic al elementelor, duc mâna la colierul tatei, pe care îl port la gât.

Degetele mele ating fiecare mărgea, ca și cum ar fi rozariul bunei Mary. În loc de Ave Maria sau Tatăl Nostru, îmi rostesc numele întru Spirit. Numele cu care încep rugăciunile către Creator. Numele pe care i-l voi dezvălui numai celui care va fi demn de mine.

Ziua aceasta ciudată mă părăsește înainte să ajung la ultima mărgea a colierului.

*Travis o privește fix pe Lily, care e întinsă la pământ, apoi se întoarce către mine.*

*— Sunt așa de supărați pe mine, șoptește. Oamenii Mici. Nu am vrut decât să mă iubească iar. Ea e singurul om care m-a iubit vreodată. A crezut în mine când toți mă luau peste picior. Dacă ar fi vrut să-l încerce, Dauny. Dar nu a vrut. L-am pus și în prăjiturele. Nu le-a vrut nici pe acelea. Asta a fost singura cale.*

*Ridică arma la tâmplă.*

*Strâng tare ochii, ca să alung totul. Cuvintele pe care le rostește acum.*

*– Tot orașul mi-a întors spatele când am zis că am tras cu pistolul ăla cu aer comprimat. Și doamnei i-a intrat un ciob în ochi. I-a distrus corneea. Încă un om sacrificat pentru zeul hocheiului. Levi a jurat că îmi va fi recunoscător dacă voi spune că am fost eu. Era singurul boboc care a intrat în echipa mare de hochei. Toată lumea îl iubea. Pe*

*gheaţă. În afara ei. În oraş. Levi ar fi trebuit să fie cel mai bun dintre noi. Am acceptat. I-am zis antrenorului Bobby că eu am fost. Lily m-a crezut când i-am spus adevărul. Dar nu putea să te rănească cu asta. E cea mai bună. Nu înţelegi? Trebuia să o iau cu mine.*

*Deschid ochii la timp ca să văd cum îi zboară capul într-o parte.*

Cu o mână ating colierul, cu cealaltă îmi înăbuş suspinele. Stau aşa până ce Zaagaasikwe îşi face conştiincioasă datoria şi ridică soarele pe cer, ca să înceapă o nouă zi.

Când razele soarelui umplu dormitorul, privirea îmi e atrasă de straiul roşu de pe spătarul scaunului de la birou. Nu vreau să-l mai văd niciodată. Mă uit cu interes la cutia împachetată în hârtie de cadou de pe masă. Hârtie de un verde metalic. Panglică argintie şi o fundă mare pe capacul de sus al pachetului de mărimea unei cutii de pantofi.

*Ţi-am lăsat o surpriză acasă.*

Şoapta lui Levi îmi readuce în minte strălucirea incandescentă de pe faţa lui când am sărutat colierul tatei şi l-am înălţat, în timpul bătăilor de tobă.

Degetele mele zăbovesc pe gât. Fiecare mărgea e o amintire de noaptea trecută. Jamie. Grant Edwards. TJ. Stormy. Macy. Ron. Şi... Travis.

*Levi trebuia să fie cel mai bun dintre noi.*

Iau darul şi-l aduc pe pat, unde desfac ambalajul subţire.

E o poză înrămată cu mine, cu tata şi cu Levi. Pe măsură ce o cercetez, simt cum mi se întinde pe faţă un zâmbet tot mai larg. Eu şi fratele meu stăm pe câte un genunchi; tata ne cuprinde pe fiecare cu câte un braţ. Noi doi avem patru ani. Zâmbetul meu este leit zâmbetul tatei. Levi are faţa mamei lui, dar râsul din ochii noştri e acelaşi.

*Levi a jurat că va fi recunoscător dacă voi spune că am fost eu. Toată lumea îl iubea. Pe gheață. În afara ei.*

Îmi iubesc fratele. Dar dacă e mai puțin decât cel care credeam eu că este?

Trag pe mine hainele de alergat: câteva straturi de tricouri și hanoracul.

Rugăciunea de dimineață începe cu numele meu întru Spirit, clanul și locul de unde mă trag. Pe care dintre cei Șapte Străbuni ar trebui să-l pomenesc?

Dacă cer ceva ce nu ar trebui? Aș putea fi o pasăre care îi cere Creatorului dragoste, dar sfârșește prin a fi așa de îndrăgostită de noul ei tovarăș, încât se izbește de un geam prea curat și își frânge gâtul.

Toate sunt legate. Există consecințe neintenționate. Brânciul din spate pe care nu-l vezi venind.

Fulgi de *semaa* zboară din palma mea tremurândă.

Rugăciunea mea se încheie cu o mărturisire: *Mi-e teamă.*

Alerg ca și cum aș fi urmărită de ceva amenințător. O răsuflare fierbinte în ceafa mea.

Abia când ajung în zona împădurită încep să văd împrejurimile. Insula Sugar peste râu. Iarba culcată de cauciucurile jeepului.

Acum două zile eram fericită. Îl sărutam pe Jamie. Mă dăruiam lui.

Parcă a fost acum o viață.

Ieri, fratele meu era centrul universului. Căpitanul echipei. Zeul hocheiului. Prințul *Shagala*. Mândria liceului Sault Ste. Marie și a insulei Sugar. TJ l-a numit Băiatul de Aur.

Și dacă lucrurile astea groaznice despre Levi sunt adevărate?

*Creatorule, nu pot îndura mai multe. Vreau să fiu o fată naivă, care trăiește în bula ei.*

O iau înapoi, pe același drum. Încetinesc ritmul când mă apropii de casă. Epuizată și cu o groază teribilă care își face loc înăuntrul meu.

Mama nu s-a întors încă de la liturghia de duminică. O baie fierbinte m-ar ajuta să risipesc tensiunea acumulată. În timp ce aștept să se umple cada mare, mă duc în dormitor și mă uit la laptop.

E 3 octombrie. Doamna de la bancă a spus că declarațiile lunare sunt trimise după data de întâi a lunii. Desigur, pot aștepta până la următoarea zi lucrătoare, iar declarația pentru septembrie s-ar putea să nu apară până mâine.

Nu trebuie decât să îmi verific e-mailul, să văd dacă am vreun mesaj din Canada. Iar dacă nu, n-am decât să stau în cadă până mi se zbârcesc degetele și după aia să-mi continui ziua.

Și dacă am primit-o? Aș vrea să se confirme explicația lui Levi despre investiția în terenul de lângă Searchmont. Pentru că, la fel ca în cazul unchiului David, am permis unei mici semințe de îndoială să încolțească.

Îmi țin răsuflarea în timp ce mă autentific în contul de e-mail.

A ajuns vineri după-amiază. Imediat după un mesaj de la doamna Bonasera, intitulat *Citește asta pentru mama ta*. Doamna B. îmi trimite mereu articole medicale pe subiecte care au legătură cu starea bunei Mary. Iar eu trebuie să i le traduc mamei.

Dau clic pe declarația bancară.

Balanțele de la începutul și de la sfârșitul lui septembrie sunt similare cu suma pe care doamna de la bancă mi-a spus-o la telefon: 10 856,77 de dolari. Dar în cursul lunii fratele meu a depus 20 000 de dolari, pe care i-a virat apoi într-un cont din Panama.

Inima mi se oprește brusc.

Levi e cărăușul.

Apa începe să dea pe dinafară din cadă. Nu-mi amintesc să mă fi răzgândit în privința băii.

Levi e cărăușul.

Mă uit în oglindă. Întrebările se înmulțesc exponențial în mintea mea. Înșfac o întrebare și, încercând să fiu calmă, îmi întreb imaginea din oglindă:

— De câtă vreme?

Mă opresc la casa din cărămidă cu obloane indigo și un apartament studio deasupra garajului dublu. Aleea e goală. Mă uit prin geamul garajului. Gol. Dana Păstrătoarea Focului stă de obicei tot weekendul de *Shagala* la Superior Shores Resort. Probabil Levi și Stormy sunt acasă la Mike, care e singur, fără părinți.

Intrarea din spate în garaj nu e încuiată. Intru. Waylon latră de după ușa care dă spre casă. Când îl strig, lătratul se schimbă, din amenințător, devine prietenos. O scară îngustă din spatele garajului, spre est, duce la o a doua intrare în camera lui Levi. Încerc ușa. Încuiată. Mi-am imaginat.

Stau în curtea din spate, privind în sus la cele trei ferestre ale dormitorului de deasupra garajului. Stomacul meu gol chiorăie. Tremur din cauza pielii transpirate în aerul rece de octombrie.

Cheia de rezervă este tot sub piticul de grădină din stratul de flori de lângă intrarea din spate. Descui ușa și pun cheia la loc.

Când intru în casă, Waylon îmi aduce la picioare un ursuleț din pluș, Îi arunc jucăria, iar ciobănescul german o ia la goană în josul holului.

Pozele de la școală ale lui Levi tapetează scara pe toată lungimea ei, începând cu ultimul lui portret de senior. Fratele meu se face tot mai tânăr cu fiecare treaptă. Pozele din gimnaziu înfățișează un preadolescent încrezător, absolut deloc ciudat... Zâmbetul lui fermecător e neschimbat, dar faţa i se îmblânzeşte în anii de şcoală elementară. În capul scărilor e un preşcolar rotunjor şi dulce de trei anişori.

Waylon mă împunge în palmă cu jucăria lui. Arunc ursul, care aterizează în dreptul lui Levi în ultimul an de liceu. Uşile duble din capul scărilor dau într-un mic balcon cu gratii din fier forjat, cu vedere la curtea din spate, plină de copaci. Palierul scării duce fie spre casa principală, fie spre apartamentul de deasupra garajului. Încerc uşa dinspre zona lui Levi. Încuiată.

Inspir adânc şi scot aerul afară într-un oftat exagerat.

Acum câţiva ani, l-am urmărit pe fratele meu cum a pătruns prin efracţie în propriul dormitor. Îşi pierduse cheile şi Dana nu făcuse încă un set de rezervă. Eu, Stormy, Mike, Travis eram în curtea din spate şi ne uitam cum Levi escaladează spalierele care încadrează intrarea din spate, ca să ajungă la balcon. Mike conducea corul: *Spi-der-man*; îl ovaţionam toţi pe fratele meu, care a sărit pe acoperişul garajului şi a deschis o fereastră de la dormitor. Şi asta, la fel ca toate celelalte isprăvi, părea floare la ureche pentru el.

Waylon goneşte iar pe scări şi vine la mine. Mă lupt cu el să-i smulg din bot ursuleţul ud şi plin de bale şi i-l arunc din nou la Levi-elevul în ultimul an de liceu. Parcă e o cursă între câine şi mine: care îşi atinge primul scopul?

Apăs pe clanţa uşii duble şi păşesc pe balconul îngust. Închid uşa după mine. Muşchii mei osteniţi zvâcnesc anticipând momentul şi îi aud pe băieţi strigând *Spi-der-man*. Nu am vreme decât să respir de două ori şi sar pe acoperişul garajului, aflat la distanţă mică.

Aterizez în patru labe şi umărul meu protestează. Vârful acoperişului nu părea aşa de abrupt nici din curte, nici în amintirile mele. În clipa în care îmi spun să nu cumva să mă uit în jos, simt nevoia presantă să fac pipi.

A fost o prostie. Chiar contează de câtă vreme distribuie Levi metamfetamină? Ce altă dovadă mai vreau?

Waylon latră de partea cealaltă a uşilor duble, ca şi cum ar fi de acord. Mă străduiesc să îmi potolesc respiraţia şi stau acolo până ce şi inima începe să bată la unison.

Merg pe-o parte, cu paşi mici, şi ajung la cea mai apropiată fereastră. Când mă uit la ferestre, văd că toate erau întredeschise, ca să intre aer proaspăt. Dana dă drumul la încălzire la maximum, iar casa ei e ca o saună din octombrie până în aprilie. Nu-i pasă de cât de mari sunt facturile; Levi nu se va trezi niciodată tremurând.

Bătăile inimii se înteţesc când desfac plasa de la fereastră. Planul pe care-l croiesc din mers e să pun plasa la loc după ce ajung în cameră. Plasa îmi cere mai mult efort decât credeam, căzând toată odată. Mă dezechilibrez. Scap plasa şi mă agăţ de pervaz.

Plasa ajunge pe terasa pietruită şi remarc timpul care i-a trebuit ca să ajungă la pământ. Dacă pic de pe acoperiş, în două secunde mă fac terci.

Împing fereastra până ce mă pot strecura prin deschizătură. Aterizez neîndemânatică înăuntru în timp ce Waylon latră în faţa uşii lui Levi. Mă ridic.

Şi acum?

Încep cu noptiera de lângă patul mare. Lângă veioză e o sticlă cu loţiune emolientă de mâini şi o cutie de şerveţele. Scârbos. Îmi fac curaj. A cotrobăi prin dormitorul fratelui meu înseamnă că nu voi putea închide ochii la anumite lucruri.

Trec la biroul şi comoda lui Levi, caut în toate sertarele din dormitor. Îl scot pe fiecare în parte, ca să mă uit dedesubt şi în spate, după acte ascunse.

Levi nu are un perete cu rafturi pentru cărţi, ca Mike, doar un set de paturi suprapuse de-a lungul unui zid. Cel de jos e vraişte. Stormy mai doarme aici, lucru confirmat de o pungă pe jumătate goală de Cheetos aruncată pe jos. Patul de sus e făcut perfect, zici că l-a aranjat un răcan. Acolo doarme Mike, deşi mai rar decât Stormy.

Mă uit sub fiecare saltea, atentă să le las pe toate așa cum le-am găsit. Dincolo de ușă, Waylon dă cu laba, amintindu-mi că el vrea să se joace.

O plasmă enormă ocupă aproape tot peretele de deasupra unei măsuțe dreptunghiulare de cafea, pe care se află teancuri bine aranjate de jocuri video în dreptul consolei PlayStation 2 a lui Levi și în fața Xbox-ului lui Mike. În fața ecranului sunt trei scaune de jocuri, lăsate jos, la podea, un fel de încrucișare între fotolii puf și scaune de mașină pentru copii. Un al patrulea scaun e trimis la colț. Scaunul lui Travis. Dar poate Levi îl va lăsa pe Jamie să fie al patrulea jucător.

Deschid încet ușa dulapului, cât să văd jumătate din conținut. Haine, pantofi, saci din plastic plini cu echipamente complete de hochei. Trec repede în revistă toate cutiile. Cele mai multe sunt pline cu programele turneelor de hochei, agende, reviste de hochei și scheme de joc de hochei trasate pe hârtie milimetrică: Xs și Os în formații cu linii punctate.

E o prostie. Ce caut eu aici?

Transpir din cauza căldurii și înțeleg nevoia lui Levi de a ține geamurile deschise. Arunc o privire spre fereastra fără plasă și observ o veveriță care cârâie într-un copac din apropiere, fiind și ea de acord că e o prostie.

Întorcându-mă la dulap, mă mut pe partea cealaltă, unde fratele meu își ține hainele. Raftul de deasupra are cutii mai mici și un coș negru din lemn de frasin. O iau pe rând. Văd o cutie mai mică, de la aceeași firmă ca aceea în care a împachetat Levi colierul tatei. În ea sunt declarațiile bancare ale contului nostru comun.

Nu a primit încă declarația pe septembrie, așa că încep cu august. Verific începutul și sfârșitul extraselor de cont, pentru ca mai apoi să arunc o privire peste activitatea din cursul lunii. A virat 10 000 de dolari către aceeași bancă din Panama. În luna în care a fost omorâtă Lily.

Iau declarația din iulie. Alt transfer.

Și în iunie.

În mai, la fel.

În aprilie a virat 15 000 de dolari.

În martie, februarie şi ianuarie a virat câte 20 000.

În 2003, a virat aceeaşi sumă în decembrie, noiembrie şi octombrie.

Sezoanele de hochei durează de la jumătatea lunii septembrie până la jumătatea lunii aprilie. A virat mai mulţi bani în lunile cu hochei. Dar rula bani prin contul nostru şi în lunile fără hochei.

Cum putea face trafic de droguri tot anul? Oare pentru asta foloseşte mereu barca Danei vara, pentru excursii pe insula Mackinac?

Nu apare nicio activitate neobişnuită în septembrie 2003. E o lună pe jumătate cu hochei, dar declaraţia nu indică nimic, numai cumpărături normale de la magazine şi de la mallul de peste râu. La fel şi în lunile de vară de dinainte.

Ce a fost atât de special în octombrie anul trecut? De ce atunci a început Levi să facă trafic cu *met*?

Revelaţia de bun-simţ vine mai târziu decât ar fi trebuit. Transferurile bancare au început când Levi a intrat în Supes. Dar cum ar putea un minor să autorizeze transferuri bancare dintr-un cont din Canada către unul din Panama? Levi era minor când a intrat în echipă. Abia în ianuarie a împlinit optsprezece ani.

Pe de altă parte, eu eram majoră. Împlinisem optsprezece ani în octombrie şi...

Fratele meu era minor; eu, nu.

Încremenesc pe podea, lângă cutie. Eu nu am mai primit extrase de cont de peste un an.

Oare Levi ar fi putut face transferurile în numele meu?

Podeaua vibrează când uşa garajului se deschide. Waylon fuge în jos pe trepte, lătrând.

Cineva a venit acasă.

# CAPITOLUL 43

Împăturesc repede la loc declaraţiile când maşina intră în garaj. Sună mai curând ca Mercedesul Danei decât uriaşul Hummer al lui Levi. Termin exact când ea intră în casă din garaj.

Waylon latră insistent.

— Ce s-a întâmplat, uriaşule? strigă Dana din josul scării.

Mă toarnă pe mine, asta s-a întâmplat.

Waylon fuge sus tocmai când termin de pus la loc declaraţiile în cutie, în ordine.

*Squawk.*

Sar ca arsă la auzul zgomotului. O veveriţă ţipă la mine de pe pervaz. Întind mâna după punga de Cheetos din apropiere şi îi arunc un beţişor portocaliu spre fereastră. Veveriţa ar trebui să zboare după el. În loc de asta, se apropie şi mai mult de cameră şi protestează şi mai zgomotos.

*Squawk.*

Waylon năvăleşte pe scări. Lătrăturile lui înnebunesc veveriţa, care face salturi bezmetice prin cameră, prea speriată ca să îşi găsească drumul înapoi pe fereastră.

— Ce naiba se întâmplă aici? strigă Dana, alergând sus pe trepte.

Dacă poate descuia uşa?

Mâinile îmi tremură aşa de tare, că lovesc coşul de frasin când pun cutia la loc pe raft. Îmi alunecă din mână.

Dana încearcă clanța. Ridic coșul de capac. Ceva moale îmi mângâie degetele.

Îmi stă inima-n loc.

Răstorn coșul cu fundu-n sus. Mă holbez pe podea, acolo unde a aterizat eșarfa tatei.

Verde. Ca ochii mamei.

Levi a ascuns-o de mine. A avut-o în tot timpul ăsta.

Cu inima în gât, îndes eșarfa în buzunarul hanoracului.

Waylon și-a ieșit din minți dincolo de ușă, iar pe partea asta, veverița țopăie prin cameră ca o apucată.

— Sunt judecătoarea Dana Păstrătoarea Focului. Am impresia că vorbește cu mine până ce o aud zicând: Locuiesc pe Hilltop Court, la numărul 124. E cineva la mine în casă. Câinele meu latră fără oprire și e cineva în camera fiului meu.

Dana a sunat la 911.

Pun capacul peste coș și îl așez pe raft. *Te rog, Waylon, latră mai tare, ca să nu se audă când închid ușile dulapului.*

BUF.

Dana izbește cu piciorul în ușă în timp ce eu alerg la cealaltă, care dă spre garaj.

BUF.

Învârt zăvorul și pun mâna pe clanța cu butonul pentru blocare în mijloc. Deschid ușa și apăs pe buton ca să blochez ușa în urma mea. Cu zăvorul nu pot face nimic.

BUF.

Pun piciorul pe treapta de sus și trag ușa după mine.

CRAC!

Dana dă năvală în camera lui Levi în clipa în care eu pur și simplu îmi dau drumul pe trepte. Fug spre poarta garajului, în timp ce Dana țipă la veverița care sare prin cameră. Waylon înnebunește de tot.

Mă opresc lângă garaj. Sub streașina acoperișului, în caz că Dana se uită pe fereastră. Apoi mă strecor pe vârfuri de-a lungul părţii laterale a garajului. Ciulesc urechea la paşi care m-ar putea urmări. Îmi fixez ţinta: strada din spatele copacilor, de la capătul aleii.

Lătrăturile slăbesc în intensitate, de parcă Waylon ar fi ieşit în jos pe hol. Se aude un zgomot, ca şi cum s-ar fi spart ceva delicat – poate o vază de cristal – şi urmează înjurăturile Danei.

Îmi iau inima-n dinţi şi o iau la goană cu disperare.

Maşina mamei nu e aici, dar eu tot încuiată în baie rămân. Inima îmi bubuie ca Wabooz după o evadare la limită. Simt un gust de acru în gât şi în secunda doi vomit un val de fiere galben-verzuie. Acum sunt aplecată deasupra toaletei, complet stoarsă de vlagă.

Golul din mine e înlocuit de ceva mult mai rău.

*Nibwaakaawin*. Mătuşa mi-a spus ce înseamnă, a dărâma fiecare părticică din lume, ceea ce acum începea să capete sens. *A fi înţelept înseamnă a trăi cu un preaplin de viziune*.

Toată viaţa mi-am dorit să fiu ca mătuşa. Cam în felul în care cineva visează să fie balerină, dar nu se gândeşte la degetele rupte şi la anii de muncă grea. Am vrut să fiu o *kwe* Nish puternică şi înţeleaptă, fără să mă gândesc vreodată la preaplinul de viziune pe care l-aş putea căpăta.

Am vrut să aflu cine era implicat în nebunia cu metamfetamina, care i-a răpit pe Lily şi pe unchiul David. Şi pe Robin, şi Travis. Şi pe copiii din Minnesota, care s-au îmbolnăvit de la *Met-X*.

Omul pe care l-am căutat în tot acest timp a fost Levi.

Înţelepciunea nu este o răsplată. În starea ei brută, înseamnă să ştii în mod dureros lucruri pe care ţi-ai fi dorit să nu le afli.

Mama ajunge acasă; tot stomacul meu se contractă violent. Deschid ventilatorul ca să atenuez senzaţia de vomă. Picioarele ei proiectează umbre negre în crăpătura din josul uşii, alături de lăbuţa lui Herri care se întinde după o pradă invizibilă.

— Eşti bine, draga mea? Vocea ei blândă e plină de îngrijorare.

— Da. Am mâncat ceva ce nu mi-a priit.

Aştept să plece de la uşă. Pleacă, dar se întoarce în două minute.

— Ţi-am adus nişte Gatorade.

De îndată ce aud numele, gâtul meu uscat nu-şi doreşte nimic altceva.

— Poţi să-l laşi la uşă? croncănesc eu.

Mama nu poate fi de ajutor în situaţia asta. Încerc să râgâi mai încet, ca să plece.

Nu o mai aud. Probabil a coborât. Deschid puţin portiţa batantă de jos. Herri sare în cameră de îndată ce trupşorul ei dolofan primeşte permisiunea.

— Eşti însărcinată? Mama stă cu spatele lipit de peretele de pe partea opusă băii.

Mă cutremur; întind mâna după sucul galben ca neonul adus de ea.

— Nu, folosesc metode contraceptive. Mulţumesc Cerului pentru Norplant.

Mama priveşte în gol. Caut indicii pentru reacţia ei.

— Mă bucur că o ai pe Teddie. Mama nu pare deloc bucuroasă, ci mai curând dezamăgită. Dar mă ai şi pe mine, să ştii. Poţi... poţi să vii la mine cu problemele tale, în loc să ţii atâtea secrete. Inspiră adânc, încercând să se îmbărbăteze. Dacă o să intri vreodată într-o... încurcătură, să ştii că te voi ajuta întotdeauna.

— Dacă aş jefui o bancă, ai fi şoferul? zic eu, cu un zâmbet slab.

Ea încuviinţează.

— Şi m-aş asigura şi că ţi-ai pus centura de siguranţă!

Mă târăsc către ea. Mă sărută pe frunte. Mă sprijin pe ea şi îmi las capul pe umărul ei.

Povara secretelor mele e copleşitoare. Toată viaţa mea a fost plină de ele. Chiar zigot fiind, pluteam într-un sac embrionar de secrete.

Dacă îi spun mamei un singur secret, oare nu voi ajunge să-mi vomit toate secretele în faţa ei? Şi cu care aş putea începe? S-o iau cu cel mai vechi şi să merg pe firul timpului? Sau invers, ultimul venit, primul ieşit? Unchiul David m-ar fi dăscălit să îmi stabilesc cea mai înaltă prioritate şi să le înşir pe toate celelalte în ordine descrescătoare.

Hotărăsc să încep cu secretul care stă la baza tuturor celorlalte.

— Mi-e greu să-ţi spun lucruri, pentru că nu vreau să te îngrijorez sau să te dezamăgesc. Ţi-am provocat deja destulă durere.

— Durere? Surpriza ei e sinceră. Daunis, tu eşti cea mai mare bucurie din viaţa mea.

— Dar... Eu sunt motivul pentru care viaţa ei a ajuns acum blocată într-un limb. Dacă nu m-aş fi născut, poate toate ar fi fost altfel pentru tine şi pentru tata.

Apoi spun cel mai rău lucru pe care l-am auzit vreodată despre mine însămi:

— Eu am fost primul rău din tot şirul de rele care a urmat pentru voi doi.

Ş-a uitat la mine cu nesfârşită uimire, până ce o epifanie a sclipit în ochii ei. S-a luminat la faţă:

— Copiii nu trebuie condamnaţi niciodată pentru vieţile părinţilor lor! Părinţii sunt adulţi. Noi suntem responsabili pentru alegerile noastre şi pentru felul în care ne gestionăm vieţile. Se îndreaptă de spate, semeaţă. Dacă mă aflu acum într-un limb, e pentru că eu am ales să fiu aici. Până şi absenţa acţiunii e o alegere puternică.

Mama se ridică în picioare, cu un preaplin de viziune. Întinde mâinile spre mine. Le iau. Mă ridică într-o îmbrățișare strânsă, care curge prin mine. Continuă prin scoarța Pământului, prin manta, și își face drum spre nucleul dur, lăuntric.

— Viața mea. Alegerile mele, spune ea. Nu ale tale.

A doua mea încercare de a face baie merge mai bine. Mama pune apă în cadă și adaugă spuma ei de baie preferată. Când gândurile îmi zboară la Levi și la ceea ce voi face în continuare, dau drumul la duș și dispar sub un munte de spumă cu miros de liliac.

O oră mai târziu, trag fermoarul blugilor negri cu degetele zbârcite de apă. Bustiera e tot neagră și are niște bretele late, care acoperă vânătaia ce se întinde pe umărul meu. Ascunde dovada. Când trag pe mine tricoul negru, pentru o secundă brațele mele ridicate rămân nemișcate. Și îi simt cuvintele în ceafă.

*Camerele de supraveghere de pe hol au arătat că ai venit aici de bunăvoie.*

Așa o să fie de-acum înainte? Flashbackuri? Un miros? Îmi voi aminti mereu lucrurile pe care le-a spus și pe care speram să le uit? O vânătaie în formă de mușcătură pe care o voi vedea multă vreme după ce va trece?

Îmi doresc să nu fi acceptat niciodată să devin IC.

— Daunis, draga mea. Tocmai mi-am amintit. Levi a trecut ieri pe aici, în drum spre *Shagala*. Era tare chipeș în frac. Vocea mamei străbate holul înaintea pașilor ei. Nu ai spus nimic despre seara trecută. Cum a fost? Arunc o privire rapidă în oglinda mare de pe ușa dormitorului, ca să-mi verific înfățișarea.

— A fost bine, zic. *Bine. Bine. Bine.*

Mama continuă din prag.

— Doar bine? Te-ai certat cu Jamie? Și se încruntă.

— Cam așa ceva, zic.

— Vrei să vorbești despre asta?

— Nu, mamă, sunt bine. Zâmbesc, astfel încât cuta de la rădăcina nasului ei să se destindă. Se destinde. Se uită prin dormitorul meu și zărește cadoul despachetat.

— Ce ți-a adus Levi?

Iau fotografia înrămată care stă deja pe noptieră. O întorc cu fața la ea. Primul zâmbet al mamei e pentru imaginea de ansamblu. Al doilea e pentru tata. După douăzeci de ani e încă îndrăgostită de el. Sunt împărțită între tentația de a vedea în devotamentul ei un triumf sau o ancoră care o trage în jos. E cu putință să fie amândouă? Nu văd cum.

Fără tragere de inimă, își smulge privirea de la el.

— Levi nu ți-a lăsat un alt cadou? întreabă.

Mă uit în jur.

— Cred că asta e tot, răspund.

— Dar a intrat aici cu două cutii: una, în hârtie de cadou, alta, neîmpachetată. A spus că le lasă în camera ta.

Ridic din umeri și simt înțepături în umărul rănit. Probabil îmi imaginez lucruri, dar aproape că îi pot simți degetele încleștate.

Mama îmi spune că trebuie să se ducă la EverCare. Mai am nevoie de ceva înainte să plece?

Am nevoie de răspunsuri.

Nu. Nu am. Curiozitatea a omorât pisica. Îndoiala a făcut-o fărâme.

Mama pleacă. De îndată ce ușa din față se închide, încep să caut a doua cutie a lui Levi. Fratele meu mi-a dat colierul aseară la *Shagala* și a lăsat aici fotografia înrămată, ca s-o găsesc azi. Unde e celălalt cadou?

Am un déjà-vu cu cotrobăiala din dormitorul lui Levi cu câteva ceasuri în urmă. Caut sub saltea, sub pat, în sertarele biroului și ale comodei, pe toate rafturile cu cărți. Mă opresc și mă întreb cu voce tare dacă nu cumva mi-am pierdut mințile. Nu capăt răspuns. Continui cu dulapul. Raftul de sus. Raftul al doilea. Cutiile de pantofi. Pantofii cu toc „să-ţi-o-trag". Dau la o parte umeraşe cu haine pe care buna Mary spera că o să le port cândva. Jos se află un spaţiu de depozitare pentru rufe murdare şi sacul cu echipamentul de hochei. Uniforma mea împuţită o să putrezească probabil dacă nu o spăl mai repede. Iau sacul şi-l trag la lumină.

Sub el e o cutie de carton. La asta s-o fi referit mama?

De ce ar ascunde aici Levi cadoul pentru mine?

Uit de lenjeria mea împuţită, de pantalonii scurţi pătaţi, de uniforma echipei şi de şosete.

Când deschid cutia, e plină de pucuri de hochei. Nu înţeleg de ce ăsta ar fi un dar pentru mine. Cotrobăi spre mijlocul cutiei, scot un puc la întâmplare şi îl ridic ca pe o comoară îngropată.

E un puc de hochei marcat cu un talisman de vise. Acelaşi ca în weekendul din Green Bay.

**Chestiile care mă scot din sărite la nenorocitul de puc:**

1. Talisman de vise... pe bune!
2. Imprimarea de proastă calitate a menţionatului talisman de vise pe un puc ce urmează să ajungă la nişte copii Nish.
3. Donat de Grant Edwards. Aşa a zis antrenorul Bobby.
4. Pucul nici măcar nu are greutatea standard.

Devin conştientă de ultimul punct când cântăresc pucul în mână. E ceva mai uşor. Cei mai mulţi nu ar băga de seamă. Dar ca om care a jucat hochei ani buni – şi am dormit cu un puc sub pernă în noaptea de dinaintea tuturor meciurilor –, pot spune asta cu certitudine.

Trec degetul mare peste partea de jos a pucului şi simt o crăpătură cât un fir de păr. Altă plângere pe lista mea. Mă uit cu atenţie la fundul pucului şi observ că se întinde în interior crăpătura. Nu e o crăpătură. Pucul are un fel de capac. Folosesc suportul din cauciuc pentru mouse ca să ţin butonul fix şi să învârt capacul.

În golul din interior dau peste un şerveţel împăturit. Trag de un colţ şi scot la lumină comoara ascunsă care a devastat atât comunitatea mea, cât şi nenumărate altele.

Cristalele seamănă cu nişte diamante brute, neşlefuite. Nişte specimene tulburi, de proastă calitate. Făcute la nimereală, fără respectarea unor protocoale precise. Metamfetamina mea era mult mai bună. Până şi aceea a lui Jamie ar fi obţinut un preţ mai bun decât rahatul ăsta.

Comoara ascunsă e răspunsul la întrebarea pe care nu m-am gândit să o pun până acum.

Cum distribuie Levi, cărăuşul, metamfetamina către alte comunităţi? Întrebarea pe care nu vreau să mi-o pun: de ce mi-a lăsat fratele meu în dormitor o cutie cu pucurile astea?

❋

La fel ca ştiinţa, matematica are un limbaj. Deşi matematica nu este în mod necesar marea mea pasiune – cum e ştiinţa –, am o fluenţă funcţională în mânuirea numerelor, a literelor, a semnelor, a simbolurilor şi a jargonului ei.

Oamenii de ştiinţă şi matematicienii abordează în mod diferit problemele. Oamenii de ştiinţă adună date ca să infirme o ipoteză nulă, adică absenţa unei diferenţe sau a unei relaţii. În schimb, matematicienii mai degrabă încearcă să probeze o teorie decât să o infirme. O dovadă e setul de aserţiuni condiţionale care se înalţă în mod logic pentru a ajunge la o concluzie, teoria devenind astfel teoremă. O teoremă profundă este o dovadă deosebit de vastă sau complexă sau include conexiuni neaşteptate.

Acum însă am nevoie de ambele abordări pentru a da de capăt problemei mele. Mă aşez pe pat, cu eşarfa tatei pe umeri, un şerveţel cu cristale de *met* într-o mână şi colierul lui în altă mână. În capul meu se dă o luptă cruntă.

**Ipoteza Nulă că Levi Păstrătorul Focului nu are nimic de-a face cu flagelul metamfetaminei**

**versus**

**Teorema Profundă a lui Daunis Fontaine despre implicarea fratelui ei în toate lucrurile rele.**

Dacă FBI investighează activitatea legată de metamfetamină în paralel cu programul meciurilor echipei Supes, atunci persoane de interes devin jucătorii, familiile jucătorilor, membrii echipei tehnice şi fanii.

Dacă unchiul David şi-a ascuns agenda într-un loc unde numai eu o puteam găsi şi a scris în ea într-un cod pe care numai eu îl puteam descifra înseamnă că e limpede că a vrut ca eu să ştiu că ciuperca cea nouă pe care a găsit-o nu era legată de *Met-X* şi nu a provocat halucinaţia de grup.

Dacă acei copii Nish nu au avut o halucinaţie de grup indusă de ciupercă înseamnă că ceea ce au văzut ei a fost o întâlnire obişnuită cu creaturi spirituale Anishinaabeg.

Dacă unchiul meu a ales să nu împărtăşească FBI-ului această informaţie despre pista moartă cu ciuperca, înseamnă că a dorit să lase FBI-ul să umble în continuare după cai verzi pe pereţi.

Dacă unchiul David a dispărut după ce i-a împărtăşit îngrijorările sale legate de Bec – elevul sclipitor implicat în vânarea metamfetaminei – mamei Becului înseamnă că părintele – Angie Flint – trebuie interogat în legătură cu moartea suspectă a unchiului meu.

Dacă pucurile false reprezintă calea de distribuire a drogului, atunci persoana care a donat pucurile – Grant Edwards – e implicată.

Dacă extrasele de cont care consemnează transferuri în străinătate au fost găsite în dormitorul căpitanului echipei, atunci acest jucător – Levi Păstrătorul Focului – este parte activă din operaţiunile cu metamfetamină şi îşi spală partea lui de profit.

Dacă transferurile au fost făcute în *numele meu* către un cont din străinătate și pucurile au fost plasate în dulapul meu, atunci fratele meu îmi înscenează ceva.

Dacă Levi îmi înscenează mie ceva, atunci face parte din rețeaua de droguri și e legat de toate nenorocirile pe care le-a provocat metamfetamina în comunitatea noastră și în toate locurile în care a ajuns.

Dacă Levi își întinde plasa în jurul meu din ce în ce mai strâns, ce va face în continuare?

Telefonul bâzâie și mă anunță că am un mesaj. În același timp, aud o bătaie insistentă la ușa din față. Reacționez ca o persoană vinovată, ascunzând eșarfa în rochia largă din spatele dulapului. Pucul intră și el în buzunarul rochiei.

Iau telefonul și mă grăbesc spre ușă.

Ron: Mai știi ceva de Jamie de noaptea trecută?

Primul meu gând: *Nu, la naiba!*

Al doilea: *Ron trebuie să fie la ușă.*

Al treilea: *De ce mi-ar trimite Ron un mesaj și ar bate la ușă în același timp?*

La ușă e ultima persoană pe care mă așteptam s-o văd.

Dana.

Oare m-a văzut fugind de la garajul ei?

Tremură și plânge. Nu e nervoasă. E speriată.

— Poți să mă ajuți? mă imploră ea. E vorba despre Levi. Cred că are necazuri.

# CAPITOLUL 44

O Dana înnebunită năvălește în casă înainte să apuc să reacționez. Are o hiperventilație așa de accentuată, încât o împing cu un gest mecanic spre cel mai apropiat scaun din living.

Pungile de hârtie maro. Mama ține câteva în bucătărie pentru dulciurile pe care le duce elevilor.

Mă întorc cât ai clipi din ochi cu una. O îndrum pe Dana să se aplece și să respire în ea.

— Ăăă... când intri în hiperventilație, corpul tău elimină prea repede dioxidul de carbon. Prin reciclarea respirației se reface echilibrul corect dintre oxigen și dioxid de carbon.

Tușește un chicotit în pungă.

Jenată, îmi întorc privirea de la ea.

— Scuză-mă, bat câmpii.

Mă legăn pe vârfuri, așteptând cu îngrijorare ca mama lui Levi să se calmeze suficient cât să-mi poată spune despre ce e vorba.

Dana își freacă gâtul. Probabil e uscat.

Ceai. Într-o astfel de situație, mama și bunica Mary ar pregăti imediat o ceașcă.

Mă întorc repede la bucătărie și umplu ceainicul pe jumătate. Apoi dau drumul la gaz pe treapta maximă. Mă întorc cu o ceașcă de ceai și un coș cu pliculețe cu ceai.

— Te rog, zice Dana, căutând un pliculeţ. Pune-ţi şi tu. Am multe să-ţi spun.

Aş fi în stare să-mi torn fratele la FBI?

Iau o ceaşcă şi pentru mine. Dana alege ceai, fac şi eu la fel. Până când ceainicul începe să şuiere, respiraţia Danei a revenit la normal. Torn apă fierbinte în ceşcuţele elegante de ceai şi mă întorc să pun ceainicul pe aragaz. Revin în living cu cutiuţe cu lapte şi bolul cu zahăr.

Îmi tremură mâinile, la fel ca ale Danei. Niciuna dintre noi nu aşteaptă să se răcească ceaiul aşa cum trebuie. Folosim lapte ca să-l mai domolim. Sorb o gură şi mi se pare că mama nu a apucat să clătească bine detergentul de vase de pe cana mea de ceai. Mă strâmb şi pun zahăr ca să-l fac băubil.

Indiferent ce are de gând să îmi spună trebuie să fie într-adevăr îngrozitor, pentru că am vreme să îmi termin tot ceaiul înainte ca ea să înceapă să vorbească.

— Levi e amestecat în ceva urât, zice ea în cele din urmă.

— Ce anume? Cât de rău? Sper că fac o treabă decentă mimând şocul.

— Are de-a face cu necazul cu Travis. Îmi pare rău pentru prietena ta, Lily.

Clipesc când aud numele ei, surprinsă de cât de crudă pare încă durerea.

Dana continuă:

— Travis era o piază-rea, dar fiul meu e un prieten loial. S-a dus pe insula Sugar să încerce să-i bage minţile în cap. Până şi Stormy ştie când să o lase baltă, dar Levi a continuat să încerce.

Fratele meu se duce des pe insulă, dar am presupus întotdeauna că îl ducea pe Stormy acasă. Lui Stormy nu îi place să se ducă singur pentru că nu ştie niciodată în ce stare sunt ai lui până nu intră în casă.

— Fiul meu credea că bunătatea e mai puternică decât întunericul.

Dana bate cu linguriţa ca şi cum ar trimite un mesaj urgent în Morse.

— Dar *nokomis* a mea a spus mereu că nu poţi sta în apropierea unui întuneric atât de adânc fără să te atingă.

Dana credea probabil că Levi stătea cu Travis cu cele mai bune intenţii. Când, de fapt, el transporta metamfetamina pe care o făcea Travis. Când şi-o fi dat Dana seama?

— Şi întunecicul... pardon, întunericul, l-a atins şi pe el?

Un colţ al gurii îi tresare puternic. Încuviinţează.

— Avea încredere în mine. Băieţii nu le spun prea multe mamelor, dar Levi nu era aşa. Când a intrat în echipă, când a ajuns Supe, am observat că a început să mă respingă. La început, puţin.

Dana vorbea în continuare despre Levi, dar vocea ei suna nefiresc de îndepărtată. Ca şi cum venea din capătul holului, nu de peste masă. Mă concentrez asupra cuvintelor ei.

— Am încercat să-l conving să nu-şi ia Hummer. Prea mult pentru un puştan de şaisprezece ani. S-a enervat. Am sfârşit prin a i-l cumpăra. Ştiu că nu ar fi trebuit, dar voiam ca relaţia noastră să fie la fel ca înainte.

Levi poate fi foarte sâcâitor când vrea ceva. M-a bătut nu ştiu cât la cap să mă duc cu Stormy la *Shagala*, anul trecut, deşi era ultimul lucru pe care mi-l doream.

— M-am dus la *Shagala* cu Stormy... Mă opresc. Nu eram prea sigură ce voiam să spun.

Ciudat.

Gura Danei se mişcă, dar tot ce aud e ultimul mesaj al lui Ron. În capul meu. Vocea lui repetându-l. Devenind tot mai presantă cu fiecare întrebare.

*Mai ştii ceva de Jamie de noaptea trecută?*

*Mai ştii ceva de Jamie de noaptea trecută?*

*Mai ştii ceva de Jamie de noaptea trecută?*

— ... unul dintre profesorii lui Levi a observat și el. A venit să mă vadă.

*Mai știi ceva de Jamie de noaptea trecută?*

— Mă scuzi puțin? Trebuie să trimit un mesaj cuiva, zic, dar nu sunt sigură că vorbele chiar mi-au ieșit din gură.

Mă ridic de la masă. Mâinile mele ating covorul înainte de a realiza că sunt jos.

*Sus, N'Daunis, bazigonjisen*!

Herri îmi adulmecă nasul cu năsucul ei mic, rece și umed. Râd.

Dana îmi gângurește ca unui bebeluș. Un pui împiedicat de căprioară. Mă ajută să mă ridic. E așa de bună cu mine.

Îi recunosc parfumul. La fel ca al mamei. Oare pentru tata mirosea la fel?

Mă duce la ușa din față. Coborâm treptele încet, cu grijă. Toate se învârt în jurul meu.

— Șe plofeșor? E important, cred.

Dana oftează istovită. Mă ajută să urc într-o camionetă veche.

— Voi, neamul Fontaine, nu știți decât să le încurcați pe toate.

Unchiul David s-a dus s-o vadă pe mama Becului.

Și nu era Angie Flint.

PARTEA A III-A

# NINGAABII'AN

(VEST)

ÎNSPRE VEST, CĂLĂTORIA URMĂREȘTE MURELE COAPTE ȘI RECOLTA, UN TIMP AL STĂRUITOAREI SCHIMBĂRI.

# CAPITOLUL 45

Îmi place să fac camping. Mirosul de fum umple aerul şi pătrunde în materiale, în păr, în piele.

Stai puţin. Ar trebui să fim în aer liber, dar se simte un aer stătut. Un spaţiu închis, jilav.

Îmi zvâcneşte capul în ritmul bătăilor inimii. Alte mirosuri: transpiraţie dulceagă şi un vas de noapte în apropiere. Mă străduiesc să deschid o pleoapă şi e ca şi cum aş rupe o coajă de pe un ochi *miniingwe*.

Dreptunghiuri înguste de lumină portocalie vin de la o lucarnă de pe tavanul unei încăperi mici. Lumina e tremurătoare şi proiectează dungi portocalii palide pe pereţi şi pe grinzile curbate.

Clipesc încet cu amândoi ochii, încercând să mă concentrez asupra împrejurimilor.

E un trailer vechi din aluminiu, cu tavan rotunjit şi o singură fereastră. Oamenii le folosesc ca remorci din care vând mâncare la *powwow*. Art le spune conserve cu jambon.

Ridic capul. Sau încerc. Trailerul se învârte ca o centrifugă.

— Daunis.

Îmi sare capul în sus la auzul vocii lui Jamie. Sună ca şi cum ar fi răcit, dar probabil e din cauza capului meu, care e complet înceţoşat. Îmi repetă numele. Fiecare literă pulsează în ţeasta mea.

— Daunis. Daunis. Daunis.

Geamătul meu se adună într-un cuvânt.

— Taci.

— Ești bine? Ce ți-au făcut? Răsuflarea lui Jamie e acră. Încearcă să mă cuprindă în brațe, dar gândul de a fi îmbrățișată îmi accelerează bătăile inimii.

— Nu! Îl împing. Îți miroase gura.

— Suntem răpiți. Undeva, într-un trailer. Și pe tine te deranjează că răsuflarea mea miroase urât? Până și râsul ușor al lui Jamie are un ton nazal, înfundat.

Răpiți. Trailer. Sar ca arsă.

— Auu! exclam. Vederea mi se încețoșează din cauza artificiilor din capul meu.

După ce se limpezește, mă uit în jur, prin trailer, care nu are nimic în interior. Doar o plită pe lemne, o masă pliantă, câteva scaune pliante metalice și patul scârțâitor în care mă aflu.

— De câtă vreme ești aici? Și de ce ești și tu aici?

— Băieții au apărut aseară, când parcam pe alee. Am crezut că Levi a aflat că mi-ai tras un pumn și voia să mă tăbăcească pentru orice ți-aș fi putut face ca să merit să-mi dai un pumn.

Amintirea felului în care i-am spart nasul mă ajunge din urmă. Urmată de motivul pentru care am făcut-o.

E suficientă lumină de la cuptor ca să văd vânătăile din jurul ochilor lui Jamie, care arată ca un raton. Doi ochi negri de la un nas spart.

— Am meritat-o, Daunis. Ron nu ar fi trebuit să fie singurul care să te pună la curent când am fost toți trei la Marquette. Aveai dreptul să știi – înainte de a accepta să te dai drept prietena mea – că a fost ideea mea să ne prefacem că suntem un cuplu. Dar jur că asta a fost înainte să te cunosc. Când erai un nume într-un dosar. M-am gândit că m-ar ajuta în carieră să am inițiativa.

E nevoie de mai mult efort decât pot duce sinapsele mele amețite ca să procesez pe de-a-ntregul cuvintele lui.

Jamie ia tăcerea mea ca un îndemn tacit să vorbească în continuare.

— A venit Levi, care părea bucuros, nu enervat. M-a invitat la petrecerea lui Mike şi m-a întrebat despre nas. Tocmai mă gândeam la o explicaţie când Mike m-a atins cu un pistol cu electroşocuri. Probabil m-au şi injectat cu ceva, pentru că m-am trezit aici azi-dimineaţă. Se uită la ceas: E puţin după opt seara. Eşti aici de şase ore.

Frânturi de amintiri îmi revin în minte. Ceai. Herri. Dana.

M-a drogat cu ceva... trebuie să fi fost drogul acela al violului. Denumirea lui e înceţoşată. Rohypnol.

— Dana a spus ceva când m-a adus aici? Îmi tremură vocea, căci furia începe să îşi facă drum prin ceaţa din capul meu.

— Mama lui Levi e implicată? Jamie rămâne cu gura căscată. Daunis, pe tine te-a adus un tip cu o cască de snowmobil care îi acoperea faţa; te-a cărat pe umeri. Te-a aruncat înăuntru, apoi m-a atins iar cu pistolul cu electroşocuri. Nu m-am putut mişca. Atunci ţi-a încătuşat piciorul de cadrul patului.

Încătuşat? Mişc fiecare picior, pe rând. De cel stâng atârnă o greutate grea.

Jamie vorbeşte în continuare. Trebuie să fac un mare efort ca să îi urmăresc povestea.

— ... a adunat firele Taserului şi a aruncat un buştean în cuptor. Cel mult cinci minute.

Amintirile prind contur... doar dacă nu cumva creez imagini mentale care să se potrivească cu povestea lui.

*Ce i-ai făcut? Răspunde-mi, ne...* vocea lui Jamie dintr-un vis înceţoşat.

— Eram cumva pe podea şi tu înjurai pe cineva?

— Bun! Îţi aminteşti, zice Jamie. Asta a fost chiar înainte să mă electrocuteze cu Taserul.

— Era Grant Edwards? Fac ochii roată prin trailer, apoi mă târăsc ca să mă uit sub pat. Așa, cu capul în jos, îmi simt țeasta de parcă cineva ar folosi-o pe post de tobă.

— Nu i-am văzut ochii, dar avea înălțimea potrivită, cred.

Tresar când simt palma lui Jamie pe brațul meu în momentul în care mă întorc în poziția culcat.

— Hei, e în regulă. Nu e nimeni altcineva aici, Daunis. E o urmă de neliniște în vocea lui.

Evitând privirea cercetătoare a lui Jamie, încerc să mă concentrez asupra amintirilor distorsionate care încep să-mi revină.

— Eram în camionetă cu Dana. Sirena feribotului a răsunat chiar deasupra noastră. Ea a râs când i-am cerut *semaa* să fac o ofrandă. Mă cutremur. Întâlnesc privirea lui Jamie. Mama o va suna pe mătușa; mă vor căuta și vor contacta poliția. Când vor încerca să dea de tine, Ron o să le spună că și tu lipsești și că a încercat să te găsească.

— A încercat? Ai vorbit cu el? Și atunci, de ce nu e aici cu întăriri? Jamie se holbează la ușă, parcă așteptând ca Ron să dea năvală.

— Mi-a trimis un mesaj azi după-amiază și m-a întrebat dacă mai știu ceva de tine de aseară.

— Nu se poate. Jamie pare nedumerit. Ron ar trebui să primească semnalul de urmărire de la ceasul meu. Și ridică încheietura.

— Serios? întreb eu, impresionată că ceasul lui e un gadget stil James Bond.

— Mda. Prin satelit. Coordonatele locației mele sunt transmise la FBI.

Satelit. Ridic mâna și îi fac semn să tacă.

*Evaluează problema.*

Suntem captivi într-un trailer pe insula Sugar.

Cadrul ruginit al patului scârțâie când mă ridic. Un val de greață și un vârtej și mai puternic se adaugă la durerea mea de cap. Jamie e într-o clipă lângă mine, cu braţe puternice.

La fel m-a ţinut şi pe ring, conducând dansul în timp ce-mi proteja umărul. Asta a fost noaptea trecută. Cum e cu putinţă? O întreagă viaţă de lucruri rele s-a întâmplat de atunci.

— Mulţumesc. Mă trag din mâinile lui.

Lanţul greu e ca un pripon; nu ajung mai departe de masa pliantă din faţa ferestrei.

— Ai...

— Şşşş, îl întrerup. Ascult.

Stăm complet nemişcaţi, ascultând orice sunet în dreptul ferestrei.

Valuri leneşe care se sparg pe un ţărm în apropiere.

— Ce auzi, Jamie? Unchiul David m-a învăţat să evit întrebările cu răspuns sugerat. Altminteri, primesc răspunsul pe care sper să-l primesc.

— Valuri, confirmă el. Le aud de când m-am trezit.

— Ce-mi poţi spune despre tiparul valurilor? Mă simt bine când gândesc ca un om de ştiinţă.

— Sunt doar nişte valuri mici, Daunis.

— Dacă suntem pe ţărmul de vest, orice cargou trece pe aici va genera un... Mintea mea e complet goală când vine vorba despre undele alea care lovesc ţărmul. Urăsc ceaţa asta din creierul meu.

— O undă Kelvin? sugerează Jamie. Ca vineri seara, la stăvilar?

— Da! Exact aşa! Cu cât vasul e mai mare, cu atât unda pe care o creează e mai mare. Ai auzit vreo schimbare a valurilor? În funcţie de trafic, ar putea dura ceasuri întregi până să treacă o navă.

— De ce contează pe ce parte... Vocea i se stinge.

Sunt martoră la momentul cumplit când răspunsul îl izbeşte pe Jamie drept în moalele capului.

— Stânci și peșteri. Vocea lui e ca o ancoră care se scufundă în partea cea mai adâncă a Lacului Superior. Ai spus că în partea estică a insulei sunt doar stânci și peșteri. Și nu ai semnal la telefon decât în apropierea feribotului sau în capătul dinspre nord. Sateliții nu captează semnalele GPS prin piatră, ciment sau apă.

Privirea întunecată din ochii lui mă lasă complet năucită. E ditamai adultul. Are douăzeci și doi de ani. E polițist.

Și totuși, nu știu cum se face, dar eu sunt persoana cea mai puțin îngrozită din trailerul ăsta. Cea care va spune tare și răspicat ceea ce amândoi trebuie să auzim.

— FBI-ul nu știe unde suntem, Jamie. Probabil te cred înecat pe undeva, ca Heather. Ron nu vine.

# CAPITOLUL 46

În tăcerea mohorâtă care urmează, auzim voci apropiindu-se de trailer.

— ... pariez pe o sută de dolari că cineva se clintește săptămâna asta.

Recunosc vocea lui Mike.

— Jucătorii sau proprietarii? întreabă Levi. Vorbesc despre închiderea NHL. Fir-ar al naibii de hochei.

Jamie își scoate repede ceasul, se ghemuiește în fața mea și îmi apucă piciorul neîncătușat.

— Nu era deschis când m-au electrocutat, dar este de când m-am trezit, șoptește, scoțându-mi tenișii și trăgând cureaua elastică a ceasului pe glezna mea. Ar trebui să fie suficientă baterie. Șireturile mele sunt legate lejer, așa că îmi poate trage ușor pantoful în picior. Dacă e vreo șansă să pleci cu ei, ia-l cu tine. Se ridică și se uită în ochii mei: Indiferent ce se întâmplă, Daunis. Ai înțeles?

Sunt prea speriată ca să încuviințez.

O lumină slabă se vede vag prin fereastra murdară când ajung la trailer.

— Nu contează, zice Mike. Cine face prima ofertă are cea mai slabă poziție.

— Nuuu. Levi parcă e un puștan de zece ani.

Se aude o bufnitură, lemn pe lemn. Cineva meșterește la un lacăt.

Levi intră primul. Nu se uită la mine, pune o lanternă de tabără pe masă și ia găleata din plastic care a servit drept oală de noapte. Se duce spre ușă cu ea și se dă la o parte când intră Mike cu o bucată de buștean.

— Hei, porumbeilor, zice el cu un ton mieros. Întrerupem ceva?

Mă aștept să dea năvală și Stormy, cu obișnuitele lui chicoteli, bow-chicka-wow-wow, dar nu apare. Probabil e gorila de pază, stă afară la datorie. Îmi închipui.

Mike deschide ușa cuptorului și împinge lemnul gros peste celelalte bucăți care încă ard zdravăn.

Levi se întoarce și lasă găleata lângă o linie de pe podea trasată cu bandă neagră. La câțiva pași distanță e o altă linie paralelă, tot din bandă.

Linii care marchează aria de acoperire a lanțurilor. O linie pentru picioarele noastre; alta pentru mâini. Găleata, masa și fereastra sunt în interiorul zonei de precauție. Dincolo de ea, cuptorul, ușa trailerului și libertatea.

Mike își scoate vesta vătuită și o agață de cuierul de pe ușă. Stă după masă, sprijinit de peretele trailerului cu o expresie amuzată.

Mă uit fix la Levi, dar fratele meu tot nu mă privește. Își scoate rucsacul și trage din el o rolă de prosoape de hârtie; apoi răstoarnă restul conținutului pe masă. Apă îmbuteliată, băuturi energizante și batoane proteice. Setea mea se trezește la viață când o sticlă de apă se rostogolește de pe masă și ajunge la patul nostru.

Jamie scapă sticla când dă să o ia de jos. O ridică a doua oară și mi-o întinde. Beau pe nerăsuflate jumătate și îi întind restul. El îmi face semn s-o beau pe toată. Apa rece clipocește zgomotos în stomacul meu gol.

— Răsplata ta pentru că ai fost așa de drăguț cu Dauny Defensiva. Mike îi aruncă o apă lui Jamie, care o scapă și pe asta. Bine că nu joci fotbal.

Scrâșnesc din dinți. *Hai, băieți, să vedem cum vă place Dauny Ofensiva.*

— Ce se întâmplă aici, Levi? întreb.

— Avem nevoie de ajutorul tău, zice el, privindu-mă în sfârșit în ochi.

Jamie mă prinde de mână.

Nu e momentul să devină siropos și să mă strângă de trei ori.

Se oprește la două. Codul de la Shagala. Două strânsori înseamnă *Mergi mai departe.*

— Care noi? întreb. Tu și băieții? Mama ta, care m-a drogat? Cine e „noi"?

Levi clatină din cap.

— Știi ceva, dă-i încolo pe toți ceilalți. *Eu* am nevoie de ajutorul tău.

— Și așa îmi ceri tu ajutorul? Clatin piciorul priponit. Ai cumpărat cătușele astea de la Home Depot sau de la Ace Hardware?

— Le-am găsit într-o cocioabă. Presupun că poveștile alea despre Al Capone erau adevărate.

— Așadar, ești gangster aspirant. Și repet prima mea întrebare: Ce se întâmplă aici, Levi?

— O oportunitate de afaceri...

— O *ce?* răcnesc eu.

Mâna lui Jamie mă strânge o dată, tare, ca un șoc. Codul Shagala: *Oprește-te.*

Îi servesc și eu o strânsoare și mai puternică: *Ba nu, tu să te oprești.*

— Ascultă-mă puțin. Înainte de a continua, Levi trage aer în piept; mărul lui Adam i se mișcă în ritmul respirației. Am încercat să te pun în temă în ziua aia, la Chi Mukwa, când l-am pocnit pe măgarul ăla care te-a insultat.

— Pe bune?! Uluirea mea e sinceră.

— Da, mai știi, te-am întrebat dacă ai de gând să rămâi în Sault pentru că te întâlnești cu el. Și face semn spre Jamie. Și dacă noi doi am putea intra în afaceri împreună într-o bună zi.

În ziua aia l-am rugat pe Levi să caute eşarfa tatei. Eşarfa pe care după aceea a minţit că nu o are.

— Şi ce fel de afacere faci tu cu porcăria asta? Scutur din nou piciorul pentru efectul dramatic. Pentru că eu am crezut că vrei să cumpărăm o casă pe care să o închiriem studenţilor, ceva de genul ăsta.

Strângerea dublă de mână a lui Jamie îmi dă de înţeles că am revenit pe calea ce bună.

— Uite care-i treaba... Aşa îşi începe Levi discursurile motivante de căpitan de echipă. Uneori aşteptam pe hol în faţa clasei unchiului tău. Înainte de antrenamente.

— Stăteai afară şi pândeai pe hol ca un ciudat?

Levi a intrat odată să şterpelească snackuri pentru el şi pentru băieţi, dar mereu am crezut că a intrat direct, nu a stat să aştepte pe hol.

Levi dă din umeri şi continuă:

— Te întreba despre nu ştiu ce substanţe chimice. Ce se întâmplă dacă amesteci una cu alta? Şi tu gândeai cu voce tare până ce îţi dădeai seama dacă e ceva otrăvitor sau care ar putea fi reacţia.

Mă trece un fior rece. Ne-a ascultat, pe unchiul David şi pe mine, jucând *Ce s-ar putea întâmpla în continuare?*

— Ştiam că eşti deşteaptă, Daunis, zice Levi. Dar, ascultând cum funcţionează mintea ta, am realizat ce geniu eşti de fapt.

Sunt surprinsă să-i văd expresia plină de admiraţie. Urăsc că primul meu impuls este să mă bucur de zâmbetul lui plin de mândrie.

— Şi pentru mine este o adevărată tortură să stau aici şi să mă uit la voi cum vă învârtiţi în jurul rahatului ăstuia, intervine Mike, care se trage mai aproape de noi.

Mâna fermă a lui Jamie mă trage o jumătate de pas în spate. Adrenalina lui curge prin mâinile noastre împreunate şi îmi inundă şi mie sistemul.

— Uite care-i treaba... imită Mike discursul de lider al lui Levi, de mai devreme. Acum doi ani i-am ajutat pe Levi şi pe Stormy să scrie un plan de afaceri pentru ora antrenorului Bobby. Ne învârteam în jurul unor idei de rahat, francize şi Sfântul Dolar. Şi Levi zice: „De ce dealerii mari de droguri de la oraş ajung să scoată mai mulţi bani *per capita* decât orice membru tribal?" Avea dreptate. Dacă oamenii oricum vor cumpăra chestiile astea, de ce nu le-ar cumpăra local? Se întoarce spre Levi. Tu şi Stormy aţi trimis un plan diferit, nu? Să deschideţi un Tim Hortons în Chi Mukwa, aşa e?

Ceva nu se leagă, nu-mi dau seama exact ce. Chestia pe care Dana mi-a pus-o în ceai... e ca şi cum aş fi cu două secunde în urma fiecărui patinator de pe gheaţă.

— Ce-ar fi să-i spui următoarea parte, despre Travis? zice Mike, luând un scaun pliant şi aşezându-se în interiorul zonei de precauţie. Nu-i oferă unul și fratelui meu.

Când Levi deschide gura să vorbească, gândurile mele zboară în alte locuri. *Asta e. Așa s-a întâmplat. Așa vom sfârşi toţi în trailerul ăsta.*

— Mama lui Travis se întâlnea cu un tip din Las Vegas care a fost angajat la cazinou, la salonul VIP. Scotea bani frumoşi din bacşişuri şi a cheltuit o grămadă cu Angie. I-a luat chiar o maşină nouă.

Încerc să îmi dau seama ce e diferit la Levi. Pare mai tânăr.

— Se pare însă că tipul nu se ocupa numai de pocherul pe mize mari, zice Levi. A făcut-o să treacă de la votcă la metamfetamină. Angie se putea distra toată noaptea fără să fie mahmură a doua zi. A şi slăbit. Le-a dat câteva mostre gratuite de suculeţ din ăsta energizant prietenilor din rezervaţie.

Felul relaxat în care vorbeşte despre metamfetamină mă scoate din fire.

— Cum poţi..., încep eu să mă înfig în el. Dar mâna lui Jamie zvâcneşte puternic, spunându-mi să mă opresc. Gândurile lui sunt şi în capul meu. *Nu te enerva. Lasă-i să vorbească.*

Levi continuă:

— Travis nu mai juca hochei, aşa că pierdea vremea pe la fostul patinoar din oraş cu găinării mărunte. Nu a spus dacă tipul din Vegas i-a dat o mostră gratuită sau s-a servit singur. Travis a zis că *met* nu e mare scofală. Doar că îl ajută să patineze mai repede. Îi dădea forţă să joace ore la rând.

Fratele meu omite să spună care a fost rolul lui în excluderea lui Travis din toate echipele de hochei.

Mike intervine. Ora de spus poveşti în echipă, cum fac de obicei băieţii.

— Tipul din Vegas a început să o ia pe Angie la pumni pentru că nu îşi făcea cota de vânzări. Dat fiind că a făcut asta în afara rezervaţiei, Poliţia Tribală nu se putea atinge de fundul lui de non-nativ. Dar îl putea hărţui, iar cazinoul îl putea concedia. Tata spune că Tribul scapă de zurbagii după o perioadă de probă de un an. Nu au obligaţia să furnizeze o explicaţie, iar cel concediat nu îi poate reclama. Mike adaugă vesel: Cineva i-a dat tipului din Vegas o mostră gratuită de sfat – să dispară cât mai repede din oraş.

— Travis o putea ajuta pe Angie cu afacerea, zice Levi. El a vrut, Daunis. Nu l-a obligat nimeni. Era isteţ şi şi-a dat seama cum să facă *met* chiar mai bine decât tipul din Vegas. Singura lor problemă era extinderea producţiei. Tot ce am făcut noi a fost să investim într-o afacere în creştere.

Doar asta spun ei că au făcut. Numai că...

Levi nu ştie că eu ştiu că a făcut mai mult decât să investească. Şi că nu l-a obligat nimeni să fie cărăuş; Levi era distribuitor, riscându-şi cariera de hocheist...

*Ce ai face tu, dacă ai şti că poţi scăpa, indiferent ce ai face? Dacă ai creşte primind un tratament special? Dacă ai avea un prieten ca Travis, care să ia vina asupra lui pentru o greşeală imensă?*

Mike intervine iar, susţinându-şi colegul de echipă.

— Travis a ajuns cel mai bun client al lui. A început să adauge ciuperci halucinogene în loturile de *met*. Iar la Crăciunul trecut, când plângea după Lily, a experimentat tot felul de chestii nebuneşti, introducându-le în produs.

Încremenesc când îi aud numele.

— Şi Levi a încercat să facă experimente cu metamfetamina, dar fratele tău nu se pricepe deloc la asta.

Mike îi aruncă o privire... plictisită.

Mi se ridică părul pe ceafă.

— De fapt, două, continuă el. Iarna trecută, Levi nu a fost în stare să-i prezinte surorii lui un banal plan de afaceri, când asta ar fi putut preveni toate rahaturile care s-au întâmplat de atunci.

Fratele meu nu îi spune lui Mike să se ducă naibii. Stă acolo şi o ia în barbă.

Detectez o anumită inflexiune în vocea lui Mike acum.

— Dacă ai fost în echipa noastră, Daunis, l-am fi putut ajuta pe Travis. Iar Lily ar fi fost încă în viaţă.

— Să nu îndrăzneşti să vorbeşti despre ea! explodez, cu inima în gât.

E totuşi adevărat. Aş fi putut să o salvez. Dacă...

*Nu cădea în capcana lor, Daunis.* Jamie e din nou în capul meu.

Partea ştiinţifică a creierului meu face un pas în faţă. Rememorez toate momentele când Levi a venit cu o idee, iar Mike a oferit sugestia-cheie şi un plan detaliat. Uneori, o substanţă chimică e inofensivă într-o formă, dar devine toxică în condiţii specifice. Mike e un catalizator.

Când Mike m-a sărutat, una dintre scuzele pe care i le-am îndrugat a fost că fratelui meu n-o să-i placă asta.

*Crede-mă când îţi spun că nu mi-e frică de Levi.*

O fi Levi căpitanul echipei pe gheaţă, dar aici, în trailer, Mike Edwards e la conducere.

— Tu eşti creierul, şuier către Mike. Portarul care anticipează mereu încotro se va îndrepta pucul.

Jamie mă strânge de mână. *Opreşte-te.*

— Of, Dauny, e greu să fii cea mai deşteaptă persoană din cameră. Mike se ridică. Am crezut că noi doi avem ceva în comun. Se pare că tata are dreptate.

Şi îl imită pe Grant:

— Învingătorii sunt cu un pas înaintea perdanților. Învingătorii văd oportunități, perdanții le privesc în oglinda retrovizoare. Credeam că tata mănâncă rahat. Dar Perseverentul G e cu un pas înaintea tuturor. El joacă întotdeauna pe termen lung.

Mike și Levi schimbă o privire. Fratele meu iese, aruncând o privire îngrijorată peste umăr. Îmi fac curaj pentru marea finală, la care el nu vrea să asiste.

— Acum, am o poveste pentru tine, Fiică a Păstrătorului Focului, zice Mike. A fost odată ca niciodată o prințesă deșteaptă, care s-a îndrăgostit de tipul nou venit în oraș. Prințul pe care fratele ei l-a încurajat să se întâlnească cu sora lui. Ei i s-a oferit o oportunitate de a-și ajuta fratele. O alegere: să ajute sau să nu ajute. Să-l salveze pe prinț sau să fie răspunzătoare pentru un sfârșit tragic. Mike cască și își întinde cu nonșalanță brațele deasupra capului. Ne întoarcem mâine după răspunsul tău. De dragul lui Jamie, sper să trăiți fericiți împreună până la adânci bătrâneți.

Mike se îndreaptă spre ușă și dă să pună mâna pe clanță. Se întoarce să ne spună un ultim lucru.

Mă trece un fior. Mâna mea transpirată e în continuare unită cu mâna lui Jamie.

— Nu am crezut niciodată că îmi voi dori să fiu ca bătrânul meu. Dar se dovedește că toate predicile și lecțiile lui m-au învățat cât de important e să îți stabilești un scop și să faci orice ca să-l atingi. Mike învârte clanța. Tata poate fi extrem de perseverent când își dorește ceva. Zâmbește. Dar tu știi totul despre asta, nu-i așa, Dauny Defensiva?

Mi se pune o gheară în piept. Mike știe ce mi-a făcut tatăl lui.

# CAPITOLUL 47

Nu pot respira. În trailer e prea cald. Mă trezesc stând pe pat. Jamie apasă ceva rece şi umed pe fruntea mea. Trebuie să ştiu ce e, ca şi cum acest simplu fapt mi-ar oferi confort. E batista din buzunarul sacoului lui.

— Eşti bine, Daunis. Au plecat. Sunt aici, sunt lângă tine. Eşti în siguranţă. Vocea lui e liniştitoare, dar mă împiedic de ultimul cuvânt: *în siguranţă.*

*Tata poate fi extrem de perseverent când îşi doreşte ceva. Dar tu ştii totul despre asta, nu-i aşa?*

Noaptea trecută Jamie a văzut cum am dat disperată din mâini şi din picioare. A încercat să îl avertizeze pe Ron că ceva e în neregulă. Aştept să repete întrebarea de pe promontoriu.

*Ce s-a întâmplat cu tine?*

Nu o face. Cred că Jamie a început să-şi dea seama.

Pândesc o privire mustrătoare, o dojană, o predică.

Nimic.

Boabe de sudoare mi se preling pe spinare. Adevărată saună în trailerul ăsta. Jamie îmi dă o băutură energizantă şi îmi tamponează iar fruntea. Iau câteva guri şi i-o întind. El desface ambalajul unui baton proteic aşa cum ai coji o banană şi mi-l întinde. Îmi chiorăie stomacul în timp ce îl înfulec. Ca şi cum am împărţi o ţigară, desface alt baton când eu înghit ultima îmbucătură din primul.

— Hai să închidem dispozitivul de urmărire de la ceas ca să economisim bateria, da? Se apleacă spre glezna mea.

Pe laterală are un buton. Dacă îl apeşi în interior, închizi dispozitivul şi rămâne un ceas obişnuit.

Mă aplec şi apăs butonul.

— Ştim că băieţii se vor întoarce după tine. Au nevoie de tine la laboratorul ăla secret al lor, oriunde ar fi el. Să sperăm că e în afara insulei sau măcar într-o zonă unde semnalul poate fi detectat. Imediat ce ieşi din zona stâncilor ăstora, trage butonul în afară şi deschide dispozitivul. Bine?

Mă uit la omul ăsta luminat din spate de o lanternă şi de flăcări portocalii şi care e îngenuncheat în faţa mea. Ce ştiu eu de fapt despre el?

Are douăzeci şi doi de ani. Are epoleţi de poliţist ascunse sub buclele lui şatene. Când râde sincer, colţul cicatricii se încreţeşte. A fost patinator artistic înainte de a trece la hochei. Când e frustrat, se ciupeşte de nas. Nu îşi cunoaşte tribul sau clanul. Degetele lui sunt moi ca o şoaptă pe pielea mea. Scoate măslinele negre din pizza.

Sărută cu încredere, nu se retrage. De la distanţă, ochii lui arată banal, dar de aproape sunt magnifici. A mai fost părăsit înainte. Conduce la limita vitezei legale. Vorbeşte franceza şi spaniola. S-a rugat Creatorului când s-a aplecat să-i verifice pulsul lui Lily la carotidă, s-a rugat să-l găsească. Vrea să aparţină unei construcţii mai mari decât el. E mai puternic decât pare. Mă iubeşte. Şi, în sfârşit: când a fost de acord cu această misiune sub acoperire, nu s-a gândit nicio clipă că se va întâmpla una ca asta.

Incapabilă să mai ţin pleoapele deschise, mă întind pe saltea cu spatele la perete. Metalul rece lipit de tricou mă ajută să nu transpir şiroaie, ca Jamie. Mâinile îmi tremură uşor. Un efect secundar al Rohypnolului, al planului lor sau al amândurora.

Adorm în susurul liniştit al valurilor care mângâie ţărmul undeva, pe insula Sugar.

*Luminile portocalii dansează pe pereţi. Numai că nu mai e trailerul; e o cuşcă toracică, luminată cu fascicule portocalii. Nu doar că sunt în interiorul tigrului; sunt tigrul.*

*Mă las în jos, nevăzută, urmărind trei băieți. Ochii mei nu se dezlipesc de ei până când, la un moment dat, trece lin un superb jaguar negru, Panthera onca. Nu ar trebui să fie aici, atât de sus în nord. Nu e teritoriul lui. Nu vede pericolul până ce nu îl încercuiesc. O bufniță țipă în depărtare. Ceva se târăște în apropiere; rămân ascunsă. Nimeni nu trebuie să știe că sunt aici.*

*Se transformă. Cei trei băieți devin o creatură cu fața lui Levi, păr blond țepos, piept concav și șase brațe musculoase, extensibile precum cauciucul.*

*Jamie, în costum negru, stă acolo unde se afla pantera. Pumnii creaturii sunt ca niște rafale de mitralieră. Cămașa albă a lui Jamie se rupe și lasă la vedere mușchii abdominali pe care deja se formează vânătăi roșiatice. Singurul zgomot e trosnetul înfundat al coastelor lui, când încearcă să își tragă răsuflarea.*

*Ron strigă în depărtare: „Nu-l găsesc, Daunis!"*

*Sar din ascunzătoarea mea secretă, deja simțind gustul sângelui creaturii în gât. Dar sunt trasă înapoi și cad la pământ cu o bufnitură. Glezna mea e legată de un pat vechi.*

*Creatura se transformă în trei băieți pe care nu-i mai recunosc. Rag la fiecare dintre ei. Primul își ferește privirea. Al doilea dispare, ca și cum nu ar fi fost niciodată acolo. Al treilea zâmbește, arătându-și dinții, care sunt mult mai ascuțiți decât ai mei.*

*Jamie se prăbușește cu fața la pământ, rostogolindu-se și lovind aerul înnebunit. Ciulesc urechea după sunetul respirației, dar nu se aude nimic. Mișcările lui încetinesc până ce brațele și picioarele lui înțepenesc.*

*Nu pot ajunge la el. Jamie va muri crezând că l-am abandonat.*

*Respirația fierbinte de pe gâtul meu mă transformă într-o statuie împietrită a unui tigru. Stană de piatră, în timp ce un șarpe urcă în sus pe piciorul meu.*

Mă trezesc cu inima bătând să-mi iasă din piept, cu fruntea şi palmele lipite de peretele rece.

Sunt speriată. Vreau la mama. Trebuie să ies de aici.

Mă învârt în întuneric, dar Jamie nu se clinteşte. Braţul lui mi-a găsit talia şi faţa e înfundată în părul meu. De câte ori expiră, respiraţia lui îşi croieşte drum spre gâtul meu prin claia de păr ciufulit. Ştiu că respiraţia lui Jamie nu e a lui Grant, dar şi spaimele raţionale pot fi înfricoşătoare.

Sar peste Jamie, iar vezica mea plină se mişcă inconfortabil. Nu e prima dată când folosesc o oală de noapte. Cabanele rustice şi adăposturile de vânătoare din UP nu au apă curentă. O găleată afară, în faţa uşii, înseamnă că scapi de un drum în toiul nopţii la latrina plină de păianjeni.

După ce termin, mă aşez pe podea în mijlocul celei mai apropiate linii din bandă adezivă, uitându-mă fix la cuptor. Ridic genunchii la piept, îi cuprind cu braţele. Singurele sunete care se aud sunt valurile domoale din depărtare şi trosniturile unui buştean mai mare din cuptor.

Lemnul nu e solid. E făcut din celuloză, care prin ardere se transformă în gaz. Gazul se adună până ce izbucneşte prin pereţii celulei, prin cel mai vulnerabil punct. Despre asta e vorba în orice explozie: presiunea care găseşte punctul slab.

Încerc să scap de coşmar organizându-mi gândurile.

**Ce ştiu**

1. Băieţii, Grant şi Angie Flint sunt răspunzători pentru furnizarea metamfetaminei.
2. Dana m-a drogat şi m-a adus aici.
3. Îl folosesc pe Jamie ca instrument de şantaj, ca să prepar *met* pentru ei.
4. Nicio şansă să îi dea drumul lui Jamie.
5. Levi e veriga slabă.

**Ce nu știu**

1. Ce face mama în clipa asta?
2. A avut Levi vreun amestec în moartea unchiului David?
3. Cât de implicată e Dana?
4. Cum au fost implicate Robin și Heather? Morțile lor au fost accidentale sau intenționate?
5. Ce planuri are Mike cu Jamie?
6. Cât de departe e dispus să meargă bătăușul lăuntric al lui Stormy când nu i se impun limite?
7. Cum pot să nu-l mai iubesc pe acest frate pe care nu-l mai recunosc?

Stau acolo până ce trailerul se luminează și cântecul lui Zaagaasikwe vestește începutul unei zile noi. Mă ridic, îmi întind picioarele amorțite. Mă dor șalele. Oboseala din ochii mei pare permanentă.

Mă duc la fereastră și, cu mâneca hanoracului, șterg puțin jegul ca să mă uit la zidul de întuneric din jur. Rocă vulcanică metamorfozată. Suntem într-un trailer ascuns în rocă neagră.

— Partea de est, zice Jamie din pat. Nicio îndoială.

Se ridică să facă și el pipi în găleată, apoi se întoarce în pat. Deja lipsit de vlagă, iar din zi abia ce au trecut câteva minute... Aud valurile și în bula transei mele explodează un gând: nu am auzit niciun sforăit. Jamie a fost și el treaz în tot timpul ăsta.

Jamie e în locul în care am stat eu astă-noapte, cu spatele lipit de perete. Bate cu palma în bucata de pat din fața lui și îmi face semn să vin și eu.

— Hai să dormim puțin. Nu se vor întoarce prea repede, iar noi suntem prea epuizați ca să gândim limpede. O să discutăm despre o strategie când n-o să fim așa de amețiți, zice el. Mă întind pe spate lângă Jamie, privind fix tavanul curbat din aluminiu.

Acum e confortabil în trailer, nici prea cald, nici prea frig. Se va răci zdravăn, totuşi, după ce focul se va stinge în cursul zilei. La un moment dat, Jamie va încerca să se ghemuiască lângă mine ca să se încălzească.

Înalţ o rugă tăcută către Creator; îi cer *zoongidewin*. Curaj. Astăzi e o zi pentru curaj.

— Pot să te cuprind cu un braţ? îl întreb.

— Sigur că da, răspunde.

Mă întorc spre Jamie şi îl cuprind cu o mână. Îmi place să simt aşa trupul lui lipit de al meu. Mă calmează să ştiu că nu sunt singură. Respir adânc.

— Tu nu poţi să mă cuprinzi aşa pentru că...

Jamie se încordează. Mă opresc, apoi continui rar:

— ... pentru că Grant Edwards m-a ţinut de la spate când m-a atacat noaptea trecută în camera lui de hotel. M-am dus cu el pentru că a spus că are un filmuleţ de la camerele de supraveghere, în care se vede cum i-am cotrobăit prin birou în seara aceea de duminică, la petrecerea lor.

Jamie nu spune nimic. Mi se pare că a trecut o oră.

— Pleci azi de aici, spune în cele din urmă. Dispozitivul de urmărire îl va aduce pe Ron la tine. Spune-i lui totul; e un agent bun. FBI-ul se va ocupa pe mai departe. Îl vor prinde pe Grant Edwards, iar tu vei putea să uiţi de toate astea, Daunis. O să fie bine, o să vezi.

Nu ştiu dacă chiar îl cred sau îmi doresc cu disperare asta, dar cert e că într-un sfârşit mă relaxez. Pune mâna peste mâna mea, în faţa lui. Cu degetul mare, mângâie pielea fină dintre indexul şi degetul meu mare în acelaşi ritm ca valurile lacului George.

Ne trezim în acelaşi timp, când auzim voci care se apropie de trailer. Ne năpustim amândoi să ne ridicăm în picioare lângă pat. Fiecare întinde mâna după mâna celuilalt în acelaşi timp.

Sunt uşor ameţită pentru că m-am ridicat prea repede şi inima îmi bate repede de frică.

— Voi accepta tot ce spun ei, şoptesc. Îi voi spune totul lui Ron de îndată ce mă găseşte. Ne vom întoarce după tine.

Jamie înghite o gură de aer, ca şi cum ar urma să se scufunde într-o piscină adâncă.

— Te iubesc, spune repede. Indiferent ce s-ar întâmpla, Daunis, te iubesc. Dacă lucrurile merg prost, salvează-te şi fugi departe de aici.

Buzele mele sunt lipite de urechea lui.

— Ai încredere în mine. Levi e veriga slabă.

Nu ştiu de ce, acum adevărul contează. Pur şi simplu, asta e.

— Te iubesc, *Ojiishiingwe*.

# CAPITOLUL 48

Își repetă intrarea de seara trecută. Levi intră primul și se duce direct la găleată. Mike se duce la sobă. A adus numai un buștean mic. Simt un bolovan în stomac la gândul că s-ar putea ca Jamie să nu trăiască suficient ca să merite unul mai mare.

— Ia spune, prințeso, ce-o să fie? întreabă Mike după ce își termină sarcinile.

Las mâna lui Jamie și fac un pas în față.

— Ce garanție îmi dai că Jamie o să fie teafăr dacă eu sunt de acord să te ajut? îl întreb pe Mike. Pentru că nu am încredere în Levi.

Mike clipește năucit.

— Cum? exclamă ascuțit Levi, complet șocat.

— M-am bâlbâit cumva? Vocea mea e glacială. Ești un mincinos și un șarpe. Mă uit la Mike și repet întrebarea: Ce garanție am că Jamie o să fie teafăr dacă sunt de acord să te ajut?

Mike mă măsoară cu capul într-o parte, încruntat și cu buzele strânse, de parcă ar fi un Nish care dă instrucțiuni.

— Ce tot spui acolo, Daunis? întreabă Levi.

— Ai mințit despre eșarfa tatei, clocotesc eu. Știai cât de mult înseamnă pentru mine și ai spus că nu ai găsit-o. Dar știai exact unde este. Mai fac un pas înainte, cât îmi permite lanțul. Am găsit-o ieri în dulapul tău.

Dacă ai minţit despre eşarfa tatei, tot ce iese din gura ta e dubios. Îi arunc o ultimă privire dezgustată fratelui meu şi mă întorc spre Mike. Măcar eu şi Mike ne înţelegem unul pe altul. Nu-i aşa?

Mike afişează un rânjet care îmi aminteşte de tatăl lui. Îmi înghit gustul amar din gât. Masca mea e una de detaşare rece cu Mike şi furie neînfrânată faţă de Levi.

— Ce faci, Daunis? sare Jamie, alarmat.

— Tu mi-ai spart camera? Levi e năucit, înfuriat şi jenat. Un vârtej de emoţii amestecate, dar totuşi sesizabile.

— Mda.

— Sunt impresionat, prinţeso, spune Mike şi face un pas în interiorul zonei de precauţie. Pune piciorul pe masă.

— Piciorul?

Mă lupt să păstrez un ton calm. De unde ar putea să ştie de ceasul de la glezna mea?

— Vrei să scapi de priponul ăla metalic, nu? Iar tu, Făt-Frumos – şi arată către Jamie –, întinde-te în pat cu faţa la perete şi nu încerca nicio năzdrăvănie. Doar dacă nu preferi să fii electrocutat.

Urmăm amândoi simultan comenzile lui Mike. În spatele meu, patul ruginit scârţâie sub mişcările lui Jamie. Eu trag masa pliantă mai aproape, ca să pot ridica piciorul pe ea.

Mike se apleacă peste masă şi vâră o cheiţă în lacătul de la glezna mea.

Piciorul meu proaspăt eliberat se simte ca şi cum ar vrea să-şi ia zborul. Acum piciorul drept e cel care poartă greutatea lumii din jurul lui.

— Mulţumesc, zic. Mike zâmbeşte binevoitor.

— Poţi să te ridici, Făt-Frumos, zice. Prinţesa Daunis va fi în siguranţă pentru că îi voi spune lui Levi să aibă grijă de ea.

— Aşadar, mă duceţi la locul unde faceţi metamfetamina? îl întreb pe Mike cu un oftat de uşurare special montat pentru el.

— Ăsta-i planul, răspunde. Deşi, sincer să fiu, mi se pare că eşti mult prea îngrijorată pentru siguranţa unui tip pe care l-ai înşelat.

— Cum? sar Jamie şi Levi la unison.

— Dauny şi-a tras-o cu tata la *Shagala*. În sfârşit, zâmbetul i se reflectă în ochii reci, albaştri.

Mă trag înapoi. Mike îşi imaginează că a fost un act consimţit? Îmi vine să explodez.

Nu-mi pot retrage reacţia evidentă, vizibilă, aşa că o transform în furia de a fi dată de gol. Pentru a o face mai credibilă, adaug o fâţâială jenată şi câteva priviri inconfortabile spre Jamie. El se prinde imediat. Ştiu că îşi joacă rolul, dar privirea lui rănită şi nedumerită mă străpunge.

— Eşti o infidelă? Levi se uită la mine ca şi cum aş fi o străină. Nu-mi dă vreme să răspund, că se întoarce imediat spre Mike: Ai ştiut?

— Ştiu întotdeauna când tata aleargă după vreuna. Mike ridică din umeri. E aşa de previzibil. Nu mă lasă să am o iubită în timpul sezonului de hochei. În schimb, el regulează tot ce prinde şi mama se preface că nu vede. Apoi se înfoaie la mine. I-a dat papucii lui Robin şi a început să umble după tine. Adio, vechituri, bun venit, prospături.

În timp ce îl fixez pe Mike, un gând supărător îmi dă târcoale. Acum trei ani a dus-o pe Robin la *Shagala*, iar acum două săptămâni m-a sărutat pe mine. Poate atenţiile lui Mike nu aveau nimic de-a face cu mine, ci în realitate el încerca să îi demonstreze ceva tatălui său.

Nu mă pot lăsa distrasă. Trebuie să mă ţin de planul pe care l-am pus la punct azi-dimineaţă, în timp ce priveam cum ard buştenii. Planul meu era să ajung la veriga slabă.

— Bun, acum, că i-ai spus lui Levi ce şarpe e, începe Mike, iar el ştie adevărul despre sora lui, curva pucului... cred că el ar trebui să fie cel care te duce la noul tău loc de muncă. Eu stau aici cu Prinţul Jamie cât timp voi, frăţiorii, sunteţi plecaţi.

Mike e mulţumit de el însuşi. A pus la cale vrăjitoria asta, o tripletă ca la hochei, când un jucător înscrie trei goluri într-un meci. Dezvăluirea secretului l-a întors pe Levi împotriva mea. Distrugerea relaţiei cu prietenul meu. Şi mi-a demonstrat că el conduce jocul şi e mai deştept decât mine.

— Vrei să spui ceva înainte de a pleca? mă întreabă el.

Mă întorc spre Jamie şi îi spun cu cea mai jalnică voce:

— Îmi pare rău, a fost o greşeală prostească. Nu a însemnat nimic. Voi face orice ca să mă revanşez faţă de tine.

Sunt cu spatele la Mike şi la Levi, nu pot vedea când îi fac semn cu ochiul. *Ai încredere în mine. Levi e veriga slabă.*

Planul era de a găsi o cale de a-l separa cumva pe Mike de Levi. Singura mea şansă de a încerca să-l aduc pe fratele meu pe calea raţiunii era să fiu singură cu el. Speram că, dacă mă vor scoate din trailer, voi fi numai cu unul dintre ei, nu cu amândoi. Trebuia să mă asigur că acesta va fi Levi, şi cea mai bună cale de a face asta era să-l conving pe Mike că nu vreau să mai am vreodată de-a face cu fratele meu.

Mike mi-a arătat seara trecută că îi place să aibă oportunitatea de a mă zgâlţâi. Face parte din nevoia lui de a demonstra că e masculul alfa din această operaţiune.

Îmi păstrez masca, jucând rolul fetei care tocmai a aflat cine e şeful.

— A, Dauny, dacă Levi nu se întoarce aici în două ore, Făt-Frumos al tău nu va avea parte de un sfârşit fericit.

Mike îmi face semn să merg spre uşă cu Levi. Arunc o ultimă privire furioasă spre Mike, în timp ce în sinea mea mă abţin din răsputeri să nu izbucnesc într-un bucuros Dans al Fumului. Planul meu merge exact cum am sperat.

# CAPITOLUL 49

Îl urmez pe Levi spre nord, de-a lungul ţărmului, ca şi cum aş fi legată de piciorul lui. Cercetez împrejurimile, uitându-mă după ceva familiar care să îmi indice unde ne aflăm. Nasul meu se bucură de toate mirosurile minunate din afara trailerului: apa proaspătă în aer, lichenii cu miros de peşte de pe bolovani, aroma frunzelor care putrezesc şi familiara alinare a pinilor şi cedrilor.

Levi coteşte spre o peşteră din stâncile negre, cu un pârâu care curge spre râu. Peştera se dovedeşte a fi un tunel care se deschide în pădure. Traversăm pârâul păşind pe nişte pietre plate care formează un fel de punte.

Mă împiedic cu dreptul de ultima piatră alunecoasă şi îmi scapă piciorul în apă. Degetele mele se bălăcesc în apa rece şi tresar ca electrocutată.

Aş fi putut distruge totul dacă mi-ar fi scăpat piciorul complet în apă şi aş fi udat ceasul.

Oprindu-mă să îmi frec piciorul cu mâini tremurânde, trag butonul dispozitivului de urmărire de pe partea laterală a ceasului prins de glezna mea dreaptă. În zece secunde îl prind din urmă pe Levi, exact când ne apropiem de un crâng de pini.

Între pini e parcată o camionetă veche. Se integrează bine în decor; astfel de camionete ruginite pot fi văzute zăcând pe toată insula, în tot ţinutul. Nishnaab şi Zhaaganaash le spun, deopotrivă, rable de rezervaţie, indiferent cui aparţin de fapt. Unele pier de o moarte lentă, prin oxidare, pe un teren plin de bălării sau în spatele unui hambar cu tot felul de vechituri părăsite. Rabla asta de rezervaţie e încă foarte bună pentru umblat prin noroaie sau pentru tractat un adăpost pentru pescuit pe un lac îngheţat.

Levi bagă cheia în contact şi porneşte motorul. Schimbătorul de viteze se întinde din cutia de direcţie ca un braţ slab, ridicat în semn de salut. Când mă aşez pe scaunul din faţă, pe locul pasagerului, am sentimentul că ceva mi-e familiar la camioneta asta. Degetul meu găseşte o julitură în vinilul kaki, una despre care ştiam că acolo trebuie să fie.

Asta e camioneta pe care a folosit-o Dana ca să mă aducă pe insula Sugar.

Pinii cedează locul mestecenilor. Şofatul în zigzag al lui Levi nu are altă explicaţie decât urmele de cauciucuri lăsate în frunzele uscate căzute pe jos pe drumul pe unde trebuie să fi venit. Urmele astea sunt ca un şir de firmituri de pâine.

Levi nu începe să vorbească până ce cărarea prin pădure nu devine un drum îngust.

— Nu pot să cred că l-ai înşelat pe Jamie. Credeam că eşti mai bună de-atât.

Ăsta e primul lucru pe care mi-l spune?

— Nu l-am înşelat. Tatăl lui m-a violat.

Levi întoarce rapid capul şi se răsteşte la mine.

— Nu asta mi-a spus Mike.

— Am nevoie de o dovadă ca să mă crezi? Vocea mea e şovăielnică, pentru că întrebarea lui e răspunsul meu.

Trag fermoarul hainei şi smulg tricoul şi breteaua bustierei de pe umăr. Vânătăile făcute de degetele lui au devenit din roşu întunecat purpurii.

— Păi cum ai ajuns singură cu Grant? mă mustră el. Credeam că eşti mai deşteaptă decât atât. Toată lumea ştie că tipul e dubios.

— Asta contează acum, Levi? Clipesc repede ca să-mi alung lacrimile și mă străduiesc să mă concentrez, să rețin stânca în formă de cupolă care se înalță de-a lungul drumului ca o mică *madoodiswan*. L-ai bătut pe colegul tău de echipă pentru că s-a legat de mine la Chi Mukwa în ziua în care m-ai întrebat dacă vreau să intru în afaceri cu tine, zic.

El ocolește un mesteacăn căzut care bloca drumul, cu ochii lipiți de cărare, în timp ce eu continui să vorbesc.

— E atât de greșit, Levi. Toată povestea asta e o greșeală. Tu, implicat în afacerea cu metamfetamină. Tu, apărându-mă de fiecare dată, numai acum, nu. Tu, lăsându-l pe Mike să conducă treburile. Darul tău de ziua mea din dulapul meu. Mama ta drogându-mă. Și unchiul David... ai avut ceva de-a face cu moartea lui?

— Nu, răspunde imediat Levi. Mike a crezut că, dacă unchiul tău va încerca *met*, va fi stimulat să producă marfă de calitate. Numai că el și-a injectat prea mult dintr-odată. Mike a crezut că a făcut-o intenționat. Nu am fost acolo când s-a întâmplat.

— Stimulat, zic pe un ton tern. De-aia ai pus cutia cu pucuri în dulapul meu? Mărul lui Adam îi joacă, dar nu răspunde. Ce se va întâmpla când veți merge prea departe cu Jamie și îl veți scoate din ecuație? Știu că nu-l veți lăsa să plece. Vei fi alături de ei când vor încerca să mă „stimuleze" și pe mine?

— Mike nu ți-ar face niciodată rău. Cutia cu pucuri nu a fost decât o variantă de rezervă. O asigurare dacă încerci să o ștergi. Nu aș fi jucat niciodată cartea asta, dar Mike zice că trebuie să fii ferm și să îndrumi soarta adversarului tău.

— Eu sunt adversarul tău? întreb încet.

— Nu. Levi scuipă. E doar o plasă de siguranță, ca să rămâi la bord. O să-i dăm drumul lui Jamie, iar el o să-și țină gura. Îl putem speria ca să nu vorbească, insistă el.

— Cum l-ai amenințat pe TJ că-i termini cariera de fotbalist? zic. Nu poți avea încredere în ceea ce spune Mike. M-a sărutat în dormitorul lui în noaptea aceea de duminică, ştii tu, când m-a ajutat cu setarea BlackBerry-ului. A trebuit să îi dau o jumătate de duzină de motive pentru care nu sunt interesată de el. Când am pomenit de tine, a zis că ar putea fi secretul nostru. Mike nu e prietenul loial pe care-l crezi. Te rog, ascultă ce-ţi spun, Levi.

Levi se cufundă în tăcere în timp ce ieşim din păduri. Traversăm un câmp care odinioară trebuie să fi aparţinut de o fermă. Acum s-a întors la stadiul iniţial. Pe el creşte *mashkodewashk*. Mă întreb ce soi de salvie e, femelă sau mascul. Apoi mă întreb de ce mă întreb chestia asta.

Maşina rulează pe un drum prăfuit. Văd un panou de semnalizare îndoit și măcar recunosc locul în care ne aflăm. Se îndreaptă spre vest, către drumul principal care străbate insula de la nord la sud.

Inima îmi bubuie cu putere, în aşteptarea următoarei curbe pe care o va lua Levi. Dacă o ia la stânga, înseamnă că ne ducem într-un loc de pe insulă unde nu am nicio şansă să prind vreun semnal. Dacă o ia spre dreapta, mergem către feribot sau la o locaţie secundară din nord, unde există o mică şansă să ajungă semnalul.

Singura mea şansă e să facă dreapta.

Când iese la drumul principal, Levi face o pauză atât de lungă, încât îmi vine să-mi vomit şi sufletul din mine. Mă uit în poală, la palmele mele care se odihnesc pe blugii negri.

O ia spre nord şi cât pe ce să izbucnesc în plâns de bucurie.

Dacă ceasul lui Jamie de la glezna mea transmite ceva.

Dacă am reuşit să-l deschid cum trebuie pe pietre, când Levi era cu spatele la mine.

Dacă Ron ar putea aştepta pe continent, poate organizând un punct de control pentru toate maşinile care

ies de pe feribot, ca în noaptea în care a murit Lily. De data asta ar fi ca să ne găsească pe noi, pe mine şi pe Jamie.

Dacă m-aş putea întoarce la trailer în mai puţin de două ore, ca să-l salvăm pe Jamie. Cât a durat până am ajuns aici?

După ce se vor face arestările, oare insula Sugar şi tribul meu vor fi tocate mărunt de cei din oraş, care vor avea grijă să îşi ia cuvenita distanţă faţă de noi?

— Cine mai este amestecat în povestea asta?

Numesc doi nativi din echipă, unul care a absolvit odată cu mine, altul cu TJ.

Levi scutură din cap.

— N-ai înţeles nimic. Nu e vorba despre Mike şi nişte „piei roşii". Îmi muşc buzele ca să nu-l cert pentru folosirea insultei rasiste. Suntem noi doi, eu cu Mike, şi nişte sărăntoci care au nevoie de bani. Rob, Max şi Scotty.

Uşurarea mea când aud numele acestor Zhaagaanash e alungată de vină şi furie. Acum nu mai pot spune că e o făcătură a indienilor. Pentru că aşa vor încerca.

— Levi, de ce te-ai implicat *tu* în asta? Nu poate fi vorba despre bani. Adică, ai deja indemnizaţia.

— Sigur, pentru *tine* banii nu înseamnă cine ştie ce. E prima dată când pare furios. Mama zice că atunci când cazinoul va face implozie, ca mai toate afacerile lucrative tribale, nu ne vom mai putea baza pe Trib pentru nimic altceva. Nu voi accepta să fim iar nişte Nishnaash amărâţi, care se zbat pentru câteva firimituri. Dacă vrei ceva, spune-o cu voce tare şi ia hotărârea în inima ta să faci tot ceea ce e necesar ca să înfăptuieşti ceea ce îţi doreşti. Mama a spus că aşa a obţinut tot ceea ce a vrut.

— Şi pe tata? izbucnesc, înainte de a apuca să realizez că nu mă va ajuta deloc în situaţia actuală.

— Nu a fost doar ea, spune el înverşunat. Mama nu a înşelat niciodată. El a înşelat-o pe mama ta.

Levi vorbeşte ca un băieţel. Unul speriat.

— Levi, de ce ai minţit despre eşarfa tatei? întreb încet în timp ce el conduce spre nord, pe artera principală de pe insulă.

— Nu ştiu! Vocea i se frânge. Am găsit-o când eram mic şi mama, când a văzut-o, a înnebunit de tot. A zis că a fost un dar al mamei tale pentru el. O eşarfă din caşmir scump, de culoarea ochilor ei. Ori de câte ori tata o purta, era felul lui de a-i spune mamei că ar fi trebuit să fie cu mama ta, nu cu ea.

Accelerează aşa de abrupt, că ne zgâlţâim cu camionetă cu tot, ca un bătrân forţat să sprinteze.

— Probabil m-am gândit că, dacă ai avea eşarfa, ai purta-o şi ar fi ca şi cum i-ai bate de fiecare dată obrazul mamei pentru ceea ce a făcut în noaptea aia, pe insulă. L-a pus pe tatăl lui Macy să bea cu tata până ce n-a mai putut merge, pentru ca după aia să-şi poată încerca norocul cu el.

Aş vrea să opresc timpul, ca să pot digera fiecare cuvânt rostit de fratele meu. Dar trebuie să mă concentrez asupra planului meu. Vieţile noastre depind de asta.

Levi întoarce spre vest, spre şoseaua pavată care duce către îmbarcare. Se aude sirena feribotului şi tremur de frică la gândul că l-am ratat şi va mai trece o jumătate de oră până la următorul.

— Mama l-a dorit teribil de tare pe tata, m-a vrut pe mine şi a făcut toate astea posibile. Nu te puteam lăsa să porţi eşarfa aia. Pur şi simplu, nu am putut. Daunis, te rog să nu o porţi niciodată în faţa ei.

Oftez uşurată când intrăm în şirul de maşini care aşteaptă la feribot.

— Bine, Levi. Îţi promit că n-am să port eşarfa.

Acum el e cel uşurat.

— Noi nu suntem responsabili pentru alegerile lor, spun. Iubim nişte oameni imperfecţi. Îi putem iubi fără să le aprobăm acţiunile şi credinţele.

Lui Levi îi tremură buza de jos. Pare pe punctul de a izbucni în lacrimi. La fel și eu.

— Levi, nu regret alegerea Danei din noaptea petrecerii de pe insula Sugar, pentru că mi-a adus un frate. Și te iubesc.

Zâmbește și o lacrimă se rostogolește pe obrazul lui. Încep să sper că vom ieși din mizeria asta.

— Putem face asta, Daunis, exclamă el înflăcărat. Noi doi. Putem găsi o modalitate de a cumpăra toate celelalte rețele și putem conduce numai noi doi jocul. Nimeni nu ne va suspecta vreodată. Am fi de neoprit. Expresia lui e absolut radioasă.

Mie mi se frânge inima în două și ceva iese din ea. Orice ar fi, rămâne în urmă, pe insula Sugar. Levi cere bilet pentru ultimul loc liber de pe feribot. Mă uit în spate, așteptându-mă cumva să văd o dâră de sânge proaspăt pe jos, în urma noastră. Rampa hidraulică se ridică asemenea unui pod basculant. Mă uit în față, la sirena feribotului.

— Am fi de neoprit pentru că tu scapi întotdeauna, indiferent ce ai face? întreb cu voce pierită. Ca atunci când Travis a luat asupra lui vina de a fi tras cu pistolul cu aer comprimat și doamna s-a rănit la ochi?

Pe fața fratelui meu se citesc șocul, teama, vina și rușinea. Apoi se luminează și apare masca obișnuită.

Scoate un telefon din buzunar, formează un număr și dă instrucțiuni cuiva să vină să îl aștepte la feribot. Mă aștept să aud vocea lui Grant, dar cel apelat nu zice nimic.

Amorțeala din umăr parcă s-a răspândit în tot corpul meu.

— Pune-ți asta, zice, întinzându-mi o șapcă. Când refuz, adaugă: Îi spun lui Mike.

Mă supun și, în timp ce o fac, mă gândesc la Jamie, singur în trailer cu Mike Edwards.

*Evaluează problema.* Jamie e în pericol și Ron nu știe unde suntem.

În mașina de alături, Seeney Nimkee mă privește fix.

Inventariază-ţi resursele. Una dintre Bătrâni.

Ochii mei imploră. *Ajută-mă. Ajută-mă. Ajut-mă.*

Când elicea se învârte invers şi feribotul se zgâlţâie, îmi dau seama că în parcarea de pe continent nu e nicio baricadă, nicio maşină de poliţie. Nimeni nu vine să mă salveze. Ceea ce înseamnă că nu îl voi putea salva pe Jamie.

Este coborât podul. Maşinile se înşiră în faţa noastră.

Levi claxonează, pentru că maşina din faţă nu a pornit motorul.

— Ce dracu, Minnie! Porneşte odată maşina aia nenorocită, ţipă el la Mustangul roşu din faţă.

Mă mai uit o dată la Seeney. La început, am impresia că ne spune să trecem în faţă. Dar când gura ei se mişcă din nou, înţeleg că mi se adresează numai mie.

*Coboară.*

# CAPITOLUL 50

Am o secundă, ca atunci când cade pucul, când totul e calm şi liniştit. Suficient pentru o respiraţie adâncă şi o expiraţie prelungă, lentă. Apoi timpul se repune în mişcare şi îşi vede de goana lui.

Levi o înjură iar pe Minnie. Pun mâna pe mânerul de pe portieră şi sunt afară din maşină înainte de a fi apucat să termine propoziţia. O clipă mai târziu, sunt pe bancheta din spate a maşinii lui Seeney.

Bagă maşina în marşarier, accelerează şi ţâşneşte înainte, răsucind de volan. Se aude scrâşnetul metalului care se ciocneşte de metal şi Seeney îl împiedică pe Levi să urmărească ruta mea de scăpare.

Minnie nu s-a mişcat. Camioneta lui Levi e prea aproape de partea din spate a podului basculant ca să poată face vreo manevră. Nu are loc de întors, poate doar la stânga. Vederea mea e blocată de camionetă.

Înşfac telefonul ei din suportul pentru pahar şi îl sun pe Ron. Răspunde.

— Jamie e pe insula Sugar, strig. Într-un trailer ascuns pe ţărmul de est lângă nişte roci negre vulcanice, la aproximativ treizeci de metri de o peşteră, un fel de tunel care are pe o latură un fel de pisc plat. Mike Edwards o să-i facă rău.

Deschid portiera din dreapta, ies din maşină şi mă duc în spatele camionetei ca să ocolesc pe cealaltă parte.

Lincolnul lui Jonsy Kewadin. Cel pe care îl numeşte căluţul lui.

Înjurând de zor ca în zilele lui bune la Marină, Jonsy stă în maşină cu ambele picioare proptite de portiera deschisă dinspre partea pasagerului. A încropit astfel o blocadă aproape paralelă care îl împiedică pe Levi să evadeze.

Vântul îmi zboară şapca de pe cap. Părul îmi vine-n faţă. Alerg pe puntea feribotului până ce ajung în faţa maşinii lui Minnie. Mustangul ei nu s-a clintit.

Nu ştiu cum au făcut, dar aceşti trei Bătrâni s-au coordonat şi au organizat o salvare.

Minnie lasă geamul jos şi strigă:

— Urcă, fata mea. *Ambe.*

Fac cum îmi spune Bătrâna şi urmăresc mişcările lui Levi, simţindu-mă în siguranţă în maşina lui Minnie.

Încearcă să lase în jos geamul dinspre scaunul pasagerului, ca să se strecoare afară. Ceva nu merge, pentru că Levi începe să izbească în stânga şi-n dreapta ca un copil care are o criză de nervi.

Seeney urmează modelul fratelui meu şi coboară ea însăşi de pe scaunul pasagerului din maşina ei. Aleargă în faţa feribotului. În loc să continue în jos, pe rampă, se întoarce şi vine spre noi, pe punte.

Arată spre Levi cu o mână, în timp ce cu cealaltă întinde Creatorului o pană invizibilă.

Seeney scoate un chiuit, un tril ascuţit: Lee-lee-lee-lee-lee!

Minnie i se alătură, claxonând. Jonsy claxonează şi el.

În cele din urmă, Levi reuşeşte să lase geamul jos şi se rostogoleşte peste maşina lui Seeney. Trece în fugă pe lângă maşina lui Minnie, continuând spre rampa feribotului. Vorbeşte la telefonul cu clapetă pe care l-a folosit adineauri.

Seeney îşi continuă trilul şi rămâne cu mâna ridicată în faţa siluetei care se îndreaptă în goană direct spre ea.

Sar din mașina lui Minnie în clipa în care realizez că Levi nu are de gând să o evite pe Seeney. Trebuie să creeze o diversiune ca să scape.

Levi se izbește în ea. Continuă goana pe rampă, în jos, și traversează parcarea.

Alerg la Seeney, care e trântită pe spate, cu brațul încă ridicat deasupra capului. O rafală de vânt o izbește din plin; trage cu sete aer în piept.

Îmi crește inima când aud ce iese din gura ei.

Căci Seeney își continuă trilul. Iar eu știu ce înseamnă. *Am înfruntat noi altele, mai rele decât tine, și tot aici suntem.*

Este cântecul nostru de supraviețuire.

Minnie, Jonsy, pasagerii de pe punte și oamenii care așteaptă în mașini sar să o ajute pe Seeney, iar eu alerg după Levi. Ajunge în capătul îndepărtat al parcării și continuă spre terenul de golf din josul drumului. Are un avans prea mare. Nu-l pot ajunge din urmă pe fratele meu alergând.

Gândește, Daunis, gândește.

Scanez șirul de mașini care așteaptă la feribot. Nu văd niciuna cunoscută, până ce un Range Rover negru intră în rând.

Mașina lui Grant. A venit să-l ia pe Levi. Ron trebuie să afle despre implicarea lui Grant. Dar telefonul mobil al lui Seeney e în mașina ei.

Înainte să mă întorc după el, un claxon îmi atrage atenția. BMW-ul antrenorului Bobby trage lângă mine. El mă poate ajuta.

— Bobby, am nevoie să mă duci undeva. Și vreau telefonul tău. Trebuie să-l urmărim pe Levi.

— Sigur, zice el fără ezitare. Urcă.

Asta și fac. Mă privește cu o expresie de așteptare în ochi și îmi dau seama că vrea să îmi pun centura. E ridicol, sincer. Să te preocupe asemenea fleacuri când noi suntem în plină criză.

— Pe bune? Ridic tonul, dar mă supun. Ai de gând s-o faci pe domnul „Siguranța înainte de toate"?

Bobby iese din parcarea feribotului și virează la stânga, spre terenul de golf. Își ia mobilul din suportul pentru pahar. Îl mută în mâna stângă, departe de mine.

Dau glas nedumeririi:

— Pe bune...

Stai așa... Nu i-am spus încotro s-a îndreptat Levi. Antrenorul nu a întrebat.

Mă uit în spate, la mașinile care așteaptă la feribot. Mașina lui Grant nu s-a mișcat.

În Green Bay, Bobby a zis că Grant a donat pucurile pentru un program tribal pentru tineret, dar că nu vrea să vorbească despre asta pentru că nu-i place publicitatea. Dar când Grant și-a donat serviciile de avocat pentru înființarea fundației lui Robin, a făcut din asta o oportunitate și a apărut pe prima pagină a *Evening News*.

Grant Edwards nu a fugit niciodată de publicitate.

Antrenorul Bobby a mințit.

Partenerul lor e un profesor de afaceri de la liceu. Un antreprenor. Un jucător. Câștiguri mari și pierderi pe măsură. Unul care a demarat multe afaceri mici, dar nu și-a luat niciodată zborul. Până într-o bună zi.

— Pariez că ți-ai dori ca în clipa asta să joci hochei pe linia de apărare, spune el.

# CAPITOLUL 51

— Fii deşteaptă, Daunis. Nu fugi, zice antrenorul.

Respectarea instrucţiunilor antrenorului Bobby LaFleur mi se pare firească. Memoria muşchilor din acel Înainte.

Bobby ascultă mereu radioul public. Toate serile în care m-a adus acasă după antrenamente. Când ne întorceam noaptea târziu de la meciurile din deplasare.

A avut grijă de mine. M-a apărat când ceilalţi antrenori de la liceu au zis că o fată nu are ce căuta în echipa de băieţi a seniorilor. *Taci şi trateaz-o ca pe orice alt jucător.*

— După ce te instalăm lângă Raco, în mijlocul pustietăţii, o să faci tot ce zicem noi. Uită de prietenul tău. E terminat, zice antrenorul cu un calm terifiant.

*Ba nu, Jamie nu e mort. Mike nu ar...*

Nu mai sunt în stare să cântăresc ce sunt şi ce nu sunt în stare să facă oamenii.

Antrenorul continuă:

— O să prepari cea mai bună metamfetamină şi mama ta rămâne în viaţă.

Stimulentul nu mai este Jamie. Îi vor face ei rău. Ar fi trebuit să o sun pe mama de pe telefonul lui Seeney. Ar fi trebuit să o avertizez.

Dacă mă duc la laboratorul lor mobil de *met*, nu-i voi mai vedea niciodată, nici pe mama, nici pe Jamie. O vor ţine aşa, îi vor ameninţa la nesfârşit pe cei pe care îi iubesc, ca să mă oblige să fac ce vor ei. Poate următorii vor fi mătuşa şi gemenele. Unul câte unul.

Antrenorul trage pe terenul de golf, lângă garajul pentru echipament. Fratele meu iese din el şi aleargă spre maşină. Cât ai clipi, Levi e pe banchetă, drept în spatele meu.

Răsuflă greu şi se foieşte pe scaun ca să treacă mâna peste spătarul meu şi să pună mâna pe umărul stâng. Cel despre care ştie că mă doare permanent. Cel cu vânătaia în formă de muşcătură. Fratele meu nu face nimic, doar stă cu mâna pe umărul meu. E o ameninţare şi o trădare.

Un suspin adânc iese direct din inima mea.

Antrenorul ridică din umeri – *mare păcat, aşa de trist* – ca şi cum m-aş fi plâns de cine ştie ce lovitură primită pe gheaţă.

*Nu putem controla loviturile proaste, Fontaine, dar ce putem controla?*

Iar eu aş răspunde: *Îmi pot controla reacţiile. Modul în care trec mai departe. Mă concentrez la următorul meci.*

Când antrenorul intră iar pe şosea, încep să se audă în depărtare sirenele maşinilor de poliţie. Oare ajung în sfârşit Ron şi colegii lui? Dispozitivul meu de urmărire i-a adus aici? Sau răspund apelului căpitanului feribotului, care trebuie să fi anunţat că o Bătrână a fost atacată de căpitanul echipei Supes?

Levi se întoarce şi se uită în urmă. Ştiu asta pentru că mâna lui se ridică de pe umărul meu stâng. Antrenorul clatină uşor din cap în timp ce priveşte în oglinda retrovizoare.

Sunt singura care se uită înainte, concentrată asupra următorului joc. De aceea eu sunt cea care vede maşina poliţiei tribale care se apropie din direcţie opusă. Pe scaunul şoferului se zăreşte o siluetă masivă.

Tot încurc personajele pozitive cu cele negative.

Cu viteza luminii, pun mâna pe volan şi îl trag spre mine. Ieşim instantaneu de pe şosea şi lovim un copac cu suficientă forţă şi într-un unghi îndeajuns de păcătos încât fundul maşinii să se învârtă şi să se lovească de alt copac.

Următorul lucru pe care-l ştiu e că mă doare faţa. Încerc să rememorez ce s-a întâmplat.

Am ridicat instinctiv braţele când am ieşit de pe şosea. Airbagul s-a deschis cu suficientă forţă, încât m-am pocnit în faţă cu propriile mele antebraţe. Ceva mi se prelinge pe buze. Simt un gust metalic şi sărat. Îmi sângerează nasul. Amândoi umerii mă dor cumplit. Centura de siguranţă de pe pieptul meu e foarte strânsă. Abia acum realizez cât de greu e să respiri. Plămânii îmi explodează când reuşesc să desfac centura. Îmi revine vederea. Eram pe punctul de a-mi pierde cunoştinţa.

Portiera antrenorului Bobby e deschisă. Mă târăsc peste schimbătorul de viteze şi scaunul lui stă să se rostogolească afară, pe pământ. Ies din maşină cât pot de repede pentru că posibilitatea ca aceasta să explodeze din cauza scurgerilor de benzină e o teamă cât se poate de raţională.

O voce puternică bubuie în spatele meu:

— Pune mâinile la ceafă şi îndepărtează picioarele.

Fac cum ordonă TJ şi aterizez la pământ. Când încerc să ridic mâinile la ceafă ca în filme, tresar violent la durerea ascuţită din ambii umeri. Mă doare stomacul când încerc să mă întorc să mă uit în spate, la el.

TJ stă cu pistolul aţintit asupra lui Bobby, care este încremenit, exact ca mine, pe partea cealaltă a drumului. Din câţiva paşi, partenerul lui TJ e lângă Bobby.

De îndată ce Bobby e încătuşat, TJ trece în goană pe lângă mine, de parcă aş fi invizibilă.

Stai puţin... oare am murit?

Îl văd pe TJ ridicând pistolul spre ceva aflat pe marginea şoselei. Nu-mi amintesc să fi lovit o căprioară.

Mă ridic încet şi îmi anunţ intenţia de a mă mişca, deci nu mă adresez direct lui TJ sau partenerului său.

— Mă îndrept spre voi. Am mâinile ridicate, dar nu pot ridica mai sus braţul stâng. Nu am arme asupra mea.

TJ face ochii mari când îmi vede faţa. Bagă pistolul în tocul de piele de pe centura neagră garnisită cu toate jucăriile lui de poliţist.

— Paramedicii sunt pe drum, zice cu vocea lui normală.

— Stai aşa... deci ştii că nu sunt implicată în reţeaua de droguri a lui Levi?

— Da. Acum ştiu, zice el, uitându-se la căprioara din iarbă.

Îngenunchează să o ajute. Nu e o căprioară. Aproape că mă prăbuşesc din cauza şocului.

Levi zace pe-o parte, uitându-se în sus la noi. Piciorul lui e îndoit într-un unghi ciudat.

— Tu şi agentul sub acoperire aţi fost daţi dispăruţi şi în pericol. Ştim despre ancheta FBI-ului. Nu şi despre Bobby LaFleur, probabil FBI-ul ştia şi de el. TJ pare uşor agasat. Oricum, federalii nu ne spun totul.

— Ajută-mă, Daunis, zice Levi. Spune-i adevărul lui TJ. Antrenorul ne-a obligat să lucrăm cu el.

Fac un pas în spate, nevenindu-mi să cred.

— Am încercat să te ajut să scapi, zice.

Încă un pas în spate, cât mai departe de minciunile lui.

— Stai cu mine, Daunis. Îngenunchează aici, lângă mine, ca atunci când eram mici. Când m-ai protejat până ce a venit ambulanţa, se milogeşte el.

Nu de momentul ăsta îmi amintesc acum, ci de acela când mi-a pus mâna pe umăr, în maşină.

— Te iubesc, Levi, spun eu, iar Levi se luminează plin de speranţă. Suficient de mult cât să fac asta.

Şi mă întorc spre TJ.

— Antrenorul Bobby, Levi, Mike şi Dana Păstrătoarea Focului fac parte din reţeaua de droguri. Poate şi Grant Edwards, nu sunt sigură. Măcar unul dintre ei e implicat în moartea unchiului David şi cred că au informaţii şi despre Heather Nodin şi Robin Bailey. Dana m-a drogat şi m-a răpit. Levi şi Mike l-au electrocutat pe Jamie cu un Taser, l-au drogat. Şi...

Jamie.

— Trebuie să mă întorc după Jamie!

— Trebuie să ajungi la spital, zice TJ.

— Trebuie să ştie că nu l-am abandonat, Jon!

Au trecut aproape trei ani de când nu i-am mai spus aşa, pe nume. Când ne şopteam prenumele unul la urechea celuilalt. TJ ezită, apoi ia staţia şi anunţă toate echipajele că mă îndrept spre feribot.

Când plec, fratele meu strigă în urma mea:

— Te iubesc. Îmi pare rău. Te iubesc. Îmi pare rău. Te iubesc. Îmi pare rău.

Vocea lui devine tot mai stinsă cu fiecare repetare, până ce dispare de tot din aer.

Feribotul nu a plecat de pe continent. Rampa de încărcare e încă lăsată, ca un pod basculant.

Trec în fugă pe lângă ambulanţă. Seeney dă la o parte masca de oxigen. Minnie o bate pe braţ.

Un şir de maşini de poliţie aşteaptă să urce pe feribot. Un ofiţer conduce rabla de rezervaţie a lui Levi jos, pe rampă.

Ron aleargă spre mine, dar eu fug până ce ajung pe puntea feribotului. Jonsy bate cu palma pe capota căluţului lui bun. Şi portiera Mustangului roşu-tomată e încă deschisă.

Îi strig peste umăr lui Minnie că trebuie să îi împrumut maşina.

— *Miig wech. Miigwech. Miigwech*, adaug. *Pentru că ai ajutat-o pe Seeney. Pentru că l-ai întârziat pe Levi. Pentru că mi-ai dat adăpost.*

Întorc maşina pe locul în care, până acum câteva clipe, era camioneta lui Levi. Sunt cu faţa la capătul rampei, care va ajunge în faţă când vom debarca pe insula Sugar.

Las jos geamul, ca să-i strig omului de pe chei să-i dea drumul. În loc de asta, el aşteaptă să iasă Jonsy, iar feribotul se umple cu forţe de poliţie.

Ron ajunge la maşină.

— Lasă-mă pe mine să conduc, Daunis, propune el.

Nu mă mişc. Oftează şi se duce pe scaunul pasagerului.

— Eşti rănită, zice el calm.

— Jamie era în viaţă când am plecat din trailer.

Vocea mea e întretăiată şi presărată cu suspine.

Explozia sirenei feribotului mă face să strig de bucurie sau de durere. Sau şi de una, şi de alta.

Îi povestesc totul lui Ron în timp ce traversăm râul. Scuip afară povestea ca pe o vomă. Nu am timp să-mi ordonez gândurile.

După un drum care mi s-a părut că a durat cinci ore, nu cinci minute, elicea începe să se învârtă invers, anunţând că am ajuns. Matelotul de pe punte aruncă funia groasă în jurul stâlpilor de pe chei şi apasă butonul rampei hidraulice.

Răbdarea mea durează până ce rampa e pe jumătate coborâtă. Bag Mustangul în viteză şi preţ de o secundă plutesc prin aer, înainte ca roţile maşinii lui Minnie să atingă pământul insulei.

Oamenii o tachinau mereu pe Minnie pentru că mergea cu o viteză mult sub cea legală. Apăs piciorul pe acceleraţie până la podea. Mustangul mormăie de parcă ar spune *Da! În sfârşit! Da!*

Depăşesc coada de maşini care aşteaptă să urce pe feribot.

Ron îmi tulbură gândurile şi vrea să ştie mai multe despre locaţie.

— Garda de Coastă se îndreaptă spre Lacul George. E pe malul de nord-est sau pe cel de sud-est? Sau mai spre mijloc?

Ţip că e pe drumul est-vest, pe care mi-l amintesc după direcţia pe care am luat-o ca să ieşim din pădure.

— Ron, e o deschidere în nişte stânci negre. Pare îngustă, dar se lărgeşte. E suficient de largă cât să poţi transporta un trailer pe o barjă şi să-l ancorezi înăuntru. De aceea semnalul GPS al lui Jamie nu a funcţionat. Mi l-a dat mie, îl am eu la gleznă.

O voce de la capătul celălalt confirmă că Garda de Coastă e pe drum.

Abia după ce traversăm câmpul văd maşinile de poliţie în spatele nostru. Nu prea aproape, dar suficient. Probabil au fost în spatele meu în tot timpul ăsta, cu luminile pâlpâind şi sirenele urlând. Pur şi simplu, nu le-am observat până acum.

E ciudat ce feste poate să-ţi joace mintea.

Trec de stânca dăltuită în formă de *madoodiswan* şi ocolesc mesteacănul căzut. Drumul se îngustează până ce devine o potecă. Mă iau după firimiturile de pâine, urmele de cauciucuri în zigzag printre arţari, până ce ajungem la pădurea de pini. Parchez exact în locul în care era rabla lui Levi. Nu mai pierd vremea cu opritul motorului sau cu închisul portierei.

Ron ţine pasul cu mine; sărim peste pietre ca să traversăm pârâul. Când alergăm prin peştera-tunel, simt într-o parte un junghi puternic, care îmi taie răsuflarea. Mă îmbărbătez în timp ce alergăm de-a lungul ţărmului. Ron e într-o formă decentă pentru un tip de vârsta lui.

Ocolim colţul ascuţit după care e ascuns trailerul, în cotul stâncilor negre.

— Nu-l omorî! Suntem aici! S-a terminat! ţip eu, cu mâinile întinse spre uşă. M-am întors după tine, Jamie! Nu te-am abandonat!

Izbesc uşa şi năvălesc înăuntru. Mi se înmoaie picioarele la scena din faţa ochilor mei.

N-ar fi trebuit să strig, să anunţ că suntem aici.

Sunt cu spatele la mine. Stormy stă în picioare, iar Jamie e îngenuncheat în faţa patului.

Scot un urlet când Stormy loveşte cu toporul spre glezna lui Jamie, cu o izbitură puternică.

# CAPITOLUL 52

Mă arunc în spatele lui Stormy, trântindu-l peste Jamie, pe pat. Îl zgârii pe faţă şi sunt pe punctul să-l muşc de ureche, simţind nevoia să-l sfâşii bucată cu bucată, când Ron mă trage de pe el. Capul lui Stormy e încă în mâinile mele, aşa că e tras de pe pat odată cu mine.

— Daunis. Vocea lui Jamie răzbate prin ceaţa furiei mele. Daunis, dă-i drumul.

Vorbeşte. Jamie nu urlă în agonie.

Îi dau drumul lui Stormy, care se prăbuşeşte la podea, cu mâinile la faţă. Scoate nişte zgomote ca mătuşa când era în travaliu şi încerca să-şi uşureze durerea prin sunete repetate şi respiraţii adânci.

Ron îl ridică pe Stormy şi îl scoate afară din trailer.

Jamie stă pe ambele picioare. Îl împing înapoi ca să mă uit mai bine la el. Inima îmi bubuie de parcă vrea să-mi iasă din piept. Ghetele lui negre sunt murdare, dar altminteri nevătămate. Niciun strop de sânge. Cătuşa e în continuare la glezna lui, dar lanţul se termină abrupt după trei verigi.

Stormy l-a eliberat pe Jamie?

Nu mă pot mişca, nu pot vorbi; mă îneacă simultan toate gândurile şi sentimentele euforice posibile.

Jamie se luminează la faţă când urmăreşte şocul meu euforic:

— Daunis, sunt bine. Dar trebuie să ieşim de aici.

Mă ia de mână şi mă conduce afară, pe treptele trailerului.

În jurul stâncilor negre e un furnicar de ofiţeri de poliţie. Au venit la timp ca să-l ducă pe Stormy înapoi pe continent pentru interogatoriu. Un tip în costum stă lângă el, probabil un agent federal. Chiar înainte de a dispărea din raza noastră vizuală, Stormy întoarce capul spre mine.

Nu ştiu de ce l-a ajutat pe Jamie, dar îi sunt recunoscătoare. Pun mâna stângă în şold, deşi mă doare umărul. Cu dreapta ridic o pană imaginară în semn de mulţumire, în timp ce în mintea mea răsună cele patru bătăi de tobă pentru cinstire. Stormy încuviinţează din cap în semn de acceptare şi dispare după stânci.

— Ai reuşit, exclamă Jamie. Ah, Daunis, ai reuşit!

Euforia mă inundă în continuare. Corpul meu începe să tremure, dar nu-mi pasă. Şi eu, şi Jamie am ieşit din trailer. Vii.

— Ce s-a întâmplat? întreabă Jamie, uitându-se mai de aproape la faţa mea.

— Accident de maşină cu Bobby LaFleur şi Levi, zic. Sunt bine. M-am pocnit singură în nas când s-a deschis airbagul.

— Ron, avem nevoie de îngrijiri medicale! strigă Jamie.

— Garda de Coastă vine dinspre nord. Ar trebui să ajungă dintr-o clipă-n alta, zice Ron.

— Cum l-ai convins pe Mike să nu te omoare? îl întreb pe Jamie.

— Mike nu a vorbit deloc cât am aşteptat. Probabil a considerat că nu merit efortul. Când a expirat termenul, i-am spus lui Mike că indiferent ce a făcut sau ce ştie că s-ar fi întâmplat, are doar şaptesprezece ani şi, cu relaţiile tatălui lui, are şanse bune în instanţă.

— De ce ai încercat să-l ajuţi? îl întreb neîncrezătoare.

— Când încercuiești o armată, lasă o portiță de scăpare. Nu presa prea tare un dușman disperat, zice Jamie, apoi surâde. Mike și tatăl lui nu sunt singurii care au citit Sun Tzu.

— Uau. Isteață mișcare.

— Ei bine, după aceea a plecat și m-a lăsat singur în trailer fără căldură, fără apă, fără mâncare. Pe măsură ce trecea timpul, eram tot mai îngrijorat că ai pățit ceva.

Teama și grija transpar din vocea blândă a lui Jamie.

— Am auzit cum cineva se apropie pe furiș de trailer, continuă. Nu știam dacă era Mike, care s-a răzgândit, sau poate Levi? Nu m-am gândit nicio clipă că ar fi Stormy. A aruncat o privire înăuntru, m-a văzut, a văzut lanțul, a luat toporul de pe grămada de lemne de sub trailer. L-am întrebat ce vrea să facă, pentru că nu aveam nici cea mai vagă idee ce urmează.

— Și ce a zis? întreb cu sufletul la gură.

— Stormy nu a scos nicio vorbă. Singurul sunet pe care l-a scos a fost când te-ai repezit tu la el.

Un țipăt ascuțit sfâșie liniștea golfului. Întoarcem amândoi capul și o vedem pe mătușa alergând spre noi.

— Dumnezeule! Ce s-a întâmplat?

Mătușa are ochii larg deschiși, plini de groază.

Când se întinde prea repede spre fața mea, mă trag înapoi. Mătușa își mușcă mâna și lacrimile îi curg șiroaie pe obraji.

— Sunt bine, o asigur. Și chiar așa e. Mă simt ușoară, ca un *giishkwebii*, veselă și zglobie. Totul pare ireal. Stai puțin. Mă întorc spre mătușa: Ce cauți aici?

— Seeney a sunat de pe feribot. A spus că păreai speriată. Și că Levi conducea. Mama ta a spus că ai dispărut. Dar nimeni nu a luat-o în serios pentru că lipsea și Jamie. Toată lumea i-a spus că ați fugit împreună, dar ea a insistat că ceva e în neregulă. Mătușa îmi inspectează cu atenție fața cu vârful degetelor, cu grijă. Apoi TJ a venit la mine... era speriat că ai putea fi următoarea Robin. Mi-a spus cât de răspândită e metamfetamina şi că unii ofiţeri închid ochii. Judecătoarea Păstrătoarea Focului a eliberat oameni cu dosare solide, din câte ştie el. Iar el nu mai avea idee încotro să se îndrepte.

Mătuşa continuă:

— Am avut întâlniri cu câţiva Bătrâni şi cu vindecătorii tradiţionali şi am vorbit despre prezenţa drogurilor în comunitate. Totul s-a prăbuşit când m-a sunat Seeney. Veneam spre feribot când maşina lui Minnie a zburat pe lângă mine şi te-am văzut la volan cu poliţia după tine. Aşa că m-am luat şi eu după voi.

— Ea m-a salvat, îi spun mătuşii. Seeney l-a blocat pe Levi în maşină. Nu ştiu cum s-a coordonat cu Minnie şi cu Jonsy.

Mătuşa zâmbeşte.

— Proiectul de service al Consiliului Tribal de Tineret. I-au învăţat pe Bătrâni cum să îşi folosească telefoanele şi să dea mesaje în grup. Seeney mi-a spus că a trimis un mesaj pentru toată lumea de pe feribot să blocheze maşina lui Levi.

Îmi iubesc Bătrânii.

Credeam că nu am niciun sprijin pe feribot, cu excepţia unei singure Bătrâne. Dar una a dus la alta, iar apoi la alta. O resursă pe care nu am anticipat-o niciodată în clipele de nevoie acută.

Mi s-a amintit că Bătrânii sunt cea mai mare resursă a noastră, cei care întruchipează cultura şi comunitatea noastră. Poveştile lor ne pun în legătură cu limba, cu medicina noastră, cu pământul, cu clanurile, cu cântecele şi tradiţiile noastre. Ei sunt o punte între Înainte şi Acum, îndrumându-i pe aceia dintre noi a căror călătorie va continua în Viitor.

Ne cinstim moştenirea şi poporul, pe cei care sunt în viaţă şi pe cei care s-au petrecut dintre noi. E important, pentru că asta îi păstrează alături de noi pe cei care nu mai sunt. Bunicii mei. Unchiul David. Lily. Tata.

Sunt veselă, aşa sunt şi Jamie, şi mătuşa. Râd. Suntem înconjuraţi de sunete. Stâncile negre creează ecouri care umplu spaţiul ca un amfiteatru. Râd până ce ameţesc şi mă doare stomacul. Tresar şi îmi pipăi partea dreaptă; e tare ca piatra şi umflată.

Mătuşa îl trage pe Jamie spre ea într-o jumătate de îmbrăţişare. Ochii lui strălucesc. Jamie e în viaţă. E un sentiment aşa de exaltant, încât încep să tremur.

Investigaţia se va încheia. Oamenii vor afla în sfârşit adevărul. Se va face dreptate pentru cei care au fost smulşi de lângă noi.

Şi eu vreau dreptate pentru ceea ce mi-a făcut Grant Edwards. Mi se face greaţă numai când mă gândesc la el.

Şi aşa, pe neaşteptate, ceva greu şi întunecat ajunge în pieptul meu. Ca şi cum n-ar fi fost suficient că îmi venea să vomit, numele lui prezent într-un gând mă face să simt un pumn care îmi strânge inima.

Încerc să respir, dar mă simt ca şi cum una dintre stâncile astea s-a prăvălit peste pieptul meu.

Nu pot respira.

Faţa lui Jamie se transformă. Zâmbetul lui incandescent se şterge, de parcă ar fi filmat cu încetinitorul, devine pentru o clipă o expresie neutră pentru ca după aceea să se preschimbe în... panică.

Picioarele se înmoaie sub mine.

Clipesc şi sunt pe spate, cu un braţ sub cap, ca Seeney. Nu îmi pot recăpăta respiraţia ca să scot un chiot, ca ea.

Văd pintenul înclinat de stâncă neagră şi cerul superb de pe fundal. Cerul capătă această minunată culoare când soarele e la asfinţit şi lumina mai are încă multe nuanţe de dezvăluit. Îşi păstrează cele mai bune culori pentru acest crepuscul.

Faţa lui Jamie îmi blochează vederea. Aş vrea să-l împing, dar mâna mea rămâne lipită de pietricelele reci, ceea ce mă face să tremur şi mai tare. Mătuşa a îngenuncheat lângă Jamie. Gurile lor se mişcă, îmi vorbesc. Mătuşa îmi atinge abdomenul, dar nu am suficient aer ca să ţip. Face ochii mari, îngroziţi.

Nu înţeleg de ce sunt speriaţi. Durerea nu mai e aşa de rea.

Până şi tremurul s-a oprit.

Nu vreau decât să văd cerul. O combinaţie dintre purpuriu şi cenuşiu, care se amestecă şi se face liliachiu. Culoarea preferată a mamei. Mirosul ei preferat. Florile acelea mici, delicate, care înfloresc pentru o perioadă aşa de scurtă. Dar tufele de liliac sunt rezistente, supravieţuiesc la cele mai mici temperaturi. Pot trăi până la o sută de ani.

Vreau la mama.

La ea mă gândesc acum, când mor. La puternica, frumoasa mea mamă.

PARTEA A IV-A

# KEWAADIN

(NORD)

CĂLĂTORIA ÎN DIRECȚIA NORDULUI ESTE O VREME PENTRU ODIHNĂ ȘI CUGETARE PE TĂRÂMUL VISELOR, POVEȘTILOR ȘI ADEVĂRULUI.

# CAPITOLUL 53

Sunt pe o stâncă mare, o insulă de piatră înconjurată de păduri. Tocmai ce s-a oprit ploaia; stropi grei picură de pe crengi şi cad pe solul pădurii cu un sunet ascuţit. O pală de vânt trece printre copaci, transformându-i în clopoţei de vânt. Ultimele rămăşite de ploaie stropesc acum pădurea în rafale uşoare. Grohotişul vuieşte, adânc şi constant. Lumina soarelui pătrunde prin frunzişul des, aruncând pe sol pete strălucitoare, care zumzăie şi trezesc la viaţă panseluţele adormite.

Un foc mic este înconjurat de stâncile străbune din stânga mea. Spre est. Fumul se înalţă, chemând la rugăciune în cadenţele melodioase Anishinaabemowin. În faţa mea, spre sud, e un alt foc, cu mai mulţi bolovani străbuni, iar rugăciunile sunt purtate de rotocoale de fum cenuşiu. În dreapta, spre vest, străbunii din piatră aşteaptă. Nu e niciun foc aici. Încă. În spatele meu, în nord, văd alţii, chiar şi mai răbdători.

Panseluţele îmi cântă. Înconjoară stânca, presărându-i marginile cu feţe mici şi delicate, galbene şi purpurii. Atâtea voci care se amestecă laolaltă. Li se adaugă şi vocea mea, care îşi croieşte cale prin cor până ce găseşte o nişă pe care să o poată umple, iar cântecul să fie întreg.

Lumea asta e mai presus de orice mulţumire şi frumuseţe pe care le-am cunoscut vreodată.

Cântăm şi mai tare, eu şi panseluţele. Gurile lor purpurii se deschid, feţele lor sunt scăldate de soare. Fac la fel ca ele și simt căldura strălucirii, ca și cum ar veni dinăuntru.

Ni se alătură o tobă. Bătăile ferme devin tot mai puternice, alimentate de cântecul nostru. Panseluțele se fac tot mai înalte. Frunzele devin brațe întinse, cu mișcări fluide. Dansează împreună cu mâinile împreunate, ca și cum așa ar fi făcut din negura timpului.

Vreau să mă alătur lor.

Mă ridic, mă întorc să văd priveliștea. Fiecare panseluță s-a preschimbat într-o femeie care cântă. Vocile lor au un timbru familiar. Cercetând fețele, văd femei care îmi amintesc de altele. Ochii mătușii. Nasul ascuțit al bunicii Pearl. Un zâmbet larg pe care nu l-am văzut la altcineva, doar în oglindă. Femei care nu sunt nici tinere, nici bătrâne.

Devin conștientă că mai e cineva pe stâncă, cu mine, când mă întorc.

Lily.

Așa cum o știam și ceva mai mult decât atât. Nu mai e Lily. E Binesikwe. Vreau să vorbesc cu ea. Am atâtea să-i spun.

De unde să încep?

Și după aceea știu.

Nu mai avem nevoie de cuvinte. Știe deja tot ce aș putea să-i spun. La orice întrebare aș putea să pun știu deja răspunsul.

E parte din mine și așa va fi de-a pururi.

Toba bate în continuare și în jurul nostru totul începe să se învârtă. Eu și Lily rămânem neclintite, cu picioarele înfipte în stâncă. Viteza vârtejului se face tot mai mare. Femeile își împletesc brațele într-un cerc verde de fețe care încep să se transforme la loc în panseluțe. Se ridică deasupra noastră, învârtindu-se și strângându-se unele în altele, până ce Lily întinde mâna ca să ia colierul din flori. Atingerea ei oprește orice altă mișcare. Toba rămâne mută.

Lily îmi trece ghirlanda de panseluţe peste cap şi o aranjează pe umerii mei. Zâmbetul ei e mai luminos decât orice stea. Mă sărută o dată pe fiecare obraz şi lumea din jurul nostru se stinge.

# CAPITOLUL 54

Totul e zgomotos. Zdruncinător. Întuneric apăsător. Frig. Un amestec strident de sunete. Claxoane. Voci. Bâzâituri. Durere.

Vreau să mă întorc în celălalt loc. E atât de aproape.

Vocea mamei își croiește drum prin haos.

Vorbele ei nu au niciun sens, dar vocea ei e ca un balon de heliu care mă ridică. Mă agăț de ea încă puțin. Apoi vocea ei începe să capete formă. Mă strigă. Cântă. Îmi citește. Sunt așa de aproape uneori. Apoi alunec iar în întuneric.

*Daunis, fata mea frumoasă, întoarce-te la mine.*

Sărutările ei pe fruntea mea. Mă mângâie blând cu dosul palmei ca să îmi îndepărteze părul de pe față. O cârpă caldă mă alină.

Mă furnică buzele și înțeleg de ce abia când simt alunecarea unui obiect cu consistență de ceară. Îmi acoperă buzele. Mai întâi, pe cea de sus, o adâncitură, ca și cum s-ar ajusta pentru un filtru. Apoi buza de jos, atât cât are nevoie să se tragă înapoi.

Cade la loc.

Mama mă dă cu balsam de buze. Așa cum ne asiguram că buna Mary e mereu impecabil rujată cu rujul ei roșu.

Cel puțin... cred că e balsam de buze.

Sper că nu zac pe un pat de spital cu un strat de ruj pe buze. Ceva roz și strident. Nu ar face asta. Mama nu ar îndrăzni.

Dumnezeule! Categoric ar face-o.

Gem și simt cum colțurile gurii mele se întind într-un zâmbet.

# CAPITOLUL 55

La trei zile după ce aproape că am murit, îmi recapăt cunoştinţa. Creierul meu e înceţoşat. Ochii mamei sunt roşii de la plâns. Ceva nu e în regulă. Vocea ei era voioasă în întuneric.

Primele mele cuvinte sunt:

— Ce s-a întâmplat?

— Buna Mary a murit azi-dimineaţă, răspunde.

— Credeam că a murit după o petrecere.

— Scumpa mea, eşti tulburată, şi e firesc. Doctorul spune că e normal. Mama mă sărută pe frunte. Bunica a murit în somn.

— Pot s-o vizitez? Nu asta am vrut să zic. Înmormântare.

— Suntem în Ann Arbor. Eşti la Terapie Intensivă, la Spitalul Universitar Michigan. Mătuşa Teddie a fost aici, dar s-a întors acasă să facă aranjamentele.

— Dar bunei Mary nu-i plăcea niciun Păstrător al Focului.

— Teddie s-a oferit, ca să pot rămâne aici cu tine. Nu plec de lângă tine.

— Eşti sigură că buna Mary nu a murit după petrecerea mea de absolvire?

— A fost cât pe ce, cred, zice mama. Poate a aşteptat să plecăm de acolo, ca să ne poată părăsi. E un gând reconfortant, nu crezi?

— Nu. E ciudat. Eu sunt ciudată. Creierul meu e în ceață. Îmi pare rău, mamă, eu mă culc la loc.

Mama mă sărută iar. Adevărate leacuri tămăduitoare, sărutările astea.

— Acum o săptămână, eu, Daunis Lorenza Fontaine, am tras în mod deliberat de volanul unui BMW ca să scot mașina de pe drum și să atrag atenția unui ofițer din Poliția Tribală, ca să mă pot întoarce cât mai repede pe feribot, unde am împrumutat Mustangul roșu al lui Minnie Manitou și să conduc în mare viteză caravana de mașini de poliție la un trailer din aluminiu, ca să salvăm o persoană al cărei nume nu-l cunosc, astfel încât viața sa să nu poată fi folosită ca instrument de presiune pentru a mă obliga să pregătesc metamfetamină cristalizată de înaltă calitate pentru o rețea de droguri ale cărei produse erau distribuite prin pucurile-suvenir împărțite la jocurile de hochei, mai ales în statele Marilor Lacuri și în Ontario.

Trag adânc aer în piept și continui.

— Oricum, când mașina a lovit un copac sau doi, ficatul meu a fost atins, probabil inițial a fost o lacerație de gradul I sau II, care s-a agravat la gradul IV când am sărit la cineva care ajuta, dar eu la momentul acela nu știam acest lucru, și am făcut o hemoragie internă nedetectată, până ce nivelul volumului sângelui meu a scăzut și am intrat în șoc hipovolemic, care m-ar fi putut omorî dacă nu ar fi fost reacția rapidă a mătușii mele, Teddie, care este asistentă medicală autorizată, și barca Gărzii de Coastă care m-a transportat de urgență la spitalul local, unde am fost stabilizată și dusă apoi cu elicopterul la Spitalul Universitar Michigan din Ann Arbor, unde am fost inconștientă trei zile și apoi monitorizată alte trei la unitatea de Terapie Intensivă, ca o măsură de precauție în cazul reapariției sângerării și a altor complicații la ficat, dar acum sunt într-un salon normal și răspund la întrebările voastre, dacă sunt conștientă unde mă aflu și care au fost evenimentele care m-au adus aici.

Doctorul Roulain clipeşte surprins, apoi zâmbeşte.

— Ei bine, Daunis, o să notez în fişă că ai o capacitate mentală nediminuată. Dorim să te mai ţinem aici săptămâna viitoare şi să monitorizăm cum rezişti la creşterea efortului fizic. După cum ai spus tu însăţi, monitorizăm reapariţia hemoragiilor şi a altor complicaţii, cum ar fi dezvoltarea lentă a unor leziuni de căi biliare sau infecţii din cauza septicemiei ori alte abcese hepatice. După aceea te vom transfera ca pacient extern la clinica de hepatologie.

Mama întreabă în cât timp se va putea recupera complet ficatul meu.

— Ficatul este singurul organ intern care se poate regenera, explică doctorul Roulain. Chiar dacă ficatul fiicei dumneavoastră ar fi fost complet distrus, tot ar fi crescut la loc la dimensiunea completă în șase luni. Dar cum rana ei a fost o laceraţie sau o ruptură, în două luni ficatul ei se va putea vindeca.

Apoi se întoarce spre mine.

— Am auzit că joci hochei. Va trebui să eviţi toate sporturile de contact, inclusiv hocheiul, pentru cel puţin șase luni. Ca să fim mai siguri, aş recomanda o pauză de un an.

O strâng pe mama de mână înainte de a răspunde:

— Am renunţat la hochei din pricina unei afecţiuni neurologice cauzate de o instabilitate cronică a umărului, zic.

✵

După ce doctorul Roulain pleacă, fac o pauză înainte de a vorbi din nou. Am avertizat-o pe mama că va auzi o mulţime de secrete care s-ar putea să o surprindă sau să o rănească.

*Poţi să renunţi să-mi mai menajezi sentimentele, Daunis,* a spus ea.

Odată ce încetez să îmi mai analizez şi să-mi filtrez cuvintele, constat că am mai multă energie. Ceea ce demontrează încă o dată că minciunile, în orice formă ar fi, sunt epuizante.

Încep cu cel mai important secret.

— Unchiul David a ajutat FBI-ul ca informator confidențial.

Mâinile mamei zboară la gură, ascunzând un suspin sau o exclamație. Continui, în tăcerea ei:

— Cerceta ciupercile de pe insula Sugar care ar fi putut fi adăugate în loturile de *met* pentru a produce halucinații. Și adaug: Își făcea griji pentru Levi și s-a dus să discute cu Dana despre el. Din momentul acela, unchiul a dispărut. Nu știu ce s-a întâmplat după aceea.

Când mama își ia mâinile de la gură, ochii ei verzi scapără triumfători că, da, ea a avut dreptate în privința fratelui ei. Singura care l-a apărat pe unchiul David.

— S-ar putea ca FBI-ul să fi aflat deja. Poate Dana a mărturisit, zic. Nu știu ce amănunte vor ieși la lumină.

— David nu ar fi vrut decât ca noi două să știm că a fost o înscenare. Noi și elevii lui, cred. Mama pare împăcată. Și-a trăit viața fără să-i pese de bârfe și de gura lumii.

Două zile mai târziu vine mătușa Teddie, care aduce săculeți cu plante de leac. Nu se poate apuca să facă un foc aici ca să afume încăperea, dar noi știm că focul e prezent. A adus salvie, cedru, iarbă dulce și tutun, pe care le-a pus într-o cochilie iridiscentă a unei scoici pe noptiera de la capul patului. Lângă rujul zmeuriu, pe care mama mi-l aplică cu o enormă plăcere în fiecare dimineață.

Mătușa a fost cea mai dragă prietenă a mamei de când mă știu. Ea s-a asigurat că dorințele mamei sunt respectate. Buna Mary a vrut să fie incinerată, iar cenușa ei să fie pusă lângă bunicul Lorenzo, după un serviciu religios care va fi programat după ce mă voi întoarce eu acasă. Cu dragoste și din toată inima, mătușa s-a ocupat de ultima călătorie a bunicii mele.

Am iubit-o pe buna Mary şi ştiu că şi ea m-a iubit. Rectific: o iubesc şi mă iubeşte. Când cei dragi se sting, dragostea rămâne vie în prezent.

Ron e primul meu vizitator din afara familiei acum, după ce am fost mutată de la Terapie Intensivă într-un salon privat, la etajul pacienţilor obişnuiţi. Mama mi-a adus o cămaşă de noapte albă, din bumbac, şi un halat asortat. Deşi e mai mult stilul ei decât al meu, sunt recunoscătoare să port altceva decât cămaşa de spital. Stau pe un fotoliu, flancată de mama şi de mătuşa. E bine să nu fiu singură. Ron trage scaunul din faţa mea.

— Daunis, dă-mi voie să încep prin a-ţi mulţumi pentru ajutorul tău în această anchetă, spune el.

Mama îl întrerupe:

— Mi-ai pus fata într-o situaţie imposibilă. Mă strânge de mână. Poate a fost legal, dar e greu de crezut că a fost etic.

Ron îi acceptă furia şi nu spune nimic în apărarea lui.

— Cine eşti? întreabă mătuşa.

— Numele meu este Ron Cornell. Agent senior la FBI.

— Nu ce faci, îl lămureşte ea. Care e neamul tău? Cărei comunităţi îi aparţii?

Vocea ei nu e nici prietenoasă, nici ostilă; e vocea ei din faţa Consiliului Tribal.

El numeşte un trib din vestul îndepărtat. A crescut în Denver.

— Şi familia ta ştie ce faci? Te infiltrezi sub acoperire în comunităţile tribale?

— Ei ştiu că lucrez la FBI, spune Ron. Sora mea crede că e periculos. Verii mei cred că sunt un trădător vândut. Fac munca asta pentru că e nevoie de oameni buni care să lucreze la agenţiile care ajută triburile.

Mătuşa pufneşte.

— Înspăimântătoare cuvinte, numai când le auzi: „Sunt de la guvern şi am venit să vă ajut”. Şi continuă: A fost implicată şi poliţia tribală?

— Aceasta a fost – şi este – o anchetă federală. Nu am implicat Tribul pentru că au existat anchete în alte rezervaţii unde agenţi din poliţia tribală i-au avertizat pe membrii familiilor lor. Se opreşte şi îşi drege vocea. Nu pot da mai multe detalii, dosarul e în derulare la Procuratură.

— Dar ce ne poţi spune? întreabă ea.

Ron îşi întoarce atenţia spre mine:

— Levi a fost acuzat pentru mai multe infracţiuni: răpirea unui agent federal; posesiune, producere sau distribuire de substanţe interzise, amenajarea unor instalaţii pentru fabricarea drogurilor, angajarea sau folosirea unor persoane sub optsprezece ani în operaţiuni legate de droguri şi conspiraţie pentru fraudarea Statelor Unite. Infracţiunile financiare cad sub jurisdicţie canadiană. Ai fost implicată în transferurile financiare, deci va trebui să-ţi iei un avocat. Dar ar trebui să fie ceva simplu, pentru că toate dovezile indică activitatea lui Levi. Se opreşte puţin. Când i-am percheziţionat dormitorul, am dat peste o sanda platformă într-o cutie din dulapul lui. E acelaşi model pe care martorii spun că l-a purtat Heather de Ziua Muncii. Şi acelaşi număr. Levi e interogat şi în legătură cu dispariţia ei.

— Ron, am scotocit prin toate cutiile şi în coşul din dulap când am căutat eşarfa tatei. Dacă sandaua ar fi fost acolo înainte de duminica aceea, aş fi găsit-o. Cineva a pus-o ulterior. Întâlnesc privirea fixă a mătuşii. Continui: O fi Levi vinovat de multe lucruri. S-ar putea să fie sau să nu fie implicat în moartea lui Heather Nodin, dar momentul când a apărut această dovadă mi se pare... – şi aici folosesc cuvântul lui Ron – dubios.

— De acord, zice Ron.

— Cred că Mike a pus sandaua lui Heather în dulapul lui Levi. El a fost creierul operaţiunii. Mike avea acces la dormitorul lui Levi şi e posibil să-i fi înscenat totul fratelui meu, pentru ca vina să cadă asupra lui.

Îl văd pe Ron cum întoarce problema pe toate feţele, aşa că mă aplec spre el.

— La interogatoriul lui Levi, urmăreşte-i faţa când îl întrebi despre sandaua lui Heather. Atunci îşi va da seama că i s-a înscenat ceva. Poate Levi va fi dispus să-l dea în vileag pe Mike. Oftez. Sau poate că nu. Alegerile lui Levi au fost... dezamăgitoare.

Ron are nevoie de câteva secunde ca să răspundă.

— Michael Edwards a dispărut. Nimeni nu l-a văzut părăsind insula Sugar. Bănuiala noastră este că a trecut în Canada şi a accesat banii şi resursele de acolo. I-am interogat pe părinţii lui. Au fost şocaţi când au auzit despre implicarea fiului lor. Practic, devastaţi.

— Levi nu l-a sunat pe Grant Edwards de pe feribot, dar s-ar putea totuşi ca el să fie implicat cumva, îi spun lui Ron.

El dă din cap că ia act de suspiciunea mea, dar nici nu o confirmă, nici nu o infirmă.

Parcă îl văd aievea pe Mike găsind cel mai îngust canal care duce spre nord. Înotând în apa ca gheaţa şi luptându-se să nu fie tras la fund de curenţii înşelători. Regrupându-se pe partea cealaltă. Făcând analiza de după meci şi plănuindu-şi următoarea mişcare. Bazându-şi strategia pe citatele de la tatăl lui, antrenorul Bobby şi Sun Tzu. Luând-o de la capăt undeva. Pare foarte probabil ca Mike să fi fost ajutat de tatăl lui.

— Şi Stormy? Tot nu ştiu de ce l-a eliberat pe Jamie, spun. Mătuşa mă mângâie pe mână.

— Stormy Nodin nu a scos o vorbă de când l-am luat din trailer, zice Ron. Cum mai are câteva luni până la majorat, părinţii lui trebuie să asiste la interogatoriu. Ron pare perplex. Nu a vorbit nici măcar cu avocatul pe care l-au angajat ai lui.

— Poate Stormy preferă să păstreze tăcerea decât să spună ceva ce l-ar răni pe Levi, zic. Ce se întâmplă dacă nu vorbește?

— Mare lucru nu se poate face câtă vreme e minor, răspunde Ron. În cazurile federale, prescripția răspunderii penale e de cinci ani, așa că Procuratura îl poate chema în fața unui mare juriu. Ar putea fi acuzat de obstrucționarea justiției și tăinuirea de dovezi relevante, poate chiar și pentru complicitate sau tăinuire, dacă faptele sugerează că a fost și el implicat.

— Și dacă el a auzit sau a fost martor la chestiile astea, dar i-a spus lui Levi că nu vrea să se implice? întreb.

— Chiar dacă nu a fost implicat, tot ar putea fi chemat în fața marelui juriu și pus să dea declarație sub jurământ. Dacă refuză să depună mărturie, procurorul ar putea cere o audiere în fața unui judecător federal care să îi ordone să depună mărturie. Ron face o pauză. Dacă Stormy Nodin tot nu vorbește, poate fi reținut pentru ultraj și lăsat la răcoare până cooperează.

Rostesc cu voce tare ceea ce știu în sufletul meu cu o certitudine dureroasă, grețoasă.

— Levi și Stormy vor putrezi în închisoare și Mike scapă cu toate.

Iau tăcerea lui Ron drept încuviințare. Mătușa ia un șervețel să se șteargă la ochi. Mama mă îmbrățișează, singura alinare pe care mi-o poate oferi. După câteva minute, Ron începe să vorbească iar.

— Îmi pare rău, Daunis. Știu că sunt multe de procesat. Dar am vrut să mă asigur că auzi totul de la mine. Robert LaFleur a fost acuzat pentru mai multe infracțiuni, participare la o conspirație pentru distribuirea de metamfetamină în rezervație, ajutor și complicitate. Avea un complice la cazinou, care nu completa rapoartele de schimb pentru depozitele în lichidități mai mari de 10 000 de dolari. Așa a putut să spele banii.

Am ignorat indiciile: mașina șmecheră, renovarea cabanei de la cascadă, excursiile la Las Vegas. Un stil de viaţă care depăşea cu mult salariul de profesor şi un venit modest din chirii.

Nu înţeleg cum antrenorul s-a putut purta aşa de frumos cu mine atâţia ani şi dintr-odată...

Bărbatul căruia mama i-a încredinţat sănătatea şi siguranţa mea era dispus să mă ducă la o casă izolată sau la un garaj ca să pregătesc *met* pentru afacerea pe care o derula cu Mike... şi cu Levi.

Fratele meu era de acord cu planul. Trădarea lui Levi era ca o ancoră care tot se scufundă şi nu şi-a găsit încă ţărmul.

Mă uit la Ron, care aşteaptă răbdător să fiu din nou atentă la el. După ce încuviinţez din cap, continuă:

— Împotriva Danei Păstrătoarea Focului există mai multe capete de acuzare pentru ajutor şi complicitate la distribuirea de metamfetamină în rezervaţie. Acestea sunt numai acuzaţiile federale; e de aşteptat ca Tribul să formuleze plângeri împotriva ei după ce termină de auditat cazurile ei de la Curtea Tribală. Ron pare sincer şocat. Se pare că, oricât de dură ar fi fost judecătoarea Păstrătoarea Focului în infracţiunile legate de consumul de alcool şi câteva altele legate de droguri, multe dosare cu metamfetamină au fost respinse la curtea ei pe baza unor vicii de procedură. Proteja operaţiunile lui Levi şi lua măsuri împotriva concurenţei.

— Şi cum rămâne cu faptul că m-a drogat şi m-a răpit? Îmi tremură vocea de furie. Mătuşă, nu au găsit urme de Rohypnol în sângele meu la Terapie Intensivă, în Sault?

Înainte ca mătuşa să apuce să răspundă, Ron îşi drege vocea:

— Daunis, trebuie să îţi mai spun ceva. Ron îşi face curaj, trage aer în piept şi expiră zgomotos.

Mă trece un fior rece.

— Trailerul e pe un teren pe care Tribul l-a cumpărat acum câţiva ani şi l-a pus într-un fond federal.

Aştept ca Ron să continue, dar pare complet incapabil.

Mătuşa respiră precipitat; simt inspiraţiile ei grăbite în propriii mei plămâni. Ea este cea care îmi spune ceea ce Ron nu poate.

— Erai cetăţean înregistrat când Dana te-a răpit. Când o infracţiune are loc pe terenul Tribului şi victima e un membru al Tribului, federalii decid dacă se face sau nu plângere penală. Cuvintele ei îşi fac loc printre suspine. Nu vor depune plângere pentru răpirea ta. Numai pentru a lui Jamie.

Agentul special Ron Cornell nu are curajul să mă privească în ochi.

— Jamie ţi-a spus că Grant Edwards m-a violat într-o cameră de hotel, la *Shagala*? strig eu, simţind cum mama încremeneşte lângă mine. Când Jamie mi-a pus la gleznă ceasul lui cu GPS, mi-a zis să-ţi spun ce mi-a făcut Grant Edwards pentru ca Procuratura să îmi facă dreptate.

Scutur din cap.

— Jamie e naiv, nu? A crezut că, după tot ce am făcut pentru FBI, cazul meu se va bucura de mai multă consideraţie din partea procuraturii federale decât primesc în mod normal femeile native.

Îl privesc fix pe Ron până se uită în ochii mei.

— Jamie nu ştie că zece înmulţit cu zero face tot zero, zic pe un ton categoric.

Apoi îmi dau seama de altceva.

— Cred că Grant Edwards a plănuit să mă violeze de îndată ce a auzit că s-a votat înregistrarea mea. Ştia că acel complex e pe pământ tribal. S-a bazat pe faptul că guvernul federal nu va irosi resurse urmărind un non-nativ ca el. Ştia că tribunalul tribal nu-l poate atinge.

Sunt foarte obosită. E o povară zdrobitoare să ştii că oamenii se pot descotorosi aşa de uşor de tine.

Nu toată lumea are parte de dreptate. Cu atât mai puţin nişte femei Nish.

Ron pare complet rătăcit în încercarea lui de a găsi o încheiere adecvată în circumstanţele date, aşa că o fac eu pentru el.

— Pleacă, Ron, te rog. Îl privesc fix până ce se ridică şi pleacă.

După ce iese din cameră, mă prăbuşesc în braţele mamei şi ale mătuşii. Mi-l imaginez pe Grant Edwards înfăşurat într-o pătură, în portbagajul unei maşini, în pădurile adânci de pe insula Sugar. Verişoarele mele ridică sulul greu şi îl trântesc la pământ. Geamătul înăbuşit e un ecou al aceluia care îmi răsună în ureche, dintr-o cameră de hotel în care aşternuturile miros a lavandă.

— Petrecere cu pătura, îi spun mătuşii. Mă iei şi pe mine.

Ea răsuflă adânc şi închide ochii. Când îi deschide şi încuviinţează, mătuşa mea a îmbătrânit cu zece ani cât ai clipi.

# CAPITOLUL 56

Mă vizitează un băiețel. Ochii căprui imenși se uită în sus la mine. Expresia lui serioasă îmi amintește de bunicul Lorenzo, când povestea despre vremurile de demult. Micuțul ăsta se uită la toate cu o intensitate care îi depășește cu mult vârsta.

Vreau să îl fac să zâmbească.

Îngenunchez în fața lui, îi spun pe nume. Îi sărut palma, apoi mă prefac că îl ling pe față și îl spăl, cum face pisica pentru pisoii ei.

Buzele lui frumoase se arcuiesc într-un zâmbet care îmi umple sufletul cu lumină. Razele de soare îi sărută părul ciufulit, buclele castanii cu câteva reflexe de un arămiu strălucitor.

Mă scald în măreția acestui zâmbet. Mâna lui micuță de sub palma mea e caldă.

Apoi o mână mare se așterne peste a mea. Un deget cald mângâie scobitura moale dintre degetul meu mare și arătător.

Pentru o secundă perfectă, palma mea e prinsă între celelalte două.

Când deschid ochii, mâna micuță dispare și rămâne numai atingerea lui Jamie.

— Ești aici, zic.

Au trecut douăsprezece zile de când m-a văzut murind pe insula Sugar. Vânătăile care îl făceau să arate ca un raton au început să pălească, sunt acum de un galben maroniu. Urma de muşcătură de pe umărul meu are aceeaşi culoare.

— Îmi pare rău, Daunis. Nu am putut veni mai repede. A trebuit să mă mai ocup de câteva lucruri legate de investigaţie. Se uită la baloanele colorate de la gemene. Ron spune că mâine ieşi.

Mâna mea e în continuare sub a lui.

— Mă mut într-un apartament în centru, ca să fiu mai aproape de cabinetul medical. Mama mai stă cu mine puţin, dar după aceea sunt pe cont propriu.

Jamie se uită în jos, la mâinile mele.

— Îmi pare rău, Daunis, spune din nou. Pentru că ai fost implicată în asta. Pentru Lily. Şi pentru David Fontaine. Pentru tot ce ţi s-a întâmplat. Vocea i se frânge. Îmi pare tare, tare rău.

Plânge. Nu-l alin. Trebuie să simtă asta, iar eu trebuie să o aud. Investigaţiile implică oameni reali. Informatorii se confruntă cu riscuri reale. Dacă a început să aibă sentimente reale pentru mine nu scuză faptul că era dispus să mă folosească pe mine, o fată pe care nu o cunoştea, ca să rezolve un caz şi să avanseze în carieră.

Când îşi şterge lacrimile de pe faţă, lumina soarelui de la fereastra mea este deja de un portocaliu stins. Într-un sfârşit îmi trag palma de sub palma lui ca să pot urmări linia cicatricii de pe faţa lui.

— Jamie, nu mai poţi face asta. Trebuie să afli de unde vii. Nu te mai preface că faci parte din alte comunităţi şi găseşte-o pe a ta.

— Nu am minţit când am spus că sunt Cherokee. Sunt, dar asta e tot ce ştiu. Jamie închide ochii în palma mea, care îi cuprinde obrazul. Cu tine, totul a fost mai real decât orice altceva în cealaltă viaţă a mea. Nu mi se părea că mă prefac că sunt Jamie Johnson, un tip care joacă hochei şi se îndrăgosteşte de tine. A fost cel mai real lucru din lume, Daunis. Deschide ochii. Nu înţelegi? Toată viaţa mea înainte de asta? Aceea mi se părea falsă.

— Nu eşti făcut pentru munca sub acoperire, îi spun. Tu nu poţi purta măşti ca alţi agenţi, pe tine te afectează altfel. Te poţi pierde în asta într-un fel în care Ron nu o face. El poate trăi minciuna pentru că ştie că e minciună. Dar tu? Tu nu cunoşti adevărul despre viaţa ta. Îi prind mâna. Promite-mi că o să încerci să afli.

Jamie încuviinţează, apoi duce mâna mea la buze. Mi-o sărută în aşa fel încât mi se înfioară tot corpul.

— Hai să ne facem planuri, să fim împreună. E o urmă de disperare în vocea lui. După ce te faci bine, poţi să îţi alegi o facultate oriunde în ţară, iar eu vin acolo. Ne putem întâlni ca doi străini, ca şi cum nimic din toate astea nu s-a întâmplat. O putem lua de la capăt.

— Of, Jamie. Iar începi, mereu gata să trăieşti o minciună, niciodată pregătit să trăieşti adevărul.

— Te iubesc, Daunis. Ştii că asta nu e o minciună. Vocea lui e joasă şi fermă. Am simţit ceva de prima dată când te-am văzut. La Chi Mukwa. Când te-am văzut în carne şi oase, nu ca pe un dosar dintr-o investigaţie. Îmi ia mâna. Erai acolo, în faţa mea. Frumoasă şi reală.

Vreau să fiu cu el. Să adorm legănată de sforăitul lui uşor. Să împărţim un apartament. Cărţile şi muzica mea amestecate cu ale lui, până ce uităm care ale cui sunt, până ce toate lucrurile devin *ale noastre*. Să începem fiecare zi îmbrăţişaţi. Să alergăm împreună. Să descoperim lucruri noi – lucruri adevărate – unul despre celălalt.

Probabil visul ăsta cu ochii deschişi se citeşte pe faţa mea, pentru că el devine entuziasmat.

— Am nevoie de tine, Daunis. Ajută-mă să aflu dacă mă aşteaptă vreun tacâm la un ospăţ, undeva. Nu cred că pot face asta fără tine.

Ceva greu se prăbuşeşte înăuntrul meu. Într-o peşteră adâncă, unde cuvintele pe care Travis i le-a spus lui Lily se izbesc de pereţii crestaţi.

*Spune-mi ce să fac şi voi face.*

*Nu pot fără tine.*

*Am nevoie de tine.*

— Văd o viață pentru noi doi, împreună, Daunis. Și tu vezi asta, nu-i așa?

Vocea bunicuței June: *Lucrurile se termină așa cum au început.*

Eu și Jamie. Am început cu o minciună. Aș putea termina acum totul cu o minciună. Să-i spun că nu văd niciun viitor pentru noi. Să mint despre băiețelul cu păr zburlit și ochi întunecați care observă lumea profund, liniștit.

Hotărăsc să îmi apăr adevărul.

— Te iubesc. Indiferent cine ești. Indiferent de unde vii. Fără numele și fără poveștile noastre.

Îi ating ambii obraji, pe cel perfect și pe cel cu cicatricea. Închide ochii, lăsându-se transportat de senzația degetelor mele pe pielea lui.

— Te iubesc și vreau să fii sănătos. Să găsești ce lipsește din viața ta, să nu te mai prefaci. Să nu te mai pui pe tine și nici pe ceilalți în situații periculoase.

Altă respirație adâncă. Mai multă durere.

— E călătoria *ta*. Trebuie să îți faci lucrarea ta, iar eu trebuie să mi-o fac pe a mea. Simt gustul sărat al lacrimilor mele. Nevoia ta mă sperie. Mi-e frică, mă tem că mă voi concentra asupra nevoii tale și voi uita de ale mele. Îmi dreg vocea. Inspir, expir. Mă calmez. Te iubesc... și mă iubesc pe mine. Vreau să fim amândoi sănătoși și puternici. Pe cont propriu. Așa că, indiferent ce se întâmplă, indiferent dacă ne vom mai întâlni sau nu... Îl privesc în ochi. Iubire înseamnă că vreau să ai o viață frumoasă, chiar dacă eu nu fac parte din ea. Și iubirea ta pentru mine? Ar trebui să fie îndeajuns de puternică pentru ca și tu să îți dorești asta pentru mine.

El nu spune nimic, doar stă acolo. Mă mângâie pe mână cu degetul mare. Ochii lui sunt triști, ca și cum cineva ar fi stins lumina și ar fi tras cortina peste ei.

Într-un sfârşit îmi ridică mâna la buze, o sărută îndelung, apoi o pune cu blândeţe înapoi pe pat. Se apleacă şi mă sărută pe vârful nasului julit, îmi miroase creştetul, ca şi cum şi-ar crea o amintire. După aceea se îndreaptă spre uşă. Nu se uită în urmă.

Numai după ce trece suficient timp – în care mi-am imaginat drumul lui cu liftul, drumul lung până la o maşină aflată într-o parcare îndepărtată, şi pe el, la volan, ieşind din oraş – încep să vorbesc.

— L-am botezat Waabun, grăiesc eu către locul gol în care a stat. Îi povestesc despre băieţelul din visul meu. Dintr-o Bună Zi, în viitor. Un viitor în care amândoi suntem sănătoşi şi independenţi. După drumul înspre est.

Şi atunci îmi dau seama: nici măcar nu ştiu care ar fi fost numele de familie al fiului nostru.

# CAPITOLUL 57

### ZECE LUNI MAI TÂRZIU

*Powwow* nu e ceremonie, şi totuşi e ceva terapeutic în această adunare a comunităţii noastre. Spiritul colectiv al naţiunii noastre tribale care se strânge laolaltă, cântând şi fraternizând. În al treilea weekend din august e *powwow*, adunarea noastră anuală, iar comunitatea mea are nevoie de vindecare mai mult ca niciodată.

Alegerile tribale recente au inclus şi un referendum pentru expulzare, dezbătut aprins la întrunirile comunităţii. Membrii au spus poveşti sfâşietoare despre cei dragi pe care i-au pierdut din cauza drogurilor şi au cerut Consiliului Tribal să facă *ceva*. Alţii au susţinut că referendumul ar conduce la expulzări selective, pentru a pedepsi familiile rivalilor politici. S-a arătat cu degetul la unul, la altul, iar liderilor li s-a spus să „îşi spele propriile rufe murdare înainte de a ne spune nouă ce să facem".

Săptămâna trecută, când am votat pentru prima dată la alegerile tribale, referendumul a trecut la limită. La o zi după anunţarea rezultatelor alegerilor, un grup de membri a pus în circulaţie o petiţie pentru retragerea membrilor Consiliului Tribal care şi-au exprimat susţinerea pentru referendumul de expulzare.

Acum, orice membru tribal condamnat pentru o infracţiune legată de droguri în orice instanţă de judecată este subiectul unei audieri de excludere. Durata excluderii – până la cinci ani – depinde de gravitatea infracţiunii şi dacă individul face recuperare. Intenţia este de a scăpa rezervaţia de dealeri, arătând compasiune membrilor care se luptă cu dependenţa. Indivizii excluşi sunt în continuare cetăţeni înregistraţi, dar li se interzice accesul pe domeniul tribal şi nu sunt eligibili pentru niciun program tribal, serviciu sau beneficiu. Aici sunt incluse şi plăţile *per capita*.

Fosta judecătoare tribală Dana Păstrătoarea Focului va fi prima persoană care va apărea la o audiere de excludere. Ea a pledat vinovată în instanţa federală pentru un singur cap de acuzare, şi anume obstrucţionarea justiţiei; în schimb, a scăpat de închisoare. Săptămâna trecută, la Curtea Tribală, a fost găsită vinovată pentru zece abateri de la îndeplinirea datoriei în toate dosarele legate de metamfetamină excluse pentru eroare de procedură în care a prezidat. A fost condamnată la plata unei amenzi de minimum 5 000 de dolari pentru fiecare caz în parte, dar nu face închisoare. Unii cred că a scăpat prea ieftin. Alţii spun că au făcut un exemplu din Dana pentru că oamenilor le place când femeile puternice sunt puse la pământ.

În seara de vineri, în weekendul de *powwow*, am luat-o pe bunicuţa June şi ne-am îndreptat spre insula Sugar. Când ajungem la casa mătuşii şi a lui Art, zeci de maşini sunt parcate în faţă. O ajut pe bunicuţa să coboare din jeep şi o luăm spre poieniţa cu vedere spre canalul de nord al râului St. Mary. Sunt surprinsă să văd aproape o sută de femei stând în jurul unui foc, în cercuri concentrice. Pe Art nu-l văd pe nicăieri. Mătuşa ne face semn să intrăm în cercul din mijloc. Probabil eram ultimele care mai trebuiau să vină, pentru că, după ce ne aşezăm, mătuşa le urează bun venit tuturor.

A fost odată o *kwezan* Nish care toată vara a adunat panseluţe cu *nokomis* a ei. În fiecare seară ajuta la aranjarea florilor pe culori. Ştia că cele mai deschise culori vor fi folosite la vopsirea fâşiilor de frasin negru din care se vor împleti coşuri. Altele erau pentru leacuri. *Nokomis* a pus toate panseluţele galbene într-o grămadă. „Pentru ce sunt cele galbene?” a întrebat fata. *Nokomis* nu a răspuns.

În fiecare vară a adunat panseluţe cu *nokomis* a ei, care nu i-a spus niciodată pentru ce sunt panseluţele galbene. *Kwezan* a crescut, a devenit *kwe* şi o ajuta în continuare pe *nokomis* în fiecare vară. Într-o zi nu a scos niciun cuvânt în timp ce culegea panseluţe. *Nokomis* a întrebat-o ce s-a întâmplat, iar ea nu a ştiut cum să-i spună bunicii ei că un bărbat rău a rănit-o. Doar a ridicat din umeri. Şi tot restul verii ea şi *nokomis* au cules panseluţe în tăcere.

La sfârşitul verii, într-o seară, bunica ei a luat-o în pădure. Alături de ele au venit şi alte femei, care s-au aşezat în cerc. A privit cum coşul negru din nuiele de frasin al bunicii era trecut din mână-n mână şi fiecare femeie lua câte o singură panseluţă, o floare galbenă. Când coşul a ajuns în poala ei, a luat şi ea o floare. Apoi toate femeile, una după alta, au venit la foc, au spus o rugăciune şi au oferit panseluţa. Unele şi-au spus rugăciunea cu voce tare. Altele au îngânat rugi tăcute. Când a venit rândul ei să se roage, a înţeles pentru ce erau panseluţele galbene. A spus o rugăciune tăcută şi s-a eliberat de durere. Panseluţele oferite şi rugile lor au fost purtate de fum la Creator şi la Mama Lună.

În vreme ce mătuşa mea spune povestea, un coş mare trece din mână-n mână în cercul nostru de femei. Iau o panseluţă galbenă şi îi trec coşul mătuşii. Mă uit cum fiecare femeie se apropie de foc şi oferă panseluţa.

Când îmi aduc şi eu ofranda, mă gândesc la ce mi-a făcut Grant Edwards şi spun o rugăciune tăcută. Îmi aduce multă alinare să văd cum fumul se înalţă spre Luna plină.

Când mă întorc la locul meu, mătuşa June mă ia de mână.

— Liliban a fost bucuroasă în fiecare an că nu eşti aici, spune ea.

— Stai puţin, zic. Ea era aici?

— Da, fata mea. De când a venit să locuiască cu mine.

Plâng pentru cea mai bună prietenă a mea și pentru toate secretele de care a vrut să mă ferească.

Pe feribot, la întoarcerea pe insulă, îmi dau seama că Macy nu era lângă foc. Răsuflu ușurată. Când bunica și cu mine ne facem obișnuita jertfă de *semaa* la mijlocul râului, spun o rugăciune în gând pentru toate *kwezanwag* și *kwewag* Nish care nu au fost la foc în seara asta. *Chi miigwech.*

Îmi petrec toată după-amiaza de sâmbătă plimbându-mă pe la tonetele vânzătorilor, vorbind cu verii și verișoarele mele, cu Bătrânii, foștii colegi de clasă și de echipă.

Câțiva vor să afle dacă mai știu ceva despre Levi. Răspunsul meu: nu, nimic.

Îi dau mătușii un săculeț de *semaa* și o rog să mă pună la curent cu cazul lui Levi. Nu îmi spune care sunt sursele ei, dar cred că a rămas în contact cu Ron.

Levi a fost considerat cu risc mare de evadare, chiar cu un picior rănit cum era. Rămâne în închisoare fără posibilitate de eliberare condiționată până la proces. Fratele meu a refuzat orice ofertă de negociere, dar e posibil să se răzgândească acum, când procurorul federal are un martor-cheie.

Nu eu sunt acela. Nu am mai pus piciorul într-o curte de judecată sau într-un birou al forțelor de ordine din ziua în care am semnat acordul de informator confidențial. Până acum, agentul senior Rob Cornell mi-a protejat identitatea. Nu am avut niciun contact cu Levi. Poate el a încercat să ajungă la mine, dar am bănuiala că mama și mătușa au interceptat mesajele de la el. Știu că, dacă aș întreba-o pe mătușa, mi-ar spune adevărul. Dar nu simt nevoia, mi-e bine așa.

La fel e şi Stormy Nodin, care nu a scos încă niciun cuvânt în engleză. Predicţia lui Ron despre ce se va întâmpla când Stormy va împlini optsprezece ani a fost cât se poate de precisă. Stormy a rămas tăcut şi în faţa unui mare juriu, şi la audierea în faţa unui judecător federal. Reţinut pentru sfidare, zace în închisoare.

Mătuşa zice că, atunci când îl vizitează părinţii, Stormy vorbeşte cu ei în Anishinaabemowin. Părinţii lui sunt acolo în toate zilele de vizită: s-au mutat într-un oraş din apropierea centrului federal de detenţie unde e închis fiul lor. Tatăl lui parchează în fiecare noapte în faţa închisorii şi bate la tobă.

Cât despre Michael Edwards, el e în continuare dat dispărut. Zvonurile spun că joacă hochei într-o ligă suedeză, sub un nume fals. Părinţii lui au divorţat. Grant locuieşte în continuare în casa lor. Mătuşa a trecut pe lângă ea într-o noapte şi a zis că toată casa era cufundată în întuneric, cu excepţia unei plasme uriaşe pe care rula un meci de hochei al Sault High.

Coşmarurile mele încep când Robert LaFleur acceptă o înţelegere ca să depună mărturie împotriva lui Levi. E acelaşi vis urât de fiecare dată. Trag de volanul BMW-ului antrenorului şi nu se întâmplă mimic. Levi mă strânge de umărul rănit în timp ce maşinile Poliţiei Tribale trec pe lângă noi în viteză. Urlu de durere, dar TJ nu mă vede. Mă duc la o casă modulară în mijlocul pustietăţii. Mă trezesc când Mike descrie cu lux de amănunte ce o să-i facă lui Jamie dacă nu prepar metamfetamină pentru ei.

În astfel de nopţi aprind o funie de *wiingashk* şi inhalez mirosul delicat al ierbii dulci. Apoi îmi pun colierul ţatei şi mă rog pentru *debwewin*. A cunoaşte adevărul înseamnă a accepta ceea ce nu poate fi cunoscut.

Duminică, îmi încep ziua cu o rugăciune pentru *zaagidiwin*. Dragoste. Azi se încheie oficial perioada mea de un an de doliu pentru Lily. Voi dansa la *powwow* pentru prima dată de când a murit unchiul David, acum aproape un an și jumătate.

Aduc o jertfă de *semaa* și le mulțumesc tuturor celor dragi din lumea asta și din lumea următoare.

Când vine vremea să ne pregătim pentru Marea Intrare, eu și nepoatele mele stăm la masa de picnic de afară, iar eu le împletesc părul. Am rugat-o pe Teddie să îmi ofere acest răgaz ca să vorbesc cu fetele despre planurile mele de facultate. Degetele mele se mișcă repede în părul lui Pauline: mă grăbesc să i-l iau de pe față, ca să nu și-l roadă pe tot.

— Am o veste pentru voi, zic eu cu nasul în ceafa lui Pauline. Plec în câteva săptămâni în Hawaii.

— Iar pleci? întreabă Perry de lângă mine. Se încruntă și îmi imaginez că sora ei are aceeași expresie.

— Universitatea Manoa din Hawaii are un program grozav de etnobotanică. Asta studiază felul în care oamenii din toată lumea își folosesc plantele ca leacuri tămăduitoare. Include biologie și chimie, dar încă ceva. Privesc lucrurile prin ochii indigenilor. În fiecare vară o să mă întorc să fac cursuri cu Seeney Nimkee. Când voi absolvi facultatea, voi fi ucenica ei la Programul de Medicină Tradițională. Nu îmi pot reprima un zâmbet. Știu ce vreau să fiu, ce sunt... practicant al medicinei tradiționale și om de știință.

— Om de știință tradițional? întreabă Perry.

Pe fața mea se așterne un zâmbet larg. Mă străbate un fior din cap până-n picioare.

— Da. Exact așa, îi spun.

O sărut pe Pauline pe creștet ca să-i dau de știre că am terminat cu părul ei.

— O să veniți în vizită de Ziua Recunoștinței. Până atunci, o să mă instalez cum trebuie acolo.

— Putem să mergem la muzee? întreabă Pauline, întorcându-se și tremurând toată de entuziasm. Uită de ea în muzee, absorbind fiecare detaliu al fiecărui exponat.

— Muzeele sunt plictisitoare, zice Perry împingându-şi sora la o parte ca să îi ia locul sub degetele mele pregătite de împletit.

— O să încercăm lucruri noi în fiecare zi. Umezesc creştetul lui Perry cu gel şi folosesc un pieptăn cu coadă ca să-i împart în şuviţe părul negru şi des.

— Facultatea e ca un fel de internat? întreabă Pauline, aşezându-se alături de mine la masa de picnic.

— Presupun că da. Adică dormim în cămine şi sunt săli de mese. De ce?

— Mătuşică, tu ştii că existau internate pentru Anishinaa*bem?* întreabă Pauline, articulând exagerat de apăsat părţi din cuvintele Anishinaabe în dorinţa ei de a le pronunţa corect. Şi că guvernul lua copiii chiar dacă mămicile şi tăticii lor spuneau nu. Îi tremură buza de jos. Şi nu au adus copiii înapoi, aşa cum au promis. Mă priveşte cu ochi trişti de păpuşă supărată. Şi copiii erau pedepsiţi dacă nu respectau regulile şcolii. Asta o să se întâmple şi cu tine?

Înainte să apuc să răspund, Perry se întoarce spre mine cu ochii strânşi de furie.

— Copiii nu aveau voie să vorbească în Anishinaabemowin şi nu aveau voie să se ducă la ceremonii. Perry se împunge sfidătoare cu degetul în piept şi declară: *Indanishinaabem.*

Pesemne mătuşa şi Art au considerat că sunt suficient de mari pentru *acea discuţie.*

Sunt copleşită de un amestec de emoţii. Tristeţe, pentru că ochii lor nevinovaţi s-au deschis acum asupra traumei care are impact asupra comunităţii noastre şi în ziua de azi. Mânie, pentru că trebuie să înveţe să fie Anishinaabeg puternice într-o lume în care oamenii se gândesc la indieni numai la timpul trecut. Mândrie, pentru că ele – isteţe, încăpăţânate şi iubite – reprezintă întruchiparea celei mai mari dorinţe pe care ar fi putut să o aibă, probabil, străbunii noştri pentru ca naţiunea noastră să supravieţuiască şi să înflorească.

— Facultatea nu este ca internatul, nu în felurile acelea. Mă duc la ce cursuri vreau. Nu trebuie să rămân acolo dacă nu vreau sau dacă nu mă simt în siguranţă. Şi promit să vin acasă în fiecare vară. Adaug: E bine totuşi să cunoaşteţi istoria tribului nostru, prin ce greutăţi au trecut străbunii noştri. E important să cunoaştem adevărul, chiar dacă uneori ne întristează. Şi e bine că nimeni nu vă împiedică pe voi să participaţi la ceremoniile voastre. O îmbrăţişez pe Perry de la spate. Şi, da, fetiţa mea, vorbeşti limba noastră.

Când termin cu pletele lui Perry, ambele fete se cocoaţă pe masa de picnic. Scot un şir de triluri perfecte, apoi sar jos şi aleargă la maşina la care mama lor le aşteaptă ca să le îmbrace pentru Marea Intrare.

Eu voi purta pe sub costumul de ceremonie pantaloni scurţi şi un tricou, pe care le păstrez ca să absoarbă transpiraţia. Trag pe mine rochia roşie. Partea de sus e făcută din material simplu, iar jupa are şapte şiruri de clopoţei conici aurii. Sunt 365 de conuri, câte unul pentru fiecare zi a anului pe care mătuşa şi l-a petrecut învăţându-mă despre ce înseamnă să fii o *kwe* Nish puternică. Aveam paisprezece ani atunci. Cingătoarea grea de piele a bunicii Pearl dă o formă rochiei; prind de ea trăistuţa dreptunghiulară, plată, pe care mi-a dăruit-o Teddie după postul de afine. Pe umeri îmi aranjez pelerina din catifea neagră. În vara asta, Eva a brodat-o cu o ghirlandă de panseluţe galbene, cu feţe purpurii.

Ultimele retuşuri sunt colierul din os al tatei, cerceii în formă de mure de la mama şi brăţara cu mărgele pe care am primit-o de la Jamie. Mătuşa mă ajută să îmi prind pana de vultur în spatele capului, între cele două cozi lungi. Mă uit în oglindă şi mă dau cu rujul roşu al bunei Mary, apoi vâr tubul auriu în buzunar.

Sunt gata.

Când ies din rulotă, Art tocmai le face poze gemenelor. Mă strigă şi intru şi eu în cadru alături de ele. Apoi îl rog să îmi facă o poză singură, cu spaţiul pentru *powwow* în fundal.

Când Art ajustează obiectivul camerei, mă gândesc la plicul pe care l-am primit prin poștă ieri-dimineață. Nu era nicio adresă de returnare și ștampila era de Milwakee. Înăuntru erau două vederi. Una era cu o imagine a unui lac din Minnesota. Pe spate cineva a scris o propoziție: *Copiii sunt bine.* A doua înfățișa o clădire din cărămidă, impunătoare, pe care scria FACULTATEA DE DREPT, UNIVERSITATEA WISCONSIN, MADISON, WIS. Pe verso, un singur cuvânt: *Cândva.*

— Hai că a ieșit o fotografie grozavă, exclamă Art.

Ne ducem în arenă să așteptăm Marea Intrare. Pașii mei de dans sunt simpli. Cercul e plin de șiruri de dansatori, nu e loc pentru rotiri ample sau pași complicați. Trebuie să îmi conserv energia dacă vreau să rezist toată ziua. Mușchii mei de dans au fost în hibernare un an și jumătate.

Când tobele încep bătăile de onoare, ridic evantaiul de pene în aer. Le conduc pe gemene. Mătușa vine în spatele nostru. Când mă uit peste umăr, o văd zâmbind printre lacrimi de bucurie. *Niishin.* E bine.

După-amiază târziu, crainicul anunță un moment special de final înainte de aflarea câștigătorilor la fiecare stil de dans și categorie de vârstă. Dansatorii cu Clopoței care poartă veșminte roșii sunt invitați să danseze. În timp ce îmi croiesc drum spre arenă, crainicul spune povestea rochici cu clopoțci.

*Odată, o fată era bolnavă, iar tatăl ei s-a temut că n-o să se însănătoșească. S-a rugat pentru o viziune și a primit-o: o rochie pentru ea, cu șiruri de clopoței făcute din conuri mici, care să scoată clinchete melodioase când dansează. Cu cât dansa mai mult, cu atât mai sănătoasă se făcea copila. Și dup*ă ce ea însăși *s-a însănătoșit complet, a continuat să danseze ca să vindece și alți oameni din comunitatea ei.*

Dansul cu Clopoței reprezintă vindecarea. Iar rochia roșie le întruchipează pe femeile noastre. Așa că Dansul Special cu Clopoței al Rochiei Roșii este închinat tuturor *kwewag* şi *kwezanswag* Anishinaabe, femei şi copile indigene care au fost ucise sau sunt date dispărute. Spiritele lor au fost răpite prea curând, vieţile lor au fost curmate prea repede. Pentru fiecare dintre ele... *mikwendaagozi*. Ne amintim de tine.

Toată lumea se ridică în picioare când noi, cele şapte dansatoare, intrăm în arenă. Ne aranjăm în ordinea vârstei, de la cinci la cincizeci de ani. Fiecare îşi alege un loc în jurul ringului de dans. Găsesc secţiunea dinspre nord, unde stau mama, bunicuţa June, Seeney, mătuşa, Art şi fetele.

Mama zâmbeşte. E mândră de mine. Entuziasmată de aventura mea. Pregătită să mă lase să-mi iau zborul. Înţelegând, în sfârşit, că a mă lăsa să-mi iau zborul nu e totuna cu a mă pierde.

Când bunicuţa June îmi face semn cu mâna, în urechi îmi răsună cuvintele pe care mi le-a spus când i-am povestit despre planurile mele de facultate. *Fata mea, unele bărci sunt făcute pentru râu, altele pentru ocean. Şi mai sunt unele care se pot duce oriunde, pentru că ştiu de fiecare dată să se întoarcă acasă.*

Când Seeney m-a invitat să devin ucenica ei, i-am spus despre programul de etnobotanică din Hawaii. I-am dăruit *semaa* şi am întrebat-o dacă există posibilitatea să studiez ambele căi. Ea a răspuns: *Noi, Anishinaabeg, nu suntem inactivi. Mereu am ştiut să ne adaptăm ca să supravieţuim.*

Mă uit de jur-împrejur la comunitatea mea: Minnie. Leonard. Jonsy. TJ şi Olivia. Macy.

Peste ringul de dans se lasă o tăcere deplină înainte ca toba mare să înceapă cântecul de onoare. Toate păsările se adună în jurul toboşarilor, alăturându-şi cântecul.

În timp ce dansez, mă rog pentru Lily. Pentru Robin. Pentru Heather. Chiar şi pentru mine. Pentru toate fetele şi femeile împinse în abisul propriei lor lipse de însemnătate, al propriei lor invizibilităţi. Nu contează că paşii mei sunt stângaci şi greoi. În mintea mea, picioarele mele se mişcă uşor, cu agilitate. Sunt în spaţiul acela magic, între lumea aceasta şi următoarea.

Nu dansez în ritmul bătăilor de tobă.

Ci invers.

Bătăile tobelor vin din inima mea.

BOOZHOO, AANIIN GICHIMANIDOO. MISKWAMAKWAKWE INDIZHINIKAAZ. MAKWA INDOODEM. BAHWETING INDONJIBA.

GIZHEMANIDO NAADAMAWISHINAAM JI-MASHKAWIZIYAANG MIINAWAA NAADAMAW IKWEWAG JI-GANAWENDAAGOZIWAAD, GICHI-AYAAWAG JI-MINAWAANIGOZIWAAD GAYE ONIIJAANISAG JI-INAABANDAMOWAAD ANISHINAABEMONG.

Bun găsit, Creatorule. Sunt Ursoaica Roşie. Clanul Ursului. Din Ţinutul Pâraielor. Veghez asupra comunităţii mele, ca să fie puternică. Femeile noastre să fie în siguranţă. Bătrânii noştri să râdă. Şi copiii noştri să viseze în limba noastră. Îţi mulţumesc mult pentru această viaţă bună.

Când cântecul se termină, mă opresc la poarta dinspre est. Acolo unde încep toate călătoriile.

*AHO* (ASTA E TOT)

# Nota autoarei

*Ahniin!* Angeline Boulley *indizhinikaaz. Makwa indoodem. Bahweting indoonjiba. Gimiigwechiwi'in gaa-agindaasoman ndo'mazina'igan.* Bună! Sunt Angeline Boulley. Clanul Ursului. Din Sault Ste. Marie, Ținutul Pâraielor. Mulțumesc că îmi citești cartea.

M-am hotărât să scriu această carte pentru că există prea puține povești despre nativii americani, mai ales dintr-un punct de vedere contemporan. Existăm și avem experiențe dinamice dincolo de cărțile de istorie sau poveștile consumate cu multă vreme în urmă.

Scânteia creativă a poveștii lui Daunis s-a aprins în perioada liceului, când o prietenă a pomenit despre un băiat nou de la școala ei care era exact genul meu. Deși nu l-am cunoscut niciodată, s-a aflat mai târziu că era de fapt ofițer de la Narcotice sub acoperire. Adolescentă fiind, iubeam thrillerele, preferatele mele timpurii fiind seriile *Nancy Drew;* am început să mă întreb ce s-ar fi întâmplat dacă aș fi urmat școala aceea. Dacă mi-ar fi plăcut de tipul nou și el m-ar fi plăcut pe mine? Sau, mai bine spus, dacă ar fi avut nevoie de ajutorul meu? Povestea mi-a captivat imaginația efervescentă și a rămas în mintea mea.

După facultate, am lucrat în comunitățile tribale, concentrându-mă asupra educației indiene, cu impact asupra elevilor nativi. Cariera m-a adus înapoi la tribul meu, în Sault Ste. Marie și, în cele din urmă, la Washington DC. Aici am obținut slujba visurilor mele: directoare a Biroului pentru Educație Indiană de la Departamentul pentru Educație al SUA.

Cu toate acestea, în fiecare dimineață mă trezeam cu două ore înainte de a mă duce la „serviciul de zi" și scriam. Pentru că scânteia acelei povești – despre o Nancy Drew Ojibwe și băiatul cel nou de la școală – nu a murit niciodată și, în zece ani, a tot crescut, până ce a devenit *Un gram de furie*. Când cartea mea s-a vândut, mi-am dat seama că s-ar putea să aibă un impact mai vast asupra nativilor decât tot ceea ce făcusem până atunci. La urma urmelor, prin povești împărtășim ce înseamnă să fii Anishinaabe.

Cu toate că această carte are la bază caracteristicile comunității mele tribale, e o scriere de ficțiune și mi-am permis multe licențe creative. Printre numeroasele schimbări, am ales să ficționalizez un trib și problemele cu care să confruntă acesta, și nu să prezint experiențele cu care s-a confruntat tribul meu real, Indienii Chippewa din Tribul Sault Ste. Marie. În niciun caz nu am intenționat ca acesta să fie reprezentativ pentru toate cele 574 de triburi indiene recunoscute, clanuri și sate. Fiecare dintre ele are o istorie unică, cultura și dialectul său. Mai mult chiar, în interiorul fiecărei comunități găsim o diversitate de experiențe.

În orice caz, latura reală, prea reală a poveștii este violența tot mai des întâlnită împotriva femeilor native. Cel puțin patru din cinci femei (84%) au fost la un moment dat victime ale violenței și mai bine de jumătate (56%) au suferit din cauza violenței sexuale. Aproape toate femeile native supuse violenței (97%) au avut de-a face cu cel puțin un agresor non-nativ. Deși este o temă dificilă și epuizantă, mi s-a părut important să arăt realitatea dureroasă a acestor experiențe, mai ales în contextul specific al agresorilor care au ca țintă femeile native și încurcătura jurisdicțională de pe pământurile tribale.

E o distincție importantă între a scrie despre o dramă și a scrie despre o tragedie. Am dorit să scriu despre identitate, pierdere și nedreptate... dar și despre iubire, bucurie, conexiune, prietenie, speranță, veselie, precum și despre frumusețea și tăria din comunitatea mea Ojibwe. A fost primordial să împărtășesc și să omagiez ce înseamnă justiţia şi tămăduirea pentru comunităţile tribale: evenimente culturale, revitalizarea limbii, ceremonii, învăţături tradiţionale, reţeaua de zvonuri, acţiuni de justiţie şi numeroase alte căi prin care triburile şi-au arătat tăria în faţa adversităţilor.

În adolescenţa mea, niciuna dintre cărţile citite nu avea ca protagonistă o nativă. Cu Daunis, am vrut să le ofer adolescenţilor nativi o eroină care arată ca ei, a cărei superputere constă în cultura şi în comunitatea Ojibwe. Când luăm decizii pentru tribul nostru, noi gândim cu şapte generaţii înainte, calculând efectele gesturilor noastre asupra descendenţilor. Speranţa mea e că, prin împărtăşirea experienţelor noastre Anishinaabeg, *Un gram de furie* va avea acest gen de impact asupra generaţiilor viitoare.

*Mazina'iganan mino-mshkikiiwin aawen.*

Cărţile sunt leac tămăduitor!

Angeline Boulley

## SURSE

U.S. Department of the Interior Indian Affairs, „What is a federally recognized tribe?" bia.gov/frequently-asked-questions

Rosay, Andre B., National Institute of Justice, „Violence Against American Indian and Alaska native Women and Men: 2010 Findings From the National Intimate Partner and Sexual Violence Survey" May 2016. nij.ojp.gov/library /publications/ violence-against-american-indian-and-alaska-native-women-and-men-2010-findings

National Institute of Justice, „Estimates of Lifetime Interracial and Intraracial Violence" nij.ojp.gov/media/ image/19456

# MIIGWECH

Mulţi au fost oamenii şi multe organizaţiile care m-au ajutat şi au făcut posibilă apariţia acestei cărţi.

Copiii mei, care m-au inspirat: Sarah, primul cititor-ascultător, a crezut în fiecare ciornă a poveştii. Ethan, cu spiritul lui zeflemitor, m-a împiedicat să mă iau prea în serios. Iar Chris a fost expertul la îndemână pentru hochei şi prostiile elevilor.

Tatăl meu, păstrător al focului, şi puternica, frumoasa mea mamă, care mi-au spus o poveste de dragoste fără sfârşit. Au împărtăşit-o şi fraţilor mei: Diane, Henry, Allan, şi Sarah şi Maria, care o transmit mai departe în lumea următoare.

Scriitoarele Cynthia Leitich Smith şi Debby Dahl Edwardson, care organizează o incomparabilă casă de creaţie pentru autorii nativi, pe Loon-Song Turtle Island, împreună cu editorii Arthur Levine, Yolanda Scott şi Cheryl Klein.

Ellen Oh, Dhonielle Clayton, Meg Cannistra, Miranda Paul şi toată lumea de la We Need Diverse Books, pentru strădania lor de a pune în mâna copiilor cărţi cât mai diverse, cu personaje cât mai variate. Francisco X. Stork, mentorul meu din programul de mentorat WNDB, ale cărui bunătate, talent şi generozitate mi-au schimbat viaţa.

Le mulţumesc Laurei Pegram şi tuturor celor de la Kweli Color of Children's Literature Conference, care vor avea mereu un loc aparte în inima mea. Lui Beth Phelan pentru că a organizat #DVpit, care mi-a oferit un ajutor nepreţuit în căutarea unui agent.

Lui Faye Bender, extraordinara mea agentă, pentru îndrumările ei îndrăzneţe, pentru reputaţia în industrie şi graţia care fac din ea un star rock în lumea literară. Există un cuvânt în Anishinaabemowin pentru „femeie frumoasă", care include spiritul şi caracterul unei persoane cu adevărat minunate. Sunt mai mult decât norocoasă că o am pe Faye Bender, Mandaakwe, alături de mine. Echipei de la Book Group, care m-a ajutat să navighez pe apele oceanului vieţii de scriitor. Agenţilor colaboratori care au găsit cei mai buni editori pentru a împărtăşi povestea cărţii *Un gram de furie* în toată lumea. Şi agentului de film Brooke Ehrlich de la Anonymous Content, pentru o afacere de vis.

Editorului meu Tiffany Liao, care m-a speriat în cel mai bun mod posibil la prima noastră convorbire telefonică, atunci când manuscrisul meu era în analiză. Nu am întâlnit niciodată pe nimeni care să vorbească aşa de repede şi să expună o viziune aşa de puternică pentru cartea mea cum a făcut-o Tiff. S-a angajat să lucreze cu mine pentru a indigena canonul YA, pentru a convinge publicul de farmecul poveştii şi pentru a-mi apăra vocea la fiecare pas. Misiune îndeplinită!

Echipei de la Henry Holt Books for Young Readers şi Macmillan, pentru că au crezut că publicarea cărţii *Un gram de furie* poate reprezenta un punct de cotitură. Lui Jon Yaged, pentru un moment pe care eu şi Faye nu îl vom uita niciodată. Lui Jean Feiwel, Allison Verost, Molly Ellis, Mariel Dawson, Kathryn Little, Christian Trimmer, Katie Halata, Jennifer Edwards, Mary Van Akin, Katie Quinn, Morgan Rath, Johanna Allen, Allegra Green, Mark Podesta, Kristen Luby, Leigh Ann Higgins, Mandy Veloso şi multor altora, pentru creativitatea, efortul şi pasiunea lor incredibile. Lui Macmillan Audio, mai ales Samanthei Mandel şi lui Steve Wagner, precum şi actriţei Isabella LaBlanc (Dakota/Ojibwe), pentru că au adus-o pe Daunis la viaţă (audio).

Directorului de creaţie Rich Deas, pentru că a desenat o copertă spectaculoasă, care onorează pe deplin arta Anishinaabe. Artistului Moses Lunham (Ojibway), pentru interpretarea călătoriei lui Daunis. Nu mă pot gândi la un compliment mai mare decât acela că munca lui pare întru totul Nish şi îmi exprim recunoştinţa faţă de Birchbark Books pentru că a găzduit un eveniment virtual de dezvăluire a coperţii.

Multe au fost sursele care au ajutat la construirea acestei poveşti. Eventualele greşeli sunt ale mele şi numai ale mele. Cei cărora le pot mulţumi public: Jeff Davis (Chippewa), fost procuror adjunct pentru districtul de vest al Michigan; dr. Aaron Westrick, profesor asociat de drept penal la Lake Superior State University; Walter Lamar (Picior Negru), fost agent FBI, şi Robert Marchand (Ojibwe), şef al poliţiei tribale din Sault Ste. Marie. Un nepreţuit ajutor în materie de Anishinaabemowin mi-a fost acordat de dr. Margaret Noodin (Anishinaabe) şi Michelle Wellman-Teeple (Ojibwe). Lui Destany Little Sky Pete (Shoshone-Paiute), pentru proiectul ei ştiinţific despre proprietăţile medicale ale budincii de cireşe amare.

Grupului Alexandria Women of Color Writers, condus de Kat Tennermann, Novuyo Masakhane şi dr. Cynthia Johnson-Oliver.

Lui Barb Gravelle Smutek, cea mai bună prietenă a mea, care nu a ezitat niciodată să îmi zică: „O fată din rezervaţie nu ar spune niciodată aşa ceva!”. Prietenilor mei, pentru dragostea şi buna lor dispoziţie: Chrissy, Sharon, Leslie, Anne, Laura D., Laura P., Bonnie, Audrey, Mary, Charmaine, Summer, Melissa, Dawn, Stacy, Traci, Carole, Ronalda, Ellen, Lori, Kim, Colleen, Debra-Ann, Elaine, Rachel & Bill, Phillip, Cinda, Stephanie, Dana, Yolanda, Marie şi mulţi alţii.

Un gând special se îndreaptă către Amber Boulley, pentru fotografia mea specială de autor; către Sione Aeschliman, pentru magia ei editorială; către Alia Jones, pentru ajutorul oferit la cercetare; şi către Bill Matson, pentru toate capitolele frumoase din poveştile copiilor noştri.

Le mulţumesc cititorilor, ascultătorilor, vânzătorilor de cărţi, educatorilor, librarilor, bloggerilor şi vloggerilor de cărţi pentru că au primit cu bunăvoinţă acest debut.

Comunităţii mele tribale, dascălilor culturali şi străbunilor mei, pentru că există şi împărtăşesc ceea ce ştiu.

*Chi Miigwech.*